백치 2

세계문학전집
206

Фёдер Достоевский : Идиот

백치 2

표도르 도스토옙스키 장편소설

김희숙 옮김

문학동네

일러두기

1. 번역 대본으로는 1972~1990년 소련과학아카데미의 레닌그라드 나우카 출판사에서 발간한 도스토옙스키 전집 30권 중 1973년에 발간된 8권을 사용했다. Идиот, Фёдор Михайлович Достоевский, Полное собрание сочинений в тридцати томах, Издательство Наука(Ленинградское отделение), 1973.
2. 주석은 모두 옮긴이주이다.
3. 원서의 프랑스어 또는 기타 언어 부분은 이탤릭체로 처리했고, 강조 부분은 고딕체로 처리했다.
4. 외래어 표기는 국립국어원 외래어 표기법을 참고하되 일부는 원지음과 관용에 따랐다.
5. 줄표 및 문장부호의 쓰임은 원서의 형식을 따랐다.
6. 성서 인용은 대한성서공회 개역개정에 따랐다.

차례

주요 등장인물

레프 니콜라예비치 므이쉬킨 … 므이쉬킨 가문의 마지막 공작
나스타시야 필립포브나 바라쉬코바 … 토츠키의 정부
파르폰 세묘노비치 로고진 … 큰 재산을 물려받은 불한당

이반 표도로비치 예판친 … 사업가, 장군
옐리자베타 프로코피예브나(리자베타) … 예판친 장군의 부인
알렉산드라 이바노브나 … 예판친 장군의 큰딸
아젤라이다 이바노브나 … 예판친 장군의 둘째딸
아글라야 이바노브나 … 예판친 장군의 막내딸

아르달리온 알렉산드로비치 이볼긴 … 퇴역 장군
니나 알렉산드로브나 … 이볼긴 장군의 부인
가브릴라 아르달리오노비치(가네치카, 가냐, 간카) … 이볼긴 장군의 큰아들, 예판친 장군의 비서
바르바라 아르달리오노브나(바리카, 바랴) … 이볼긴 장군의 딸
니콜라이 아르달리오노비치(콜랴) … 이볼긴 장군의 막내아들

아파나시 이바노비치 토츠키 … 사업가, 거부
루키야 치모페예비치 레베제프 … 아첨꾼
베라 루키야노브나 … 레베제프의 딸
이반 페트로비치 프치츠인 … 가냐의 친구, 고리대금업자
입폴리트 체렌치예프 … 콜랴의 친구, 말기 폐결핵 환자

제3부

I

우리 나라에는 실무적인 사람들이 없다고 한탄하는 소리를 쉴새없이 듣게 된다. 예를 들어 정치인은 많고, 장군 또한 많다. 다양한 단체와 기관의 장長들도 필요한 수효에 상관없이 얼마든지 당장 구할 수 있지만—실무 능력을 갖춘 인물은 없다. 적어도 모든 사람이 이렇게 한탄하는 형편이다. 사람들의 말로는, 심지어 몇몇 철도에선 쓸모 있는 종업원 하나 찾아볼 수 없다는 것이다. 어느 증기선 회사에서는 겨우겨우 쓸 만한 간부진을 꾸리는 일조차 아예 불가능하다고 한다. 어디에선 새로 개통한 어느 철도에서 열차가 충돌했다느니, 철교에서 굴러떨어졌다느니 하는 소문이 들린다. 또 어디에선 눈 덮인 벌판 한복판에서 여객열차가 하마터면 겨울을 보낼 뻔했다는 기사도 접하게 되는데, 승객들은 그저 몇 시간 운행을 예상하고 출발했다가 닷새 동안이나 눈

속에서 꼼짝 못하고 묶여 있었다는 것이다. 어느 곳에선 수천 푸드*나 되는 화물이 발송을 기다리며 두세 달씩이나 한군데 쌓인 채 썩어가는 중이며, 또 다른 곳에선 (사실 믿기조차 힘든 얘기지만) 어느 행정관이, 다시 말해 어떤 현장감독이, 자기 화물을 부쳐달라고 졸라대는 어느 상점 점원에게 화물 발송 대신 따귀 처분을 집행하고는, 자신의 그 행정적 처분에 대해 '열이 좀 받쳐서'라고 해명했다는 소문이다. 우리 나라 관청의 수는 생각하기조차 끔찍하리만큼 많아 보인다. 모두가 그곳에서 근무했고, 모두가 근무하고 있으며, 모두가 그곳에서 근무하길 바라고 있는데—이만한 인적 자원을 가지고도 증기선 회사의 번듯한 간부진 하나 꾸릴 수 없을 거라니, 이게 대체 어찌된 일인가?

이에 대해 이따금, 대단히 단순하게 답하는 사람들이 있는데—너무도 단순해서 그 설명이 잘 믿어지지도 않을 지경이다. 그들의 말에 따르면, 사실 우리 나라에선 모든 사람이 관직에 있었거나 관직에 있으며, 이미 이백 년 동안이나 이 상태는 가장 훌륭한 독일식 본보기에 따라 고조부의 아버지로부터 증손에게로 이어지고 있으나—이러한 관리들이야말로 가장 비실무적인 인간이어서, 그 결과 바로 얼마 전까지만 해도, 추상적 경향과 실무 지식의 결여가 관리 자신들 사이에서조차 가장 큰 미덕이자 추천서인 양 여겨져왔다. 하지만 공연히 관리 얘기를 꺼낸 것 같은데, 나는 실은 실무적인 사람들에 대해 말하고 싶었을 따름이다. 사실, 자기창발성創發性의 완전한 결여와 소심함이 우리 나라에서는 실무적인 인간의 가장 중요하고도 훌륭한 특징으로 늘 생각돼왔

* 1푸드는 약 16.38킬로그램에 해당한다.

으며 지금도 그렇게 생각되고 있다는 점은 이미 의심의 여지가 없다. 하지만 무엇 때문에 우리 러시아만을 비난하겠는가?—물론 이것은 이러한 견해를 비난으로 여기는 경우에 한해서 하는 얘기이다. 독창성의 결여는 먼 옛날부터 전 세계 어느 곳에서나, 착실하고 일 잘하고 실무적인 인간의 첫째가는 자질이자 최상의 추천서로 여겨졌고, 적어도 99퍼센트의 사람들이(이것은 물론 최소한으로 잡은 수치이다) 늘 이런 견해를 품어왔으며, 단 1퍼센트의 사람들만이 언제나 다르게 보았고, 또 다르게 보고 있을 뿐이다.

발명가와 천재는 그들의 활동 초기에는(하지만 대다수는 만년에 이르러서도) 사회에서 거의 언제나 바보로나 간주되어왔고, 이것은 이미 모두가 너무나 잘 알고 있는 가장 일반적인 정견定見이다. 예를 들어, 수십 년 동안 모든 사람이 자기 돈을 은행으로 가져갔고, 4퍼센트의 이자를 받으면서 수십억을 그곳으로 끌고 갔다면, 그런 은행이라는 것이 없어져서 각자가 오로지 자신의 창발성에 의지하게 됐을 경우, 당연히 그 수백만이라는 돈의 대부분은 과열된 주식시장이나 사기꾼의 수중에서 사라질 수밖에 없었으며—이는 심지어 예의범절과 방정方正함의 요구에 따른 바이기도 했다. 다시 말해, 이는 다름 아닌 방정함이 초래한 결과인 바, 예의범절에 맞는 독창성의 결여와 방정한 소심함이 지금까지 우리의 사회통념상 착실하고 반듯한 사람의 필수불가결한 자질이 되어온 만큼, 지나치게 급격히 변한다는 것은 실로 너무나 방정치 못하고 심지어 상스럽기까지 한 일로 간주됐을 테니 말이다. 예컨대 자식을 진정으로 사랑하는 어머니로서 자기 아들이나 딸이 궤도를 조금이라도 벗어나려 한다면, 누가 경악하지 않고 누가 겁내며 앓아눕지 않겠는가.

‘아냐, 독창성 따윈 없어도 좋으니 그저 행복하고 한평생 유복하게만 살아다오.’ 모든 어머니는 자기 아기를 어르며 이렇게 생각하는 법이다. 그리고 우리의 유모들은 아이를 얼러 잠재우면서 옛날 옛적부터 한결같은 노래를 읊조리고 흥얼거린다. “너는 황금 옷을 입고 다닐 거란다, 장군님이 될 거란다!” 그러고 보면 우리의 유모들에게마저 장군의 지위는 러시아인이 누릴 수 있는 행복의 절정으로 여겨졌고, 따라서 장군이야말로 평온하고 더없이 아름다운 행복의 가장 인기 있는 국민적 이상이었다 할 것이다. 또 사실 말이지, 적당히 중간쯤 되는 성적으로 시험을 통과하여 삼십오 년 동안 근속했다면—우리 나라에서 대체 누가 끝끝내 장군의 지위에 오르지 못하며 은행에 상당한 금액을 저축해 두지 못했겠는가? 이런 식으로 러시아인은 거의 아무런 노력도 없이, 마침내는, 유능하고 실무적인 사람이라는 평판을 획득해왔다. 사실 우리 나라에서 장군이 될 수 없었던 것은 오직 독창적인 사람, 달리 말해서 안온함 속에 머무르려 하지 않는 사람뿐이었다. 여기엔 어쩌면 약간의 오해가 있을 수도 있다. 그러나 일반적으로는 이것이 사실이라 여겨지며, 우리 사회가 실무적 인간에 대한 이상을 그런 식으로 정의한 것은 전적으로 정당했다고 본다. 그건 그렇고, 아무래도 여담을 너무 길게 늘어놓은 것 같은데, 실은 우리에게 친숙한 예판친 가족에 대해 몇마디 설명하고 싶은 마음에서였다. 이 집 사람들, 혹은 적어도 이 집 식구 중 이런저런 생각을 가장 많이 하는 사람들은 그들 가족에게 거의 공통으로 드러나는 한 가지 성질 때문에 끊임없이 괴로워했는데, 그 성질은 방금 앞에서 말한 덕성들과는 정반대되는 것이었다. 사실을 정확히 이해하지 못하면서도(사실을 이해한다는 건 어려운 일이다), 이따금 그들은 자기 가정에선 매사가 다른 모든 가정과는 어쩐지 딴판으로 흘러간다고 의심하곤 했다. 다른 모든 집에선 일이 술술 풀려나가는데 자기 집에서만은 왠지 매끄럽지 못하고, 다른 집들은 모두 궤도를 따라 잘만 굴러가는데—자기들은 걸핏하면 궤도를 이탈한다. 다른 집들은 언제나 예의바른 소심함을 보여주는데, 자기들은 그렇지 못하다. 사실 리자베타 프로코피예브나는 지나칠 정도로 두려워하는 편이었지만, 그래도 그건 그들이 동경하는, 상류사회의 예의범절에 걸맞은 그런 방정한 소심함이 아니었다. 하기야 어쩌면 리자베타 프로코피예브나 혼자만 그렇게 불안에 떨고 있었는지도 모른다. 딸들은—통찰력과 냉소적 성향을 지닌 처녀들이긴 해도—아직 너무 젊었고, 장군 역시 통찰력은 있으나(그렇다고 느리고 둔한 구석이 없지는 않았다), 곤경에 처하면 그저 흠! 하고 한마디 내뱉을 뿐, 결국 모든 것을 리자베타 프로코피예브나에게 의지했다. 그러니 모든 책임은 그녀의 몫이었다. 그렇다고 해서 이 가족이 이를테면 무슨 창발성이 뛰어나거나 또는 의식적으로 독창성을 선호해서 궤도를 이탈하는 것도 아니었으니, 만약 그랬다면 전적으로 점잖지 못한 성향이라 해야 할 것이다. 하지만 오, 천만에! 그런 것은, 다시 말해 의식적으로 설정된 목적 같은 것은 정말이지 조금도 없었는데, 그래도 어쨌거나 결과적으로 볼 때, 예판친 가족은 대단히 존경받을 만한 가정이긴 했으나, 무릇 존경받는 가정이라면 마땅히 그래야 하는 것과는 다른 어떤 모습이었다. 요즘 들어서 리자베타 프로코피예브나는 모든 것을 오로지 자기 탓, 자신의 '불행한' 성격 탓으로 돌리기 시작했고—그래서 그녀의 괴로움은 더욱 커졌다. 그녀는 쉴새없이 자신을 '멍청하고 막돼먹은 괴짜'라고 욕하면서 의심으로 자신을 괴롭히며 끊임없이 허둥댔고, 아주 대수롭잖은 무슨 일에 부딪힐 때도 해결책을 찾지 못한 채 늘 자신의 불행을 과장하곤 했다.

우리는 이 이야기의 첫머리에서 예판친 가족이 사회의 실질적인 존경을 누리고 있다고 이미 언급한 바 있다. 비천한 출신의 인물인 이반 표도로비치 장군마저 어딜 가나 어김없이 존경어린 환대를 받았다. 사실 그는 존경을 받을 만도 했으니, 첫째로 돈이 많은데다 '지위가 결코 하찮것없지 않은' 인물이었고, 둘째로 그리 영리한 편은 아니어도 아주 점잖은 사람이었기 때문이다. 하지만 머리가 좀 둔하다는 것은 설령 모든 활동가는 아닐지라도 최소한 착실하게 돈을 모으는 모든 사람에게 없어선 거의 안 될 자질인 듯싶다. 끝으로, 장군은 반듯한 예모를 지녔고, 겸손했고, 침묵할 줄 알았고, 그러면서도 그저 장군이라는 지위 때문만이 아니라 정직하고 고결한 한 인간으로서도 결코 자신에 대한 모욕과 경멸을 허용하지 않았다. 그러나 무엇보다 중요한 것은, 그가 유력한 배경을 가진 인물이었다는 점이다. 리자베타 프로코피예브나에 관해 말하자면, 앞에서도 이미 밝혔다시피, 좋은 가문 출신이었는데, 하기야 우리 나라에선 비록 좋은 가문일지라도 거기에 절대로 빠져선 안 될 훌륭한 인맥이 없다면 그다지 대단하게 봐주지 않는다. 그런데 알고 보니, 그녀에겐 그런 인맥도 있었다. 그런 훌륭한 인물들이 그녀를 존경하고 마침내 아껴주기까지 하자, 다른 사람들도 모두 그들을 따라 자연히 그녀를 존경하고 환영할 수밖에 없었다. 의심할 여지도 없이, 가정에 관한 그녀의 고민이란 아무런 근거가 없고 그 원인이라 해봐야 정말 아무것도 아닌데다, 고민 자체도 우스꽝스러우리만큼 과장된 것이었다. 그러나 누구든지 코나 이마에 사마귀가 나 있다면, 이 세상 모든 사람이 오로지 자기 사마귀를 보고 웃는 것 같이 여겨질 것이고, 설사 당신이 아메리카를 발견한 사람일지라도 그 사마귀 때문에 당신을 비난하는 것처럼 생각할 법도 하지 않은가. 실제로 항간에서 리자베타 프로코피예브나를 '괴짜'로 본다는 것은 의심할 나위가 없지만, 동시에 그녀를 존경하고 있다는 것도 틀림없는 사실이었다. 그런데 리자베타 프로코피예브나는 마침내, 사람들이 자기를 존경한다는 것마저 믿지 않게 됐고—바로 거기에 모든 불행이 있었다. 딸들을 보면서도 그녀는 자기가 항상 뭔가로 딸들의 앞길을 방해하는 게 아닐까, 자신의 성격이 우스꽝스럽고 점잖지 못하고 참기 힘들 정도로 괴팍한 게 아닐까 하는 의심으로 괴로워했고, 당연히 그것 때문에 딸들과 이반 표도로비치를 끊임없이 책망하며 매일같이 그들과 다투었으며, 그러면서도 한편으로는 자기 자신을 잊을 만큼 거의 열정적으로 그들을 사랑했다.

하지만 그녀를 무엇보다 괴롭힌 것은, 딸들도 자기와 똑같은 '괴짜'가 될 것이며 자기 딸들 같은 처녀들은 세상 어디에도 없고 있을 수도 없으리라는 의심이었다. '재들은 니힐리스트가 되어가고 있어, 그래, 바로 그거야!' 그녀는 속으로 늘 이렇게 중얼거렸다. 지난 일 년 동안에, 특히 최근에 와서, 이 서글픈 생각은 그녀의 마음속에 더욱더 굳게 뿌리를 내려갔다. '첫째로, 왜 저애들은 시집갈 생각을 하지 않는 걸까?' 그녀는 끊임없이 자신에게 이렇게 묻곤 했다. '이 어미를 괴롭히고 싶은 게지—그걸 인생 목표로 삼고 있는 애들이니까, 그리고 이건 물론, 그래, 이건 죄다 그 새로운 사상 때문이야, 이건 죄다 그 저주받을 여성 문제 때문이라고! 아글라야가 반년 전쯤에 그 탐스러운 머리카락을 자르겠다고 한 게 정말 그거 아냐? (맙소사, 나는 한창때도 머리채가 그렇게 멋지지 않았는데!) 벌써 손에 가위를 들고 있는 걸 내가 무릎을 꿇고 빌다시피 해서 겨우 말리긴 했지만 말야!…… 뭐, 그거야 개가 어미를 괴롭혀주자는 짓궂은 마음에서 그랬다 해두지, 워낙 짓궂고 제멋대로이고 버르장머리없는, 하지만, 무엇보다, 짓궂은, 정말 짓궂은, 정말 정말 짓궂은 애니까! 그런데 저 뚱뚱보 알렉산드라가 그애를 따라 자기도 머리 타래를 자르겠다고 나섰던 건 또 뭐람, 그것도 이번엔 짓궂은 심사나 변덕 때문이 아니라 진심으로 그러려 했거든, 머리채가 없으면 잠자기도 더 편하고 머리도 아프지 않다는 아글라야의 꼬드김에 바보같이 홀랑 넘어가서 그랬던 거 아냐? 아니—지난 오 년 동안—얼마나, 얼마나, 얼마나 많은 구혼자가 저애들 앞에 나타났느냔 말야? 정말 훌륭한 신랑감들이었고, 개중엔 더없이 멋진 신랑감도 있었잖아! 도대체 저애들은 뭘 기다리는 걸까, 어째서 시집을 안 가는 걸까? 그저 어미 속을 썩이려고 그러는 거야—다른 이유는 있을 수가 없어! 없지! 없고말고!'

마침내 어머니로서 그녀의 마음에도 태양이 떠오르기 시작했다. 세 딸 중 하나라도, 아젤라이다만이라도 드디어 시집을 보내게 될 것 같았기 때문이다. "하나만 치워도 어깨가 가벼워지겠다." 리자베타 프로코피예브나는 소리내어 말해야 할 때면 자신의 심정을 이런 식으로 드러냈다(혼잣말을 할 땐 훨씬 부드러운 표현을 썼다). 게다가 모든 일이 너무도 훌륭하고 예모 있게 진행돼서, 사교계에서도 경의를 표하며 이야기하기 시작했다. 유명인사에다, 공작에다, 재산가에다, 인품도 훌륭하고, 더구나 딸의 마음에도 들었으니, 이 이상 무얼 또 바라겠는가?

그러나 그녀는 전에도 아젤라이다에 대해서는 다른 딸들만큼 걱정하지는 않았는데, 비록 아젤라이다의 예술적 경향이 매사에 늘 의구심을 품는 리자베타 프로코피예브나의 마음을 아주 가끔 당혹스럽게 할 때도 있었지만, 결국엔 '그 대신 성격이 명랑하고 게다가 아주 분별이 있는 애니까—크게 잘못되진 않을 거야'라며 자신을 위로하곤 했다. 그녀가 제일 걱정하는 것은 아글라야였다. 말이 나왔으니 말이지, 맏딸인 알렉산드라에 대해선 걱정을 해야 할지 말아야 할지, 리자베타 프로코피예브나 자신도 알 수가 없었다. 어찌 보면 아주 '가망 없는 처녀'같이도 생각됐는데, 이미 스물다섯 살이니—앞으로도 노처녀 신세일 게 뻔했다. 더구나 '저만한 미모를 가지고도!……' 리자베타 프로코피예브나는 맏딸 걱정에 밤마다 눈물을 흘리기까지 했지만, 정작 알렉산드라 이바노브나 자신은 바로 그런 밤에도 아주 태평스럽게 잠을 잤다. '도대체 어떻게 된 애일까—니힐리스트일까, 아니면 그저 바보일까?' 하지만 바보가 아니라는 점은 리자베타 프로코피예브나 역시 털끝만큼도 의심하지 않았다. 그녀는 알렉산드라 이바노브나의 판단을 매우 존중했고, 그래서 함께 의논하길 좋아했다. 그러나 '물에 젖은 암탉'*이라는 점만큼은 의심할 여지가 없었다. '어쩜 저리도 태평일까, 아예 흔들어볼 수가 없으니! 아니, '물에 젖은 암탉'도 저렇게 태평스럽진 않은데—쳇! 저런 애들은 도무지 모르겠어!' 리자베타 프로코피예브나는 그녀의 우상인 아글라야보다도 오히려 알렉산드라 이바노브나에게 뭔가 설명할 수 없는 연민과도 같은 애착을 느끼고 있었다. 하지만 신경

* 무기력하고 의욕 없는 사람을 가리키는 말.

질적인 말과 행동(이것은 주로 어머니로서의 염려와 애착의 표현이었다), 발끈해서 싸움닭처럼 덤비는 태도, '물에 젖은 암탉'이니 어쩌니 하고 부르는 말, 이 모든 것은 그저 알렉산드라를 웃게 할 뿐이었다. 그러다 보니 나중에는 지극히 하찮은 일에도 리자베타 프로코피예브나가 미친듯이 화를 내게 됐다. 예를 들어, 알렉산드라 이바노브나는 아주 오래 자는 걸 좋아했고, 으레 꿈도 많이 꾸었다. 하지만 그녀가 꾸는 꿈은 늘 몹시 허황하고 천진하기 짝이 없어서—일곱 살배기 아이한테나 어울릴 것들이었다. 그런데 이 천진한 꿈들마저 무엇 때문인지 엄마의 신경을 긁기 시작했다. 한번은 알렉산드라 이바노브나가 꿈에 아홉 마리의 암탉을 봤고, 그걸 가지고 모녀간에 대판 싸움이 벌어졌지만—왜 그랬는지 이유를 설명하기도 힘들다. 한 번, 딱 한 번, 그녀는 뭔가 색다르다고 할 만한 꿈을 꾼 적이 있었다—어느 컴컴한 방에 수도사가 한 명 있었는데, 그녀는 내내 무서워서 그 방에 들어가지 못했다는 것이다. 두 동생은 즉시 깔깔대고 웃으면서 신이 나서 이 꿈 이야기를 리자베타 프로코피예브나에게 전했다. 하지만 엄마는 또다시 화를 벌컥 내며 세 딸을 모조리 바보라고 불렀다. '흥! 바보같이 태평스럽긴, 정말이지 영락없이 '물에 젖은 암탉'이야, 도무지 팔팔하게 깨울 수가 있어야지, 그런데 저렇게 수심에 싸여 있는데다, 어떤 땐 아예 슬퍼 보인단 말야! 도대체 뭐가 슬픈 걸까, 뭐가?' 그녀는 이따금 이반 표도로비치에게도 이렇게 물으면서, 늘 그러듯 신경질적이고 위협적인 어조로 즉각적인 대답을 요구하곤 했다. 이반 표도로비치는 '흠' 하고 미간을 찌푸리곤 어깨를 으쓱해 보이다가, 마침내 두 팔을 벌리며 판단을 내어놓았다.

"남편이 필요한 거야!"

"제발 하느님께서 그애한테 당신 같은 남편은 주지 않았으면 좋겠군요, 이반 표도르이치*!" 리자베타 프로코피예브나는 드디어 울화통이 터지고 말았다. "당신처럼 그따위 판단과 결정을 내리는 남편은 안 돼요, 이반 표도르이치. 당신처럼 거칠고 난폭한 사람은 안 된다고요, 이반 표도르이치……"

이반 표도로비치는 재깍 내빼버리기 일쑤였고, 리자베타 프로코피예브나는 이렇게 폭발하고 나면 마음의 평정을 되찾았다. 물론 그날 저녁이 되면 그녀는 이반 표도로비치에게, '자신의 거칠고 난폭한 사람'인 이반 표도로비치에게, 자신의 선량하고 다정하고 숭배하는 이반 표도로비치에게 유난히도 자상하고 조용하고 상냥하고 존경어린 태도를 보였는데, 왜냐하면 그녀는 자신의 이반 표도로비치를 평생토록 사랑해왔을뿐더러 심지어 그에게 반해 있었기 때문이고, 이반 표도로비치 자신도 이 점을 아주 잘 알고 있었기에, 자신의 리자베타 프로코피예브나를 한없이 존경했다.

그러나 그녀를 한시도 내버려두지 않는 가장 큰 걱정거리는 아글라야였다.

'나를 꼭, 꼭 빼닮았어, 하나에서 열까지 나와 똑같다니까.' 리자베타 프로코피예브나는 속으로 이렇게 중얼거렸다. '제멋대로 구는, 못돼먹은 작은 악마야! 니힐리스트에 괴짜에 미치광이야, 게다가 그 짓궂은 성미하곤, 짓궂지, 정말 짓궂어! 오, 하느님, 저앤 얼마나 불행해지려는

* 일상어에서 부칭 표도로비치 대신 자주 사용된다.

걸까!'

하지만 이미 말했다시피, 그녀의 마음속에 떠오른 태양이 잠시나마 모든 것을 환히 비추고 부드럽게 해준 것 같았다. 그래서 리자베타 프로코피예브나는 자신의 생애에서 한 달가량은 온갖 근심 걱정을 떨쳐버리고서 마음놓고 숨을 쉴 수 있었다. 머지않아 치르게 될 아젤라이다의 혼례를 계기로 사교계에서는 아글라야에 대해서도 여러 말이 오가기 시작했고, 그러는 동안 아글라야는 어딜 가나 더없이 훌륭하고 침착하고 영리하고 자신만만하게 처신했는데, 어느 정도 오만하게 굴긴 했지만 그게 또 그녀에게 얼마나 잘 어울리는가 말이다! 어머니한테도 이 한 달 내내 그토록 상냥하고 그토록 애교 있게 굴지 않았던가! ('맞아, 그 예브게니 파블로비치라는 사람은 좀더 꼼꼼히, 아주 아주 꼼꼼히 살펴보고 사람됨을 정확히 알아봐야 해, 더구나 아글라야도 그 사람을 다른 사람들보다 특별히 좋아하는 것 같진 않으니까!') 아무튼 아글라야는 갑자기 놀랄 정도로 너무나 멋진 처녀가 됐다—그리고 정말 어쩜 저렇게 아름다울까, 하느님, 어쩜 저렇게 아름다울까, 나날이 더 아름다워지니 말이다! 그런데 거기에……

그런데 거기에 그 재수 없는 공작 나부랭이가, 그 너절한 백치가 나타나자마자, 모든 게 또다시 뒤죽박죽되고 집안이 온통 뒤집히고 말았다!

하지만 대체 무슨 일이 벌어진 것일까?

물론 다른 사람들에겐 아무 일도 일어나지 않은 듯 보였을 것이다. 그러나 리자베타 프로코피예브나에게는 다른 사람들과 다른 점이 있었는데, 그녀는 예사롭기 짝이 없는 사물들이 서로 결합돼 뒤엉킨 속에서도 그녀 특유의 끊임없는 불안감을 통해, 너무나 의심스럽고 도저히 설명하기 어려우며 그래서 가장 괴롭기까지 한 공포 때문에 때로는 병이 날 정도로 그녀를 두렵게 하는 무언가를 늘 발견하곤 했다. 그러니 지금 갑자기, 우스꽝스럽고 아무런 근거도 없는 불안의 어지러운 소용돌이 사이로 뭔가 정말로 중요한 듯싶은 것이, 뭔가 정말로 혼란과 의혹과 의심을 불러일으킬 만한 것이 실제로 비죽이 모습을 나타내기 시작했을 때, 그녀의 심정이 대체 어떠했으랴.

'게다가 어떻게 감히, 대체 어떻게 감히 나한테 익명으로 그 저주받을 편지를 보내서, 그 계집 얘기를, 그년이 아글라야와 연락하고 지낸다는 말을 써 보낼 수 있을까?' 리자베타 프로코피예브나는 공작을 끌고 오는 길 내내, 그리고 집에 돌아와서 마침 온 가족이 모인 둥근 탁자 앞에 그를 앉히면서도 계속 이 생각만을 하고 있었다. '어떻게 감히 그럴 생각이나마 할 수 있냐고? 내가 그 얘길 눈곱만큼이라도 믿고 아글라야에게 그 편지를 보여줄 정도라면, 수치스러워서 차라리 죽는 게 낫지! 우리를, 예판친 집안을 이딴 식으로 조롱하다니! 죄다, 죄다 이반 표도르이치 탓이야, 죄다 당신 탓이라고요, 이반 표도르이치! 아아, 왜 옐라긴*으로 가지 않았을까, 옐라긴으로 가자고 내가 그랬건만! 어쩌면 바리카가 이 편지를 쓴 건지도 몰라, 난 알아, 아니면 혹시…… 아무튼, 죄다, 죄다 이반 표도르이치 탓이야! 이건 그 계집이 예전 관계를 생각해내서는 남편을 바보로 만들려고 장난을 친 거야, 전에 남편이 그년한테 진주를 가져다줬을 때 코를 잡아끌듯이 하면서 아주 바보 취급하며

* 페테르부르크 북부 네바강에 있는 섬. 19세기 후반 페테르부르크의 상류사회 사람들이 가장 즐겨 찾는 우아한 행락지였다.

깔깔 웃어댔다더니, 이번에도 딱 그래…… 어쨌든 결국 우리가 말려든 거야, 어쨌든 당신 딸들이 말려들었다고요, 이반 표도르이치, 처녀들이, 아가씨들이, 상류사회의 귀한 아가씨들이, 혼기를 맞은 아가씨들이, 그 애들이 그런 곳에 있었고, 그런 곳에 서서 그런 소릴 죄다 들었단 말예요, 게다가 그 애송이들 사건에도 말려들고 말았으니, 기뻐하시구려, 그애들은 그 자리에도 있었고 그런 수작을 죄다 들었으니까요! 하지만 이 공작인가 뭔가 하는 작자도 용서할 수 없어, 용서할 수 없고말고, 암, 절대로 용서 못해! 그런데 왜 아글라야는 요 사흘 내내 히스테리를 부린 걸까, 왜 언니들하고 거의 싸우려 들었을까, 심지어 늘 손에 입을 맞추곤 하던 알렉산드라에게까지, 그애는 큰언니를 어머니처럼—무척 존경했는데? 왜 저애는 사흘 내내 모두에게 수수께끼 같은 소리만 하는 걸까? 가브릴라 이볼긴은 이 일과 무슨 관계가 있을까? 왜 저애는 어제와 오늘, 가브릴라 이볼긴을 나서서 칭찬하더니 울음까지 터뜨렸을까? 저애는 공작의 편지를 언니들에게조차 보여주지 않았는데, 그 지긋지긋한 '가난한 기사'가 어째서 그 익명의 편지 속에 언급되는 걸까? 그리고 왜…… 무엇 때문에, 대체 무엇 때문에 방금 나는 공작한테 마치 불에 덴 고양이처럼 달려가서 내 손으로 여기까지 끌고 왔을까? 맙소사, 난 제정신이 아냐, 대체 지금 무슨 짓을 한 거야! 젊은 사내를 붙잡고 딸의 비밀을 얘기하다니, 더구나…… 더구나 그와 직접 관련되다시피 한 그런 비밀을! 오, 하느님, 그나마 다행이야, 그가 백치이고, 그리고…… 그리고…… 우리 집안의 친구여서! 다만 아글라야가 정말 저런 팔푼이한테 반하다니! 맙소사, 내가 무슨 소릴 하는 거야! 쳇! 우린 정말 별종이야…… 우리는 죄다, 나부터 맨 먼저, 유리장 안에 넣어

구경거리로 만들어야 해, 10코페이카씩 입장료를 받고서 말야. 어쨌든 이건 용서 못한다고요, 이반 표도르이치, 절대로 용서 못해요! 그런데 왜 지금 저앤 공작을 혼쭐내지 않지? 단단히 혼을 내주겠다고 큰소리 치더니, 혼을 내긴 무슨! 저봐, 저봐, 두 눈을 크게 뜨고 공작을 빤히 쳐다보기만 하면서 아무 소리도 않고, 나가버리지도 않고, 가만히 서 있잖아, 찾아오지 말라고 자기가 명령했으면서…… 공작은 아주 새하얘져서 앉아 있군. 진저리나는, 저 진저리나는 떠버리 예브게니 파블르이치 혼자서 아주 판을 치는구나! 저봐, 잘도 지껄이네, 다른 사람은 끼어들지도 못하게 하잖아. 어떻게든 내가 대화를 교묘하게 끌고 가기만 하면, 모든 걸 금방 알아낼 수 있을 텐데……'

공작은 정말로 거의 새하얗게 질린 채 둥근 탁자 앞에 앉아 있었는데, 극도의 공포에 떨면서도, 한편으론 그의 영혼을 사로잡는, 자신도 알 수 없는 환희에 순간순간 휩싸이는 것 같았다. 오, 눈에 익은 두 개의 검은 눈동자가 그를 뚫어져라 응시하는 그쪽, 그 구석을 쳐다보기가 너무나 두려우면서도, 동시에 그녀에게서 그런 편지를 받았는데도—다시금 여기 그들 사이에 앉아 귀에 익은 그 목소리를 들을 수 있게 됐다는 행복감에 얼마나 심장이 멎는 것만 같았는지. '오, 하느님, 이제 그녀가 무슨 말을 하겠지!' 그는 이렇게 생각하며 자신은 아직 한마디도 하지 않고 예브게니 파블로비치의 '끝없는 장광설'에 열심히 귀를 기울였는데, 예브게니 파블로비치가 지금 이날 저녁처럼 만족스럽고 들뜬 기분이었던 적은 드물었다. 공작은 그의 말에 귀를 기울이긴 했으나, 한참이 지나도 무슨 소리인지 거의 한마디도 알아들을 수 없었다. 그 자리엔 아직 페테르부르크에서 돌아오지 않은 이반 표도로비치를 제외하면, 모두가 모여 있었다. S공작도 함께 있었다. 다들 잠시 후, 차가 준비될 때까지 음악을 들으러 가기로 한 모양이었다.* 지금 대화는 공작이 도착하기 전에 시작된 것 같았다. 갑자기 어디서 나타났는지 콜랴가 곧 테라스로 살금살금 들어왔다. '그러니까 여전히 이 집에서 받아주는가보군' 하고 공작은 속으로 생각했다.

예판친가의 별장은 사방이 꽃과 관엽식물로 멋지게 장식된, 스위스 산장풍의 호화로운 별장이었다. 그리 크진 않아도 무척이나 아름다운 꽃밭이 별장 주위를 에워싸고 있었다. 사람들은 공작의 별장에서처럼 모두 테라스에 앉아 있었는데, 다만 이 집의 테라스는 약간 더 널찍했고, 더 우아하게 꾸며져 있었다.

지금 진행되고 있는 대화는 여러 사람의 마음에 드는 것 같지 않았다. 보아하니 이 대화는 격렬한 논쟁에서 비롯된 듯했는데, 물론 모두가 화제를 바꾸고 싶은 눈치였으나, 예브게니 파블로비치는 그럴수록 더 열을 올리며 남의 눈치 따윈 안중에도 없어 보였다. 공작의 방문이 그를 한층 더 부추긴 모양이었다. 리자베타 프로코피예브나는 무슨 말인지 다 이해하지 못하면서도, 낯을 잔뜩 찡그리고 있었다. 아글라야는 거의 한쪽 구석에 조금 떨어져 앉아서는, 자리를 뜨지 않고 고집스레 입을 다문 채 귀를 기울였다.

"실례지만," 예브게니 파블로비치가 열을 올리며 반박했다. "나는 결코 자유주의에 대해 반론을 펴는 게 아닙니다. 자유주의는 죄악이 아니니까요. 자유주의는 커다란 전체를 구성하는 불가결한 부분이어서, 그

* 파블롭스크 역에서 열리는 음악회.

것이 없으면 전체는 와해되거나 마비되고 맙니다. 자유주의는 가장 건전한 보수주의와 똑같이 세상에 존재할 권리를 가지고 있어요. 하지만 내가 공격하는 것은 러시아의 자유주의이며, 거듭 말하지만, 내가 특별히 그것을 공격하는 이유는, 러시아의 자유주의자는 러시아적인 자유주의자가 아니라, 비러시아적인 자유주의자이기 때문입니다. 러시아적인 자유주의자가 있다면 내게 데려와보시죠, 여러분이 보는 앞에서 곧바로 그에게 키스하겠습니다."

"다만 그 사람이 당신과 키스하길 원할지는 모르겠네요." 알렉산드라 이바노브나가 평소와 달리 흥분해서 이렇게 말했다. 그녀의 뺨도 여느 때보다 빨개져 있었다.

'쟤 좀 봐,' 리자베타 프로코피예브나는 속으로 생각했다. '자고 먹기만 하지 흔들어 깨울 수도 없는 애가 일 년에 한 번쯤은 갑자기 저렇게 떨치고 일어나서 깜짝 놀랄 소릴 한다니까.'

공작은 언뜻 깨달았는데, 지나치게 쾌활하고 짐짓 열을 올리는 척 농담조로 이런 진지한 주제를 논하는 예브게니 파블로비치의 태도가 아무래도 알렉산드라 이바노브나의 마음에 들지 않는 모양이었다.

"공작, 당신이 오기 직전에 나는 이렇게 주장하고 있었습니다." 예브게니 파블로비치가 계속 말했다. "지금껏 우리 나라의 자유주의자들은 오직 두 개의 사회계층, 다시 말해 (지금은 이미 철폐된) 이전의 지주계급과 신학생 계층에서만 배출됐어요. 이 두 사회계층은 결국 완전한 특수계급, 즉 국민으로부터 완전히 유리된 무언가로 변해버렸고, 이런 경향은 세대교체와 더불어 날이 갈수록 심해지고 있습니다. 따라서 그들이 과거에 한 일과 지금 하고 있는 일은 모두 전적으로 비국민적인 것이지요……"

"뭐라고? 그럼 지금까지 해놓은 것이 모두—모두 러시아적인 게 아니란 말인가?" S공작이 반박했다.

"국민적인 것이 아니지. 비록 러시아적일지라도 국민적인 것은 못 되네. 우리의 자유주의자들도 진정으로 러시아적이지 못하고, 보수주의자들도 러시아적이지 못하단 말일세, 모두가 그렇지…… 그러니 확신해도 돼, 국민들은 지주와 신학생이 해놓은 일을 아무것도 인정하지 않을 걸세, 지금이나 이후로나……"

"그거 아주 훌륭하군! 자네는 어떻게 그런 역설을 주장할 수 있나, 만약 그게 진심으로 하는 말이라면 말일세? 나는 러시아 지주에 대한 그런 지나친 언사를 묵과할 수 없네, 자네 자신도 러시아의 지주가 아닌가." S공작이 발끈하며 반박했다.

"나는 자네가 생각하는 것 같은 의미로 러시아 지주에 대해 말하는 게 아닐세. 내가 거기에 속해 있다는 사실 하나만으로도 그 계급은 존경받을 만하지. 특히 지금은 그 계급이 더이상 존재하지 않게 됐으니……"

"그럼 문학에서도 국민적인 것은 아무것도 없었단 말씀인가요?" 알렉산드라 이바노브나가 말을 가로챘다.

"나는 문학에는 정통하지 못하지만, 내 생각엔 러시아문학도 로모노소프, 푸쉬킨, 고골을 제외하면 모두가 러시아적이지 못합니다."

"첫째로, 그 정도면 적지 않아요, 둘째로 그들 중 한 사람은 민중 속에서 나왔지만,* 다른 두 사람은—지주였죠." 아젤라이다가 웃음을 터

* 러시아의 과학자, 철학자, 시인인 미하일 로모노소프는 백해 연안의 어부 집안에서 태어났다.

뜨렸다.

"맞아요, 하지만 의기양양해하실 건 없습니다. 지금까지 모든 러시아 작가 중 오직 이 세 사람만이 각자 정말로 자신만의 것, 즉 누구한테서도 차용하지 않은 자기 고유의 것을 말할 수 있었고, 이 세 사람이 대번에 국민적인 작가가 된 것도 바로 그 때문이었으니까요. 누구든지 러시아 사람 중에서 무엇이든 자기 자신의 것, 자기 고유의 떼어낼 수 없는 것, 차용하지 않은 것을 말하고 쓰거나 행동에 옮긴다면, 그 사람은 비록 러시아말을 형편없이 한다 해도 틀림없이 국민적인 존재가 될 겁니다. 나는 이것을 자명한 이치라고 생각해요. 하지만 우리는 문학 얘기를 하려는 게 아니었는데, 사회주의자 얘기를 시작했다가 그만 이쪽으로 흘러와버렸군요. 그래서 이제 다시 단언합니다만, 우리 나라엔 단 한 명의 러시아적인 사회주의자도 없습니다. 지금도 없고 과거에도 없었으니, 왜냐하면 우리 나라의 사회주의자들 역시 모두가 지주나 신학생 출신이기 때문이죠. 우리 나라의 내로라하는 공인된 사회주의자들은 국내에 있건 외국에 체류하건 하나같이 농노제 시대의 지주계급 출신인 자유주의자에 불과합니다. 왜 다들 웃으시죠? 나한테 그들의 책을 줘보십시오, 나한테 그들의 학설, 그들의 회고록을 줘보세요, 비록 문학비평가는 아니지만, 아주 설득력 있는 문학비평을 여러분에게 써 보이고, 그들의 저서와 소책자와 회고록의 한 페이지 한 페이지가 무엇보다 이전 러시아 지주가 쓴 것임을 명명백백하게 증명해드리지요. 그들의 적의, 분노, 기지는—지주에게서 (더구나 파무소프* 이전의 지

* 그리보예도프의 희곡 『지혜의 슬픔』의 등장인물로, 교육과 계몽을 배격하고 '지금의 세대'와 첨예한 갈등을 빚는 '지난 시대'의 대표자이다.

주에게서!) 볼 수 있는 것들입니다! 그들의 열광, 그들의 눈물, 그 눈물은 어쩌면 진정어리고 진실한 눈물일지도 모르지만, 어쨌든 모두가—지주적이란 말입니다! 지주적이 아니면 신학생적이지요…… 여러분은 또 웃으시는군요, 당신도 웃고 계십니까, 공작? 역시 내 말에 동의하지 않는 건가요?"

사실 모두가 웃고 있었고, 공작도 빙그레 웃었다.

"아직 동의 여부를 단적으로 말할 수는 없지만," 공작은 얼른 웃음을 거두고, 마치 장난을 치다 들킨 학생처럼 움찔하며 말했다. "하지만 분명히, 크나큰 만족감을 느끼며 당신 얘길 듣고 있습니다……"

이 말을 하면서 그는 숨이 막힐 지경이었고, 이마에는 식은땀마저 돋았다. 이것은 그가 이 자리에 앉고 나서 처음으로 한 말이었다. 그는 주위를 둘러보려 했으나 차마 용기가 나지 않았다. 예브게니 파블로비치는 그의 당황한 몸짓을 알아채고 빙긋이 웃었다.

"여러분, 한 가지 사실을 말씀드리겠는데," 그는 조금 전과 같은 어조로, 다시 말해 몹시 적극적이고 열성적인 태도를 보이면서도 아마 자신의 말을 두고 그러는 것 같지만 거의 웃다시피 하며 말을 이어갔다. "이 사실을 관찰하고 발견하기까지 한 영예는 나 자신에게, 그것도 오직 나 한 사람에게만 돌리고자 합니다. 적어도 여기에 대해선 아직 누구도 말한 바가 없고 어디에도 쓰여 있지 않으니까요. 이 사실에는 내가 말하는 러시아 자유주의의 본질 전체가 나타나 있습니다. 첫째, 일반적으로 말해 자유주의가 현존하는 '사물의 질서'에 대한 공격이 아니라면(그 공격이 합리적인 것인지 잘못된 것인지는 별개의 문제입니다) 대체 무엇이겠습니까? 그렇지 않나요? 자, 그러므로 내가 말하고자 하는 사실이란 바로 이것입니다. 즉, 러시아의 자유주의는 현존하는 '사물의 질서'에 대한 공격이 아니라, 우리 사물의 본질 자체에 대한, 사물 자체에 대한 공격이며, 그저 단순히 하나의 질서에 대한, 러시아의 질서에 대한 공격이 아니라, 러시아 자체에 대한 공격입니다. 우리의 자유주의자는 마침내 러시아 자체를 부정하기에, 즉 자신의 어머니를 증오하고 구타하기에 이르른 것입니다. 러시아에 무슨 불행한 일이나 실패가 있을 때마다 그는 좋아라 웃어대며 거의 희열에 빠져든단 말입니다. 그는 민족적 풍습과 러시아 역사와 그 밖의 모든 것을 증오합니다. 그를 위한 무슨 변명이 있다면, 다만 자기가 무엇을 하고 있는지 이해하지 못하고, 러시아에 대한 자신의 증오를 가장 유익한 자유주의로 여긴다는 점 정도겠지요(오, 다른 사람들로부터 박수갈채를 받고 있지만 실은 아마도 가장 터무니없고 가장 아둔하고 위험한 보수주의자라고 해야 할, 하지만 정작 자신은 그 점을 모르는 자유주의자를 여러분은 우리 나라에서 자주 만나실 겁니다!). 불과 얼마 전까지도 해도 어떤 자유주의자들은 러시아에 대한 이러한 증오를 마치 진정한 조국애인 양 여겼고, 자기들이야말로 조국애의 본질을 누구보다 잘 알고 있다고 자랑했습니다. 하지만 지금은 더욱 노골적이 되어 '조국애'라는 단어마저 수치스러워하고, 심지어 그 개념까지도 유해하고 쓸데없는 것이라 하여 추방하고 제거해버렸단 말입니다. 이것은 틀림없는 사실이에요. 내가 보장하지요. 그리고…… 언젠가는 진실을 완전히 있는 그대로 솔직하게 밝혔어야 했습니다. 하지만 다른 한편으로 이러한 사실은 천지개벽 이래 언제 어디에서도, 어느 민족에게도 존재하지 않고 마주친 적 없었던 것이며, 따라서 이 사실은 그저 우발적인 현상이고 아마 그대로 지나가버릴지도 모릅니다, 나도 동의해요. 자신의 조국 자체를 증오할 자유주의자는 어디에도 있을 수 없으니까요. 그럼 대체 우리 나라에서 나타나는 이 모든 현상을 어떻게 설명해야 할까요? 이미 앞에서도 말했던 바로 그 생각에 의거해—즉, 러시아의 자유주의자는 아직은 러시아적인 자유주의자가 아니라는 점을 들어 설명해야겠지요. 내가 보기에, 달리 설명할 방도는 없습니다."

"나는 자네가 한 말을 모두 농담으로 받아들이겠네, 예브게니 파블르이치." S공작이 정색을 하고 반박했다.

"나는 자유주의자를 모두 다 만나본 게 아니니까, 판단을 내리진 않겠어요." 알렉산드라 이바노브나가 말했다. "하지만 당신 얘기를 들으면서 화가 치밀었어요. 당신은 특수한 경우를 가져와서 일반적인 법칙으로 만들었고, 따라서 자유주의자들을 중상하고 말았어요."

"특수한 경우라고요? 아-아! 지금 그 단어는 아주 중요한 겁니다." 예브게니 파블로비치가 말을 받았다. "공작, 어떻게 생각하시나요, 이것이 특수한 경우인가요, 아닌가요?"

"실은 나 역시 자유주의자들을 별로 만나보지 못했고…… 접촉도 별로 없어서" 하고 공작이 말했다. "하지만 내가 보기엔 당신 말이 어느 정도 옳은 것 같군요, 당신이 말한 러시아 자유주의는 실제로 그저 러시아의 '사물의 질서'뿐만이 아니라 러시아 자체를 증오하는 경향이 부분적으로 있는 것 같으니까요. 물론 부분적으로만 그렇습니다…… 물론 그게 모든 자유주의자에게 해당될 수야 없을 테니……"

공작은 말을 우물거리면서 끝을 맺지 못했다. 그는 몹시 흥분한 상태였지만 이 대화에 굉장히 흥미를 느끼고 있었다. 공작에겐 특이한 일면이 있었는데, 무엇이든 그의 흥미를 끄는 대화에 열심히 귀를 기울일 때, 그리고 사람들에게서 쟁점에 대한 질문을 받고 대답할 때에 보여주는 놀랄 만한 순진함이 그것이었다. 자신에 대한 조소와 장난기어린 빈정댐 같은 건 짐작조차 하지 못하는 이 순진함과 신뢰는 그의 얼굴과 심지어 몸의 자세에도 나타나는 듯했다. 하지만 예브게니 파블로비치는 이미 전부터 어떤 특별한 조소의 빛을 띠고 공작을 대했으나, 지금 그의 대답을 듣자 왠지 아주 정색을 하고 그를 바라보았는데, 그에게서 그런 대답을 듣게 될 줄은 꿈에도 몰랐다는 표정이었다.

"그러시다고요…… 그래도 어쩐지 이상하군요." 예브게니 파블로비치가 말했다. "정말 진지하게 대답하신 건가요, 공작?"

"그럼 당신은 진지하게 물은 게 아니었습니까?" 공작이 깜짝 놀라며 반문했다.

모두가 웃음을 터뜨렸다.

"어디 한번 저분을 믿어보시죠." 아젤라이다가 말했다. "예브게니 파블르이치는 언제나 모든 사람을 바보로 만드니까요! 당신은 모르시겠지만, 저분은 이따금 별별 대수롭잖은 것까지 아주 심각하게 얘기하거든요!"

"내 생각에 이건 정말 듣기 괴로운 대화야, 아예 시작하지도 말아야 했어." 알렉산드라가 날카롭게 말했다. "산책을 나가려 했는데……"

"그럼 갑시다, 멋진 저녁이니까!" 예브게니 파블로비치가 소리쳤다. "하지만 이번만큼은 내가 아주 진지하게 한 말이었다는 것을 여러분에게 증명하기 위해, 그리고 무엇보다 공작에게 그걸 증명하기 위해, (공작, 당신은 몹시 나의 흥미를 끌었어요, 그리고 맹세코 나는, 물론 겉으론 그렇게 보이겠지만, 그래도 그 정도로 실없는 인간은 아닙니다—사실, 실없는 인간이긴 하지만요!) 그리고…… 괜찮으시다면, 여러분, 나 자신의 호기심을 충족시키기 위해, 공작에게 마지막 질문을 하나 더 하고, 그것으로 끝내죠. 이 질문은 마침, 두 시간 전에 내 머리에 불쑥 떠오른 것입니다(아시겠지요, 공작, 나도 때로는 진지한 문제에 대해 생각한답니다). 나는 이미 그 질문에 자신의 결론을 내렸지만, 공작이 뭐라고 말할지 한번 보기로 하죠. 방금 우리는 '특수한 경우'에 대해 얘기했어요. 이 용어는 지금 우리 나라에서 대단히 중요한 의미를 지니고 있고, 자주 듣게 되는 말입니다. 최근에 모두가 입에 올리고 신문 잡지에서도 떠들어댄 여섯 명이 몰살당한 끔찍한 사건, 그…… 젊은 사내의 범죄, 그리고 그 변호인의 해괴한 변론 얘기인데, 그 변론의 요점은, 피고와 같은 빈곤 상황에서는 이 여섯 명을 죽이겠다는 생각이 머리에 떠오르는 것이 오히려 자연스러운 일일 수밖에 없었다는 겁니다. 글자 그대로 옮긴 건 아니지만, 그 요지는 이런 뜻이었거나 이와 비슷했다고 봅니다. 내 개인적인 생각으로는, 변호인은 이 해괴한 견해를 천명하면서, 우리 시대에 말할 수 있는 가장 자유주의적이고 가장 인도주의적이며 가장 진보적인 사상을 말하고 있다고 완전히 확신했을 겁니다. 자, 그럼 당신은 어떻게 보고 계신지요, 이와 같은 개념과 신념의 왜곡, 이 사건에 대해 이처럼 비뚤어지고 이처럼 희한한 견해가 존재할 수 있다는 가능성, 이것은 과연 특수한 경우인가요, 아니면 일반적 경우인가요?"

모두가 큰 소리로 웃었다.

"특수한 경우죠, 그야 물론 특수한 경우고말고요." 알렉산드라와 아젤라이다가 웃으며 말했다.

"다시 한번 상기시켜주겠네만, 예브게니 파블르이치," S공작이 덧붙였다. "자네의 농담도 이젠 몹시 진부해졌군."

"당신은 어떻게 생각하시나요, 공작?" 예브게니 파블로비치는 그 말을 끝까지 듣지도 않았는데, 레프 니콜라예비치 공작의 호기심어린 진지한 시선이 자신을 향하고 있다는 사실을 알아챘기 때문이다. "당신이 보시기엔 어떻습니까, 이것이 특수한 경우인가요, 아니면 일반적 경우인가요? 솔직히, 나는 당신을 위해 이 질문을 준비한 겁니다."

"아니, 특수한 경우가 아닙니다." 공작은 조용하지만 확고한 어조로 말했다.

"그게 무슨 말입니까, 레프 니콜라예비치." S공작이 조금 화를 내며 소리쳤다. "이 사람이 당신을 함정에 빠뜨리고 있다는 걸 모르겠습니까? 이 사람은 분명히 속으로 웃으면서 당신을 갖고 놀 작정을 한 겁니다."

"나는 예브게니 파블르이치가 진지하게 말하는 줄 알았습니다." 공작은 얼굴을 붉히며 눈을 내리깔았다.

"공작," S공작이 말을 계속했다. "언젠가 석 달 전쯤에 우리가 나눴던 얘기를 떠올려보세요. 그때 우리는 새로 도입된지라 연륜이 얕은 우리의 법정에서 이미 재능 있고 주목할 만한 변호인들을 아주 많이 발견할 수 있다는 사실에 대해 말하지 않았습니까! 또 배심원들의 평결에도 아주 주목할 만한 것이 얼마나 많습니까? 당신 자신도 몹시 기뻐했고, 나 역시 당신이 기뻐하는 걸 보며 무척 기쁘게 여겼죠…… 그때 우리는 이것을 우리 나라의 자랑거리라 할 만하다고까지 얘기했어요…… 그러니까 그 서투른 변론, 그 해괴한 논증은 두말할 것도 없이 수천에 하나 있을까 말까 한 일, 우연에 불과합니다."

레프 니콜라예비치 공작은 잠시 생각에 잠겼으나, 이윽고 아주 확신에 찬 표정으로, 그러나 마치 겁을 먹기라도 한 듯 조용히 대답했다.

"내가 말하고자 한 건 다만, (예브게니 파블르이치가 표현했듯) 사상과 개념의 왜곡이 너무도 빈번하게 일어나고 있어서, 유감스럽게도 이것은 특수한 경우라기보다 일반적인 경우에 훨씬 가깝다는 점입니다. 만약 이러한 왜곡이 이토록 일반적인 경우가 아니라면, 아마 그 사건과 같은 있을 수 없는 범죄가 일어나지도 않았겠지요……"

"있을 수 없는 범죄라고요? 그러나 당신에게 분명히 단언하지만, 그와 아주 똑같은 범죄, 아니 어쩌면 그보다 더 무서운 범죄가 과거에도 있었고 항상 있어왔으며, 우리 나라뿐만 아니라 세상 어디에서나 있어왔고, 내 생각엔 앞으로도 아주 오랫동안 반복될 겁니다. 다른 점이 있다면, 전에는 우리 나라에서 그런 일들이 공개적으로 다뤄지는 경우가 별로 없었지만, 지금은 다들 그런 사건에 대해 큰 소리로 말하고 심지어 글로 쓸 수도 있게 된 까닭에, 그런 범죄자들이 이제야 나타난 것처럼 여겨질 뿐이지요. 바로 여기에 당신의 오해가, 그것도 아주 순진한 오해가 있는 겁니다, 공작, 확실하게 말씀드립니다." S공작은 빈정대듯 미소를 지었다.

"전에도 범죄가 무척 많았고, 바로 그런 무서운 범죄 역시 무척 많았다는 것을 잘 압니다. 나는 불과 얼마 전에도 감옥을 방문하여 기결수와 미결수 몇 명을 만나볼 기회가 있었습니다. 심지어 이번 사건의 범인보다 더 무서운, 사람을 열 명이나 죽이고도 전혀 뉘우치는 빛이 없는 범죄자들도 있었어요. 하지만 나는 그때 이런 점을 알아챘는데, 골수까지 악에 젖은, 가장 악질적이고 뉘우칠 줄 모르는 살인자라도 자기가 범죄자라는 사실만큼은 알고 있다는 거였어요, 즉 비록 뉘우치는 마음이 털끝만큼도 없을망정 그래도 자기 양심에 비추어 나쁜 짓을 저질렀다고는 생각한다는 겁니다. 게다가 그들은 하나같이 다 그랬습니다. 그런데 방금 예브게니 파블르이치가 말씀하신 사람들은 자신을 범죄자로 여기려 들긴커녕, 자신은 그럴 권리가 있었고…… 오히려 훌륭하게 행동했다고, 말하자면 거의 그렇게들 생각한단 말입니다. 내가 보기엔 바로 여기에 무서운 차이점이 있습니다. 그리고 유념할 점은, 이 모두가 청년, 즉 사상의 왜곡에 가장 쉽게 무방비로 빠져들 수 있는 연령대라는 사실입니다."

S공작은 이미 웃음을 거두고 전혀 뜻밖이라는 얼굴로 공작의 말에 귀를 기울였다. 벌써 아까부터 무슨 말을 하려고 벼르던 알렉산드라 이바노브나는 어떤 특별한 생각에 저지당한 듯 그냥 입을 다물었다. 예브게니 파블로비치마저 그저 놀란 눈으로 공작을 보고 있었는데, 조소의 빛은 이미 말끔히 사라지고 없었다.

"이것 보세요, 뭘 그리 놀라죠?" 리자베타 프로코피예브나가 느닷없이 끼어들었다. "이분이 당신보다 멍청해서, 당신처럼 판단할 순 없다고 봤나요?"

"아니요, 그런 건 아닙니다." 예브게니 파블로비치가 말했다. "다만 대체 어떻게 당신은, 공작, (이렇게 묻는 걸 용서하십시오) 만약 당신이 이 모든 것을 그토록 날카롭게 관찰하고 알아채시는 분이라면, 대체 어떻게 (다시 한번 용서하십시오) 그 해괴한 사건…… 요 며칠 전에 있었던…… 아마 부르돕스키였던가요…… 그때엔 대체 어떻게 사상과 도덕적 신념의 바로 그와 같은 왜곡을 알아채지 못하신 겁니까? 아주 똑같은 경우잖습니까! 그때 당신은 그걸 전혀 알아채지 못하신 것 같았는데?"

"아니, 이것 봐요," 리자베타 프로코피예브나가 더욱 열을 올렸다. "우린 그때 다들 그걸 알아챘고 그래서 지금 여기 앉아 이분 앞에서 으스대고 있지만, 이분은 오늘 그들 중 한 명, 바로 그 장본인 격인 여드름투성이 말예요, 알렉산드라, 너도 기억하지? 바로 그 사람한테서 편지를 받았다고요. 그 사람은 편지에서 이분에게, 물론 자기 방식으로이긴 하나 용서를 구하면서, 그때 그를 부추기던—알렉산드라, 너도 기억하지?—그 친구와 절교했다고 알려왔어요, 그리고 이젠 누구보다 공작을 신뢰한다는 거예요. 그런데 우린 지금 자신만만하게 이분 앞에서 콧대를 세우고 있지만, 그런 편지는 여태 한 번도 받아본 적이 없다고요."

"게다가 입폴리트도 방금 공작님 별장으로 옮겨왔어요!" 콜랴가 소리쳤다.

"뭐! 벌써 여기에?" 공작은 흠칫 놀랐다.

"공작님이 리자베타 프로코피예브나와 함께 나가자마자 도착했어요. 내가 데려왔죠."

"흥, 내기를 걸어도 좋아." 리자베타 프로코피예브나는 방금 공작을 칭찬했던 건 까맣게 잊고 이내 화를 펄펄 냈다. "내기를 걸어도 좋다니까, 이 양반은 어제 그 녀석의 다락방에 기어올라가서 그 못돼먹은 고얀 놈더러 부디 이리로 옮겨와주십사고 무릎을 꿇고 싹싹 빌었을 거야.

당신, 어제 거기 갔다 왔죠? 아까 직접 실토했잖아요. 그랬나요, 안 그랬나요? 무릎을 꿇었어요, 안 꿇었어요?"

"전혀 안 꿇었어요." 콜랴가 소리쳤다. "오히려 정반대예요. 입폴리트 쪽에서 어제 공작님 손을 잡고 두 번이나 입을 맞춘걸요, 내 눈으로 직접 봤어요, 그걸로 모든 얘기가 끝났죠, 그러고 나서 공작님은 별장에 오게 되면 입폴리트의 기분이 훨씬 좋아질 거라고 말했을 뿐인데, 그 친구가 기운이 조금 회복되면 곧 옮겨가겠다고 동의한 거예요."

"자넨 공연한 얘길, 콜랴……" 공작은 자리에서 일어나, 모자를 집어 들며 중얼거렸다. "왜 그런 얘기까지 하나, 나는 ……"

"어딜 가려고요?" 리자베타 프로코피예브나가 그를 멈춰 세웠다.

"걱정 마세요, 공작님." 콜랴가 한껏 열을 올리며 말을 계속했다. "공연히 가셔서 그를 흥분시키지 마세요. 길을 오느라 피곤해서 잠이 들었으니까요. 여간 좋아하지 않아요. 저기요, 공작님, 내 생각엔 지금 안 만나시는 편이 훨씬 좋을 거예요. 되레 내일까지 그냥 내버려두시죠, 안 그러면 몹시 거북해할 테니까요. 아까 아침에 그러더군요, 이렇게 기분이 좋고 기운이 나는 건 정말 반년 만에 처음이라고요. 기침도 3분의 1로 줄었어요."

공작은 아글라야가 갑자기 자기 자리를 떠나 탁자 쪽으로 다가온 것을 알아챘다. 그는 그녀를 쳐다볼 용기가 없었지만, 이 순간 그녀가 자신을 응시하고 있다는 것, 필시 엄한 눈길로 응시하고 있으리라는 것, 그녀의 검은 두 눈은 틀림없이 분노로 이글거리고 얼굴은 새빨갛게 달아올랐으리라는 것을 온몸으로 느꼈다.

"니콜라이 아르달리오노비치, 당신이 그를 이곳으로 데려온 건 공연한 짓인 것 같군요, 만약 그가 그때 울음을 터뜨리며 우리를 자기 장례식에 초대했던 바로 그 폐병쟁이 소년이라면 말이지요." 예브게니 파블로비치가 한마디했다. "그는 그때 이웃집 벽에 대해 아주 웅변적으로 얘기했는데, 여기 오면 그 벽이 그리워서 분명 우울증에 걸릴 겁니다, 틀림없어요."

"맞았어, 그 녀석은 공작 당신과 사이가 아주 틀어져서 한바탕 싸우고는 뛰쳐나갈 테니, 어디 두고 보라지!"

그러면서 리자베타 프로코피예브나는 거드름을 부리며 바느질거리가 담긴 바구니를 자기 쪽으로 끌어당겼는데, 산책을 나가려고 모두가 일어섰다는 것도 이미 잊고 있었다.

"지금 생각나지만, 그는 그 벽을 가지고 몹시 으스댔죠." 예브게니 파블로비치가 또다시 말을 받았다. "그 벽이 없다면 웅변을 토하면서 죽을 수 없을걸요, 하지만 그 사람은 웅변을 토하며 죽는 게 소원이란 말입니다."

"그래서 어떻단 말씀입니까?" 공작이 중얼거리듯 말했다. "당신이 그를 용서해줄 마음이 없다면, 그도 당신과 상관없이 그냥 죽겠죠…… 지금 그는 나무를 보기 위해 이곳으로 온 겁니다."

"오, 내 쪽에선 그의 모든 것을 용서합니다. 그렇게 전해주셔도 돼요."

"그렇게 이해하시면 곤란해요." 공작은 마지못해 대답하는 듯, 바닥 위의 한 점을 계속 응시하며 눈도 들지 않고 나직이 말했다. "당신도 그의 용서를 기꺼이 받아들이셨으면 해서 한 말입니다."

"내가 왜 그래야 하죠? 내가 그에게 무슨 잘못을 했나요?"

"이해하지 못하신다면, 할 수 없죠…… 하지만 당신도 이해하시잖습니까. 그는 그때…… 여러분 모두를 축복하고 여러분한테서 축복을 받고 싶어했어요. 그게 전붑니다……"

"친애하는 공작," S공작이 그 자리에 있던 사람 중 몇몇과 눈짓을 주고받더니 조금 조심스럽게 말을 가로챘다. "지상낙원은 쉽게 얻을 수 있는 게 아닙니다. 그런데도 당신은 어느 정도 낙원을 기대하시는군요. 낙원은—얻기 힘든 것이에요, 공작, 당신의 아름다운 마음으로 생각하는 것보다 훨씬 얻기 힘들답니다. 이런 얘기는 그만두는 게 좋겠군요, 안 그러면 아마 우리 모두가 또다시 서로 거북해질 테고, 그리되면……"

"음악이나 들으러 가요." 화가 난 리자베타 프로코피예브나가 자리에서 벌떡 일어나며 날카롭게 말했다.

모두 그녀를 따라 일어섰다.

II

공작은 갑자기 예브게니 파블로비치에게 다가갔다.

"예브게니 파블르이치," 그는 상대방의 손을 꼭 쥐며 이상하게 흥분해서 말했다. "믿어주십시오, 무슨 일이 있어도 나는 당신을 가장 고결하고 훌륭한 분이라고 생각합니다. 제발 믿어주십시오……"

예브게니 파블로비치는 놀란 나머지 한걸음 뒤로 물러서기까지 했다. 순간 그는 참기 어려운 웃음이 터져나오려는 것을 간신히 억눌렀다. 그러나 좀더 자세히 살펴보고, 그는 공작이 거의 제정신이 아닌 듯하며 적어도 어떤 특별한 심리 상태에 있다는 것을 알아챘다.

“틀림없어요.” 예브게니 파블로비치가 소리쳤다. “공작, 당신은 결코 그 말을 하려던 게 아니었습니다, 게다가 나한테 말하려던 것도 절대 아니었겠죠…… 하지만 어찌된 겁니까? 어디가 편찮으신 건 아닌가요?”

“그럴지도 몰라요, 정말 그럴지도 모릅니다, 당신은 아주 정확히 알아채셨어요, 나는 아마 당신한테 다가갈 생각이 아니었을지도 모릅니다!”

그는 이렇게 말하고는 왠지 이상하고 우스꽝스럽기까지 한 미소를 지어 보였으나, 갑자기 몹시 흥분한 듯 격렬하게 소리쳤다.

“사흘 전 내 행동을 상기시키진 마세요! 이 사흘 동안 나는 너무도 수치스러웠습니다…… 나는 나 자신이 잘못했다는 걸 잘 압니다……”

“아니…… 아니 대체 무슨 끔찍한 일을 했기에 그러시죠?”

“나는 잘 알아요, 예브게니 파블로비치, 당신은 아마 나 때문에 누구보다 수치스러우실 겁니다. 얼굴을 붉히시는군요, 그건 아름다운 마음씨의 특성이죠. 나는 곧 갈 테니, 안심하십시오.”

“아니, 저 양반이 왜 저러지? 발작이라도 시작되는 걸까?” 리자베타 프로코피예브나가 기겁을 하며 콜랴에게 물었다.

“염려 마십시오, 리자베타 프로코피예브나, 발작이 아니니까요. 나는 곧 가겠습니다. 내가…… 자연에 학대당한 불운한 인간임을 잘 압니다. 나는 이십사 년간, 태어나서 스물네 살이 될 때까지 줄곧 병자였습니다. 지금도 병자가 하는 행동이고 말이라 여겨주세요. 나는 곧 가겠습니다, 지금 곧, 그러니 안심하십시오. 낯을 붉히는 건 아닙니다, 이런 일로 낯을 붉히는 건 이상하니까요, 그렇잖습니까? 하지만 사회에서 나는 쓸모없는 존재입니다…… 자존심이 상해서 하는 말이 아니에요…… 나는 이 사흘 동안 곰곰 생각한 끝에, 여러분을 만나면 기회를 보아 진실하고 고결하게 알려드려야겠다고 결심했습니다. 사상들, 드높은 사상들이 있지만, 내가 그런 것을 말하려 들면 안 되는데, 내가 입을 열어봤자 여러분 모두를 그저 웃게 할 게 틀림없기 때문입니다. S공작도 방금 바로 이 점을 내게 일깨워주셨습니다…… 나에겐 예의바른 제스처가 없고, 절도감節度感이라는 게 없습니다. 내가 하는 말은 내가 말하고자 하는 사상에 부합되지 않는 엉뚱한 게 돼버리는데, 이것은 그 사상에 대한 모욕입니다. 그 때문에도 나는 자격이 없고…… 더구나 나는 의심이 많습니다. 나는…… 나는 이 집에서 누구도 나를 모욕할 리 없을뿐더러 나를 분에 넘치게 사랑해주신다는 것을 확신하지만, 그래도 잘 알고 있어요(확실히 알고 있습니다), 이십 년이나 병을 앓았으니 틀림없이 무슨 흔적이 남았을 것이고, 그래서 때로는…… 남의 웃음을 살 수밖에 없다고요…… 그렇지 않은가요?"

그는 주위를 둘러보며 대답이나 결정을 기다리는 눈치였다. 다들 이 뜻밖이고도 병적이며, 어쨌든 아무런 까닭도 없어 보이는 돌발적인 언동에 답답한 의혹을 느끼며 가만히 서 있었다. 하지만 이 돌발적인 언동은 기이한 에피소드를 낳는 원인이 되었다.

"무엇 때문에 그 얘길 여기서 하는 거죠?" 갑자기 아글라야가 소리쳤다. "뭣 때문에 그걸 이 사람들한테 얘기하냐고요? 이 사람들한테! 이런 사람들한테!"

그녀는 분노의 극점에 도달한 듯싶었다. 두 눈에선 불꽃이 튀었다.

벙어리처럼 그녀 앞에 말없이 서 있던 공작은 갑자기 얼굴이 새파래졌다.

"그런 말을 들을 가치가 있는 사람은 여기에 아무도 없어요!" 아글라야가 폭풍처럼 퍼부어댔다. "여기 있는 사람은 죄다, 죄다, 당신의 새끼손가락만도 못하단 말예요, 당신의 지혜, 당신의 마음씨에 죄다 미치지 못한다고요! 당신은 누구보다 정직하고, 누구보다 고결하고, 누구보다 훌륭하고, 누구보다 선량하고, 누구보다 현명해요! 여기 있는 사람들은 당신이 방금 떨어뜨린 손수건을 몸을 굽혀 주워들 자격조차 없어요…… 대체 무엇 때문에 당신은 자신을 비하하고, 누구보다 낮은 위치에 자신을 세우는 거죠? 어째서 당신 내면에 있는 모든 것을 왜곡하는 거예요, 어째서 당신에겐 자부심이란 게 없냐고요?"

"맙소사, 쟤가 미친 거 아냐?" 리자베타 프로코피예브나는 손뼉을 탁 쳤다.

"가난한 기사! 만세!" 콜랴가 열광해서 외쳤다.

"잠자코 계세요!…… 다들 어떻게 감히 나를 여기서, 어머니 집에서 모욕하냐고요!" 아글라야는 느닷없이 리자베타 프로코피예브나에게 대들었는데, 이미 그 무엇도 신경쓰지 않고 앞을 막는 건 전부 뛰어넘으려는 히스테리 상태에 빠져 있었다. "왜 다들, 다들 하나같이 나를 괴롭히냔 말예요! 공작, 왜 저 사람들은 이 사흘 내내 당신 때문에 나를 귀찮게 하는 거죠? 나는 절대로 당신한테 시집 안 가요! 똑똑히 알아둬요, 절대 안 간다고요! 그걸 알란 말예요! 당신 같은 우스꽝스러운 사람한테 과연 시집갈 수 있겠어요? 지금 거울이라도 한번 보시죠, 당신이 어떤 꼴로 서 있는지!…… 어째서, 어째서 그 사람들은 내가 당신한테 시집갈 거라며 나를 놀려대는 거죠? 당신은 분명 그 이유를 알겠죠! 당신도 그 사람들과 작당해서 음모를 꾸미고 있을 테니!"

"아무도 널 놀린 적 없어!" 아젤라이다가 깜짝 놀라서 중얼거렸다.

"그런 생각을 한 사람도 없고, 그런 말이 나온 적도 없어!" 알렉산드라 이바노브나가 소리쳤다.

"누가 얘를 놀렸지? 언제 얘를 놀렸어? 누가 감히 얘한테 그런 소릴 했느냔 말야? 아니면 얘가 헛소리라도 하는 거냐?" 리자베타 프로코피예브나는 분노에 몸을 부들부들 떨면서 모두를 향해 물었다.

"다들 그랬잖아요, 모두 하나같이 그랬잖아요, 이 사흘 내내 그랬잖아요! 나는 절대로, 절대로 저 사람한테 시집가지 않을 거예요!"

이렇게 외치더니 아글라야는 비통한 눈물을 쏟으며 손수건으로 얼굴을 가리고 의자에 주저앉았다.

"하지만 저 사람은 아직 너한테 청혼을……"

"나는 당신께 청혼한 일이 없습니다, 아글라야 이바노브나." 공작의 입에서 얼떨결에 이런 말이 불쑥 튀어나왔다.

"뭐-어?" 리자베타 프로코피예브나는 경악과 분노와 공포에 휩싸여 한 음절 한 음절 띄엄띄엄 말했다. "뭐-어-요?"

그녀는 자기 귀를 믿고 싶지 않았다.

"내가 말하고 싶었던 건…… 내가 말하고 싶었던 건," 공작은 부들부들 떨기 시작했다. "나는 다만 아글라야 이바노브나에게 분명히 밝혀두고 싶었고…… 삼가 해명하고 싶었을 뿐입니다, 그럴 생각은…… 아글라야 이바노브나에게 청혼할 영광을 얻을 의도는 전혀 없었을뿐더러…… 앞으로 언젠가 같은 생각조차 전혀 없었다고 말입니다…… 이 점과 관련해 나는 아무 잘못이 없습니다, 절대로 없습니다, 아글라야 이바노브나! 나는 한 번도 그런 것을 원한 적이 없고, 한 번도 그런 생각을 해본 적이 없거니와, 앞으로도 절대로 그런 생각을 품지 않을 겁니다, 두고 보면 아실 테니, 제발 믿어주십시오! 이건 어떤 심술궂은 사람이 당신에게 나를 중상한 겁니다! 제발 안심하십시오!"

이렇게 말하며 그는 아글라야에게 다가갔다. 그녀는 얼굴을 가리고 있던 손수건을 떼고, 그의 얼굴을, 어쩔 줄 몰라 쩔쩔매는 그의 모습 전체를 힐끗 쳐다본 뒤, 잠시 그의 말을 헤아려보고는, 갑자기 그의 눈에 똑바로 대고 깔깔깔 폭소를 터뜨렸다—그것은 너무나 유쾌하고 도저히 참을 수 없는 웃음인데다 상대방의 꼴이 너무나 우습고 재미있어 죽겠다는 웃음이어서, 아젤라이다도 특히 공작을 보자 더는 참지 못하고 맨 먼저 동생에게 달려가 얼싸안고, 동생처럼 자기도 우스워 죽겠다는 듯이 초등학교 학생들처럼 명랑하게 깔깔거렸다. 그들을 보고 있던 공작도 갑자기 벙글거리기 시작하며 기쁘고 행복한 표정으로 연방 되뇌었다.

"아, 다행이다, 정말 다행이야!"

이쯤 되자 알렉산드라도 더이상 참지 못하고 한바탕 웃기 시작했다. 세 자매의 웃음은 그칠 것 같지 않았다.

"정말, 미쳤구나!" 리자베타 프로코피예브나가 중얼거렸다. "언제는 사람을 깜짝 놀라게 하더니, 이젠……"

하지만 이제는 S공작도 웃었고, 예브게니 파블로비치도 웃었고, 콜랴는 쉴새없이 웃어댔고, 공작도 모두를 바라보며 웃고 있었다.

"산책하러 나가요, 산책 나가요!" 아젤라이다가 소리쳤다. "다 함께

가요, 공작도 꼭 함께 가셔야 해요. 그냥 가버리시면 절대 안 돼요, 당신은 정말 사랑스러운 분이시니까! 얼마나 사랑스러운 분이니, 아글라야! 안 그런가요, 엄마? 게다가 난 꼭, 꼭 이분한테 키스하고 포옹을 해줘야겠어요…… 방금 아글라야에게 모든 걸 해명해주신 데 대해서요. 사랑하는 *엄마*, 이분한테 키스해도 괜찮죠? 아글라야! 너의 공작님께 키스해드려도 괜찮지?" 장난꾸러기 처녀는 이렇게 외치더니 정말로 공작에게 뛰어가 그의 이마에 입을 맞췄다. 공작이 그녀의 두 손을 잡고 너무 세게 힘을 주는 바람에 아젤라이다는 하마터면 비명을 지를 뻔했는데, 공작은 한없이 기쁜 얼굴로 그녀를 바라보더니 갑자기 그녀의 손을 재빨리 입술로 가져가 세 번이나 키스를 했다.

"자, 가요!" 아글라야가 재촉했다. "공작, 당신은 내 팔을 끼고 이끌어줘요. 그래도 괜찮죠, 엄마? 나를 거절한 신랑감이잖아요? 당신은 나를 영원히 거절하신 거 맞죠, 공작? 아니, 그러는 게 아녜요, 숙녀한테 그런 식으로 팔을 내밀면 안 돼요, 정말이지 숙녀가 팔짱을 낄 수 있도록 내밀 줄도 모르세요? 그래, 그렇게요, 이제 가요, 우리가 제일 앞장서자고요. 우리가 맨 앞에서 가는 게 어때요, *둘이서만?*"

그녀는 여전히 사이사이 발작적으로 웃어대면서 끊임없이 재잘거렸다.

"다행이야! 천만다행이야!" 리자베타 프로코피예브나는 자기가 왜 기뻐하는지도 모르면서 계속 되뇌었다.

'정말 이상한 사람들이군!' S공작이 이런 생각을 하는 건 그들의 집에 드나들게 된 이래 아마도 벌써 백 번은 됐을 테지만, 그래도 이 이상한 사람들이 마음에 들었다. 그러나 므이쉬킨 공작만은 그리 탐탁잖게 여겨지는 듯했다. 모두가 산책하러 나섰을 때, S공작은 미간을 조금 찌푸린 것이 뭔가 걱정스러워 보이는 표정이었다.

예브게니 파블로비치는 기분이 아주 유쾌한 듯했고, 역*으로 가는 내내 알렉산드라와 아젤라이다를 웃겼는데, 두 자매는 그가 농담을 할 때마다 어쩐지 너무 유난스러울 정도로 쉽게 웃곤 해서, 마침내 그는 이들이 어쩌면 자기 말을 전혀 듣지 않는 게 아닐까 잠깐 의심하기까지 했다. 이런 생각이 들자 그는 이유도 설명하지 않고 갑자기, 아주 진심으로 한바탕 웃어댔다(그는 원래 그런 성격이었다!) 한편 두 자매는 한껏 기분이 들떠 있긴 했어도, 앞장서서 가는 아글라야와 공작에게 끊임없이 눈길을 주고 있었다. 막냇동생이 그들에게 커다란 수수께끼를 던져준 게 분명했다. S공작은 리자베타 프로코피예브나의 기분을 풀어주려는 마음에서인지 계속 다른 얘기만 늘어놓으려고 애썼는데, 그게 도리어 그녀를 몹시 지겹게 했다. 그녀는 머릿속이 아주 혼란스러운지, 엉뚱한 대답을 하기도 하고 어떤 때엔 아예 대답조차 하지 않았다. 하지만 이날 저녁 아글라야 이바노브나가 던진 수수께끼는 이것으로 끝난 게 아니었다. 마지막 수수께끼가 이번엔 공작 혼자만의 몫으로 던져진 것이다. 별장에서 백 보가량 멀어졌을 때, 아글라야는 입을 꾹 다물고 있는 자신의 기사에게 반쯤 속삭이는 듯한 소리로 빠르게 말했다.

"오른쪽을 보세요."

공작은 그쪽을 힐끗 바라보았다.

"좀더 찬찬히 보세요. 저기 공원에 있는 저 벤치가 보이죠, 저기 저

---

* 1838년 차르스코예 셀로 철도가 개통하면서, 종착역 파블롭스크 역에 페테르부르크 시민들이 휴식과 오락을 즐길 수 있는 공간 '복스알'이 문을 열었다.

커다란 나무가 세 그루 서 있는 곳에…… 초록색 벤치가 보이잖아요?"

공작은 보인다고 대답했다.

"저곳이 맘에 드세요? 나는 이른 아침 일곱시쯤, 다들 아직 자고 있을 때 가끔 혼자 저곳에 와서 앉아 있곤 해요."

공작은 무척 아름다운 장소라고 중얼거렸다.

"하지만 이제 내 곁에서 떨어져 걸으세요, 더이상 당신 팔짱을 끼고 걷긴 싫어요. 아니, 이대로 팔짱을 끼고 걷는 게 낫겠군요, 대신 나한테 한마디도 하지 마세요. 혼자서 생각을 좀 하고 싶으니까……"

어쨌거나 그녀의 경고는 공연한 것이었다. 그런 명령이 없었다 해도 공작은 가는 길 내내 필시 한마디도 하지 않았을 것이기 때문이다. 벤치 얘기를 듣자 그의 심장이 무섭게 두근거리기 시작했다. 하지만 다음 순간 그는 마음을 가다듬고 부끄러워하며 자신의 어리석은 생각을 몰아냈다. 파블롭스크의 역에는, 널리 알려져 있고 적어도 모두가 주장하는 바대로, 페테르부르크에서 '온갖 사람들'이 몰려오는 일요일이나 경축일보다 평일에 오히려 '더 선택받은' 사람들이 모여든다. 이들의 차림새는 그리 화려하진 않아도 우아하며, 이들이 음악을 들으러 이곳에 모이는 것은 하나의 관습처럼 되어 있다. 사실, 이곳의 악단은 우리 나라의 공원악단 중 최고 수준이라 할 만한데다, 연주 곡목도 새롭다. 이곳의 전체적인 분위기는 어느 정도 가족적이고 친밀하기까지 하나, 다들 예의와 격식은 아주 깍듯이 지킨다. 모두가 별장생활을 하고 있어 서로 안면이 있는 사람들이 서로를 유심히 살펴보기 위해 이곳에 모여드는데, 많은 사람이 그 행위에 진심으로 만족을 느끼고 오로지 그것을 위해 이곳에 오고 있으나, 개중엔 오직 음악만을 감상하기 위해 오는 이들도 있다. 소란한 추태가 벌어지는 일은 극히 드물지만, 어떤 때엔 평일에도 그런 일이 일어난다. 하기야 어디든 그런 일이 전혀 없을 수는 없지 않은가.

이날 저녁 날씨는 더할 나위 없이 아름다워서, 사람들도 꽤 많았다. 한창 연주중인 악단 주위에는 빈자리가 전혀 없었다. 우리의 일행은 조금 떨어진 곳, 즉 역의 제일 왼쪽 출구 가까이에 있는 의자에 자리를 잡고 앉았다. 군중과 음악은 리자베타 프로코피예브나에게 활기를 좀 불어넣었고, 아가씨들의 기분도 들뜨게 했다. 그들은 몇몇 아는 사람과 눈짓을 주고받았고, 다른 몇몇에겐 멀리서 상냥하게 고개를 끄덕여 보였는데, 그러는 사이에도 다른 사람들의 옷차림을 눈여겨보면서, 좀 이상한 점을 발견하면 자기들끼리 속닥대며 비웃듯이 미소를 지었다. 예브게니 파블로비치도 연신 고개를 숙이며 인사를 건넸다. 여기에 와서도 여전히 함께 있는 아글라야와 공작은 벌써부터 몇몇 사람의 주목을 받았다. 곧 안면이 있는 젊은이 몇이 엄마와 아가씨들에게 다가왔고, 그중 두세 명은 그대로 남아 이야기를 했다. 모두 예브게니 파블로비치의 친구들이었다. 그들 중에 아주 잘생긴 젊은 장교가 한 명 있었는데, 퍽이나 쾌활하고 말하기를 아주 좋아하는 사내였다. 그는 아글라야에게 말을 걸어보려고 서두르면서, 그녀의 주의를 끌려고 안간힘을 썼다. 아글라야는 그에게 무척 친절히 대하면서 활짝 웃어주곤 했다. 예브게니 파블로비치는 공작에게 이 친구를 소개하고 싶다며 허락을 청했다. 공작은 이들이 자신에게 무엇을 원하는지 그리 이해가 가지 않았으나, 아무튼 소개가 이루어져서 두 사람은 서로 인사를 나누고 악수를 나눴다. 예브게니 파블로비치의 친구가 무슨 질문을 하나 했지만, 공작은 대답하지 않았거나 아니면 무슨 소리를 입속으로 우물거린 모양인데, 그러자 장교는 그를 아주 뚫어지게 쳐다보다가 예브게니 파블로비치에게 시선을 돌렸다. 순간, 장교는 자기 친구가 왜 공작에게 자기를 소개할 생각을 했는지 퍼뜩 알아채고는 보일 듯 말 듯 미소를 짓더니, 다시 아글라야에게 말을 건넸다. 이때 아글라야가 얼굴을 확 붉힌 것을 알아챈 사람은 예브게니 파블로비치뿐이었다.

공작은 다른 사람들이 아글라야와 얘기를 나누면서 그녀의 환심을 사려 애쓰고 있다는 것조차 알아채지 못했고, 자기가 그녀 옆에 앉아 있다는 사실마저 때로는 거의 잊다시피 했다. 이따금 그는 어디론가 훌훌 떠나서 여기서 완전히 사라져버리고 싶은 충동을 느꼈는데, 그저 혼자서 상념에 잠길 수 있고 자기가 어디에 있는지 아무도 알 수 없는 곳이라면, 음울하고 황량한 곳이라도 마음에 들 것 같았다. 아니면 하다못해 자기 집 테라스에라도 가 있었으면, 다만 거기에 아무도, 레베제프도, 그의 아이들도 찾아오지 말았으면 싶었다. 거기서 자기 소파에 몸을 던지고 베개에 얼굴을 파묻은 채 하루 낮이 가고 밤이 가고 다음 날 낮이 다 지나갈 때까지 마냥 그렇게 누워 있고만 싶었다. 순간순간 산들이, 그 산속에 있는 친숙한 어느 한곳이 꿈결처럼 생각나기도 했는데, 그가 언제나 즐겨 떠올리고, 아직 거기서 살고 있을 때 즐겨 올라갔던 장소였다. 그곳에서 발아래로 내려다보곤 했던 마을, 아득히 내려다보이던, 하얀 실줄기처럼 어렴풋이 빛나던 폭포, 흰 구름, 버려진 옛 성채. 오, 지금 그곳에 가서 한 가지만을 생각할 수 있다면 얼마나 좋을까—오! 평생토록 그것만을—천년을 두고 그것만을 생각해도 족하련만! 그리고 이곳 사람들이 자기를 완전히 잊는다 해도 상관없다, 그래도 좋다. 아아, 오히려 꼭 그렇게 해주길, 이 사람들이 자기를 아예 모르고, 이 모든 환영이 그저 꿈일 뿐이라면 오히려 얼마나 좋으랴. 하지만 꿈이건 생시이건 매한가지 아닌가! 이따금 그는 갑자기 아글라야를 물끄러미 바라보기 시작해서는, 오 분씩이나 그녀의 얼굴에서 눈을 떼지 않았다. 그러나 그의 시선은 너무나 기묘했다. 그것은 마치 2베르스타나 떨어져 있는 어떤 대상을 보는 듯한, 혹은 그녀 자신이 아니라 그녀의 초상화라도 바라보는 것 같은 눈이었다.

"왜 그런 눈으로 날 보시죠, 공작?" 아글라야가 자신을 에워싼 사람들과 명랑하게 얘기하며 웃고 있다가 불쑥 물었다. "나는 당신이 무서워요. 당신이 손을 뻗어 내 얼굴이 진짜 얼굴인지 손가락으로 만져보려는 것 같은 느낌이 자꾸 들어서요. 그렇지 않나요, 예브게니 파블르이치, 이분의 눈이 그런 것 같죠?"

공작은 누가 자신에게 말을 걸어온 것에 깜짝 놀란 듯한 얼굴로 그녀의 말을 들었으나, 무슨 말인지 다는 이해하지 못한 듯, 그저 뭔가 혼자 생각할 뿐 대답을 하진 않았는데, 그러다 그녀와 다른 사람들이 모두 웃고 있는 걸 보자, 갑자기 자기도 입을 크게 벌리고 웃기 시작했다. 주위의 웃음소리는 더욱 커졌다. 장교는 워낙에 잘 웃는 사람이었는지 아주 온몸을 흔들며 웃어댔다. 아글라야는 갑자기 성이 난 얼굴로 혼자 중얼거렸다.

"백치 같으니!"

"오, 하느님! 설마 저애가 저런 사람을…… 설마 재가 완전히 미쳐버리는 건 아니겠지!" 리자베타 프로코피예브나는 속으로 이를 부드득 갈았다.

“저건 장난이에요. 그때 그 ‘가난한 기사’ 때와 마찬가지로 장난이라고요.” 안레산드라는 그녀의 귀에 대고 자신만만하게 속삭였다. “그 이상은 아무것도 아녜요! 저애는 또 자기 방식으로 저 사람을 놀린 거죠. 다만 이번 이 장난은 너무 지나쳤어요. 그만하라고 해야겠군요, 엄마! 아까는 배우 뺨치게 연극을 하며 못된 장난으로 우릴 놀라게 하더니……”

“상대가 저런 백치여서 그나마 다행이지.” 리자베타 프로코피예브나가 알렉산드라에게 속삭였다. 어쨌든 큰딸의 말을 듣고 나니 마음이 한결 가벼워졌다.

하지만 공작은 그를 백치라고 부르는 소리를 듣고 몸을 부르르 떨었다. 그러나 그건 백치라는 소리를 들어서가 아니었다. ‘백치’라는 말은 금세 잊어버렸다. 그렇지만 군중 속에서, 자기가 앉아 있는 자리로부터 그리 멀지 않은 어딘가 한쪽 구석에서—정확하게 어느 곳, 어느 지점인지 가리켜 보일 수는 없지만—얼굴 하나가 어른거렸는데, 짙은 색 곱슬머리에다 눈에 익은, 몹시 눈에 익은 미소와 눈초리를 가진 창백한 얼굴이—언뜻 나타났다가 이내 사라진 것이다. 어쩌면 이것은 그저 그의 착각이었을지도 모른다. 이 모든 환영으로부터 그의 인상에 남은 것은 일그러진 미소와 눈초리, 그리고 눈앞을 언뜻 스친 그 사내가 매고 있던 연녹색의 화려한 넥타이가 전부였다. 그 사내가 군중 속으로 사라졌는지, 아니면 역 건물 안으로 들어가버렸는지, 공작은 그것 역시 확실하게 말할 수 없었다.

그러나 잠시 뒤 그는 갑자기 안절부절못하며 급히 주위를 두리번거리기 시작했다. 그의 첫번째 환영은 두번째 환영의 예고이자 전조였는지 모른다. 틀림없이 그랬을 것이다. 과연 그는 역으로 출발할 때, 누군가를 만날 수 있다는 사실을 깜박 잊었단 말인가? 하기야 역으로 가는 동안 그는 이곳으로 가고 있다는 사실조차 전혀 몰랐는데—그때 그의 상태가 그러했다. 만약 그가 좀더 주의를 기울이고자 했고 또 그럴 수 있었다면, 아글라야 역시 주위에서 뭔가를 찾는 듯이 이따금 불안하게 힐끗힐끗 두리번거린다는 것을 벌써 십오 분 전에 눈치챘으리라. 그의 불안이 눈에 띄게 심해진 지금, 아글라야의 흥분과 불안도 더욱 커져서, 그가 뒤를 돌아보기만 하면 그녀도 거의 동시에 그쪽을 돌아보았다. 하지만 불안의 원인은 이내 분명해졌다.

공작과 예판친가의 일행은 역의 제일 옆쪽 출구 가까이에 자리잡고 있었는데, 바로 그 출구에서 적어도 열 명은 될 성싶은 한 무리의 사람들이 갑자기 나타났다. 무리의 맨 앞에는 세 명의 여자가 서 있었다. 그중 두 여자는 놀랄 만한 미인이었으므로, 그 정도의 숭배자들이 따라다니는 게 하나도 이상하지 않았다. 그러나 숭배자들도 여자들도—모두가 뭔가 유별났고, 음악을 들으러 모인 다른 사람들과는 뭔가 전혀 달라 보였다. 거의 모든 사람이 그들의 출현을 금방 알아챘지만, 대개는 아예 못 본 체하려고 애썼고, 몇몇 젊은이만이 그들에게 미소를 던지며 자기들끼리 뭐라고 소곤거렸다. 하지만 누구든 그들에게 전혀 눈길을 주지 않을 수는 없었다. 그들은 과시적으로 자기 존재를 드러내며 큰 소리로 지껄이고 웃어댔다. 그중 많은 사람이 상당히 취해 있다는 건 능히 짐작할 수 있었으나, 외견상으로는 멋지고 우아하게 차려입은 자도 더러 있었다. 그렇지만 이상한 옷을 입고 이상하게 얼굴이 빨개진, 아주 이상한 모습의 사람들도 눈에 띄었다. 이들 무리에는 군인도 몇 명 끼어 있었고, 이미 나이가 지긋한 자들도 있었다. 개중엔 편안하고 푼성하고 우아하게 지은 옷을 입고, 보석 반지에 커프스 단추, 진한 검은색의 멋진 가발과 구레나룻을 자랑하며, 얼굴에는 조금 까다로운 듯해도 대단히 고상한 위엄을 띤 신사들, 하지만 사회에서는 페스트처럼 기피의 대상이 되는 신사들도 있었다. 우리의 교외에서 이루어지는 모임 중에는 굉장히 점잖고 특별히 훌륭한 평판을 누리는 모임도 있다. 그러나 아무리 조심스러운 사람이라도 이웃집에서 떨어지는 벽돌에 매 순간 방어태세를 취할 수는 없는 노릇이다. 이 벽돌장이 음악을 들으러 모인 점잖은 청중의 머리 위에 지금 막 떨어지려는 참이었다.

역에서 악단이 자리잡고 있는 광장으로 건너가려면 조그만 세 단짜리 계단을 내려가야 했다. 바로 이 계단 앞에서 무리가 멈춰 섰다. 다들 망설이면서 내려가지 않는데, 여자들 가운데 한 명이 앞으로 걸어나왔다. 그녀의 수행원 중 용기를 내서 따라나선 사람은 둘밖에 없었다. 한 명은 상당히 겸손해 보이는 중년 사내로, 모든 점에서 외관이 의젓했으나 아주 외톨이처럼 보이는, 즉 자기도 아는 사람이 하나도 없거니와 남들도 그를 전혀 모르는 부류의 사람 같았다. 자신의 귀부인 곁을 떠나지 않은 다른 한 명은 꼬락서니가 의심스럽기 짝이 없는, 그야말로 부랑아였다. 그 밖에는 아무도 그 괴상한 부인을 따라나서지 않았다. 하지만 그녀는 계단을 내려가면서 뒤도 돌아보지 않았는데, 자기 뒤를 따라오건 말건 전혀 아랑곳하지 않는다는 태도였다. 그녀는 여전히 웃으면서 커다란 소리로 떠들어대고 있었다. 대단한 취향을 보여주는 비싼 옷을 입고 있었으나, 경우에 맞는 옷차림이라 하기엔 지나치게 화려한 감이 없지 않았다. 그녀는 악단 옆을 지나 광장의 다른 쪽을 향해 건기 시작했는데, 그곳에는 누군가의 마차가 길가에 선 채 누군가를 기다리고 있었다.

공작은 그녀를 벌써 석 달 남짓이나 보지 못했다. 페테르부르크에 와서 요 며칠 내내 그는 그녀를 찾아가려고 마음먹었으나, 어떤 신비한 예감 같은 것이 그를 막곤 했다. 적어도 그는 이제 곧 있게 될 그녀와의 해후에서 어떤 인상을 받게 될지 도무지 짐작조차 할 수 없었지만, 그래도 이따금 공포를 느끼며 그것을 상상해보려고 애썼다. 다만 한 가지 분명한 건—그 만남이 고통스러우리라는 점이었다. 그는 자기가 이 여자의 얼굴을 그저 사진으로만 보았을 때 느꼈던 첫 느낌을 지난 여섯 달 동안 몇 번이나 떠올려보았다. 하지만 사진에서 받은 인상 속에조차 너무나 많은 고통스러운 무엇이 들어 있었음을 그는 그때마다 상기했다. 시골에서 거의 매일같이 그녀와 만났던 그 한 달이 그에게 너무나 끔찍한 영향을 준 탓에, 때로 그는 지나간 지 아직 얼마 되지 않은 이 시절에 대한 추억마저 머릿속에서 몰아내곤 했다. 이 여자의 얼굴 자체에는 그에게 고통을 안겨주는 그 무엇이 항상 깃들어 있었다. 공작은 로고진과 얘기를 나누며 이 느낌을 가리켜 끝없는 연민의 정이라 했는데, 옳은 말이었다. 이 얼굴은 사진으로 보았을 때부터 이미 그의 가슴 속에 강렬한 연민의 고통을 불러일으켰다. 그녀라는 존재에 대한 연민과 심지어 고통인 그 느낌은 한 번도 그의 가슴을 떠난 적이 없으며, 지금도 떠나지 않고 있었다. 아니, 천만에, 오히려 더욱더 강렬해졌다. 하지만 공작은 자신이 로고진에게 말했던 그 표현만으로는 만족스럽지가 않았다. 그런데 지금, 그녀가 느닷없이 나타난 바로 이 순간, 그는, 아마도 직감적으로, 그때 자기가 로고진에게 한 말에 무엇이 부족했던

가를 불현듯 깨달았다. 거기엔 공포를 표현할 어휘가 빠져 있었다. 그렇다. 그것은 공포였다! 그는 지금 바로 이 순간에 그 공포를 완전히 느꼈다. 그는 이제 나름의 독특한 이유에서 믿고 있었고, 완전히 확신하고 있었다. 이 여자는—미쳐버린 것이다. 만약 어떤 여자를 세상 그 무엇보다 사랑하거나 그런 사랑의 가능성을 예감하는 자가, 갑자기 그 여자가 사슬에 묶여 철창 속에 갇힌 채 감시인의 몽둥이 아래 위협당하는 모습을 목격한다면 어떨까—그런 느낌이야말로 지금 공작이 느끼는 바와 어느 정도 비슷할 것이다.

"왜 그러세요?" 아글라야가 공작을 돌아보면서 천진스럽게 그의 팔을 잡아당기며 빠르게 속삭였다.

그는 고개를 돌려 그녀를 바라보았다. 그는 그 순간 이상하리만큼 번쩍이는 그녀의 새까만 두 눈을 들여다보며 미소를 지어 보이려 했으나, 순식간에 그녀를 까맣게 잊은 듯 갑자기 다시 눈을 오른쪽으로 돌려 또다시 자신의 가공할 환영을 좇기 시작했다. 나스타시야 필립포브나는 이 순간 아가씨들이 앉아 있는 의자 바로 옆을 지나가고 있었다. 예브게니 파블로비치는 알렉산드라 이바노브나에게 뭔가 분명 아주 우습고 재미난 얘기를 빠른 소리로 신이 나서 계속하는 중이었다. 공작은 아글라야가 갑자기 반쯤 속삭이는 소리로 "아니, 저 여자가……" 하고 말한 것을 기억했다.

이것은 불분명하고 입 밖으로 내다 만 말이었다. 아글라야는 곧바로 입을 다물고 아무 말도 덧붙이지 않았으나, 그것만으로도 이미 충분했다. 나스타시야 필립포브나는 딱히 아무에게도 눈길을 주지 않는 양 지나가다가 문득 그들 쪽으로 몸을 홱 돌렸는데, 마치 그제야 예브게니 파블로비치를 보았다는 태도였다.

"어머나! 이이가 여기 있잖아!" 그녀는 갑자기 걸음을 멈추면서 소리쳤다. "어떨 땐 아무리 사람을 풀어서 찾아봐도 안 보이더니, 이런 데 와서 바로 코밑에 앉아 있을 줄은 생각지도 못했네…… 나는 당신이 거기…… 큰아버지 댁에 가 있나 했지!"

예브게니 파블로비치는 얼굴이 시뻘게져서 나스타시야 필립포브나를 사납게 노려봤으나 이내 얼굴을 돌려버렸다.

"아니?! 정말 모르는 거야? 여태 모르다니, 이럴 수가! 권총 자살을 했대! 아까 아침에 당신 큰아버지가 권총 자살을 했어! 나는 아까 두시경에 그 얘길 들었지만, 지금쯤은 장안 사람들 절반이 다 알고 있을걸. 공금 35만 루블이 없어졌대, 50만 루블이라는 말도 있고. 나는 그 양반이 당신한테 유산이라도 남겨줄 줄 알고 내내 기대했거든, 그런데 몽땅 써버린 거지. 지독하게 방탕한 영감쟁이였나봐…… 그럼, 안녕, *행운을 빌게*! 그럼 거긴 정말 안 들를 거야? 하여간 미리 전역한 걸 보면, 당신도 참 약삭빨라! 하긴 말해 뭐해, 당신은 알고 있었어, 미리 알았던 거야. 어쩌면 어제부터 벌써 알고 있었겠지……"

이처럼 뻔뻔스럽게 들러붙으면서 애초에 있지도 않은 친분과 친밀함을 공개적으로 과시하는 데는 분명히 어떤 목적이 있었고 이제 그 사실은 의심할 여지가 없었으나—처음에 예브게니 파블로비치는 이 무례한 여자를 무슨 일이 있어도 모른 체해서 어떻게든 이 궁지를 벗어날 생각이었다. 하지만 나스타시야 필립포브나의 말은 청천벽력과도 같았다. 큰아버지가 죽었다는 말을 듣자, 그는 백지장처럼 새하얗게 질려서, 이 소식을 전해준 여자 쪽을 돌아보았다. 이 순간 리자베타 프로코피예브나가 재빨리 자리에서 일어나 다른 사람들까지 모두 일으켜세워서는 닥음박질을 치듯이 그곳을 떠났다. 레프 니콜라예비치 공작만이 머뭇거리듯 그 자리에 잠시 남아 있었고, 예브게니 파블로비치는 아직도 얼이 빠진 채 서 있었다. 그러나 예판친가의 사람들이 스무 걸음도 채 가기 전에, 무서운 소동이 벌어지고 말았다.

조금 전에 아글라야와 얘기를 나누던 장교는 예브게니 파블로비치의 절친한 친구였는데, 이 광경을 보자 화가 머리끝까지 솟구쳤다.

"이건 그저 채찍으로 후려쳐야 해, 저런 년한텐 다른 방법이 없어!" 그는 거의 고함을 치다시피 으르렁거렸다. (그는 전부터 예브게니 파블로비치의 심복이었던 듯싶었다.)

나스타시야 필립포브나는 그쪽으로 몸을 홱 돌렸다. 그녀의 눈에서 불꽃이 번쩍 튀었다. 그녀는 두어 걸음 떨어진 곳에 서 있는 이 생면부지의 청년에게 달려들어, 그의 손에 들린 가느다란 등나무 지팡이를 낚아채서는 이 무례한 자의 면상을 있는 힘을 다해 사정없이 내리쳤다. 이 모든 게 한순간에 일어난 일이었다…… 장교는 제정신을 잃고 그녀에게 덤벼들었다. 나스타시야 필립포브나의 수행원들은 이미 그녀 곁에 없었다. 의젓한 중년 신사는 그새 완전히 내뺐고, 다른 사내는 거나하게 취한 꼴로 멀찌감치 떨어져 서서 배꼽이 빠져라 웃어댔다. 물론 일 분 뒤엔 경찰이 달려올 수도 있었겠지만, 뜻밖의 도움이 제때 나타나지 않았더라면 나스타시야 필립포브나는 그 일 분 동안에 고약한 봉변을 당했을 것이다. 하지만 다행히도, 역시 두어 걸음 떨어져 서 있던 공작이 뒤에서 장교의 두 팔을 붙잡았다. 장교는 팔을 빼내면서 공작의 가슴을 세차게 떼밀었다. 공작은 서너 걸음 뒤로 비칠거리다가 의자 위에 털썩 쓰러졌다. 하지만 이때는 벌써 나스타시야 필립포브나의 곁에 두 명의 보호자가 더 나타나 있었다. 다시 덤벼드는 장교의 앞을 가로막고 선 자는 독자도 익히 알고 있는 그 기사의 필자이자 예전에 로고진 일당의 정식 회원이었던 권투 사범이었다.

"켈레르요! 퇴역 중위올시다." 그는 잔뜩 거만을 떨며 자신을 소개했다. "주먹으로 해결하길 원하신다면, 대위, 연약한 여성을 대신해서 이 몸이 상대해주겠소. 영국식 권투라면 자신 있소. 그렇게 떠밀지 마시오, 대위. 당신의 피눈물나는 치욕에는 나도 동정하는 바이지만, 사람들이 보는 앞에서 여성에게 주먹을 쓸 권리를 허용할 순 없소. 만약 더없이 고-오결한 신사답게 다른 방법을 택하시겠다면—내 말을 물론 이해하실 줄 믿소이다만, 그렇다면, 대위……"

그러나 대위는 이미 정신을 차린 뒤여서, 더이상 그의 말을 듣지도 않았다. 이때 군중 속에서 나타난 로고진이 재빨리 나스타시야 필립포브나의 팔짱을 끼고 저쪽으로 데려갔다. 로고진 자신도 몹시 놀랐는지 얼굴이 새하얘져서 부들부들 떨고 있었다. 그는 나스타시야 필립포브나를 끌고 가면서 장교의 눈에 대고 표독스럽게 웃으며 의기양양한 시장 상인 같은 표정으로 말했다.

"쳇! 꼴좋다! 낯짝이 온통 피투성이구먼! 쯧쯧!"

정신을 차리고 상대가 누군지 확실히 깨달은 장교는 이미 의자에서 일어난 공작을 향해 정중히 (하지만 손수건으로 얼굴을 가리며) 말했다.

"므이쉬킨 공작이시죠, 아까 영광스럽게도 인사를 나눴던?"

"저 여자는 미치광이입니다! 돌아버렸어요! 정말입니다!" 공작은 어째선지 떨리는 손을 그에게 내밀며, 떨리는 목소리로 대답했다.

"그런 걸 알고 있다는 게 내게 무슨 자랑거리가 될 순 없지요. 나는 당신의 성함을 알아두려는 것뿐입니다."

그는 머리를 끄덕이곤 물러갔다. 경찰은 마지막 등장인물들이 사라진 뒤 정확히 오 초가 지나서 달려왔다. 어쨌든 이 소동은 불과 이 분도 이어지지 못했다. 군중 가운데 몇몇은 의자에서 일어나 가버렸고, 어떤 사람들은 자리를 옮겼을 뿐이다. 어떤 사람들은 이 소동에 무척 즐거워했고, 또 어떤 사람들은 강한 흥미를 보이며 시끄럽게 떠들어댔다. 한마디로, 이 사건은 뻔하디뻔하게 끝을 맺었다. 악단은 다시 연주를 시작했다. 공작도 예판친가의 사람들을 뒤쫓아갔다. 만약 그가 장교한테 떠밀려 의자에 주저앉았을 때 무슨 예감이나 혹은 마음의 여유가 있어서 왼쪽을 쳐다봤더라면, 그로부터 스무 걸음쯤 떨어진 곳에 아글라야가 멈춰 서서, 이미 앞서가던 어머니와 언니들이 부르는 소리를 들은 체도 않고 이 소동 장면을 지켜보고 있는 모습을 발견했을 것이다. 하지만 마침내 S공작이 그녀 곁으로 달려와서 어서 이 자리를 떠나자고 설득했다. 아글라야는 일행을 쫓아왔지만, 리자베타 프로코피예브나는 그때 아글라야가 너무 흥분한 나머지 그들이 부르는 소리조차 거의 듣지 못했다는 사실을 기억해두었다. 하지만 정확히 이 분 뒤에 일행이 공원에 들어서자마자, 아글라야는 여느 때처럼 태연하고 변덕스러운 목소리로 말했다.

"그 희극이 어떻게 막을 내릴지 보고 싶었을 뿐예요."

III

역에서 일어난 사건은 엄마와 딸들을 거의 공포스러울 정도로 경악하게 했다. 리자베타 프로코피예브나는 역에서 집으로 오는 길 내내 불안과 흥분에 휩싸여 딸들과 함께 글자 그대로 뛰다시피 했다. 그녀의 관찰과 견해에 따르면, 이 사건 때문에 너무도 많은 일이 발생했고 드러났다는 것인데, 그로 인해 그녀의 정신이 온통 혼란과 경악에 빠지긴 했어도 머릿속에서는 이미 결정적인 어떤 생각이 생겨나기 시작했다. 하기야 다른 사람들도 모두 무엇인가 특별한 일이 일어났고, 어쩌면 오히려 다행스럽게도 어떤 중대한 비밀이 드러나기 시작했다는 것을 잘 알고 있었다. S공작이 이전에 여러 가지로 보증도 하고 해명도 해줬지만, 예브게니 파블로비치는 '이제 가면이 벗겨져서' '그녀과의 관계'가 폭로됐고, 공개됐고, '정식으로 드러난' 것이다. 리자베타 프로코피예브나와 두 큰딸까지도 그렇게 생각했다. 그러나 이 결론에서 얻은 게 있다면, 수수께끼가 전보다 더 많이 쌓였다는 것뿐이다. 딸들은 엄마가 너무 심하게 겁을 집어먹고 그처럼 눈에 띄게 도망쳐온 데 대해 속으로는 어느 정도 화가 났지만, 이런 소동이 벌어지기가 무섭게 여러 가지 질문으로 엄마를 괴롭힐 수도 없는 노릇이었다. 게다가 왜인지 이들 두 자매는 엄마를 포함한 그들 세 사람 모두보다 동생인 아글라야 이바노브나가 이 사건의 내막을 더 많이 알고 있을지도 모른다는 생각이 들었다. S공작 또한 밤처럼 어두운 얼굴이었고, 그 역시 아주 깊은 생각에 빠져 있었다. 리자베타 프로코피예브나는 집에 오는 내내 그와 한마디도 나누지 않았으나, 그는 그 사실을 알아채지도 못하는 듯했다.

아젤라이다는 그에게 "방금 그 큰아버지는 누구 얘기이고, 페테르부르크에 대체 무슨 일이 일어났나요?"라고 물어보았다. 하지만 그는 얼굴을 잔뜩 찌푸린 채, 무슨 조사에 대해 막연하기 짝이 없는 소리를 중얼거리며, 그런 건 모두 터무니없는 얘기라고 말했다. "그야 물론 그렇겠죠!" 아젤라이다는 이렇게 대답하고 더이상 아무것도 묻지 않았다. 하지만 아글라야는 웬지 유난히 차분했고, 그저 도중에, 너무 빨리들 달린다고 한마디한 게 다였다. 그리고 한번 뒤를 돌아봤다가 공작이 자기들을 쫓아오는 것을 발견했다. 공작이 열심히 쫓아오는 것을 보자, 그녀는 비웃듯 미소를 지었으나, 다시는 그를 돌아보지 않았다.

마침내 별장에 거의 다다랐을 때 그들은 마중나온 이반 표도로비치와 만났는데, 그는 방금 페테르부르크에서 돌아온 참이었다. 그는 곧바로 첫마디부터 예브게니 파블로비치에 대해 물었다. 그러나 부인은 대답은커녕 남편을 쳐다보지도 않고 무서운 얼굴로 그냥 지나가버렸다. 딸들과 S공작의 눈빛으로 미루어 그는 집안에 뇌우가 몰아치고 있음을 이내 눈치챘다. 하지만 그 일이 아니어도 그의 얼굴엔 어떤 심상찮은 불안이 감돌고 있었다. 그는 즉시 S공작의 팔짱을 끼고 대문 옆에 멈춰 세우더니 거의 속삭이는 소리로 그와 몇 마디 주고받았다. 그러고는 함께 테라스로 들어와 리자베타 프로코피예브나의 방으로 갔는데, 두 사람의 걱정스러운 표정으로 보아 무슨 중대한 소식을 들은 모양이었다. 다들 위층에 있는 리자베타 프로코피예브나의 방으로 점차 모여들었고, 테라스에는 결국 공작 혼자만 남았다. 그는 마치 무언가를 기다리는 것처럼 구석에 앉아 있었지만, 왜 그렇게 앉아 있는지는 자신도 몰랐다. 이 집의 뒤숭숭한 분위기를 보면서도 자기 집으로 갈 생각은 들지 않았다. 그는 온 우주를 잊은 채, 어디든 그를 앉혀둔 곳에서 이 년 동안이라도 계속 꼼짝 않고 앉아 있을 것만 같았다. 위층에서 간간이 걱정스러운 애기 소리가 들려왔다. 자기가 얼마 동안 그곳에 앉아 있었는지 공작 자신도 말할 수 없었을 것이다. 시간이 꽤 지났는지 완전히 어둑어둑해졌다. 갑자기 아글라야가 테라스로 나왔다. 약간 파리하긴 해도 겉보기엔 침착한 모습이었다. 아글라야는 여기 한구석에서 공작이 의자에 앉아 있으리라고는 '전혀 예기치 못했는지', 공작을 보자 놀란 듯한 얼굴로 미소를 지었다.

"여기서 뭘 하고 계세요?" 그녀는 공작에게로 다가왔다.

공작은 당황해서 무슨 말을 중얼거리며 의자에서 벌떡 일어났다. 그러나 아글라야가 곧바로 그의 곁에 앉는 바람에 그도 다시 자리에 앉았다. 그녀는 갑자기, 하지만 주의깊게 그를 살펴보다가 무심한 듯한 표정으로 창밖을 바라보더니, 다시금 그에게로 시선을 돌렸다. '나를 놀리고 싶은 모양이군' 하고 공작은 생각했다. '하지만 아냐, 놀리고 싶었다면 아까 그랬겠지.'

"차를 드시고 싶은 모양인데, 그럼 내오라고 할게요." 잠시 침묵이 흐른 뒤에 그녀가 말했다.

"아-아니…… 잘 모르겠습니다……"

"아니, 잘 모르겠다니, 그게 무슨 말예요! 아참, 좀 들어보세요. 만약 누군가가 당신한테 결투를 신청한다면 어떡하시겠어요? 아까부터 묻고 싶었어요."

"하지만…… 누가 대체…… 나한테는 아무도 결투를 신청하지 않을 겁니다."

"뭐, 만약 신청해오면요? 당신은 아주 기겁하겠죠?"

"아마 무척…… 두려울 겁니다."

"정말요? 그럼 당신은 겁쟁이로군요?"

"아-아뇨. 아마 아닐 겁니다. 겁쟁이란 두려워서 달아나는 자예요. 두렵지만 달아나지 않는 사람을 두고 겁쟁이라고까지 하기는 좀 그렇습니다." 공작은 잠시 생각하고 나서 미소 지었다.

"그럼 당신은 달아나지 않는단 말이죠?"

"아마 달아나지 않을 겁니다." 그는 아글라야의 질문에 마침내 웃음을 터뜨렸다.

"나는 여자지만 절대로 달아나지 않을 거예요." 그녀는 기분이 좀 상한 듯 대꾸했다. "하지만 당신은 날 비웃으면서 당신 습관대로 젠체하고 있는 거죠, 자신을 더 흥미로운 사람으로 만들기 위해서 말예요. 어디 한번 말해보세요, 보통 십이 보 거리에서 쏘죠? 어떤 사람들은 십 보 거리에서 쏘기도 하고요? 그렇다면 틀림없이 죽거나 부상당할 거 아녜요?"

"결투에서 죽는 경우는 분명히 드물 겁니다."

"드물다뇨? 푸쉬킨도 결투에서 죽었는걸요."

"그건 우연이라 해야겠죠."

"절대로 우연이 아녜요. 목숨을 건 결투였기에 죽은 거예요."

"총알이 아주 낮은 곳에 맞았는데, 단테스*는 필시 그보다 높은 어느

---

* 러시아의 근위기병연대에서 근무했던 프랑스인 장교. 푸쉬킨은 1837년 1월 27일 단테스와의 결투로 복부에 치명상을 입고 이틀 뒤 사망했으며, 단테스는 관등을 박탈당하고 러시아에서 추방됐다.

곳, 가슴이나 머리를 겨눴을 겁니다. 그렇게 낮은 곳을 겨누는 사람은 절대 없으니까요, 따라서 푸쉬킨이 그 총알에 맞아 죽은 건 우연이고, 총알이 빗나간 탓이라고 봐야겠지요. 이 방면에 정통한 사람들한테서 들은 겁니다."

"나는 어떤 병사하고 얘기해본 적이 있는데, 그 병사가 말하기를, 병사들이 뿔뿔이 흩어져서 사격할 때면 규정에 따라 의도적으로 인체의 중간 부분을 겨누도록 분명하게 명령을 받는대요, '인체의 중간 부분을'이라고 분명히 지시한다는 거죠. 그러니까 가슴이나 머리가 아니라 작정하고 인체의 중간 부분을 겨누라고 분명히 명령받는다는 거예요. 나중에 어느 장교한테 물어봤더니, 정말로 그렇게 한다더군요."

"먼 거리에서 쏘니까 그렇게 하는 게 맞지요."

"총을 쏠 줄 아세요?"

"한 번도 쏴보지 못했습니다."

"그럼 권총을 장전할 줄도 모르세요?"

"모릅니다. 아니, 장전하는 법은 알지만, 직접 해본 적은 없어요."

"뭐, 그럼 할 줄 모른다는 얘기네요, 이런 일엔 실제 경험이 필요하니까요. 그럼 잘 듣고 기억해두세요. 첫째, 권총용 화약을 좋은 걸로 사세요, 눅눅하지 않고(눅눅한 기가 없는 아주 건조한 거라야 된대요), 입자가 자잘한 거로요, 그런 화약을 달라고 하세요, 대포 쏠 때 쓰는 그런 것 말고요. 총알은 어떻게 직접 만들 수도 있다네요. 권총은 갖고 계세요?"

"아뇨, 가질 필요도 없고요." 공작은 갑자기 웃음을 터뜨렸다.

"아니, 그게 무슨 소리예요! 꼭 사도록 하세요. 좋은 걸로, 프랑스제나 영국제가 제일 좋대요. 그런 다음 화약을 골무 한두 개 분량만큼 꺼내서 안에다 부으세요. 조금 많이 넣는 편이 좋아요. 그러고는 펠트 조각으로 화약을 꾹꾹 눌러주세요(왜 그런지 몰라도 반드시 펠트로 해야 한대요), 펠트는 무슨 방석 같은 데서 좀 뜯어내면 될 거예요, 아니면 문에도 이따금 펠트를 붙여놓곤 하니까요. 펠트를 채워넣은 다음, 총알을 꽂으세요—잘 들으세요, 총알은 나중이고, 화약이 먼저예요, 안 그러면 총알이 나가지 않아요. 왜 웃으시죠? 나는 당신이 매일 몇 번씩 사격 연습을 해서 반드시 과녁을 맞히게 되길 원해요. 그러실 거죠?"

공작은 웃기만 했다. 아글라야는 분해서 발을 동동 굴렀다. 그녀가 그렇게 정색하고 그런 얘기를 하는 데 공작은 적잖이 놀랐다. 그는 그녀에게 뭔가 확인해야 한다는, 뭔가 물어봐야 한다는, 어쨌든 권총 장전법보다는 중대한 무언가에 대해 확인하고 물어봐야 한다는 느낌이 어렴풋이 들었다. 그러나 그런 생각은 머릿속에서 모두 날아가버리고, 그녀가 자기 앞에 앉아 있고 자기는 그녀를 보고 있다는 것 외엔 아무런 생각도 할 수 없었으니, 그녀가 무슨 말을 하든 지금 그에겐 거의 매한가지였을 것이다.

마침내 이반 표도로비치가 위층에서 테라스로 내려왔다. 그는 어디론가 나갈 채비를 하고 있었는데, 우울하고 수심이 어린, 그러나 결연한 표정이었다.

"아, 레프 니콜라이치, 자네구먼…… 지금 어디로 갈 참인가?" 그는 레프 니콜라예비치가 자리에서 움직일 생각조차 하고 있지 않는데도 이렇게 물었다. "자, 함께 가세, 자네한테 할 얘기가 좀 있네."

"그럼 또 봐요." 아글라야는 이렇게 말하며 공작에게 손을 내밀었다.

테라스는 벌써 꽤 어두웠으므로, 공작은 이 순간 그녀의 얼굴을 완전히 분명하게 볼 수는 없었다. 잠시 뒤 장군과 함께 이미 별장을 나설 때, 그는 갑자기 얼굴을 몹시 붉히며 자신의 오른손을 꽉 쥐어보았다.

알고 보니 이반 표도로비치도 그와 가는 방향이 같았다. 이반 표도로비치는 늦은 시각인데도 누구하고 뭔가 급히 상의할 일이 있어서 발길을 재촉하는 중이었다. 그러면서도 그는 갑자기 공작에게 리자베타 프로코피예브나의 이름을 몇 번이나 들먹여가며 빠르고 근심스러운 어조로 꽤나 두서없는 얘기를 늘어놓기 시작했다. 만일 이때 공작이 좀 더 주의를 기울일 수 있었다면, 이반 표도로비치가 그런 얘기를 하면서 그로부터 뭔가를 알아내거나, 혹은 더 정확히 말해 그에게 단도직입적으로 뭔가를 솔직히 물어보고 싶으면서도, 그 가장 중요한 문제를 좀처럼 입 밖에 내지 못한다는 사실을 아마도 알아챘으리라. 하지만 공작은 부끄럽게도 너무나 마음이 혼란스러워서, 처음 얼마 동안은 심지어 아무 말도 귀에 들어오지 않았고, 그래서 장군이 열띠게 어떤 질문을 하며 그의 앞에서 우뚝 걸음을 멈췄을 때, 그는 아무것도 알아듣지 못했노라고 실토할 수밖에 없었다.

장군은 어깨를 으쓱해 보였다.

"자네들은 왜 그런지 하나같이 이상한 사람이 돼버렸어, 모든 점에서 말일세." 그는 다시 말을 시작했다. "자네한테 하는 말이지만, 나는 리자베타 프로코피예브나가 무슨 생각을 하고, 무슨 걱정을 하는지 도무지 알 수가 없네. 아내는 히스테리를 부리면서, 우리가 톡톡히 망신을 당했다느니 치욕을 당했다느니 하며 울고불고 야단이야. 누가? 어떻게? 누구와 함께? 언제, 무엇 때문에? 솔직히 내가 잘못했지(그건 나도 인정해), 많이 잘못했어, 하지만 그…… 천방지축인 (게다가 행실이 추잡한) 계집이 생떼를 부리는 건 어떻게든 경찰의 힘을 빌려 저지할 수 있고, 나도 오늘 몇몇 사람을 만나서 예방조치를 강구할 생각일세. 그들과의 친분을 이용해서 모든 일을 조용하고 원만하게, 심지어 부드럽게 해결할 수 있어, 소동 같은 건 절대 일어나지 않을 걸세. 하긴 앞으로도 여러 일이 벌어질 것이고, 지금까지 해명되지 못한 일이 많다는 점 또한 인정해. 여기엔 분명 무슨 음모가 숨어 있어. 하지만 만약 여기서는 아무것도 알지 못하고 저기서도 아무것도 설명할 수 없다면, 만약 나도 못 들었고, 너도 못 들었고, 이 사람도 못 들었고, 또 그 사람도 못 들었다면, 자네한테 묻고 싶네만, 그럼 결국, 도대체 누가 들었다는 건가? 자네라면 이 사건을 대체 어떻게 설명하겠나, 이 사건의 절반은—이를테면 달빛이나…… 다른 환영처럼 실제로는 존재하지 않는 신기루라고 말하지 않는다면 말일세."

"그 여자는 미쳤습니다." 공작은 갑자기 아까 일어났던 모든 일을 고통스럽게 떠올리며 중얼거렸다.

"그 계집을 두고 하는 말이라면 나 역시 그렇게 믿었다네. 나도 어느 정도 그렇게 생각해서, 지금까진 편히 잠을 잤지. 하지만 지금 보니, 그들의 생각이 더 정확해, 그래서 미쳤다는 건 믿지 않아. 물론 허황된 여자이긴 해, 하지만 미친 여자가 아닐뿐더러 예리하기까지 하단 말일세. 카피톤 알렉세이치에 대해 오늘 지껄인 것만 해도 그걸 충분히 증명하거든. 그건 그 여자의 사기꾼적인 수법, 다시 말해 적어도 어떤 특별한 목적을 위한, 예수회 식의 교활한 수법인 것만은 틀림없어."

"카피톤 알렉세이치라뇨?"

"아니, 맙소사, 레프 니콜라이치, 자넨 내 얘길 통 듣고 있지 않군. 자네하고 맨 처음에 카피톤 알렉세이치 얘기부터 시작했는데. 나는 어찌나 놀랐는지 아직도 사지가 덜덜 떨린다네. 오늘 시내에 오래 머물렀던 것도 그 때문이야. 카피톤 알렉세이치 라돔스키는 예브게니 파블르이치의 백부인데……"

"그래서요!" 공작이 소리쳤다.

"권총으로 자살했어, 오늘 아침, 오늘 새벽 일곱시에. 사회의 존경을 받는 노인으로, 나이가 칠십이었지만 대단한 향락주의자였지, 그 여자가 말한 그대로—공금이 사라졌어, 막대한 액수가!"

"그 여자는 대체 어디서……"

"그걸 알아냈느냐고? 하-하! 그 여자가 이곳에 나타나기가 무섭게, 그녀 주위엔 완전한 참모부가 생겨났다네. 자네, 아는가, 지금 어떤 인사들이 '사귈 수 있는 영광'을 얻고자 그 여자에게 찾아가는지. 물론, 그 여자는 아까 거기 온 사람들한테서 무슨 얘길 들었을 수도 있어. 이젠 이미 페테르부르크 전체가 알고 있고, 이곳에서도 파블롭스크의 절반, 아니 이미 파블롭스크 전체가 그 사실을 알고 있으니까. 한데 나도 전해 들었네만, 그 여자가 그 제복에 대해, 즉 예브게니 파블르이치가 미리 전역했다는 점에 대해 얼마나 예리하게 지적했느냐 말일세! 그건 정말이지 악의에 찬 암시야! 아니, 절대로 미치광이는 아닐세. 나는 물론 예브게니 파블르이치가 이 파국이 일어나리라는 것을, 그러니까 몇 월 며칠 아침 일곱시라는 것 등등을 미리 알고 있었다고 믿고 싶진 않아. 하지만 이 모든 것을 예감할 수는 있었겠지. 어쨌든 나는, 아니 우리 모두와 S공작까지, 이 노인이 그래도 상당한 유산을 그에게 남겨줄 거라고 예상했는데! 무서운 일이야! 무서운 일! 하지만 알아주게, 나는 어떤 점에서도 예브게니 파블르이치를 비난하지 않네, 무엇보다 이것만은 자네한테 분명히 해두겠네. 그렇지만 아무래도 미심쩍어. S공작도 몹시 충격을 받은 상태야. 이 모든 일이 왠지 이상하게 한꺼번에 덮쳤으니까."

"그럼 예브게니 파블르이치의 행동에 뭔가 미심쩍은 게 있나요?"

"천만에! 그는 아주 고상하게 처신해왔어. 나 역시 그 어떤 암시도 준 적이 없네. 그 사람 자신의 재산은 온전히 보전되고 있다고 생각하네. 물론 리자베타 프로코피예브나는 이런 얘길 들으려고도 하지 않네만…… 그러나 중요한 건—집안에 이런 파국, 아니면 입씨름이라고 해야 더 좋을까, 어떻게 불러야 할지도 모르겠지만 하여간 이런 일들이 계속된다는 거야…… 레프 니콜라이치, 자네는 정말로 우리 집안의 친구야, 그러니까 한번 상상해보게, 하기야 이건 정확한 얘긴 아니지만, 예브게니 파블르이치가 벌써 한 달도 더 전에 아글라야에게 청혼을 했다가 정식으로 거절당한 것 같다는 사실이 지금 드러나고 있어."

"설마 그럴 리가!" 공작은 열띤 소리로 외쳤다.

"하지만 자네는 뭘 좀 알고 있을 게 아닌가? 이봐, 여보게," 장군은 깜짝 놀라 그 자리에 못박힌 듯 멈춰 서며 몸을 부르르 떨었다. "내가 자네한테 쓸데없이 점잖지 못한 얘길 지껄였는지도 모르겠네만, 그건 자네가…… 자네가…… 말하자면 그런 사람이기 때문이야. 아마 자네는 뭔가 특별한 사정을 알고 있겠지?"

"나는…… 예브게니 파블르이치에 관해선 아무것도 모릅니다." 공작이 중얼거렸다.

"나 역시 몰라! 여보게, 우리집에선 죄다 나를…… 나를 땅속에 아주 묻어 매장해버리려 들면서, 그게 인간에게 너무나 괴로운 일이며 내가 그걸 견뎌내지 못한다는 건 생각해보려고도 하지 않아. 방금도 그런 소동이 벌어졌지만, 정말 끔찍하다네! 나는 자네를 친아들처럼 여기고 얘기하는 걸세. 제일 곤란한 건, 아글라야가 제 어미를 실제로 비웃고 있다는 거야. 그애가 예브게니 파블르이치를 한 달쯤 전에 거절한 것 같고, 두 사람 사이에 충분히 정식 해명이 있었던 것 같다며, 큰딸들이 추측이라는 형태로 알려줬는데…… 추측이라고는 해도 확고한 추측이지. 하지만 그애가 얼마나 제멋대로이고 공상적인지, 말도 못해! 감성적이고 지성적인 면에서 빛나는 자질과 관대함—이 모든 것을 지니고 있다고 해야겠지만, 변덕스럽고 냉소적인 기질로 말하자면—한마디로 악마적인 성격인데다 공상벽이 너무 심하거든. 조금 전에도 제 어미한테 맞대놓고 조롱을 하고, 두 언니와 S공작에게도 그러더란 말일세. 나한테야 말할 것도 없지, 나를 조롱하지 않을 때가 드물 정도니까, 하지만 그래도 난, 난 말일세, 그애를 사랑한다네, 그애가 조롱하는 것마저 사랑하지—어쩌면 이 쪼끄만 악마가 그 때문에 나를 특히 사랑하는 것 같아, 나를 누구보다 더 사랑하는 것 같거든. 내기라도 걸겠네만, 그애가 이미 자네도 무슨 일로 골려줬을 걸세. 아까 위층에서 난리가 벌어지고 난 다음에 조금 전 그애와 자네가 얘길 나누는 걸 봤는데, 그앤 마치 아무 일도 없었다는 듯 자네와 함께 앉아 있더군."

공작은 얼굴을 몹시 붉히며 오른손을 꽉 쥐었으나, 여전히 아무 말도 하지 않았다.

"여보게, 레프 니콜라이치!" 장군은 갑자기 감정을 담아 열띤 목소리로 말했다. "나는…… 아니 리자베타 프로코피예브나까지도(하긴 아내는 또다시 자네를 욕하기 시작했고 덕분에 나까지 욕을 먹고 있지만, 무엇 때문인지는 나도 모르겠네), 어쨌든 우리는 자넬 사랑하고, 무슨 일이 있어도, 즉 겉으로야 어떻게 보일망정 진심으로 사랑하고 존경한다네. 하지만 여보게, 자네도 수긍할 거야, 자네 자신도 수긍해줘야 해, 대체 난데없이 이게 무슨 수수께끼이고 무슨 분통 터지는 소리냔 말일세, 글쎄 갑자기 이 차갑고 태연하고 쪼끄만 악마가(우리가 뭘 물어봐도 잔뜩 경멸어린 표정을 하고는 제 어미 앞에 버티고 서 있으니, 이런 소리가 안 나오게 됐나 생각해보게, 내가 묻는 말에는 특히 더하지, 하기야, 젠장, 내가 바보짓을 했지, 그래도 가장이니까 위엄을 보여주려 했단 말일세—암, 바보짓을 했고말고), 이 쪼끄만 냉혈한 악마가 갑자기 코웃음을 치며 이런 소릴 하지 않겠나, 그 '미친 여자'가(그애가 그렇게 부르더군, 그애가 자네와 똑같은 말로 그 여자를 부른 게 아무래도 이상해. '그럼 다들 아직 그걸 못 알아채셨단 말예요?'라더군), 그 미친 여자가 '어떻게든 나를 레프 니콜라이치 공작과 혼인시킬 생각에 예브게니 파블르이치를 우리집에서 쫓아내려 한다고요'…… 그저 그렇게만 말하고는 아무런 설명도 덧붙이지 않고 혼자서 깔깔 웃어대는 거야. 우리가 입을 쩍 벌리고 있는데, 문을 쾅 닫고 나가버렸다네. 그뒤에 식구들이 아까 그애와 자네 사이에 일어났던 일을 얘기해주더군…… 그래서…… 그래서…… 잘 듣게나, 공작, 자네는 화를 잘 내는 사람도 아니고 아주 사려 깊은 사람일세, 자네가 그렇다는 건 내가 잘 알아, 어쨌든…… 화내진 말게. 정말이지 그애는 자네를 놀리고 있는 걸세. 어린애처럼 재미있어하는 거니까, 그애한테 화내지 말게나, 하지만 이건 어디까지나 사실이야. 그러니 다른 생각은 말게나—그앤 그저 심심풀이로 자네와 우리 모두를 골탕먹이는 거야. 자, 그럼 또 보세! 자넨 우리 마음을 알겠지? 자네에 대한 우리의 진실한 마음을? 그 마음은 무슨 일이 있어도 변하지 않을 걸세…… 하지만 나는 이제 이쪽으로 가야 하네, 또 보세! 요즘처럼 가시방석에 앉은 기분일 때도(이런 식으로들 말하지?) 별로 없다네…… 쳇, 별장생활이라, 좋기도 하군!"

네거리에 혼자 남은 공작은 주위를 둘러보더니 재빨리 길을 건너 불빛이 흘러나오는 어느 별장의 창으로 다가가, 이반 표도로비치와 얘기를 나누는 동안 줄곧 오른손에 꼭 쥐고 있었던 조그만 종이쪽지를 펴 들고 어렴풋한 불빛에 대고 읽었다.

'내일 아침 일곱시에 공원의 초록색 벤치에서 기다리겠어요. 당신과 직접 관련된 대단히 중요한 일에 대해 당신과 이야기하기로 결심했어요.

P. S. 아무에게도 이 편지를 보이지 마세요. 이런 지시까지 써넣기는 나도 부끄럽지만, 당신에겐 그래야 한다 싶었어요—당신의 우스꽝스러운 성격 때문에 창피해서 얼굴이 다 빨개지는군요.

PP. SS. 아까 내가 당신에게 가리켰던 그 초록색 벤치를 말하는 거예요. 부끄러운 줄 아세요! 정말이지 내가 이런 것까지 부언해야 하다니.'

급히 휘갈겨 쓰고 아무렇게나 접은 것으로 보아 편지는 아글라야가 테라스에 나오기 직전에 쓴 게 틀림없었다. 경악에 가까운 형언할 수 없는 흥분에 휩싸여 공작은 그 종이쪽지를 또다시 손에 꼭 쥐고는, 마치 깜짝 놀란 도둑처럼 불빛이 비치는 창문에서 얼른 물러섰다. 그러나 그렇게 물러서다가 그는 자기 어깨 뒤에 바싹 붙어 서 있던 어떤 사내와 갑자기 세차게 부딪혔다.

"당신의 뒤를 밟고 있었습니다, 공작." 사내가 말했다.

"아, 켈레르, 당신이잖아요?" 공작은 깜짝 놀라서 소리쳤다.

"당신을 찾고 있었어요, 공작. 예판친가의 별장 옆에서 기다렸지요, 물론 안으로 들어갈 순 없었으니까요. 당신이 장군과 함께 걸어가는 동안 쭉 뒤쫓아왔습니다. 당신을 섬길 테니, 공작, 무슨 일이든 이 켈레르에게 분부만 내려주십시오. 어떤 희생이라도 할 각오가 돼 있고, 필요하다면 기꺼이 죽기까지 하겠습니다."

"하지만…… 무엇 때문에?"

"무엇 때문이냐고요, 이제 곧 틀림없이 결투 신청이 있을 겁니다. 그 몰로프초프 중위*는, 내가 그 사람을 아는데, 그러니까 개인적으로 안다는 건 아니지만…… 그자는 모욕을 당하고 그냥 넘길 사람이 아닙니다. 그 사람은 우리 같은 족속, 즉 나와 로고진 따위는 그야말로 쓰레기로 여기는 판이니—당연히 당신 한 사람에게 아마도 모든 책임이 떨어질 거란 말이지요. 술값을 톡톡히 치러야 할 겁니다,** 공작. 그자가 사람들한테 당신 얘길 물어보는 걸 나도 들었으니, 분명 내일이라도 그자의 친구가 당신을 찾아올 겁니다, 아니, 벌써 기다리고 있는지도 모르지요. 만약 영광스럽게도 나를 입회인으로 택해주신다면, 당신을 위

---

* 라돔스키의 친구인 장교의 계급은 대위이다.

** 일어난 일에 대해 책임을 떠맡는다는 뜻의 관용구.

해 빨간 모자까지도 쓸 각오가 돼 있습니다.* 당신을 찾아다닌 것도 그 때문입니다, 공작."

"그러니까 당신도 결투 얘기로군요!" 공작이 느닷없이 웃음을 터뜨리는 바람에, 켈레르는 완전히 어리둥절해지고 말았다. 공작은 배를 잡고 웃어댔다. 입회인이 되고 싶다고 말한 뒤 행여 좋은 답을 얻게 될까 싶어 그야말로 조마조마해하던 켈레르는 공작이 그토록 유쾌하게 웃어대는 걸 보자 거의 모욕감마저 느꼈다.

"그렇지만 공작, 당신은 아까 그 사람의 팔을 붙잡았습니다. 점잖은 신사라면 많은 사람이 지켜보는 가운데 그런 일을 당하고선 참기 힘든 법이지요."

"하지만 그 사람도 내 가슴을 떠밀었는걸요!" 공작은 웃으면서 소리쳤다. "우리는 싸워야 할 이유가 없어요! 나는 그 사람한테 사과하겠어요, 그걸로 다 끝나요. 그래도 싸워야겠다면 싸워야지요! 총을 쏠 테면 쏘라죠. 오히려 바라는 바이니까. 하-하! 나는 이제 권총을 장전할 줄 알아요! 방금 내가 권총의 장전법을 배웠다는 걸 아나요? 당신은 권총을 장전할 줄 아나요, 켈레르? 먼저 권총용 화약을 사야 해요, 눅눅하거나 대포 쏠 때 쓰는 굵은 것은 안 돼요. 그런 다음, 먼저 화약을 채워넣고, 어디 문 같은 데서 펠트를 좀 뜯어다가 막은 뒤에 총알을 꽂아 넣는데, 화약보다 총알을 먼저 넣으면 안 돼요, 그러면 총알이 나가지 않으

---

* 1894년까지 러시아에서 결투는 금지돼 있었고, 형법에 따라 엄한 처벌을 받았다. 결투의 입회인이 될 경우, 사관학교 출신의 퇴역 중위인 켈레르는 사병으로 강등될 수도 있었다. 옛날 러시아에서 새로 소집된 신병들은 빨간 모자를 받았는데, 대개 농노나 하층민 출신이었던 사병들은 고된 부역과 인권 유린에 시달렸다.

니까. 듣고 있죠, 켈레르, 총알이 나가지 않는다니까요. 하-하! 켈레르, 내 친구, 이건 정말 대단한 이유 아닌가요? 오, 켈레르, 난 말이지요, 지금 바로 당신을 포옹하고 키스해줘야겠어요. 하-하-하! 당신은 아까 어쩌자고 그렇게 불쑥 그 장교 앞에 뛰어든 겁니까? 나와 샴페인을 마시러 오시죠, 가능한 한 빨리. 함께 취하도록 마십시다! 압니까? 나한테 샴페인 열두 병이 있어요, 레베제프의 광에 보관해뒀소. 레베제프가 그것들을 그저께, 그러니까 내가 그 사람 별장으로 옮겨온 다음날, '예정에 없던 할인가'로 나한테 팔겠다고 하기에, 내가 전부 다 산 거요! 나는 사람들을 다 부를 겁니다! 그건 그렇고, 당신은 오늘밤에 잠을 잘 건가요?"

"여느 밤이나 다름없지요, 공작."

"그럼 안녕히 주무시구려! 하-하!"

약간 어리둥절해져서 생각에 잠긴 켈레르를 남겨둔 채, 공작은 길을 건너 공원으로 사라졌다. 켈레르는 공작이 이토록 이상한 기분에 휩싸여 있는 것을 여태 한 번도 본 적이 없을뿐더러, 지금껏 상상조차 하지 못했다.

'열병에라도 걸린 것 같군, 신경이 약한 사람이니까, 게다가 이 모든 일에 충격을 받은 모양인데, 하지만 물론 겁을 먹은 건 아닐 거야. 정말이지, 저런 친구들은 겁을 낼 줄도 모르거든!' 켈레르는 속으로 생각했다. '흠, 샴페인이라! 어쨌든 귀가 솔깃한 소식이군. 열두 병, 그러니까 한 타打라 이거지. 나쁘지 않아, 그만하면 상당한 양이니까. 레베제프는 분명 그 샴페인을 누구한테 저당으로 잡은 거야, 틀림없어. 흠…… 어쨌거나 저 친구는, 저 공작은 꽤나 귀여운 데가 있어. 사실, 나는 저런 친구들이 좋아. 아무튼 시간을 허비할 필요야 없지, 더구나…… 샴페인이 있다면, 지금이야말로 때가 아닌가……'

공작이 열병에 걸린 듯한 상태라는 것은 물론 맞는 말이었다.

그는 오랫동안 어두운 공원을 헤매다가, 마침내 어느 가로수 길을 따라 배회하고 있는 '자신을 발견했다'. 벤치에서 시작해 눈에 잘 띄는 키 큰 고목 밑까지 기껏 백 보 남짓한 거리를 이 가로수 길을 따라 벌써 삼사십 번씩이나 왔다갔다한 기억이 그의 의식 속에 남아 있었다. 적어도 꼬박 한 시간은 될 그 시간 동안에 자신이 공원에서 무슨 생각을 했는지는, 설사 그가 떠올리려 했다 해도 결코 떠올릴 수 없었을 것이다. 그러나 문득 어떤 한 가지 생각에 몰두해 있는 자신을 알아채자, 갑자기 그는 배를 그러안고 웃기 시작했다. 웃을 만한 이유라곤 전혀 없었지만, 무턱대고 웃고 싶었던 것이다. 결투에 대한 상상은 켈레르한 사람의 머리에만 떠오를 수 있는 게 아니며, 따라서 권총 장전법에 대한 이야기도 우연한 일이 아닐 수 있다는 생각이 들었다…… '아아!' 그는 다른 상념이 번쩍 떠올라 갑자기 걸음을 멈췄다. '아까 그녀가 테라스로 내려와서 내가 구석에 앉아 있는 걸 보자 소스라치게 놀랐지, 그러고는—이내 웃으면서…… 차를 마시겠느냐고 물었어. 하지만 그때 그녀의 손엔 이미 이 쪽지가 쥐어져 있었으니까, 내가 테라스에 앉아 있다는 걸 틀림없이 알고 있었다는 얘기야, 그렇다면 대체 왜 깜짝 놀란 걸까? 하-하-하!'

그는 주머니에서 편지를 꺼내 입을 맞췄지만, 곧 그만두고는 생각에 잠겼다.

'참 이상하지! 참 이상해!' 일 분쯤 뒤에 그는 어떤 서글픔마저 느끼며 이렇게 중얼거렸다. 강렬한 환희를 느끼는 순간이면 그는 늘 서글퍼지곤 했는데, 무엇 때문인지는 자신도 알지 못했다. 그는 유심히 주위를 둘러보다가, 자신이 여기까지 와 있다는 데 깜짝 놀랐다. 그는 몹시 피곤해서 벤치로 다가가 거기에 걸터앉았다. 주위엔 깊은 정적이 깔려 있었다. 역의 음악 연주도 벌써 끝난 뒤였다. 공원에는 이미 사람의 그림자 하나 비치지 않는 듯했다. 하기야 열한시 반은 족히 된 시각이었다. 밤은 고요하고 따뜻하고 밝은—6월 초순에 볼 수 있는 바로 그 페테르부르크의 밤이었지만, 수목이 울창한 그늘진 공원과 그가 있는 가로수 길은 이미 거의 칠흑처럼 어두웠다.

만약 이 순간 누군가가 그에게, 너는 사랑에 빠졌다, 열렬한 사랑에 빠져 있다, 라고 말한다면, 그는 깜짝 놀라 그런 생각을 부정할 것이며, 어쩌면 화를 내기까지 할 것이다. 그리고 누군가가, 아글라야의 편지는 연서戀書다, 사랑의 밀회를 요구하는 것이다, 라고 덧붙인다면, 그는 수치심에 얼굴을 붉히며, 어쩌면 그 사내에게 결투를 신청할지도 모른다. 그에게 이 모든 것은 어디까지나 진심이어서, 이 처녀가 자기를 사랑할 수도 있다거나 심지어 자기가 이 처녀를 사랑할 수도 있다는 '이중적인' 생각은 털끝만큼도 허용하지 않았고, 단 한 번도 그런 의심을 품어본 적조차 없었다. 자기에게, '자기와 같은 사람'에게 사랑을 느낄 수 있다는 것은 그저 기괴한 일로만 여겨졌을 것이다. 만약 여기에 실제로 뭔가가 있다면, 그건 그저 그녀의 짓궂은 장난일 뿐이라고 그는 생각했다. 그러나 그는 그런 장난에 대해 어쩐지 지나칠 정도로 무심했고, 그런 장난을 지극히 자연스러운 일로 여겼다. 그는 전혀 다른 어떤 일에 온통 정신이 팔리고 마음이 쏠려 있었다. 아까 흥분한 장군의 입에서 튀어나온 말, 즉 아글라야가 모두를, 특히 공작 그를 놀리고 있다는 것은 그도 완전히 믿는 바였다. 그는 거기에 대해 조금도 모욕을 느끼지 않았고, 그가 생각하기에 그런 행동은 오히려 당연한 일이었다. 지금 그에게 가장 중요한 것은, 내일이면 그녀를 다시 보게 되고, 아침 일찍 그녀와 나란히 초록색 벤치에 앉아 권총을 장전하는 법을 들으며 그녀를 바라볼 수 있다는 것, 그게 전부였다. 그 이상은 아무것도 필요하지 않았다—그녀가 자기에게 과연 무슨 말을 하려는 것일까, 자신과 직접 관련됐다는 그 중요한 일은 대체 무엇일까? 하는 물음도 그저 한두 차례 머리를 스쳤을 따름이다. 그뿐만 아니라, 자신을 불러내야 할 그 '중요한 일'이 정말로 존재하는지에 대해서는 단 일 분도 의심하지 않았지만, 그 중요한 일에 대해 지금은 거의 생각조차 하지 않았고, 그것에 대해 생각하고 싶은 일말의 충동마저 느끼지 못했다.

가로수 길의 모래를 사각거리며 밟는 조용한 발걸음소리에 그는 고개를 들었다. 어둠 속에서 얼굴을 분간하긴 어려웠으나, 한 사내가 벤치로 다가와 그의 옆에 앉았다. 공작은 재빨리 그 사내 쪽으로 바싹 다가앉았고, 이내 로고진의 창백한 얼굴을 알아보았다.

"여기 어디서 배회하고 있을 줄 알았지, 오래 찾을 것도 없었네." 로고진이 잇새로 내뱉듯 중얼거렸다.

이렇게 대면하기는 여관 복도에서 만난 이래 처음이었다. 로고진의 느닷없는 출현에 놀란 공작은 얼마 동안 생각을 집중할 수가 없었고, 고통스러운 감각이 가슴속에서 다시금 깨어났다. 로고진도 자기가 공작에게 불러일으킨 강렬한 인상을 이해하는 눈치였다. 그도 처음엔 적잖이 당황했고, 허물없는 어조도 일부러 꾸민 듯이 여겨졌지만, 공작은 그의 태도에 꾸민 데가 없을뿐더러 특별히 당황한 기색도 전혀 없어 보인다는 걸 금방 알아챘다. 그의 몸짓이나 말투에 어딘가 어색한 데가 있었다 해도, 그건 그저 표면적인 것에 불과했다. 결코 내면이 변할 수 있는 인간이 아니었기 때문이다.

"어떻게…… 내가 여기 있는 걸 알았나?" 공작은 무슨 말이든 꺼내려고 이렇게 물었다.

"켈레르한테 들었어(나는 자네 집에 들렀었거든), '공원에 가셨습니다'라기에, 뭐, 그럴 줄 알았어, 라고 생각했지."

"'그럴 줄'이라니?" 공작은 불안한 얼굴로, 무심결에 튀어나온 말끝을 붙잡았다.

로고진은 피식 웃었으나 아무런 설명도 하지 않았다.

"자네 편지를 받았네, 레프 니콜라이치, 다 부질없는 짓이야…… 그만두게!…… 그건 그렇고, 나는 지금 그 여자한테서 오는 길이야. 반드시 자네를 불러달라더군. 뭔가 꼭 할말이 있대. 오늘 중으로 와달라는데."

"내일 가지. 지금은 집에 가야 하니까. 자네…… 우리집에 같이 가겠나?"

"뭣하러? 할말은 이미 다 했네. 잘 가게."

"정말 들르지 않겠나?" 공작이 나지막이 물었다.

"자넨 이상한 사람이야, 레프 니콜라이치, 자네한텐 놀랄 수밖에 없군."

로고진은 독기어린 미소를 지었다.

"왜? 자넨 지금 무엇 때문에 나를 그토록 증오하나?" 공작은 서글프고도 열띤 어조로 말을 가로챘다. "자네도 이젠 알잖나, 자네가 생각했던 모든 게—사실이 아니라는 걸 말일세. 하긴 나도 그렇게 생각했네, 나에 대한 자네의 증오가 아직 사라지지 않았을 거라고 말이지, 왜 그런지 아나? 자네가 그때 나를 해치려고 했던 것 때문이야, 그래서 자네의 증오심이 사라지지 않는 걸세. 자네한테 분명히 말하지만, 나는 그날 나와 십자가를 교환하고 형제의 의를 맺었던 그 파르폰 로고진만을 기억하네. 어제 그 편지에다 이 말을 쓴 것도, 자네가 그때의 섬망을 깨끗이 다 잊고 내 앞에서 그 얘긴 더이상 꺼내지 말았으면 해서였네. 왜 나한테서 그렇게 물러서나? 손은 왜 또 감추는 건가? 분명히 말하지만, 나는 그때 있었던 모든 일을 그저 섬망일 뿐이라 여기네. 나는 그날 자네가 하루종일 어땠는지, 이제 나 자신처럼 훤히 알고 있어. 자네가 상상했던 것은 존재하지도 않았고, 존재할 수도 없는 일이었지. 대체 무엇 때문에 우리의 증오가 계속 존재해야 하는 건가?"

"자네야 무슨 증오를 품을 수 있겠나?" 로고진은 뜻밖에 터져나온 공작의 열변에 답하듯 또다시 껄껄 웃었다. 그는 정말로 공작을 피하는 양, 두어 걸음 물러선 채 손을 감추고 있었다.

"이제 나는 자네 집에 절대로 드나들 수 없네, 레프 니콜라이치." 그는 결론이라도 말하듯 천천히, 그리고 의미심장하게 덧붙였다.

"정말 그 정도로 나를 증오하는 건가?"

"나는 자네를 좋아하지 않아, 레프 니콜라이치, 그런데 내가 왜 자네 집에 간단 말인가? 이것 봐, 공작, 자네는 장난감을 갖고 싶어하는 어린애와 하나도 다르지 않아—어서 꺼내줘, 빨리 줘, 라며 졸라댈 뿐, 뭐가 뭔지 아무것도 모른단 말일세. 자넨 지금 하는 말을 편지에도 그대로 썼더군, 내가 정말 자네를 믿지 않는 줄 아나? 나는 자네가 하는 말을 모두 믿고, 자네가 단 한 번도 나를 속인 적이 없을뿐더러 앞으로도 절대 속이지 않으리라는 것도 알아. 하지만 그래도 난 자넬 좋아하지 않아. 자넨 모든 걸 잊었고, 십자가를 교환한 형제 로고진만을 기억할 뿐, 그때 자네한테 칼을 뽑아들었던 로고진은 모른다고 써 보냈지. 그렇지만 자네가 내 심정을 어찌 알겠나? (로고진은 또다시 피식 웃었다.) 더구나 나는 그 일에 대해 그후 한 번도 뉘우치지 않았는지도 몰라, 그런데도 형제로서 나를 용서한다고 써 보내다니. 어쩌면 그날 저녁에 벌써 나는 전혀 다른 것을 생각하느라 그 일 같은 건……"

"생각하는 것조차 잊었다고!" 공작이 말을 받았다. "그야 그럴 테지! 내가 장담하지만, 자넨 곧바로 기차를 타고 이곳 파블롭스크의 야외 음악장으로 와서, 오늘처럼 군중 속에서 그 여자의 뒤를 밟으며 감시했을 거야. 아니, 놀랄 게 뭐 있나! 정말 자네가 그때 오직 한 가지밖에 생각할 수 없는 그런 상태에 빠져 있지 않았더라면, 아마 나를 향해 칼을 뽑아들지도 않았겠지. 그때 나는 자넬 보면서 벌써 아침부터 그런 예감을 했네. 자네가 그때 어땠는지 아나? 십자가를 교환할 때도 그런 생각이 내 머리를 스쳤던 것 같네. 대체 그때 무엇 때문에 자넨 나를 어머니에게 데려갔나? 그렇게 함으로써 자신의 손을 억누르려는 거였겠지? 물론 그런 생각을 했을 리는 없다 해도, 느끼고는 있었을 거야, 나처럼 말일세…… 우리는 그때 똑같은 걸 느꼈던 거야. 자네가 그때 나를 향해 손을 치켜들지 않았다면(하느님께서 그 손을 물리쳐주셨지만), 내가 지금 자네 앞에 어떤 인간으로 서 있겠나? 어쨌든 나는 자네가 그러리라고 의심했으니, 우리는 똑같이 죄를 지었어, 똑같아! (그렇게 얼굴을 찌푸리지 말게! 아니, 왜 그리 웃나?) '뉘우친 적이 없다'라고! 하긴 뉘우치고 싶어도 그러지 못했겠지, 더구나 자넨 나를 좋아하지도 않으니까. 그리고 그 여자가 자네를 사랑하지 않고 나를 사랑한다고 생각하는 한, 설령 내가 자네 앞에 천사처럼 죄 없는 순결한 사람이라 해도, 자넨 나를 참을 수 없을 걸세. 그러니까 그건 질투라고도 할 수 있어. 그런데 내가 지난 한 주일 동안 무슨 생각을 했는지 아나, 파르푠, 자네한테 얘기해주지. 자네가 아는지 모르지만, 그 여자는 지금 자네를 누구보다 사랑하고 있을 거야, 심지어, 자넬 괴롭힐수록 더욱더 사랑하고 있는 걸세. 그 여자가 자네한테 그걸 말할 리 없으니까, 자네가 통찰할 줄 알아야 해. 아무튼 무슨 까닭으로 그 여자가 궁극적으로 자네와 혼인하겠다고 그러겠나? 언젠가는 자네한테 자기 입으로 말할 걸세. 세상엔 그런 식으로 사랑받길 원하는 여자들이 있는데, 그 여자가 바로 그런 성격이거든! 자네의 성격과 자네의 사랑이 그 여자를 분명 감동시킬 걸세! 여보게, 여자들이란 잔인한 짓이나 냉소로 남자를 괴롭히면서도 털끝만한 양심의 가책도 느끼는 법이 없어, 왜냐하면 상대방을 볼 때마다 속으로 늘 이렇게 생각하거든. '지금은 이 사람을 죽도록 괴롭히고 있지만, 나중에 사랑으로 듬뿍 보상해줄 테니까 괜찮아……'"

로고진은 공작을 말을 듣고 껄껄 웃기 시작했다.

"그런데 어떤가, 공작, 자네도 아마 그런 여자한테 걸려들지 않았나? 자네에 대해 들은 말이 좀 있는데, 그게 사실이라면?"

"무슨, 무슨 말을 들었다고 그러나?" 공작은 갑자기 움찔하더니 몹시 당황해서 가만히 있었다.

로고진은 계속 웃어댔다. 그는 호기심과 어쩌면 만족감마저 느끼면서 공작의 얘기를 끝까지 들었는데, 공작이 기쁨에 들떠 열심히 얘기에 몰두하는 모습이 그를 무척 놀라게도 했고, 용기도 주었다.

"어디 들었다 뿐인가, 그게 사실이라는 걸 지금 내 눈으로 보고 있어." 그가 덧붙였다. "그런데 자네가 지금처럼 그런 식으로 지껄인 적이 있었나? 정말이지 자네 입에서 나오는 말 같지가 않을 정도야. 어쨌든 자네에 대해 그런 소문을 듣지 않았다면, 여기에 오지도 않았겠지, 더구나 이런 오밤중에 공원으로."

"무슨 소린지 통 모르겠군, 파르푠 세묘느이치."

"그 여자도 벌써 오래전에 자네 얘길 해준 적이 있지만, 아까 자네가 음악회장에서 그 처녀와 함께 앉아 있는 걸 나도 직접 봤네. 그 여자는 나한테 맹세하다시피 말하더군, 어제도 오늘도 그렇게 말했어, 자네가 아글라야 예판치나에게 고양이처럼 홀딱 반했다고. 공작, 그런 거야 어찌되든 나한텐 매일반이고, 더구나 내 문제도 아니야. 설사 그 여자에 대한 자네의 사랑이 식었다 해도 그 여자는 자넬 여전히 사랑하고 있으니까. 자네도 알겠지만, 그 여자는 무슨 일이 있어도 자네를 그 처녀와 혼인시키겠다는 거야, 그렇게 맹세하더라니까, 헤-헤! 나한테 이런단 말일세. '그러지 않고는 당신한테 시집 못 가, 그 사람들이 교회에 가야, 우리도 교회로 갈 거야.' 이게 대체 무슨 소리인지, 나는 전에도 도무지 납득이 안 갔고 지금도 납득이 안 가. 자네를 한없이 사랑하는 걸까, 아니면…… 그런데 자네를 사랑하고 있다면 어째서 자네를 다른 여자와 혼인시키려고 야단일까? '그분이 행복한 걸 보고 싶어'라고 말하는 걸 보면, 분명 사랑하고 있다는 얘기인데."

"그러기에 내가 자네한테 말도 하고 편지에도 쓰지 않았나, 그 여자는…… 제정신이 아니라고." 공작은 괴로운 심정으로 로고진의 말을 들은 뒤에 말했다.

"누가 알겠나! 자네가 잘못 안 건지도 몰라…… 하긴 오늘 내가 음악회장에서 데리고 돌아갔더니 그 여자는 바로 날짜를 정했어. 삼 주 뒤에, 어쩌면 그보다 더 빨리 꼭 혼례를 올리자는 거야. 그 여자는 맹세를 하고 성상을 꺼내더니 입을 맞췄네. 그러니 공작, 이제 일은 자네한테 달렸어, 헤-헤!"

"그건 모두 헛소리야! 자네가 나에 대해 말한 건, 절대로, 절대로 있을 수 없는 일이야! 내일 내가 자네와 그 여자에게 가서……"

"미치긴 왜 미쳐?" 로고진이 말을 가로챘다. "다른 사람들은 죄다 멀쩡하다 하는데, 어째서 자네 한 사람의 눈에만 미친 여자로 보이나? 미쳤다면 어떻게 거기로 편지를 쓰느냔 말이야? 미친 여자라면, 그 집에서도 편지를 보고 알아챘을 거 아냐?"

"편지라니?" 공작은 깜짝 놀라 물었다.

"거기로, 그 처녀한테 편지를 쓴다니까, 게다가 그 처녀는 그걸 받아 읽어. 정말 모르나? 뭐, 곧 알게 될 걸세. 분명 그 처녀가 자네한테 직접 보여줄 테니까."

"설마 그럴 리가!" 공작이 소리쳤다.

"이런! 이봐, 레프 니콜라이치, 내가 보기에 자넨 이 방면에 아직 초짜야, 이제 막 한 발을 들여놨을 뿐이라고. 조금만 기다려보게, 자네도 탐정을 불러놓고 자신까지도 밤낮없이 지키고 서서 일거수일투족을 감시하게 될 테니까, 만약에……"

"그만둬, 그 얘긴 두 번 다시 꺼내지 말게." 공작이 외쳤다. "들어보게,

파르푠, 자네가 오기 직전에 나는 이곳을 거닐다가 갑자기 큰 소리로 웃기 시작했는데, 왜 우스웠는지는 모르겠지만—그렇게 웃은 이유는 그저—내일이 바로 내 생일이라는 게 생각나서야. 이제 열두시가 다 됐겠군. 같이 가세, 가서 그날을 맞이하세! 나한테 술이 있으니까 함께 마시세, 나 자신도 지금 무엇을 기원해야 할지 모르지만, 자네가 나를 위해 그걸 기원해주게, 꼭 자네가 기원해주게나, 나도 자네를 위해 행복이 가득하길 빌겠네. 안 그럴 거면 십자가를 돌려주게! 그 일이 있던 다음날에도 자넨 나한테 십자가를 돌려보내진 않았지! 아직 목에 걸고 있나? 지금도 걸고 있나?"

"걸고 있네." 로고진이 말했다.

"그럼 가세. 나는 자네 없이는 나의 새 삶을 맞고 싶지 않아, 정말로 나의 새 삶이 시작됐으니까! 파르푠, 오늘 나의 새 삶이 시작됐다는 걸 모르겠나?"

"지금 내 눈으로 보니 나도 알겠군, 그래, 분명히 시작됐어. 그 여자에게도 알려줘야겠군. 자넨 완전히 제정신이 아니야, 레프 니콜라이치!"

IV

공작은 로고진과 함께 자신의 별장으로 다가가면서, 불이 환하게 밝혀진 테라스에 수많은 사람이 떠들썩하게 모여 있는 광경을 보고 깜짝 놀랐다. 모두가 유쾌한 듯 큰 소리로 웃으면서 떠들고 있었는데, 고함까지 질러가며 논쟁하는 것 같기도 했다. 다들 더없이 흥겹게 시간을 보내고 있다는 걸 첫눈에도 짐작할 수 있었다. 정말로 그가 테라스에 올라가 보니, 모두가 술을, 그것도 샴페인을 마시고 있었고, 주연이 벌어진 지 이미 꽤 오래된 모양으로, 많은 사람이 아주 기분좋게 얼근한 상태였다. 손님은 모두 공작이 아는 사람들이었지만, 공작은 아무도 초대하지 않았을뿐더러 그 자신도 생일에 대해서는 방금 우연히 기억해 낸 것인데, 다들 마치 초대라도 받은 듯이 한꺼번에 모였다는 게 아무래도 이상했다.

"분명 누구한테 샴페인을 내겠다고 한 모양이군, 저 친구들이 득달같이 몰려든 걸 보니." 로고진은 공작을 따라 테라스로 올라가며 중얼거렸다. "우리야 그런 걸 잘 알지. 저 친구들한텐 그저 휘파람만 휙 날리면……" 그는 증오에 가까운 말투로 이렇게 덧붙였는데, 물론 불과 얼마 지나지 않은 자신의 과거가 떠올라서였다.

모두가 환호성과 축하의 말로 공작을 맞으면서 그를 에워쌌다. 무척 수선을 피우는 자들도 있고 훨씬 차분한 사람들도 있었으나, 공작의 생일이라는 소식을 이미 들어 알고 있었기 때문에 다들 축하하려고 서두르면서 각자 자신의 차례를 기다렸다. 그중 몇몇 사람이 거기 와 있다는 게 공작의 호기심을 끌었는데, 예를 들어 부르돕스키가 그랬다. 하지만 무엇보다 놀라운 사실은, 이들 무리 중에 난데없이 예브게니 파블로비치가 끼어 있다는 점이었다. 공작은 그를 보자 소스라칠 정도로 놀란 나머지 자기 눈을 의심할 지경이었다.

그러는 동안, 얼굴이 새빨개지고 거의 열광 상태에 이른 레베제프가 그에게 경위를 설명하기 위해 달려왔다. 그는 어지간히 술이 된 상태였다. 그가 주절주절 늘어놓는 말을 통해, 이렇게 다들 모인 것이 아주 자연스럽고 심지어 우연한 일이었음이 밝혀졌다. 제일 먼저, 입폴리트가 저녁 해가 지기도 전에 도착해서, 몸 상태와 기분이 훨씬 좋아졌다며 테라스에서 공작을 기다리고 싶다고 했다. 그는 소파에 편안히 자리를 잡고 앉았다. 그다음 레베제프가 그에게 합류했고, 뒤이어 그의 식구들 전부가, 즉 이볼긴 장군과 딸들이 나왔다. 부르돕스키는 입폴리트를 데리고 함께 와 있었다. 가냐와 프치츠인은 조금 전에 근처를 지나다가 들른 모양이었다(그들이 나타난 때는 역에서 그 사건이 벌어진 바로 그 시각이었다). 그뒤에 켈레르가 와서 생일에 대해 알리고 샴페인을 요구했다. 예브게니 파블로비치가 온 건 불과 반시간 전쯤이었다. 콜랴 역시 샴페인을 마시면서 축하연을 열자고 적극 주장했다. 그래서 레베제프가 흔쾌히 술을 내온 것이다.

"하지만 제가 내는 술입니다, 제가 내는 술!" 그는 혀 꼬부라진 소리로 공작에게 말했다. "공작님의 생일을 축하하고 성대한 잔치를 벌이기 위해 제가 한턱 쏘는 거지요, 음식도 대접할 겁니다, 안주가 나와요, 딸애가 부지런히 준비중이니까요. 하지만, 공작님, 방금 어떤 주제를 두고 토론하고 있었는지 아십니까. 햄릿의 대사 '사느냐 죽느냐'를 기억하시죠? 현대적인 주제입죠, 아주 현대적인! 한쪽에서 질문하면 다른 한쪽에서 대답하고…… 체렌치예프 씨도 몹시 열중해서…… 아예 잘 생각을 하지 않아요! 하지만 샴페인은 한 모금, 딱 한 모금만 마셨으니, 몸에 해롭진 않을 겁니다요…… 공작님, 이리 가까이 오셔서 이 문제를 해결해주십시오! 모두가 당신을 기다렸습니다, 모두가 그저 당신의 훌륭한 지혜만을 기다렸다고요……"

공작은 사람들 사이를 비집고 자기 쪽으로 급히 달려나오는 베라 레베제바의 귀엽고 상냥한 시선을 발견했다. 그는 누구에게보다 먼저 그녀에게 손을 내밀었다. 그녀는 기쁜 나머지 얼굴을 붉히며 '지금 이날부터는 행복하게 지내시길 바랍니다'라고 기원해줬다. 그러고는 쏜살같이 부엌으로 달려가버렸는데, 그곳에서 안주를 준비하고 있었던 것이다. 하지만 그녀는 공작이 도착하기 전에도—잠시라도 일에서 눈을 뗄 수만 있으면 테라스로 나와서—얼근히 취한 손님들 사이에 쉴새없이 오가는, 자기로서는 너무나 추상적이고 기이한 문제에 관한 열띤 논쟁에 열심히 귀를 기울이곤 했다. 그녀의 여동생은 옆방 궤짝 위에서 입을 벌린 채 잠들어 있었으나, 레베제프의 아들인 사내아이는 콜랴와 입폴리트 옆에 서 있었는데, 그의 활기 띤 얼굴만 봐도 아직 열 시간쯤은 너끈히 여기 한자리에 계속 서서 즐겁게 귀를 기울일 태세임을 알 수 있었다.

"나는 특별히 당신을 기다렸어요, 당신이 이렇게 행복한 기분으로 오셔서 무척 기쁩니다." 입폴리트는 공작이 베라에 이어 곧바로 그에게 손을 내밀며 다가오자 말했다.

"내가 '이렇게 행복한 기분'이라는 걸 어떻게 아나요?"

"얼굴을 보면 알죠. 손님들과 인사를 나눈 다음 어서 우리 곁에 와서 앉으세요. 나는 특별히 당신을 기다렸거든요." 그는 기다렸다는 말에 유난히 힘을 주며 덧붙였다. '이렇게 늦게까지 앉아 있으면 몸에 해롭지 않겠느냐'라고 공작이 말하자, 그는 자기가 사흘 전에 어떻게 그토록 죽고 싶어했는지 스스로도 놀랄 지경이라면서, 오늘 저녁처럼 몸도 마음도 가뿐한 적은 한 번도 없었다고 대답했다.

부르돕스키도 자리에서 벌떡 일어나, 자기는 '그냥……', 자기는 입폴리트를 '데리고 함께 왔는데', 자기도 역시 기쁘다, 그 편지에는 '쓸데없는 소리를 썼으나', 지금은 '그냥 기쁠 뿐……'이라고 더듬거리며 말했다. 그는 말을 끝맺지도 못한 채 공작의 손을 꽉 쥐었다가 의자에 앉았다.

마지막으로 공작은 예브게니 파블로비치에게 다가갔다. 그는 얼른 공작의 팔짱을 꼈다.

"당신에게 그저 두어 마디 할 얘기가 있어요." 그가 가만가만 속삭였다. "대단히 중요한 일에 관한 겁니다. 잠깐만 저쪽으로 가시지요."

"두어 마디만." 이번엔 다른 목소리가 공작의 다른 쪽 귀에 대고 소곤대면서, 다른 쪽에서 다른 손이 공작의 팔을 잡았다. 공작이 깜짝 놀라 그쪽을 돌아보자, 엉망으로 머리가 흐트러지고 얼굴이 벌겋게 된 사내가 눈을 깜박이며 웃고 있었는데, 공작은 그가 어디선가 느닷없이 나타난 페르드이셴코임을 담박에 알아보았다.

"페르드이셴코를 기억하십니까?" 그자가 물었다.

"어디서 나타난 겁니까?" 공작이 외쳤다.

"이 친구는 뉘우치고 있습니다!" 켈레르가 달려와서 소리쳤다. "이 친구는 숨어 있었어요, 차마 당신 앞에 나서지 못하겠다며 저쪽 구석에 숨어 있었지요. 이 친구는 후회하고 있습니다, 공작, 자기가 잘못했다고 느끼고 있어요."

"대체 무엇을, 대체 뭘 잘못했다는 거지요?"

"실은 이 사람을 우연히 만났어요, 공작, 방금 이 사람을 우연히 만나서 데려왔습니다. 이 사람은 우리 친구 중에서도 별종입니다. 그렇지만 이 친구는 뉘우치고 있어요."

"아무튼 대단히 반갑군요, 여러분. 자, 저리 가서, 저기 다른 사람들과 함께 앉으시죠, 나도 곧 돌아오겠습니다." 마침내 공작은 그 자리에서 빠져나와, 급히 예브게니 파블로비치에게로 갔다.

"여긴 참 재밌군요." 예브게니 파블로비치가 말했다. "반시간가량 아주 즐겁게 당신을 기다렸습니다. 실은, 레프 니콜라예비치, 그 쿠르므이셰프* 건은 내가 다 해결했고, 그래서 당신을 안심시켜드리려고 이렇게 들른 겁니다. 이제 전혀 염려하지 않으셔도 됩니다. 그는 이 문제를 대단히, 대단히 이성적으로 판단했고, 더구나 내가 보기엔 오히려 그 친구 쪽에 잘못이 있으니까요."

"쿠르므이셰프라뇨?"

"아까 당신이 팔을 붙잡았던 그 친구 말입니다…… 그는 몹시 격분해서 내일 바로 당신에게 사람을 보내 해명을 요구하려고 했다는군요."

"그만하세요, 무슨 그런 터무니없는 말을!"

"물론 터무니없죠, 이 일은 분명 터무니없는 결과를 가져왔을 수도 있습니다. 사실 그런 사람들은……"

"당신은 아마 그 밖에도 무슨 다른 이유가 있어서 오셨겠죠, 예브게니 파블르이치?"

"오, 물론 다른 이유가 있지요." 그는 웃음을 터뜨렸다. "친애하는 공작, 나는 내일 날이 밝는 대로 그 불행한 사건 (그러니까, 우리 큰아버지 일) 때문에 페테르부르크로 가야 합니다. 생각해보세요, 그 얘기가 모두 사실인데다, 나만 제외하곤 이미 모두가 알고 있더란 말입니다.

* 켈레르는 그 장교의 이름을 몰로프초프라고 잘못 말했다.

나는 너무나 충격을 받아서, 거기에 들를 겨를도 없었습니다(예판친가에 말이쥬) 내일도 역시 들르지 못할 겁니다, 페테르부르크에 가 있을 테니까요, 이해하시죠? 아마 사흘가량은 이곳에 없을 겁니다. 한마디로, 내 일이 삐거덕거리게 됐습니다. 이 일이 세상없이 중요한 것은 아니지만, 그래도 당신과 흉금을 터놓고 이런저런 의논을 해야겠다고 생각했습니다, 그것도 시간을 미루지 말고, 그러니까 페테르부르크로 출발하기 전에 말이지요. 허락하신다면, 지금 여기에 좀 앉아서, 손님들이 갈 때까지 기다리겠습니다. 더구나 나는 이제 어디 가 있을 곳도 없는데다, 너무 흥분한 상태라 잠자리에 들 수도 없으니까요. 끝으로, 다른 사람한테 이렇게 노골적으로 귀찮게 구는 건 양심 없고 무례한 짓이지만, 친애하는 공작, 솔직히 말해 나는 당신의 우정을 간청하러 왔습니다. 당신은 참으로 보기 드문 분입니다. 다시 말해, 한 걸음 뗄 때마다 거짓말을 해대는 사람이 아닐뿐더러, 아마도 절대로 거짓말을 하지 않을 분이거든요. 그런데 나는 어떤 일로 친구와 조언자가 필요합니다, 나는 지금 정말로 불행한 사람 중 하나이니까요……"

그러면서 그는 또다시 소리내어 웃었다.

"다만 곤란한 점은," 공작은 잠시 생각에 잠겼다. "당신은 저 사람들이 돌아갈 때까지 기다리시겠다지만, 언제 돌아갈지 누가 압니까. 차라리 지금 둘이서 공원으로 가는 게 낫지 않을까요, 저 사람들은 분명 기다릴 겁니다. 내가 가서 양해를 구하지요."

"아니-아닙니다, 우리가 무슨 목적을 가지고 특별한 대화를 나눈다고 저들이 의심하지 말았으면 하는 내 나름의 이유가 있습니다. 저들 중엔 우리 두 사람의 관계에 대단히 흥미를 가진 사람들이 있거든요—그걸 모르십니까, 공작? 저들이 우리가 그저 무슨 특별한 관계라기보다는 원래 아주 절친한 사이라고 보는 편이 훨씬 나을 겁니다, 내 말 알아들으시겠지요? 저들은 두 시간쯤 지나면 돌아갈 겁니다—그때 내가 당신 시간을 좀 뺏겠습니다, 한 이십 분이나, 뭐—반시간 정도……"

"좋습니다, 그러시죠. 그런 해명을 않으셔도 무척 기쁩니다. 친구 사이라고 호의적으로 말씀해주셔서 대단히 고맙습니다. 다만 내가 오늘 정신이 산만한 점을 용서해주십시오. 이상하게도 지금은 도무지 주의를 집중할 수가 없군요."

"압니다, 알아요." 예브게니 파블로비치는 가볍게 미소를 띠며 중얼거렸다. 이날 저녁 그는 유난히도 잘 웃었다.

"뭘 알고 있단 말씀인가요?" 공작은 흠칫했다.

"공작, 눈치도 못 채시는 겁니까," 예브게니 파블로비치는 공작의 직설적인 질문에는 대답하지 않고 계속 웃기만 했다. "내가 여기 온 건 그저 당신을 속이고 겸사겸사 뭘 좀 캐내려는 속셈인 걸 눈치채지 못하시나요, 네?"

"당신이 뭘 캐내려고 오셨다는 거야 의심의 여지가 없죠." 마침내 공작도 웃음을 터뜨렸다. "어쩌면 나를 좀 속일 작정까지도 하셨을 거고요. 하지만 뭐 어떻습니까, 나는 당신을 두려워하지 않아요. 더구나 지금 나한텐 무슨 일이 어떻게 되든 매한가지입니다, 믿으시겠어요? 그리고…… 그리고…… 그리고 무엇보다 나는 당신이 아무튼 훌륭한 분이라고 믿으니까, 어쩌면 앞으로 우리는 정말로 친구가 될 수도 있지 않겠습니까. 나는 당신이 무척 마음에 들었어요, 예브게니 파블르이치,

당신은…… 내가 보기에 아주, 아주 반듯한 분입니다!"

"무슨 일로든 당신과 얘기를 나누는 건 참으로 유쾌하군요"라며 예브게니 파블로비치는 말을 맺었다. "자, 갑시다, 당신의 건강을 위해 한 잔 들겠습니다. 당신과 가까워져서 너무나 만족스럽습니다. 아!" 그는 갑자기 걸음을 멈췄다. "저 입폴리트 씨는 당신 별장으로 아주 옮겨온 건가요?"

"네."

"곧 죽을 것 같진 않은데요?"

"무슨 뜻이죠?"

"그냥, 아무것도 아닙니다. 여기서 반시간 동안 저 사람과 같이 있었거든요……"

입폴리트는 공작과 예브게니 파블로비치가 한쪽 구석에서 얘기를 나누는 동안 쉴새없이 그쪽을 바라보며 내내 공작을 기다렸다. 두 사람이 탁자로 다가오자 그는 열병 환자와도 같이 활기를 띠었다. 그는 불안과 흥분에 휩싸인 상태였고, 이마에는 땀이 계속 돋았다. 번쩍이는 두 눈에는 끊임없이 동요하는 어떤 불안과 더불어, 분명치 않은 초조함 같은 게 나타나 있었다. 그의 시선은 목표도 없이 하나의 대상에서 다른 대상으로, 하나의 얼굴에서 다른 얼굴로 옮겨다녔다. 좌중의 떠들썩한 대화에 지금까지 열심히 참여하긴 했으나, 그의 활기는 그저 열병 상태에 가까운 것일 뿐, 실은 대화에 그다지 주의를 기울이지 않았다. 논쟁에서 그가 내놓는 말은 두서없고 냉소적이며 어설픈 역설로 가득 찬 것들이었는데, 그는 자기 생각을 끝까지 말하지도 않는가 하면, 불과 일 분 전에 자기 쪽에서 그토록 열을 올리며 꺼냈던 주제를 금세 포기해버리기도 했다. 이날 저녁, 철철 넘치게 따른 샴페인을 두 잔이나 마시도록 사람들이 그를 내버려뒀고, 그의 앞에 놓인, 이미 한 모금 마신 잔이 벌써 세번째 잔이라는 것을 알고서, 공작은 한편으론 놀라고 다른 한편으론 안타까워했다. 하지만 공작이 이 사실을 알게 된 건 한참 뒤였다. 지금 이 순간 그는 무엇에 주의를 집중할 수 있는 상태가 아니었다.

"아십니까, 바로 오늘이 당신의 생일이라니 정말 지독하게 기쁘군요!" 입폴리트가 소리쳤다.

"왜죠?"

"곧 알게 되실 겁니다. 어서 앉으세요. 첫번째 이유는 이렇게 당신의…… 사람들이 다 모였기 때문이죠. 실은 나도 많은 사람이 모일 거라 생각했어요. 난생처음으로 내 예상이 들어맞은 거죠! 하지만 당신의 생일을 미리 알지 못한 게 유감이군요, 알았더라면 선물을 가져왔을 텐데…… 하-하! 하지만 선물을 갖고 왔는지도 모르죠! 날이 새려면 아직 멀었나요?"

"동이 틀 때까지 두 시간도 안 남았소." 프치츠인이 시계를 들여다보더니 말했다.

"아니, 지금 같은 때에 동이 트길 기다릴 게 뭐 있소? 안 그래도 바깥에서 밤새 책을 읽을 수 있는데."* 누군가가 한마디했다.

"태양의 귀퉁이라도 보고 싶으니까요. 태양의 건강을 위해 한잔 마셔도 좋겠죠, 공작, 어떻게 생각하시나요?"

---

* 페테르부르크에서는 5월 말에서 7월 중순까지 백야를 경험할 수 있다.

입폴리트는 거리낌없이, 마치 명령이라도 하듯 모두를 향해 날카로운 말투로 물었는데, 자신은 그런 점을 알아채지도 못하는 것 같았다.

"좋아요, 마십시다. 다만 당신은 안정을 취해야 할 듯싶은데, 입폴리트, 안 그래요?"

"나만 보면 잠을 자라고 하시니, 공작, 당신은 내 유모로군요! 태양이 떠올라 하늘에 '울려퍼지기 시작하면'('태양은 하늘에 울려퍼지기 시작했다'라고 시에서 말한 사람이 누구였죠?* 이치에 맞진 않지만 멋진 말이에요!)—그땐 잠자리에 들겠어요. 레베제프! 태양은 생명의 원천이 아닌가요? 계시록에서 '생명의 원천'은 뭘 의미하죠?** 공작, '쑥별'에 대해 들어보셨나요?"

"레베제프가 그 '쑥별'을 유럽에 뻗어 있는 철도망이라 해석한다더군요."

"아닙죠, 실례지만 이런 식으로 하면 안 됩니다요!" 한꺼번에 터져나오는 좌중의 웃음소리를 막으려는 듯, 레베제프가 벌떡 일어서서 두 손을 마구 휘두르며 소리쳤다. "잠깐만요! 이런 분들하고는…… 이분들은 모두," 그는 갑자기 공작에게 몸을 돌렸다. "하지만 이건, 어떤 점에서는, 아니 이게 뭐냐굽쇼……" 그는 거침없이 두 번씩이나 탁자를 쾅쾅 내리쳤으나, 그 때문에 웃음소리는 더욱더 커졌다.

레베제프는 그저 평상시 '저녁때의' 상태였으나, 이번엔 앞서 벌어졌던 긴 '학술적' 논쟁 때문에 지나치게 흥분하고 예민해져 있었는데, 이

* 괴테의 『파우스트』 '천상의 서곡' 첫머리에 나오는 라파엘의 대사를 불분명하게 인용하고 있다.

** 「요한계시록」에서는 생명수, 생명나무와 더불어 태양이 생명의 원천으로 언급된다.

릴 때면 그는 극도로 노골적이고 끝없는 경멸로 자신의 논적들을 대하기 일쑤였다.

"이런 식으로는 안 된다굽쇼! 공작님, 아까 반시간 전에 우리는, 한 사람이 말하는 동안에는 그의 말을 중단시키지 않고 웃지도 않기로 약속했습니다. 일단 그 사람이 모든 것을 자유롭게 말할 수 있도록 해주고, 그런 다음엔 무신론자이건 누구건 자기 마음대로 반박해도 좋다 이겁니다. 우리는 장군을 의장으로 앉혔습니다, 그랬습죠! 그런데 이게 도대체 뭐냐굽쇼? 이런 식이라면 아무리 고매한 사상, 아무리 심오한 사상을 가졌을지라도 누가 자기 소신을 펼칠 수 있겠습니까요……"

"어서 얘기해요, 어서 얘기하라고요, 아무도 방해하지 않을 테니!" 여러 목소리가 터져나왔다.

"얘기해요, 하지만 횡설수설하진 말고."

"'쑥별'이란 게 대체 뭐요?" 누군가가 물었다.

"나도 아는 바 없소." 이볼긴 장군은 위엄 있는 표정으로 조금 전의 의장석에 다시 앉으며 말했다.

"나는 이 모든 논쟁과 흥분을 굉장히 좋아합니다, 공작, 물론 학술적인 것에 한해서지요." 그사이에 켈레르가 정말로 신이 나서 주체하지 못하겠다는 듯 의자에서 몸을 들썩이며 중얼거렸다. "학술적이고 정치적인 것 말입니다." 뜻밖에도 그는 자신과 거의 나란히 앉아 있던 예브게니 파블로비치에게 갑자기 몸을 돌렸다. "아십니까, 나는 신문에서 영국 의회에 관한 기사를 읽는 것을 지독히 좋아합니다. 다시 말해, 그들이 거기서 무엇을 두고 논의하느냐 하는 것보다(아시다시피 나는 정치가가 아니니까요), 그들이 서로 어떤 식으로 논의하고 이른바 정치가로서 어떤 태도를 보여주는가 하는 것에 관심이 있단 말입니다. '반대편 이서에 앉아 계신 고매하신 자작'이니, '나와 견해를 같이하는 고매하신 백작'이니, '자신의 제안으로 유럽을 경악케 한 나의 고매하신 논적'이니 하는 모든 표현이라든가, 자유로운 국민의 이런 모든 의회제도는—우리 같은 사람들에겐 선망의 대상이 아닙니까! 정말이지 나는 매혹될 지경입니다, 공작. 내 영혼 깊은 곳에서 나는 언제나 예술가였거든요, 맹세합니다, 예브게니 파블르이치."

"그래서 결론이 대체 뭡니까." 다른 쪽 구석에서는 가냐가 열을 올리고 있었다. "결국 당신 의견에 따르면, 철도는 저주받아야 할 대상이다, 그것은 인류를 파멸시킨다, 그것은 '생명의 원천'을 흐려놓기 위해 지상에 떨어진 재앙이다, 라는 겁니까?"

가브릴라 아르달리오노비치는 이날 저녁 유난히 흥분해서, 공작의 눈엔 거의 기고만장해 보일 정도로 유쾌한 기분이었다. 처음에는 물론 장난삼아 레베제프의 약을 올려주려다가, 이내 자신도 열이 올라버린 것이다.

"문제는 철도가 아닙니다, 아니고말고요!" 레베제프도 자제력을 잃다시피 흥분해서 반박하고 나왔는데, 그러면서도 한편으론 형언할 수 없는 쾌감을 느끼고 있었다. "사실, 생명의 원천을 흐려놓는 것은 비단 철도만이 아닙니다. 이 모든 것 전체가 저주받은 것들입죠, 지난 몇 세기의 풍조 전체가, 그 풍조의 과학적이고 현실적인 측면 전체가 어쩌면 실제로 저주받은 것들이란 말입니다요."

"확실히 저주를 받았다는 겁니까, 아니면 그저, 어쩌면 그럴 거라는 겁니까? 이 경우엔 그게 대단히 중요해요." 예브게니 파블로비치가 추궁했다.

“저주받은 겁니다, 저주받았고말고요, 분명히 저주받은 겁니다요!” 레베제프는 기를 쓰며 보증했다.

“너무 조급하게 굴지 말아요, 레베제프, 아침나절엔 훨씬 관대한 양반이.” 프치츠인이 웃으면서 한마디했다.

“그 대신 저녁때면 더 솔직해지죠! 저녁때엔 더 진실하고 더 솔직해집니다!” 레베제프는 열을 올리며 그쪽으로 고개를 돌렸다. “더 정직하고 확실하고 성실하고 존경받을 만해집니다. 비록 그 때문에 당신들에게 내 약점을 드러내 보이지만, 상관없습니다요. 나는 지금 당신들 모두에게, 당신들 무신론자 모두에게 도전하는 바입니다. 당신들은 무엇으로 세계를 구원할 것이며, 이 세계가 나아갈 정상적인 길을 무엇에서 찾아냈습니까—과학이니, 산업이니, 조합이니, 임금이니 하는 것 따위를 내세우는 당신들이요? 무엇으로요? 신용으로요? 신용이란 게 대체 뭐지요? 신용이 당신들을 어디로 이끌어간다는 겁니까?”

“오호, 당신은 호기심이 대단한 사람이군!” 예브게니 파블로비치가 말했다.

“내 생각으론, 이런 문제에 관심이 없는 사람은 사교계의 건달뿐입니다요!”

“적어도 신용은 우리 사회를 보편적인 연대와 이익의 균형으로 이끌어줍니다.” 프치츠인이 지적했다.

“그리고 그것뿐이지요, 그것뿐! 그 어떤 도덕적인 기반도 수용하지 않고, 오로지 개인적 이기심과 물질적 필요의 충족밖에 없지 않습니까? 보편적인 평화와 보편적인 행복이란—바로 그런 필요의 충족으로부터 이루어진다, 그 말씀 아닙니까! 감히 물어보겠습니다만, 귀하, 내 해석이 제대로 된 거겠죠?"

"하지만 살고 싶고, 마시고 싶고, 먹고 싶다는 것은 보편적인 요구이며, 궁극적으로, 보편적인 협력과 이익의 연대 없이 이 요구를 충족시킬 수는 없다는 아주 확고한 과학적 신념은 인류의 미래를 위한 지탱점이자 '생명의 원천'이 되어줄 충분히 강력한 사상이라고 생각합니다." 이미 본격적으로 흥분이 고조된 가냐가 진지하게 열변을 토했다.

"마시고 싶고 먹고 싶다는 요구는 그저 자기보존의 감정에 지나지 않습니다……"

"하지만 과연 자기보존의 감정 하나만으로는 부족할까요? 자기보존의 감정은 인류 본연의 법칙이잖습니까……"

"누가 그런 말을 해주던가요?" 갑자기 예브게니 파블로비치가 소리쳤다. "법칙인 건—맞지만, 만약 그게 본연의 법칙이라면, 파괴의 법칙, 어쩌면 자기파괴의 법칙 역시 그에 못지않게 본연적인 법칙입니다. 과연 인류 본연의 법칙 전체가 오로지 자기보존 하나에만 있다고 할 수 있을까요?"

"오호!" 입폴리트는 갑자기 예브게니 파블로비치 쪽으로 몸을 돌려 기이한 호기심이 어린 눈으로 그를 살펴보며 외쳤다. 그러나 그가 웃는 것을 보자 자신도 웃음을 터뜨리고는, 옆에 서 있는 콜랴를 쿡 찌르며 몇 시냐고 다시 묻더니, 콜랴의 은시계를 자기 쪽으로 직접 끌어당기기까지 하며 시곗바늘을 탐욕스레 들여다보았다. 그러고는 모든 것을 금세 다 잊은 듯 소파에 몸을 쭉 뻗고 두 손을 머리 뒤에 괸 채 천장을 바라보기 시작했다. 하지만 삼십 초쯤 지나자 이미 자세를 바로잡고 다시 탁자 앞에 앉아, 극도로 흥분한 레베제프의 장광설에 귀를 기울였다.

"교활하고 조소적인 사상, 바늘로 콕 찌르는 듯한 사상이군요!" 레베제프는 열을 올리며 예브게니 파블로비치의 역설적인 주장에 대번에 응하고 나섰다. "논적들 간에 싸움을 부추길 목적으로 내뱉은 사상이지만—정확한 사상입니다! 당신은 사교계의 조소꾼이고 기병장교여서(그렇다고 당신에게 능력이 없다는 말은 아닙니다!), 당신의 그 사상이 얼마나 심오하고 얼마나 정확한 것인지 잘 모르실 겁니다! 그렇습니다요, 자기파괴의 법칙과 자기보존의 법칙은 인류에게 똑같이 강한 힘을 가집니다! 악마는 우리에게 아직 알려지지 않은 시간의 끝까지, 신과 동일한 힘으로 인류를 지배한단 말입니다. 웃으십니까? 당신들은 악마를 믿지 않으십니까? 악마를 믿지 않는 것은 프랑스 사상이며, 경박한 사상입니다. 당신들은 악마가 누군지 알기나 하십니까? 그의 이름을 아십니까? 당신들은 악마의 이름조차 모르면서 볼테르를 따라, 악마의 외형을, 그의 발굽이며 꼬리며 뿔을 비웃고 있지만, 그것들은 바로 당신네들이 지어냈다 이겁니다. 왜냐하면 악마란 위대하고도 무서운 영靈이며, 당신들이 지어낸 발굽이나 뿔 따위는 갖고 있지 않으니까요. 하지만 지금 문제는 그게 아닙니다요!……"

"지금 문제는 그게 아니라는 걸 당신이 어떻게 알죠?" 갑자기 입폴리트가 이렇게 소리치더니, 발작이라도 일으킨 듯이 웃어젖혔다.

"교묘하고 암시적인 생각이군요!" 레베제프가 치켜세웠다. "하지만 어쨌든 문제는 그게 아닙니다. 우리의 문제는, '생명의 원천'이 약해진 게 아닌가, 그리고 거기에 영향을 미친 것은……"

"철도의 발달 때문인가요?" 콜랴가 소리쳤다.

"철도망의 발달 때문이 아닙지요, 천둥벌거숭이 도련님, 그것은 전반적인 경향이 강화에서 초래됐고, 철도 같은 것은 그런 경향을 뚜렷이 보여주는, 이른바 하나의 삽화 내지는 예술적 표현이 될 수 있을 뿐이란 말입니다. 사람들은 인류의 행복을 위한답시고 서두르고 소란을 떨고 두들겨대면서 정신없이 달려나갑니다요! '인간 세상이 너무나 소란하고 산업적으로 변하고 있어서, 정신적인 평온은 찾아보기 힘들어졌다'라며 어느 은둔 사상가가 탄식합니다. 그러자 방방곡곡을 바삐 돌아다니는 다른 사상가가 '그럴지도 모른다, 하지만 굶주린 인류에게는 아마도 빵을 나르는 수레의 삐걱거리는 소리가 정신적인 평온보다 더 나을 것이다'라고 의기양양하게 대꾸하고는 우쭐대며 그에게서 멀어지는 거지요. 나는, 이 비열한 레베제프는, 인류에게 빵을 날라다주는 수레 따위는 믿지 않습니다! 자신의 행위에 대한 도덕적 기반도 없이 전 인류에게 빵을 날라다주는 수레는, 인류의 상당한 수를 그렇게 날라다주는 빵을 먹을 수 있는 즐거움에서 냉혹하게 배제해버릴 수 있기 때문이고, 그런 일은 이미 있었으니까요……"

"그 수레 자체가 냉혹하게 배제해버릴 수 있다는 뜻입니까?" 누군가가 말꼬리를 붙잡았다.

"그런 일은 이미 있었습니다." 그 질문은 들은 체도 않고 레베제프는 되풀이했다. "인류의 벗이라는 맬서스*도 있었잖습니까. 그러나 도덕적인 기반이 흔들리는 인류의 벗은 인류를 잡아먹는 식인종이며, 그의 허

* 영국 경제학자. 저서 『인구론』에서 파국을 피하기 위해 인구를 식량 생산 수준에 맞춰야 한다고 주장했다. 그 해결책으로 임금 상승 등 인구 증가에 일조할 만한 모든 요인을 제거해 빈민층의 인구를 억제한다는 방안을 내놓았다.

영심에 대해선 따로 말할 것도 없습니다. 이 무수한 인류의 벗들 가운데 누군가의 허영심을 모욕해보십시오, 그는 치졸한 복수심 때문에 당장에 이 세계에다 사방팔방에서부터 불을 지를 겁니다—하기야 사실대로 말하자면, 우리도 누구나 다 마찬가지이고, 누구보다 비열한 나 역시도 마찬가지겠죠, 나야말로 아마 누구보다 먼저 장작을 날라다놓고는 멀찌감치 달아날 테니까요. 하지만 이것 역시 문제의 핵심은 아닙니다!"

"그럼 대체 문제의 핵심은 뭐요?"

"정말 지겹군!"

"문제는 수세기 전에 일어난 다음의 사건에 있는데, 아무래도 수세기 전의 이 사건을 얘기하지 않을 수 없군요. 우리 시대, 우리 조국에서는, 여러분, 나는 여러분도 나와 마찬가지로 조국을 사랑한다고 기대합니다만, 나는 조국을 위해 마지막 피 한 방울까지 바칠 각오가 돼 있으니까요……"

"다음 얘길 해요! 다음 얘길!"

"유럽과 마찬가지로 우리 조국에선 방방곡곡을 휩쓰는 전반적이고 무서운 대기근이, 계산 가능한 통계와 나 자신의 기억에 미루어볼 때, 지금은 사반세기에 한 번, 다시 말해서 이십오 년에 한차례 정도밖에는 찾아오지 않습니다. 정확한 숫자를 두고 다투지는 않겠습니다만, 비교적 아주 드물다고 해야겠죠."

"무엇과 비교해서 그렇다는 거요?"

"12세기, 그리고 그 전후의 세기들과 비교해서 말입니다. 여러 문헌과 주장에 따르면, 그때는 전반적인 대기근이 이 년에 한 번, 또는 적어도 삼 년에 한 번씩은 인류를 덮쳤고, 그런 상황에서 물론 비밀리에 그러긴 했지만, 결국 인육을 먹는 사태까지 생겨났으니까요. 그런 식인자 중 하나가 노년에 이르러 누가 추궁하지 않았는데도 제 입으로 털어놓길, 굶주리는 생활이 오래 이어지는 동안 육십 명의 수도사와 여염집 갓난애 몇을 극비리에 직접 잡아먹었다고 했는데—갓난애 수는 여섯 정도이고 더 많지는 않았으니, 그가 잡아먹은 성직자의 숫자와 비교하면 극히 적은 수였죠. 이미 어른이 된 세속인들에겐, 이미 밝혀졌다시피, 그런 목적으로는 절대 손을 대지 않았다는군요."

"설마 그럴 리가!" 의장인 장군 자신이 소리쳤는데, 거의 모욕마저 느끼는 듯한 목소리였다. "여러분, 나는 저 사람과 자주 토론도 하고 논쟁도 하는데, 언제나 비슷한 주제에 관한 것이긴 하죠, 하지만 저 사람은 눈곱만큼도 믿을 수 없는 저런 허튼소리만 늘어놓기 일쑤여서 아주 귀가 아플 지경입니다!"

"장군! 그 카르스 포위 작전 얘기는 어떡하고 그러시나, 하지만 여러분, 내가 한 얘기는 단 한 점의 거짓도 없는 진실임을 알아주십시오. 나로서도 한 말씀 드리자면, 거의 모든 실제 사실은 고유한 불변의 법칙을 지니고 있음에도, 거의 언제나 믿을 수 없어 보이고, 사실 같지 않아 보입니다. 심지어 사실이면 사실일수록, 때로는 더 사실 같지 않아 보이기 마련입죠."

"육십 명이나 되는 수도사를 정말 어떻게 잡아먹을 수가 있담?" 주위에서 웃음소리가 일었다.

"한꺼번에 잡아먹지 않았다는 건 분명해요, 아마 십오 년이나 이십 년에 걸쳐 그랬겠죠, 그건 완전히 납득이 가는 자연스러운 일입니다……”

“자연스러워요?”

“자연스럽지요!” 레베제프는 한 치도 물러서지 않고 집요하게 고집했다. “더구나 가톨릭 수도사들은 원래가 남의 말을 잘 믿고 호기심이 많은 탓에, 그들을 숲이나 어디 으슥한 데로 유인해서, 앞에서 말한 그런 짓을 저지르기는 너무도 쉬우니까요—하지만 잡아먹은 사람의 숫자가 무절제하다고 할 정도로 지나치게 많다는 점에 대해선 나도 반박하지 않습니다.”

“그 얘기는 사실일지도 모릅니다, 여러분.” 갑자기 공작이 입을 열었다.

지금까지 그는 말없이 다른 사람들의 논쟁에 귀를 기울일 뿐 대화에 끼어들지는 않았고, 다른 사람들이 모두 폭소를 터뜨리면 이따금 진심에서 우러나오는 웃음을 웃곤 했다. 이렇게 유쾌하고 이렇게 떠들썩한 분위기가 무척이나 마음에 드는 듯했고, 사람들이 연거푸 술을 들이켜는 것마저 기분좋은 모양이었다. 어쩌면 그는 밤새도록 한마디도 하지 않을 것처럼 보였는데, 무슨 생각에서인지 갑자기 입을 연 것이다. 게다가 그 어조가 너무나 진지해서, 사람들은 갑자기 호기심을 품고 일제히 그를 쳐다보았다.

“여러분, 내가 하고자 하는 말은, 그 당시엔 그러한 기근이 잦았다는 점입니다. 나는 역사를 잘 모르지만, 여기에 대해서는 들은 적이 있어요. 하지만 내 생각으로도 틀림없이 그랬을 겁니다. 스위스의 산속에 들어갔을 때, 나는 폐허가 된, 옛 기사들의 성을 보고 깜짝 놀랐는데, 그 성은 산비탈의 가파른 바위 위, 그러니까 평지로부터 수직으로 적어도 반 베르스타는 되는 곳에 세워진 것이었습니다. (그러니, 오솔길을 따라 올라가자면 몇 베르스타가 되겠지요.) 그런 성이 어떤 것인지는 잘 아실 겁니다. 그건 돌로 쌓아올린 거대한 산입니다. 무서운 공사, 그야말로 불가능한 공사이지요! 그런데 결국 이 성을 세운 이들은 모두가 가난한 백성들, 노예처럼 얽매여 사는 백성들이었습니다. 그런 부역 이외에도 그들은 온갖 세금을 내야 했고 성직자 계급을 먹여 살려야 했습니다. 그러니 어떻게 끼니를 때우고 밭을 갈았겠습니까? 그 당시에 그들의 숫자는 불과 얼마 되지 않았는데, 틀림없이 끔찍하게들 굶어죽었기 때문일 겁니다. 먹을 거라곤 그야말로 아무것도 없었을 테니까요. 나는 이따금 이런 생각을 하곤 했습니다. 어떻게 이 백성들이 그때 완전히 전멸해버리지 않았을까, 이들에게 무슨 일이 벌어지지 않았을까, 어떻게 이들이 계속 버티며 모든 것을 견뎌낼 수 있었을까? 인육을 먹는 사람들도 있었을 거고, 아마 아주 많았을지도 모릅니다, 이 점에서 레베제프의 말은 의심할 여지가 없는 사실입니다. 다만 그가 왜 하필이면 수도사를 여기다 끌어댔는지, 그리고 그것으로 무엇을 말하고자 하는 건지, 그 점은 잘 모르겠군요."

"분명 12세기엔 수도사 이외에는 잡아먹을 만한 사람이 없었을 겁니다. 수도사들만 살져 있었기 때문이죠." 가브릴라 아르달리오노비치가 말했다.

"아주 탁월하고 정확한 견해입니다!" 레베제프가 소리쳤다. "세속인은 아예 건드리지도 않았으니까요. 성직자 육십 명을 잡아먹으면서 세속인은 단 한 명도 건드리지 않았다는 사실, 이것은 무서운 견해이고 역사적인 견해이며 무엇보다 통계학적인 견해로서, 능력 있는 사람이라면 이러한 사실들로부터 역사를 재구성해낼 수도 있습니다. 성직자 계급이 당시의 나머지 인류 전체보다 적어도 육십 배는 더 행복하고 편안하게 살았다는 사실이 숫자로 정확하게 나타나니 말입니다. 그리고 아마 그들은 나머지 인류 전체보다 적어도 육십 배는 더 살져 있었겠죠……"

"그건 과장이오, 과장, 레베제프!" 주위에서 커다란 소리로 웃어댔다.

"역사적인 견해라는 데는 나도 동의하지만, 대체 무슨 말을 하려는 겁니까?" 공작이 계속해서 물었다. (그는 농담기라곤 전혀 없이 너무나 진지하게 말했고, 모두의 비웃음을 사고 있는 레베제프에 대한 조소 같은 것도 전혀 찾아볼 수 없던 까닭에, 좌중의 공통된 분위기 속에서 그의 어조는 자연스레 우스꽝스러운 것이 돼버렸다. 정도가 조금만 더 심했더라면 사람들은 그에게도 조소를 보냈을 테지만, 그는 그 사실을 전혀 눈치채지 못했다.)

"공작, 저 친구가 머리가 돌았다는 걸 정말 모르겠습니까?" 예브게니 파블로비치가 그에게 몸을 수그리며 속삭였다. "아까 여기서 들은 말인데, 저 친구는 변호업과 변론에 미쳐 있고, 앞으로 시험을 치를 작정이랍니다. 이제 곧 굉장한 모의변론이 터져나오겠죠."

"나는 대단히 의미심장한 결론을 내리고자 합니다." 그 사이에 레베제프는 고함을 지르고 있었다. "그러나 모든 것에 앞서 범인의 심리적이고 법률적인 상태부터 검토하겠습니다. 우리는 범인, 또는 이른바 나의 의뢰인이 다른 먹을거리를 구할 가능성이 전혀 없음에도 불구하고, 자신의 그 괴이한 경력이 계속되는 동안 몇 번이나 회개할 뜻을 표하며 성직자들을 잡아먹는 행동을 피하려고 했다는 것을 알고 있습니다. 이것을 우리는 다음의 사실에서 명백히 알 수 있습니다. 그는 여하튼 다섯 내지 여섯 명의 갓난아이를 잡아먹었다고 하는데, 이 숫자는 상대적으로 미미하지만, 대신 다른 관점에서는 중대한 의미를 가집니다. 무서운 가책에 괴로워하던 그는(앞으로 증명하겠지만—나의 의뢰인은 종교적이고 양심적인 사람이었으니까요) 될 수 있는 대로 자신의 죄를 가볍게 하려고 시험삼아 여섯 차례나 자신의 음식을 수도사의 인육에서 세속인의 인육으로 바꾼 게 분명합니다. 시험삼아 그랬다는 것, 이 점 역시도 의심의 여지가 없습니다. 그저 식도락적인 다양함을 위해 그랬다기엔 여섯이라는 숫자가 너무나 미미하니까요. 무엇 때문에 단지 여섯이었겠습니까, 서른이 아니고요? (나는 예순의 절반을, 그 절반만을 잡아서 말하는 겁니다.) 하지만 이것이 신성모독과 교회모독의 공포에서 행해진 절망적인 시도에 불과했다고 한다면, 여섯이란 숫자가 너무도 쉽게 납득될 것입니다. 양심의 가책을 달래기 위한 시도라면 여섯 번으로도 아주 충분하기 때문인데, 그런 시도가 성공할 리는 만무했으니까요. 그리고 첫째, 나의 견해로는, 갓난아이는 너무 작아서, 즉 덩치가 작아서, 일정한 기간에 요구되는 여염집 갓난아이의 수는 성직자보다 세 배, 아니 다섯 배는 더 많았을 것이고, 따라서 죄가 한편으로는 줄어든다 해도, 결국 다른 한편으로는 더 커지는 거지요, 즉 질적으로가 아니라 양적으로 말입니다. 여러분, 나는 물론 이렇게 판단하면서 12세기 범죄자의 심리를 대변하고 있습니다. 그러나 19세기의 인간인 나 자신으로 말할 것 같으면, 여러분에게 지금 보고하는 것과는 다르게 판단하고 있을 수도 있으니, 여러분, 여러분이 나한테 그렇게 이를 드러내 보일 까닭은 전혀 없고, 그리고 장군, 당신은 정말이지 채신사납단 말요. 둘째로, 나의 개인적인 견해에 따르면, 갓난아이는 별로 영양가가 없는데다 너무 달짝지근하고 느끼하기까지 해서, 식욕은 충족시키지 못한 채 양심의 가책만 남길지도 모릅니다. 이제 결론으로, 대미로 들어가겠는데, 여러분, 이 대미에는 그 당시와 지금 우리 시대의 가장 큰 문제 중 하나의 해답이 들어 있습니다! 범인은 결국 성직자들을 찾아가서 자기 죄를 고백하고 자신을 당국의 손에 넘깁니다. 생각해보십시오, 그 당시에 어떤 고통이, 어떤 환형轘刑의 수레바퀴가, 어떤 장작더미가, 어떤 불이 그를 기다리고 있었겠습니까? 그런데도 대체 누가 그를 자수하러 가게 했을까요? 왜 그는 예순이라는 숫자에서 그냥 멈추고, 마지막 숨을 거두는 순간까지 그 비밀을 혼자 간직하지 않았을까요? 왜 그는 수도사들을 그냥 놔두고, 은자로서 참회하며 살지 않았을까요? 마지막으로, 왜 그는 스스로 수도사가 되지 않았을까요? 바로 여기에 문제의 해답이 들어 있습니다! 그러니까 여기엔 장작더미와 불보다도, 심지어 이십 년에 걸친 습관보다도 더 강한 무엇이 있었던 겁니다! 그러니까 여기엔 그 어떤 불행보다도, 그 어떤 흉작과 고문, 페스트와 나병보다도, 그 어떤 지옥보다도 더 강한 사상이 있었던 것이며, 사람의 마음을 견제해주고 이끌어주고 생명의 원천을 풍요롭게 만드는 그런 사상이 없었다면 인류는 그 모든 지옥을 견뎌내지 못했을 겁니다! 그런 힘과 비슷한 무엇이 악덕과 철도의 우리 시대에 있다면, 나에게 그걸 보여주십시오…… 그러니까 기선과 철도의 우리 시대라고 해야겠지만, 나는 악덕과 철도의 우리 시대라고 말하겠습니다,* 나는 취

* 러시아어 단어 파로호도프(기선의)와 파로코프(악덕의)의 발음이 유사하다는 점을 이용한 언어유희.

하긴 했지만 정직하니까요! 현재의 인류를 비록 그 시대의 절반만큼이라도 단단하게 견제할 힘을 가진 사상이 있다면 내게 보여주십시오! 그리고 이 '별' 아래에서도, 사람들을 휘감아버린 이 그물망 아래에서도, 생명의 원천은 약해지지 않았고 흐려지지 않았다고, 어디 한번 대담하게 말해보십시오. 여러분의 유복함과 여러분의 재산, 드물어진 기근과 신속한 교통망을 가지고 나를 겁주려 하지 마십시오! 재산은 많아졌지만, 힘은 약해졌습니다. 인간을 견제해줄 사상도 없어졌습니다. 모든 것이 느슨해졌고, 모든 것이 푹 쪄낸 것처럼 흐물흐물해졌으며, 모든 사람이 흐물흐물해졌습니다! 모두가, 모두가, 우리 모두가 흐물흐물해졌단 말입니다!…… 하지만 그만둡시다, 지금 문제는 그게 아니니까요, 지금 문제는, 손님들을 위해 준비한 안주를 내와야 하지 않을까 하는 것이지요, 존경하는 공작님, 그렇게 할까요?"

그의 말을 듣고 있던 사람 중 몇은 화가 잔뜩 나다시피 한 상태였는데(지적해두자면, 그런 와중에도 그들은 술병을 끊임없이 따댔다), 레베제프는 안주에 관한 이 뜻밖의 결론으로 모든 적과 대번에 화해했다. 그 자신은 이런 결론을 가리켜 '교묘한 변호사적 사태전환'이라고 불렀다. 다시금 유쾌한 웃음소리가 일었고, 손님들은 활기를 되찾았다. 모두가 팔다리를 쭉 펴고 테라스를 거닐기 위해 탁자에서 일어났다. 다만 한 사람 켈레르는 레베제프의 연설이 여전히 못마땅해 몹시 흥분해 있었다.

"저 친구는 계몽을 공격하고 12세기의 광신을 설교하면서 잘난 척 얼굴을 찌푸리고 있지만, 순수한 마음이라곤 털끝만큼도 없어요. 대체 무슨 수로 이 별장을 자기 손에 넣었는지 물어봐도 될까요?" 그는 누구든지 닥치는 대로 멈춰 세우며 큰 소리로 물었다.

"나는 진짜 계시록 해석자를 본 적이 있소." 또다른 구석에서는 장군이 다른 사람들을 붙들고 얘기하는 중이었는데, 옷 단추를 붙잡힌 프치츠인도 별수없이 그들 사이에 끼어 있었다. "이미 고인이 된 그리고리 세묘노비치 부르미스트로프가 그분으로, 이른바 심장에 불을 확 붙일 줄 아는 사람이었지요. 첫째로, 안경을 쓰고, 검은 가죽 장정을 한 큼지막한 고서를 뒤적이고 있었는데, 음, 허옇게 수염을 기르고, 희사금에 대한 감사의 뜻으로 수여된 두 개의 메달을 달았더군요. 준엄하고 장중하게 읽기 시작하면 장군들도 그 앞에서 머리를 숙였고 부인들은 기절하기도 했소. 그런데—저 친구는 안주 얘기로 끝내다니! 도저히 있을 수 없는 일이오!"

장군의 말을 듣고 있던 프치츠인은 빙긋이 웃더니 모자를 집어들려는 것 같았으나, 좀 망설여지거나 아니면 자리를 뜨려고 생각하다 매번 잊어버리는 모양이었다. 가냐는 사람들이 탁자에서 일어서기 전부터 갑자기 마시길 그만두고 술잔을 옆으로 밀어놓았다. 뭔가 어두운 그림자가 그의 얼굴을 스치고 지나갔다. 사람들이 탁자에서 일어나자, 그는 로고진에게 다가가 그 옆에 나란히 앉았다. 그 모습이 아주 절친한 사이로 여겨질 정도였다. 로고진도 처음에는 몇 번이나 슬그머니 빠져나가려고 했지만 이제는 고개를 수그린 채 꼼짝 않고 앉아 있었는데, 그 역시 자리를 뜨려고 했던 것을 잊은 듯싶었다. 그는 이날 밤 내내 술은 한 방울도 입에 대지 않고 골똘히 생각에 잠겨서는, 그저 간간이 눈을 들어 모든 사람을 하나하나 바라보곤 했다. 지금 그는 자신에게 대단히 중요한 무언가를 여기서 기다리며 그때까지는 돌아가지 않기로 한 것처럼 보였다.

공작은 겨우 두세 잔 마신 게 다였으나, 그저 유쾌한 기분이었다. 탁자에서 일어나다 예브게니 파블로비치와 눈이 마주치자, 그는 아까 했던 약속을 떠올리고 상냥하게 웃어 보였다. 예브게니 파블로비치는 공작에게 고개를 한번 끄덕이더니 갑자기 입폴리트를 가리켰는데, 바로 그때 예브게니 파블로비치는 입폴리트를 뚫어져라 지켜보던 참이었다. 입폴리트는 소파에 몸을 쭉 뻗은 채 자고 있었다.

“공작, 이 애송이는 대체 무엇 때문에 당신 집으로 들이밀고 온 겁니까?” 그가 불쑥 이렇게 물었는데, 그 어조에 너무나 노골적인 불쾌감과 증오마저 담겨 있어 공작은 깜짝 놀랐다. “틀림없이 좋지 못한 속셈이 있을 겁니다!”

“내 생각엔” 하고 공작이 말했다. “적어도 내가 보기엔, 오늘 당신은 이 사람한테 특별히 관심이 있는 모양인데, 안 그런가요, 예브게니 파블르이치?”

“거기다 이렇게 덧붙이시죠. 내가 처한 상황에선 나 자신한테나 신경쓰라고 말이죠, 하긴 나도 자신에게 놀라고 있어요, 저 역겨운 상판에서 저녁 내내 눈을 뗄 수가 없으니!”

“아름다운 얼굴이잖아요……”

“아, 이것 좀 보십시오!” 예브게니 파블로비치가 공작의 팔을 잡아당기며 소리쳤다. “이것 좀!……”

공작은 다시 한번 깜짝 놀라 예브게니 파블로비치를 쳐다보았다.

V

레베제프의 거창한 변론이 끝나갈 즈음 소파에서 갑자기 잠이 들었던 입폴리트는, 마치 누구한테 옆구리를 차이기라도 한 것처럼 번쩍 잠에서 깨어 흠칫하고 몸을 일으키더니, 주위를 둘러보고서 얼굴이 새하얘졌다. 그는 왠지 겁마저 먹은 듯이 주위를 바라보았으나, 마침내 모든 것을 기억해내고 정신을 차리자, 거의 공포와도 같은 것이 그의 얼굴에 떠올랐다.

"아니, 다들 돌아가는 건가요? 끝나버렸나요? 다 끝나버렸어요? 벌써 해가 떴어요?" 그는 공작의 손을 잡고 불안스레 물었다. "몇 시죠? 제발, 몇 시예요? 깜빡 잠이 들었군요. 내가 오래 잤나요?" 그는 거의 절망적인 목소리로 이렇게 덧붙였는데, 적어도 그의 운명 전부가 매달린 그 무언가를 잠을 자느라고 놓쳐버린 듯한 표정이었다.

"당신은 칠팔 분밖에 자지 않았어요." 예브게니 파블로비치가 대답했다.

입폴리트는 그를 뚫어지게 쳐다보다가 잠시 무엇인가를 생각했다.

"아…… 그 정도밖에! 그렇다면 나는……"

그는 아주 무거운 짐이라도 내려놓은 듯 숨을 크게, 한껏 몰아쉬었다. 그는 마침내, 아무것도 '끝나버리지 않았고', 아직 동이 트지 않았으며, 손님들은 그저 간단한 음식을 대접받으려고 탁자에서 일어난 것에 불과하고, 이제 겨우 레베제프의 장광설만 끝났을 뿐임을 알아챘다. 그는 빙긋이 웃었고, 폐병 환자 특유의 홍조가 두 개의 선명한 반점처럼 그의 양쪽 볼에 떠올랐다.

"당신은 내가 자는 시간까지 재고 있었군요, 예브게니 파블르이치." 그가 빈정거리며 말끄리를 붙잡았다. "당신은 저녁 내내 나한테서 눈을 떼지 않았죠, 나도 알아요…… 아! 로고진이군! 방금 꿈에서 저 사람을 봤습니다." 그는 탁자 옆에 앉아 있는 로고진을 고갯짓으로 가리키며 미간을 찌푸린 채 공작에게 속삭였다. "아, 맞아," 그는 금세 다른 화제로 건너뛰었다. "연사는 대체 어딨죠, 레베제프는 어딨어요? 레베제프는, 그러니까, 끝났나요? 그가 무슨 얘길 했죠? 그런데 공작, 당신이 언젠가, '아름다움'이 세상을 구할 것이라고 말했다는데, 정말인가요? 여러분," 그는 모두를 향해 커다란 소리로 외쳤다. "공작은 아름다움이 세상을 구할 것이라고 주장하고 있어요! 하지만 나는 공작이 그런 들뜬 생각을 품고 있는 건 지금 사랑에 빠져 있기 때문이라고 주장하는 바입니다. 여러분, 공작은 사랑에 빠졌어요. 아까 공작이 여기로 들어오던 바로 그 순간에 나는 그 사실을 확신했습니다. 얼굴을 붉히진 마세요, 공작, 그러면 내가 미안하잖습니까. 그런데 어떤 아름다움이 세계를 구한다는 거죠? 나는 이 말을 콜랴한테서 전해 들었어요…… 당신은 열렬한 그리스도교 신자라면서요? 콜랴 말로는, 당신 스스로 자신을 그리스도교 신자라고 부른다던데요."

공작은 그를 주의깊게 바라보았으나, 아무런 대답도 하지 않았다.

"대답을 안 하시는 건가요? 당신은 아마 내가 당신을 무척 좋아한다고 생각하시겠죠?" 갑자기 입폴리트는 툭 내뱉듯이 이렇게 덧붙였다.

"아니, 그렇게 생각하진 않아요. 당신이 나를 좋아하지 않는다는 걸 압니다."

"뭐라고요! 어제 그 일이 있었는데도요? 어제 난 진심으로 당신을 대했잖습니까?"

"나는 어제도 알고 있었어요, 당신이 날 좋아하지 않는다는 걸."

"그러니까 그건, 내가 당신을 부러워하기 때문이란 말인가요, 부러워하기 때문에? 당신은 언제나 그렇게 생각했고, 지금도 그렇게 생각하고 있어요, 하지만…… 내가 왜 당신한테 이런 소릴 하고 있죠? 샴페인을 더 마시고 싶군요. 나한테 한 잔 따라줘요, 켈레르."

"당신은 더 마시면 안 돼요, 입폴리트, 당신에겐 술을 주지 않겠습니다……"

그러면서 공작은 술잔을 옆으로 치워놓았다.

"뭐, 좋아요……" 그는 생각에 잠긴 듯한 얼굴로 이내 동의했다. "아마 사람들은 별소리를 다 하겠죠…… 하지만 사람들이 뭐라든 나하고 무슨 상관입니까! 안 그런가요, 안 그래요? 나중에 저들 마음대로 지껄이라죠, 안 그런가요, 공작? 나중에 무슨 일이 벌어지든 우리 모두와 무슨 상관 있겠어요!…… 그런데 나는 아직도 잠에 취해 있어요. 정말 무서운 꿈을 꿨는데, 그게 이제야 생각났으니까…… 공작, 내가 정말로 당신을 좋아하지 않는지는 모르지만, 당신은 그런 꿈을 꾸지 않길 바랍니다. 뭐, 어떤 사람을 좋아하지 않는다고 해서 그 사람에게 나쁜 일이 생기길 바랄 거야 없잖아요, 안 그래요? 그런데 내가 왜 자꾸 이런 걸 묻고 있지, 자꾸만 묻고 있네요! 손을 이리 줘보세요, 꼭 잡아드릴 테니, 자 이렇게…… 당신은 어쨌든 나한테 손을 내밀었죠? 그러니까, 내가 진심으로 당신 손을 잡는다는 걸 알고 계신 거죠?…… 아마도 나는 술을 더 마시진 않을 겁니다. 몇 시죠? 하긴 말씀하실 필요 없어요, 몇 시인지 내가 아니까. 때가 됐어요! 지금이 바로 그 시간이에요. 저건 뭐죠, 저쪽 구석에다 음식을 차리는 건가요? 그럼 이 탁자는 비겠지요? 잘됐군요! 여러분, 나는…… 그런데 저 사람들은 죄다 들은 체도 않는군…… 공작, 나는 글 한 편을 읽을 작정입니다. 그야 물론 음식 쪽이 더 흥미롭겠지만……"

그러면서 갑자기 그는 천만뜻밖에도 윗도리의 옆주머니에서 붉은색 봉인이 커다랗게 찍힌 큼지막한 사무용 규격봉투를 꺼냈다. 그는 그것을 자기 앞의 탁자 위에 내려놓았다.

이 뜻밖의 일은 그것에 대비하지 않은, 혹은 더 정확히 말해, 대비는 했으나 그것에는 대비하지 않은 일동에게 커다란 효과를 낳았다. 예브게니 파블로비치는 의자에서 펄쩍 튀어오르기까지 했다. 가냐도 재빨리 탁자 쪽으로 달려왔다. 로고진 역시 탁자 쪽으로 다가왔으나, 무슨 일인지 안다는 듯 왠지 퉁명스럽고 못마땅한 얼굴이었다. 마침 가까운 곳에 있던 레베제프는 호기심에 찬 눈으로 다가와서 열심히 봉투를 쳐다보며 내용물을 알아내려고 애썼다.

"이게 대체 뭔가요?" 공작이 불안해하며 물었다.

"태양의 첫 귀퉁이가 보이면 나는 바로 자리에 눕겠습니다, 공작, 맹세코 정말이니, 두고 보십시오!" 입폴리트가 소리쳤다. "하지만…… 하지만…… 내가 정말 이 봉투를 뜯지 못할 줄 압니까?" 그는 도전이라도 하는 듯한 눈초리로 모두를 둘러보며 굳이 누구랄 것도 없이 모두를 향해 이렇게 덧붙였다. 공작은 그가 온몸을 후들후들 떨고 있음을 알아챘다.

"우리는 아무도 그렇게 생각하지 않아요." 공작이 모두를 대신해 대답했다. "누군가가 그렇게 생각할 거라고 왜 그런 추측을 하는 건가요,

그리고…… 지금 무엇을 읽는다는 건 좀 이상한 생각이 아닐까요? 여기 있는 게 뭔가요, 입폴리트?"

"저게 뭐요? 저 사람한테 또 무슨 일이 일어난 거요?" 사방에서 물어댔다.

모두가 가까이 다가왔는데, 아직 음식을 우물거리는 사람도 더러 있었다. 붉은 봉인이 찍힌 봉투가 자석처럼 모두를 끌어당겼던 것이다.

"공작, 이건 어제 내가 직접 쓴 겁니다, 당신의 별장으로 옮겨와서 살겠다고 약속하고 나서 곧바로 썼죠. 어제 온종일, 그리고 밤에도 썼고, 오늘 아침에야 끝냈어요. 밤중에, 아침녘에 꿈을 꾸었는데……"

"내일 읽는 편이 낫지 않겠습니까?" 공작이 조심스럽게 말을 막았다.

"내일이면 '더이상 시간이 있지 아니하리니!'" 입폴리트는 신경질적으로 히죽 웃었다. "하지만 염려 마십시오, 사십 분이면 다 읽을 수 있을 테니, 뭣하면 뭐—한 시간 정도…… 더구나 보십시오, 다들 흥미를 보이지 않습니까, 다들 모여들어 하나같이 내 봉인을 보고 있군요, 만일 내가 이 글을 봉투에 넣어 봉인하지 않았더라면 아무런 효과도 낳지 못했겠지요! 하-하! 바로 이게 신비라는 겁니다! 여러분, 이걸 뜯을까요, 말까요?" 그는 야릇한 웃음소리를 내고 두 눈을 번쩍이며 소리쳤다. "신비! 신비예요! 그런데 공작, '더이상 시간이 있지 아니하리니'라고 선언한 게 누군지 기억하십니까? 계시록에 나오는 위대하고도 강력한 천사가 그렇게 선언했습니다."

"읽지 않는 편이 좋겠소!" 갑자기 예브게니 파블로비치가 이렇게 소리쳤으나, 뜻밖에도 그의 얼굴에 불안한 빛이 감돌고 있어서, 많은 사람이 이상하게 여겼다.

“읽지 말아요!” 공작도 봉투에 손을 얹으며 외쳤다.

“그건 왜 읽어요? 지금 음식이 나왔는데,” 누군가가 말했다.

“글이라뇨? 잡지에라도 실을 건가요?” 다른 사람이 물었다.

“지루하지 않을까?” 또 한 사람이 덧붙였다.

“도대체 그게 뭐요?” 나머지 사람들이 물었다. 그러나 겁을 먹은 듯한 공작의 태도에는 입폴리트 자신도 적잖이 놀란 모양이었다.

“그럼…… 읽지 말까요?” 입폴리트는 파랗게 질린 입술에 일그러진 미소를 띠며, 왠지 머뭇머뭇 공작에게 속삭였다. “읽지 말까요?” 그는 아까처럼 모두에게 덤벼들 것 같은 도전적인 태도로 또다시 모든 사람을 집요하게 붙잡으려는 듯이, 모든 사람을, 모두의 눈과 얼굴을 하나하나 둘러보며 중얼거렸다. “당신은…… 겁이 나는 거지요?” 그는 다시 공작을 돌아다보았다.

“뭐가요?” 반문하는 공작의 안색이 더욱더 변해갔다.

“혹시 누구 20코페이카짜리 은화를 가지신 분 계십니까?” 입폴리트는 누가 세게 밀치기라도 한 양, 의자에서 벌떡 일어섰다. “주화라면 다 좋아요.”

“자, 여기!” 레베제프가 얼른 건네주었다. 병자인 입폴리트가 실성했다는 생각이 그의 머리를 언뜻 스쳤다.

“베라 루키야노브나!” 입폴리트가 급히 불렀다. “이걸 받아서 탁자 위에 던져요, 독수리가 나올지, 격자가 나올지?* 독수리가 나오면—읽는 겁니다!”

---

* 당시 주화 앞면에는 국가의 문장인 쌍두 독수리가 새겨져 있었다. 뒷면에는 황제의 이름 첫 글자들을 조합해 새겨넣었는데, 그 모습이 특이한 격자 문늬처럼 보이기도 했다.

베라는 깜짝 놀라서 주화와 입폴리트와 아버지를 차례로 쳐다봤다가, 이제 자기는 더이상 주화를 봐서는 안 된다고 믿는 양 머리를 뒤로 바싹 젖힌 채 어쩐지 어색한 동작으로 주화를 탁자 위에 던졌다. 독수리가 나왔다.

"읽어야겠군!" 흡사 운명의 판결에 제압당한 듯한 목소리로 입폴리트가 중얼거렸다. 설령 사형선고가 내렸더라도 그의 얼굴이 이보다 더 새파랗게 질리지는 않았을 것 같았다. "그런데," 그는 잠시 말없이 있다가 갑자기 몸을 부르르 떨었다. "이게 대체 뭐지? 방금 나는 정말 운명의 주사위를 던진 걸까?" 그는 아까처럼 도전적이고 노골적인 태도로 모든 사람을 둘러보았다. "하지만 이건 정말 놀라운 심리적 특성이 아닙니까!" 그는 갑자기 경악을 숨김없이 드러내며 공작을 향해 외쳤다. "이것은…… 이것은 불가사의한 특성입니다, 공작!" 그는 활기를 되찾고 제정신을 차린 듯 되풀이했다. "이걸 어디다 적어두세요, 공작, 그리고 잘 기억해두십시오, 당신은 사형에 관한 자료를 수집하시는 모양이니까…… 누가 얘기해줬어요, 하-하! 오, 맙소사, 이 무슨 어리석고 무의미한 짓이람!" 그는 소파에 주저앉더니 탁자에 두 팔꿈치를 괴고 머리를 움켜쥐었다. "창피하기까지 하군!…… 하지만 젠장, 창피하건 말건 나랑 무슨 상관이야." 그는 거의 곧바로, 고개를 번쩍 쳐들었다. "여러분! 여러분, 나는 봉투를 뜯겠습니다." 그는 갑자기 결심한 듯 이렇게 선언했다. "나는…… 나는, 하지만, 꼭 들으라고 강요하진 않겠습니다!……"

그는 흥분에 떨리는 손으로 봉투를 뜯고는, 그 속에서 자잘한 글씨가 잔뜩 적힌 편지지 몇 장을 꺼내 자기 앞에 놓더니 반듯하게 다듬기 시작했다.

"대체 저게 뭐야? 뭘 하자는 거지? 뭘 읽겠다는 소리야?" 몇몇 사람이 언짢다는 듯 중얼거렸고, 다른 사람들은 침묵을 지켰다. 하지만 모두가 자리에 앉아 호기심에 차서 지켜보았다. 어쩌면 정말로 무슨 유별난 일을 기대하는지도 몰랐다. 베라는 아버지의 의자에 바싹 달라붙었는데 겁이 나서 울음을 터뜨릴 지경이었고, 콜랴 역시 겁을 먹은 듯했다. 이미 자리를 잡고 앉은 레베제프가 갑자기 몸을 일으키더니 촛대를 잡고, 입폴리트가 좀더 밝은 불빛 아래서 읽을 수 있도록 그의 옆에다 옮겨놓았다.

"여러분, 이것은…… 이게 무엇인지는 곧 아시게 될 겁니다." 무엇 때문인지 입폴리트는 이렇게 덧붙이고 나서, 불쑥 낭독을 시작했다. "'나의 불가피한 해명'! 제사題詞, '*내 죽은 뒤에야 노아의 홍수가 나든 말든*'*…… 쳇, 제기랄!" 그는 불에 데기라도 한 듯이 소리쳤다. "어떻게 제정신으로 이따위 멍청한 제사를 내세울 수 있었을까?…… 들어주십시오, 여러분!…… 분명히 말씀드리지만, 이 모든 것은 결국 지독히 쓸데없는 소리일 수도 있습니다! 다만 이 안엔 다소나마 나의 사상이…… 만약 여러분께서 이 안에…… 무슨 비밀 같은 것이나 혹은…… 금지된 뭔가가 있다고 생각하신다면, 한마디로……"

"서론은 빼고 읽으시지요." 가냐가 말을 가로챘다.

"둘러대긴!" 누군가가 덧붙였다.

"말이 많군." 줄곧 입을 다물고 있던 로고진이 끼어들었다.

---

* 루이 15세가 생전에 했던 말.

입폴리트는 얼른 그쪽으로 시선을 돌렸다. 두 사람의 눈이 마주치자, 로고진은 입맛이 쓰고 짜증스럽다는 양 이를 훤히 드러내며 느릿느릿 괴상한 말을 내뱉었다.

"이 일은 그런 식으로 하는 게 아냐, 젊은이, 그렇게 하는 게 아니라고……"

로고진이 무슨 말을 하려 했는지는 물론 아무도 이해하지 못했지만, 그의 말은 모두에게 상당히 괴이한 인상을 주었다. 어떤 공통된 생각이 모두의 머릿속 한 귀퉁이를 스친 것이다. 특히 입폴리트에겐 이 말이 무서운 작용을 일으켰다. 그는 공작이 얼른 손을 뻗어 그를 붙잡아주려 했을 정도로 온몸을 후들후들 떨었고, 아무래도 소리를 내지르려 했으나 갑자기 목이 콱 막혀버린 모양이었다. 꼬박 일 분 동안이나 그는 아무 말도 못하고 힘겹게 숨을 쉬며 내내 로고진을 응시하기만 했다. 마침내 그는 숨을 헐떡이며 안간힘을 다해 입을 열었다.

"그럼 그게 당신…… 당신이었군요…… 당신?"

"내가 뭐 어쨌다고? 내가 뭐?" 로고진은 영문을 몰라 하며 대답했으나, 입폴리트는 갑자기 미칠 듯한 분노에 사로잡혀 날카로운 소리로 사납게 외쳤다.

"당신은 지난주, 내가 아침에 당신을 찾아갔던 바로 그날, 밤 한시가 조금 지나 우리집에 왔어, 틀림없이 당신이야!! 어서 고백해요, 당신이었죠?"

"지난주, 밤에? 아니, 자네 돌았나, 정말 정신 나간 거 아니냐고, 젊은이?"

'젊은이'는 집게손가락을 이마에 갖다대고 뭔가 헤아려보는 듯 다시 일 분가량 아무 말도 하지 않았으나, 여전히 공포로 일그러진 창백한 미소 속에 교활하면서도 자신만만해 보이기까지 하는 무엇인가가 퍼뜩 떠올랐다.

“그건 당신이었어!” 마침내 그는 거의 속삭이듯, 하지만 강한 확신에 찬 어조로 되풀이했다. “당신이 나를 찾아와서 내 방 창가에 있는 의자에 아무 말 없이 꼬박 한 시간 동안 앉아 있었어. 아니, 더 오래 있었지, 밤 열두시에서 두시 사이였으니까. 그러다가 두시가 좀 넘자 일어나서 돌아갔지…… 그건 당신이야, 당신! 당신이 왜 나를 놀라게 했는지, 왜 나를 괴롭히려고 왔는지, 그건 모르지만, 아무튼 그건 당신이었어!”

그의 시선에서는 아직도 공포의 전율이 가시지 않았으나, 그런 중에도 갑자기 끝없는 증오의 빛이 번쩍 빛났다.

“여러분은 이제 곧, 여러분, 이 모든 것을 알게 될 겁니다, 나는…… 나는…… 그럼, 들어주십시오……”

그는 다시금 무섭게 허둥대며 자신의 원고를 움켜쥐었다. 그러나 종잇장들은 손에서 미끄러져 이리저리 흩어졌고, 그는 허겁지겁 그것들을 거둬 모았다. 종잇장이 그의 떨리는 손안에서 파들거렸다. 그는 한참 동안 마음을 진정시키지 못했다.

마침내 낭독이 시작됐다. 처음 오 분가량, 이 예기치 못한 논문의 저자는 여전히 숨을 헐떡이며 앞뒤 연결도 되지 않게 고르지 못한 어조로 읽었지만, 얼마 뒤엔 목소리가 분명해지고 힘이 들어가서, 글의 의미를 충분히 표현할 수 있게 되었다. 다만 상당히 거센 기침이 간간이 낭독을 끊어놓을 뿐이었다. 글의 중간 부분부터는 목이 심하게 쉬어버렸으나, 낭독이 진행됨에 따라 점점 더 그를 사로잡은 비상한 감흥은,

청중에게 주는 병적인 인상과 함께, 낭독이 끝날 즈음에는 최고조에 달했다. 다음이 이 '논문'의 전문이다.

〈나의 불가피한 해명〉

'내 죽은 뒤에야 노아의 홍수가 나든 말든!'

'어제 아침에 공작이 나를 찾아왔다. 이런저런 얘기 끝에, 그는 자기 별장으로 옮겨오라고 나를 설득했다. 나는 그러잖아도 그가 틀림없이 그렇게 나오리라는 것을 알고 있었고, 그의 표현대로, 별장에서 '사람들과 나무에 에워싸여 죽는 게 더 편안할 거'라며 나한테 노골적으로 지껄여대리라는 것을 확신하고 있었다. 그러나 오늘 그는 죽는다고 말하지 않고 '지내기가 더 편안할 거'라고 말했는데, 어찌됐건 나로서는, 내 처지로서는, 거의 매일반이다. 나는 그에게, 그렇게 끊임없이 '나무'를 들먹이는 저의가 무엇이며, 도대체 무엇 때문에 나한테 그 '나무'를 그렇게 들이대느냐고 물었다가 깜짝 놀랐는데—지난번 저녁에 내가 마지막으로 나무를 보기 위해 파블롭스크에 왔다고 내 입으로 얘기했다는 것이다. 내가 그에게, 나무 아래서 죽든, 창밖으로 붉은 벽돌을 보며 죽든 매한가지 아니냐, 남은 두 주일을 위해 그렇게 격식을 차릴 필요는 없다, 라고 말하자, 그는 이내 동의했다. 하지만 그의 의견에 따르면, 수목의 초록빛과 깨끗한 공기가 나에게 어떤 신체적인 변화를 일으켜, 나의 흥분과 내 꿈도 변하고 어쩌면 가벼워질지도 모른다는 것이다.

나는 웃으면서, 그가 유물론자처럼 말한다고 또다시 한마디했다. 그는 특유의 미소를 지으면서, 자신은 언제나 유물론자였노라고 대답했다. 그는 결코 거짓말을 하는 법이 없으니, 이 말에도 어떤 의미가 있을 것이다. 그의 미소가 좋아서, 나는 새삼스레 그의 얼굴을 더 찬찬히 들여다보았다. 내가 지금 그를 좋아하는 건지 아닌지 잘 모르겠다. 지금은 그런 문제에 매달릴 겨를이 없다. 한 가지 밝혀둘 것은, 다섯 달에 걸쳐 그에게 품어온 나의 증오도 지난 한 달 동안 완전히 사그라지기 시작했다는 사실이다. 누가 알겠는가, 내가 파블롭스크에 갔던 건 무엇보다 그를 보기 위해서였는지도 모른다. 그러나…… 무엇 때문에 나는 그때 내 방을 버리고 나섰던가? 죽음을 선고받은 자는 절대로 자신의 구석을 떠나선 안 된다. 그리고 만약 내가 지금 최종적인 결단을 내리지 못하고, 그 반대로, 마지막 시각이 올 때까지 그저 기다리기로 했다면, 나는 물론, 무슨 일이 있어도 내 방을 떠나지 않을 것이며, 파블롭스크에 '죽으러' 오라는 그의 제의를 결단코 받아들이지 않을 것이다.

나는 바삐 서둘러 내일까지 반드시 이 '해명'을 전부 끝내야 한다. 그러므로 다시 한번 읽어보고 정정할 시간은 없다. 그러니 내일 공작을 비롯해 아마도 그의 별장에서 보게 될 두세 명의 증인에게 낭독할 때에나, 이 글을 다시 읽게 될 것이다. 이 속엔 한마디의 거짓도 없고 모든 것이 최후의 엄숙한 진실뿐이므로, 내가 이 글을 다시 읽게 되는 그때 그 순간에, 이 진실이 나 자신에게 어떤 인상을 줄 것인지, 벌써 궁금해진다. 하지만 '최후의 엄숙한 진실'이라는 말은 공연히 쓴 듯싶다. 살날이 두 주일밖에 남지 않은 마당에 거짓말할 필요가 어디 있으랴, 두 주일이란 굳이 살아야 할 필요가 없는 시간이니 말이다. 바로 이것이야말로 내가 오로지 진실만을 쓰고 있다는 가장 좋은 증거이다. (NB.* 다음의 생각을 잊지 말 것. 혹시 나는 이 순간에, 다시 말해 이따금, 정신이상을 일으키는 게 아닐까? 말기의 폐병 환자들은 때때로 얼마 동안씩 정신이상이 된다고 내게 확실하게 얘기해준 사람들이 있다. 내일 낭독을 하는 동안 청중의 반응에서 이 사실을 확인해야 한다. 이 문제를 반드시 확실하게 해결지을 것. 그러지 않고선 무슨 일도 착수할 수 없다.)

나는 방금 지독히도 멍청한 소리를 쓴 것 같은데, 하지만 이미 말했다시피, 정정할 시간이 전혀 없다. 그뿐만 아니라, 설령 나 스스로 다섯 줄마다 자가당착을 발견하게 된다 할지라도, 일부러 이 원고에서 단 한 줄도 수정하지 않을 것임을 맹세한다. 바로 내일 낭독을 하는 자리에서 나는 내 사상의 논리적 흐름이 과연 옳은지, 내가 자신의 오류를 발견하는지, 그러니까, 내가 이 방에서 이 여섯 달 동안 생각에 생각을 거듭했던 그 모든 것이 과연 정확한 것인지, 아니면 그저 잠꼬대에 불과한 것인지를 확인할 작정이다.

만일 내가 이미 두 달 전에 지금처럼 내 방을 완전히 떠나고 메이에르 집의 벽과도 작별을 고해야 했다면, 나는 필시 서글픔에 젖었으리라. 하지만 지금은, 내일이면 이 방과 이 벽을 영원히 떠나려 하는데도 아무런 느낌이 없다. 그러니까, 두 주일 때문에 무엇을 애석해하거나 어떤 느낌에 젖는다는 건 부질없는 짓이라는 내 신념이 내 본성을 정복했고, 이젠 이미 내 모든 감정을 지배할 수 있게 된 것이다. 하지만

* '주의' '주목'을 뜻하는 라틴어 nota bene의 약자.

정말 그럴까? 내 본성이 이제 완전히 정복됐다는 게 정말일까? 만일 지금 누가 나를 고문하기 시작한다면, 나는 필시 비명을 지를 것이며, 이제 살날이 두 주일밖에 남지 않았으니 비명을 지르고 고통을 느끼는 것은 부질없는 짓이라고 말하지는 않을 것이다.

그러나 앞으로 내가 살날이 기껏 두 주일밖에 남지 않았다는 게 과연 사실일까? 그때 파블롭스크에서 나는 거짓말을 했다. B-n은 나한테 아무 말도 하지 않았고 나를 본 적조차 없다. 하지만 일주일 전쯤에 사람들이 나에게 키슬로로도프라는 대학생을 데려왔는데, 그는 자신이 유물론자에 무신론자에 니힐리스트라고 스스로 확신했고, 내가 특별히 그를 부른 것도 바로 그래서였다. 내게는, 결국, 적나라한 진실을 무자비하고 거침없이 말해줄 사람이 필요했기 때문이다. 그는 그렇게 했고, 기꺼이 그리고 거침없이 그렇게 했을 뿐만 아니라, 눈에 띄는 만족감마저 느끼고 있었다(내 생각으로는, 그럴 것까지는 없다 싶었다). 그는 나한테 대놓고, 살날이 한 달 정도밖에 남지 않았다고 지껄였다. 만약 좋은 환경이라면 조금 더 살 수도 있겠지만, 어쩌면 훨씬 더 빨리 죽을지도 모른다는 거였다. 그의 의견에 따르면, 나는 갑자기, 예컨대 내일이라도 죽을 수 있다는 것이다. 그런 경우는 실제로 종종 있었고, 바로 이틀 전만 해도, 폐병에 걸려 나와 비슷한 상태인, 콜롬나*에 사는 어느 젊은 부인이 먹을거리를 사려고 장 보러 나갈 채비를 하던 중에 갑자기 어질어질해져서 소파에 드러누웠다가 숨을 한번 몰아쉬고 그대로 죽었다고 했다. 키슬로로도프는 자신의 무감각과 무자비함을 멋

* 페테르부르크에서 주로 빈민들이 모여 살던 구역 중 하나.

스럽게까지 여기는 어조로 내게 이런 얘기를 모두 들려주면서 마치 그렇게 함으로써 나에게 경의를 표한다는 태도를 취했는데, 다시 말해 나를 그 자신과 대등한 인간, 즉 일체를 부정하는 고등 존재, 죽음 따위엔 당연히 아무런 가치도 두지 않는 그런 존재로 대우한다는 식이었다. 어쨌거나 사실은 더욱 명백해졌다. 한 달, 그 이상은 절대로 아니다! 그의 예측이 틀림없는 것임을 나는 완전히 확신한다.

나를 몹시 놀라게 한 것은, 아까 공작이 내가 '나쁜 꿈'을 꾸고 있다는 걸 어떻게 그렇게까지 알아맞혔을까 하는 점이다. 그는 정확히, 파블롭스크에 오면 '나의 흥분과 꿈'이 변할 거라고 말했다. 대체 어떻게 그는 꿈이라고 말했을까? 그는 의학자이거나 아니면 정말로 비범한 지혜를 지녀서 아주 많은 것을 알아맞힐 수 있는지도 모르겠다. (하지만 그가 결국 '백치'라는 점만은 의심의 여지가 없다.) 공교롭게도 나는 그가 찾아오기 직전에 예쁘장한 꿈을 하나 꾸었다(하긴, 요즘 들어 수백 번이나 꾸는 종류의 꿈이었다). 나는 잠이 들었는데—그가 오기 한 시간 전이었던 것 같다—보니까, 내가 어떤 방안에 있었다(하지만 내 방은 아니었다). 방은 내 방보다 크고 높았으며, 가구도 더 훌륭하고, 빛도 환하게 들었다. 장롱, 서랍장, 소파, 그리고 초록색 비단 누비이불이 덮인 크고 넓은 내 침대. 그러나 이 방에서 나는 어떤 소름끼치는 동물, 무슨 괴물 같은 것을 보았다. 그것은 전갈과 비슷했으나 전갈은 아니었고, 그보다 더 징그럽고 훨씬 더 무서웠는데, 그 까닭은 다름 아니라 자연에는 그런 동물들이 없다는 것, 그 괴물이 의도적으로 내 방에 나타났다는 것, 그리고 바로 여기엔 어떤 비밀이 숨어 있을 것 같다는 점 때문이었다. 나는 그 괴물을 아주 찬찬히 살펴보았다. 괴물은 딱딱한 갈색

외피에 싸인 파충류로, 길이는 4베르쇼크가량에, 머리 두께는 손가락 두 개를 포개놓은 정도이고, 꼬리 쪽으로 갈수록 점점 가늘어져서 꼬리의 맨 끝부분은 두께가 10분의 1베르쇼크를 넘지 않는다. 머리에서 1베르쇼크 되는 곳에는, 길이가 2베르쇼크 정도인 다리 두 개가 몸통에서 각각 사십오 도 각도로 비죽 나와 있어, 위에서 내려다보면 동물 전체가 마치 삼지창 같은 꼴을 하고 있다. 머리는 자세히 살펴보지 못했으나, 단단한 바늘 모양에 길지 않은 더듬이 두 개가 보였는데, 역시 갈색이다. 그런 더듬이 두 개가 꼬리 끝과 두 다리 끝에도 각각 나 있으니, 합쳐서 여덟 개의 더듬이가 있는 셈이다. 동물은 다리와 꼬리로 몸을 지탱하고 아주 잽싸게 방안을 쏘다녔는데, 그렇게 달릴 때는 몸통과 두 다리가 딱딱한 외피에 싸여 있음에도 불구하고 마치 조그만 뱀처럼 굉장히 빠른 속도로 꿈틀거려서, 보기에도 무척이나 징그러웠다. 나는 그것이 물지나 않을까 싶어 몹시 두려웠다. 이런 동물은 독을 가졌다는 얘기를 들었기 때문인데, 하지만 무엇보다 나를 괴롭힌 것은 도대체 누가 그것을 내 방에 집어넣었고, 나한테 무슨 짓을 하려는 것이며, 여기엔 과연 어떤 비밀이 숨어 있을까 하는 점이었다. 그 동물은 서랍장이나 장롱 밑에 숨었다가 다시 구석구석을 기어다니기 시작했다. 나는 다리를 의자 위로 올리고 쭈그려 앉았다. 그놈은 재빨리 방 전체를 비스듬히 가로질러 이쪽으로 오더니 내 의자 근처에서 어디론가 자취를 감췄다. 나는 겁에 질려 주위를 살펴보았지만, 이렇게 다리를 의자 위로 올리고 앉아 있으니 설마 여기까지 기어오르진 않겠지, 하고 생각했다. 갑자기 나는 내 뒤, 거의 내 머리 옆에서 뭔가 날카롭게 탁탁 튀는 소리를 들었다. 얼른 돌아다보니, 그 파충류가 벽을 타고 이미 내 머리 높이까지 기어올라온데다, 꼬리가 무서운 속도로 빙빙 돌고 꿈틀거리면서 내 머리카락까지 건드리고 있지 않은가. 내가 벌떡 튀어일어나자, 그 동물도 자취를 감췄다. 그놈이 베개 밑으로 기어들까봐 나는 침대에 눕기도 두려웠다. 내 방으로 어머니와 어머니가 아는 어떤 남자가 들어왔다. 그들은 그 파충류를 잡기 시작했는데, 나보다 침착했을 뿐만 아니라 두려워하지도 않았다. 그러나 그들은 아무것도 이해하지 못했다. 갑자기 그 파충류가 다시 기어나왔다. 하지만 이번에는 무슨 특별한 의도라도 있다는 양 천천히 꿈틀거리며 아주 조용히 기어다니는 것이 더 징그러웠는데, 놈은 그런 식으로 다시금 방을 비스듬히 가로질러 문 쪽으로 갔다. 그러자 어머니는 방문을 열고 큰 소리로 우리집 개 노르마를 불렀다—노르마는 새까만 털북숭이에 몸집이 아주 큰 뉴펀들랜드종으로, 이미 오 년 전에 죽은 개였다. 노르마는 방안으로 달려들어왔으나, 파충류를 보자 그 자리에 못박힌 듯 멈춰 섰다. 파충류도 멈춰 섰지만, 여전히 몸을 꿈틀거리며 두 다리와 꼬리 끝으로 방바닥을 탁탁 쳐댔다. 내가 잘못 알고 있는 게 아니라면, 동물이란 신비적인 경악을 느끼지 못하는 법이다. 그러나 이 순간 내게는, 노르마의 경악 속엔 뭔가 아주 심상찮고 거의 신비한 것이라 할 수 있을 무엇이 있으며, 따라서 노르마는 나와 마찬가지로 이 짐승 속에 무언가 숙명적인 것, 그 어떤 비밀이 숨겨져 있음을 예감했다는 것처럼 여겨졌다. 파충류가 자신을 향해 조심스럽게 조용히 기어나오자, 노르마는 천천히 뒤로 물러났다. 파충류는 틈을 노리다 느닷없이 노르마에게 덤벼들어 물어뜯을 셈인 것 같았다. 그러나 노르마는 극도의 공포에도 불구하고 무서운 증오를 품고 파충류를 매섭게 노려봤는데, 사지는 부들부들 떨리고 있었다. 갑자기 노르마는 천천히 그 무서운 이를 드러내면서 거대하고 시뻘건 입을 쩍 벌리더니 몸을 도사리고 기회를 노리다가, 마침내 결심한 듯 파충류를 이빨로 덥석 물었다. 파충류는 빠져나가려고 세차게 버둥거린 모양인데, 노르마는 이미 조금 튀어나간 파충류를 또 한 번 물었고, 여전히 튀어나가던 그놈을 완전히 집어삼키겠다는 듯 두 번이나 입을 쩍 벌려 안으로 집어넣었다. 노르마의 이빨 아래서 단단한 외피가 우지직 바스러졌다. 입 밖으로 삐져나온 파충류의 꼬리와 다리가 무섭도록 빠르게 버둥거렸다. 갑자기 노르마가 애처로운 비명을 올렸다. 파충류가 기어이 개의 혀를 문 것이다. 고통을 이기지 못해 노르마는 비명을 지르고 울부짖으면서 입을 벌렸고, 나는 끔찍하게 부서진 파충류가 반쯤 으스러진 몸통에서 흡사 으깨진 검은 바퀴벌레의 진액과도 같은 하얀 액체를 다량으로 흘리면서 개의 입안에 가로누워 계속 꿈틀거리는 모습을 보았다…… 바로 그때 나는 깨어났고, 공작이 안으로 들어왔다.'

"여러분," 입폴리트가 갑자기 낭독을 멈추더니, 수치스러움마저 느끼는 듯한 어조로 말했다. "나는 이 글을 쓰고서 다시 읽어보지 않았습니다만, 정말 쓸데없는 이야기를 많이 쓴 것 같군요. 이 꿈은……"

"사실 그렇습니다." 가냐가 얼른 끼어들었다.

"여기엔 지나치게 사적인 얘기가 많아요, 인정합니다, 즉, 실제로 나 자신에 관한 얘기가……"

이렇게 말하며 입폴리트는 피곤하고 기진맥진한 얼굴로 손수건을 꺼내 이마의 땀을 훔쳤다.

"그렇습니다요, 당신은 지나치게 자신에게 관심이 많군요." 화가 난 레베제프가 식식거렸다.

"여러분, 다시 한번 말하지만, 나는 아무에게도 강요하지 않습니다. 듣고 싶지 않은 분은 저쪽으로 가셔도 됩니다."

"마구 쫓아내는군…… 자기 집도 아니면서." 레베제프가 들릴락 말락 하게 투덜거렸다.

"우리가 갑자기 모두 일어나 저리로 가버리면 어쩔 건가?" 지금껏 감히 큰 소리를 내지 못했던 페르드이셴코가 불쑥 내뱉었다.

입폴리트는 갑자기 눈을 내리깔고 원고를 움켜쥐었다. 그러나 이내 볼에 두 개의 붉은 반점이 돋은 얼굴을 다시 쳐들고는, 번쩍이는 눈으로 페르드이셴코를 똑바로 노려보며 말했다.

"당신은 나를 지독히도 싫어하는군요!"

웃음소리가 일었다. 하지만 사람들은 대부분 웃지 않았다. 입폴리트는 얼굴을 무섭게 붉혔다.

"입폴리트," 공작이 말했다. "원고를 접어서 나한테 줘요. 그리고 이곳에 있는 내 방에서 자도록 해요. 자기 전에 나하고 얘기를 나눕시다, 그리고 내일도 얘기를 나누고. 그 대신, 이 원고는 다시는 펼치지 않아야 합니다. 그렇게 하겠어요?"

"어떻게 그럴 수 있단 말입니까?" 입폴리트는 깜짝 놀라서 공작을 쳐다보았다. "여러분!" 그는 또다시 열병에 걸린 사람처럼 활기를 되찾으며 소리쳤다. "이건 그저 내가 자신을 제대로 제어하지 못한 어리석은 막간극이었을 뿐입니다. 다시는 낭독을 중단하지 않겠습니다. 듣고 싶은 사람은—들어주십시오……"

그는 컵에서 물을 한 모금 급히 들이켜고는, 사람들의 시선을 피하려고 얼른 탁자에 팔꿈치를 괴고서 고집스레 낭독을 계속하기 시작했다. 하지만 수치심은 금세 사라졌다……

'고작 몇 주 따위는 살 가치도 없다는 생각이, (하고 그는 낭독을 계속했다) 실제로 내 마음을 정복하기 시작한 것은 한 달 전쯤, 살날이 아직 넉 주가량은 남았던 때였지만, 그게 나를 완전히 정복하고 만 것은 파블롭스크의 그 저녁에서 돌아온 때, 그러니까 불과 사흘 전의 일이다. 이 생각이 나를 완전하고도 절박하게 엄습한 첫 순간은 공작의 테라스에 있을 때였는데, 그것은 내가 내 삶의 마지막 시도를 꾀하려고 생각했고, 사람들과 나무를 보고 싶어했고(내 입으로 그렇게 말했다고 해두자), 흥분해서 '내 이웃'*인 부르돕스키의 권리를 주장하고 나섰던 바로 그 순간에 일어난 일로서, 나는 그들 모두가 갑자기 팔을 크게 벌려 나를 포옹하면서 내게 무언가 용서를 빌고, 나 역시 그들에게 용서를 비는 장면을 꿈꾸었으나, 한마디로, 나는 결국 졸렬한 바보짓을 했을 뿐이다. 그러니까 바로 이때 내 마음속에 '최후의 확신'이 활활 타올랐던 것이다. 이 '확신' 없이 꼬박 여섯 달을 어떻게 살 수 있었는지, 지금 돌이켜보면 놀랍기만 하다! 나는 내가 폐병에 걸렸고 그게 불치병이라는 사실을 분명히 알고 있었으며, 나 자신을 기만한 적도 없고, 사태를 명확히 이해하고 있었다. 그러나 그 사실을 명확히 이해하면 할수록, 살고자 하는 욕망은 더욱더 경련을 일으키며 강해갔다. 나는 삶에 악착같이 달라붙었고, 무슨 일이 있어도 살고 싶었다. 물론 내가 그때 무엇 때문인지도 모르면서 나를 파리새끼처럼 짓이겨버리기로 정해놓

* 「마태복음」 22:39. "네 이웃을 네 자신같이 사랑하라."

은 눈멀고 귀먹은 운명에게 화를 낼 만도 했다는 점에 대해선, 나 자신도 수긍한다. 하지만 어째서 나는 그저 화를 내는 것만으로 끝내지 않았을까? 이제는 이미 시작할 수 없다는 걸 알면서도, 어째서 나는 실제로 살아가기를 시작했던 것일까? 이제는 아무것도 시도해볼 수 없다는 걸 알면서도, 어째서 굳이 시도해본 것일까? 사실 나는 책조차 읽을 수가 없어서 독서라는 것을 아예 그만두지 않았던가. 여섯 달밖에 남지 않은 마당에 책을 읽어 무엇하며, 대체 뭘 알아서 어쩌겠다는 건가? 이런 생각이 나에게 책을 던져버리게 했던 적이 한두 번이 아니었다.

그렇다, 메이예르 집의 저 외벽은 많은 얘기를 전할 수 있으리라. 나는 저 벽 위에 많은 것을 적어넣었다. 저 더러운 벽 위에는 내가 암기하지 못할 반점이라곤 하나도 없었다. 오, 저주받을 벽이여! 하지만 저 벽은 파블롭스크의 나무들 전부보다 내게는 더 소중하다, 다시 말해, 만약 지금 내게 모든 것이 매일반이 아니라면, 저 벽은 틀림없이 그 모든 나무보다 더 소중한 존재였을 것이다.

지금 생각해보면, 나는 그때 얼마나 게걸스러운 흥미를 품고서 그들의 삶을 지켜보기 시작했던가. 그와 같은 흥미는 전에는 한 번도 느껴본 적이 없었다. 너무 아파서 방 밖으로 나갈 수조차 없게 되면, 나는 욕까지 내뱉으며 이따금 초조히 콜랴를 기다렸다. 나는 수다쟁이가 될 정도로 온갖 자질구레한 일들을 파고들고, 온갖 소문에 흥미를 보였다. 나는, 이를테면, 살아갈 날이 그토록 많이 남은 저 사람들이 어째서 부자가 되는 법을 모르는지, 이해할 수가 없었다(하긴 지금도 이해할 수 없다). 나는 어느 가난뱅이를 알고 있었는데, 나중에 그가 굶어죽었다는 얘길 듣고, 몹시 분개했던 기억이 있다. 만약 이 가난뱅이를 다시 소생시킬 수 있었다면, 아마도 나는 그를 처형했을 것이다. 간혹 가다 몇 주일 내내 심신이 가뿐해질 때도 있었고, 그럴 때면 거리에 나갈 수도 있었다. 그러나 거리의 풍경이 결국 내 마음속에 격심한 분노를 불러일으켰기 때문에, 나는 다른 사람들처럼 밖에 나다닐 수 있었는데도 일부러 며칠씩이나 방문을 걸어 잠근 채 틀어박히곤 했다. 나는, 끝없는 근심에 싸여 잔뜩 우거지상을 하고 불안하게 여기저기 분주한 듯 싸돌아다니는 그 족속이 보도에서 내 옆을 오락가락하는 꼴을 견딜 수가 없었다. 그들의 끝없는 근심, 그들의 끝없는 불안과 분망함은 무엇 때문이며, 그들은 왜 끝없이 우울하고 심술궂은 것일까? (그들은 심술궂고, 심술궂고, 또 심술궂다.) 앞으로 살날이 육십 년이나 남은 저들이 불행하며 제대로 사는 법을 모른다니, 그게 대체 누구의 죄란 말인가? 어째서 그 가난뱅이 자르니츠인은 살날이 육십 년이나 남은 마당에 자신을 굶어죽게 내버려뒀단 말인가? 그러면서 저들은 하나같이 자신의 누더기옷과 일에 지친 손을 보여주며 분개해서 소리친다. '우리는 황소처럼 뼈빠지게 일만 하는데도 개새끼처럼 굶주리고 가난하다! 하지만 어떤 놈은 일도 않고 빈둥거리기만 하는데도 부자다.' (이건 뭐, 밤낮 갖다 붙이는 소리다!) 이런 자들과 나란히, 이반 포미치 수리코프라는, 본래는 '고상한 집안 출신'이라는 어떤 불행한 울보가—이자는 우리가 사는 집 바로 위층에 세 들어 산다—언제나 팔꿈치에 구멍이 나고 단추가 다 떨어진 옷을 걸치고는 이 사람 저 사람이 맡긴 심부름을 해주며 새벽부터 밤까지 분주히 돌아다닌다. 어디 한번, 이자와 얘기를 시작해 보라. '가난해요, 구걸이라도 해야 할 만큼 찢어지게 가난합니다, 약 살 돈이 없어서 마누라는 죽었고, 겨울엔 어린애마저 얼어죽게 하고 말았습죠. 맏딸은 입에 풀칠이라도 하기 위해 그렇고 그런 길로 빠지고 말았습니다요……'라며 끝없이 훌쩍거리고 한없이 징징댄다. 오, 나는 이런 멍청이들에겐 지금이나 그전이나 그 어떤 동정조차, 눈곱만한 동정조차 느껴본 적이 없으며—그것을 자랑스럽게 말하는 바이다! 어째서 그는 스스로 로트실트*가 되지 못하는가? 그가 로트실트처럼 백만장자가 되지 못하고, 임페리알 금화**나 나폴레옹도르를 산더미같이, 정말로 산더미같이, 마치 마슬레니차*** 주간에 가설무대 근처에 쌓아올리는 산만큼 높이 쌓아놓지 못한 것이 대체 누구의 잘못이란 말인가! 그가 살아 있는 이상, 모든 것은 당연히 그의 권력하에 있지 않은가! 그가 이것을 이해하지 못한다면, 그게 대체 누구의 잘못이란 말인가?

오, 이제 내게는 모든 게 이미 매일반이고, 이제 이미 분개할 시간도 없으나, 다시 한번 말하지만, 그때만 해도, 아직 그때만 해도, 나는 밤마다 미칠 듯한 분노를 이기지 못해 글자 그대로 베개를 물어뜯고 이불을 갈기갈기 찢곤 했다. 오, 그때 나는 사람들이 나를, 이 열여덟 살짜리를, 걸친 옷도 거의 없고 몸도 제대로 감싸지 못한 그대로 느닷없이 길바닥에 내쫓아, 집도 없고, 일자리도 없고, 빵조각도 없고, 일가친척도 없고, 이 넓디넓은 도시에 아는 사람 하나 없이, 그냥 팽개쳐두기를 얼마나 꿈꾸었던가, 얼마나 바랐던가, 얼마나 일부러 바랐던가, 굶주림에 시달리고 두들겨 맞아도 좋다(오히려 더 좋다!), 그러나 건강하기만

---

* 19세기 최초의 국제적 금융 은행을 설립하고 막대한 부를 축적한 독일의 유대계 금융업자 M. A. 로트실트(로스차일드).

** 러시아 금화. 10루블의 가치가 있었다.

*** 겨울이 끝나고 봄이 되는 시기, 사순절이 시작하기 전 일주일 동안 열리는 동슬라브인들의 전통 봄맞이 축제.

하다면, 그들에게 얼마든지 보여주련만……

무엇을 보여줬겠느냐고?

오, 당신들은 내가 그러지 않아도 이 '해명'으로 자기 자신을 이미 얼마나 비하했는지 모른다고 생각하는가! 하기야, 내가 이미 열여덟 살짜리가 아니라는 사실과, 내가 이 여섯 달 동안 남들이 머리가 허옇게 셀 때까지 사는 것과 대등한 삶을 살았다는 사실을 잊고서, 나를 인생을 모르는 멍청한 애송이로 여기지 않을 사람이 누가 있겠는가! 하지만 이 모든 것이 지어낸 이야기라고 코웃음치며 말해도 좋다. 실은 나도 나 자신에게 지어낸 얘기를 들려주곤 했으니까. 밤새도록 그런 얘기로 시간을 보내지 않았던가. 지금도 그것들을 전부 기억하고 있다.

하지만 이제 와서 또다시 그런 얘기를 되풀이할 필요가 과연 있을까—그와 같은 얘기의 시대는 나한테도 이미 지나가버린 지금? 그리고 대체 누구한테 얘기한단 말인가! 그런 얘기로 나 스스로를 달래게 된 것은 내게는 그리스어 문법을 배우는 일조차 허용되지 않았다는 사실을 분명히 깨달았을 때였는데, 그때 나는 '문장론까지 채 나가기도 전에 죽고 말 것이다'라는 생각이 첫 페이지를 넘기기도 전에 문득 떠올라, 책을 탁자 밑으로 던져버렸다. 그 책은 지금도 거기서 뒹굴고 있다. 마트료나에게 그것을 집어올리면 안 된다고 해두었기 때문이다.

나의 '해명'을 우연히 손에 넣어 참을성 있게 끝까지 읽게 될 사람이 있다면, 그는 나를 미치광이 아니면 심지어 김나지움 학생 정도로 여기거나, 특히 무엇보다 내가 죽음을 선고받았기 때문에, 자기 이외의 사람들은 모두가 삶을 너무나 소중히 여기지 않고 너무나 값싸게 낭비하는 습관이 있을뿐더러 삶을 너무나 나태하고 너무나 파렴치하게 향유

하는 것처럼, 따라서 다들 하나같이 삶을 누릴 자격이 없는 것처럼 생각하는 모양이라고 여길지 모른다! 하지만 그게 대체 무슨 말인가? 나는, 그것은 독자의 착각일 뿐, 나의 확신은 내가 죽음을 선고받은 것과는 전혀 무관하다고 선언하는 바이다. 그들에게 물어보라, 그저 한번 물어보라, 행복이 어디에 있는가에 대해 그들 모두가 하나같이 어떻게 이해하고 있는지? 오, 단언하노니, 콜롬보가 행복했던 것은 아메리카를 발견했을 때가 아니라, 그것을 발견하려고 애쓰던 때였다. 단언하노니, 그의 행복이 절정에 달한 순간은 아마도 신세계를 발견하기 정확히 사흘 전, 절망한 나머지 폭동을 일으킨 선원들이 뱃머리를 거의 유럽 쪽으로 되돌려놓은 바로 그때였으리라! 설사 그가 신세계를 발견하지 못했다 하더라도, 문제는 신세계에 있는 게 아니다. 콜롬보는 신세계를 거의 보지도 못했고, 자기가 무엇을 발견했는지도 실제로 모른 채 죽었다. 문제는 삶, 오로지 삶에 있으며—삶을 발견하고자 하는 끊임없이 영원한 탐구에 있지, 결코 그것의 최종적인 발견에 있지 않다! 그런데 무엇 때문에 이런 말을 지껄이고 있을까! 내가 지금 하는 말은 사람들이 아주 흔히 지껄이는 말과 너무도 비슷해서, 필시 나를 '일출'에 관한 작문을 발표하는 김나지움 하급생으로 여기거나, 혹은 뭔가 얘기하고 싶었던 모양인데 그런 마음과는 달리 그것을…… '펼쳐나갈' 줄 모르더라고 말할지도 모른다. 그러나 한마디 덧붙이자면, 인간의 모든 천재적이거나 새로운 사상, 심지어 그저 누군가의 머릿속에서 생겨나는 모든 진지한 사상 속에는 설령 여러 권의 책을 쓰고 삼십오 년에 걸쳐 당신의 사상을 설파한다 한들 결코 어떤 식으로도 다른 사람에게 전달할 수 없는 어떤 무언가가 항상 남게 마련이다. 당신의 두개골로부터 절대로 빠져나가지 않고 영원히 당신에게 머물러 있고자 하는 무엇이 항상 남게 된다는 말이다. 그러니 당신은 당신의 사상 중에서 가장 핵심적인 것일지도 모를 그 무엇을 아무에게도 전달하지 못한 채 죽어갈 것이다. 그러나 만약에 나 역시 지금, 이 여섯 달 동안 나를 괴롭혀온 그 모든 것을 전달하지 못했다 하더라도, 독자들은 적어도 내가 지금의 이 '최후의 확신'에 도달하기 위해 아마도 너무나 값비싼 대가를 치렀다는 사실만큼은 이해해주리라. 이 점을 나의 '해명' 속에서 특별히 내세우는 까닭은 내가 설정한 어떤 목적을 위해 불가피하다고 생각했기 때문이다.

하지만 어쨌거나 나는 계속하겠다.'

VI

'나는 거짓말을 하고 싶지 않다. 이 여섯 달 동안 현실은 나에게 낚싯바늘을 던졌고 때로는 나를 너무도 깊이 사로잡아서, 나는 내가 무서운 선고를 받은 사실도 잊고, 아니, 더 정확히 말해 그 사실을 생각하지 않으려고 애쓰며, 무슨 일을 해보려고 하기까지 했다. 이왕 말이 나왔으니 그때의 내 상황에 대해 얘기해보겠다. 여덟 달 전쯤, 병세가 이미 악화하기 시작했을 때, 나는 일체의 교제를 끊고 전부터 사귀어온 친구들과도 모두 절교해버렸다. 나는 원래 상당히 통명스럽고 우울한 사람이었기 때문에, 친구들도 나를 쉽게 잊고 말았다. 물론 그런 사정이 없었더라도 그들은 나를 잊었을 것이다. 집에서의, 즉 가정에서의 나의 상황도 역시 고독하기만 했다. 다섯 달 전쯤에 나는 방문을 안으로부터 영원히 걸어 잠그고, 나 자신을 식구들이 쓰는 방과는 완전히 격리해버렸다. 식구들은 나한테 늘 고분고분했고, 정해진 시간에 방을 치우거나 식사를 날라주는 것 이외에는 아무도 감히 내 방에 들어오지 못했다. 어머니는 내 명령 앞에서 벌벌 떨었고, 내가 간혹 방에 들어오게 할 경우에도 내 앞에서 감히 우는소리마저 하지 못했다. 어머니는 동생들이 시끄럽게 굴거나 나를 불안하게 할까봐 두들겨패기 일쑤였는데, 동생들이 떠드는 소리가 시끄럽다고 내가 걸핏하면 불평하곤 했기 때문이다. 그러니 동생들은 지금 나를 사랑하고 있을 게 틀림없다! 내가 별명을 붙인 '충실한 콜랴'도 꽤나 괴롭혀준 것 같다. 요즘은 그도 나를 괴롭히지만, 이것은 모두 자연스러운 일로서, 인간이란 서로를 괴롭히기 위해 생겨났기 때문이다. 그러나 나는, 그가 병자한테는 사정을 봐주겠다고 미리 맹세라도 한 듯이 내 짜증을 꾹 참아주고 있다는 것을 눈치챘다. 그것이 나를 더 짜증스럽게 했음은 물론이다. 하지만 그는 공작의 '그리스도교적 온유함'을 모방하기로 한 모양인데, 좀 우스꽝스러운 일이다. 그는 젊고 성급한 풋내기이니, 모든 것을 모방하려 드는 것은 당연하다 하겠으나, 그도 이젠 자신의 이성으로 살아야 할 때가 아닌가 하는 생각이 가끔 들었다. 아무튼 나는 그를 몹시 사랑한다. 나는 우리 위층에 살면서 아침부터 밤까지 누군가의 심부름을 맡아 분주히 뛰어다니는 수리코프도 괴롭혀주었다. 나는 그를 볼 때마다 그가 가난한 것은 어디까지나 그 자신의 책임임을 늘 증명해주려 했기 때문에, 그도 마침내 겁을 먹고 나한테 발길을 끊고 말았다. 그는 매우 온유한 사람이며, 세상에서 가장 온유한 존재이다(NB. 온유함이 무서운 힘이라고

들 하는데, 공작에게 한번 물어봐야겠다, 공작 자신도 그렇게 말했다고 하니까). 그러나 나는 3월에 그들이 그곳에서 어린애를 그의 말마따나 '얼어죽게 한' 걸 보려고 위층에 올라가서는, 이번에도 '잘못은 그 자신에게 있다'라고 또다시 설명을 늘어놓다가 그 젖먹이의 시신을 내려다보며 나도 모르게 코웃음을 치고 말았는데, 그러자 이 울보의 입술이 갑자기 파르르 떨리기 시작하더니 한 손으로 내 어깨를 거머쥐고, 다른 손으로는 문을 가리키며 거의 속삭이듯이 낮은 소리로 "나가주십쇼!" 하고 말했다. 나는 밖으로 나왔는데, 이 일은 무척이나 내 마음에 들었고, 심지어 그가 나를 밖으로 내보내던 바로 그 순간에도 마음이 흡족했다. 하지만 그의 말은 나중에 떠올릴 때마다 내가 결코 느끼고 싶지 않았던 어떤 기묘하고도 괴로운 경멸과 연민의 정을 오랫동안 불러일으켰다. 그렇게 모욕을 당한 순간에조차(의도하진 않았지만 그를 모욕했다고 나도 느끼는 바이다), 심지어 그런 순간에조차 이 인간은 분노를 터뜨릴 줄 모른단 말인가! 그때 그의 입술이 떨렸던 것은 절대로 분노 때문이 아니다, 내가 맹세할 수 있다. 그는 내 팔을 붙잡고 엄숙하게 "나가주십쇼!"라고 말했으나, 결코 화를 내고 있지는 않았다. 품위가 있었고, 그것도 대단히 있었지만, 그와는 전혀 어울리지 않았는데(그래서 솔직히 희극적인 면조차 많았다), 여하튼 분노는 없었다. 어쩌면 그는 그저 나를 갑자기 경멸하기 시작한 건지도 모른다. 그후 두세 번 층계에서 만났는데, 그는 전에 없이 내 앞에서 갑자기 모자를 벗었으나, 이미 전처럼 걸음을 멈추지는 않고 그저 당황한 얼굴로 옆을 지나 달려갔다. 그가 나를 경멸했다 해도 어쨌든 자신의 방식대로였다. 그는 '온유하게 경멸했다'. 하지만 나에게 모자를 벗어 보였던 것은, 내가 채권

자의 아들이라 그냥 겁이 나서인지도 모르는데, 그는 우리 어머니에게 항상 빚을 지고 있었고 그 빚에서 도저히 헤어나지 못했기 때문이다. 심지어 이것이 가장 그럴듯한 설명일 수도 있다. 나는 그에게 해명하고 싶었고, 그랬다면 십 분 만에 그가 나에게 용서를 빌었으리라는 걸 알고 있다. 그러나 나는 그를 더이상 건드리지 않는 게 좋겠다고 판단했다.

바로 이 무렵, 그러니까 수리코프가 어린것을 '얼어죽게 한' 무렵인 3월 중순 즈음에, 나는 웬일인지 갑자기 병세가 훨씬 가벼워졌고 그런 상태가 두 주일가량이나 계속됐다. 나는 주로 황혼녘에 자주 외출을 하기 시작했다. 나는 공기가 차가워지고 가스등이 켜지기 시작하는 3월의 황혼을 사랑해서, 이따금 먼 데까지 나갔다 오기도 했다. 한번은 셰스치라보치나야 거리*에서 '고상한 계급 출신'인 듯싶은 어떤 남자가 나를 앞질러 어둠 속을 바삐 걸어갔다. 그를 똑똑히 보지는 못했으나, 뭔가 종이에 싼 것을 들고서 짧고 볼품없는 무슨 외투 같은 것을 입었는데—계절에 맞지 않게 너무 가벼운 차림이었다. 그가 내 앞으로 열 걸음쯤 떨어진 가로등 옆을 지날 때, 나는 그의 주머니에서 뭔가가 툭 떨어진 것을 알아챘다. 나는 얼른 달려가 그것을 집어들었는데—긴 카프탄**을 걸친 어떤 사내가 이미 그쪽으로 달려오고 있어 아슬아슬한 순간이었지만, 그 사내는 내 손에 이미 물건이 들어간 것을 보자 다투려 하지 않고 내 손에 힐끗 눈길을 줬다가 그냥 지나가버렸다. 그 물건

* 조그만 가게들이 많이 늘어섰던 거리. 도스토옙스키의 소설 『분신』의 주인공 골랴드킨이 살던 곳이다.

** 보통 농민들이 입는, 옷자락이 긴 외투.

은 염소 가죽으로 된 큼직한 구식 지갑이었는데, 속이 빵빵하게 채워져 있었다. 그러나 무엇 때문인지 나는, 그 안에 별의별 것이 다 들어 있을 수는 있어도 돈이 들어 있을 염려는 없다는 것을 첫눈에 알아챘다. 물건을 잃어버린 행인은 벌써 마흔 걸음가량이나 나를 앞서가다가, 군중에 가려서 곧 보이지 않게 됐다. 나는 그 뒤를 쫓아가며 소리쳐 부르기 시작했다. 하지만 '어이!'라고밖엔 달리 부를 도리가 없었으므로, 그는 뒤를 돌아보지도 않았다. 갑자기 그는 왼쪽으로 방향을 틀더니 어느 집 대문 안으로 급히 들어가버렸다. 내가 무척 컴컴한 그 대문 안으로 들어섰을 때는 이미 아무도 없었다. 그 집은 엄청나게 컸는데, 투기꾼들이 세를 놓을 목적으로 아주 작은 아파트들로만 채워서 짓는 종류의 거대한 건물이었다. 그런 건물에는 백 세대까지 거주하는 경우도 더러 있다. 내가 대문 안으로 뛰어들어갔을 때, 어두워서 잘 분간할 수는 없었으나 커다란 마당의 오른쪽 뒷구석에서 어떤 사람이 걸어가고 있는 것 같았다. 그 구석으로 달려가니 층계 입구가 보였다. 층계는 좁고 굉장히 지저분한데다 불도 전혀 켜 있지 않았다. 하지만 높은 데서 누군가가 아직 계단을 밟고 올라가는 소리가 들렸고, 나는 어디선가 그에게 문을 열어주는 사이에 그를 따라잡을 수 있으리라 기대하면서 층계를 뛰어올라갔다. 예상은 맞아떨어졌다. 층계는 하나하나가 아주 짧긴 했으나 그 수가 끝이 없어서 나는 몹시 숨이 찼다. 오층에서 문이 열렸다가 다시 닫히는 소리가 났는데, 층계 세 개를 사이에 둔 밑에서도 이미 그 소리를 알아들을 수 있었다. 위로 뛰어올라가서 층계참에서 숨을 돌리고 초인종을 찾는 사이에 몇 분이 지나갔다. 마침내 나에게 문을 열어준 것은 좁아터진 부엌에서 사모바르에 불을 붙이고 있던 아낙네였다. 아낙네는 내 질문에 잠자코 귀를 기울이다가 물론 아무것도 이해하지 못했으면서도 말없이 다음 방으로 통하는 문을 열어주었는데, 역시나 아주 작고 지독히도 천장이 낮은 방에는, 형편없는 최소한의 가구, 커튼을 드리운 넓고 커다란 침대가 놓여 있었고, 그 침대 위에 체렌치치(아낙이 그렇게 불렀다)가 누워 있는 것이, 보아하니 술에 취한 듯했다. 탁자 위에는 양초 토막이 쇠촛대에 꽂힌 채 가물거리고, 거의 다 비운 세 홉 반들이 보드카병이 놓여 있었다. 체렌치치는 누운 채 나한테 뭐라고 웅얼거리면서 다음 방으로 통하는 문 쪽으로 손을 흔들었는데, 아낙이 나가버린 뒤라 별도리 없이 내가 그 문을 열 수밖에 없었다. 그래서 나는 그렇게 했고 다음 방으로 들어갔다.

이 방은 앞의 방보다 더 폭이 좁고 협소해서, 어떻게 몸을 돌려야 할지조차 알 수 없을 지경이었다. 구석에 놓인 좁은 일인용 침대가 엄청나게 많은 공간을 차지했고, 나머지 가구라야 온갖 누더기를 가득 쌓아둔 단순한 의자 세 개, 아주 단순한 나무 식탁, 그리고 그 앞에 놓인, 유포를 씌운 낡은 소파가 전부였으나, 그 소파 때문에 침대와 식탁 사이로는 사람이 거의 지나갈 수도 없었다. 식탁 위에는 앞쪽 방에서 보았던 것과 똑같은 쇠촛대에서 수지 양초가 타고 있었다. 침대에선 조막만한 어린애가 빽빽 울고 있었고, 울음소리로 보아 이제 겨우 생후 삼 주 정도 된 듯싶었다. 아직 젊어 보이긴 하나 병색이 완연하고 창백한 여인이 아주 허술한 네글리제 차림으로 어린애에게 '갈아주는', 다시 말해 기저귀를 갈아주는 중이었는데, 해산 후에 이제야 간신히 일어서기 시작한 모양이었다. 하지만 어린애는 울음을 그치지 않고 말라빠진 어미의 젖가슴을 기다리며 계속 요란하게 울어댔다. 소파에는 다른 아이, 세 살배기 여자아이가 연미복으로 보이는 옷을 덮은 채 자고 있었다. 식탁 옆에는 남루하기 짝이 없는 프록코트 차림의 신사가 서서(그는 이미 외투를 벗어 침대 위에 던져놓았다) 2푼트*쯤 되는 밀빵과 작은 소시지 두 개를 싼 푸른 종이를 풀고 있었다. 식탁 위에는 그 밖에도 차가 든 주전자가 놓여 있고, 흑빵 조각들이 뒹굴었다. 침대 밑에선 잠그지 않은 트렁크가 비죽 나와 있는데다, 무슨 넝마 따위를 싼 보따리 두 개도 보였다. 한마디로, 지독하게 난장판이었다. 첫눈에 이들 두 사람은—신사도, 그 부인도—모두 점잖은 사람들로 보였으나, 가난 때문에 이런 굴욕적인 처지에 내몰려, 난장판과 싸우려는 모든 시도도 결국엔 이 난장판에 정복당하고, 심지어 매일같이 커가는 바로 이 난장판 속에서 이른바 복수심과도 같은 어떤 쓰디쓴 만족감을 얻고자 하는 고통스러운 욕구를 느끼기에 이른 듯했다.

내가 안으로 들어갔을 때, 나보다 조금 먼저 들어와 자신의 음식 꾸러미를 풀어놓던 이 신사는 뭔가에 대해 빠르고 열띤 어조로 아내와 말을 나누는 중이었다. 아내는 아직 기저귀를 다 채우지도 못했으면서, 벌써 우는소리를 늘어놓았다. 남편이 늘 그렇듯 나쁜 소식을 가지고 온 게 분명했다. 스물여덟 살가량 돼 보이는 이 신사는 얼굴이 가무잡잡하고 마른데다 검은 볼수염을 둥글게 기르고 턱을 반들반들하게 밀어서, 내 눈에는 꽤나 단정해 보이고 기분좋은 느낌마저 주었다. 우수에 젖은 눈매에 우울한 얼굴이었으나, 툭하면 화를 낼 것 같은 어떤 병적인 자존심이 엿보였다. 내가 들어가자마자 괴이한 장면이 벌어지고 말았다.

---

* 1푼트는 0.41킬로그램에 해당한다.

세상에는 자신의 성마른 분노에서 특별한 쾌감을 발견하는 사람들이 있으며, 특히 이 분노가 절정에 달했을 때(이런 일은 늘 한순간에 일어난다) 쾌감은 더욱더 강렬한 법이다. 심지어 이런 순간에 이들은 모욕을 당하지 않은 것보다 모욕당한 것을 더욱 기분좋게 여기는 듯싶다. 이 성마른 사람들은 나중에 후회 때문에 늘 지독히 괴로워하곤 하지만, 이는 물론 그들이 분별 있는 인간이어서 자신이 화를 공연히 열 배나 더 냈다는 것을 헤아릴 수 있는 경우에나 해당하는 말이다. 이 신사는 얼마간 어리둥절한 눈으로 나를 쳐다보았으나 그의 아내는 소스라치게 놀란 모습이었는데, 자기들 방에 누가 들어올 수 있었다는 사실 자체가 상상도 못할 끔찍한 일로 여겨지는 모양이었다. 하지만 신사는 갑자기 미친듯이 나를 향해 달려들었다. 내가 미처 두어 마디 중얼거릴 겨를도 없었는데, 그는 특히 내 복장이 단정한 것을 보고서, 내가 감히 이토록 거침없이 자신의 방구석에 들어와 자신도 그토록 수치스러워하는 온갖 지저분한 광경을 죄다 봤다는 게 끔찍한 모욕으로 느껴진 것이 분명했다. 물론 그는 자신의 모든 불운에 대한 울분을 누구한테든 터뜨릴 수 있는 기회가 온 게 반가웠으리라. 한순간 나는 그가 주먹을 휘두를 거라고 생각하기까지 했다. 그는 히스테리를 일으킨 여자처럼 낯이 새파래져서, 그의 아내가 잔뜩 겁을 집어먹을 정도였다.

"이렇게 함부로 들어오는 경우가 어딨소? 썩 나가시오!" 그는 부들부들 떨면서 이렇게 소리쳤는데, 말을 제대로 하지도 못했다. 하지만 갑자기 그는 내 손에 들린 자신의 지갑을 보았다.

"이걸 잃어버리신 것 같은데요." 나는 될 수 있는 대로 침착하고 냉정하게 말했다. (하긴 그러는 게 당연하기도 했다.)

그는 완전히 넋이 나간 채 얼마간 아무것도 이해하지 못하겠다는 얼굴로 내 앞에 서 있었으나, 재빨리 자신의 옆 주머니를 만져보더니 놀라서 입을 쩍 벌리고 한 손으로 자기 이마를 탁 쳤다.

"맙소사! 어디서 발견했지요? 대체 어떻게?"

나는 아주 짤막하고 가능한 한 건조하게, 지갑을 주운 상황과 그를 부르며 달려온 일, 그리고 마침내 추측과 거의 손더듬이에 의지해 그를 뒤쫓아 층계를 뛰어올라온 일을 설명했다.

"오, 하느님!" 그는 아내를 돌아보며 외쳤다. "여기엔 우리의 모든 중서가 들어 있어요, 마지막 남은 내 기구器具들까지, 모든 게 들어 있습니다…… 오, 얼마나 고마운지, 당신이 나를 위해 무슨 일을 해주셨는지 아십니까? 나는 하마터면 파멸할 뻔했습니다!"

그러는 사이 나는 아무 대답도 않고 그냥 돌아가려고 방문 손잡이를 잡았다. 그러나 갑자기 숨이 턱 막혀오고 나의 흥분이 너무나 세찬 기침 발작을 일으키는 바람에, 나는 더이상 서 있을 수가 없었다. 보고 있자니 신사는 나를 위해 빈 의자를 찾느라고 우왕좌왕하다가 마침내 한 의자에 쌓인 누더기를 집어들어 방바닥에 내던지고는, 허겁지겁 나한테 의자를 권하며 조심스레 나를 거기다 앉혔다. 하지만 기침은 여전히 계속되면서 삼 분가량이나 가라앉지 않았다. 내가 정신을 차렸을 때 그는 이미 내 옆에 다른 의자 하나를 갖다놓고 앉아 나를 뚫어져라 쳐다보고 있었는데, 필시 그 의자에 쌓여 있던 누더기도 방바닥에 내던진 모양이었다.

"몸이…… 불편하신가보군요?" 그는 의사들이 환자를 대할 때 흔히 사용하는 어조로 이렇게 말했다. "나는…… 의학을 전공하는 사람입니다(그는 의사라고 말하지 않았다)." 이렇게 말하고 그는 무엇 때문인지 손을 들어 방을 가리켜 보였는데, 자신의 지금 처지에 대해 항의하는 듯도 했다. "내가 보기에, 당신은……"

"나는 폐병 환자입니다." 나는 되도록 짤막하게 말하고 일어섰다.

그도 이내 후다닥 일어섰다.

"어쩌면 당신이 과장해서 생각하고 계신지도 모릅니다, 그리고…… 약을 복용하시면……"

그는 당황하며 쩔쩔맸는데 여전히 제정신으로 돌아오지 못하는 것 같았다. 그의 왼손에는 지갑이 비죽 나와 있었다.

"오, 염려하실 건 없습니다." 나는 또다시 방문 손잡이를 잡으며 그의 말을 가로챘다. "지난주에 B-n이 나를 검진했거든요(여기서도 나는 B-n을 끌어다 댔다)—내 경우는 이미 결판이 났습니다. 그럼 실례합니다……"

나는 다시 문을 열고, 한편으로는 고마운 마음에, 다른 한편으로는 수치심에 짓눌려 어쩔 줄 몰라하는 의사를 그대로 두고 떠나려 했으나, 하필이면 그 저주스러운 기침이 또다시 나를 덮쳤다. 그러자 의사는 좀 더 앉아서 쉬었다 가라며 다시금 나를 붙잡았다. 그가 아내를 돌아다보자, 아내는 있던 자리에서 그대로, 나에게 고맙다는 말과 상냥한 인사말을 몇 마디 건넸다. 그러면서 그녀는 몹시 당황해서, 핏기 없이 희누르스레하고 메마른 뺨에 홍조를 띠기까지 했다. 그래서 나는 더 머물렀으나, 그들을 성가시게 할까봐 매 순간 몹시 두렵다는 심정을 얼굴에 드러냈다(하긴, 당연히 그래야 했다). 마침내 후회하는 마음이 의사를 괴롭히기 시작했고, 나는 그것을 눈치챘다.

"만일 내가……" 그는 연신 더듬거리며 두서없이 말을 시작했다. "나는 당신에게 무척 고마워하고 있고 아주 큰 신세를 졌는데…… 나는…… 보시다시피……" 그는 또다시 방을 가리켜 보였다. "지금 내 처지가 이 모양이어서……"

"오," 나는 말했다. "안 봐도 훤합니다, 뻔한 일이죠. 당신은 분명 일자리를 잃었기 때문에, 사정해서라도 다시 일자리를 얻으려고 이곳에 왔지요?"

"어떻게…… 그걸 알았습니까?" 그가 놀라며 물었다.

"한눈에 알 수 있죠." 나는 자신도 모르게 냉소적으로 대답했다. "많은 사람이 희망을 품고 지방에서 이곳으로 와서는 동분서주하며 바로 그렇게 살아가니까요."

그는 갑자기 입술을 떨며 열띤 어조로 이야기를 시작했다. 그는 하소연을 하면서 얘기를 자세히 늘어놓았는데, 솔직히 말해서, 그 이야기는 내 흥미를 끌었다. 나는 그의 집에서 거의 한 시간이나 앉아 있었다. 그는 자신에게 일어난 일을 얘기해주었지만, 그건 아주 흔한 이야기였다. 그는 어느 현의 공의公醫였는데, 그곳에서 어떤 음모가 시작됐고 그의 아내까지 거기에 말려들고 말았다. 그는 자존심을 걸고서 화끈하게 본때를 보여주었다. 그런데 현지사가 바뀌는 바람에 상황이 적들에게 유리해진 것이다. 그는 함정에 빠져 참소를 당했다. 일자리를 잃은 그는 마지막 남은 돈을 털어, 자신의 억울함을 호소하려고 페테르부르크로 올라왔다. 페테르부르크에선, 다들 알다시피, 그의 얘기를 길게 들어주지 않았고, 그다음엔 끝까지 들어주긴 했으나 듣고 나서 퇴짜를 놨고, 그다음엔 그럴듯한 약속으로 희망을 품게 했고, 그다음엔 가혹하게 퇴짜를 놨고, 그다음엔 뭔가 시말서를 쓰라고 명령했고, 그다음엔 그렇게 쓴 것을 접수하기 거부하면서 탄원서를 내라고 명령했고—한마디로, 그는 벌써 다섯 달째 이렇게 동분서주하면서, 팔 만한 물건은 죄다 팔아먹었고, 아내의 마지막 남은 옷가지도 전당포에 잡혀 있는데, 이런 판에 아이가 태어났고, 그리고, 그리고…… "오늘은 그 탄원서까지 최종적으로 퇴짜를 맞았습니다, 집에는 빵도 거의 없고, 아무것도 없는데, 아내는 해산을 했지요. 나는, 나는……"

그는 의자에서 벌떡 일어나서 고개를 돌렸다. 그의 아내는 구석에서 울고 있었고, 아이는 또다시 빽빽거리며 울기 시작했다. 나는 수첩을 꺼내 메모를 시작했다. 다 적어넣고 일어나자, 그는 불안과 호기심이 뒤섞인 눈으로 내 앞에 서서 눈치를 살피고 있었다.

"당신의 이름을 적어뒀습니다." 나는 그에게 말했다. "뭐, 그 밖에도, 당신이 근무했던 곳, 그곳 현지사의 이름, 날짜를 모두 적었습니다. 동창생 중에 바흐무토프라는 친구가 있는데, 그 백부인 4등관 표트르 마트베예비치 바흐무토프가 지금 어느 부처의 장으로 있어서……"

"표트르 마트베예비치 바흐무토프라고요!" 의사는 몸을 부르르 떨다시피 하며 소리쳤다. "바로 그분한테 거의 모든 게 달려 있어요!"

사실, 내가 우연히도 도움을 주게 된 의사의 사건과 그 해결에서는, 일부러 준비라도 해둔 양, 모든 것이 그야말로 소설에서처럼 순조롭게 착착 맞아떨어졌다. 나는 이 가엾은 사람들에게, 나한테 절대로 무슨 기대를 걸지는 마라, 나 자신도 가난한 김나지움 학생에 불과하다(나는 자신을 지나치게 비하했다. 나는 이미 오래전에 김나지움을 졸업했으니까, 김나지움 학생은 아니다), 내 이름도 알 필요 없다, 하지만 나는 지금 바로 바실리옙스키섬으로 내 친구인 바흐무토프를 찾아가겠다, 4등관인 그의 백부는 독신으로 자녀가 없는 까닭에 조카를 자기 가문의 대를 이을 마지막 후손이라 생각하고 무척이나 아끼며 끔찍이 사랑한다, 그러니까 "어쩌면 내 친구가 당신들을 위해, 그리고 나를 위해 뭔가 해줄 수 있을지도 몰라요, 물론 자기 백부의 힘을 빌려서 말이죠……"라고 말했다.

"각하를 만나뵙고 해명할 수 있게만 해주신다면! 각하께 직접 말씀드리는 영광을 누릴 수만 있다면!" 그는 열병에 걸친 사람처럼 온몸을 떨고 두 눈을 번쩍이며 소리쳤다. 그는 분명히 수만 있다면이라고 말했다. 나는 이 일은 필시 실패할 것이고 모든 게 허사가 돼버릴 수도 있다고 다시 한번 말한 뒤, 만일 내일 아침에 내가 그들을 찾아오지 않으면 일이 틀어졌다는 얘기니까 기다릴 필요도 없다고 덧붙였다. 그들은 연방 굽실거리며 나를 배웅했는데, 거의 제정신이 아닌 듯싶었다. 나는 그들의 표정을 결코 잊지 못할 것이다. 나는 삯마차를 잡아타고 즉시 바실리옙스키섬으로 향했다.

나는 바흐무토프와 김나지움 시절 몇 년 동안 줄곧 적대관계였다. 그는 우리 사이에서 귀족으로 통했고, 적어도 나는 그를 그렇게 불렀다. 그는 멋진 옷을 입고 자가용 마차를 타고 다녔으나 거들먹거리는 티는 조금도 없었고, 항상 아주 훌륭한 학우로 언제나 유달리 명랑했는데, 심지어 때로는 아주 기지가 넘쳤고, 머리가 아주 비상한 편은 아니었지만 그래도 반에서 늘 일등을 도맡곤 했다. 나로 말하자면 어느 과목에서도 일등을 한 적이 없었다. 나 한 사람만 빼고 학우들은 모두 그를 좋아했다. 그는 그 몇 년 동안 여러 번 나한테 접근해왔지만, 그럴 때마다 나는 퉁명스럽고 신경질적으로 그에게 등을 돌렸다. 지금 나는 벌써 일 년가량 그를 보지 못했다. 그는 대학에 다니고 있었다. 여덟시가 조금 지나 그의 방으로 들어서자(하인들이 나의 방문 사실을 보고하는 등, 격식이 거창했다), 그는 놀란 나머지 처음엔 아주 서먹하게까지 나를 맞았으나, 곧 유쾌한 표정으로 나를 쳐다보더니 갑자기 큰 소리로 마구 웃어댔다.

"아니, 무슨 바람이 불어서 이렇게 나를 찾아왔나, 체렌치예프?" 그는 언제나처럼 다정하고 허물없이 이렇게 소리쳤는데, 이따금 무례하면서도 결코 모욕감을 안겨주지는 않는 이러한 말투 때문에 나는 그를 퍽 좋아하면서도 한편으로는 무척 미워했다. "그런데 웬일인가," 그는 깜짝 놀라며 외쳤다. "자네 많이 아픈 모양이군!"

기침이 나를 또다시 괴롭히기 시작해서, 나는 의자에 주저앉아 간신히 숨을 돌릴 수 있었다.

"걱정 말게, 폐병을 앓고 있거든." 내가 말했다. "자네한테 부탁이 있어서 왔네."

그는 의아해하며 자리에 앉았고, 나는 곧 그에게 의사의 이야기를 전부 해주고 나서, 그가 백부한테 막강한 영향력을 가지고 있으니까 아마도 뭔가 해줄 수 있을 거라고 설명했다.

"해주지, 꼭 해주겠네, 내일이라도 당장 백부한테 쳐들어가겠어. 나야 오히려 기쁘지, 더구나 자네가 모든 걸 그처럼 훌륭하게 얘기해줘서…… 하지만 체렌치예프, 어떻게 그걸 나한테 부탁할 생각을 했나?"

"그건 이 문제가 거의 전적으로 자네 백부한테 달린데다, 바흐무토프, 우리는 늘 적이었잖나, 자네는 고결한 사람이니 적의 부탁을 거절하진 않으리라고 생각했지." 나는 비아냥대듯 덧붙였다.

"나폴레옹이 영국에게 대화를 청했듯이 말이지!"* 그는 한바탕 웃어 대며 소리쳤다. "알았네, 알았어! 가능하면 지금 당장이라도 가겠네!" 내가 정색하면서 단호하게 의자에서 일어나는 걸 보자, 그는 황급히 덧붙였다.

실제로 이 일은 아주 뜻밖에도 더할 나위 없이 순조롭게 해결되어갔다. 한 달 반 뒤에 의사는 다른 현에 다시 일자리를 얻었고, 여비뿐 아니라 보조금까지 받았다. 내가 짐작하기로, 그후 바흐무토프는 그들의 집을 부지런히 드나들며(반면에 나는 그 때문에 일부러 그들에게 발길을 끊었고, 의사가 나한테 들러도 거의 무뚝뚝하게 맞았다)—의사에게 자기 돈을 빌려쓰라고 설득하기까지 한 모양이었다. 나는 지난 여섯 주 동안 바흐무토프와 두어 번 만났는데, 세번째로 만난 것은 의사의 송별연에서였다. 바흐무토프가 샴페인을 곁들인 점심식사 형식으로 자기 집에서 송별연을 베풀었고, 의사의 아내도 참석했으나 아기 때문에 이내 자리를 떠났다. 때는 오월 초의 맑은 저녁이었는데, 거대한 햇덩이가 만灣 속으로 가라앉고 있었다. 바흐무토프는 나를 집에까지 바래다줬다. 우리는 니콜라엡스키 다리를 건너기 시작했고, 둘 다 얼근히 취해 있었다. 바흐무토프는 이 일이 그토록 잘 마무리된 데 대해 더없이 기쁘다고 이야기하며 나한테 뭐라고 고마움을 표하고는 이렇게 좋은 일을 하고 나니 기분이 얼마나 좋은지 모른다고 밝히면서, 이 모든 게 내 덕분이며 요즘은 많은 사람이 개별적인 선행은 아무 의미가 없

---

* 1815년 나폴레옹이 워털루전투에서 패배한 후, 로슈포르항을 봉쇄한 영국군과 교섭해야만 했던 상황을 가리킨다. 나폴레옹은 결국 세인트헬레나섬으로 유배됐다.

다고 가르치고 선전하지만 그건 공연한 생각이라고 단언했다. 나도 지독히 지껄이고 싶어졌다.

“개별적인 ‘자선 행위’를 공격하는 사람은” 하고 나는 입을 열었다. “인간의 본성을 공격하고 그의 개인적인 품위를 경멸하는 자야. ‘사회적인 자선’의 조직화와 개인적 자유의 문제는—두 가지 별개의 문제이긴 하지만 상호배제적인 것은 아니지. 개별적인 선행은 언제까지나 존재할 거야, 왜냐하면 그것은 한 인격이 다른 한 인격에게 직접적인 영향을 미치고자 하는 활성적인 욕구니까. 모스크바에 독일 이름을 가진 어느 노인이 살았는데, ‘장군’이었고, 그러니까 4등관이었지, 이 사람은 평생토록 감옥과 죄수들을 찾아다녔다네. 시베리아로 호송되는 죄수단은 ‘장군 할아버지’가 보로비요프 언덕*으로 그들을 찾아오리라는 걸 다들 미리 알고 있었지. 노인은 자기 일을 대단히 진지하고 경건하게 수행했어. 그는 언덕에 나타나, 자신을 에워싼 유형수 대열 앞을 천천히 지나면서 한 사람 한 사람 앞에 일일이 걸음을 멈추고 각자에게 필요한 것을 물어봤지만, 거의 한 번도 훈시 따위는 하는 일 없이 그들을 모두 ‘어린 비둘기’라고 불렀다는 거야. 그러면서 돈을 주기도 하고, 꼭 필요한 물건—발싸개나 각반이나 마포麻布 같은 것을 보내주기도 하고, 때로는 성서를 가지고 와서 글을 아는 죄수들에게 모두 나눠주기도 했는데, 글을 아는 자는 유형길에서 그 책을 틈틈이 읽을 것이

* 모스크바 서남쪽에 있는 언덕. 모스크바가 가장 널리 내려다 보이는 곳으로, 러시아에 도착한 정복자들은 이 언덕에서 수도를 내려다보았고, 1812년 나폴레옹도 여기서 처음으로 모스크바를 내려다보았다. 시베리아로 유형을 떠나는 죄수들이 집결하는 곳이기도 했다.

고 글을 모르는 죄수에게 읽어주기도 할 것이라 완전히 확신해서였지. 죄수의 범죄에 대해선, 죄수 자신이 먼저 말을 꺼내면 귀기울여 들어주었지만, 자기 쪽에서 묻는 일은 드물었어. 그는 모든 죄수를 차별 없이 똑같이 대했지. 그들을 마치 형제처럼 대하며 말을 걸었지만, 그들 자신은 이 노인을 마침내 아버지처럼 여기게 됐다는군. 혹시 어린애를 안고 있는 여자 유형수라도 눈에 띄면, 그는 다가가서 아이를 쓰다듬어주고, 아이를 웃게 하려고 손가락을 탁탁 튀겨 보였다는 거야. 그는 죽을 때까지 오랜 세월 동안 이런 일을 계속해서, 마침내 러시아와 시베리아 전체가, 다시 말해, 모든 죄수가 이 사람을 알게 된 거지. 시베리아에 갔다 온 어떤 사람이 자기가 직접 보았다면서 나한테 얘기해줬는데, 골수까지 범죄에 물든 가장 지독한 죄수들조차 이 장군을 떠올리곤 했지만, 막상 이 장군은 죄수단을 방문했을 때 한 사람 앞에 대개 20코페이카 이상은 나눠줄 수 없었다더군. 물론, 죄수들이 그를 열렬하거나 아주 심각한 심정으로 떠올렸다는 건 아냐. 그런데 언젠가 어느 '불행한 사람들'* 중의 하나가, 이 죄수는 사람을 열둘이나 죽이고 여섯 명의 아이를 오로지 자신의 만족을 위해 죽인 사내인데(그런 자들도 종종 있다는 거야), 갑자기 느닷없이, 그것도 아마 이십 년을 통틀어 단 한 번, '지금 그 장군 할아버지는 뭘 하고 있을까, 아직 살아 있을까?' 하고 한숨을 내쉬면서 말하더라는군. 그러면서 히죽 웃기까지 했는지도 모르지—그저 그게 전부야. 하지만 그가 이십 년 동안이나 잊지 않던 이 '장군 할아버지' 덕에 그의 영혼에 어떤 씨앗이 영원토록 뿌려졌는지,

---

* 민간에서 수형자나 죄수를 일컫는 말.

자네가 어찌 알겠나? 한 인격이 다른 한 인격에게 이처럼 관여함으로써, 그렇게 관여된 인격의 운명에 어떤 의미를 가지게 될지, 바흐무토프, 자네가 어찌 알겠나?…… 여기엔 하나의 인생 전체와, 우리가 알지 못하는 무수히 많은 분기점이 존재해. 가장 훌륭한 기사棋士, 가장 예리하다는 기사도 기껏해야 몇 수밖에는 내다보지 못하는 법이야. 열 수를 미리 내다볼 수 있다는 어느 프랑스 기사에 대해선 마치 기적이라도 되는 것처럼 신문에서 써댔지. 하지만 한 인간의 삶에는 얼마나 많은 수가 있겠으며, 우리가 알지 못하는 수가 얼마나 많겠나? 자네의 씨앗을 뿌리고, 자네의 '자선'을, 자네의 선행을 어떤 형식으로든 뿌림으로써, 자네는 자네 인격의 일부를 타인에게 내주고, 타인에게서 인격의 일부를 받아들이는 거야. 말하자면 자네와 타인은 서로 관여하게 되는 거지. 조금만 더 주의를 기울이면, 자네는 인식을, 정말 뜻하지 않은 발견을 보상으로 받게 될 걸세. 그리하여 자네는 자신이 하는 일을 마침내 하나의 학문으로 바라보게 될 게 틀림없어. 그 학문은 자네의 삶 전체를 포괄하고 삶 전체를 가득 채울 수 있게 되겠지. 그리고 다른 한편으로는, 자네의 모든 사상, 자네가 뿌렸지만 어쩌면 이미 잊었을 수도 있는 모든 씨앗이 점차 육화되며 성장하게 되지. 자네로부터 그걸 받은 사람이 또 다른 사람에게 계속 전할 테니까. 그러니 자네가 장차 인류의 운명을 해결하는 데에 어떤 역할을 하게 될지 어찌 알겠나? 만약 인식이, 그리고 이 작업에 바친 삶 전체가 자네를 고양시켜 마침내 엄청난 씨앗을 뿌리게 하고 엄청난 사상을 이 세계에 유산으로 남겨줄 수 있게 한다면, 그때는……" 등등, 나는 그때 이런 식으로 장황하게 지껄였다.

"그런데 바로 자네에겐 그런 삶 자체가 거부됐다는 걸 생각하면!" 바

호무토프는 누군가를 격렬하게 원망하듯 버럭 소리를 질렀다.

그때 우리는 다리 위에 서서 난간에 팔꿈치를 괴고 네바강을 바라보고 있었다.

"나한테 지금 무슨 생각이 떠올랐는지 아나?" 나는 난간 위로 몸을 더 굽히며 말했다.

"설마 물속에 뛰어들겠다는 건 아니겠지?" 바흐무토프는 기겁하다시피 하며 소리쳤다. 아마 내 얼굴에서 무슨 생각을 읽은 것 같았다.

"아니, 지금으로선 다만 이렇게 생각할 뿐이야. 나한텐 이제 살날이 두세 달, 어쩌면 넉 달 정도 남았는지 모르지만, 예컨대 두 달밖에 남지 않았다고 가정하고, 내가 어떤 선행을, 그러니까 그 의사의 사건처럼 이리저리 분주히 뛰어다니며 노고를 아끼지 말아야 할 그런 선행을 지독히도 하고 싶어졌다 하더라도, 그런 경우 나는 남은 시간이 부족한 탓에 그 일을 포기하고 좀더 자그마하고 내 분수에 맞는 다른 '선행'을 찾지 않으면 안 된다고 말이야(만약 그렇게까지 선행을 하고 싶어 못 견디겠다면 말이지). 어떤가, 아주 재미있는 생각 아닌가!"

가엾은 바흐무토프는 나를 몹시 걱정하며 집까지 바래다주었는데, 그러면서도 너무나 세심하게, 공연한 위로의 말 같은 건 한마디도 하지 않고 거의 내내 침묵을 지켰다. 나와 헤어지면서 그는 내 손을 뜨겁게 꽉 쥐고는, 나를 찾아올 수 있게 해달라고 부탁했다. 나는 그에게, 그가 나에게 '위로차' 오게 되면(설령 그가 아무 말 하지 않는다 해도, 어쨌거나 위로차 오는 것이기 때문이라고 그에게 설명해줬다), 오히려 그때마다 나의 죽음을 더 많이 상기시킬 거라고 대답했다. 그는 어깨를 으쓱했으나, 내 말에 동의했다. 우리는 나 자신이 예상하지도 못했을 만큼 상당히 정중하게 헤어졌다.

그러나 이날 저녁과 이날 밤에 나의 '최후의 확신'의 첫 씨앗이 뿌려졌다. 나는 굶주린 사람처럼 이 새로운 사상에 덤벼들어, 그 사상의 모든 세부적인 내용과 모든 측면을 탐욕스럽게 연구했는데(나는 밤새 한잠도 자지 않았다), 그 사상에 더욱더 깊이 파고들어 나의 내면으로 더욱더 많이 받아들이면 들일수록, 나는 더욱더 경악하지 않을 수 없었다. 마침내 무서운 경악이 나를 사로잡았고, 그후 며칠 동안이나 내게서 떠나지 않았다. 이 끊임없는 경악에 대해 생각하는 동안 나는 이따금 새로운 공포 때문에 온몸이 금세 얼음장처럼 변하기도 했다. 이 경악으로부터 나는, 나의 '최후의 확신'이 내 안에 너무도 심각하게 뿌리 내렸으며, 틀림없이 나를 해결로 내몰리라는 결론을 내렸다. 그러나 해결하기에는 결단력이 부족했다. 그러다가 삼 주일 뒤에는 모든 것이 끝났고 결단력도 생겼지만, 이것은 매우 기이한 사정 때문이었다.

나는 여기 나의 해명에서 모든 숫자와 날짜를 적고 있다. 나한테야 물론 매일반이지만, 지금(어쩌면 이 순간뿐일지도 모른다) 나는 나의 행동을 판단하게 될 사람들이 나의 '최후의 확신'이 어떤 결론들의 논리적 사슬로부터 생겨났는지 분명히 볼 수 있게 되길 바란다. 방금 앞에서 나는, '최후의 확신'을 실행에 옮기는 데 부족했던 최종적 결단력이 내 안에서 생겨난 것은 결코 무슨 논리적인 결론 때문이 아니라, 이 일의 진행과는 아마도 전혀 관련이 없을 어떤 기이한 사정, 기이한 자극 때문이었던 듯하다고 적은 바 있다. 열흘 전쯤 로고진이 자신의 일로 나한테 들렀는데, 무슨 일이었는지에 대해선 여기서 장황하게 늘어놓지 않는 게 좋겠다. 나는 전에 로고진을 본 적이 없었지만, 소문은 무척 많이 들었다. 나는 그가 알고 싶어하는 것을 모두 말해줬고, 그는 곧 돌아갔는데, 그가 나를 찾아온 건 그저 뭘 알아보기 위해서였으니, 우리의 관계는 그것으로 끝나버릴 수도 있었다. 그러나 나는 그에게 비상한 흥미를 느꼈고, 그날은 온종일 기이한 상념에서 벗어날 수가 없었기 때문에, 이튿날 답방삼아 그를 직접 찾아가기로 결심했다. 로고진은 분명 나를 반기지 않는 눈치였고, 심지어 이 이상 교제를 계속할 필요는 없을 것 같다고 '은근히' 암시를 주기까지 했다. 하지만 아무튼 나는 매우 재미있게 한 시간을 보냈고, 그도 아마 그랬을 것이다. 우리 사이에는 둘 모두에게, 하지만 특히 나에게 너무나 뚜렷이 느껴질 수밖에 없는 현저한 차이가 존재했다. 나는 이미 죽을 날짜를 손가락으로 세게 된 인간이고—그는 '최후의' 결론이나 숫자, 또는 그게 무엇이든 그것…… 그것과…… 그러니까, 그가 미쳐 있는 그 대상과 관련이 없는 것엔 전혀 신경쓰지 않고, 자신의 가장 충만하고도 직접적인 삶을, 현재의 순간을 사는 인간이었기 때문이다. 로고진 씨는 나를 자기 생각조차 제대로 표현할 줄 모르는 형편없는 문필가로 여겨, 이 표현을 용서해주리라. 그는 매우 무뚝뚝했음에도 불구하고 영리한 사람으로 보였고, 자신과 직접 관련이 없는 것에 대해선 그리 흥미를 느끼지 못하지만 그래도 많은 것을 이해할 수 있는 듯했다. 나는 '최후의 확신'에 대해 한마디도 내비치지 않았으나, 왜 그런지 그는 내 말을 들으면서 대충 눈치를 챈 것 같았다. 그는 줄곧 입을 꾹 다문 채였고, 무섭게 말이 없는 사내였다. 나는 돌아가려고 하면서, 우리 사이의 모든 차이와 모든 상반된 점에도 불구하고—*극과 극은 서로 통하는 법이니*(나는 이 말을 러시아어로 설명해주었다), 아마 그 자신도 겉보기와 달리 나의

'최후의 확신'에서 그다지 멀리 있진 않을 거라고 암시했다. 이 말에 그는 몹시 침울하고 시큰둥하게 낯을 찌푸리며 자리에서 일어나더니, 마치 내 쪽에서 돌아가겠다는 말이라도 한 것처럼 자기 손으로 내 모자를 찾아내서는, 예의를 갖춰 나를 배웅한다는 태도로 나를 자신의 음침한 집에서 아주 간단히 내쫓아버렸다. 그의 집은 나를 몹시 놀라게 했다. 묘지와도 흡사한 집이었는데, 바로 그 점이 그의 마음에 드는 듯했다. 하기야 그가 살고 있는 충만하고도 직접적인 삶은 이미 그 자체로 너무나 꽉 찬 것이어서 배경 장식 따윈 필요가 없었으니, 그럴 만도 했다.

로고진을 찾아갔던 일은 나를 몹시 지치게 했다. 그러잖아도 이미 아침부터 몸 상태가 좋지 않았던 터에, 저녁녘이 되자 기운이 다 빠져 침대에 눕고 말았는데, 이따금 심한 열을 느꼈고 간혹 헛소리까지 했다. 콜랴는 열한시까지 내 곁에 있어주었다. 하지만 나는 그가 무슨 말을 했고 우리가 무슨 말을 나눴는지 모두 기억하고 있다. 그러나 잠시 눈을 붙이노라면, 수백만 루블을 받았다는 이반 포미치가 눈앞에 나타났다. 그는 어디다 그 돈을 숨겨야 할지 몰라 내내 전전긍긍하며, 누가 훔쳐갈까봐 겁이 나서 덜덜 떨다가 결국 땅속에 묻어두기로 결심한 듯했다. 나는 마침내 그에게, 그렇게 많은 금화를 공연히 땅속에 파묻는 대신, 그 금화 더미를 모조리 녹여서 '얼어죽은' 아이의 황금관棺을 만드는 편이 낫다, 그러기 위해선 우선 아이의 시신을 파내야 한다고 조언했다. 나의 이 조롱을 수리코프는 고마움의 눈물까지 흘리면서 받아들여, 즉시 계획 실행에 돌입했다. 나는 침을 뱉어주고 그의 곁을 떠났다. 완전히 제정신으로 돌아왔을 때, 콜랴는 내가 그동안 한숨도 자지 않고 그를 상대로 줄곧 수리코프 얘기를 했다고 확인해줬다. 이따금 나는 지독한 불안과 혼란에 빠져들곤 해서, 콜랴는 몹시 걱정하며 돌아갔다. 그가 나간 뒤에 방문을 잠그려고 일어났을 때, 문득 아까 로고진의 집에서 본 그림이 머리에 떠올랐는데, 그의 집에서 가장 음침한 어느 홀의 문 위에 걸려 있던 그림이었다. 지나는 길에 그가 직접 내게 가리키며 보여주었고, 나는 아마 오 분가량 그 그림 앞에 서 있었던 것 같다. 그 그림은 예술적으로 보아 훌륭한 점이 하나도 없었지만, 내 마음속에 어떤 이상한 불안감을 불러일으켰다.

그 그림에는 십자가에서 방금 내려진 그리스도가 그려져 있었다. 내가 알기로, 화가들이 그리스도를 그릴 때는, 십자가에 매달려 있을 때나 십자가에서 내려졌을 때를 불문하고, 그 얼굴에 비상한 아름다움의 음영이 여전히 담기게끔 그리는 게 상례로 되어 있다. 그들은 가장 무서운 고통 속에서조차 그리스도가 이 아름다움을 간직하게끔 하려고 애쓴다. 하지만 로고진의 집에 있는 그림에서는 아름다움이라곤 털끝만큼도 찾아볼 수가 없다. 그것은 십자가에 매달리기 전까지 끝없는 고통과 상처와 고문을 견디고, 십자가를 지고 가면서, 그리고 십자가 밑에 깔리기도 하면서, 경비병들에게 채찍질당하고 사람들에게 구타당하는 그 모든 고통을 견뎌낸 다음, 마지막으로 십자가 위에서 여섯 시간에 걸친(내 계산으로는 적어도 그렇다) 고통까지 견뎌낸 인간의 시신에 대한 적나라한 묘사이다. 그렇다, 그것은 방금 십자가에서 내려진 인간의 얼굴, 다시 말해, 아직도 생기와 온기를 무척 많이 지닌 얼굴이며, 아직 그 어느 부분도 완전히 굳어버리지 않아서, 죽은 자의 얼굴에선 그가 지금도 느끼고 있는 듯한 고통이 엿보이기까지 한다(이것을 화가는 매우 훌륭하게 포착했다). 하지만 그 대신 이 얼굴은 눈곱만큼도 사정을 봐주지 않고 가차없이 묘사되었다. 여기엔 오직 자연이 있을 뿐이며, 누구든 그러한 고통을 겪은 인간의 시신이라면 진실로 그런 모습일 수밖에 없다. 내가 알기로, 그리스도 교회에서는 이미 그 초창기에, 그리스도가 겪은 고통은 비유적인 것이 아니라 실제적인 것이었다고 확정지었으며, 따라서 그의 육신도 십자가 위에서 완전하고도 철저하게 자연법칙에 종속됐을 게 틀림없다. 그림 속에서 이 얼굴은 구타로 인해 퉁퉁 붓고 무섭게 짓이겨졌을 뿐만 아니라 무섭게 부어오른 피멍으로 덮여 있으며, 두 눈은 퀭하니 열려 있고 동공은 비스듬히 돌아가 있다. 커다랗게 열린 흰자위는 뭔가 생명이 없는 유리알 같은 빛을 반사하고 있다. 하지만 이상하게도, 이 고통받은 인간의 시신을 보고 있노라면, 독특하고도 흥미로운 한 가지 의문이 떠오른다. 만약 바로 이와 같은 시신을(그의 시신은 틀림없이 이와 똑같았을 것이다) 그의 모든 제자가 보고 미래의 중요한 사도들이 보았다면, 그를 따라와 십자가 곁에 서 있던 여인들이 보았다면, 그를 믿고 숭배하던 모든 사람이 보았다면, 이런 모습의 시체를 보면서 이 수난자가 부활하리라고 과연 어떻게 믿을 수 있었겠는가? 만약 죽음이란 것이 이토록 끔찍하고 자연법칙이 이토록 강력한 것이라면 대체 어떻게 그것들을 극복할 수 있으랴? 하는 생각이 그 자리에서 저절로 떠오를 것이다. 살아 있는 동안에는 자연에 승리하고 자연을 굴복시켰던 그 사람조차, '달리다 굼'*이라고 외쳐 소녀를 일어나게 하고, '나사로야, 나오라'**라고 불러 죽은 자

* 「마가복음」 5:41. "달리다굼 하시니 번역하면 곧 내가 네게 말하노니 소녀야 일어나라 하심이라."

** 「요한복음」 11:43.

도 걸어나오게 하던 그 사람조차 이제 그 법칙들을 이겨내지 못했는데, 우리가 어떻게 그것들을 극복한단 말인가? 이 그림을 보고 있노라면, 자연이라는 것이 어떤 거대하고 무자비하고 말없는 야수처럼 느껴지고, 아니, 이상한 표현이긴 하지만 그보다 정확히, 훨씬 더 정확히 말해서—최신식 구조를 갖춘 어떤 거대한 기계가 한없이 고귀하고 위대한 존재를 아무런 목적도 이유도 없이 움켜잡아 산산이 분쇄해서는 우둔하고 무감각하게 꿀꺽 삼켜버린 것만 같이 여겨지는데—하지만 바로 이 존재야말로 자연 전체와 자연법칙 전체, 이 지구 전체와도 맞먹는 가치를 지니며, 나아가 이 지구 전체가 어쩌면 오로지 이 존재의 출현 하나만을 위해 창조된 게 아니었던가! 이 그림에 표현된 것은 다름 아니라 모든 것을 굴복시키는 어둡고 뻔뻔하고 무의미하고 영원한 힘에 대한 바로 이와 같은 관념이라 할 것이며, 이것은 그림을 보는 사람에게 저절로 전해진다. 죽은 자를 에워싸고 있었던 사람들은 여기 이 그림에 하나도 그려져 있지 않으나, 그들의 모든 희망뿐만 아니라 거의 신앙마저도 한꺼번에 박살나버린 그날 저녁, 그들은 무서운 우수와 당혹감을 느꼈을 게 틀림없다. 그들은 각자 마음속에 더는 결코 그들에게서 떼놓을 수 없는 엄청난 사상을 품고 떠났겠지만, 분명 형언할 수 없는 공포를 느끼며 뿔뿔이 흩어졌을 것이다. 그리고 만약 그들의 스승 자신이 자기의 이런 모습을 처형 전날에 볼 수 있었다면, 과연 그렇게 의연히 십자가에 올라 지금처럼 죽을 수 있었을까? 이 그림을 보고 있노라면 그런 의문도 저절로 떠오른다.

어쩌면 정말로 섬망 사이사이에 스쳤던 건지도 모르지만 이 모든 것이 내 눈앞에 단편적으로 떠올랐고, 어떤 때는 심지어 뚜렷한 형태를 떠고 나타나기도 했는데, 이런 상태가 콜랴가 돌아간 뒤 꼬박 한 시간 반 동안이나 계속됐다. 형태를 가지지 않은 것이 형태를 띠고 나타날 수 있을까? 하지만 나는 이따금 그 무한한 힘이, 그 눈멀고 귀먹고 벙어리인 존재가 도저히 있을 수 없는 어떤 괴이한 형태를 띠고 내 눈앞에 있는 듯이 여겨졌다. 나는 촛불을 든 누군가가 내 손을 잡아끌어 어떤 거대하고 혐오스러운 독거미를 가리켜 보이면서, 이것이 바로 그 절대적인 권력을 가진 눈멀고 귀먹은 존재라고 우기기 시작하며 내 분노를 비웃는 듯했던 것을 기억한다. 내 방의 성상 앞에는 밤에 언제나 등명을 밝혀두는데—어슴푸레하고 아주 흐린 불빛이지만 그래도 모든 것을 분간할 수는 있고, 등명 바로 밑에서는 책을 읽을 수도 있다. 내 생각엔 이미 자정이 조금 지난 시각이었던 것 같다. 나는 결코 자고 있지 않았고, 두 눈을 뜬 채 누워 있었다. 갑자기 내 방문이 열리더니 로고진이 들어왔다.

그는 들어와서 문을 닫고 말없이 나를 쳐다보다가 한쪽 구석 등명 거의 바로 아래 놓인 의자 쪽으로 조용히 다가갔다. 나는 몹시 놀라, 그저 흥미진진하게 지켜보았다. 로고진은 탁자에 팔꿈치를 괴고, 나를 잠자코 바라보기 시작했다. 그렇게 이삼 분이 지났는데, 그의 침묵에 나는 극심한 모욕과 분노를 느꼈다고 기억한다. 대체 왜 그는 말을 하지 않으려는 것일까? 그가 이토록 늦은 시각에 온 게 물론 이상하게 여겨졌으나, 내가 기억하기로, 어째선지 거기에 대해선 그리 놀라지 않았다. 오히려 그 반대였다. 아침에 그에게 내 사상을 명확히 말하진 않았지만, 그가 그것을 이해했다는 사실을 나는 알고 있다. 그 사상은 아무리 밤이 깊었다 하더라도 거기에 대해 다시 한번 말하기 위해 당연히

올 수 있는 성질의 것이었다. 그래서 나는 그가 그 일 때문에 왔다고 생각했다. 아침에 우리는 어느 정도 적의를 품고 헤어졌으며, 나는 심지어 그가 두어 번 무척 냉소적으로 나를 쳐다보았던 것을 기억한다. 바로 그 냉소를 나는 지금도 그의 시선에서 읽었는데, 그 냉소가 나에게 모욕감을 주었다. 나는 이것이 실제로 로고진 자신이고 절대로 환영이나 허깨비가 아니라는 것을 처음부터 털끝만큼도 의심하지 않았다. 아니, 그런 생각조차 들지 않았다.

그러는 동안에도 그는 여전히 꼼짝 않고 앉아 계속 조금 전과 같은 냉소를 머금고 나를 쳐다보고 있었다. 나는 화가 나서 침대에서 홱 돌아누워 베개에 팔꿈치를 괴고는, 우리 둘이 이런 자세로 내내 있더라도 나 역시 일부러 입을 꾹 닫고 있기로 결심했다. 왜 그런지 나는 무슨 일이 있더라도 그쪽에서 먼저 입을 열게 하고 싶었다. 그렇게 이십 분가량 지나간 것 같다. 문득 이런 생각이 떠올랐다. 이게 만약 로고진이 아니고 그저 환영이라면?

병을 앓는 동안이나 그 전이나 나는 여태 한 번도 환영을 본 적이 없다. 하지만 아직 어렸을 적엔, 심지어 지금도, 그러니까 얼마 전까지도 그랬지만, 만약 단 한 번이라도 환영을 보게 되면 그 자리에서 까무러쳐 죽어버릴 것 같았고, 더구나 어떤 환영도 믿지 않는데도 늘 그렇게 여겨왔다. 하지만 이게 로고진이 아니라 그저 환영이라는 생각이 떠올랐을 때, 내가 기억하기로, 나는 조금도 놀라지 않았다. 그뿐만 아니라 오히려 그것에 화를 내기까지 했다. 게다가 또 한 가지 이상한 점은, 이것이 과연 환영인가, 아니면 로고진 자신인가 하는 문제의 해답은 어쩨선지 조금도 내 흥미를 끌지 못했고, 으레 느꼈어야 할 법한 불안감마저 들지 않았다는 사실이다. 나는 그때 어떤 다른 것을 생각하고 있었던 듯싶다. 이를테면 아까 아침에는 헐렁한 실내복에 실내화 차림이던 로고진이 지금은 왜 연미복에 흰 조끼를 입고 흰 넥타이를 매고 있을까 하는 의문이 내 마음을 훨씬 더 사로잡았다. 또 이런 생각도 언뜻 떠올랐다. 만약 이것이 환영이고 내가 그것을 두려워하지 않는다면, 왜 바로 일어나서 그에게 다가가 직접 확인해보지 않을까? 하기야 용기가 나지 않고 무서웠는지도 모른다. 하지만 내가 무서워한다는 생각이 들자마자, 갑자기 전신에 얼음장이 와 닿는 기분이 들었다. 등골이 오싹해지며 무릎이 덜덜 떨렸다. 바로 그 순간, 로고진은 내가 무서워한다는 걸 알아채기라도 한 듯, 지금껏 괴고 있던 팔을 풀고 몸을 바로 펴면서 금세 웃어젖히기라도 할 태세로 입을 양옆으로 벌리기 시작했다. 그러면서 그는 나를 뚫어져라 응시했다. 나는 미칠 듯한 분노에 사로잡혀 그에게 결단코 덤벼들고 싶었으나, 절대로 먼저 입을 열진 않겠다고 맹세한 까닭에 그대로 침대에 누워 있었는데, 더구나 이것이 로고진 자신인지 아닌지 여전히 확신이 서지도 않았다.

이러한 상태가 얼마 동안 계속됐는지 기억이 분명치 않다. 이따금 몇 분씩 의식을 잃었는지 아닌지도 분명하게 기억하지 못한다. 다만 분명한 사실은, 마침내 로고진이 자리에서 일어나 아까 들어올 때와 마찬가지로 나를 천천히 주의깊게 살펴보았으나, 이미 웃는 기미는 싹 가신 채 까치발을 하다시피 하고 조용히 문 쪽으로 다가가 문을 열더니 살짝 닫고서 나갔다는 것이다. 나는 침대에서 일어나지 않았다. 얼마나 더 눈을 뜬 채로 내내 생각에 잠겨 있었는지도 기억에 없다. 무슨 생각을 하고 있었는지도 알 길이 없다. 어떻게 의식을 잃었는지도 기억나지 않는다. 다음날 아침 아홉시가 조금 넘어, 내 방문을 두드리는 소리에 나는 눈을 떴다. 아홉시가 지나도록 내가 방문을 열고 차를 갖다달라고 소리치지 않으면, 마트료나가 직접 내 방문을 두드리기로 돼 있었던 것이다. 그녀에게 문을 열어주다가 문득 이런 생각이 들었다. 문이 잠겨 있었는데, 그가 어떻게 들어올 수 있었을까? 나는 식구들에게 물어본 결과, 진짜 로고진이 내 방에 들어왔을 리는 없다는 확신을 얻었는데, 우리집 문들은 밤이면 모두 자물쇠를 채워놓기 때문이다.

내가 이처럼 자세히 묘사한 이 기이한 사건이야말로 완전히 '결단'을 내리게 된 이유이기도 했다. 따라서 최종적인 결단을 촉진한 것은 논리도 논리적인 확신도 아닌, 혐오였다. 나를 모욕하는 이토록 괴이한 형태를 띤 삶에 더이상 머무를 수는 없다. 그 환영은 나를 비하했다. 나는 독거미 모습을 한 어두운 힘에 복종할 수는 없다. 이미 해질녘이 되어, 완전한 결단력의 결정적인 계기를 내 속에서 마침내 감지한 순간, 비로소 마음이 가벼워졌다. 그러나 이것은 첫번째 계기에 불과했다. 두번째 계기를 경험한 것은 파블롭스크에 갔을 때였지만, 이에 대해서는 이미 앞에서 충분히 설명한 바 있다.'

VII

'나에겐 조그마한 회중용 권총이 한 자루 있었는데, 그것을 마련한 건 아직 어린아이였을 때, 그러니까 결투니 도적들의 습격이니, 또는 내가 어떻게 결투 신청을 받고 어떻게 의연하게 상대방의 권총 앞에서게 될까 하는 따위의 이야기에 갑자기 흥미를 느끼기 시작하는 우스꽝스러운 나이였을 때였다. 한 달 전에 나는 이 권총을 살펴보고, 쏠 수 있도록 준비해두었다. 권총을 넣어둔 상자 안에는 두 발의 탄환이 들어 있었고, 뿔 모양 화약통에 화약 세 발 분이 있었다. 이 권총은 형편없는 것이어서 옆으로 빗나가기 때문에, 기껏해야 열다섯 걸음 정도 거리에서나 쏠 수 있다. 그렇지만 관자놀이에 바싹 갖다대고 쏜다면 두개골을 옆으로 날려버리는 일쯤이야 물론 가능할 것이다.

나는 해가 떠오를 때 파블롭스크에서 죽기로 결심했고, 별장 사람들에게 폐를 끼치지 않기 위해 공원으로 가서 죽을 작정이다. 나의 '해명'은 경찰에게 이 사건의 모든 진상을 충분히 설명해줄 것이다. 심리학 애호가나 그 밖에도 그럴 필요가 있는 사람들은 이 해명에서 그들이 바라는 온갖 결론을 끌어낼 수 있으리라. 하지만 나는 이 원고가 공개되길 원치 않는다. 나는 공작이 사본 한 부는 자신이 보관하고, 다른 한 부는 아글라야 이바노브나 예판치나에게 전해주었으면 한다. 내 뜻은 이러하다. 내 유골은 학문에 이바지하기 위해 의과대학에 기증할 것을 유언한다.

나는 나에 대한 어떤 재판도 인정하지 않으며, 내가 지금 모든 사법적 권력의 바깥에 있음을 알고 있다. 불과 얼마 전에 나는 다음과 같은 상상을 하며 웃은 적이 있는데, 만약 내가 지금 느닷없이 누구든 닥치는 대로 한꺼번에 열 명이라도 죽이거나 또는 그저 이 세상에서 가장 끔찍한 짓으로 간주되는 어떤 더없이 가공할 만한 짓을 저질러보기로 마음먹는다면, 고문이나 그 밖의 신체적 가혹 행위마저 철폐된 이 마당에, 살날이 이삼 주밖에 남지 않은 나를 상대해야 할 재판관이 과연 어떤 곤경에 처하게 될까? 나는 그들 병원의 따뜻한 병실에서 세심한 의사의 진료를 받으며 편안하게, 어쩌면 우리집에서보다 훨씬 더 편안하고 따뜻하게 죽을 수 있을 것이다. 나와 똑같은 처지에 있는 사람들의 머릿속에 어째서 이런 생각이 그저 장난삼아서라도 떠오르지 않는지 모르겠다. 하기야 어쩌면 떠오르는지도 모른다. 찾아보면 우리 나라에도 재미있는 사람들이 많으니까.

그러나 비록 내가 나에 대한 재판을 인정하지 않는다 해도 사람들이 나를 심판할 것임을 나는 알고 있으며, 그때 나는 이미 듣지도 말하지도 못하는 피고가 되어 있을 것이다. 나는 그에 대한 답변으로—강요받지 않은 자유로운 말 한마디 남기지 않은 채 떠나고 싶지는 않다—하지만 변명을 하고 싶다는 얘기는 아니니—오, 천만에! 나는 용서를 빌어야 할 사람도 없고, 용서를 빌어야 할 일도 없으며—그저 나 자신이 원하기 때문에 그러려는 것뿐이다.

여기서 제일 먼저, 한 가지 이상한 생각이 든다. 이삼 주 남은 이 삶에 대한 나의 권리를 두고, 지금 누가, 어떤 법을 내세워, 무슨 동기에서, 왈가왈부하려 들 수 있단 말인가? 여기에 새삼스레 무슨 재판이 필요하단 말인가? 내가 선고를 받은 것만으로도 부족해서 선고받은 기간까지 얌전히 지켜야 한다는 건가, 대체 누구를 위해서? 정말이지, 대체 누구 때문에 그래야 한다는 건가? 도덕적 견지에서? 만일 내가 건강과 힘이 넘치는데도 불구하고, '동포를 위해 이바지할 수도 있을 거'라느니 어쩌느니 하는 내 목숨을 스스로 해치려 한다면, 도덕은 내가 허락도 구하지 않고 마음대로 내 목숨을 처리하려 든다거나 또는 그 밖에 자신이 잘 아는 판에 박은 소리를 들먹이며 나를 비난할 수도 있을 것이다. 그런 경우라면 나도 이해한다. 하지만 지금은, 이미 사형집행 날짜까지 받아놓은 지금은 어떤가? 이미 목숨을 내놓은 마당에 도대체 어떤 도덕성을 위해서 생명의 마지막 원자를 돌려주는 그 가르랑거리는 마지막 신음소리까지 바쳐야 한단 말인가? 당신은 차라리 죽는 편이 더 낫다며 자신의 그리스도교적 논증으로 속 편한 생각에 이를 게 틀림없는 공작의 위로를 들으면서 말이다. (공작 같은 그리스도교인들은 늘 그런 사상에 도달하기 마련이다. 그게 그들의 장기니까.) 그리고 그들은 그 가소로운 '파블롭스크의 나무들'을 가지고 뭘 어쩌자는 걸까? 그것으로 내 삶의 마지막 몇 시간을 위로해주겠다는 걸까? 그들은 삶과 사랑의 그 마지막 환영으로, 나의 메이예르의 벽과 그 위에 내가 그토록 솔직하고 순박하게 적어놓은 모든 것으로부터 나를 차단하려 하지만, 내가 그러한 환영에 빠져 나 자신을 잊고 열중하면 할수록 더욱더 불행해진다는 사실을 그들은 정말 모르는 것일까? 당신들의 자연, 당신들의 파블롭스크 공원, 당신들의 일출과 일몰, 당신들의 푸른 하늘, 당신들의 흡족한 얼굴이 내게 대체 무슨 소용 있는가, 끝없이 이어지는 이 모든 향연이 단지 나 하나만을 무용지물로 여기면서 시작된 마당에? 지금 내 옆에서 햇빛을 받으며 웽웽거리는 저 조그만 파리조차, 그것조차 이 모든 향연과 합창의 일원으로 자신의 자리를 알고 그것을 사랑하며 행복해하는데, 오직 나 혼자만 내팽개쳐진 존재라는 걸 이제 매분 매초 느껴야만 하고 느끼지 않을 수 없다면, 다만 지금껏 너무 소심한 나머지 그걸 깨달으려고 하지 않았을 뿐이라면, 이 모든 아름다움이 내게 무슨 의미가 있단 말인가! 오, 나는 알고 있다, 공작과 그들 모두 내가 이런 '교활하고 악의에 찬' 온갖 넋두리를 늘어놓는 대신, 도덕성의 승리를 위해 밀부아의 유명한 고전적 시구를 얌전히 낭송해주길 바란다는 것을.

오, 떠나는 나의 말에 귀기울이지 않는 벗들 모두,
너희의 신성한 아름다움을 오래도록 보게 되기를,
삶을 다 누리고서 죽음을 맞기를, 죽음이 애도받기를,
*눈을 감겨주는 벗 또한 곁에 있기를!**

그렇지만 믿으시라, 내 말을 믿으시라, 순박한 이들이여, 이 예모 반듯한 시구 속에도, 시인이 프랑스 운문으로 세계에 바치는 이 모범적인 축복 속에도, 결코 화해할 수 없어 운율 속에서나 자기 위안을 찾을 뿐인 숨겨진 분노가 들어 있으니, 아마 그 때문에 시인 자신도 미로에 빠져 이 분노를 감동의 눈물로 착각한 채 죽지 않았던가. 죽은 자의 영혼에 안식이 깃들기를! 알아두시라, 인간이 자신의 무가치와 나약함을 자각하는 데에는 일정한 수치심의 한계가 있으니, 그 너머로는 한 걸음도 나아갈 수 없는 법이며, 거기서부터는 자신의 바로 그 수치심 속에서 엄청난 기쁨을 느끼기 시작한다는 것을…… 하기야 물론, 온유함도 이런 의미에서는 대단한 힘이며, 그 점은 나도 인정한다—비록 종교가 온유함을 힘이라 간주하는 것과는 의미가 다르지만.

종교! 나는 영생을 인정하며, 전부터 늘 인정해왔는지도 모른다. 가장 높은 힘의 의지로 나의 의식에 불이 확 붙었던 거라 해두자, 그 의식

---

* 밀부아가 아니라 프랑스 시인 N. 질베르의 시 「시편 몇 편의 모방」에서 일부를 인용한 것.

이 세계를 돌아보며 '나는 존재한다!'라고 말했다고 해두자, 또한 그 의식이 이 가장 높은 힘으로부터, 여차저차한 어떤 목적을 위해—아니면 무슨 목적 때문이라는 설명조차 없이—그저 그럴 필요가 있으니까 죽어버리라는 명령을 느닷없이 받았다고 해두자, 그래도 좋다, 나는 이 모든 것을 인정한다. 하지만 다시금 떠오르는 그 영원한 의문이 있으니, 도대체 무엇 때문에 여기에 나의 온유함이 필요했단 말인가? 나를 잡아먹는 존재에 대한 찬사를 나한테 요구하지 말고 그냥 잡아먹으면 안 되는가? 내가 두 주일을 기다리지 않겠다고 해서 정말로 모욕을 느낄 사람이 누가 있겠는가? 나는 그렇게 믿지 않는다. 그보다는 이렇게 추측하는 편이 훨씬 그럴듯할 것이다. 즉, 우주 전체의 어떤 보편적인 조화를 보완하기 위해, 어떤 플러스나 마이너스를 가져오기 위해, 어떤 대조나 또는 그런 등등의 것을 위해, 나의 하찮은 생명이, 원자의 생명이 필요했을 따름이며, 이는 날마다 수많은 존재의 생명이 반드시 희생되어야만 하고, 그들의 죽음 없이는 나머지 세계가 결코 존속할 수 없는 것과 똑같은 이치라고 말이다(하긴, 이 생각 자체도 그리 대단한 게 못 된다는 점을 지적하지 않을 수 없다). 하지만 그것도 좋다! 다른 방식으로는, 즉 끊임없이 서로를 잡아먹지 않고는, 절대로 세계를 형성해 나갈 수 없었다는 사실을 나도 인정한다. 심지어 내가 이 구조에 대해 아무것도 모른다는 점 또한 인정한다. 그러나 그 대신 이것만은 확실히 알고 있다. '나는 존재한다'는 자각이 내게 일단 주어진 이상, 세계가 오류투성이로 형성되었고 다른 방식으로는 이 세계가 존속할 수 없다 하더라도, 그게 나하고 무슨 상관이란 말인가? 그러니 대체 누가 무엇 때문에 나를 심판하겠는가? 누가 뭐라고 하든, 이 모든 것은 불가능하고 불공정하다.

그렇지만 나는, 속으로 줄곧 그렇게 원해왔음에도, 내세나 섭리가 존재하지 않는다고는 도저히 상상할 수 없었다. 가장 그럴듯한 얘기는, 내세도 섭리도 존재하지만 우리는 내세와 그 법칙을 전혀 이해하지 못한다는 것이리라. 하지만 그것을 이해하기가 그토록 어렵고 아예 불가능하기조차 하다면, 그 불가사의한 것을 이해하지 못했다 해서 과연 내가 책임을 져야 할까? 하기야 그들은, 물론 공작까지 포함해서 이미 모두가, 이 경우에야말로 순종이 필요하다, 꼬치꼬치 따지고 들 게 아니라 오로지 공손하게 순종해야 한다, 그 온순함은 저세상에서 반드시 보상받을 것이다, 라고 말한다. 우리는 섭리를 이해하지 못하는 화풀이로 섭리에 우리의 개념들을 들씌움으로써 섭리를 지나치게 비하하고 있다. 그러나 다시 한번 말하지만, 만약 섭리를 이해하는 게 불가능한 일이라면, 그것을 이해하지 못한다고 인간에게 책임을 묻기도 어렵다. 그렇다면, 내가 섭리의 진정한 의지와 법칙을 이해하지 못했다 해서, 나를 대체 어떻게 심판할 수 있겠는가? 아니, 종교 얘기는 이제 그만두는 게 낫겠다.

그리고 이만하면 됐다. 내가 이 행을 읽을 때쯤이면, 아마도 태양이 이미 떠올라 '하늘에 울려퍼지고', 그 거대하고 한량없는 힘이 태양 아래 모든 세상에 쏟아져 흐르기 시작하리라. 그러라지! 나는 힘과 생명의 원천을 똑바로 쳐다보며 죽을 것이다. 나는 이 삶을 원치 않는다! 만약 내게 태어나지 않을 권한이 있었다면, 사람을 이토록 희롱하는 조건 속에서 존재하기를 나는 절대로 받아들이지 않았을 것이다. 그러나 비록 얼마 남지 않은 날들을 돌려주는 것일망정, 나는 아직도 죽을 권한

만큼은 보유하고 있다. 대단찮은 권한이고, 반역 또한 대단찮다.

이제 마지막 해명이다. 내가 죽는 것은 결코 이 마지막 삼 주를 견딜 힘이 없어서가 아니다. 오, 그만한 힘은 충분히 있을 것이며, 만일 내가 원하기만 한다면, 내게 가해진 모욕을 의식하는 것만으로도 이미 충분히 위안이 되었으리라. 하지만 나는 프랑스 시인이 아니며, 그따위 위안을 원하지도 않는다. 끝으로, 나를 유혹하는 사실도 있다. 자연이 삼 주라는 자신의 선고로써 나의 활동을 극도로 제한해버렸으므로, 아마도 자살이 내가 아직도 나 자신의 의지에 따라 시작할 수 있고 끝낼 수 있는 유일한 행위이기 때문이다. 어쩌면 나는 행위의 이 마지막 가능성을 이용하려는 것인지도 모르지만, 그게 뭐 어떻단 말인가? 반항은 때로 작지 않은 행위이다……'

'해명'은 끝났다. 입폴리트는 비로소 입을 다물었다……

극단적인 경우 냉소적인 노골성이 최종 단계에 달하는 순간이 있어서, 그때에 이르면 신경질적인 인간은 극도로 흥분하고 자제력을 잃어, 이미 그 무엇도 두려워하지 않고 그 어떤 추태라도 부리려 들뿐더러 그 추태를 즐기기까지 한다. 이런 경우, 그는 아무한테나 마구잡이로 덤벼들면서도 속으로는 막연하지만 확고한 의도를 가지고 있는데, 즉 잠시 뒤면 기필코 종탑에서 몸을 날려, 만약에라도 생겨날 수 있는 모든 주저와 동요를 한꺼번에 해결해버리려는 속셈이 있는 것이다. 그러한 상태의 징후는 보통 육체적 힘이 완전히 소진되는 상태가 바로 눈앞에 닥친 데서도 볼 수 있다. 지금껏 입폴리트를 지탱해온 거의 부자연스럽기까지 한 비상한 긴장이 이제 그러한 마지막 단계에 도달했다. 사실, 병에 지친 이 열여덟 살짜리 소년은 마치 나무에서 뜯겨 파들

파들 떨고 있는 이파리처럼 그저 약해 보이기만 했으나—꼬박 한 시간 만에 처음으로 자신의 청중을 쓱 훑어보는 순간—말할 수 없이 거만하고 조소적이고 모욕적인 혐오가 그의 시선과 미소에 떠올랐다. 그는 급히 도전적인 자세를 취했다. 하지만 청중도 몹시 분개해 있었다. 다들 불쾌한 얼굴로 요란스럽게 탁자에서 일어났다. 피로와 술, 오랫동안 이어진 긴장은 낭독이 그들에게 남긴 어수선하고 어쩌면 추하다고까지 말해도 좋을 인상을 한층 강하게 했다.

갑자기 입폴리트가 튀어오르듯 의자에서 벌떡 일어섰다.

"해가 떠올랐다!" 그는 환하게 반짝이는 나무 우듬지를 보면서 마치 기적이라도 일어난 듯이 공작에게 그것을 가리켜 보이며 소리쳤다. "떠올랐어요!"

"그럼 자네는 해가 떠오르지 않을 줄 알았나?" 페르드이셴코가 이죽거렸다.

"또 온종일 뜨겁겠군." 모자를 손에 든 가냐가 기지개를 켜고 하품을 하면서 태평스럽게 투덜거렸다. "원, 한 달 내내 이렇게 가물어서야!…… 이제 그만 돌아가지 않겠나, 프치츠인?"

입폴리트는 놀라서 막대기처럼 굳은 채 귀를 기울이고 있었으나, 갑자기 얼굴이 무섭게 새하얘지며 온몸을 후들후들 떨기 시작했다.

"당신은 나한테 모욕을 주려고 일부러 태연한 척하지만, 아주 서투르군요." 그는 가냐를 뚫어져라 바라보며 이렇게 말했다. "당신은 불한당이야!"

"아니, 이건 또 뭐야, 단추라도 끄를 태세구먼!" 페르드이셴코가 고함을 쳤다. "손가락만 갖다대도 픽 쓰러질 녀석이!"

"그냥 바보지, 뭐." 가냐가 말했다.

입폴리트는 다시금 기운을 조금 끌어모았다.

"여러분," 그는 여전히 몸을 떨면서 한마디씩 더듬거리며 입을 열었다. "내가 여러분한테 개인적인 보복을 받을 만하다는 걸 잘 압니다. 그리고…… 이 헛소리로(그는 원고를 가리켰다) 여러분을 괴롭혀드려서 유감입니다만, 아주 죽도록 괴롭히지 못한 게 아쉽군요…… (그는 바보처럼 히죽 웃었다) 예브게니 파블르이치, 정말 괴로웠나요?" 갑자기 그는 예브게니 파블로비치를 향해 불쑥 물었다. "정말 괴로웠나요, 괴롭지 않았나요? 말해보세요!"

"약간 지루하긴 했지만, 그러나……"

"다 말해봐요! 일생에 한 번만이라도 거짓말을 하지 말라고요!" 입폴리트는 여전히 떨면서 명령조로 말했다.

"오, 나야 아무려나 전혀 상관없습니다! 제발 부탁인데, 좀 귀찮게 굴지 마시죠." 예브게니 파블로비치는 퉁명스럽게 내뱉고는 몸을 돌렸다.

"그럼 안녕히 주무십시오, 공작." 프치츠인이 공작에게 다가갔다.

"아니, 이분은 지금 자살을 하려는데, 당신들은 뭘 하는 거예요! 이분을 좀 보시라고요!" 베라는 기겁해서는 소리를 지르며 입폴리트에게 달려들어 그의 두 팔을 잡기까지 했다. "이분은 해가 뜨면 자살하겠다고 했잖아요, 다들 대체 뭘 하는 거예요!"

"자살은 무슨!" 몇몇 목소리가 짓궂게 중얼거렸는데, 가냐의 목소리도 끼어 있었다.

"여러분, 조심하세요!" 베라와 함께 입폴리트의 팔을 잡고 있던 콜랴가 소리쳤다. "이 친구 얼굴만 봐도 아시잖아요! 공작님, 당신은 왜 그러고 계시죠!"

입폴리트 주위에 베라, 콜랴, 켈레르, 부르돕스키가 모여들었다. 네 사람이 함께 달려들어 그의 양팔을 꼭 붙잡았다.

"이 사람에겐 권리가 있어요, 권리가!……" 부르돕스키가 이렇게 중얼거렸으나, 그 자신도 완전히 정신 나간 사람 같았다.

"실례지만, 공작님, 어떤 조치를 취하실 겁니까?" 얼근히 취한 레베제프가 뻔뻔하리만큼 화를 내며 공작 곁으로 다가왔다.

"조치라뇨?"

"아니, 그러니까요, 실례지만요, 나는 집주인이라굽쇼, 물론 당신을 공경하는 일을 소홀히 할 생각은 없지만…… 하기야 당신도 어찌 보면 집주인이긴 하죠, 하지만 나는 내 소유의 집에서 그런 일이 일어나는 게 질색이거든요…… 그렇다굽쇼."

"자살은 무슨 자살, 애송이가 그냥 장난치는 거지!" 뜻밖에 이볼긴 장군이 언짢다는 표정으로 자신만만하게 소리쳤다.

"아무렴, 장군 말이 맞아요!" 페르드이셴코가 맞장구를 쳤다.

"자살하지 않는다는 건 나도 알아요, 장군, 하지만 존경하는 장군, 그래도 역시…… 나는 집주인이니까요."

"이거 봐요, 체렌치예프 씨," 공작과 작별인사를 나눈 프치츠인이 입폴리트에게 악수를 청하면서 불쑥 말했다. "당신은 아까 그 원고에서 당신의 유골에 대해 말하며 그걸 대학에 기증하겠다고 한 것 같은데요? 그건 당신의 유골, 당신 자신의 유골, 그러니까 당신의 뼈를 기증하겠다는 건가요?"

"네, 내 뼈입니다……"

"그렇군요. 확실히 해두지 않으면 오해가 생길 수도 있으니까요. 이미 그런 경우가 있었다는군요."

"당신은 왜 이 사람을 희롱하는 겁니까?" 갑자기 공작이 소리쳤다.

"기어이 울리고야 마는군." 페르드이셴코가 덧붙였다.

하지만 입폴리트는 울 기색조차 없었다. 그는 자리에서 조금 움직이려 했으나, 그를 에워싼 네 사람이 갑자기 그의 팔을 일제히 붙잡았다. 웃음소리가 터져나왔다.

"팔을 붙잡아주길 바랐던 거야. 그 원고를 읽은 것도 그 때문이고." 로고진이 한마디했다. "그럼 잘 있게, 공작, 하도 앉아 있었더니, 뼈가 쑤시는군."

"체렌치예프, 당신이 정말 자살할 생각이었다 해도"라며 예브게니 파블로비치가 웃음을 터뜨렸다. "저런 치사를 들은 이상, 저들을 골려주기 위해서라도 일부러 자살하지 않을 거요, 내가 당신 입장이라면 말이오."

"저들은 내가 자살하는 꼴을 보고 싶어 미칠 지경이라고요!" 입폴리트가 그에게 소리쳤다.

그는 덤벼들 듯한 기세로 말하고 있었다.

"저 사람들은 그걸 보지 못하게 된 게 분한 거죠."

"그럼 당신도 보지 못할 거라고 생각하시나요?"

"당신을 부추길 생각은 없어요, 오히려 나는 당신이 자살할 가능성이 아주 상당하다고 봐요. 하지만 무엇보다, 화는 내지 말고……" 예브게니 파블로비치는 그를 두둔하듯 말끝을 길게 끌면서 천천히 말했다.

"이제야 알겠어요, 저들에게 이 원고를 읽어준 건 끔찍한 실수였어요!" 입폴리트는 마치 친구에게 우정어린 조언을 구하듯 갑자기 신뢰에 찬 표정으로 예브게니 파블로비치를 바라보며 말했다.

"입장이 우습게 됐는데, 하지만…… 실은 나도 뭐라고 조언해야 할지 모르겠군요." 예브게니 파블로비치는 미소를 지어 보이며 대답했다.

입폴리트는 눈도 한번 떼지 않고 심각한 얼굴로 말없이 그를 응시했다. 몇 분 동안 완전히 의식을 잃은 게 아닌가 생각될 지경이었다.

"아닙죠, 실례지만요, 이게 대체 무슨 수작이냐굽쇼." 레베제프가 입을 열었다. "'아무한테도 폐가 되지 않게 공원에서 자살하겠다'더니! 이건 뭐, 계단을 내려가 세 발짝만 뜰 안으로 들어서면 아무한테도 폐가 안 된다, 이거잖습니까."

"여러분……" 공작이 뭐라 말하려고 했다.

"아닙죠, 실례지만요, 존경하는 공작님," 레베제프는 길길이 뛰면서 매달렸다. "이게 농담이 아니라는 것을 당신도 직접 보고 계시고, 또 적어도 당신 손님들의 절반이 나와 같은 의견이고 나와 같이 확신하고 있을 줄 압니다만, 여기서 그런 말을 내뱉은 이상, 이제 저자는 체면 때문에라도 반드시 자살하고야 말 테니, 나는 이 집의 주인으로서 말입죠, 여러 증인이 계신 앞에서 당신의 도움을 요청한다고 정식으로 밝히는 바입니다!"

"그래, 어떻게 하면 좋겠나요, 레베제프? 나는 기꺼이 당신을 도울 의향이 있어요."

"그럼 이렇게 합죠. 첫째, 저 사람은 우리 앞에서 자랑한 그 권총을 탄약 전부와 함께 즉시 내놔야 합니다. 그걸 내놓는다면, 저 사람의 병세를 참작해서 오늘밤은 우리집에서 지내는 걸 허용하겠지만, 물론 내가 감시한다는 조건에서죠. 하지만 내일은 반드시 어디든 자기가 원하는 곳으로 떠나보내야 합니다, 언짢게 여기지 마십쇼, 공작님! 만약 총기를 내놓지 않을 경우, 나는 반드시, 지금 당장 저 사람의 팔을 붙들겠습니다, 내가 한 팔을 붙들고, 장군이 다른 한 팔을 붙들고 있는 동안, 당장 사람을 보내 경찰에 신고할 거고, 그러면 이 사건은 이미 경찰의 소관으로 넘어갈 거라굽쇼. 페르드이셴코 씨가 나와의 친분을 존중해서 다녀와줄 겁니다요."

주위가 소란해졌다. 레베제프는 흥분해서 이미 제정신이 아니었다. 페르드이셴코는 경찰서에 갈 채비를 했다. 가냐는 펄펄 뛰면서, 아무도 자살하지 않을 거라고 주장했다. 예브게니 파블로비치는 입을 다물고 있었다.

"공작, 종탑에서 몸을 날려본 적이 있나요?" 갑자기 입폴리트가 공작에게 속삭였다.

"아-아뇨……" 공작이 순진하게 대답했다.

"내가 정말 사람들의 저런 증오를 짐작하지 못했으리라고 생각하셨나요!" 입폴리트는 두 눈을 번쩍이면서, 정말로 상대방의 대답을 기다리는 양 공작을 바라보며 또다시 속삭였다. "됐어요!" 갑자기 그가 모든 사람을 향해 소리쳤다. "내가 잘못했어요…… 누구보다 내가! 레베제프, 자, 열쇠예요(그는 지갑을 꺼내더니, 자그마한 열쇠가 서너 개 꿰인 쇠고리를 끄집어냈다), 여기 이것, 끝에서 두번째 열쇱니다…… 콜랴가 가르쳐줄 거예요…… 콜랴! 콜랴는 어딨지?" 그는 콜랴를 보면서도 알아보지 못하고 소리쳤다. "아, 여기…… 얘가 가르쳐줄 겁니다, 아까 나하고 함께 배낭을 꾸렸으니까. 얘를, 콜랴를 데리고 가세요, 공작의 서재 탁자 밑에…… 내 배낭이 있어요…… 이 열쇠로 그걸 열면, 아래쪽에 조그만 상자가 있고…… 그 안에 내 권총과 화약통이 들어 있어요. 얘가 아까 직접 짐을 쌌으니, 레베제프 씨, 얘가 가르쳐줄 거예요. 하지만 나는 내일 아침 일찍 페테르부르크로 가니까, 그땐 권총을 돌려줘야 합니다. 알겠죠? 나는 공작을 위해 이러는 겁니다, 당신을 위해서가 아니라."

"음, 그러는 편이 좋겠군!" 레베제프는 열쇠를 움켜쥐더니, 표독스러운 미소를 흘리면서 옆방으로 달려갔다.

콜랴는 멈춰 서서 뭔가 말하려는 눈치였으나, 레베제프가 무작정 끌고 가버렸다.

입폴리트는 웃고 있는 손님들을 바라보았다. 공작은 입폴리트의 이가 아주 심한 오한에 걸리기라도 한 듯 딱딱 소리내며 맞부딪히고 있는 것을 알아챘다.

"정말로 죄다 망나니 같은 자들이에요!" 입폴리트는 분노를 참지 못하고 또다시 공작에게 속삭였다. 그는 공작과 말할 때면 언제나 몸을 수그리고 소곤거렸다.

"그냥 내버려둬요, 당신은 지금 몹시 쇠약하니까……"

"곧, 곧…… 곧 가겠습니다."

입폴리트는 갑자기 공작을 끌어안았다.

"당신은 아마 내가 미쳤다고 생각하시겠죠?" 그는 묘하게 웃으면서 공작을 바라보았다.

"아뇨, 하지만 당신은……"

"곧 갑니다, 곧, 그러니 잠자코 계셔주세요, 아무 말씀도 마시고. 가만히 서 계세요…… 당신의 눈을 보고 싶으니까요…… 그렇게 서 계세요, 내가 볼 수 있게. 나는 인간에게 작별을 고하려는 거예요."

그는 꼼짝 않고 서서, 마치 공작을 놓치면 큰일이라는 듯이 한 손으로 공작을 뭔가 이상하게 붙잡고는, 관자놀이께가 땀으로 젖은 채 몹시 창백한 얼굴로 십 초가량 말없이 공작을 바라보았다.

"입폴리트, 입폴리트, 무슨 일인가요?" 공작이 소리쳤다.

"곧…… 이제 됐어요…… 곧 가서 눕겠어요. 하지만 태양의 건강을 위해 한 모금 마시고 싶군요…… 마시겠습니다, 마시겠어요, 그러니 가만 내버려두세요!"

그는 재빨리 탁자에서 술잔을 집어들더니, 자리를 박차고는 순식간에 테라스 출구 쪽으로 다가갔다. 공작이 그의 뒤를 쫓아가려 했으나, 하필이면 바로 그 순간 예브게니 파블로비치가 공작에게 작별인사를 하며 손을 내밀었다. 일 초가 지났는데, 갑자기 사람들의 고함소리가 테라스에 울려퍼졌다. 이어 극도로 혼란스러운 순간이 들이닥쳤다.

사건의 자초지종은 다음과 같았다.

입폴리트는 테라스 출구 쪽으로 바싹 다가가서, 오른손을 외투 오른쪽 옆 주머니에 쑤셔넣고 왼손에 술잔을 든 채 멈춰 섰다. 켈레르가 나중에 단언한 바에 따르면, 입폴리트가 앞서 공작과 얘기를 나누면서 왼손으로 공작의 어깨와 옷깃을 잡고 있었을 때부터 오른손은 줄곧 오른쪽 주머니에 들어 있었는데, 주머니 속에 든 이 오른손이, 켈레르가 주장하기로는, 자신에게 어쩐지 첫번째 의심을 불러일으켰다는 것이다. 어쨌든, 그는 어떤 불안감에 휩싸여 입폴리트를 뒤쫓아 달려나갔다. 하지만 그도 이미 늦고 말았다. 그는 다만 입폴리트의 오른손에서 갑자기 무언가가 번쩍이더니, 바로 그 순간 조그만 회중권총이 입폴리트의 관자놀이에 바싹 닿아 있는 것을 보았을 뿐이다. 켈레르는 그 손을 잡으려고 달려들었으나, 그 순간 입폴리트는 방아쇠를 당겨버렸다. 찰칵, 하는 방아쇠의 날카롭고 메마른 소리가 울렸지만, 발사가 뒤따르지는 않았다. 켈레르가 입폴리트를 끌어안자 그는 의식을 잃은 듯이 켈레르의 팔 안에 쓰러졌는데, 자기가 정말로 이미 죽었다고 생각한 모양이었다. 권총은 벌써 켈레르의 수중에 있었다. 사람들은 입폴리트를 부축해서, 의자를 끌어다가 앉혔고, 모두가 주위에 모여들어 모두가 소리쳐대며 모두가 앞다투어 물어보았다. 모두가 찰칵, 하는 방아쇠 소리를 들었는데, 그들 눈앞에 있는 것은 멀쩡히 살아 있을뿐더러 찰과상 하나 입지 않은 사람이었기 때문이다. 입폴리트 자신은 무슨 일이 벌어지는지조차 이해하지 못한 채 앉아서, 그저 멍한 시선을 주위의 모든 사람에게 던지고 있었다. 그 순간 레베제프와 콜랴가 달려왔다.

"불발이었나요?" 주위에서 사람들이 물었다.

"장전도 하지 않은 것 아닐까?" 이렇게 추측하는 사람들도 있었다.

"장전은 돼 있어요!" 켈레르가 권총을 살펴보며 외쳤다. "하지만……"

"그럼 정말 불발이었단 말이오?"

"뇌관이 아예 없었소." 켈레르가 대꾸했다.

뒤이어 벌어진 딱한 광경은 형언하기조차 어려울 지경이었다. 처음에 모든 사람이 느꼈던 경악은 금세 웃음으로 바뀌기 시작했다. 개중에는 커다란 소리로 웃어대며 이 사건에서 심술궂은 만족을 느끼는 자들마저 있었다. 입폴리트는 히스테리라도 일으킨 듯 흐느껴 울며 두 손을 비틀어대다가, 모든 사람에게, 심지어 페르드이셴코에게까지 달려들어

양손으로 그를 붙잡고서, 뇌관을 넣는 것을 잊었다, '정말 그저 깜박 잊었을 뿐, 일부러 그런 게 아니다'라며, '그 뇌관은 모두 여기, 자신의 조끼 주머니에 열 개가량이나 이렇게 들어 있었다'(그는 그걸 꺼내 주위의 모든 사람에게 보여주기까지 했다), 그걸 미리 꽂지 않은 건 혹시라도 잘못해서 주머니 속에서 발사되지 않을까 걱정됐기 때문이고, 필요하면 언제라도 꽂을 수 있다고 생각했던 것이 그만 깜박 잊고 말았다고 맹세했다. 그는 공작에게도, 예브게니 파블로비치에게도 달려들었고, 켈레르에게는 권총을 돌려달라고 애원하면서, "자신의 명예, 명예가"…… 이제 자신은 "영원히 명예를 더럽히고 말았다!……"라는 것을 즉각 모든 사람에게 증명해 보이겠다고 호소했다.

마침내 그는 정말로 의식을 잃고 쓰러졌다. 사람들은 그를 공작의 서재로 옮겼고, 술이 완전히 깬 레베제프는 즉시 의사를 부르러 사람을 보내고 나서, 자신은 딸과 아들, 부르돕스키, 장군과 함께 환자의 침대 곁에 남았다. 의식을 잃은 입폴리트를 밖으로 옮겨나가자, 켈레르는 방 한가운데 서서 한마디 한마디 분명하게 끊어 발음하면서 몹시 격앙된 어조로 선언했다.

"여러분, 만약 여러분 중 누구든 내 앞에서, 일부러 뇌관을 꽂지 않았을 거라느니, 그 불행한 청년이 그저 희극을 연출한 데 지나지 않는다느니, 하는 소리를 다시 한번 입 밖에 낼 경우—그 사람은 나를 상대해야만 할 테니, 그리 아시오."

하지만 아무도 그의 말에 대꾸하지 않았다. 이윽고 손님들은 급히 서두르며 무리 지어 돌아가기 시작했다. 프치츠인, 가냐, 로고진은 함께 별장을 나섰다.

공작은 예브게니 파블로비치가 생각을 바꿔 그와 얘기를 나누지 않고 그대로 돌아가려는 것을 보자 깜짝 놀랐다.

"당신은 손님들이 모두 돌아간 뒤에 나하고 할 얘기가 있다고 그러시지 않았습니까?" 공작이 그에게 물었다.

"물론 그랬지요." 예브게니 파블로비치는 갑자기 의자에 앉더니 공작을 자기 옆에 앉히며 말했다. "하지만 지금은 계획을 일시적으로 바꿨습니다. 솔직히 말해서, 나는 약간 혼란스러운 상태이고, 당신도 그러실 겁니다. 나는 지금 생각이 뒤죽박죽인데다, 더구나 당신과 의논하려는 문제는 나한테 너무나 중요한 일이거든요, 물론 당신한테도 그렇고요. 실은 공작, 나는 일생에 한 번만이라도 완전히 떳떳하게, 다시 말해 정말로 어떤 저의도 없이 일을 처리하고 싶은데, 하지만, 뭐, 지금 이런 순간에는 아주 떳떳하게 일을 처리할 수가 도저히 없을 것 같군요, 게다가 당신도 아마 마찬가지겠죠…… 그래서…… 그러니…… 저기, 나중에 얘기하기로 합시다. 나는 이제 사흘가량 페테르부르크에 다녀올 작정인데, 그때까지 기다려보면 아마도 나한테나 당신한테나 일의 진상이 더 분명해지겠지요."

그러면서 그는 다시 의자에서 일어났는데, 그럴 거라면 애당초 무엇 때문에 앉았는지 의아할 지경이었다. 공작은 예브게니 파블로비치가 뭔가 못마땅하고 역정이 난 듯 적의를 품고 자기를 바라보고 있으며, 그 시선이 아까와는 완전히 다르다는 느낌을 받았다.

"그건 그렇고, 지금 환자한테 가보실 건가요?"

"네…… 걱정이 되는군요." 공작이 대답했다.

"걱정하실 것 없어요, 분명 여섯 주 정도는 더 살 테니. 어쩌면 여기서 완전히 회복될지도 모르지요. 하지만 내일 바로 쫓아버리는 게 제일 상책일 겁니다."

"어쩌면 내가 한마디도 않고 있었던 게…… 그 친구를 정말로 자극했는지도 모르겠군요. 그 친구는 아마도 내가 자신의 자살 의도를 의심하고 있다고 생각하지 않았을까요? 당신 생각은 어떠신가요, 예브게니 파블르이치?"

"천만에요. 아직도 그런 걸로 걱정을 하시다니, 당신은 너무 착해서 탈입니다. 사람들한테서 칭찬을 받으려고, 또는 칭찬을 해주지 않는 데 대한 분풀이로 일부러 자살한다는 얘기를 들은 적은 있지만, 실제로 본 적은 한 번도 없었어요. 무엇보다, 자신의 나약함을 그렇게 노골적으로 드러낸다는 게 믿어지지 않는군요! 어쨌든 내일 쫓아버리는 게 좋을 겁니다."

"그가 다시 자살을 기도하리라고 생각하십니까?"

"아뇨, 이제 다시는 그러지 않을 겁니다. 하지만 우리 나라의 이런 자생적 라세네르*들을 조심해야 합니다! 거듭 말씀드리지만, 재능도 없고 성급하고 탐욕스러운 저런 버러지들한텐 범죄가 가장 흔한 도피처이니까요."

"과연 그가 라세네르일까요?"

"분장이야 갖가지로 할 수 있겠지만, 본질은 동일합니다. 그 친구가

---

* 피에르 프랑수아 라세네르. 1830년대 프랑스의 유명한 범죄자로, 자신을 '이념적인' 범죄자로 내세웠다. 도스토옙스키는 라세네르의 자의식과 허영심에 큰 관심을 가졌고, 라세네르가 심리와 재판 과정에서 했던 진술을 자신이 발행하던 잡지 『시대』에 실으면서 직접 서문을 쓰기도 했다.

아까 '해명'에서 자기 입으로 우리에게 읽어준 그대로, 그저 '장난'삼아 열 명을 죽일 수 있는지 없는지, 두고 보시죠. 그런 소릴 들어서 나는 이제 잠도 못 잘 것 같습니다."

"지나친 걱정인 것 같은데요."

"정말 놀랍군요, 공작. 그가 지금 열 명을 죽일 수 있다는 게 믿어지지 않나요?"

"대답하기 두렵군요. 이 모든 게 아주 이상하긴 하지만, 그래도……"

"뭐, 좋을 대로 생각하세요, 좋을 대로!" 예브게니 파블로비치는 역정을 내며 말을 맺었다. "게다가 당신은 대단히 용감하신 분이니까. 다만 그 열 명에 들지 않도록 조심하십시오."

"그는 분명 아무도 죽이지 않을 겁니다." 공작은 생각에 잠긴 얼굴로 예브게니 파블로비치를 바라보며 이렇게 말했다.

상대방은 심술궂게 웃음을 터뜨렸다.

"또 봅시다, 이만 가봐야겠군요! 참, 그 친구가 자기 고백의 사본 한 부를 아글라야 이바노브나에게 전해달라고 유언한 걸 잘 들어두셨죠?"

"네, 나도 의아했어요, 그래서…… 그 생각을 하는 중입니다."

"하긴 그렇죠, 그 열 명을 죽이는 경우에 대비해서." 예브게니 파블로비치는 또다시 웃음을 터뜨리고는 나갔다.

한 시간 뒤, 이미 세시가 지나 공작은 공원으로 내려갔다. 그는 집에서 잠을 청해보려 했으나, 가슴이 몹시 두근거려서 잠을 이룰 수가 없었다. 하지만 집안은 이미 말끔히 정리됐고 최대한 안정을 되찾은 상태였다. 환자는 잠이 들었고, 왕진 왔던 의사는 별다른 위험은 없다고 진단했다. 레베제프, 콜랴, 부르돕스키는 교대로 당번을 서겠다고 환자의 방에 자리잡고 누웠다. 따라서 걱정할 만한 일은 전혀 없었다.

그러나 공작의 불안은 시시각각 더해갔다. 그는 멍한 눈으로 주위를 두리번거리며 공원을 배회하다가, 역 앞 광장에 다다라 몇 줄로 늘어선 텅 빈 벤치와 악단의 보면대가 눈에 들어오자, 깜짝 놀라 걸음을 멈추었다. 그를 소스라치게 할 정도로 이 장소가 왠지 끔찍이도 흉해 보였기 때문이다. 그는 발길을 돌려 어제 예판친 가족과 함께 역으로 왔던 바로 그 길을 되돌아가서 밀회 장소로 정해진 초록색 벤치에 이르자, 거기에 털썩 주저앉아 느닷없이 커다란 소리로 웃음을 터뜨렸으나, 바로 그 순간 무엇 때문인지 극도로 화가 치밀었다. 우수가 오래도록 그를 사로잡았다. 그는 어디론가 훌훌 떠나버리고 싶었다…… 어디로인지는 자신도 알 수 없었다. 머리 위 나뭇가지에서 조그만 새가 노래하고 있었다. 그는 나뭇잎 사이를 두리번거리며 새를 찾기 시작했으나, 갑자기 새가 나무에서 포로롱 날아올랐다. 그 순간 어쩐 일인지 입폴리트가 해명에 쓴 '뜨거운 햇빛을 받고 있는 그 조그만 파리'가 머리에 떠올랐고, '그 파리조차 우주 합창의 일원으로 자신의 자리를 알고 있는데, 자기 혼자만이 내팽개쳐진 존재'라는 구절도 떠올랐다. 이 구절은 아까도 그에게 충격을 주었지만, 지금 또다시 그 말이 생각난 것이다. 오랫동안 잊고 있었던 어떤 기억이 머릿속에서 꿈틀거리기 시작하더니 갑자기 한순간에 환히 떠올랐다.

그것은 그가 스위스에서 치료받던 첫해, 심지어 처음 몇 개월째에 있었던 일이었다. 그때 그는 아직 완전한 백치나 다름없어서, 말을 제대로 못하는 것은 물론이고 사람들이 그에게 요구하는 것마저 때로는 이해하지 못했다. 언젠가 햇빛이 환하게 빛나는 날, 그는 산에 올라가,

아무런 뚜렷한 형체도 띠지 않은 어떤 괴로운 상념을 품은 채 오래도록 산속을 헤맨 일이 있었다. 눈앞에는 눈부신 하늘이 펼쳐져 있고, 아래엔 호수가, 사방으로는 밝고 끝없는 지평선이 아스라이 뻗어 있었다. 그는 오랫동안 이 모든 것을 바라보며 번민에 잠겼다. 그 환하고 끝없는 푸르름 속으로 두 손을 뻗으며 울었던 일이 지금 그의 뇌리에 떠올랐다. 그때 그를 괴롭힌 것은 이 모든 것에 대해 자신은 완전히 타인이라는 사실이었다. 대체 이 향연은 무엇일까, 오래전 아주 어릴 적부터 항상 그의 마음을 끌어당기면서도 그가 함께하는 걸 절대로 허용하지 않는, 이 끝없이 펼쳐지는 무궁하고도 위대한 축제는 도대체 무엇이란 말인가. 아침마다 바로 저와 똑같은 환한 태양이 떠오르고, 아침마다 폭포에 무지개가 걸리고, 저기 멀리 하늘 끝에 솟은, 눈에 덮인 가장 높은 산봉우리는 저녁마다 자홍색 불꽃으로 타오른다. '그의 옆에서 뜨거운 햇빛을 받으며 웽웽거리는 저 조그만 파리까지도 이 우주 합창의 일원으로서, 자신의 자리를 알고 그것을 사랑하며 행복을 느끼고 있다.' 작은 풀잎 하나하나도 쉴새없이 자라나며 행복해한다! 세상 만물이 자신의 길을 가지고 있고, 세상 만물이 자신의 길을 알고서, 노래하며 가고, 노래하며 온다. 그런데 그 혼자만은 아무것도 알지 못하고, 사람이건 소리이건 아무것도 이해하지 못하며, 세상 만물과 아무 상관 없는 존재, 내팽개쳐진 존재이다. 오, 물론 그때 그는 이러한 말을 할 수가 없었고, 자신의 의혹을 말로 표현할 수도 없었다. 그는 그저 귀머거리처럼, 벙어리처럼 번민했을 뿐이다. 그러나 지금 그에겐 자신이 이 모든 것을, 바로 이러한 생각을 그때도 모두 말한 것 같이 여겨졌고, 아까 그 '파리' 얘기도 입폴리트가 자기 자신에게서, 그때 자신의 말과 눈물에서 가져온 것처럼 생각되었다. 그는 그것을 확신했고, 그런 생각을 하자 왠지 가슴이 두근거렸다……

그는 벤치에서 깜박 잠이 들었으나, 불안은 잠을 자면서도 계속됐다. 잠이 들기 직전에 그는 입폴리트가 열 사람을 죽일 거라고 한 말을 상기하고, 어리석은 상상에 쓴웃음을 지었다. 주위에는 아름답고 맑은 정적이 깃들어 나뭇잎이 살랑대는 소리뿐이었으나, 그것이 주위를 한층 더 고요하고 호젓하게 하는 듯했다. 그는 무척 많은 꿈을 꾸었는데 하나같이 불안한 것들이어서, 줄곧 몸을 떨었다. 마침내 어떤 여인이 그에게로 다가왔다. 그는 그녀를 알고 있었고, 고통스러우리만치 잘 알고 있었다. 언제나 이름을 댈 수도, 누구라고 가리킬 수도 있는 여인이었으나—이상하게도—지금 그녀는 그가 늘 알고 있던 얼굴이 전혀 아닌 듯했고, 그는 죽어도 이 여인이 그녀라고 인정하고 싶지 않았다. 이 얼굴에는 회오와 공포가 가득해서—방금 무시무시한 범죄를 저지른 끔찍한 죄인처럼 보일 정도였다. 눈물이 그녀의 창백한 뺨 위에서 떨리고 있었다. 그녀는 그에게 손짓하며, 조용히 자기 뒤를 따라오라는 듯이 손가락을 입술에 갖다댔다. 그는 심장이 얼어붙었다. 무슨 일이 있어도, 무슨 일이 있어도 그녀를 죄인으로 인정하고 싶지 않았다. 그러나 그는 이제 곧 자신의 생애 전체에 영향을 미치게 될 어떤 무서운 일이 일어날 거라고 느꼈다. 그녀는 공원 안 바로 가까운 곳에 있는 무엇인가를 그에게 보여주고 싶은 듯했다. 그가 그녀를 따라가려고 자리에서 몸을 일으켰는데, 갑자기 옆에서 누군가의 밝고 싱그러운 웃음소리가 들렸다. 문득 누군가의 손이 그의 손안에서 느껴졌다. 이 손을 잡고 꼭 쥐는 순간 그는 잠에서 깨어났다. 아글라야가 그의 앞에 서서 큰 소리로 웃고 있었다.

VIII

그녀는 웃고 있었으나 한편으론 화가 난 표정이었다.

"자고 계시다니! 자고 계셨잖아요!" 그녀는 경멸과 놀라움이 섞인 어조로 소리쳤다.

"아, 당신이군요!" 공작은 아직 잠이 덜 깬 채, 놀란 표정으로 그녀를 알아보며 중얼거렸다. "아, 참! 약속이 있었지요…… 여기서 그만 잠이 들어서."

"나도 봤어요."

"당신 말고는 아무도 날 깨우지 않았습니까? 당신 말고는 여기 아무도 없었나요? 나는 여기…… 다른 여자가 있는 줄 알았는데……"

"여기 다른 여자가 있었다고요?!"

마침내 그는 완전히 정신을 차렸다.

"그저 꿈을 꾸었을 뿐입니다." 그는 생각에 잠기며 말했다. "이상하군, 이런 순간에 그런 꿈을 꾸다니…… 앉으십시오."

그는 그녀의 손을 잡고 벤치에 앉혔다. 그러고는 자신도 옆에 앉아 생각에 잠겼다. 아글라야는 대화를 시작하지 않고 상대방의 얼굴만 뚫어지게 쳐다보았다. 그도 그녀를 쳐다보고 있었으나, 때로는 자기 앞에 있는 그녀를 전혀 보지 못하는 것 같기도 했다. 그녀는 낯을 붉히기 시작했다.

"아, 참!" 공작이 몸을 부르르 떨었다. "입폴리트가 자기 머리에 총을 쐈습니다!"

"언제요? 당신 집에서요?" 아글라야는 이렇게 물었으나, 그리 놀라는 기색은 없었다. "어제저녁만 해도 살아 있지 않았나요? 그런데도 당신은 어떻게 여기서 잠을 잘 수가 있었죠?" 그녀는 갑자기 활기를 띠며 외쳤다.

"하지만 죽진 않았습니다, 권총이 불발이었거든요."

아글라야가 졸라대는 바람에 공작은 간밤에 일어난 모든 일을 즉각, 그것도 아주 상세히 말해주지 않을 수 없었다. 그녀는 쉴새없이 얘기를 재촉하면서도 자기 쪽에서 끊임없이 여러 가지 질문을, 더구나 이 사건과는 거의 관계가 없는 질문을 퍼부어 얘기를 자꾸만 중단시켰다. 그러는 중에도 그녀는 예브게니 파블로비치가 한 말에 대단한 호기심을 보이며 귀를 기울였고, 몇 번씩 되묻기까지 했다.

"뭐, 그 얘긴 그만 됐어요, 서둘러야 하니까요." 그녀는 공작의 얘기를 다 듣고 나서 이렇게 결론지었다. "우리는 여덟시까지 한 시간 동안만 여기 있을 수 있어요. 내가 여기 앉아 있었다는 걸 아무도 모르게 하려면, 여덟시엔 반드시 집에 가 있어야 해요. 더구나 나는 일이 있어서 온 거예요. 당신에게 알려드려야 할 게 많거든요. 다만 지금 당신 얘길 듣고 나니 머릿속이 아주 혼란스럽네요. 입폴리트 얘길 하자면, 권총이 발사되지 않은 게 아주 당연하다고 생각해요, 그게 그 사람한텐 더 어울리죠. 하지만 당신은 그 사람이 틀림없이 자살하려 했고, 거기엔 아무런 속임수도 없다고 믿으세요?"

"절대로 속임수는 없습니다."

"아마 그렇겠죠. 그런데 그가 정말로 그렇게 썼나요, 당신더러 그 고백을 나한테 전해달라고? 그럼 왜 가지고 오지 않으셨죠?"

"그 사람이 죽지 않았으니까요. 하여간 그 사람한테 물어보겠습니다."

"꼭 갖다주세요, 물어볼 것도 없어요. 그 사람은 분명히 아주 좋아할 거예요, 나한테 나중에 그 고백을 읽게 할 속셈으로 자살하려 한 건지도 모르거든요. 이런 말을 한다고 제발 비웃지는 마세요, 레프 니콜라이치, 그럴 가능성이 상당하니까요."

"비웃지 않습니다, 나 자신도 부분적으로는 그럴 가능성이 상당하다고 믿습니다."

"믿는다고요? 당신도 정말 그렇게 생각하신단 말이죠?" 갑자기 아글라야는 무척 놀라워했다.

그녀는 연거푸 질문을 던지며 빠르게 말했으나, 이따금 생각이 엉키는 듯 종종 말을 끝맺지 못했다. 그리고 뭔가를 미리 알려주려고 끊임없이 서두르고 있었다. 대체로 그녀는 이상한 불안감에 싸여 있었는데, 그녀의 시선은 매우 대담하고 어떤 도전마저 담고 있었으나, 그래도 조금 두려워하는 빛이 엿보였다. 그녀는 아주 단순한 평상복 차림이었고, 그게 그녀에게 무척 잘 어울렸다. 그녀는 벤치 한쪽 끝에 앉은 채, 곧잘 몸을 떨며 얼굴을 붉히곤 했다. 입폴리트가 자살하려 한 것은 어쩌면 자기에게 그 고백을 읽게 하고 싶어서였는지 모른다는 말에 공작이 곧바로 동의하자, 그녀는 몹시 놀랐다.

"물론" 하고 공작은 설명했다. "그 사람은 당신 말고도 우리 모두가 자기를 칭찬해주길 바랐지요……"

"칭찬이라뇨?"

"그러니까, 그걸…… 어떻게 설명해야 할까요? 설명하기가 무척 어렵군요. 다만 그는 모두가 그를 에워싸고서 그를 매우 사랑하고 존경한다 말하면서 제발 살아 있어 달라고 간절히 애원하길 바랐던 게 분명해요. 그런 순간에 당신을 언급한 걸 보면 그가 누구보다 당신을 염두에 두었다는 건 충분히 있을 수 있는 일이지요…… 하기야 자기가 당신을 염두에 두고 있다는 걸 스스로도 몰랐을 테지만."

"무슨 말인지 난 도무지 모르겠어요. 염두에 두고 있으면서도 자신은 그걸 몰랐다니. 하지만 이해할 것도 같아요. 나도 서른 번쯤, 심지어 아직 열세 살짜리 소녀였을 때도, 부모님 앞으로 남긴 편지에 모든 것을 죄다 써놓고 독약을 먹는 생각을 해봤으니까요. 그러고서 관 속에 들어가 누워 있으면 다들 나를 보고 울면서 나한테 그렇게 잔인하게 군 걸 스스로 탓하겠지…… 라는 생각도 했죠. 왜 또 웃으시죠?" 그녀는 미간을 찌푸리며 재빨리 덧붙였다. "당신이야말로 혼자 공상에 잠길 때 대체 무슨 생각을 하는데요? 아마 원수가 돼서 나폴레옹을 쳐부수는 거나 공상하겠죠?"

"네, 그래요, 정말입니다, 그런 생각을 하죠, 특히 잠이 막 들려고 할 때," 공작이 웃었다. "다만 나폴레옹이 아니라 늘 오스트리아인들을 쳐부수지요."

"당신과 농담하고 싶은 마음 전혀 없어요, 레프 니콜라이치. 입폴리트는 내가 직접 만나볼 테니까, 미리 그렇게 알려주세요. 여하튼 당신의 이런 태도는 몹시 나쁘다고 봐요, 지금 당신이 입폴리트를 판단하듯 그런 식으로 사람의 영혼을 바라보고 판단하는 건 아주 거칠고 난폭한 일이니까요. 당신에겐 섬세한 배려라는 게 없어요. 오로지 진실밖에 모르고, 그래서 불공정한 거예요."

공작은 생각에 잠겼다.

"당신이야말로 나한테 불공정한 것 같군요." 공작이 말했다. "그가 그렇게 생각했다고 해서 나는 전혀 나쁘게 여기지 않습니다. 누구나 그렇게 생각할 수 있으니까요. 더구나 어쩌면 그는 그런 생각을 해본 일조차 없고, 그저 그런 소망만을 가지고 있었는지도 모르잖습니까…… 그는 마지막으로 사람들을 만나 그들의 존경과 사랑을 얻고 싶었을 겁니다. 이건 아주 훌륭한 감정이에요, 다만 어쩌다 결과가 이상하게 된 것뿐이지요. 그건 병 때문일 수도 있고, 또다른 그 무엇 때문일 수도 있습니다! 게다가 어떤 사람들은 항상 모든 일이 잘되는 데 반해, 어떤 사람들은 무얼 해도 엉뚱한 결과만 나오거든요……"

"그건 분명 당신 자신을 두고 덧붙인 말씀이겠죠?" 아글라야가 말했다.

"네, 내 얘깁니다." 공작은 그녀의 물음에 담긴 비아냥을 알아채지도 못하며, 이렇게 대답했다.

"다만 어쨌거나 내가 당신이라면 절대로 이런 때 잠을 잘 수는 없을 거예요. 그러니까 당신은 어딜 가나 곧바로 잠이 드나 보죠. 그건 아주 좋지 않은 점이에요."

"사실 간밤에 한잠도 자지 못한데다 계속 배회하면서 연주회 장소까지 갔으니까요……"

"연주회 장소라뇨?"

"어제 연주가 있었던 곳 말이지요, 그런 다음 이리로 와 앉아서 이 생각 저 생각을 하다가 그만 잠이 든 겁니다."

"아, 그런 거예요? 그렇담 얘기가 다르지만…… 그런데 연주회 장소엔 왜 가셨죠?"

"모르겠습니다, 그냥……"

"좋아요, 좋아요, 그 얘긴 나중에 하죠. 당신은 자꾸만 내 말을 가로막는다고요, 당신이 연주회 장소에 가셨건 안 가셨건 그게 나와 무슨 상관예요? 아까 꿈을 꾸셨다는 건 어떤 여자죠?"

"그 여자는…… 그 여자는…… 당신도 보시지 않았던가요……"

"알겠어요, 잘 알겠어요. 당신은 그 여자를 무척…… 그 여자가 꿈에 어떻게 나타나던가요, 어떤 모습으로? 하지만 그런 건 전혀 알고 싶지 않아요." 그녀는 갑자기 역정을 내며 잘라 말했다. "내 말을 가로채지 마세요……"

그녀는 용기를 내거나 마음속의 역정을 쫓아버리려고 애쓰는 듯 잠시 뜸을 들였다.

"내가 당신을 부른 까닭은 다름 아니라, 내 친구가 되어달라고 제안하고 싶어서예요. 갑자기 왜 그렇게 나를 빤히 쳐다보시죠?" 그녀는 화를 발끈 내다시피 하며 덧붙였다.

실제로 공작은 이 순간 그녀가 또다시 얼굴을 새빨갛게 붉히기 시작한 것을 알아채고, 그녀를 주의깊게 들여다보고 있었다. 이런 경우, 그녀는 얼굴이 붉어지면 붉어질수록 자신에게 더욱더 화를 내는 듯했는데, 그것은 그녀의 번쩍이는 눈에서도 역력히 드러났다. 하지만 보통 일 분 뒤에는 자신의 분노를 이미 상대방에게 옮겨, 상대방에게 잘못이 있건 없건 그와 다투기 시작하곤 했다. 그녀 자신도 거칠고 부끄러움을 잘 타는 자기 성미를 아는 까닭에 평소에도 대화에 그리 끼어들지 않았고, 언니들에 비해 말이 없는데다가 어떤 때는 오히려 지나치리만큼 말수가 적었다. 반드시 말을 해야만 할 때, 특히 지금과 같은 미묘한 경우에는, 유난히 거만을 떨며 마치 무슨 도전이라도 하듯 대화를 시작하기 일쑤였다. 그녀는 얼굴이 붉어지기 시작하거나 붉어지려고 할 때면 언제나 그것을 사전에 예감하곤 했다.

"제안을 받아들이고 싶지 않으신 모양이죠?" 그녀는 거만하게 공작을 바라보았다.

"오, 천만에, 기꺼이 받아들이겠습니다, 다만 그럴 필요가 전혀 없어서…… 그러니까 그런 제안을 해야 할 필요가 있다고는 전혀 생각지 못한지라." 공작은 허둥댔다.

"그럼 대체 뭘 생각하셨나요? 무엇 때문에 내가 당신을 이리로 불렀다고 생각하셨죠? 당신 머릿속에 무슨 생각이 들어 있는데요? 하긴, 우리집 식구들이 죄다 그러듯 나를 아마 철부지 바보쯤으로 여기겠죠?"

"당신을 바보로 여기고 있다니, 나는 전혀 몰랐습니다, 나는…… 나는 그렇게 여기지 않아요."

"그렇게 여기지 않는다고요? 당신 말치고는 아주 현명하군요. 엄청나게 현명한 말이에요."

"내가 보기에, 당신은 때로 굉장히 현명하기까지 한 것 같습니다." 공작은 말을 이었다. "조금 전에도 갑자기 굉장히 현명한 말씀을 했어요. 입폴리트에 관한 나의 억측에 대해, '오로지 진실밖에 모르고, 그래서 불공정하다'라고 하셨죠? 나는 그 말을 기억해두고 곱씹어볼 생각입니다."

아글라야는 만족감에 갑자기 얼굴을 확 붉혔다. 그녀에게서 이런 모든 변화는 아주 노골적으로 대단히 급격하게 일어나곤 했다. 공작 역시 기뻤고, 너무나 기쁜 나머지 그녀를 바라보며 큰 소리로 웃기까지 했다.

"잘 들어주세요." 그녀는 다시 말을 시작했다. "당신에게 이 모든 것을 얘기하려고 오랫동안 당신을 기다렸어요, 당신이 그곳에서 편지를 보내왔던 바로 그때부터, 아니 그전부터…… 이 얘기의 절반은 이미 어제 나한테서 들으셨지만, 나는 당신을 세상에서 가장 정직하고 가장 진실한 사람이라고, 그 누구보다 정직하고 진실하다고 생각하고 있어요. 만약 당신에 대해 사람들이 당신 머리가…… 그러니까 당신이 이따금 두뇌의 병을 앓는다고 말한다면, 그건 옳지 않아요. 나는 그렇게 결론내렸고 그 때문에 다투기도 했어요, 왜냐하면 설령 당신이 정말로 두뇌의 병을 앓고 있다 해도(물론 이렇게 말한다고 해서 화를 내시진 않겠죠, 나는 보다 높은 관점에서 말하는 거예요), 그 대신 가장 중요한 지적 능력에서 당신은 그들 모두보다 더 훌륭하고, 심지어 그들은 꿈도 꾸지 못할 정도로 훌륭하거든요, 인간의 지적 능력에는 두 가지가, 즉 중요한 지적 능력과 중요하지 않은 지적 능력이 있으니까요. 그렇죠? 그렇지 않나요?"

"어쩌면 그럴지도 모릅니다." 공작은 간신히 대답했다. 심장이 무섭게 떨리며 쿵쾅거렸다.

"당신이라면 이해하실 줄 알았어요." 그녀는 계속 거만하게 말했다. "S공작과 예브게니 파블르이치는 이 두 가지 지적 능력을 전혀 구별할 줄 몰라요, 알렉산드라 언니도 마찬가지고요. 그런데 상상해보세요, 엄

*마*는 그걸 이해하시거든요."

"당신은 리자베타 프로코피예브나를 많이 닮았어요."

"그래요? 정말요?" 아글라야는 깜짝 놀랐다.

"정말이고말고요."

"고마워요." 그녀는 잠시 생각하고 나서 말했다. "내가 *엄마*를 닮았다니 정말 기뻐요. 그러니까 당신은 우리 *엄마*를 매우 존경하고 계신 모양이군요?" 그녀는 유치한 질문이라는 것도 전혀 깨닫지 못하고 이렇게 덧붙였다.

"매우, 매우 존경합니다, 당신이 그걸 이처럼 금방 알아봐주시니 기쁘군요."

"나도 기뻐요, 사람들이 이따금 *엄마*를…… 비웃는 걸 알거든요. 하지만 중요한 얘긴 이제부터예요. 나는 오랫동안 생각한 끝에 마침내 당신을 선택했어요. 나는 식구들의 웃음거리가 되고 싶지 않아요. 철부지 바보 취급을 받기도 싫고, 놀림감이 되고 싶지도 않아요…… 나는 그 사실을 단번에 죄다 알아챘고, 예브게니 파블르이치의 청혼도 딱 잘라 거절했어요, 끊임없이 나를 시집보내려 드는 꼴을 참을 수가 없으니까요! 내가 바라는 건…… 내가 바라는 건…… 그래요, 나는 집에서 달아날 작정이에요, 그래서 당신을 택했어요, 당신의 도움을 받으려고요."

"집에서 달아난다고요!" 공작이 외쳤다.

"네, 네, 네, 집에서 달아나는 거예요!" 그녀는 갑자기 불같이 화를 내며 소리쳤다. "나는 집에서 언제까지나 부끄러운 꼴을 당하며 살고 싶진 않단 말예요. 나는 그들 앞에서건, S공작 앞에서건, 예브게니 파블르이치 앞에서건, 그 누구 앞에서도 낯을 붉히고 싶지 않고, 그래서 당신을 택한 거예요. 당신에겐 무엇이든 죄다 말하고 싶고, 내 마음이 내키기만 하면 가장 중요한 것까지도 말할 수 있어요. 내 쪽에서는 그래요, 그러니 당신도 나에게 아무것도 숨기면 안 돼요. 나는 나 자신에게 얘기하듯 무엇이든 털어놓고 말할 수 있는 사람이 단 한 사람이라도 필요하거든요. 저 사람들이 갑자기 뭐라고들 하는지 아세요, 내가 당신을 기다리고 있고 당신에게 사랑을 품고 있다잖아요. 이건 당신이 아직 돌아오기 전의 일이고, 게다가 나는 그들에게 그 편지를 보여주지도 않았어요. 그런데도 지금 다들 그런 소릴 하고 있다고요. 나는 대담하고 싶고, 아무것도 두려워하고 싶지 않아요. 나는 그들의 무도회엔 가고 싶지 않아요, 유익한 일을 하고 싶단 말이에요. 이미 오래전부터 집을 나가려고 했어요. 나는 이십 년 동안 그들에게 갇힌 것처럼 살았고, 모두가 나를 시집보내려고 안달이에요. 나는 열네 살 때도 집을 나가려고 한 적이 있어요, 그땐 아직 바보였지만 말이죠. 지금 나는 이미 다 생각해둔 게 있어서, 외국에 대해 모든 걸 자세히 물어보려고 당신을 기다렸던 거예요. 나는 아직 한 번도 고딕 사원을 본 적이 없어요, 나는 로마에 가보고 싶고, 과학박물관*도 모두 보고 싶고, 파리에서 공부하고 싶어요. 나는 지난 일 년 내내 준비하면서 공부도 했고 책도 아주 많이 읽었어요. 금지된 책들도 죄다 읽었죠. 알렉산드라와 아젤라이다 언니들은 무슨 책이든 읽고, 그게 허용돼 있지만, 나한텐 아무 책이나 주지 않아요, 나는 감시받고 있거든요. 언니들과는 다투고 싶지 않지만, 어머니와 아버지한테는 이미 오래전에, 나의 사회적 위치를 완전히 바꿔

* 도스토옙스키의 아내 안나 그리고리예브나는 남편과 함께 드레스덴에 체류하는 동안 과학에 큰 흥미를 품고 지질박물관, 광물박물관, 식물박물관 등을 방문했다.

놓겠다고 선언했어요. 나는 교육활동에 종사하기로 결심했고 당신에게 기대를 걸고 있어요, 당신은 아이들을 좋아한다고 말했으니까요. 당장은 아니더라도 앞으로 함께 교육활동에 종사할 수 있겠죠? 우리는 함께 유익한 일을 하게 될 거예요. 나는 더이상 장군의 딸 노릇은 하고 싶지 않아요…… 그런데, 당신은 매우 학식 있는 분이시죠?"

"오, 전혀 그렇지 않아요."

"유감이군요, 그런 줄 알았는데…… 왜 그렇게 생각했을까? 어쨌든 당신은 나를 이끌어주시리라 믿어요, 내가 당신을 선택했으니까요."

"그건 당치도 않은 생각입니다, 아글라야 이바노브나."

"나는 집에서 달아나겠어요, 무슨 일이 있어도!" 그녀가 이렇게 소리쳤는데, 두 눈에 또다시 불꽃이 번쩍였다. "당신이 정 마다하신다면, 가브릴라 아르달리오노비치에게 시집가버리겠어요. 집에서 못된 년 취급을 받으며 터무니없는 비난을 당하긴 싫단 말예요."

"정말로 제정신이십니까?" 공작은 자리에서 튀어오를 뻔했다. "아니, 무슨 비난을 누가 한단 말입니까?"

"집에 있는 사람들 모두죠, 어머니, 언니들, 아버지, S공작, 심지어 당신의 그 밉살스러운 콜랴까지요! 노골적으로 말하진 않아도 속으론 그렇게들 생각한다고요. 나는 그들 모두의 눈에 대고, 어머니와 아버지에게까지 그 사실을 분명히 말해줬어요. *엄마*는 그날 온종일 앓아누우셨죠. 이튿날 알렉산드라 언니와 아빠가 나한테 그러더군요, 내가 지어낸 얘길 하고 있고, 나 자신이 무슨 말을 하는지도 모르면서 그런 소릴 한다고 말예요. 그래서 그 자리에서 똑 부러지게 말해줬죠, 나는 이미 무엇이든, 무슨 말이든 다 알고 있다, 나는 이미 어린애가 아니다, 벌써

이 년 전에 모든 걸 다 알려고 일부러 폴 드 콕*의 장편소설을 두 권이나 읽었다, 라고요. 그 소리를 듣고 *엄마*는 하마터면 기절할 뻔했죠."

문득 공작에게 기묘한 생각이 떠올랐다. 그는 아글라야의 얼굴을 뚫어져라 쳐다보다가 빙그레 웃었다.

그는 지금 자기 앞에 앉아 있는 이 여자가 언젠가 그토록 도도하게 콧대를 세우면서 가브릴라 아르달리오노비치의 편지를 읽어주던 바로 그 거만한 아가씨라는 사실이 도저히 믿어지지 않았다. 그토록 도도하고 엄격한 미인의 내면에 어떻게 이런 어린아이가, 실제로 지금도 모든 말을 제대로 이해하지 못하는 듯한 어린아이가 들어앉아 있을 수 있는지 이상하기만 했다.

"당신은 줄곧 집에서만 살았습니까, 아글라야 이바노브나?" 그가 물었다. "그러니까 내 말은, 어디 학교 같은 데 다니거나, 전문학교에서 공부한 적이 없나요?"

"아무데도 다닌 적이 없어요. 병 속에 갇힌 것처럼 줄곧 집에만 들어앉아 있었죠, 이제 그 병 속에서 곧장 시집을 갈 거고요. 왜 또 웃으시죠? 보아하니 당신 역시 나를 비웃으며 그들 편을 드는 것 같군요." 그녀는 무섭게 미간을 찌푸리며 덧붙였다. "나를 화나게 하지 마세요, 그러잖아도 지금 나한테 무슨 일이 일어나는지 모르겠으니까요…… 당신은 틀림없이, 내가 당신한테 반해서 몰래 만나자고 불러냈다고 아주 확신하고 여길 왔겠죠." 그녀는 발끈 화를 내며 잘라 말했다.

"사실 어제는 그렇지 않을까 싶어 걱정했습니다." 공작은 별생각 없

---

* 프랑스 소설가 샤를 폴 드 콕. 주로 부르주아와 파리 하층민의 삶을 묘사한 세태소설을 썼으며, 성적 묘사와 풍자로 인기를 얻었다.

이 솔직하게 말했다(그는 몹시 당황하고 있었다). "하지만 오늘 보니, 당신은 분명……"

"뭐라고요!" 아글라야가 소리쳤다. 그녀의 아랫입술이 갑자기 파르르 떨리기 시작했다. "걱정했다고요, 아니, 설마 내가…… 당신이 감히 그런 생각을 하다뇨, 아니, 내가…… 오, 맙소사! 그럼 아마 이렇게 의심했겠군요, 내가 당신을 이리로 불러내서 덫으로 유인하고 그다음엔 사람들한테 발각되게 해서 나하고 혼인하지 않을 수 없게 만들 거다, 라고……"

"아글라야 이바노브나! 아니, 부끄럽지도 않습니까? 당신의 순수하고 순진한 마음속에 어떻게 그런 불결한 생각이 떠오를 수 있죠? 자신있게 말씀드리지만, 당신은 자신이 하는 말을 한마디도 믿지 않을뿐더러…… 무슨 말을 하는지조차 모르고 있어요!"

아글라야는 자기가 한 말에 스스로도 놀란 듯 완고하게 눈을 내리깔고 앉아 있었다.

"나는 조금도 부끄럽지 않아요." 그녀가 중얼거렸다. "내 마음이 순진한지 당신이 어떻게 아세요? 그럼 그때 나한테 연애편지를 보낼 생각은 어떻게 하셨죠?"

"연애편지라고요? 내 편지가—연애편지였단 말인가요! 그 편지는 존경의 마음으로 가득한 것이었습니다. 그 편지는 내 인생에서 가장 괴로웠던 순간에 내 가슴속에서 우러나온 것이었어요! 나는 그때 당신을 무슨 광명과도 같이 떠올렸던 겁니다…… 나는……"

"뭐, 좋아요, 좋아." 갑자기 그녀는 말을 가로막았으나, 이미 아까와는 판이하게, 짙은 후회와 어떤 두려움마저 섞인 어조인데다, 여전히 그를 똑바로 보지 않으려고 애쓰며 그에게 몸을 기울이기까지 했는데, 제발 화내지 말아달라고 더 확실하게 부탁하려는 듯 그의 어깨라도 건드릴 것 같아 보였다. "좋아요." 그녀는 몹시 수치스러워하며 덧붙였다. "내 표현이 아주 어리석었던 것 같군요. 그건 그저…… 당신을 시험해보려고 했던 거예요. 부디 그 말은 하지도 않은 걸로 생각해주세요. 내가 당신 마음을 상하게 했다면 용서해주시고요. 그리고 부탁인데 나를 똑바로 쳐다보지 말고 시선을 좀 돌려주세요. 당신은 그게 아주 불결한 생각이라고 하셨는데, 당신을 찔러보려고 일부러 한 말이었어요. 이따금 나는, 내가 하고 싶어하는 말이 나 자신도 두려워요, 그런데도 불쑥 내뱉고 말아요. 당신은 방금 그 편지를 당신 인생의 가장 괴로운 순간에 썼다고 말씀하셨죠…… 그게 어떤 순간이었는지 알아요." 그녀는 다시 발끝을 내려다보며 조용히 말했다.

"오, 당신이 모든 걸 아실 수 있다면!"

"나는 다 알고 있어요!" 그녀는 또다시 흥분해서 소리쳤다. "당신은 그때 그 더러운 여자와 함께 달아나서 한 달 동안이나 같은 방에서 살았다면서요……"

그녀는 이렇게 말하며, 더이상 얼굴을 붉히지 않고 오히려 새파랗게 변해서 마치 제정신이 아닌 양 자리에서 벌떡 일어섰으나, 곧바로 정신을 차리고는 다시 앉았다. 하지만 입술은 한참 동안 계속 떨렸다. 일 분가량 침묵이 이어졌다. 공작은 그녀의 돌발적인 말과 행동에 몹시 놀랐고, 왜 이런 일이 일어났는지 영문도 알 수 없었다.

"나는 당신을 절대로 사랑하지 않아요." 그녀가 갑자기, 자르듯이 말했다.

공작은 아무런 대꾸도 하지 않았다. 또다시 일 분가량 침묵이 흘렀다.

"나는 가브릴라 아르달리오노비치를 사랑해요……" 그녀는 더욱 고개를 숙이며 들릴 듯 말 듯 빠르게 말했다.

"그건 사실이 아닙니다." 공작 역시 속삭이듯 말했다.

"그럼 내가 거짓말을 한단 말인가요? 하지만 사실이에요. 그저께 바로 이 벤치에서 그 사람한테 맹세까지 했어요."

공작은 깜짝 놀라서 잠시 생각에 잠겼다.

"그건 사실이 아닙니다." 그는 단호히 되풀이했다. "그건 모두 당신이 지어낸 겁니다."

"놀랄 만큼 정중하시군요. 그 사람이 아주 달라졌다는 걸 알아두세요. 게다가 그 사람은 나를 자기 목숨보다 더 사랑하거든요. 오직 나를 자기 목숨보다 더 사랑한다는 것을 증명하기 위해, 내 앞에서 자기 손을 지지기까지 했어요."

"자기 손을 지져요?"

"네, 자기 손을요. 믿으시든 말든, 나한텐 상관없어요."

공작은 다시 입을 다물었다. 아글라야의 말에는 농담기가 전혀 없었고, 오히려 화가 난 어조였다.

"만약 그 일이 여기서 있었다면, 그가 여기에 초를 가지고 왔었다는 말인가요? 달리는 생각할 수 없군요……"

"네…… 초를 가지고 왔어요. 그게 뭐가 이상하죠?"

"새것입니까, 아니면 촛대에 꽂은 겁니까?"

"뭐, 그래요…… 아녜요…… 반쯤 탄 초…… 타고 남은 동강…… 아니, 새것이었어요, 하지만 아무러면 어때요, 그만 좀 하시죠!…… 원하신다면, 성냥도 갖고 왔다고 해두죠. 초를 켜고 꼬박 반시간이나 거기다 손가락을 대고 있었다고요. 왜, 그럴 리가 없다는 건가요?"

"어제 그 사람을 봤는데, 손가락이 멀쩡하더군요."

아글라야는 별안간 완전히 어린아이처럼 웃음을 터뜨렸다.

"방금 내가 왜 거짓말을 했는지 아세요?" 그녀는 어린아이같이 더없이 신뢰에 찬 표정으로 갑자기 공작에게 얼굴을 돌렸는데, 입가가 여전히 웃음으로 떨리고 있었다. "거짓말을 할 때, 뭔가 정말 흔치 않은 것, 굉장히 기발한 것, 왜 있잖아요, 너무나 드물게 일어나고 심지어 전혀 있을 수도 없는 그런 뭔가를 교묘히 끼워넣으면, 거짓말이 훨씬 더 그럴듯하게 들리거든요. 나는 그 사실을 알아챘어요. 다만 내 경우엔 형편없는 결과가 돼버렸죠, 재주가 신통찮아서……"

그녀는 문득 제정신으로 돌아온 듯 또다시 미간을 찌푸렸다.

"그때 내가," 그녀는 진지하고 서글프기까지 한 표정으로 공작을 바라보며 다시 입을 열었다. "그때 내가 당신에게 「가난한 기사」를 읽어드린 건, 어떤 점에 대해 당신을…… 칭찬하려는 뜻도 있었지만, 동시에 당신의 행동을 힐책하고, 내가 모든 걸 안다는 사실을 당신에게 보여주고 싶어서였어요……"

"당신은 나에 대해서나…… 당신이 방금 그렇게 심하게 말한 그 불행한 여자에 대해서나 무척 공정하지 못해요, 아글라야."

"나는 모든 걸 알기 때문에 그렇게 말한 거예요! 나는 당신이 반년 전에 모든 사람 앞에서 그 여자에게 청혼한 사실을 알고 있어요. 내 말을 가로막지 마세요, 보시다시피, 나는 주석도 달지 않고 사실만을 말하고 있으니까요. 그 일이 있은 뒤에 그 여자는 로고진과 함께 달아났죠. 그뒤 당신은 어느 시골인지 어느 도시인지에서 그 여자와 함께 살았고, 그 여자는 당신을 버리고 누구에겐가로 가버렸어요. (아글라야는 얼굴을 확 붉혔다.) 그런 다음 그 여자는 자기를 마치…… 마치 미치광이처럼 사랑하는 로고진에게 다시 돌아갔죠. 그후 그 여자가 페테르부르크로 돌아왔다는 소식을 듣자마자, 역시 대단히 현명한 사람인 당신은 그 여자의 꽁무니를 쫓아 곧바로 이곳으로 달려온 거고요. 어제저녁에 당신은 그 여자를 보호하기 위해 몸을 던졌고, 조금 전엔 꿈에서까지 그 여자를 봤어요…… 보시다시피 난 모든 것을 알고 있어요. 당신이 이곳 파블롭스크에 오신 것도 실은 그 여자, 그 여자 때문이 아닌가요?"

"네, 그녀 때문입니다." 공작은 나직이 대답했는데, 서글프게 생각에 잠겨 고개를 숙이고 있었던 탓에, 아글라야가 얼마나 번쩍이는 눈으로 자기를 보고 있는지 전혀 알아채지 못했다. "그녀 때문이긴 하지만, 그저 알아보고 싶은 게 있어서…… 나는 그녀가 로고진과 함께 행복할 수 있다고는 믿지 않기 때문에, 비록…… 한마디로, 내가 그녀를 위해 여기서 무엇을 할 수 있고 어떤 도움을 줄 수 있는지도 모르면서, 무작정 온 겁니다……"

그는 흠칫 몸을 떨며 아글라야를 바라보았다. 그녀는 증오심이 어린 얼굴로 그의 말을 듣고 있었다.

"무엇 때문인지도 모르고 오셨다면, 그건 이미 지독하게 사랑하고 있다는 얘기예요." 마침내 그녀는 이렇게 말했다.

"아닙니다." 공작이 대답했다. "아닙니다, 사랑하는 게 아닙니다. 오,

그녀와 함께 보낸 시절을 회상할 때 내가 어떤 공포를 느끼는지 당신이 아신다면!"

이렇게 말하며 그는 온몸에 전율마저 느꼈다.

"죄다 얘기해보세요." 아글라야가 말했다.

"이 문제에 대해 당신에게 말하지 못할 얘기는 하나도 없습니다. 왜 하필이면 당신에게, 당신 한 분한테만 이 모든 얘길 털어놓고 싶었는지 모르겠군요. 어쩌면 정말로 당신을 몹시 사랑해서였는지도 모릅니다. 이 불행한 여자는 자기가 세상 모든 사람 중에 가장 타락하고 가장 악덕에 물든 존재라고 깊이 확신하고 있습니다. 오, 그녀를 욕하지 마십시오, 돌을 던지지도 마시고요. 그녀는 자기가 부당하게 치욕을 당했다는 바로 그 의식 때문에 이미 지나치리만큼 자신을 괴롭혔으니까요! 그녀에게 대체 무슨 죄가 있단 말입니까, 오, 맙소사! 오, 그녀는 줄곧 미친듯 날뛰며, 나는 내 죄를 인정할 수 없다, 나는 사람들의 희생양이고, 방탕아와 악당의 희생양일 뿐이다, 라고 외치고 있습니다. 하지만 그녀가 무슨 말을 하든, 누구보다 그녀 스스로가 자신이 하는 말을 믿지 않을뿐더러, 오히려 자기에게…… 그녀 자신에게 죄가 있다고 진심으로 믿고 있다는 걸 아셔야 합니다. 내가 그녀 마음속의 이 암흑을 몰아내주려 했을 때, 그녀의 고통은 그야말로 극에 달했고, 그 끔찍한 시절에 대한 기억이 내게 남아 있는 한, 내 가슴의 상처는 절대로 아물지 못할 겁니다. 내 가슴에 영원히, 커다란 구멍이 뚫려버린 셈이지요. 그녀가 왜 내게서 달아났는지 아십니까? 그건 단지—자기가 더러운 여자라는 것을 내게 증명해 보이기 위해서였습니다. 하지만 무엇보다 무서운 건, 그녀 자신은 그저 내게 그걸 증명해 보이고 싶어한다는 사실을 모른 채, 다만 무엇이든 수치스러운 짓을 함으로써, 자기 자신에게 '봐라, 너는 또다시 수치스러운 짓을 했다. 그러니 너는 더러운 짐승이다'라고 말해주고 싶은, 어쩔 수 없는 내적 욕구를 느꼈기 때문에 달아났다는 점입니다. 오, 아마 당신은 이런 것을 절대 이해하지 못할 겁니다, 아글라야! 아십니까, 자신의 수치에 대한 이 끊임없는 자각이 그녀에게 어떤 끔찍하고도 이상한 쾌감을 주고, 누군가에게 복수라도 하는 듯한 쾌감을 주는지도 모를 일입니다. 때때로 나는 그녀가 자기 주위에서 다시금 빛을 볼 수 있도록 이끌어준 적도 있었습니다. 하지만 그녀는 금세 또다시 화를 버럭 내며, 내가 자기보다 높은 곳에 서서 자기를 내려다본다고 신랄하게 비난해대더니(나한테는 그런 생각이 전혀 없었는데도 말이지요), 마침내 나의 청혼에 대해서도, 그따위 거만한 동정이나, 도움이나, '자신과 같은 위치로 끌어올려주겠다'라는 생각은 아무한테서도 바라지 않는다고 대놓고 선언하더군요. 당신은 어제 그녀를 보셨지요. 그녀가 그런 패거리와 함께 있으면서 과연 행복하리라고 생각하십니까, 그게 그녀와 어울리는 사람들이던가요? 당신은 모르실 겁니다, 그녀가 얼마나 교양이 높고, 얼마나 이해력이 뛰어난지! 어떨 땐 나도 놀랄 지경이었으니까요!"

"당신은 거기 있을 때도 그 여자에게 이런 식으로…… 설교를 하셨나요?"

"오, 아닙니다." 공작은 질문에 담긴 어조도 알아채지 못한 채 생각에 잠겨 말을 이어갔다. "나는 거의 언제나 입을 다물고 있었습니다. 말을 하고 싶을 때도 종종 있었지만, 실은 무슨 말을 해야 할지 몰랐거든요. 사실, 아무 말도 않는 편이 나을 때도 있고요. 오, 나는 그녀를 사랑했습니다. 오, 무척이나 사랑했죠…… 그러나 얼마 뒤…… 얼마 뒤…… 얼마 뒤에 그녀는 모든 걸 알아채버린 겁니다."

"알아채다뇨?"

"내가 자기를 동정할 뿐…… 결코 사랑하는 게 아니라는 걸요."

"하지만 어떻게 알아요, 그 여잔 함께 달아났던 그…… 지주한테 실제로 반했을 수도 있잖아요?"

"아니, 내가 다 압니다, 그녀는 그 사람을 조롱했을 뿐이에요."

"당신을 조롱한 적은 한 번도 없었나요?"

"없긴요. 악의에 차서 조롱하곤 했죠. 오, 그때 그녀는 제 분을 못 이겨 나를 무섭게 힐책했습니다. 그러고는 자신도 괴로워하더군요! 하지만…… 나중에는…… 오, 내게 그 일을 더이상 상기시키지 말아주십시오, 제발!"

그는 두 손으로 얼굴을 감쌌다.

"그 여자가 나한테 거의 매일같이 편지를 보내는 걸 아세요?"

"그럼 그게 사실이군요!" 공작은 몹시 흥분해서 소리쳤다. "그런 얘길 듣긴 했지만, 그래도 믿고 싶진 않았습니다."

"누구한테 들으셨죠?" 아글라야는 놀라서 몸을 움찔했다.

"로고진이 어제 그러더군요, 아주 분명하게 말한 건 아니지만."

"어제라고요? 어제 아침이었나요? 어제 언제였죠? 음악회에 가기 전이었나요, 갔다 와서였나요?"

"갔다 와서였죠, 밤 열한시가 지나서."

"아아, 뭐, 로고진이라면…… 그렇지만 그 편지에다 뭐라고 쓰고 있는지 아세요?"

"나는 이제 어떤 것에도 놀라지 않습니다. 그녀는 제정신이 아니니까요."

"여기 있어요, 그 편지(아글라야는 주머니에서 봉투에 든 편지 세 통을 꺼내 공작 앞에 내던졌다). 벌써 일주일 내내, 나더러 당신과 혼인하라며 애원하고 설득하고 꼬드기고 있어요. 그 여자는…… 뭐, 그래요, 그 여자는 미쳤긴 하지만 영리해요. 그 여자가 나보다 훨씬 영리하다고 하신 당신 말씀은 맞아요…… 그 여자는 나를 사모하고 있노라며, 먼발치에서라도 나를 보기 위해 날마다 그런 기회를 찾고 있다고 썼어요. 또 당신은 나를 사랑한다, 자기는 그것을 알고 있고 벌써 오래전부터 눈치챘다, 거기 있을 때도 당신과 내 얘기를 하곤 했다, 라고 적었다고요. 자기는 당신이 행복한 걸 보고 싶다, 오직 나만이 당신의 행복이라고 확신한다면서 말이죠…… 그 여자는 너무도 거칠게 쓰더군요…… 이상할 정도로…… 나는 이 편지를 아무한테도 보이지 않고 당신을 기다렸어요. 이게 대체 무슨 뜻인지 혹시 아세요? 무슨 짐작 가는 거라도 없나요?"

"정신이상이에요. 제정신이 아니라는 증거입니다." 공작은 이렇게 말했으나, 입술은 파들파들 떨리고 있었다.

"혹시 지금 울고 계신 건가요?"

"아니요, 아글라야, 아닙니다, 우는 게 아니에요." 공작은 그녀를 바라보았다.

"이제 어떡하면 좋을까요? 내게 어떤 조언을 해주시겠어요? 더이상 이런 편지를 받을 순 없어요!"

"오, 그녀를 그냥 내버려두십시오, 제발 부탁입니다!" 공작이 외쳤다.

"이런 암흑 속에서 당신이 무얼 한단 말입니까. 그녀가 더이상 당신에게 편지를 보내지 않도록 내가 최선을 다하겠습니다."

"그렇다면 당신은 가슴이 없는 사람이에요!" 아글라야가 소리쳤다. "그 여자는 나를 사모하는 게 아녜요, 그 여자는 당신을, 당신 한 사람만을 사랑하고 있다는 걸 정말 모르시나요! 그녀의 마음속을 전부 다 안다면서, 이건 못 알아채셨나요? 이게 뭔지, 이 편지들이 대체 무엇을 뜻하는지 알기나 하세요? 이건 질투예요, 아니, 질투보다 더한 거죠! 그 여자가…… 당신은 그 여자가 여기 이 편지에 쓴 것처럼 정말로 로고진과 혼인할 줄 아시나요? 우리가 혼례를 올리는 바로 다음날, 그 여자는 자살해버리고 말 거예요!"

공작은 흠칫 몸을 떨었다. 심장이 얼어붙는 것 같았다. 하지만 그는 놀란 눈으로 아글라야를 바라보았다. 이 어린아이가 이미 오래전에 한 사람의 여인이 되어 있었다는 것을 깨닫자, 이상한 느낌이 들었다.

"하느님도 보고 계시지만, 아글라야, 그녀에게 평온을 되돌려주고 그녀를 행복하게 해줄 수만 있다면 나는 목숨이라도 바칠 수 있습니다, 하지만…… 이미 그녀를 사랑할 수는 없어요, 그 여자도 이 사실을 알고 있습니다!"

"그럼 자신을 희생해보시죠, 그러는 게 당신한테 딱 어울려요! 당신은 대단한 자선가이시잖아요. 그리고 나를 '아글라야'라고 부르지 마세요……* 아까도 나한테 그냥 '아글라야'라고 했죠…… 당신은 그 여자를 갱생시켜야 하고 또 그럴 의무가 있으니, 그 여자의 마음에 평화와

* 러시아에서는 예의를 지켜야 하는 사이에는 이름과 부칭을 함께 부른다.

안정을 주기 위해 또다시 그 여자와 함께 떠나야만 할 거예요. 더구나 당신도 그 여자를 사랑하고 계시니까!"

"그런 식으로 나 자신을 희생할 수는 없습니다, 비록 한 번 그렇게 해 보려고 했고…… 지금도 그러려고 하는지 모르지만 말이지요. 하지만 나와 함께 살게 되면 그녀가 파멸하리라는 것을 확실히 알고 있고, 그래서 그녀를 그냥 내버려두는 겁니다. 오늘 일곱시에 그녀를 보기로 했지만, 이젠 아마 가지 않을 거예요. 그녀는 자신의 오만함 때문에 나의 사랑을 결코 용서하지 않을 것이고—결국 우리 둘 다 파멸할 수밖에 없겠지요! 부자연스러워 보이지만, 이 일은 처음부터 모든 게 부자연스러웠으니까요. 당신은 그녀가 나를 사랑한다고 하는데, 과연 그게 사랑일까요? 내가 이미 겪은 모든 것을 생각하면, 그게 과연 사랑일 수 있을까요! 아니, 그건 다른 것이지, 결코 사랑이 아닙니다!"

"얼굴이 몹시 창백해지셨어요!" 갑자기 아글라야가 깜짝 놀랐다.

"괜찮습니다, 잠을 거의 못 잤더니 기운이 없어서 그래요, 나는…… 우리는 그때 정말로 당신 얘기를 했답니다, 아글라야……"

"그럼 그게 정말이에요? 당신은 정말로 내 얘기를 그 여자와 할 수 있었단 말인가요, 그리고…… 그리고 당신은 나를 한 번밖에 본 적이 없는데 어떻게 날 사랑할 수 있었죠?"

"그건 나도 모르겠습니다. 그 당시 나를 뒤덮고 있던 암흑 속에서 나는 새로운 서광을 꿈꾸었고…… 어쩌면 그 빛이 눈앞에 어른거렸던 것 같습니다. 어째서 당신을 제일 먼저 떠올렸는지는 잘 모르겠어요. 그때 편지에서도 잘 모르겠다고 썼는데, 사실입니다. 아무튼 그건 모두 그 당시 나의 공포스러운 상황에서 생겨난 공상에 불과했어요…… 그

뒤에 나는 일을 시작했습니다. 삼 년가량은 여길 오지 않을 생각이었는데……"

"그러니까 그 여자 때문에 오셨다는 거죠?"

아글라야의 목소리에는 무언가 떨리는 것이 있었다.

"네, 그녀 때문에."

두 사람 사이에 침울한 침묵이 이 분쯤 계속됐다. 아글라야가 자리에서 일어섰다.

"만약 당신 말씀대로," 아글라야는 떨리는 목소리로 입을 열었다. "당신 스스로 믿고 계신 것처럼, 그 여자가…… 당신의 그 여자가…… 정신 나간 여자라면, 나는 그 여자의 정신 나간 공상을 상대해야 할 이유가 없어요…… 그러니 레프 니콜라이치, 이 편지 세 통을 가져다가 내가 돌려보내는 것이라고 그 여자한테 내던져주세요! 그리고 만약 그 여자가," 아글라야는 갑자기 언성을 높였다. "만약 그 여자가 감히 내게 또다시 한 줄이라도 써 보내면, 아버지한테 말해서 교도소에 처넣어버릴 테니, 그리 알라고 말해주세요……"

공작은 벌떡 일어나서, 별안간 미친듯이 분노에 떠는 아글라야를 깜짝 놀란 눈으로 바라보았다. 갑자기 안개가 내리덮기라도 한 듯 눈앞이 뿌예졌다……

"당신이 그렇게 생각하실 리가 없습니다…… 지금 당신은 거짓말을 하고 있는 거예요!" 그가 중얼거렸다.

"정말이에요! 정말이란 말예요!" 아글라야는 거의 제정신을 잃고 소리쳤다.

"정말이라니? 뭐가 정말인데?" 그들 곁에서 겁먹은 목소리가 들렸다.

그들 앞에 리자베타 프로코피예브나가 서 있었다.

"성날이라는 건, 내가 가브릴라 아르달리오노비치한테 시집간다는 거예요! 내가 가브릴라 아르달리오노비치를 사랑하고 있고, 내일이라도 함께 집을 나가겠다는 거라고요!" 아글라야는 그녀에게 대들었다. "들으셨죠? 이제 그 호기심이 충족됐나요? 이제 흡족하시냐고요?"

그러고서 그녀는 집을 향해 달려갔다.

"잠깐만요, 안 돼요, 당신은 지금 돌아가시면 안 돼요." 리자베타 프로코피예브나는 공작을 만류했다. "제발 부탁이니, 우리집에 들러서 설명 좀 해주세요…… 이게 대체 무슨 고통이람! 간밤에도 잠 한숨 못 잤는데……"

공작은 그녀를 따라갔다.

IX

자기 집에 들어서자 리자베타 프로코피예브나는 첫번째 방에서 멈춰 섰다. 더이상 걸을 힘이 없었기 때문인데, 그녀는 완전히 기진맥진해서 공작에게 앉으라고 권하는 것조차 잊은 채 긴 소파에 그대로 주저앉고 말았다. 그 방은 꽤 넓은 홀이었는데 한가운데 둥근 탁자가 놓였고, 벽난로도 설치된데다, 창가의 선반에는 갖가지 꽃들이 풍성하게 꽂혀 있고, 뒤쪽 벽에는 정원으로 통하는 또다른 유리문이 나 있었다. 아젤라이다와 알렉산드라가 곧 안으로 들어와서 영문을 모르겠다는 듯 공작과 어머니를 의아한 눈으로 바라보았다.

딸들은 별장에 온 뒤로 보통 아홉시쯤에 일어났다. 아글라야만이 요 이삼일 전부터 조금 일찍 일어나 정원에 산책하러 나가는 데 익숙해졌으나, 그래도 일곱시는 아니었고 여덟시나 또는 그보다 조금 늦기까지 했다. 여러 가지 걱정거리 때문에 간밤에 정말로 한숨도 못 잔 리자베타 프로코피예브나는, 아글라야가 벌써 일어났으려니 생각하고 일부러 정원에서 딸을 만나려고 여덟시쯤 자리에서 일어났다. 하지만 정원에도 침실에도 막내딸은 없었다. 그녀는 몹시 불안해져서 큰딸들을 깨웠다. 그들은 하녀에게서 아글라야 이바노브나가 아직 일곱시도 되기 전에 공원으로 갔다는 것을 알아냈다. 큰딸들은 공상벽이 있는 동생의 새로운 공상을 가볍게 비웃으며, 아글라야를 찾으러 공원으로 갔다가는 오히려 그애가 화만 낼 거라고 엄마한테 주의를 주었는데, 그러면서, 틀림없이 그애는 지금쯤 책을 펴들고, 사흘 전에도 제 쪽에서 얘길 꺼냈던 그 녹색 벤치에 앉아 있을 거다, 왜냐하면 S공작이 그 벤치 근처 경치는 하나도 특별할 게 없다는 얘길 해서 거의 말다툼까지 할 뻔했으니까, 라고 말해줬다. 리자베타 프로코피예브나는 자기 딸과 공작의 밀회를 목격한데다 딸의 입에서 이상한 말까지 나오는 걸 듣자 까무러치게 놀랐는데, 물론 거기엔 여러 가지 이유가 있었다. 하지만 막상 공작을 집으로까지 끌고 와보니, 공연한 짓을 시작했다 싶은 걱정이 앞섰다. '아글라야가 공작과 공원에서 만나 얘길 나누면 안 될 이유라도 있단 말인가, 설사 둘이서 미리 약속하고 만났다 한들 그게 어때서?'

"저기요, 공작," 그녀는 마침내 용기를 냈다. "내가 당신한테 뭘 캐내려고 이리 끌고 왔다고는 생각하지 마세요…… 나는 말이죠, 엊저녁

일도 있고 해서, 한동안 당신을 만나고 싶지도 않을 지경이었으니까요……"

그녀는 여기서 말이 조금 막혀버렸다.

"그렇지만 내가 오늘 아글라야 이바노브나를 만난 이유를 무척 알고 싶으시겠지요?" 공작은 그녀가 하려던 말을 아주 차분하게 끝맺어주었다.

"알고 싶다 한들, 그게 뭐 어때서요!" 리자베타 프로코피예브나는 금세 발끈했다. "솔직하게 말하는 것도 두렵지 않아요. 나는 누구를 모욕하는 게 아니려니와 모욕하려 한 적도 없으니까요……"

"별말씀을 다 하시는군요, 모욕이랄 것도 없이, 그걸 알고 싶어하는 건 당연하지 않습니까. 당신은 어머니이시니까요. 우리가 오늘 아침 일곱시 정각에 초록색 벤치에서 만난 건, 어제 아글라야 이바노브나가 좀 만나자고 했기 때문입니다. 따님은 어제저녁에, 어떤 중요한 일에 관해 나를 만나 상의를 해야겠다고 편지로 알려 왔습니다. 우리는 만나서 한 시간 내내, 주로 아글라야 이바노브나의 일신상에 관련된 문제를 두고 얘기했습니다. 그게 전부입니다."

"그야 물론 그게 전부겠죠, 공작, 그게 전부라는 건 조금도 의심치 않아요." 리자베타 프로코피예브나가 품위 있게 말했다.

"아주 훌륭해요, 공작!" 아글라야가 방으로 불쑥 들어오며 말했다. "진심으로 고마워요, 내가 여기서 거짓말 따위로 나 자신을 비하하진 않을 사람이라고 인정해주셨으니. 이젠 됐죠, *엄마*, 아니면 더 물어보실 게 있나요?"

"너도 알다시피, 나는 네 앞에서 낯을 붉혀야 할 짓을 지금까지 한 번도 한 적이 없다…… 어쩌면 너는 그러길 바라는지도 모르겠다만." 리자베타 프로코피예브나가 나무라듯 대답했다. "안녕히 가세요, 공작. 성가시게 한 걸 용서해주세요. 그리고 내가 변함없이 당신을 존경한다는 걸 믿어주셨으면 해요."

공작은 이내 양쪽에 고개를 숙여 인사를 한 뒤 말없이 밖으로 나갔다. 알렉산드라와 아젤라이다는 빙긋 웃더니 뭐라고 서로 소곤댔다. 리자베타 프로코피예브나는 엄하게 딸들을 노려보았다.

"*엄마*, 우린 그저," 알렉산드라가 웃음을 터뜨렸다. "공작이 아주 멋있게 인사를 해서 그랬어요. 여느 땐 완전히 보릿자루였는데, 지금은 갑자기, 마치…… 마치 예브게니 파블르이치 같잖아요."

"우아함과 품격을 가르쳐주는 건 그 사람의 마음이지, 춤 선생이 아니야." 리자베타 프로코피예브나는 격언처럼 말을 끝맺고는, 아글라야에겐 눈길도 주지 않고 위층에 있는 자기 방으로 올라가버렸다.

이미 아홉시쯤 된 시각에 집에 돌아온 공작은 테라스에서 베라 루키야노브나와 하녀를 보았다. 그들은 어제 벌어진 어지러운 주연의 뒷정리를 하며 함께 바닥을 쓸고 있었다.

"다행이에요, 돌아오실 때까지 청소를 끝내서!" 베라가 기뻐하며 말했다.

"수고가 많아요! 잠을 못 잤더니 머리가 좀 어지럽군요, 한잠 잤으면 싶은데."

"어제처럼 여기 테라스에서요? 알겠어요. 공작님을 깨우지 말라고 모두에게 일러두겠어요. 아빠는 어디 나가셨어요."

하녀가 먼저 나가고, 베라도 그 뒤를 따라 나가려다가 되돌아와서 걱정스러운 얼굴로 공작에게 가까이 갔다.

"공작님, 그…… 불행한 사람을 불쌍히 여겨주세요. 그 사람을 오늘 쫓아내지 마세요."

"절대로 쫓아내지 않을 겁니다. 그 사람이 원하는 대로 하겠어요."

"그 사람은 이제 아무 짓도 하지 않을 거예요, 그러니…… 엄하게 대하지는 마세요."

"오, 물론이죠, 뭣 때문에 그러겠어요?"

"그리고…… 그 사람을 비웃지 말아주세요. 그게 제일 중요해요."

"오, 절대로 그러지 않을 테니 안심해요!"

"저도 참 어리석죠, 공작님 같은 분한테 이런 말을 하다니." 베라는 얼굴을 붉혔다. "공작님은 지금 지쳐 계시긴 하지만," 그녀는 나가려고 반쯤 몸을 돌리다가 갑자기 소리내어 웃었다. "눈은 정말로 멋져요…… 행복에 찬 눈이에요."

"정말로 행복해 보이나요?" 공작은 활기를 띠고 물으면서 기쁘게 웃었다.

하지만 늘 소년처럼 자연스럽고 거리낌 없는 베라가 무엇 때문인지 갑자기 당황해하며 얼굴을 더욱 붉히더니 여전히 웃으면서 황급히 방에서 나갔다.

'어쩌면 저렇게…… 정말 훌륭한 아가씨야……' 하고 공작은 생각했으나, 다음 순간 그녀에 대해서는 잊어버렸다. 그는 베개 달린 소파와 작은 탁자가 놓인 테라스 구석으로 가서 몸을 내려놓고는, 두 손으로 얼굴을 감싸고 십 분가량 그대로 앉아 있었다. 그러다가 갑자기 불안한 표정으로 옆 주머니에 손을 급히 찔러넣더니 세 통의 편지를 꺼냈다.

그러나 다시 문이 열리면서 콜랴가 들어왔다. 공작은 편지를 주머니에 도로 집어넣었는데, 잠시나마 그 순간을 늦추게 돼서 오히려 기쁜 듯했다.

"뭐, 한바탕 소동이었죠!" 콜랴는 소파에 앉기가 무섭게, 그와 비슷한 사람들이 으레 그러듯 곧바로 본제로 들어가며 말했다. "공작님은 지금 입폴리트를 어떻게 보시나요? 존중하는 마음은 없겠죠?"

"아니 왜…… 하지만, 콜랴, 나는 지금 피곤해…… 게다가 다시 꺼내기엔 너무 우울한 얘기이고…… 그런데 그 사람은 지금 어떤가?"

"자고 있어요, 아마 두 시간은 더 잘 거예요. 나도 이해해요, 공작님은 집에서 잠을 이루지 못하고 공원을 거닐었죠…… 물론 흥분해서…… 어련하시겠어요!"

"내가 공원을 거닐었고 집에서 잠을 자지 않았다는 걸 어떻게 아나?"

"베라가 방금 말해줬어요. 여기 들어가지 말라고 설득했지만, 도저히 참을 수가 없어서 잠시 들어왔어요. 나도 두 시간 동안 환자의 침대 곁에 붙어 있다가, 방금 코스챠 레베제프와 교대했죠. 부르돕스키는 떠났고요. 그럼 어서 자리에 누우세요, 공작님. 편안한 밤…… 아니, 편안한 낮이 되시길! 다만 말이죠, 나는 굉장히 놀랐어요!"

"물론 그랬겠지…… 그 모든 일이……"

"아뇨, 공작님, 아뇨, 나는 그 고백에 놀랐단 말예요. 무엇보다 섭리와 내세에 대해 언급하는 그 대목에요. 거기엔 어떤 거-대-한 사상이 들어 있어요."

공작은 상냥한 눈으로 콜랴를 바라보았는데, 콜랴는 한시라도 빨리 이 거대한 사상에 대해 말하고 싶어 들른 게 틀림없었다.

"하지만 중요한 것, 가장 중요한 것은 어떤 사상 그 자체가 아니라, 전체적인 배경이라고요! 만약 그 글을 볼테르나 루소나 프루동이 썼다면, 나는 그것을 읽고 주목하긴 하겠지만 이렇게까지 놀라진 않을 거예요. 그러나 자기 생명이 십 분밖에 남지 않았다는 사실을 확실히 알고 있는 사람이 그런 말을 한다는 건—그야말로 장하지 않습니까! 이것은 자기 존재의 존엄함이 확립할 수 있는 최고단계의 자주성이에요, 이것은 직접적인 도전을 의미해요…… 아니, 이것이야말로 거대한 정신력이죠! 그런데도 그가 일부러 뇌관을 꽂지 않았다고 주장한다면—그건 정말 비열하고 부자연스러운 짓이고말고요! 그런데 아시죠, 어제 그 친구가 꾀를 써서 나를 속인 것 말예요. 나는 그와 함께 배낭을 꾸린 일도 없고, 권총 같은 건 보지도 못했어요. 그가 혼자서 짐을 다 꾸렸거든요, 그런데 갑자기 그런 말을 하는 바람에 그만 얼떨결에 속아넘어갔죠. 베라가 그러는데, 그 친구를 여기 그냥 있게 하실 거라면서요. 맹세코, 위험한 일은 없을 거예요, 더구나 우리가 한시도 그 친구 곁을 떠나지 않을 거니까요."

"간밤에 자네들 중 누가 거기 있었지?"

"나와 코스챠 레베제프, 그리고 부르돕스키예요. 켈레르는 잠시 있다가 레베제프의 방으로 자러 갔죠, 우리가 있는 방에는 그 사람이 깔고 누울 만한 게 없었거든요. 페르드이셴코도 레베제프네서 자고, 일곱 시에 돌아갔어요. 장군이야 항상 레베제프 집에서 사시지만, 지금은 역시 어디로 나가셨어요…… 레베제프는 아마 곧 공작님한테 올 거예요. 무슨 일인지 모르지만, 공작님을 찾으면서 두 번이나 물어봤거든요. 지금 잠자리에 들 생각이시면 그를 들여보낼까요, 말까요? 나도 자러 가야겠어요. 아, 참, 공작님한테 얘기할 게 하나 있어요. 아까 장군이 나를 놀라게 해서 말이죠. 여섯시가 좀 지나, 아니 거의 여섯시에 부르돕스키가 교대를 하자면서 나를 깨우잖아요. 나는 잠시 방 밖으로 나갔다가 뜻밖에도 장군과 마주쳤는데, 취기가 아직 가시지 않아서 나를 알아보지도 못하고 기둥처럼 내 앞에 버티고 서 있는 거예요, 그러다가 정신이 드는지 나한테 달려들면서, '그래, 환자는 어떠냐? 환자가 궁금해서 알아보려고 온 거다……'라더군요. 그래서 뭐—이것저것 알려드렸죠. '거참 다행이구나, 하지만 내가 자다 말고 일어나 이렇게 온 건, 무엇보다 너한테 주의를 해두고 싶어서야. 그럴 만한 이유가 있어서 그러니, 페르드이셴코 씨 앞에선 아무 소리나 하지 말고…… 입조심해야 된다'라는 거예요. 이해하시겠죠, 공작님?"

"그래? 하지만…… 우리와는 상관없는 일이야."

"그야 물론 상관없죠, 우리는 메이슨*이 아니니까요! 그래서 나는 장군이 일부러 그것 때문에 밤중에 나를 깨우러 왔다는 게 이상하기까지 했어요."

"페르드이셴코는 돌아갔다고 했지?"

"네, 일곱시에요. 가는 길에 나한테 들렀더군요. 나는 환자 곁을 지키고 있었죠. 그 사람은 빌킨한테 가서 좀 자야겠다고 했어요, 그 빌킨이란 자는 아주 고약한 주정뱅이죠. 그럼, 난 이제 가봐야지! 아, 저기 루

---

* 인도주의적 박애를 목적으로 하는 단체로 비밀결사의 성격을 띤 프리메이슨단의 조합원. 프리메이슨은 18세기와 19세기 초에 러시아에서 세력을 확장했으나, 이신론적(理神論的)인 경향 때문에 기존 종교조직들로부터 탄압을 받았고, 1822년 결국 황제의 명으로 금지됐다.

키얀 치모페이치가 오네요…… 공작님은 주무시고 싶다니까, 루키얀 치모페이치, 그냥 돌아가시죠!"

"존경하는 공작님, 아주 잠깐만요, 제가 보기엔 중대한 일이라 생각되는 일이 있어 그럽니다." 안으로 들어온 레베제프는 긴장한 듯 자못 심각한 어조로 가만가만 말하며 정중하게 고개를 숙였다. 그는 방금 돌아와서 자기 방에도 들르지 못했기 때문에, 손에는 아직도 모자가 들려 있었다. 걱정스러워 보이는 얼굴에는 평소와 달리 유난스레 위엄의 빛이 감돌았다. 공작은 그에게 앉으라고 권했다.

"두 번이나 나를 찾았다면서요? 어제 일 때문에 아직도 걱정이 되나 보군요……"

"어제 그 녀석 말씀입니까, 공작님? 오, 아닙니다요, 어제는 제 생각이 혼란스러웠습니다만…… 오늘은 당신의 견해에 조금이라도 콘트레카리로바치* 하고 싶은 생각이 더이상 없습니다."

"콘트레카…… 방금 뭐라고요?"

"콘트레카리로바치라고 했습니다. 다른 많은 단어와 마찬가지로 러시아어에 편입된 프랑스어 단어지요. 특별히 이 단어를 고집하려는 건 아니지만요."

"레베제프, 오늘따라 무척 점잖고 위엄 있어 보이니, 대체 무슨 일인가요, 말도 한 음절 한 음절 끊듯이 발음하고." 공작은 씩 웃었다.

"니콜라이 아르달리오노비치!" 레베제프는 거의 간곡하기까지 한 목소리로 콜라에게 말했다. "공작님께 드릴 말씀이 있어 그러는데, 실은

* 프랑스어 'contrecarrer'(반대하다, 논박하다)를 러시아어식으로 바꾼 것.

그 문제가……"

"아아, 알겠어요, 당연하죠, 당연하죠, 내 문제가 아니니까요! 그럼, 또 봬요, 공작님!" 콜랴는 즉시 밖으로 나갔다.

"저애는 눈치가 빨라서 좋아요." 레베제프가 그의 뒷모습을 바라보며 말했다. "좀 성가시긴 해도 똘똘한 녀석입지요. 그런데 존경하는 공작님, 저에게 대단히 불행한 사건이 발생했습니다, 엊저녁이거나 오늘 새벽의 일인데…… 정확한 시간은 아직 제시할 수 없습니다."

"무슨 일인가요?"

"옆 주머니에 넣어둔 4백 루블이 없어졌습니다, 공작님. 호되게 당한 거지요!" 레베제프는 쓴웃음을 지으며 덧붙였다.

"4백 루블을 잃어버렸다고요? 정말 안됐군요."

"자신의 노동으로 고결하게 살아가는 가난한 사람에겐 특히 그렇습니다."

"물론이지요, 물론, 그런데 어쩌다가 그런 일을?"

"술 때문입죠. 존경하는 공작님, 하느님께 고백하듯 당신께 말씀드리는 겁니다. 저는 어제 오후 다섯시에 어느 채무자로부터 은화 4백 루블을 받아 가지고 기차로 집에 돌아왔습니다. 지갑은 주머니에 잘 넣어두었지요. 입고 갔던 제복을 프록코트로 갈아입으면서, 돈은 제 몸에 지니고 있을 요량으로 프록코트에 넣었는데, 그 돈은 어떤 사람의 부탁이 있어서…… 저녁에 대리인이 오면 내어줄 셈이었습니다."

"그나저나 루키얀 치모페이치, 당신이 금붙이나 은붙이 따위를 저당 잡고 돈을 빌려준다고 신문에 광고를 냈다는 게 정말인가요?"

"대리인을 통해서 냈습니다. 주소 밑에도 제 이름은 나와 있지 않아요. 밑천도 보잘것없는데다 식솔도 늘고 해서, 공작님도 인정하시겠지만, 정당한 이자를 받고……"

"아니, 뭐, 아니, 뭐, 그냥 한번 물어보고 싶었던 것뿐이에요. 미안해요, 말을 끊어서."

"그런데 그 대리인이 나타나지 않았습니다. 그러는 사이, 그 불행한 젊은이가 도착했고, 저는 마침 식사를 하고 난 뒤라 벌써 술기운이 얼얼하게 오른 상태였지요. 조금 뒤에 그 손님들도 오셔서 함께…… 차를 마셨고…… 저는 파멸이 가까운 줄도 모르고 기분이 들떠 있었습니다. 시간이 이미 꽤 늦었을 때 켈레르가 들어오더니, 오늘이 당신의 경축일이라는 소식을 알리면서 당신이 샴페인에 대해 지시한 바를 전하더군요. 그래서 저는, 존경해 마지않는 공작님, 저는 진정이라는 걸 지닌 사람인지라(아마 공작님도 이미 알고 계시겠지만, 저는 이런 말을 할 자격이 있습니다), 그럼요, 진정이란 걸 지닌지라, 그건 물론 감상적인 마음이 아니라 고마움을 아는 마음이며, 저는 이 점을 자랑스럽게 여기고 있습니다—준비중인 만남을 더욱 장엄하게 하고 직접 당신께 축하를 드리고 싶은 마음에, 집에서 걸치는 낡은 프록코트를 외출에서 돌아와 벗어놓은 제복으로 갈아입어야겠다 생각하고 곧바로 실행했는데, 제가 간밤에 줄곧 제복 차림이었던 걸 공작님도 보셨으니 기억하실 겁니다. 그런데 옷을 갈아입으면서 프록코트 안에 든 지갑을 그만 깜빡했습니다…… 하느님께서 벌을 내리실 때는 그 사람의 이성부터 호린다는 말이 정말인가 봅니다. 그래서 오늘 아침 이미 일곱시 반이 돼서 눈을 뜨자마자, 저는 반미치광이처럼 벌떡 일어나 제일 먼저 프록코트부터 움켜쥐었지만—주머니는 텅텅 비어 있었습니다! 지갑은 흔적조차 없었고요."

"아, 거참 불쾌한 일이군요!"

"참 불쾌한 일이지요. 당신은 정말 솜씨 있게 즉석에서 적합한 표현을 찾아내셨습니다." 레베제프가 은근히 비꼬면서 덧붙였다.

"대체 어떻게, 하지만……" 공작은 생각에 잠겨 걱정스럽게 말했다. "이건 심각한 일입니다."

"참으로 심각한 일이지요, 또다시 적절한 단어를 찾아내셨군요, 공작님, 이 일을 규정하기 위해서……"

"아, 그만둬요, 루키얀 치모페이치, 여기서 뭘 찾아낸단 말인가요? 중요한 건 표현이 아니잖아요…… 혹시 술에 취해 주머니에서 떨어뜨렸을 것 같진 않나요?"

"그럴 수도 있지요. 방금 아주 솔직하게 말씀하셨다시피, 취중엔 무슨 일이든 일어날 수 있죠, 존경하는 공작님! 하지만 한번 판단해보십쇼. 만약에 제가 프록코트를 갈아입으면서 주머니에서 지갑을 떨어뜨렸다면, 떨어뜨린 물건이 거기 방바닥에 그대로 있어야 할 거 아닙니까. 그 물건이 대체 어디에 있습니까요?"

"혹시 서랍장이나 책상 서랍 같은 데 넣어둔 건 아닌가요?"

"죄다 찾아보고, 온갖 곳을 다 뒤졌습니다. 게다가 어디다 지갑을 감추거나 서랍을 열었던 적도 없어요, 그건 분명히 기억합니다."

"장롱 속도 보았나요?"

"제일 먼저 열어봤습죠, 그리고 오늘 하루 동안 벌써 몇 번이나…… 하지만 제가 무엇 때문에 그걸 장롱에다 넣어두겠습니까, 진정으로 존경하옵는 공작님?"

"솔직히, 나도 걱정이 돼요, 레베제프. 그렇다면 누가 바닥에 떨어진 걸 보고 집어갔다는 거 아닌가요?"

"아니면 주머니에서 훔쳐갔든가요! 둘 중 하나입죠."

"대단히 걱정스럽군요, 도대체 누가…… 그게 문제인데!"

"의심의 여지 없이 그게 제일 중요한 문제이지요. 당신께선 단어와 생각을 놀랄 정도로 정확히 찾아내서 상황을 명확히 규정하고 계십니다, 공작 각하."

"아아, 루키얀 치모페이치, 조롱은 관둬요, 이건……"

"조롱이라고요!" 레베제프는 손뼉을 탁 치며 소리쳤다.

"아-아-아, 됐어요, 나는 화내는 게 아니니까, 이건 문제가 전혀 달라요…… 나는 사람들이 걱정된단 말입니다. 당신은 누구를 의심하고 있죠?"

"아주 곤란하고…… 복잡한 문제입니다! 우선, 하녀를 의심할 순 없습니다. 하녀는 줄곧 부엌에만 붙어 있었으니까요. 저희 집 아이들도 마찬가지입니다……"

"물론이죠."

"따라서 손님 중 누구입죠."

"하지만 그게 있을 수 있는 일인가요?"

"절대로 있을 수 없고 결코 있을 수 없는 일이지만, 틀림없이 그렇습니다. 하지만 만약에 도둑질이 있었다면, 그건 사람들이 모두 모여 있던 저녁때가 아니라, 이미 한밤중이나 어쩌면 오히려 아침녘에, 이 집에서 밤을 새운 사람 중 누군가가 행했다고 가정하는 데 동의하며, 심지어 그렇게 확신하고 있습지요."

"아아, 맙소사!"

"부르돕스키와 니콜라이 아르달리오노비치는 물론 제외됩니다. 그들은 제 방에 들어오지도 않았으니 말입죠."

"당연하죠, 설사 그들이 당신 방에 들어갔다 해도 말이지! 누가 당신 방에서 잤나요?"

"저까지 포함해서 네 사람이 서로 맞붙은 두 방에서 잤습니다. 저, 장군, 켈레르, 그리고 페르드이셴코 씨. 그러니까 저희 네 사람 중 하나입죠!"

"즉 세 사람 중 하나란 말이군요. 하지만 대체 누가?"

"저는 공정성과 질서를 위해 저 자신도 포함시켰습니다만, 공작님, 제가 저 자신의 돈을 훔칠 순 없다는 사실에 동의하시겠지요, 하긴 세상에 그런 일이 더러 있기도 했습니다만……"

"아아, 레베제프, 정말 답답해서 못 듣겠군!" 공작은 참다못해 소리쳤다. "어서 본론으로 들어가요, 그렇게 질질 끌지 말고!……"

"따라서 세 사람이 남습니다요, 첫째로 켈레르 씨, 주거가 일정치 않은 떠돌이에 술꾼이고, 경우에 따라서는, 즉 누구의 주머니로 먹고사느냐 하는 면에서는 자유주의자입죠만, 그 밖의 점들에서는 자유주의자라기보다 오히려 옛 기사 같은 성향이 강한 사람입니다. 처음엔 여기 환자의 방에서 자다가, 맨바닥에선 딱딱해서 못 자겠다며 한밤중이 다 돼서야 저희 방으로 건너왔습니다."

"그 사람을 의심하는 건가요?"

"의심했습죠. 저는 아침 일곱시가 지나서, 반쯤 미친놈처럼 벌떡 일어나 손으로 이마를 탁 치고는 즉시, 태평스레 자고 있는 장군을 깨웠습니다. 페르드이셴코가 이상하게 사라진 것을 염두에 두고서요, 왜냐하면 일단 그것만으로도 의심하기에 충분하니까요, 저희 두 사람은 곧바로, 마치…… 마치…… 거의 못처럼 사지를 쭉 뻗고서 자고 있는 켈레르의 몸을 수색하기로 했습니다요. 샅샅이 뒤졌죠. 주머니엔 한푼도 없는데다, 주머니란 주머니는 모조리 구멍이 나 있더군요. 격자무늬 푸른색 무명 손수건이 한 장 나왔지만, 그것 역시 상태가 말이 아니었고요. 그 밖에 뉘 집 하녀한테서 받은 연애편지가 한 통 있었는데, 돈을 달라는 요구와 함께 협박이 적혀 있었고, 공작님도 이미 알고 계신 그 신문 기사를 오려낸 종잇조각도 있었습니다요. 장군은 그가 무죄라고 단정했죠. 보다 완벽한 조사를 위해 우리는 장본인을 깨워서 억지로 앉혔습니다. 무슨 영문인지도 거의 모르더군요. 술에 취한 꼴로 입을 헤벌리고 있었는데, 아무것도 알아채지 못하는, 그 덜떨어지고 멍청하기까지 한 얼굴을 보면—그 사람은 아닙니다요!"

"거 정말 다행이군요!" 공작은 안도의 한숨을 내쉬었다. "나는 그 사람이 걱정됐거든요!"

"걱정됐다고요? 그럼 뭐 그럴 만한 이유가 이미 있었나요?" 레베제프가 실눈을 하고 물었다.

"오, 아니요, 나는 그저," 공작은 말을 더듬었다. "걱정됐다는 건 정말 어리석게 지껄인 말이에요. 제발 부탁이니, 레베제프, 그 말은 아무한테도 하지 말아요……"

"공작님, 공작님! 그 말씀은 제 가슴속에 묻어두겠습니다…… 제 가슴속 깊이! 여긴 무덤입죠!……" 레베제프는 모자를 가슴에 갖다대며 비장하게 말했다.

"됐어요, 그만 됐어요!…… 그럼 이제 페르드이셴코인가요? 그러니까 내 말은, 당신은 페르드이셴코에게 혐의를 두고 있나요?"

"그럼 누가 더 있습니까?" 레베제프는 공작을 뚫어져라 쳐다보며 조용히 말했다.

"하긴 뭐, 당연하죠…… 더는 아무도 없으니…… 그렇다면 이번 역시 무슨 증거라도 있나요?"

"증거가 있습죠. 첫째로, 그 사람이 아침 일곱시에, 아니 심지어 여섯시가 조금 지나자마자 자취를 감췄다는 사실입니다."

"콜랴가 말해줘서 알아요. 콜랴한테 들러서 자기 친구 집에 자러 간다고 했다는데, 누군지…… 그 이름은 그만 잊어버렸네요."

"빌킨입죠. 그럼 니콜라이 아르달리오노비치가 당신께 이미 말해줬군요?"

"돈이 없어졌다는 얘긴 전혀 하지 않던데요."

"그애도 모르고 있습죠, 저는 당분간 이 일을 비밀에 부쳤으니까요. 어쨌든 그는 빌킨의 집으로 갔습니다. 하긴 시간도 이른 아침이고 별다른 용무도 없지만, 술꾼이 자기와 같은 술꾼의 집을 찾아간다는데 이상할 게 뭐 있나? 하고 생각할 수도 있겠습죠. 하지만 바로 여기에서 실마리가 잡인단 말씀입니다. 그 사람이 가면서 주소를 남겼거든요…… 공작님, 이제 이 문제에 유의해주시기 바랍니다. 그는 왜 주소를 남겼을까요?…… 무엇 때문에 길을 돌아가면서까지 일부러 니콜라이 아르달리오노비치에게 들러, '빌킨의 집에 자러 간다'라고 전하느냐 이 말입니다요. 그가 가든 말든, 심지어 다름 아닌 빌킨에게 가든 말든, 관심 가질 사람이 누가 있냐고요? 무엇 때문에 그걸 알려주는 겁니까? 아니, 이건 약은 수입죠, 도둑의 약은 수란 말입니다! '자, 내 행적을 이렇게 일부러 숨기지 않는데, 내가 무슨 도둑이라는 거야? 자기가 가는 곳을 알려주는 도둑이 세상에 어딨어?'라는 겁니다요. 혐의를 피하고 이른바 모래 위의 자기 발자국을 지워보려고 과도하게 신경을 쓰는 거지요…… 제 말을 이해하셨습니까, 존경하옵는 공작님?"

"이해했어요, 아주 잘 이해했어요, 하지만 그것만으론 부족하지 않나요?"

"두번째 증거가 있습죠. 그의 행방이 거짓이라는 게 드러나고 있단 말입니다. 그는 자기가 말한 그곳에 가지 않았어요. 한 시간 뒤, 그러니까 여덟시에 저는 이미 빌킨네 집 문을 두드리고 있었습니다. 그는 바로 저쪽 5번가에 살고 있습죠, 저하고도 아는 사이이굽쇼. 그 집엔 페르드이셴코의 그림자도 없었습니다. 귀가 아예 안 들리는 하녀를 붙잡고 알아내긴 했는뎁쇼, 한 시간 전쯤에 정말로 어떤 사람이 문을 두드리긴 했고, 하도 세차게 두들겨대서 초인종까지 부숴놨다더군요. 하지만 하녀는 빌킨 씨를 깨우고 싶지 않아서 문을 열어주지 않았는데, 자기가 일어나기 싫었는지도 모르죠. 그런 일이 흔하니깝쇼."

"증거는 그게 전붑니까? 그것으론 부족해요."

"공작님 생각엔, 그럼 누구를 의심해야 한단 말입니까요?" 레베제프는 하소연하듯 말을 맺었지만, 그의 엷은 웃음 속에 뭔가 교활한 것이 스쳤다.

"방과 서랍 안을 다시 한번 살펴봐요!" 잠시 생각에 잠겼던 공작이 수심에 찬 얼굴로 말했다.

"몇 번이나 살펴봤습니다요!" 레베제프는 더욱더 하소연하듯이 한숨을 내쉬었다.

"흠!…… 그런데 무엇 때문에, 무엇 때문에 당신은 그 프록코트를 갈아입은 건가요!" 공작은 원망스럽다는 듯 탁자를 내리치며 버럭 소리를 질렀다.

"어느 옛날 희극에나 나올 법한 질문이구먼요. 하지만 어질기 그지없는 공작님! 공작님은 제 불행에 지나치게 마음을 쓰고 계십니다! 저는 그럴 만한 가치가 없습니다. 다시 말해 저 혼자라면 그럴 만한 가치가 없단 말씀입니다. 하지만 공작님은 또한 그 범인 때문에…… 그 하찮은 페르드이셴코 씨 때문에 괴로워하고 계신 게 아닙니까?"

"뭐, 그래요, 그래, 당신은 정말이지 걱정거리를 안겨줬군요." 공작은 심란하고 불만스러운 표정으로 그의 말을 가로막았다. "그래, 어떡하겠다는 건가요…… 만약 그게 페르드이셴코라고 확신한다면 말이죠?"

"공작님, 존경해 마지않는 공작님, 그럼 대체 누구란 말입니까요?" 레베제프는 읍소라도 할 듯이 몸을 배배 꼬았다. "달리 생각해볼 만한 사람도 없고, 그러니 페르드이셴코 씨가 아닌 누군가에게 혐의를 둔다는 건 전혀 불가능하지 않습니까, 그러니 이것 또한 말하자면 페르드이셴코 씨에게 불리한 증거이고, 이미 세번째 증거가 되는 셈이지요! 왜냐하면, 다시 한번 여쭙습니다만, 그 사람 말고 대체 누가 있습니까? 부르돕스키 씨를 의심할 수는 없잖습니까, 헤-헤-헤!"

"무슨 당치도 않은 소리를!"

"그럼 결국 장군을요? 헤-헤-헤!"

"그 무슨 헛소리요?" 공작은 더는 참을 수 없다는 듯이 자리에서 몸을 이리저리 돌리면서, 거의 화까지 내며 이렇게 말했다.

“헛소리가 아니라면 큰일나죠! 헤-헤-헤! 그런데 그 사람, 그러니까 장군이 저를 아주 웃게 만들었습니다요! 아까 그 사람과 함께 생생한 흔적을 좇아 빌킨의 집으로 가면서…… 그나저나 공작님께 말씀드려둬야겠는데, 장군은 제가 돈을 도둑맞은 뒤에 맨 먼저 그를 깨웠더니, 나보다 더 놀라지 뭡니까, 낯빛마저 완전히 변해서 붉으락푸르락하더니 나중엔 갑자기 무섭게 흥분하며 고결한 분노를 터뜨리더군요. 그렇게까지 격분하리라곤 저도 예상치 못했습죠. 고결하기 그지없는 사람입니다! 끊임없이 거짓말을 해댄다는 약점이 있지만 매우 고상한 감정의 소유자이고, 지성은 그다지 발달하지 못했습죠만 자신의 순진함으로 더없는 신뢰를 주는 사람이란 말입니다. 전에도 말씀드린 적이 있지만, 존경하는 공작님, 저는 그 사람 앞에선 마음이 약해질뿐더러, 그이에게 애정까지 느낀다굽쇼. 그런데 그 사람이 느닷없이 길 한복판에 멈춰 서더니, 프록코트를 확 열어젖히면서 가슴을 내보인단 말입니다. ‘내 몸도 수색하게, 켈레르의 몸을 수색했으면서, 왜 내 몸은 수색하지 않나? 공정함을 위해서 마땅히 그래야 하네!’라는 겁니다. 얼굴까지 새파래져서 팔다리를 후들후들 떠는데, 정말이지 무서울 지경이더군요. 저는 껄껄 웃으면서 이렇게 말했지요. ‘이것 봐, 장군, 만약 누구 다른 사람이 나한테 자네 얘길 이런 식으로 한다면, 나는 그 자리에서 즉시 내 손으로 내 목을 자른 뒤에 그것을 커다란 쟁반에 담아 그따위 의심을 하는 모든 놈에게 직접 가지고 가서, ‘자, 여기에 내 목이 있다, 나 자신의 이 목으로 나는 그의 결백을 보증한다, 아니, 목을 걸 뿐만 아니라 불 속에라도 뛰어들겠다’라고 말해주겠네. 나는 이런 식으로 자네를 보증할 용의가 있어.’ 그러자 그가 저한테 달려들어 부둥켜안고서 눈물을 줄줄 흘리잖겠습니까, 그것도 길 한복판에서 말입죠, 그러고는 부들부들 떨면서 저를 가슴팍에 어찌나 꽉 껴안는지 기침조차 할 수 없을 지경이었지 뭡니까. '자네는 불행에 처한 나에게 남은 유일한 친구일세!' 그가 그러더군요. 아주 감상적인 사람입죠! 뭐, 당연히, 그는 길을 가면서 이 경우에 들어맞는 일화를 곧바로 늘어놓더군요. 아직 젊었을 때 자기도 한번은 50만 루블을 훔쳤다는 혐의를 산 적이 있는데, 하지만 바로 그 이튿날 화재가 난 그 집의 불길 속으로 뛰어들어가, 자기를 의심하던 백작과 그 당시 아직 미혼이던 니나 알렉산드로브나를 불구덩이 속에서 끌어냈다는 얘기였습니다. 백작은 그를 얼싸안았고, 그렇게 해서 그와 니나 알렉산드로브나의 혼인이 이루어졌는데, 바로 다음날 그 없어진 돈이 든 귀중품함이 잿더미 속에서 발견됐답니다. 비밀 자물쇠가 달린 영국식 철제함으로, 어쩌다가 바닥 아래로 굴러떨어진 것을 아무도 몰랐다가 불이 난 바람에 발견하게 됐다는 거예요. 순전한 거짓말입죠. 하지만 니나 알렉산드로브나의 얘길 할 땐 흐느끼기까지 하더군요. 니나 알렉산드로브나는 더없이 고결한 부인이시지요, 저한테 화가 나 있긴 합니다만."

"부인과 잘 모르는 사이인가요?"

"거의 그렇습니다요, 하지만 그저 그녀 앞에서 저 자신을 변호하기 위해서라도 가까이 사귀게 되길 간절히 희망합지요. 니나 알렉산드로브나는, 지금 제가 자기 남편을 술로 망쳐놓는다며 저를 나쁘게 생각해요. 그러나 저는 그 사람을 망쳐놓긴커녕 오히려 온순하게 길들이고 있다고요. 그러니까, 그 사람을 망나니 무리로부터 격리하고 있다고도 할 수 있습니다. 더구나 그 사람은 제게 친구라굽쇼, 솔직히 말씀드리지만, 저는 이제 절대로 그 사람을 놔주지 않을 겁니다, 그러니까 심지어, 그 사람이 가는 곳이면 저도 어디든 따라간다 이 정도란 말입죠, 왜냐하면 그 사람과는, 오직 다감함을 통해서만 뭔가 시작할 수 있으니까요. 요즘 그 사람은 그 대위 부인한테 완전히 발길을 끊기까지 했어요, 비록 속으로는 가고 싶어 죽겠지만 말이죠, 어떤 때엔 그 여자가 그리워서 끙끙 앓는 소리까지 해대는데, 특히 매일 아침 자리에서 일어나 신발을 신을 때 그러거든요, 왜 하필 그 시간에 그러는지는 모르지만 말입니다. 돈이라곤 수중에 한푼도 없다굽쇼, 그게 문제죠, 돈 없이는 절대로 그 여자 앞에 나타날 수 없으니깝쇼. 그 사람이 돈을 부탁하진 않던가요, 존경하옵는 공작님?"

"아뇨, 그런 적 없어요."

"부끄러운가보죠. 마음 같아서야 벌써 그러고 싶었을 겁니다. 공작님한테 부탁을 좀 해봐야겠다고 나한테 몇 차례 고백까지 했지만, 부끄러운 거라굽쇼, 공작님은 바로 얼마 전에 그 사람한테 은혜를 베푸신데다, 그 사람 자신도 공작님이 돈을 주지 않을 거라 생각하기 때문이죠. 제가 친구니까 자기 입으로 털어놓은 얘깁니다요!"

"그럼 당신은 그에게 돈을 주지 않나요?"

"공작님! 존경해 마지않는 공작님! 돈뿐만이 아니라, 그 사람을 위해서라면 저는, 말하자면, 목숨까지도…… 아니, 어쨌든 과장은 하지 않겠습니다—목숨까진 아니지만, 그래도 만약에, 이를테면 열병이나 무슨 종기나 혹은 심지어 기침까지도 참아내야 한다면—이건 정말 신에 맹세코, 그럴 각오가 돼 있습니다, 다만 만약에 반드시 그래야 한다면 말이지요. 저는 장군을 훌륭하긴 하지만 이미 파멸한 인간으로 생각하니까요! 그렇습니다요, 그저 돈 문제가 아니라굽쇼!"

"그러니까, 돈을 주나요?"

"아-아닙죠, 돈을 준 적은 없습니다요, 그 사람도 제가 주지 않는다는 걸 알고 있습죠만, 이건 어디까지나 그 사람에게 절제를 가르치고 그 사람을 교정하기 위해서입니다. 지금 그는 저와 함께 페테르부르크에 가겠다고 착 달라붙었습니다. 저는 가장 생생한 흔적을 좇아 페르드이셴코 씨를 붙잡기 위해 페테르부르크로 갈 예정이거든요, 그가 이미 그곳에 있다는 사실을 확실히 알고 있으니깝쇼. 장군은 벌써부터 흥분해서 펄펄 끓고 있습죠만, 저는 장군이 페테르부르크에서 저를 슬쩍 따돌리고 대위 부인을 찾아갈 거라 의심하고 있습니다. 솔직히 말해 저는 일부러라도 장군을 놓아줄 작정인데, 그러잖아도 그곳에 도착하면 페르드이셴코 씨를 더 쉽게 찾을 수 있도록 서로 다른 방향으로 흩어지기로 이미 약속이 돼 있습죠. 그렇게 장군을 놓아줬다가, 나중에, 마른하늘에 날벼락처럼 느닷없이 대위 부인 집에 나타나, 현장에서 붙잡자는 겁니다—말하자면 장군에게 창피를 주자는 거죠, 가정을 가진 사람으로서, 그리고 일반적인 의미에서의 인간으로서 말이지요."

"다만 소동은 일으키지 마세요, 레베제프, 제발 소동만은 일으키지 말아요." 공작은 몹시 불안해하며 낮은 소리로 말했다.

"오, 소동이라니, 천만의 말씀입죠, 그저 그 사람에게 창피를 줘서, 어떤 얼굴을 하는지 한번 보자는 것뿐입니다—얼굴 표정만으로도 많은 것을 알 수 있으니까요, 존경하옵는 공작님, 특히 그런 사람의 경우엔 더 그렇죠! 아아, 공작님! 저한테 닥친 불행도 크나크지만, 저는 심지어 지금도 그 사람에 대해, 그 사람의 도덕적 교정에 대해 생각하지 않을 수 없습니다요. 존경하옵는 공작님, 그래서 공작님께 특별한 청이 하나 있는데, 솔직히 말씀드려 이렇게 찾아온 것도 실은 그 때문입죠. 공작님께선 이볼긴 장군 댁과 이미 아시는 사이이고 그 집에서 사신 적도 있잖습니까요. 그러니, 어질기 그지없는 공작님, 만약 공작님께서 이 일에서 저를 도와주시기로 결심하신다면, 물론 오로지 장군을 위해서, 그의 행복을 위해서 말입지요……"

레베제프는 기도라도 하듯 두 손을 모으기까지 했다.

"뭐라고요? 대체 어떻게 돕는다는 건가요? 걱정 말아요, 당신 말뜻을 확실하게 알고 싶어서 그러니까, 레베제프."

"제가 공작님을 찾아온 것도 오로지 이런 확신이 있었기 때문입니다! 그러니까, 니나 알렉산드로브나의 힘을 빌린다면 효과가 있을 거란 말입니다. 자기 가정의 품안에서 장군 각하를 항상 관찰하면서, 말하자면, 감시하는 거지요. 저는 불행히도 그 댁 부인과는 안면이 없어서…… 게다가 이른바 젊은 영혼의 모든 열정을 기울여 공작님을 숭배하는 니콜라이 아르달리오노비치도 도움이 될 수 있을지 모르니까……"

"아-안 됩니다…… 니나 알렉산드로브나를 이 일에 끌어들이다니…… 당치도 않아요! 더구나 콜랴까지…… 하긴 내가 당신의 말뜻을 아직 알아듣지 못하는지도 모르겠군요, 레베제프."

"알아듣고 말고 할 것도 없어요!" 레베제프는 의자에서 튀어오르기까지 했다. "오로지, 오로지 다감함과 상냥함—이것만이 우리의 환자를 위한 약입니다. 공작님, 그 사람을 환자로 여기는 것을 허락하시겠지요?"

"그건 오히려 당신의 섬세함과 지성을 입증해준다고 봐요."

"그가 환자라는 사실을 분명히 하기 위해 실례를 들어 설명드립지요. 그가 어떤 사람인지 아십니까요. 지금 그 사람에겐 돈 없이는 찾아갈 수 없는 대위 부인이라는 약점이 있는데, 저는 오늘 그 여자 집을 덮쳐 현장에서 그를 붙잡을 생각입니다, 물론 다 그의 행복을 위해서입죠. 하지만 가령 대위 부인과의 관계뿐만이 아니라, 심지어 진짜 범죄, 뭐 그러니까 정말 파렴치하기 짝이 없는 어떤 범죄를 저지른다 해도(물론 그 사람이 그런 짓을 할 리는 만무합니다만), 그런 경우에도 오로지 고결하고 이른바 상냥한 태도로 그에게서 모든 것을 이끌어낼 수 있거든요, 왜냐하면 그는 그지없이 감상적인 사람이니깝쇼! 제 말을 믿으세요, 그 사람은 닷새를 견디지 못하고 스스로 입을 열어 눈물을 흘리면서 모두 자백할 테니—특히 가족과 공작님의 도움을 받아 이른바 그의 모든 표정과 일거수일투족을 감시하면서 교묘하고도 고상한 방식으로 그에게 작용한다면 말이지요…… 오, 어질기 그지없는 공작님!" 레베제프는 감격에 사로잡히기조차 한 듯이 외쳤다. "저는 그 사람이 틀림없이…… 했다는 게 결코 아닙니다. 저로 말하자면, 그 사람을 위해 지금 당장이라도 제 몸속의 모든 피를 흘릴 용의가 있습니다만, 무절제와 술과 대위 부인, 그리고 이 모든 것이 한 인간에게서 함께 겹치면 무슨 일이든 저지를 수 있다는 데에 공작님도 동의하실 겁니다."

"그런 목적이라면, 물론 언제든지 도울 용의가 있어요." 공작이 몸을 일으키며 말했다. "다만 솔직히 말해, 레베제프, 나는 몹시 불안해요. 말해봐요, 당신은 그러니까 여전히…… 요컨대, 당신은 페르드이셴코 씨를 의심하고 있다고 자기 입으로 말하고 있잖습니까."

"그럼 대체 누구를 의심해야 하죠? 달리 누구를요, 솔직하기 그지없는 공작님?" 레베제프는 또다시 하소연하듯 손을 모으고 공손하게 웃었다.

공작은 미간을 찌푸리며 자리에서 몸을 일으켰다.

"이것 봐요, 루키야노 치모페이치, 여기서 실수를 하게 되면 무서운 결과를 낳을 수 있어요. 그 페르드이셴코는…… 그 사람에 대해 나쁘게 말하고 싶진 않지만…… 그 페르드이셴코는…… 다시 말해, 누가 알겠어요, 어쩌면 그게 바로 그 사람인지!…… 내가 말하고 싶은 바는, 정말로 그 사람이 제일 그런 짓을 할 만한 위인인지도 모른다는 겁니다, 그러니까 더…… 다른 누구보다 더."

레베제프는 눈에 힘을 주며 귀를 쫑긋 세웠다.

"실은 말이지요," 공작은 당황해서 더욱더 미간을 찌푸리고는, 레베제프를 보지 않으려고 애쓰며 방안을 앞뒤로 왔다갔다했다. "실은 누가 알려줬어요, 누가 페르드이셴코 씨에 대해 말해주길, 다른 건 다 제쳐두고 그 사람이 있는 자리에선 조심하고…… 쓸데없는 말은 일절 해선 안 된다고, 알겠나요? 내가 이런 말을 하는 건, 어쩌면 정말로 그가 다른 사람보다 더 그럴 만한 위인인지도 모른다는 점에서…… 우리가 실수하지 않기 위해서예요—바로 이게 가장 중요하니까, 알겠지요?"

"누가 공작님께 페르드이셴코 씨에 대해 그런 말을 했나요?" 레베제프는 펄쩍 뛰다시피 했다.

"그냥, 귀띔해주더군요. 하지만 나 자신도 그 말을 곧이듣진 않아요…… 그 말을 당신에게 알려줘야 했다는 게 몹시 유감스럽지만, 분명히 말해두는데, 나 자신은 그걸 안 믿어요…… 그건 아무 근거도 없는 소립니다…… 에잇, 내가 어쩌자고 그런 멍청한 소릴 입 밖에 냈을까!"

"보세요, 공작님," 레베제프는 온몸을 떨기까지 했다. "이건 중요한 문제예요, 이건 지금 대단히 중요하다고요, 다시 말해서 페르드이셴코 씨에 관한 것이 아니라, 어떻게 공작님의 귀에 그 얘기가 들어갔느냐 하는 점이 중요하단 말입니다. (이렇게 말하면서 레베제프는 공작의 뒤를 이리저리 쫓아다니며 그와 보조를 맞춰 걸으려고 애썼다.) 이렇게 됐으니, 공작님, 저도 이제 말씀드리지요. 실은 아까 장군과 함께 그 빌킨의 집으로 갈 때, 장군은 제게 이미 그 화재 얘길 하고 난 다음에, 갑자기, 물론 펄펄 뛸듯이 격분해서, 페르드이셴코 씨에 대해 똑같은 말을 내비치기 시작했는데, 하지만 하도 앞뒤가 안 맞고 졸렬한 얘기여서 저는 마지못해 몇 가지 질문을 던져보았고, 그 결과 그 모든 정보가 순전히 장군 각하의 영감에서 솟아난 것에 지나지 않는다는 완전한 확신을 얻었습니다요…… 사실대로 말하자면, 그건 오로지 이른바 선량한 마음에서 비롯된 것이지요. 왜냐하면 그가 거짓말을 하는 것도 단지 자신의 감격을 이겨내지 못해서이니까요. 이제 한번 생각해보십쇼, 만약 그가 거짓말을 했다 해도, 물론 저는 그렇게 확신합니다만, 어떻게 그게 공작님의 귀에 들어갈 수 있었을까요? 공작님도 이해하시겠지만, 공작님, 그것은 그저 그의 순간적인 영감에 불과했단 말입니다—그렇다면 대체 누가 그걸 공작님께 알려줬을까요? 이게 중요합죠, 이게…… 이게 대단히 중요하다굽쇼, 그리고…… 말하자면……"

"방금 콜랴가 말해줬어요, 아까 아버지한테서 들었다는데, 여섯시에, 아니 여섯시가 조금 지나서 무슨 일로 밖에 나갔다가 현관에서 아버지를 만났다더군요."

그러면서 공작은 모든 것을 상세히 얘기해주었다.

"자, 바로 그겁니다요, 그걸 가리켜 증적證跡이라고 부릅죠." 레베제프는 두 손을 비벼대며 들릴 듯 말 듯 웃었다. "제가 생각했던 대로라굽쇼! 그러니까 장군 각하는 다섯시가 조금 지난 시각에 일부러 자신의 무고한 잠자리에서 일어나, 페르드이셴코 씨와 가까이하면 대단히 위험하다는 것을 알려주기 위해 사랑하는 아들을 깨우러 갔다는 얘기군요! 그렇다면 페르드이셴코 씨는 더없이 위험한 인물이고, 자식을 염려하는 장군 각하는 한없이 자애로운 아버지라는 것 아닙니까, 헤-헤-헤……"

"내 말 좀 들어봐요, 레베제프." 공작은 몹시 당황했다. "제발, 조용히 행동해줘요! 소동을 일으키면 안 돼요! 부탁이에요, 레베제프, 이렇게 애원할 테니…… 그렇게 해준다면 나도 맹세코 당신을 돕지요, 하지만 아무도 알아선 안 돼요. 아무도 모르게 하자고요!"

"안심하십시오, 지극히 어질고 솔직하고 고결하신 공작님," 레베제프는 그야말로 감격해서 소리쳤다. "안심하세요, 이 모든 것은 고결하기 그지없는 제 가슴속에 묻어둘 테니까요! 슬그머니 합죠, 우리 둘이서! 슬그머니 하자굽쇼, 둘이서 함께! 저로서는 제 모든 피까지도…… 공작 각하, 저는 영혼도 정신도 비열한 놈이지만, 비열한 인간뿐만 아니라 세상에 다시없을 온갖 파렴치한들을 붙잡고 물어보십시오. 지극히 솔직하신 공작님, 그들이 관계하고 싶은 사람이 자기와 같은 파렴치한일까요, 아니면 공작님처럼 고결하기 그지없는 사람일까요? 그놈들은 틀림없이 고결하기 그지없는 사람과 관계하고 싶다고 대답할 겁니다,

그게 바로 덕성의 승리라는 거죠! 그럼 또 뵙겠습니다, 존경해 마지않는 공작님! 슬그머니 합죠…… 슬그머니…… 둘이 함께 말입죠.”

X

마침내 공작은, 어째서 이 세 통의 편지에 손을 댈 때마다 오한이 끼쳤는지, 어째서 편지를 읽는 순간을 저녁까지 미루어왔는지 깨달았다. 이미 아까 아침나절에, 여전히 이 편지 세 통 중 어느 하나라도 펼쳐볼 용기를 내지 못한 채 자신의 긴 소파에서 무거운 잠에 빠져들었을 때, 그는 또다시 괴로운 꿈을 꾸었고, 또다시 그 '죄지은 여자'가 그에게로 다가왔다. 그녀는 또다시 그 기다란 속눈썹에 반짝이는 눈물방울을 매단 채 그를 바라보면서, 자기를 따라오라고 또다시 그를 불렀고, 그는 아까처럼 고통스럽게 여인의 얼굴을 떠올리며 또다시 잠에서 깨어났다. 당장이라도 그 여인에게 가고 싶었지만, 그럴 수가 없었다. 마침내 그는 거의 절망적인 심정으로 편지를 펼쳐들고 읽기 시작했다.

이 편지들 역시도 꿈과 비슷했다. 사람들은 이따금, 현실에선 도저히 있을 수 없는 기묘하고도 부자연스러운 꿈을 꾸곤 한다. 잠이 깬 뒤 당신은 그 꿈을 생생하게 떠올리며 어떤 기이한 사실에 놀라게 된다. 무엇보다 당신은, 꿈을 꾸는 동안 이성이 당신에게서 잠시도 떠나지 않았다는 사실을 기억한다. 심지어 당신을 에워싼 살인자들이 이미 무기를 몸에 지니고 모종의 신호가 떨어지기만을 기다리면서도 자신들의 의도를 숨긴 채 당신을 속이려 들면서 친절하게 말을 걸어오던 그 기나

긴 시간 내내, 당신이 기막히게 교활하고 논리적으로 행동했다는 사실도 떠올린다. 그리고 당신이 결국엔 그들을 아주 교묘히 속여넘기고 감쪽같이 몸을 숨겼던 것도 기억해낸다. 그러나 그런 다음엔, 그들이 당신의 속임수를 훤히 꿰고 있으면서도 당신이 숨은 곳을 모르는 체할 뿐임을 당신이 알아챘다는 사실, 하지만 당신이 교묘한 수를 써서 그들을 또다시 속여넘겼다는 사실, 이 모든 게 당신의 뇌리에 분명하게 떠오르는 법이다. 그렇지만 당신의 이성이, 당신의 꿈을 가득 채우고 있던 명백하게 부조리하고 불가능한 그런 것들과 대체 어떻게 동시에 타협할 수 있었을까? 당신을 죽이려는 사람 중 하나가 당신의 눈앞에서 여자로 변했는가 하면, 다시 그 여자가 보기에도 흉물스러운 교활하고 조그만 난쟁이로 둔갑했다—그러나 당신은 이 모든 것을, 티끌만한 의구심조차 거의 없이, 즉시 기정사실로 받아들였는데, 하지만 바로 그 때, 다른 한편에서는 당신의 이성이 극도로 긴장하여 비상한 힘과 교활함과 통찰력과 논리를 발휘하지 않았던가? 당신이 꿈에서 깨어나 이미 현실세계로 완전히 들어서는 순간, 자신이 풀지 못한 어떤 수수께끼 같은 것을 꿈과 함께 뒤에 남겨두고 오는 기분을 거의 매번 느끼게 되고, 어떤 때는 그런 느낌이 이상하리만큼 강력하게 가슴에 새겨지는 것은 또 어째서일까? 당신은 당신이 꾼 꿈이 황당해서 웃으면서도, 동시에 이 황당무계한 것들의 뒤얽힘 속에 어떤 사상이 들어 있음을 느끼는데, 이 사상은 이미 실제적인 것으로, 당신의 현실생활에 속하는 무엇, 당신의 가슴속에 존재하고 있고 또 항상 존재해온 무엇이다. 당신은 마치 그 어떤 새롭고 예언적인 것, 당신이 고대해오던 어떤 것을 꿈을 통해 들은 듯한 기분을 느낀다. 그 인상은 기쁜 것이든 괴로운 것이든 간에 강렬하지만, 그 본질이 무엇이고 당신이 꿈속에서 들은 말이 무엇인지—당신은 이 모든 것을 이해할 수 없거니와 기억해낼 수도 없다.

이 편지들을 읽고 난 뒤의 느낌도 이와 거의 똑같았다. 하지만 편지를 펼쳐들기 전부터 공작에겐 이 편지가 존재한다는, 아니 존재할 수 있다는 사실 자체가 악몽처럼 느껴졌다. 어떻게 그 여인이 그녀에게 편지를 쓰기로 결심했단 말인가, 그는 저녁때 혼자 배회하면서(때로는 어디를 걷고 있는지 자신도 몰랐다) 마음속으로 이렇게 물었다. 어떻게 그 여인이 그런 얘기를 쓸 수 있었을까, 어떻게 그런 미치광이 같은 공상이 그 여인의 머릿속에서 싹틀 수 있었을까? 그러나 이 공상은 이미 뚜렷한 형태를 획득했으며, 그에게 무엇보다 놀라웠던 점은, 이 편지를 읽는 동안 그 자신도 이 공상의 가능성, 심지어 정당성까지 거의 믿게 됐다는 사실이다. 물론 그것은 꿈이고 악몽이고 광기였다. 그러나 거기엔 고통스러우리만큼 진실하고 수난자와도 같이 의로운 그 무엇이 있어, 꿈도 악몽도 광기도 정당화해주고 있었다. 몇 시간 동안 그는 편지 때문에 흡사 몽유병과도 같은 상태에 빠진 채 부분 부분을 끊임없이 떠올렸고, 거기에 오래도록 주의를 기울이며 골똘히 생각하고 또 생각했다. 때로 그는 이 모든 것을 전부터 예감하고 예견해왔다고 자신에게 말하고 싶기까지 했다. 심지어 이 모든 것을 언젠가 아주 오래전에 이미 읽은 것만 같았고, 그때부터 그가 번민하고 고통스러워하고 두려워해온 모든 것—그 모든 것이 이미 오래전에 읽은 적이 있는 이 편지들 속에 고스란히 들어 있는 것만 같았다.

'이 편지를 펼치시면(첫번째 편지는 이렇게 시작했다), 맨 먼저 서명부터 보아주세요. 서명이 당신께 모든 것을 말해주고 해명해줄 테니,

제가 당신 앞에서 그 어떤 변명이나 해명을 할 필요도 없을 겁니다. 만일 제가 조금이라도 당신과 대등하다면, 당신은 저의 이런 무례한 행위에 모욕을 느끼실 수도 있겠지요. 하지만 제가 누구고, 당신이 누구입니까? 우리 두 사람은 그야말로 양극단의 존재이고, 당신 앞에서 저는 사람의 축에도 끼이지 못하니, 설령 제가 원한다 해도 저는 절대로 당신을 모욕할 수 없습니다.'

더 나아가 다른 곳에는 이렇게도 적혀 있었다.

'제 말을 병든 정신의 병적인 열광이라고 여기지는 말아주세요. 하지만 당신은 제게—완전무결함 그 자체이십니다! 저는 당신을 보아왔고 또 날마다 보고 있습니다. 그렇다고 제가 당신을 판단한다는 건 절대 아닙니다. 당신이 완전무결한 존재라는 결론에 도달한 것은 이성으로 판단해서가 아닙니다. 그저 제가 그렇게 확신하게 된 것이지요. 그러나 저는 당신 앞에서 죄인이기도 합니다. 당신을 사랑하고 있으니까요. 완전무결한 존재는 사랑의 대상일 수가 없지요. 완전무결한 존재는 완전무결한 존재로서 오직 바라볼 수만 있을 따름이니까요, 안 그런가요? 그런데도 저는 당신을 향한 사랑에 빠졌습니다. 사랑은 사람들을 대등하게 만든다지만, 불안해하지는 마세요, 저는 가장 은밀한 생각을 할 때조차 당신을 저와 나란히 세운 적이 없으니까요. 저는 당신에게 '불안해하지 마세요'라고 썼지만, 대체 당신이 어떻게 불안해하실 수 있겠습니까?…… 제게 만일 허락만 된다면, 당신의 발자국에 키스라도 하겠습니다. 오, 저는 결코 당신과 대등해질 수 없는 몸입니다…… 서명을 보아주세요, 무엇보다 서명을 보아주세요!'

'그런데 고백하는 바이지만(다른 편지에서 그녀는 이렇게 썼다), 저는 당신을 그분과 결합시키고 싶고, 당신이 그분을 사랑하는지에 대해 아직 한 번도 의문을 품어본 적이 없습니다. 그분은 당신을 단 한 번 보았을 때부터 당신을 사랑하게 됐습니다. 그분은 당신을 마치 '광명'처럼 떠올리곤 했어요. 이것은 그분 자신이 하신 말씀이고, 제가 그분한테서 직접 들은 말입니다. 하지만 그 말이 없었다 해도, 당신이 그분에게 광명이라는 것을 저는 알고 있었어요. 저는 꼬박 한 달을 그분 곁에 살면서, 당신 역시 그분을 사랑하신다는 것을 깨달았습니다. 저에게 당신과 그분은 하나입니다.'

'어찌된 일이시죠(그녀는 또 이렇게 썼다), 어제 제가 당신 곁을 지나갈 때, 얼굴을 붉히시는 것 같더군요. 그게 그저 제 느낌이었을 리는 없겠지요. 하지만 설령 당신을 가장 추잡한 소굴에 끌고 가서 노골적인 악덕과 죄악을 보여준다 해도, 당신이 얼굴을 붉히셔야 할 까닭은 없습니다. 모욕감에 화를 내셔야 할 까닭이 전혀 없다는 말씀입니다. 물론, 비열하고 천박한 인간들을 죄다 미워하실 수는 있겠지요, 그러나 그건 당신 자신을 위해서가 아니라, 그들에게 모욕당하는 다른 사람들을 위해서입니다. 그렇지만 아무도 당신을 모욕할 수는 없습니다. 아시나요, 제 생각에 당신께선 저까지도 틀림없이 사랑해주실 것 같군요. 제게 있어 당신은, 그분에게서와 마찬가지로, 광명의 천사이시거든요. 천사는 사람을 미워할 수 없는 법이며, 사람을 사랑하지 않을 수 없는 존재입니다. 사람이 모든 이를, 모든 사람을, 모든 이웃을 사랑할 수 있을까요? 저는 자신에게 자주 이렇게 물어보곤 합니다. 물론 불가능하고, 심지어 부자연스럽기조차 하지요. 인간은 인류에 대한 추상적인 사랑 속에서 거의 언제나 자기 한 사람만을 사랑하니까요. 하지만 그것이 우리에겐 불가능해도, 당신은 경우가 다릅니다. 당신은 누구와도 비교될 수 없고, 어떠한 모욕이나 어떠한 개인적인 분노에도 초연할 수 있는 분이시니, 그게 누구든 당신께서 어찌 그 사람을 사랑하지 않을 수 있겠습니까? 당신만이 이기심 없이 사랑할 수 있고, 오직 당신만이 자기 자신을 위해서가 아니라 당신이 사랑하고 계신 그분을 위해 사랑할 수 있어요. 오, 만약 당신이 저 같은 것 때문에 수치나 분노를 느끼신다는 걸 제가 알게 된다면, 제 가슴이 얼마나 아플지요! 거기엔 당신의 파멸이 숨어 있습니다. 그렇게 함으로써 당신 자신을 순식간에 저와 나란히 세우게 되는 셈이니 말입니다……

어제 당신을 뵙고 집에 돌아와서 저는 그림 한 폭을 생각해냈습니다. 그리스도를 그릴 때 화가들은 늘 성서에 나오는 이야기를 바탕으로 삼지만, 저는 다르게 그리고 싶습니다. 그리스도 한 분만을 그리고 싶다는 얘기입니다—그분의 제자들도 때로는 스승을 혼자 남겨두곤 했으니까요. 저는 그리스도 곁에 어린아이 하나만을 남겨두겠습니다. 아이는 그리스도 곁에서 놀고 있었죠. 어쩌면 천진난만한 말로 그리스도에게 뭔가를 얘기했고, 그리스도도 아이의 말에 귀를 기울이셨는지 모르지만, 지금은 생각에 잠겨 계십니다. 그분의 손은 자신을 잊은 듯 아이의 금빛 머리 위에 무심히 놓여 있지요. 그리스도는 멀리 지평선을 바라보고 계신데, 눈에는 온누리와도 같이 위대한 사상이 깃들어 있고, 얼굴엔 슬픔이 어려 있습니다. 아이는 잠자코 그분의 무릎 위에 팔꿈치를 세우고 조그만 손으로 볼을 괸 채 고개를 들어, 마치 어린아이가 생각에 잠길 때면 그러듯, 골똘히 생각에 잠긴 눈으로 그분을 빤히 쳐다보고 있습니다. 해는 뉘엿뉘엿 지고 있고요…… 이것이 제가 생각하는 그림입니다! 당신은 티 없이 순결한 분이시고, 그 티 없는 순결함 속에 당신의 완전무결함이 모두 들어 있습니다. 오, 부디 이것만은 기억해주십시오! 당신을 향한 제 열정이 당신에게 무슨 상관이 있겠습니까? 그러나 이제 당신은 이미 제 것이고, 저는 평생토록 당신 곁에 있을 겁니다…… 저는 곧 죽겠지만 말입니다.'

끝으로, 맨 마지막 편지에는 이렇게 쓰여 있었다.

'제발, 저에 대해 어떤 생각도 하지 말아주세요. 그리고 제가 이렇게 당신께 편지를 씀으로써 자신을 비하하고 있다거나, 비록 자존심 때문이라 하더라도 자신을 비하하는 데서 쾌감을 느끼려는 그런 존재들에 속한다고도 생각지 말아주세요. 아니, 제게는 저 나름의 위안이 있습니다. 하지만 그걸 당신께 설명해드리기는 어렵군요. 저 자신에게조차 그걸 분명히 얘기하기 어렵고, 그 때문에 괴롭기도 하니까요. 그러나 저는 비록 자존심의 발작에서일지라도 결코 자신을 비하할 수 없다는 것을 잘 알고 있습니다. 마음이 깨끗하기 때문에 자신을 비하한다는 것 역시 제게는 있을 수 없는 일입니다. 그러니 저는 저 자신을 조금도 비하하지 않습니다.

무엇 때문에 저는 당신들을 결합시키려 할까요, 당신을 위해서일까요, 아니면 저 자신을 위해서일까요? 물론 저 자신을 위해서이지요, 그것으로 제 모든 문제가 해결되니까요, 저는 오래전부터 자신에게 그렇게 말해왔습니다…… 당신의 언니 아젤라이다께서 제 사진을 보고, 이런 아름다움이라면 세상을 뒤엎을 수도 있다고 말씀하셨다는 것을 들었습니다. 그러나 저는 이미 세상을 단념했습니다. 레이스와 보석으로 몸을 장식하고 주정뱅이들과 건달패에 에워싸인 저를 보셨으니, 제게서 이런 말을 들으시면 가소롭겠지요? 하지만 그런 것엔 눈을 주지 마십시오. 저는 이미 거의 존재하지 않는 거나 마찬가지이며, 저 자신도 그걸 알고 있습니다. 제 안에 저 대신 무엇이 살고 있는지는 하느님만이 아십니다. 끊임없이 저를 지켜보는 무시무시한 두 눈에서, 아니 심지어 이 눈이 제 앞에 없을 때도 저는 이 사실을 매일 읽을 수 있습니다. 이 눈은 지금 말이 없지만(그것은 언제나 말이 없습니다), 저는 이 눈의 비밀을 압니다. 그 사람은 음침하고 을씨년스러운 집을 가지고 있고, 그 집 안에도 비밀이 있습니다. 필시 그 사람은 모스크바의 그 살인마처럼, 비단에 싼 면도칼을 서랍에 숨겨두었을 겁니다. 그 살인마 역시 어머니와 한집에 살았고, 누군가의 목을 찌르려고 비단에 면도칼을 싸 가지고 있었다더군요. 제가 그들의 집에 갔을 때 줄곧 이런 생각이 들었습니다, 마루청 아래 어딘가에 그 사람의 아버지가 살아생전에 숨겨둔 시체가 모스크바의 그 시신처럼 유포에 덮인 채 쥬다노프 용액*이 든 유리병들에 에워싸여 있을지 모른다고요. 저는 당신께 그 구석을 가리켜 보일 수도 있을 것만 같습니다. 그 사람은 언제나 아무 말이 없습니다. 하지만 그 사람이 저를 증오하지 않고는 못 배길 정도로 사랑한다는 것을 저는 잘 알고 있어요. 당신의 혼례와 저의 혼례는—동시에 치르기로 해요. 저는 그 사람과 그렇게 하기로 정해두었습니다. 저는 그 사람에게 아무것도 숨기지 않습니다. 어쩌면 두려움 때문에 그 사람을 죽일지도 모르겠습니다…… 하지만 그 사람이 저를 먼저 죽여버리겠지요…… 그 사람은 방금도 한바탕 웃어대더니 제가 잠꼬대 같은 소

* 1840년대 초부터 제조된 강력한 악취제거제.

리를 적고 있다고 하는군요. 그 사람은 제가 당신께 편지를 쓴다는 것을 알고 있습니다.'

그 밖에도 이런 잠꼬대 같은 소리가 이 편지에는 많고도 많았다. 그 중 하나인 두번째 편지는, 큼직한 편지지 두 장이 자잘한 글씨로 가득 차 있었다.

공작은 어제처럼 오랫동안 배회하던 끝에 어두운 공원을 나섰다. 환하고 투명한 밤이 여느 때보다 더 환하게 여겨졌다. '정말 시간이 아직 이렇게 이른가?' 하고 그는 생각했다. (깜박 잊고 시계를 가지고 나오지 않은 것이다.) 어딘가 멀리서 음악소리가 들려오는 듯했다. '역이 틀림없어' 하고 그는 또다시 생각했다. '하지만 오늘은 그 사람들도 분명 거기 가지 않았을 거야.' 이런 생각을 하다가 그는 어느새 그들의 별장 바로 앞에 와 있다는 것을 알아챘다. 그는 자신이 결국엔 이곳으로 오게 될 게 틀림없다는 사실을 알고 있었고, 심장이 죄어드는 것을 느끼면서 테라스로 들어섰다. 그러나 그를 맞아주는 사람은 아무도 없이, 테라스는 휑하니 비어 있었다. 그는 잠시 기다리다가, 홀로 통하는 문을 열었다. '이 문은 닫혀 있을 때가 한 번도 없었는데' 하는 생각이 언뜻 머리를 스쳤으나, 홀 역시 텅 비어 있었다. 홀 안은 거의 칠흑처럼 어두웠다. 그는 어떻게 해야 할지 몰라 방 한가운데 서 있었다. 갑자기 문이 불쑥 열리더니, 알렉산드라 이바노브나가 손에 촛불을 들고 들어왔다. 그녀는 공작을 발견하자 깜짝 놀라며, 묻는 듯한 얼굴로 그의 앞에 멈춰 섰다. 보아하니 그녀는 그저 홀을 지나 다른 쪽 문으로 나가려던 참이었고, 여기서 누구를 만나리라고는 생각조차 못한 모양이었다.

"어떻게 여기에 와 계시죠?" 그녀가 마침내 입을 열었다.

"그저…… 들러본 겁니다……"

"*엄마*는 좀 편찮으세요, 아글라야도 그렇고요. 아젤라이다는 막 잠자리에 드는 참이고, 나도 자러 가는 길이에요. 오늘 우리는 저녁 내내 우리끼리 집에 앉아 있었죠. 아빠와 공작은 페테르부르크에 가 계시고."

"내가 온 건…… 내가 댁에 온 건…… 지금……"

"지금이 몇 시인지 아세요?"

"아-아뇨……"

"열두시 반이에요. 우린 언제나 한시에 잠자리에 들죠."

"아아, 나는…… 아홉시 반밖에 안 된 줄 알았는데."

"괜찮아요!" 그녀가 웃으면서 말했다. "그런데 아까는 왜 안 오셨죠? 당신을 기다렸을지도 모르는데."

"나는…… 그저……" 공작은 말을 더듬거리며 밖으로 나갔다.

"그럼 또 봬요! 내일 식구들을 웃겨줄 일이 생겼군요."

그는 공원을 끼고도는 길을 따라 자기 별장으로 걸음을 옮겼다. 가슴이 방망이질치고, 상념은 어지럽게 뒤얽히고, 주위의 모든 것이 꿈속 같았다. 갑자기, 아까 두 차례나 꿈에서 깨기 직전에 본 환영이, 바로 그 환영이 또다시 그의 눈앞에 나타났다. 바로 그 여인이 마치 여기서 그를 기다리고 있었던 것처럼, 공원에서 나와 그의 앞에 선 것이다. 그는 몸을 흠칫 떨며 걸음을 멈췄다. 그녀는 그의 손을 잡고 으스러지게 꽉 쥐었다. '아니, 이것은 환영이 아니다!'

지금 그녀는 공작과 이별한 후 처음으로, 그와 드디어 얼굴을 마주하고 서 있었다. 그녀는 그에게 뭔가 말했으나, 그는 아무 말 없이 그저 그녀를 바라만 보았다. 가슴이 고통으로 차오르며 격렬하게 아파왔다.

오, 그후로도 그는 그녀와의 이 만남을 절대로 잊을 수 없었고, 그 일을 떠올릴 때마다 늘 똑같은 고통을 느끼곤 했다. 그녀는 실성한 여자처럼 그대로 길바닥에서 그의 앞에 무릎을 꿇었다. 그는 엉겁결에 한 걸음 뒤로 물러섰으나, 그녀는 재빨리 그의 손을 붙잡고 입술을 갖다댔는데, 아까 꿈속에서와 똑같이 지금도 그녀의 기다란 속눈썹에 눈물방울이 반짝이고 있었다.

"일어나요, 일어나!" 그는 그녀를 일으키며 겁에 질린 음성으로 속삭였다. "어서 일어나요!"

"당신은 행복한가요? 행복하죠?" 그녀가 물었다. "한마디만 말해줘요, 당신은 지금 행복하죠? 오늘, 지금 행복한 거죠? 그 아가씨한테 가 있었나요? 그 아가씨가 뭐라던가요?"

그녀는 일어나지도 않고 그의 말을 듣지도 않았다. 마치 쫓기는 사람처럼 그녀는 다급히 물어대며 빠른 소리로 말했다.

"당신이 분부한 대로 나는 내일 떠나요. 나는 다시는…… 지금 마지막으로 당신을 보는 거예요, 마지막으로! 이게 정말 마지막이에요!"

"자, 진정하고 어서 일어나요." 공작은 절망적인 목소리로 말했다.

그녀는 공작의 두 손을 움켜쥔 채, 그의 얼굴을 애타게 바라보았다.

"그럼 안녕히!" 마침내 그녀는 이렇게 말하고 일어나더니, 거의 뛰다시피 하며 종종걸음으로 그에게서 멀어져갔다. 공작은 그녀 옆에 로고진이 불쑥 나타나 그녀의 팔짱을 끼고 데려가는 것을 보았다.

"잠깐만 기다려주게, 공작." 로고진이 소리쳤다. "오 분 뒤에 잠시 돌아올 테니."

오 분 뒤에 그가 정말로 돌아왔다. 공작은 아까 그 자리에서 그를 기다리고 있었다.

“마차에 태워줬네.” 그가 말했다 “저쪽 구석에서 열시부터 마차가 기다리고 있었거든. 그 여잔 자네가 저녁 내내 그 아가씨 집에 있을 거라는 걸 알고 있었지. 아까 자네가 나한테 써 보낸 건 그 여자한테 확실히 전해줬네. 다시는 그 아가씨한테 편지를 보내지 않을 거야. 그러겠다고 약속했으니까. 그리고 자네 소원대로 내일 여길 떠날 걸세. 자네가 거절했지만, 그래도 마지막으로 자넬 보고 싶다고 하더군. 그래서 여기 자네가 돌아가는 길목에서 자넬 기다린 거야, 바로 저기 저 벤치에서.”

“그녀가 자진해서 자넬 데려온 건가?”

“아님 뭐겠나?” 로고진을 이를 드러내 보이며 히죽 웃었다. “나는 내가 이미 알던 것을 눈으로 본 것뿐이야. 자네, 그 편지는 물론 읽어봤겠지?”

“그럼 자네도 정말 그 편지를 읽었다는 건가?” 공작은 이런 생각에 깜짝 놀라며 물었다.

“여부가 있나. 그 여잔 나한테 무슨 편지든 죄다 보여줬으니까. 그 면도칼 운운한 대목도 기억하나, 흐-흐!”

“미쳐버린 여자야!” 공작은 양손을 비비면서 소리쳤다.

“그걸 누가 알겠나, 그렇지 않은지도 몰라.” 로고진이 혼잣말처럼 조용히 말했다.

공작은 아무런 대꾸도 하지 않았다.

“그럼, 잘 있게.” 로고진이 말했다. “실은 나도 내일 떠나네. 나를 나쁘게 기억하진 말게나! 그런데 여보게,” 그가 획 뒤를 돌아다보며 덧붙였다. “왜 자넨 그 여자한테 아무 대답도 하지 않았나, ‘그래 자넨 행복한

가, 아닌가?'"

"아니, 아니, 아니야!" 공작은 한없는 비애를 느끼며 외쳤다.

"'그렇다!'라고 할 리가 없지." 로고진은 한바탕 심술궂게 웃어젖히더니 뒤도 돌아보지 않고 가버렸다.

제4부

I

우리 이야기의 두 등장인물이 초록색 벤치에서 밀회를 가진 뒤 일주일가량이 지났다. 햇살이 밝은 어느 날 아침 열시 반쯤, 자기 지인 중 누군가를 방문하려고 외출했던 바르바라 아르달리오노브나 프치츠이나가 깊은 생각에 잠겨 침울한 표정으로 집에 돌아왔다.

세상에는 그들의 가장 전형적이고 특징적인 면모를 무어라 한마디로 완전히 규정짓기 어려운 사람들이 있다. 이들은 보통 '평범한' 사람들, '대다수'로 불리는 사람들로, 실제로 어느 사회에서나 압도적인 다수를 형성한다. 작가들은 자신의 중·장편소설에서 대개는 사회의 전형을 취해다가 그 모습을 예술적으로 생생히 제시하려고 노력하며—그렇게 제시된 전형의 모습은 현실에서는 대단히 드물게 만날 수밖에 없지만 그런데도 현실 그 자체보다 거의 더 현실적이기조차 하다. 포드콜료신*은 그 전형적인 점에서 어쩌면 과장되기까지 했는지는 모르나, 결코 가공인물은 아니다. 얼마나 많은 수의 현명한 인사들이 고골을 통해 포드콜료신을 알게 되자마자, 자신의 선량한 지인들과 친구들 가운데 수십 명 내지는 수백 명이 포드콜료신과 지독히도 비슷하다는 사실을 알게 되었던가. 고골의 희극이 나오기 전부터 그들은 자기 친구들이 포드콜료신과 같은 인간임을 알고 있었으나, 그런 자들이 이런 이름으로 불린다는 것을 미처 몰랐을 따름이다. 실제로, 혼례를 올리기 직전에 신랑이 창문 밖으로 뛰어내리는 일은 거의 찾아보기 힘든데, 다른 이유야 아예 제쳐두고, 그렇게까지 하는 게 여간 불편한 일이 아니기 때문이다. 그럼에도 불구하고 얼마나 많은 신랑이, 심지어 의젓하고 현명한 사람들조차, 혼례식을 코앞에 두고 자신이 바로 포드콜료신임을 마음속 깊이 인정하고 싶었겠는가 말이다. 물론 세상의 모든 남편이 무슨 일에서나 줄곧 '*네 자업자득이야, 조르주 당댕!*'**이라고 외치지는 않으리라. 하지만, 맙소사, 가슴에서 터져나오는 이 외침이 밀월이 끝난 온 세상 남편들의 입에서 몇백만 번 몇십억 번 되풀이됐겠으며, 또 어쩌면 혼례식 바로 다음날부터 그러고 있는지 누가 알겠는가!

그러므로, 더 심각한 설명으로 빠져들기 않기 위해 그저 다음과 같이 말해두겠는데, 현실에서는 인물의 전형성이 물에 탄 듯 묽어져서, 이러한 조르주 당댕도 포드콜료신도 모두 실제로 존재하고 있고 우리 앞을 날마다 배회하며 돌아다니고는 있으나, 어쩐지 좀 멀게진 느낌이

---

* 고골의 희극 『혼인』의 주인공. 혼인에 엄청난 공포심을 가지고 있으며, 주위 사람들의 활약으로 드디어 혼인이 성사되려는 찰나, 신부의 집 창문을 넘어 달아난다.

** 몰리에르의 희극 『조르주 당댕』에 나오는 대사를 변형한 것이다.

든다는 것이다. 진실에 완벽히 부합하는 설명을 위해 끝으로 한마디, 몰리에르가 창조한 것과 똑같은 조르주 당댕 역시 현실 세계에서 드물게나마 만나볼 수 있다는 점을 말해두고, 잡지평론처럼 되어가기 시작하는 이 논의를 끝내기로 하자. 하지만 그런데도 우리 앞에는 여전히 한 가지 의문이 남는다. 어디까지나 '범용한' 이런 평범한 사람들을 조금이라도 흥미로운 인물로 만들려면, 소설가는 이들을 가지고 무엇을 해야 하며, 독자들 앞에 어떻게 제시해야 할까? 이야기 속에서 이들을 완전히 도외시한다는 건 불가능한 노릇인데, 왜냐하면 이 평범한 사람들이야말로 인생에서 벌어지는 사건들의 연쇄에서 대부분의 경우 언제나 필요불가결한 고리 역할을 하기 때문이다. 따라서 그들을 도외시한다는 것은 개연성의 파괴를 의미한다. 소설을 오로지 선명한 전형적 성격들로 채우거나 혹은 심지어 그저 흥미를 유발하기 위해 실제로 있을 법하지도 않은 기이한 인물들만으로 가득 채운다면, 전혀 현실 같지도 않거니와 아마 재미도 없을 것이다. 우리가 생각하기에, 작가는 평범함 가운데서도 흥미롭고 교훈적인 면을 찾아내려고 노력해야 한다. 그 예로, 어떤 평범한 인물들의 가장 본질적인 특징은 바로 그들의 언제나 변하지 않는 평범함에 있다든가, 혹은 한 걸음 더 나아가, 이 인물들이 어떻게든 평범함과 고착된 틀의 궤도에서 벗어나려고 아무리 죽을 힘을 써도 결국엔 한평생 변함없이 그 틀 안에 머무르고 만다는 사실을 들 수 있는데, 이런 경우에조차, 그들은 그들 나름의 어떤 전형성—즉, 평범한 인간으로서의 전형성을 얻게 되니, 다시 말해, 무슨 일이 있어도 자기 자신 그대로 머무르려 하지 않고, 그럴 만한 아무런 자질도 없으면서 독창적이고 독자적인 인간이 되고자 발버둥치는 데에 범인凡人으로서의 특징이 있는 것이다.

바로 이 '범용'하거나 '평범'한 사람의 범주에는 아직 독자들에게 충분히 설명하지 못한(이 점은 나도 인정한다) 우리 소설의 몇몇 등장인물도 속한다. 다름 아닌 바르바라 아르달리오노브나 프치츠이나와 그녀의 남편인 프치츠인 씨, 그리고 그녀의 오빠인 가브릴라 아르달리오노비치가 그들이다.

사실, 예컨대 돈도 있고 가문도 번듯하고 용모도 상당하고 교육도 나쁘지 않게 받았고, 꽤나 영리한데다 선량하기까지 하지만, 다른 한편으로는 아무런 재능이나 특성도 없고 심지어 어떤 괴벽마저 없을뿐더러 자신만의 사상이라고는 없이 그저 철저하게 '남들과 다를 바 없는' 인간이라는 것만큼 애석한 일도 없다. 재산은 있지만 로트실트 정도는 아니고, 존경할 만한 가문이긴 하나 그 무엇으로도 이름을 떨친 적이 없고, 용모도 상당하나 표정이 아주 빈약하고, 교육도 그럴듯하게 받았지만 그걸 어디다 사용해야 할지 알지 못하고, 머리는 있으나 자신의 사상이 없고, 인정은 있으나 관대하진 못하고 등등, 모든 게 이런 식이다. 세상에는 이런 사람들이 대단히 많으며, 심지어 우리가 생각하는 것보다도 훨씬 많다. 이들은 다른 모든 사람과 마찬가지로 두 가지 주된 부류로 나뉜다. 하나는 시야가 좁은 사람들이고, 또하나는 '훨씬 영리한' 사람들이다. 이들 중 첫번째 부류가 더 행복하다. 시야가 좁은 '평범'한 사람에겐 이를테면 자신을 비범하고 독창적인 사람이라 여기고 아무런 주저 없이 그것을 즐기는 일만큼 쉬운 게 없다. 우리 러시아의 일부 양갓집 아가씨들은, 그저 머리를 짧게 자르고 푸른 안경을 쓰고 자신을 니힐리스트라고 부르고 나서서는, 그렇게 안경을 쓰는 것만으로도 곧

바로 자기 자신의 '신념'을 획득한 것처럼 확신해버린다. 어떤 이는, 그저 자신의 마음속에서 무슨 인간보편적인 선량한 감정을 단 한 방울이라도 느끼기만 하면, 자신처럼 느끼는 사람은 그 누구도 없으며 오로지 자기야말로 사회발전의 선구자라고 이내 확신해 마지않는다. 어떤 이는 무슨 사상이라는 것을 무턱대고 받아들이거나 무슨 책의 한 페이지를 밑도 끝도 없이 잠시 훑어보고는, 그것이 '자기 자신의 사상'이며 자기 자신의 뇌에서 생겨났다고 곧바로 믿어버린다. 만약 이렇게 불러도 좋다면, 이 순진한 교만은 이런 경우, 놀라운 지경에까지 이른다. 이런 일은 모두 도저히 일어날 수 없을 것같이 생각되지만, 실은 언제나 쉽게 볼 수 있다. 이 순진한 교만, 자신과 자신의 재능을 추호도 의심치 않는 어리석은 인간의 이 신념은 고골이 그려낸 놀라운 전형인 피로고프 중위*에게서 탁월하게 제시되었다. 피로고프는 자신이 천재이고 심지어 모든 천재보다 더 높은 곳에 서 있음을 의심조차 하지 않으며, 그 사실을 눈곱만큼도 의심하지 않는 탓에 그런 의문을 자신에게 제기하는 일마저 전혀 없다. 하기야 그에겐 의문이라는 것 자체가 아예 존재하지 않는다. 대문호 고골은 독자들의 모욕당한 도덕감을 만족시키기 위해 마침내 피로고프에게 호된 매질을 가해야 했지만, 이 위대한 사내가 그저 몸을 흠칫 떨었을 뿐, 고문에 지친 몸에 원기를 보충하기 위해 반죽을 얇게 밀어서 구운 작은 피로그** 하나를 날름 먹어치우는 것을 보자, 어이없다는 듯 두 팔을 벌려 보이며 독자들을 그 상황 속에 그냥

---

* 고골의 소설 「넵스키 대로」의 주인공.

** 얇게 편 밀가루 반죽에 고기나 생선, 야채 등을 넣고 구운 러시아 전통 요리. 피로고프의 이름에는 피로그의 스펠링이 들어 있다.

버려둘 수밖에 없었다. 나는 위대한 피로고프가 그처럼 낮은 관등에 있을 때 고골에게 징발됐다는 사실에 늘 안타까움을 금치 못했는데, 왜냐하면 피로고프는 대단한 자기만족에 빠진 인물인지라, 한 해 한 해 '승진 궤도를 따라 올라가면서' 그의 어깨를 감싸고 있는 견장이 더욱 두꺼워질 것이고 그리하여 마침내 굉장한 존재, 이를테면 사령관이 될 수 있으리라고 공상하는 것쯤이야 식은 죽 먹기보다 쉬웠을 테니 말이다. 아니, 공상하는 정도가 아니라, 그야말로 믿어 의심치 않았을 것이니, 장군으로 승진하는 이상, 사령관으로 임명되지 못할 게 뭐 있겠는가? 그리고 이런 인물 중 얼마나 많은 자가 나중에 전쟁터에서 무서운 실패를 저지르고 마는가? 또 우리의 문인들, 학자들, 계몽의 사도들 가운데 얼마나 많은 피로고프가 있었던가? 나는 '있었던가'라고 말하지만, 물론 지금도 그런 인간들은 있다……

우리 이야기의 등장인물인 가브릴라 아르달리오노비치 이볼긴은 두 번째 부류에 속했다. 그는 머리끝에서 발끝까지 독창성에 대한 열망에 온통 감염돼 있긴 해도, '훨씬 더 영리한' 사람들의 부류에 속하는 인물이었다. 그러나 이 부류는, 이미 앞에서도 지적했다시피, 첫번째 부류보다 훨씬 불행하다. 그도 그럴 것이, 영리한 '범인'이 설령 얼마 동안(혹은 한평생일지도 모른다) 자신을 천재적이고 더없이 독창적인 사람이라 상상한다 할지라도, 그래도 마음 한구석엔 의혹의 애벌레가 숨어 있는 탓에 더러는 그것이 이 영리한 인간을 절망의 구렁텅이에 영영 빠뜨려버리곤 하며, 비록 그가 운명에 순응한다 해도, 마음속 깊이 박혀버린 허영심이 이미 그를 완전히 중독시켰기 때문이다. 그렇지만 아무래도 너무 극단적인 예를 든 듯싶다. 이 영리한 부류에 속하는 사람들의 절대다수에겐 결코 그처럼 비극적인 일이 일어나지 않는다. 그저 말년에 이르러 간장이 다소 나빠질 뿐, 그게 전부니까. 하지만 그렇다 해도 마음을 가라앉히고 운명에 복종하기까지, 이 부류의 인간들은 젊은 시절부터 인생의 순종적인 만년에 이르도록 더러 어리석기 그지없는 몸부림을 대단히 오랫동안 치곤 하는데, 이 모두가 독창성에 대한 열망 때문이다. 심지어 아주 해괴한 경우도 있어서, 독창성을 열망한 나머지 원래 정직한 인간이면서도 비열한 행위조차 마다하지 않는 사람도 있다. 더구나 이 불행한 사람들 가운데 어떤 이는 정직할 뿐 아니라 선량하기까지 하고, 자기 집안에선 신과 같은 존재로서 자신의 노동으로 자기 가족은 물론이고 타인까지 부양하며 먹여 살리지만, 그런데도 어떤가? 한평생 마음의 평안을 얻을 수가 없다! 그에겐 자기가 인간으로서의 의무를 그처럼 훌륭히 수행했다는 생각이 조금이라도 마음을 달래주거나 위로해주긴커녕, 오히려 정반대로, 초조하게 만든다. '아아, 어디다 내 인생 전부를 허비하고 말았는가, 이 일들이 내 손발을 묶어 내가 화약을 발명하는 것을 방해해버렸다! 이따위 일들만 아니었다면, 나는 아마도 틀림없이 화약을 발명했거나 아메리카를 발견했을 것이다—그게 무엇인지는 아직 정확히 모르지만, 어쨌든 무엇인가를 발명했거나 발견했을 것만큼은 틀림없다!' 이런 양반들의 가장 두드러진 특징은, 자기들이 대체 무엇을 발명하고 발견해야 하는 것인지, 한평생 대체 무엇을 발명하고 발견하고자 하는 것인지, 화약인지 아메리카인지, 죽는 날까지 실제로 전혀 깨닫지 못한다는 데 있다. 하지만 그와 같은 위업에 대한 고뇌와 갈망만큼은 실로 콜롬보나 갈릴레이보다 못하지 않으리라.

가브릴라 아르달리오노비치의 인생도 바로 이런 식으로 펼쳐지기 시작했으나, 아직은 시작에 불과했다. 그는 앞으로도 오랫동안 어리석은 몸부림을 쳐야 할 터였다. 자기에겐 재능이 없다는 심각하고 끊임없는 자각과 함께 자신이 더없이 독립적인 인간임을 확신하고 싶은 억제할 수 없는 욕망은 그가 아직 소년이나 다름없었을 때부터 마음에 심한 상처를 입혔다. 그는 선망심이 강하고 돌발적인 욕망을 가진 젊은이로, 아마도 태어날 때부터 몹시 과민한 신경을 가진 듯했다. 자신의 욕망이 돌발적인 것을 그는 그 욕망이 그만큼 강하기 때문이라고 여겼다. 두각을 나타내고 싶다는 강렬한 욕망 때문에 그는 때로 무분별하기 짝이 없는 도약을 시도하려고도 했다. 그러나 막상 그러한 무분별한 도약을 단행할 때가 되면, 우리의 주인공은 그것을 결행하기엔 지나치게 영리하다는 사실이 늘 드러나는 것이었다. 이것이 그를 죽도록 괴롭혔다. 아마도 그는 자신이 꿈꾸고 있는 어떤 것을 이룰 수만 있다면, 경우에 따라서는 아무리 비열한 짓이라도 결행할 용의가 있었는지 모른다. 그러나 정작 그러한 경계선에 이르게 되면, 극단적으로 비열한 행위를 하기에는 그가 지나치게 정직하다는 것이 언제나 판명되곤 했다. (하지만 대수롭지 않은 비열한 행위라면 언제든 응할 준비가 돼 있었다.) 그는 자기 집안의 가난과 영락을 혐오와 증오에 찬 눈으로 바라보았다. 심지어 어머니마저 경멸적인 태도로 대하며 거만하게 내려다보았으나, 그래도 어머니의 평판과 성격이 지금으로선 자신의 출세를 위한 주요한 버팀목이 되고 있다는 사실을 아주 잘 알고 있었다. 예판친의 집에 처음 발을 들여놓았을 때도 그는 즉시 이렇게 다짐했다. '비굴하게 굴 거면 끝까지 비굴하게 굴자, 그게 이익이 되기만 한다면.' 하지만—

끝까지 비굴하게 군 적은 거의 한 번도 없었다. 그런데 왜 그는 반드시 비굴하게 굴어야만 한다고 생각했을까? 그는 그때 아글라야한테 아주 호되게 당하고도 그녀와의 관계를 깨끗이 끊지 못하고 만일의 경우를 위해 질질 끌어가고 있었는데, 그러면서도 그녀가 콧대를 꺾고 자기 따위를 상대하리라고 진지하게 믿어본 적은 한 번도 없었다. 그후 나스타시야 필립포브나와의 혼담이 오가자, 갑자기 그는 돈이면 모든 것을 이룰 수 있다는 생각을 품었다. '비열하게 굴려면, 아주 비열하게 구는 거다.' 그는 그때 자기만족감에서 매일같이 이렇게 되뇌었지만, 거기엔 공포도 어느 정도 들어 있었다. '이왕 비열하게 굴 바엔, 끝까지 그렇게 가는 거다.' 그는 쉴새없이 자신을 채찍질했다. '얼치기들은 이런 경우 겁을 먹겠지만, 우리는 겁 같은 거 모른다!' 아글라야를 잃은데다가 여러 가지 상황에 짓눌려 있던 그는 완전히 기가 꺾여, 그 돈을, 그 미친 사내가 그 미친 여자에게 가져왔고 그 미친 여자가 그때 자기한테 내동댕이쳤던 그 돈을, 정말로 공작에게 가져갔다. 그후 그는 돈을 돌려준 일을 천 번이나 후회하면서도 한편으로는 줄곧 자랑스럽게 여겼다. 그는 그때 공작이 페테르부르크에 머물던 사흘간을 울면서 보냈지만, 이 사흘 사이에 이미 공작을 증오하게도 됐는데, 그만한 돈을 돌려주는 것은 '아무나 할 수 있는 일이 아님'에도 불구하고, 공작이 너무나 동정한다는 눈으로 그를 바라보았기 때문이다. 그러나 자신의 모든 번민은 오로지 끊임없이 짓밟히는 허영심 때문이라는, 존경할 만한 자기 인식도 그를 무섭게 괴롭혔다. 이미 오랜 시간이 지난 뒤에야, 그는 아글라야처럼 순수하고도 기묘한 존재와의 관계가 얼마나 진지한 방향으로 나아갔을 수도 있었는가를 비로소 분명하게 판단하고 깨달을 수 있었다. 후회가 그의 심장을 물어뜯었다. 그는 직장도 팽개치고 우수와 번민 속에 파묻혀버렸다. 그는 부모와 함께 프치츠인에게 얹혀살았는데, 한편으로는 매부의 조언에 따르고 거의 언제나 자기 쪽에서 조언을 청할 정도로 분별 있는 태도를 취하면서도, 노골적으로 그 매부를 경멸했다. 가브릴라 아르달리오노비치는, 예를 들어, 프치츠인이 로트실트가 되려는 생각이 없고 그런 목표를 세우지도 않는다는 데 분개하고 있었다. "이왕 고리대금업을 하는 이상, 철저하게 하란 말이야, 사람들을 쥐어짜서 그들의 피와 살로 돈을 찍어내는 거야, 강한 성격이 되라고, 유대인의 왕이 돼보라니까!" 프치츠인은 겸손하고 말수가 적었다. 그는 그저 빙긋이 웃기만 했으나, 그래도 한번은 가냐에게 이 문제에 대해 진지하게 밝혀둘 필요가 있다고 느끼고, 일종의 위엄까지 보여주며 그것을 실행에 옮긴 적이 있었다. 그는 가냐에게, 자기는 어떤 비양심적인 일도 하고 있지 않다, 그러니 자신을 유대인이라 부르는 것은 부당하다, 만약 돈값이 그렇게 높다면 그건 자신의 잘못이 아니다, 자기는 성실하고 정직하게 행동하고 있으며, 실제로 자기는 '이' 사업 분야에서 일개 대리인에 불과하다, 그러면서 끝으로, 업무상의 정확성 덕분에 자기는 최고로 훌륭한 인사들에게까지 아주 좋은 면으로 이미 잘 알려져서 자신의 사업도 점점 더 확장되고 있다고 증언했다. "로트실트는 되지 않을 걸세, 그럴 필요도 없고." 그는 웃으면서 이렇게 덧붙였다. "리체이나야 거리에 집이나 한 채 장만하겠네, 어쩌면 두 채까지도, 그걸로 끝낼 셈이야." '하지만 누가 알아, 혹시 세 채가 될지도!' 하고 그는 속으로 생각했으나, 이 꿈을 한 번도 입 밖에 내지 않고 가슴속에 고이 숨겨두었다. 자연은 이런 사람들을 사랑하고 귀여워하는 법이다.

자연은 프치츠인에게 세 채가 아닌 네 채의 집으로 보상해줄 게 틀림없으니, 왜냐하면 그는 아주 어릴 적부터, 자기가 결코 로트실트가 되지 못하리라는 것을 이미 잘 알고 있었기 때문이다. 그 대신 네 채가 넘는 것은 자연도 절대 허용하지 않을 것이며, 프치츠인의 일은 그 정도로 끝맺게 될 것이다.

가브릴라 아르달리오노비치의 누이동생은 완전히 다른 성미를 가진 인물이었다. 그녀 역시 강렬한 욕망을 지니고 있었으나, 그것은 돌발적이라기보다 집요하다고 할 수 있었다. 그녀는 무슨 일이 마지막 한계에 도달하게 되면 대단한 분별력을 보여주곤 했는데, 하지만 그러기 이전에도 분별력이 그녀를 떠난 적은 없었다. 사실 그녀는 독창성을 꿈꾸는 '평범'한 사람 중 한 명이었으나, 그래도 자기에겐 일말의 특별한 독창성도 없다는 사실을 아주 일찍 깨달을 수 있었고, 그것 때문에 지나치게 상심하지도 않았는데—하지만 누가 알겠는가, 어쩌면 이 역시 특별한 자부심에 기인하는 건지도 모른다. 그녀는 프치츠인 씨와 혼인함으로써, 비상한 결단력을 가지고 실제적인 방향으로 첫걸음을 내디뎠다. 그러나 혼례를 올리면서도 그녀는 '비굴하게 굴려면 끝까지 비굴하게 굴자, 목적을 이루면 그만 아닌가'라는 말을 자신에게 결코 하지 않았는데, 만약 가브릴라 아르달리오노비치가 그와 같은 처지에 놓였다면 분명 잊지 않고 그런 소리를 되뇌었을 것이다(사실 오빠로서 누이의 결정에 찬성해줄 때, 그는 그녀를 앞에 두고서도 이 말을 그냥 내뱉을 뻔했다). 오히려 이와 정반대로, 바르바라 아르달리오노브나는 자기 미래의 남편이 겸손하고 상냥하고 거의 교양까지 갖춘데다 크게 비열한 행동은 절대 하지 않을 거라는 분명한 확신이 선 다음에야 그와 혼인했다. 대수롭지 않은 비열한 짓에 대해선 바르바라 아르달리오노브나도 문제삼지 않았으니, 그런 사소한 일들도 하지 않는 사람이 과연 어디 있으랴? 이상만을 추구할 수는 없지 않은가! 게다가 그와 혼인하면 부모 형제에게 거처를 마련해줄 수 있다는 사실을 그녀는 알고 있었다. 오빠가 불행에 빠진 것을 보자, 그녀는 이전에 식구들 사이에 있었던 불화를 다 잊고 오빠를 돕고 싶었다. 프치츠인은 이따금, 물론 허물없는 태도로, 가냐에게 다시 직장으로 돌아가라고 재촉했다. "자넨 무턱대고 장군이나 장군 계급을 우습게 보지만" 하고 그는 가냐에게 가끔 농담처럼 말했다. "두고 보게, '그 사람들'은 다들 자기 차례가 되면 장군이 될 테니까. 자네도 살다보면 알게 되겠지." '어째서 내가 장군이나 장군 계급을 우습게 본다는 걸까?' 가냐는 씁쓸한 마음으로 혼자 생각했다. 바르바라 아르달리오노브나는 오빠를 돕기 위해 자신의 활동 범위를 넓히기로 결심했다. 그녀는 예판친가에 드나드는 데 성공했는데, 어린 시절의 추억이 여기에 많은 도움을 주었다. 그녀도 오빠도 아직 어렸을 적엔 예판친가의 딸들과 함께 놀곤 했기 때문이다. 여기서 말해두지만, 만약 바르바라 아르달리오노브나가 예판친가에 드나들면서 무슨 대단한 꿈을 좇고 있었다면, 그건 자신도 그 일원이라고 그녀 스스로 생각하던 사람들의 부류에서 즉시 탈퇴한다는 의미로 볼 수 있을 것이다. 하지만 그녀는 꿈을 좇고 있지 않았다. 여기엔 오히려 그녀 나름의 상당히 근거 있는 계산이 놓여 있었으며, 그 근거가 되어준 것은 이 가족의 성격이었다. 특히 아글라야의 성격에 대해선 지칠 줄 모르고 연구해오던 바였다. 그녀의 목적은 오빠와 아글라야, 이 두 사람의 관계를 다시 되돌려놓는 데 있었다. 어쩌면 그녀는 이 방면에서 실제로 뭔가를 이루어냈는지도 모른다. 또 어쩌면 예컨대 오빠에게 너무 많은 기대를 건 나머지, 오빠로서는 도저히 해줄 수 없는 것을 요구함으로써 오류를 범하고 있었는지도 모르겠다. 아무튼 그녀는 예판친가에서 꽤나 교묘하게 행동했다. 몇 주일 동안이나 오빠 얘기는 한마디도 꺼내지 않았고, 늘 대단히 정직하고 성실하게 굴었으며, 소탈하면서도 품위 있게 처신했다. 마음속 깊은 곳의 양심에 대해 말하자면, 자신의 양심을 들여다보기가 전혀 두렵지 않았고, 자신을 비난할 일 또한 전혀 없었다. 이것 역시 그녀에게 힘을 주었다. 다만 한 가지, 이따금 자신에게서 느끼는 점은, 자기도 화를 잘 내는 것 같고, 자기도 자존심이, 아니, 오히려 억눌려온 듯한 허영심이 아주 강하다는 사실이었다. 어떤 순간엔 이 점을 특히 분명하게 느끼곤 했는데, 예판친가에서 돌아올 때는 거의 언제나 그랬다.

그래서 그녀는 지금도 그들의 집에서 돌아오는 길이었고, 앞에서 이미 말했듯, 깊은 생각에 잠긴 침울한 표정이었다. 이 침울한 표정에서는 뭔가 씁쓸하고 냉소적인 것이 엿보였다. 프치츠인이 파블롭스크에서 사는 집은 먼지가 많은 한길가에 서 있는, 볼품은 없지만 꽤나 널찍한 목조 건물로, 그는 머지않아 완전히 자기 소유로 넘어올 이 집을 벌써부터 누군가에게 팔려고 나선 참이었다. 현관 계단을 올라가면서 바르바라 아르달리오노브나는 위층에서 나는 심상찮은 소음을 듣고, 그게 오빠와 아빠가 내지르는 고함소리라는 걸 알아챘다. 홀 안으로 들어간 그녀는, 미친듯 격분해서 낯이 새파래진 가냐가 자신의 머리털을 쥐어뜯다시피 하며 방안을 앞뒤로 뛰어다니는 것을 보고는, 미간을 찌푸리며 모자도 벗지 않은 피곤한 모습으로 소파에 몸을 내려놓았다. 만약 이런 때 자기가 일 분쯤 계속 입을 꾹 다물고 오빠에게 왜 그렇게 뛰어다니느냐고 묻지도 않는다면 그가 틀림없이 화를 내리라는 걸 아주 잘 아는 까닭에, 마침내 바랴는 얼른 입을 열어 물어보았다.

"별일 없지?"

"지금 별일 없느냐고!" 가냐가 버럭 소리를 질렀다. "별일 없다니! 아니, 젠장, 지금 무슨 일이 일어나고 있는지 알기나 해? 이건 별일 없는 게 아니란 말이다! 노인네는 아예 미치광이가 돼가고…… 어머닌 울부짖고. 정말이지, 바랴, 네가 어떤 생각인지 모르지만, 나는 노인네를 집에서 내쫓아버리든지, 아니면…… 아니면 내가 나가버릴 테다." 그는 아마도 남의 집에서 사람을 내쫓을 수는 없다는 걸 상기했는지, 이렇게 덧붙였다.

"너그럽게 봐줘야지." 바랴가 중얼거렸다.

"뭘 너그럽게 봐줘? 누구를?" 가냐는 핏대를 세웠다. "노인네의 그 비열한 짓을? 안 돼, 너는 어떨지 몰라도 그렇게는 안 돼! 안 돼, 안 돼, 안 된다고! 게다가 무슨 이딴 식이 다 있냐, 자기가 잘못한 주제에 오히려 큰소리를 치고 있으니. '대문으로 들어가기 싫으니, 울타리를 부숴버려라!'* 이거지…… 넌 왜 그러고 앉아 있냐? 얼굴이 말이 아니잖아?"

"얼굴이 얼굴이지, 뭐." 바랴가 퉁명스럽게 말했다.

가냐는 그녀의 얼굴을 더욱 유심히 들여다보았다.

"거기 갔다 왔어?" 그가 불쑥 물었다.

"거기."

---

* 작은 일을 피하기 위해 큰 문제를 만든다는 뜻의 러시아 속담.

"잠깐만, 또 고함을 지르는군! 이게 무슨 창피냐, 더구나 이런 때에!"

"이런 때라니? 그렇게 특별한 때라는 건 없어."

가냐는 더욱더 유심히 누이동생을 살펴보았다.

"뭐라도 알아냈어?" 그가 물었다.

"적어도 뜻밖의 일은 아냐. 모든 게 사실이라는 걸 알아냈을 뿐이지. 남편이 우리 두 사람보다 더 옳았어. 그이가 처음부터 예언한 그대로 됐으니까. 그이는 어딨어?"

"집에 없어. 그래 뭐가 어떻게 됐는데?"

"공작이—정식 약혼자가 됐어, 아주 결정된 일이래. 언니들한테 들은 얘기지만, 아글라야도 승낙했대. 이젠 숨기려 하지도 않더라고. (그 집에선 지금까지 뭐든 아주 쉬쉬하고 그랬잖아.) 아젤라이다의 혼례는 또 연기됐어, 두 혼례를 같은 날 함께 올리기 위해서지—정말 시적이야! 정말이지 시와 비슷하잖아. 오빠도 공연히 방안을 뛰어다닐 게 아니라 혼인 축시라도 한 수 지어봐. 오늘 저녁에 벨로콘스카야가 그 집에 온대, 아주 제때에 도착한 거지. 손님들도 올 거래. 공작은 벨로콘스카야와 이미 안면이 있는 사이이지만, 정식으로 소개시키고 공개적으로 약혼을 발표하나봐. 다만 공작이 손님들이 있는 방안으로 들어오다 무엇을 떨어뜨리거나 깨뜨리진 않을까, 아니면 자신이 넘어지진 않을까, 그게 걱정되는 모양이야. 그 사람에겐 있을 수 있는 일이니까."

가냐는 바싹 주의를 기울이며 끝까지 들었으나, 그에게 충격적이리라 믿었던 이 소식이 그리 강렬한 인상을 전혀 주지 못한 것 같아서 누이동생은 깜짝 놀랐다.

"그야 뭐, 처음부터 분명한 일이었으니까." 그는 잠시 생각하다가 이렇게 말했다. "이제 끝난 거로군!" 걸음걸이가 훨씬 조용해지긴 했으나 여전히 방안을 오락가락하면서, 그는 어딘가 묘한 웃음을 띤 채 능청스러운 눈으로 누이의 얼굴을 힐끔거리며 덧붙였다.

"오빠가 이 얘길 철학자처럼 받아들이니 다행이네. 한결 마음이 놓여." 바랴가 말했다.

"어깨에서 무거운 짐을 벗어던진 셈이지, 적어도 너는."

"나는 그래도 오빠를 위해 성심껏 애써왔다고 생각해, 뭐라고 내 생각을 말하지도 않고 이것저것 성가시게 묻지도 않으면서. 오빠가 아글라야한테서 어떤 행복을 찾으려 하는지조차 묻지 않았잖아."

"하지만 내가 과연…… 아글라야한테서 행복을 찾고 있었던 걸까?"

"아이, 제발 철학으로 빠지진 말아줘! 물론, 그랬지. 하지만 끝났어, 우리도 이제 그만해, 바보 노릇을 한 거니까. 솔직히 말해, 나는 한 번도 이 일을 뭔가 진지한 것으로 생각해본 적이 없어. 그저 '만일의 경우를 위해', 아글라야의 괴상한 성격에 기대를 걸고 이 일을 시작한 거지만, 무엇보다 오빠를 위로해주고 싶었던 거야. 아무튼 실패할 확률은 구십 퍼센트였지. 나는 오빠가 무엇을 얻으려고 했는지, 그것조차 아직 모르겠어."

"이제 너희 부부는 나를 일자리로 내몰려 들겠구나. 끈기니 의지력이니, 그리고 작은 것이라도 하찮게 여겨서는 안 된다느니 어쩌니 하며 설교를 늘어놓을 테지. 훤히 알고 있어." 가냐는 껄껄대며 웃기 시작했다.

'뭔가 또다른 꿍꿍이 속셈이 있는 거야!' 하고 바랴는 생각했다.

"그래 거긴 어때—좋아들 하고 있냐, 부모들 말야?" 가냐가 불쑥 물었다.

“아-아니, 그런 것 같지도 않아. 그거야 오빠도 짐작이 갈 텐데. 이반 표도로비치는 만족하고 있지만, 어머니는 걱정이 되나봐. 전부터 딸의 남편감으론 꺼림칙하게 여겼다는 거야 다 아는 일이잖아.”

“그 얘기가 아냐. 남편감으론 불가능하고 생각할 수조차 없다는 거야 뻔하지. 나는 지금 상황을 묻는 거야, 지금 거긴 어때? 그 여자가 정식으로 승낙한 거냐?”

“지금까지 ‘싫다’고 하진 않았대—그게 다야. 하지만 그 이상의 대답을 기대할 수는 없었겠지. 알잖아, 전부터 정말 어이없을 정도로 그 여자가 얼마나 내성적이고 부끄럼이 많은지. 어릴 적엔 그저 손님들 앞에 나가지 않으려고 옷장 속으로 기어들어가 두세 시간씩 꼼짝 않고 들어앉아 있곤 했다니까. 지금도 키만 멀대같이 자랐지 그때와 똑같아. 있잖아, 어쩐지 내 생각엔, 여기엔 정말로 어떤 진지한 감정이 있는 것 같아, 심지어 그 여자 쪽에서도. 그 여자는 자기 마음속을 드러내지 않으려고 아침부터 밤까지 있는 힘을 다해 공작을 비웃지만, 남몰래 공작에게 뭔가 매일같이 속삭여주는 게 틀림없대, 공작의 얼굴이 마치 하늘을 거닐기라도 하듯 환히 빛나는 것만 봐도 그렇다나…… 그 꼴이 정말 웃긴다는 거야. 모두 그 집 사람들한테서 직접 들은 얘기야. 하지만 어쩐지 그 사람들, 그 언니들이 맞대놓고 나를 비웃고 있다는 생각이 들기도 했어.”

가냐는 마침내 얼굴을 찌푸리기 시작했다. 바랴는 오빠의 본심을 떠보고 싶어 일부러 이 문제에 그렇게까지 깊이 들어간 것인지도 모른다. 하지만 위층에서 또다시 고함소리가 들려왔다.

"내 저 노인네를 내쫓고야 말 테다!" 분통을 터뜨릴 기회가 와서 반갑다는 듯이 가냐는 고래고래 소리를 질렀다.

"그랬다간 또 어제처럼 우리 얼굴에 먹칠을 하며 사방팔방 돌아다닐걸."

"뭐? 어제처럼? 어제처럼이라니, 무슨 말이야? 그럼 정말……" 갑자기 가냐는 대경실색했다.

"아니, 맙소사, 그럼 오빤 정말 몰라?" 바랴는 문득 생각났다는 듯이 물었다.

"어떻게…… 그럼 노인네가 거기 갔었다는 게 사실이냐?" 가냐는 수치심과 분노에 얼굴이 벌겋게 돼서 소리쳤다. "맙소사, 그래 너는 거기서 돌아오는 길이지! 뭘 좀 알아냈니? 노인네가 거길 갔던 거야? 간 거야, 안 간 거야?"

그러면서 가냐는 문 쪽으로 달려갔다. 바랴는 그에게 달려들어 두 손으로 그를 붙잡았다.

"왜 그래? 아니, 어딜 가려고?" 그녀가 말했다. "지금 아버지를 내쫓으면, 이 사람 저 사람 다 찾아다니며 더 창피한 짓을 저지를 거야!……"

"노인네가 거기서 무슨 짓을 한 거냐? 무슨 소릴 지껄였느냐고?"

"그 사람들도 잘 알아듣지 못해서 제대로 얘길 못하더라. 어쨌든 다들 몹시 놀랐나봐. 아버지는 이반 표도로비치를 찾아갔다가 그가 없으니까 리자베타 프로코피예브나를 만나겠다고 했대. 처음엔 취직을 하겠다고 부인에게 일자리를 부탁하다가 나중엔 우리, 그러니까 우리 부부와 특히 오빠에 대해 푸념을 쏟아놓기 시작하면서…… 무슨 소릴 잔뜩 늘어놨다던데."

"자세히 알아보진 못했어?" 가냐는 히스테리라도 일으킨 듯 몸을 후들후들 떨었다.

"어떻게 알아봐! 아버지 자신도 자기가 무슨 말을 하는지 잘 몰랐을 텐데, 하긴 그 집 사람들이 나한테 전부 다 얘기하지 않았을 수도 있어."

가냐는 머리를 움켜쥐고 창가로 달려갔다. 바랴는 다른 창가에 가서 앉았다.

"아글라야가 웃겨." 그녀가 갑자기 입을 열었다. "나를 불러세우고는, '부모님께 각별한 존경의 뜻을 전해주세요. 기회 닿는 대로 며칠 안에 꼭 아버님을 찾아뵐게요'라고 말하더라고. 그것도 아주 정색을 하고서. 참 이상한 일이야……"

"조롱하는 거 아냐? 조롱하는 거?"

"그렇지가 않아. 그래서 이상하다는 거지."

"그 여자가 노인네 일을 아는 걸까 모르는 걸까, 네 생각은 어때?"

"그 집 사람들은 아무도 몰라, 그건 분명해. 하지만 오빠 말을 듣고 나니, 아글라야는 어쩌면 알고 있을 것도 같아. 아글라야 혼자만 안다고 추측한 건, 그 여자가 그렇게 정색하고 아버지에게 안부를 전해달라고 하자 언니들 역시 깜짝 놀라는 눈치였으니까. 그리고 왜 하필 아버지에게 그런 걸까? 만약 그 여자가 알고 있다면, 그건 공작이 얘기해준 거야!"

"누가 얘기해줬는지, 그까짓 거 알아내는 건 문제도 아냐! 도둑놈! 이젠 아주 도둑질까지 하는군. 우리 집안에 도둑이 있다니, 그것도 '일가의 가장'께서!"

"아니, 무슨 그런 소릴 해!" 바랴는 화를 발끈 내며 소리쳤다. "취중에 벌어진 일일 뿐이잖아. 그리고 누가 이런 일을 꾸몄는데? 레베제프와 공작…… 그분들이야말로 아주 잘나셨지, 대단히 현명하신 작자들이라고. 나는 이번 일은 별것 아니라고 봐."

"노인네는 도둑에다 주정뱅이," 가냐는 울화가 치민 소리로 말을 이었다. "나는 거지에, 매부는 고리대금업자—아글라야는 속으로 아주 솔깃했겠군! 두말하면 잔소리지, 이렇게 멋진데!"

"고리대금업자인 그 매부가 오빠를……"

"먹여 살린다, 이거지? 제발, 내 눈치 볼 것 없다."

"왜 화를 내는 거야?" 바랴는 문득 생각난 듯이 이렇게 말했다. "오빠는 아무것도 몰라, 초등학생이나 다름없어. 오빠는 이런 일 때문에 아글라야가 오빠를 나쁘게 볼 거라 생각해? 오빠는 그 여자의 성격을 몰라. 그 여자는 세상에서 제일가는 신랑감을 마다하고 무슨 대학생 나부랭이와 함께 다락방에서 굶어죽기 위해 기꺼이 집을 뛰쳐나갈 여자야, 그게 그 여자의 꿈이거든! 오빠가 굳건한 의지와 자부심을 가지고 우리 처지를 견뎌나갈 수만 있었다면, 그 여자의 눈에 오히려 흥미 있는 사람으로 비쳤을 텐데, 오빠는 그걸 전혀 이해하지 못했던 거야. 공작이 그 여자를 낚는 데 성공한 건, 첫째, 공작에겐 그 여자를 낚을 의도가 전혀 없었고, 둘째, 모든 사람이 공작을 백치로 여기기 때문이라고. 공작 때문에 집안 식구들을 괴롭힐 수 있다는 것 하나만으로도—지금 그 여자는 기뻐하고 있으니까. 아이, 참, 오빠 같은 사람들은 정말 아무것도 몰라!"

"뭐, 아는지 모르는지는 두고 보면 알겠지." 가냐는 수수께끼처럼 중얼거렸다. “어쨌든 노인네의 그 일만은 아글라야의 귀에 들어가지 않았으면 했는데. 그래도 공작이 입조심은 해서 그런 말은 안 할 줄 알았거든. 레베제프한테도 입막음을 해놓을 정도였고, 내가 그렇게 졸라도 나한테조차 다 털어놓으려 하지 않았으니까……”

“그렇다면 공작이 말한 게 아닐지도 모르지만, 어쨌든 소문이 벌써 쫙 퍼졌잖아. 이제 오빠는 어떡할 건데? 무엇에 기대를 걸 거야? 아직도 희망이 남아 있다면, 그건 그 여자의 눈에 오빠가 수난자 같은 모습으로 비치는 것뿐이겠지.”

“글쎄다, 그 여자가 아무리 낭만적이라 해도, 추문 앞에선 겁을 낼 거야. 모든 것엔 일정한 한계가 있고, 누구나 일정한 한계까지밖에 못 가, 너희는 다 그래.”

“아글라야가 겁을 낼 거라고?” 바랴는 경멸스럽다는 듯 오빠를 쳐다보며 발끈했다. “하여간 오빠는 근성이 비열해! 아무런 가치도 없는 인간이라고. 그 여자는 우스꽝스러운 괴짜일지는 몰라도, 그 대신 우리 모두보다 천 배는 더 고결한 사람이야.”

“뭐, 됐다, 됐어, 화를 내긴.” 가냐가 또다시 거드름을 피우며 중얼거렸다.

“난 그저 어머니가 가여울 뿐이야.” 바랴가 말을 계속했다. “아버지의 그 일이 제발 어머니 귀엔 들어가지 않아야 하는데, 아, 정말 걱정돼 죽겠어!”

“하지만 벌써 들어갔을걸.” 가냐가 말했다.

바랴는 위층에 있는 니나 알렉산드로브나에게 가려고 자리에서 일어나려다 그대로 멈춰 서서 오빠를 빤히 쳐다보았다.

"누가 어머니한테 말해줬을까?"

"보나마나 입폴리트지. 이 집으로 옮겨오자마자 그 일을 어머니한테 고자질하게 된 걸 더없이 만족스럽게 여겼을 테니까."

"그 사람이 그걸 어떻게 안다는 거야? 말해봐, 제발! 공작과 레베제프는 아무한테도 말하지 않기로 했고, 콜랴조차 전혀 모르는데."

"입폴리트 말이냐? 스스로 알아냈겠지. 그 녀석이 얼마나 교활한 놈인지, 넌 상상도 못해. 지독한 수다쟁이에다, 코는 또 어찌나 개코인지, 무슨 나쁜 일이나 추문이라면 귀신같이 냄새를 맡는단 말이야. 뭐, 네가 믿든 말든, 나는 그 녀석이 아글라야까지 손에 넣었다고 확신해! 아직 넣지 못했다면, 곧 넣어버리고 말 거야. 로고진도 녀석과 줄이 닿아 있어. 어째서 공작은 이걸 눈치채지 못할까! 녀석은 지금 나한테 올가미를 씌우려고 잔뜩 벼르고 있지! 나를 원수로 여긴다는 건 진작부터 알고 있어. 그런데 대체 왜 그럴까, 뭘 어쩌겠다는 걸까, 어차피 곧 죽을 녀석이—난 그걸 모르겠어! 하지만 녀석한테 골탕을 먹이고 말 테니, 두고 봐, 녀석이 나한테 올가미를 씌우는 게 아니라, 내가 녀석한테 씌우는 거야."

"그렇게 미운 사람을 왜 집으로 불러들였어? 게다가 올가미를 씌울 만한 가치는 있고?"

"녀석을 불러들이자고 한 건 너야."

"그 사람이 뭐라도 도움이 될 줄 알았지. 그런데 그 사람이 요새 아글라야한테 반해서 편지까지 써 보낸 건 알아? 나한테도 꼬치꼬치 캐묻고…… 리자베타 프로코피예브나한테도 편지를 쓴 것 같던데."

"그런 점에선 위험한 인물이 못 돼!" 가냐는 표독스럽게 비웃으며 말했다. “어쨌든 뭔가 꿍꿍이속이 있는 건 분명해. 녀석이 반했다는 건 충분히 있을 수 있는 일이지, 애송이니까! 하지만…… 그 할망구한테 익명의 편지를 쓰는 짓은 하지 않을 거야. 녀석은 굉장히 심술궂긴 해도 자부심은 강한 하찮은 범생이거든!…… 나는 확신하고 있어, 아니 확실히 알고 있어, 녀석은 내가 무슨 음모라도 꾸민다는 양 그 여자한테 고자질했을 거야, 제일 먼저 그 짓부터 했겠지. 실은, 처음에 나는 바보같이 녀석한테 이런저런 얘길 쓸데없이 털어놨거든. 녀석이 공작에 대한 복수심만으로도 나한테 이롭게 굴 거라 생각했던 거야. 그런데 보통 교활한 놈이 아냐! 오, 나도 이젠 녀석의 뱃속을 훤히 들여다보고 있지. 그 도둑질에 대해선 자기 어머니, 그 대위 부인한테서 들은 게 분명해. 노인네가 그런 짓을 할 결심을 한 것도 대위 부인 때문일 테니까. 글쎄, 녀석이 밑도 끝도 없이 나한테 하는 말이, ‘장군’이 자기 어머니한테 4백 루블을 주겠다고 약속했다는 거야, 정말 밑도 끝도 없이 아주 단도직입적으로 그러더란 말이야. 순간 나는 모든 것을 깨달았지. 그러고서 녀석은 아주 고소하다는 듯이 내 눈을 힐끔 쳐다보더라고. 어머니한테 일러바친 것도 그저 어머니의 마음을 찢어놓는 게 재미있어서 그랬을 거야. 어째서 녀석은 죽지도 않을까? 제발, 말 좀 해봐라. 삼 주일 뒤엔 죽을 거라더니, 여기 와서 살만 더 쪘잖아! 기침도 멈췄고, 엊저녁엔 제 입으로 그러더구나, 여기 온 이튿날부터 각혈이 멎었다고.”

“쫓아내면 되잖아.”

“나는 그 녀석을 증오하는 게 아니라 경멸할 뿐이야.” 가냐는 우쭐거리며 말했다. “뭐, 그래, 그래, 증오한다고 해도 좋아, 상관없어!” 그가 갑자기 핏대를 잔뜩 올리며 소리쳤다. “그놈이 베개를 베고 죽어가는 순간이라 해도 놈의 눈에 대고 그렇게 말해주겠어! 네가 그놈의 그 고백이라는 걸 읽어봤다면—오, 하느님, 그 순진한 교만이라니! 놈은 피로고프 중위야, 놈은 비극의 노즈드료프*야, 하지만 무엇보다—유치한 코흘리개라고! 오, 그때 그놈이 완전 기겁하게 회초리로 갈겨줬더라면 얼마나 속이 시원했을까. 지금 그놈은 모든 사람에게 복수하고 있는 거야, 그때 그 일을 해내지 못해서…… 그런데 이건 또 뭐야? 위층에서 또 소란을 피우잖아! 정말이지, 대체 어쩌자는 거지? 나도 이젠 도저히 못 참겠어. 프치츠인!" 그는 방으로 들어서는 프치츠인에게 소리를 질렀다. "이게 뭔가, 우리 집안 꼴이 대체 어디까지 갈 건가? 이건…… 이건……"

그러나 소음이 급속히 가까워지더니, 갑자기 방문이 확 열리면서, 머리끝까지 시뻘겋게 화가 난 이볼긴 영감이 몸을 후들후들 떨며, 역시 프치츠인을 향해 미친듯이 덤벼들었다. 영감의 뒤를 따라 니나 알렉산드로브나와 콜랴, 그리고 맨 뒤에 입폴리트가 들어왔다.

II

입폴리트는 벌써 닷새 전에 프치츠인의 집으로 옮겨왔다. 이 일은 그와 공작 사이에 별다른 말이나 아무런 불화도 없이, 어쩌다 보니 아주 자연스럽게 진행됐다. 그들은 다투지도 않았을뿐더러 겉으로 보기

* 고골의 소설 『죽은 혼』의 등장인물. 다혈질에 허풍쟁이이다.

에 오히려 친구 같은 모습으로 헤어졌다. 그날 밤 모임에서 입폴리트에게 그도록 적대감을 보였던 가브릴라 아르달리오노비치가 자진해서 문병을 왔는데, 하긴 그 사건이 일어난 지 이미 사흘째 되는 날이었으니, 필시 무슨 갑작스러운 생각에 이끌려 온 게 분명했다. 무엇 때문인지 로고진도 환자를 찾아오기 시작했다. 처음엔 공작도, 자기 집에서 옮기는 편이 이 '가엾은 소년'에게 오히려 더 좋을 거라고 생각했다. 그러나 거처를 옮길 때도 입폴리트는 프치츠인이 '친절하게도 방을 한 칸 내주겠다고 해서' 그의 집으로 옮긴다고 말했을 뿐, 마치 일부러 그러듯 가냐네로 옮긴다는 말은 단 한 번도 하지 않았는데, 실상 그를 집에 받아들이자고 밀어붙인 것은 바로 가냐였다. 가냐는 그때 이것을 알아채고 괘씸히 여겨 마음에 담아두었다.

가냐가 누이동생에게 환자의 병세가 나아졌다고 한 말은 틀린 게 아니었다. 실제로 입폴리트는 첫눈에 알 수 있을 정도로 용태가 전보다 제법 좋아졌다. 그는 조롱기어린 심술궂은 미소를 띤 채 서두르는 기색도 없이 맨 뒤에서 천천히 방에 들어섰다. 니나 알렉산드로브나는 몹시 겁먹은 표정으로 들어왔다. (그녀는 지난 반년 동안 몰라보게 변했고 수척해졌다. 출가한 딸네 집에 옮겨와 살면서부터, 그녀는 표면적으로는 자식들 일에 거의 간섭하지 않았다.) 콜랴는 어찌할 바 모르겠다는 듯 걱정스러운 얼굴을 하고 있었다. 물론 그는 집안에서 벌어진 이 새로운 소동의 근본적인 원인조차 모르고 있었으므로, 자신이 '장군의 광기'라고 일컫는 것에 대해서도 모르는 게 많았다. 하지만 아버지가 어디서나 끊임없이 헛소리를 늘어놓으면서, 예전과는 아주 다른 사람처럼 갑자기 변해버렸다는 사실만은 분명했다. 노인네가 이 사흘 동안 술조차 전혀 입에 대지 않은 것도 그를 불안하게 했다. 그는 아버지가 레베제프와도 공작과도 사이가 틀어졌으며 다투기까지 했다는 것도 알고 있었다. 콜랴는 자기 주머니를 털어 세 홉 반들이 보드카 한 병을 사 들고 막 집에 돌아온 참이었다.

"정말예요, 엄마," 방금 위층에서도 니나 알렉산드로브나를 설득했다. "정말이라니까요, 차라리 술을 좀 드시게 하는 편이 나아요. 벌써 사흘째 술을 입에 대지도 않는 걸 보면 분명 무슨 걱정거리가 있는 거라고요. 정말예요, 마시게 하는 편이 나아요. 채무자 구치소에 들어가 있을 때도 술을 갖다드리곤 했어요……"

장군은 방문을 활짝 열어젖히고, 분을 이기지 못해 몸을 떨다시피 하면서 문지방에 서 있었다.

"이거 보시게!" 그는 천둥 같은 소리로 프치츠인에게 외쳤다. "만약 자네가 정말로 저 젖비린내 나는 무신론자를 위해, 황제폐하께 헌신하고 공적을 세운 이 존경받는 노인을, 자네 아버지를, 다시 말해, 적어도 자네 아내의 아버지를 희생시키기로 결심했다면, 나는 지금 이 순간부터 자네 집엔 발도 들여놓지 않겠네. 선택하게, 이보시게, 한 사람을 선택하란 말일세, 어서, 나인가 아니면 이…… 나사못인가! 맞아, 나사못이야! 무심코 한 말이었지만, 이놈은 정말—나사못이야! 이놈은 나사못처럼 내 영혼을 후벼파며 구멍을 뚫고 있으니까, 일말의 존경심도 없이…… 나사못처럼 말이지!"

"병따개는 아니고요?" 입폴리트가 끼어들었다.

"아니, 병따개는 아니지, 나는 네놈 앞에서 어디까지나 장군이지 술병이 아니니까. 나는 훈장을 가지고 있어, 명예훈장을 가지고 있다고…… 하지만 네놈은 기껏해야 뾰족한 못이나 가지고 있을 뿐이야. 이놈인가, 나인가! 어서 결정하란 말이야, 이보시게, 당장, 지금 당장!" 그는 또다시 격분해서 프치츠인에게 소리쳤다. 이때 콜랴가 의자를 가져다주자, 그는 거의 기진맥진해서 털썩 주저앉았다.

"그러지 마시고…… 눈이라도 좀 붙이시는 게." 프치츠인은 아주 얼이 빠진 사람처럼 중얼거렸다.

"노인네가 아직도 협박이군!" 가냐가 누이에게 나직이 말했다.

"눈을 붙이라고!" 장군은 버럭 소리쳤다. "나는 취하지 않았네, 이보시게, 자네는 나를 모욕하고 있어. 음, 알겠어," 그는 다시 의자에서 일어서며 말을 계속했다. "알겠다고, 이 집에선 다들 나한테 맞서고 있지, 한 사람도 빼놓지 않고 전부. 좋아! 내가 나가지…… 그렇지만, 이보시게, 그렇지만 말이지……"

그의 말이 끝나기도 전에 사람들은 그를 의자에 다시 앉히고, 제발 마음을 가라앉히라며 애원하기 시작했다. 가냐는 화가 잔뜩 나서 한쪽 구석으로 가버렸다. 니나 알렉산드로브나는 몸을 덜덜 떨면서 울고 있었다.

"내가 뭘 어쨌다는 겁니까? 대체 무슨 불평을 하는 건지!" 입폴리트가 이를 드러내며 소리쳤다.

"그럼 아무 짓도 안 했다는 건가요?" 니나 알렉산드로브나가 갑자기 쏘아붙였다. "당신으로선 특히나 부끄럽고…… 비인간적인 짓이죠, 노인을 그렇게 괴롭히다니…… 더구나 당신 처지에."

"첫째, 내 처지가 어떻단 말씀이죠? 부인! 나는 당신을, 특히 당신을 개인적으로 무척 존경해요, 하지만……"

"이놈은 나사못이야!" 장군이 소리쳤다. "이놈은 내 영혼과 가슴을 후벼파서 구멍을 내는 놈이라고! 이놈은 나를 무신론자로 만들고 싶어 그러는 거야! 잘 알아둬, 이 젖비린내 나는 녀석아, 네놈 따위가 아직 태어나기도 전에 나는 벌써 온 세상에 명예를 떨치고 있었어. 네놈은 몸뚱이가 두 동강 난 질투심 많은 버러지에 불과해, 콜록콜록 기침을 해대면서…… 악의와 무신앙으로 죽어가는 버러지란 말이다…… 대체 왜 가브릴라는 네놈을 집으로 들인 거지? 남들은 물론이고 친자식까지 죄다 나한테 대들고 있으니!"

"정말이지 그만둬요, 비극 연기는 집어치우라고요!" 가냐가 소리쳤다. "온 시내를 쏘다니면서 우리 얼굴에 먹칠이나 하지 말고요, 제발 그래주면 좋겠어요!"

"뭐, 내가 네 얼굴에 먹칠을 한다고, 이 젖비린내 나는 녀석아! 내가 네 얼굴에 먹칠을? 나는 널 명예롭게 하면 했지, 절대로 치욕스럽게 하진 않아!"

그는 벌떡 일어섰고, 이제는 그를 막을 도리가 없었다. 하지만 가브릴라 아르달리오노비치도 더이상 분통을 참을 수 없는 모양이었다.

"이런 꼴에 여전히 명예 타령이군!" 그가 사납게 소리쳤다.

"너 그게 무슨 소리냐?" 얼굴이 새파래진 장군이 그의 앞으로 한 걸음 나서면서 호통을 쳤다.

"내가 입만 벙긋하면 아버진……" 가냐는 갑자기 으르렁거렸으나, 말을 끝까지 다 하지는 않았다. 두 사람은 마주보고 선 채 극도의 분노로 떨었는데, 가냐 쪽이 특히 더했다.

"가냐, 왜 그러냐!" 니나 알렉산드로브나가 아들을 말리려고 몸을 던지면서 소리쳤다.

“둘 다 온통 헛소리야!” 발끈한 바랴가 잘라 말했다. “그만두세요, 엄마.” 그러면서 그녀는 니나 알렉산드로브나를 붙들었다.

“그저 어머니 때문에 봐주는 겁니다.” 가냐가 비장하게 말했다.

“말해봐라!” 장군은 미친듯 격분해서 외쳤다. “어서 말해봐, 이 아비의 저주를 각오하고…… 말해보란 말이다!”

“뭐, 내가 아버지의 저주 따위 겁낼 줄 아나요! 아버지는 벌써 여드레째 실성한 사람처럼 굴지만, 그게 누구 책임인데요? 벌써 여드레째란 말이죠, 봐요, 나는 날짜까지 정확히 알고 있으니…… 조심하세요, 나를 자꾸 자극하지 말라고요, 싹 다 말해버릴 테니까…… 어제 예판친 집엔 왜 간 건데요? 노인네가 머리까지 허옇게 세어가지고, 더구나 가장이라는 양반이! 잘하는 짓이군요!”

“그만해요, 간카 형!” 콜랴가 외쳤다. “그만하라니까, 바보같이!”

“그런데 어떻게 내가, 도대체 내가 어떻게 장군을 모욕했다는 겁니까?” 입폴리트는 완강히, 그러나 여전히 냉소적인 어조로 따지고 들었다. “뭣 때문에 나를 나사못이라고 부르는 거죠, 여러분도 들었잖아요? 오히려 장군 자신이 나한테 성가시게 굴었다고요. 조금 전에 나한테 와서, 카피탄* 예로페고프인지 누군지 하는 사람 얘길 시작하더군요. 나는 말이죠, 장군, 당신의 말동무가 되고 싶은 생각이 전혀 없어요. 내가 전부터 당신을 피해온 건 당신도 알잖습니까. 카피탄 예로페고프가 나하고 무슨 상관이냐고요, 당신도 동의하시겠죠? 나는 카피탄 예로페고

* ‘대위’를 뜻하는 러시아어 단어.

프 때문에 이 집에 온 게 아니니까요. 나는 그저, 그 카피탄 예로페고프라는 사람은 실제로 전혀 존재한 적이 없는 게 아니냐고, 내 의견을 솔직히 말했을 뿐이에요. 그랬더니 벌컥 화를 내며 호통을 치는 거예요."

"그야 물론 존재한 적이 없지!" 가냐가 잘라 말했다.

하지만 장군은 놀라서 넋을 잃은 듯 그저 멍하니 주위를 둘러볼 뿐이었다. 아들의 말이 너무나도 노골적이어서 그만 아연실색한 것이다. 처음 한순간 그는 무슨 말을 해야 할지도 몰랐다. 그래서 마침내 입폴리트가 가냐의 대답에 깔깔거리며 "그것 보세요, 들으셨죠, 당신 아드님도 카피탄 같은 사람은 있지도 않았다고 하잖아요"라고 소리치자, 노인은 얼떨결에 이렇게 중얼거리고 말았다.

"카피탄이 아니라, 카피톤 예로페고프야…… 카피톤…… 퇴역 중령 예로페고프…… 카피톤이라고."

"카피톤도 없었어요!" 가냐는 이제 화가 있는 대로 솟구쳤다.

"어…… 어째서 없었다는 거냐?" 장군은 중얼거리듯 말했으나, 순간 얼굴이 벌겋게 달아올랐다.

"이제 그만하시죠!" 프치츠인과 바랴가 그를 진정시키려 했다.

"아무 말 말아요, 간카 형!" 콜랴가 또다시 소리쳤다.

그러나 옆에서 자기편을 들어주자, 장군은 퍼뜩 제정신이 든 모양이었다.

"어째서 없었다는 거냐? 왜 존재하지 않았다는 거냐고?" 그는 아들을 향해 무섭게 을러댔다.

"없었으니까 없었다고 하죠. 없었어요, 그것뿐이에요, 애당초 있을 리가 없잖아요! 자, 이제 됐겠죠. 그러니 관두시라고요, 좋게 말할 때."

"저걸 아들이라고…… 저걸 내 친아들이라고, 저런 걸 나는 여태껏…… 오, 하느님! 예로페고프가, 예로쉬카 예로페고프가 없었다니!"

"글쎄, 저렇다니까, 예로쉬카라고 했다가 카피토쉬카*라고 했다가!" 입폴리트가 끼어들었다.

"카피토쉬카야, 이봐, 예로쉬카가 아니라 카피토쉬카란 말이야! 카피톤이라고, 카피탄 알렉세예비치, 아, 참, 카피톤이지…… 퇴역…… 중령이고…… 마리야…… 마리야 페트로브나 수…… 수…… 수투고바와 혼인했는데, 나와는 친구이자 동료였지…… 아직 사관생도였을 때부터 말이야. 나는 그를 위해 피를 흘렸고…… 총알받이까지 돼줬어…… 결국 전사하고 말았지만. 그 카피토쉬카 예로페고프가 없었다니! 존재하지도 않았다니!"

장군은 격분해서 소리쳤는데, 하지만 일의 본질은 다른 것에 있고, 그의 고함소리는 그것과는 무관한 어떤 것 때문인 듯 느껴졌다. 사실 다른 때였다면, 그는 물론 카피톤 예로페고프의 존재를 완전히 부정하는 것보다 훨씬 모욕적인 어떤 언동이라도 참았을 것이고, 설령 고함을 지르고, 꾸며낸 얘기를 늘어놓고, 미친듯이 흥분해 화를 낸다 해도, 결국엔 잠을 자러 위층의 자기 방으로 물러났으리라. 그러나 인간의 마음이란 요상하기 짝이 없어서, 지금은 예로페고프의 존재를 의심하는 것 같은 대단찮은 모욕이 그의 분노를 걷잡을 수 없이 폭발시키고 말았다. 노인은 얼굴이 시뻘게져서 두 팔을 위로 쳐들고 고래고래 고함을 질렀다.

---

* 카피톤의 애칭.

"좋다! 내 저주를 받을 줄 알아라…… 이 집에서 당장 나가주마! 니콜라이, 내 배낭을 가져와라, 나가겠다…… 썩 꺼져주지!"

그는 분기탱천해서 허둥대며 밖으로 나갔다. 니나 알렉산드로브나와 콜랴, 프치츠인이 황급히 그 뒤를 따랐다.

"아니, 지금 무슨 짓을 한 거야!" 바랴가 오빠에게 말했다. "아버진 또 그 집으로 가실 거야. 이게 무슨 창피람, 무슨 창피!"

"그럼 도둑질을 하지 말 것이지!" 가냐는 화가 치밀어 숨이 막힐 듯한 기분으로 이렇게 외쳤다. 순간 그의 눈이 입폴리트와 마주쳤다. 가냐는 몸을 부르르 떨다시피 했다. "이거 봐요, 당신은," 그가 소리쳤다. "어쨌거나 남의 집에서…… 손님 대접을 받고 있는 이상, 정신 나간 게 분명한 저런 노인을 자극해선 안 된다는 걸 잊지 말았어야지요……"

입폴리트 역시 얼굴이 무섭게 일그러지는 듯했으나, 곧바로 자신을 억눌렀다.

"당신 아버님이 정신이 나갔다는 의견에 전적으로 동의할 수는 없군요." 그는 차분한 어조로 대답했다. "내가 보기엔, 오히려 최근 들어 더 영리해진 것 같은데요, 정말입니다, 곧이들리지 않나요? 그분은 무척 조심스러워지고, 의심도 많아지고, 모든 걸 캐내려 들고, 말 한마디도 함부로 하지 않아요…… 나한테 그 카피토쉬카 얘길 꺼낸 것도 무슨 목적이 있었던 거라고요. 그러니까 나를 유도해서……"

"아니, 젠장맞을, 아버지가 당신을 어디로 유도하건 말건, 나하고 무슨 상관이오! 제발 내 앞에서 약은 수를 써서 둘러대진 말란 말이오!" 가냐는 쉿소리를 내며 고함을 빽 질렀다. "노인네가 왜 저리됐는지 당신도 그 진짜 이유를 알고 있다면(당신은 요 닷새 동안 내 주위를 염탐

해왔으니, 분명히 알 거 아뇨), 그처럼…… 불행한 사람을 자극하거나, 사건을 부풀려서 우리 이미니를 괴롭혀선 절대 안 되는 거였소. 이 사건은 전적으로 터무니없는데다 그저 취중에 벌어진 일일 뿐, 그 이상 아무것도 아니고, 더구나 사실로 증명된 것도 전혀 아니잖소, 그래서 나는 이 사건에 티끌만큼도 가치를 두고 있지 않소…… 그런데도 당신이 그렇게 험담을 하고 염탐질을 해야겠다면, 그건 당신이…… 당신이……"

"나사못이어서 그렇다는 건가요?" 입폴리트가 피식 웃었다.

"당신이 쓰레기 같은 인간이기 때문이오. 뇌관도 꽂지 않은 권총으로 자신을 쏴서 사람들을 깜짝 놀라게 해줄 생각으로 반시간 동안이나 우리 모두를 괴롭히다가, 결국 자기 자신을 그런 수치스러운 웃음거리로 만든 게 누구요, 당신은 실패한 자살자요, 두 발로 걸어다니는…… 넘쳐흐른 담즙이란 말이오. 내가 당신한테 성심껏 손님 대접을 해준 덕분에, 이제 살도 오르고 기침도 멎었는데, 그 보답이라는 게 겨우……"

"실례지만요, 두 마디만 하겠습니다. 나는 바르바라 아르달리오노브나의 집에 와 있는 것이지, 당신 집에 와 있는 게 아닙니다. 나는 손님으로서 당신한테 어떤 신세도 진 적이 없을뿐더러, 오히려 당신이 프치츠인 씨에게 신세를 지고 있다고 보는데요. 나흘 전 나는 우리 어머니에게 파블롭스크에 내가 지낼 집을 얻어주고, 어머니도 이리로 옮겨오라고 부탁했는데, 실제로 이곳에 온 뒤로 기분이 좋아졌거든요. 하지만 살이 찐 건 전혀 아니고, 기침도 여전해요. 어제저녁에 어머니한테서 집을 구해놨다는 기별이 와서, 나는 당신 어머님과 누이분께 고맙다는 말씀을 드리고 이미 엊저녁에 결심한 대로 오늘 중에 그 집으로 옮기겠다고 내 쪽에서 급히 당신에게 알려드리는 바입니다. 얘기 도중에 실례했습니다. 아직 하실 얘기가 많은 것 같은데요."

"오, 그렇다면……" 가냐의 목소리가 떨려 나왔다.

"그렇다면, 실례지만 여기 좀 앉겠습니다." 입폴리트는 장군이 앉았던 의자에 유유히 몸을 내려놓으며 이렇게 덧붙였다. "어쨌거나 나는 환자잖아요. 자, 이제 당신 얘길 들을 준비가 됐습니다, 더구나 이게 우리의 마지막 대화, 아니 어쩌면 마지막 만남이 될 테니까요."

가냐는 갑자기 겸연쩍어졌다.

"분명히 말하지만, 당신과 셈을 따질 정도로 나 자신을 비하하고 싶진 않소." 그가 말했다. "그러니 만약 당신이……"

"그렇게 거드름을 피워봐야 소용없어요." 입폴리트가 말을 가로챘다. "나로 말하면, 이 집에 온 첫날부터, 우리가 헤어질 때 당신에게 모든 것을 아주 노골적으로 말해주고야 말겠다고, 그런 기쁨을 절대로 포기하지 않겠다고, 그렇게 맹세했으니까요. 나는 그 맹세를 바로 지금 실행할 작정입니다, 물론 당신 얘기가 끝난 뒤에 말이죠."

"그보다 당신이 이 방을 떠나주면 좋겠소."

"얘기하시는 게 좋을 텐데요, 안 그러면 나중에 분명히 후회하실 테니까."

"그만둬요, 입폴리트, 정말이지 수치스럽군요, 제발 부탁이니 그만둬요!" 바랴가 말했다.

"그럼 오로지 부인을 위해서." 입폴리트는 큰 소리로 웃으며 자리에서 일어섰다. "알았습니다, 바르바라 아르달리오노브나, 당신이 그렇게 말씀하시니 간단히 줄여 말하겠습니다만, 그저 줄이는 것뿐이에요, 왜냐하면 나와 당신 오빠 사이엔 꼭 분명하게 밝혀둬야 할 게 있으니까요, 의혹을 남겨둔 채로는 무슨 일이 있어도 이 집을 떠나지 않을 결심입니다."

"한마디로 당신은 중상가요." 가냐가 버럭 고함을 질렀다. "그러니 누구를 중상하지 않고선 물러가지 못하겠다는 거지."

"거봐요," 입폴리트가 차갑게 응수했다. "방금도 자제력을 잃었잖아요. 지금 할말을 해버리지 않으면 분명 후회할 거예요. 한 번 더 당신한테 발언권을 양보하죠. 기다리겠습니다."

가브릴라 아르달리오노비치는 입을 다문 채 경멸스럽다는 듯 상대방을 쳐다보고 있었다.

"싫다는 거로군요. 자신이 연기하는 역할에 끝까지 충실하겠다면— 그거야 당신의 자유죠. 내 쪽에서도 되도록 짧게 하겠습니다. 나는 오늘 두세 번이나, 내가 손님으로서 큰 신세를 졌다는 비난을 들었지만, 그건 부당한 말이에요. 나를 이 집으로 불러들이면서, 당신은 나한테 직접 그물을 던졌으니까요. 당신은 내가 공작에게 복수하고 싶어한다고 추측했던 거죠. 거기다 아글라야 이바노브나가 나한테 동정을 표하고 내 고백을 읽었다는 얘기까지 듣자, 무엇 때문인지 몰라도, 당신은 내가 이제 완전히 당신 편이 될 거라고 예상하면서, 아마도 내가 유용한 조력자가 되어주리라 기대했던 거예요. 더 자세한 설명은 하지 않겠어요! 당신에게 자백이나 확인을 요구하는 건 결코 아니니까요. 당신을 당신 자신의 양심에 맡기는 것으로, 그리고 우리가 이제 서로를 아주 충분히 이해하고 있다는 것만으로도, 나는 만족합니다."

"정말이지 아무것도 아닌 일을 가지고 대체 무슨 얘길 만들어내는 거죠!" 바랴가 소리쳤다.

"그러니까 내가 그랬잖아, 중상가에 애송이라고." 가냐가 낮은 소리로 말했다.

"바르바라 아르달리오노브나, 허락하신다면, 말을 계속하겠습니다. 물론 나는 공작을 사랑할 수도 존경할 수도 없습니다. 그러나 그는 더없이 선량한 사람이에요, 비록…… 우스꽝스러운 점이 좀 있긴 하지만. 그렇다고 해서 내가 공작을 미워해야 할 까닭은 전혀 없지 않겠습니까. 당신의 오빠가 나를 부추겨 공작에게 반기를 들게 하려고 했을 때도, 나는 당신 오빠에게 이런 내색을 전혀 하지 않았어요. 그저 이 희극이 끝날 때 가서 실컷 웃어주자는 생각이었으니까요. 나는 당신의 오빠가 나한테 속내를 너무 많이 드러낼 것이고, 어처구니없는 오산을 하리라는 걸 알고 있었어요. 그리고 그대로 됐죠…… 바르바라 아르달리오노브나, 나는 이제 당신의 오빠를 관대히 봐줄 용의가 있지만, 그것은 오직 당신에 대한 존경심 때문입니다. 하지만 내가 그렇게 호락호락 낚일 놈이 아니라는 것을 이미 밝혔으니, 이번엔 내가 왜 당신 오빠를 그 자신의 눈앞에서 바보로 내세우고 싶어했는지, 그 까닭을 말씀드리죠. 잘 알아두세요, 내가 그렇게 한 건 솔직히 말해서 증오심 때문이에요. 나는 죽음을 눈앞에 두고(설사 당신들 말마따나 살이 쪘다 해도, 어쨌든 곧 죽을 거니까요), 죽음을 눈앞에 두고서 이런 걸 느꼈습니다. 만약 나를 한평생 박해해온, 그리고 내가 한평생 증오해온 무수한 인간 족속 중에 그 대표자를 한 사람만이라도 바보로 만들어 골탕먹일 수 있다면, 더없이 마음 편하게 천국으로 떠날 수 있으련만, 하고 말이지요. 그런데 존경해 마지않는 당신의 오빠가 바로 그 족속의 특성을 아주 뚜렷이 보여주는 표본이다, 이겁니다. 가브릴라 아르달리오노비치, 내가 당신을 증오하는 건 오로지—이렇게 말하면 아마도 놀라겠지만—오로지 당신이 가장 교만하고 가장 비열하고 가장 추악하고 가장 자기만족에 취해 있는 평범함의 전형이며, 체현이며, 화신이며, 정점이기 때문이란 말입니다! 당신은 거만한 범인이며, 자신을 의심할 줄 모르는 범인이며, 올림포스의 신들만큼이나 태연자약한 범인이죠. 당신은 범용 중의 범용이라고요! 자신만의 독자적인 사상은 당신의 머리에도 가슴에도 절대로 싹틀 수 없어요. 하지만 당신은 끝없이 질투심이 강합니다. 당신은 자신이 가장 위대한 천재라고 철석같이 믿고 있지만, 그래도 이따금 의혹이 찾아드는 어두운 순간이면 분노와 질투에 사로잡히곤 하죠. 오, 당신의 지평선엔 아직도 검은 점들이 있어요. 당신이 완전히 바보가 돼버릴 때 그 점들은 사라질 것이고, 그때는 그리 머지않아요. 그렇지만 당신 앞에는 길고도 변화무쌍한 길이, 결코 유쾌하다고 말할 수 없는 길이 놓여 있다고요, 나는 그게 기쁘단 말입니다. 우선 당신에게 예언해두지만, 당신은 그 여성을 손에 넣지 못할 겁니다……"

"정말이지, 더이상 참을 수가 없군요!" 바랴가 외쳤다. "그만두지 못해요? 역겨운 악당 같으니!"

가냐는 새파랗게 질려서 후들후들 떨며 입을 다물고 있었다. 입폴리트는 말을 멈추고 뿌듯하다는 표정으로 그를 뚫어져라 바라보다가 이윽고 바랴에게 시선을 돌려 씨익 웃어 보이더니, 고개를 숙여 인사한 다음 더이상 아무 말도 덧붙이지 않고 밖으로 나갔다.

만약 가브릴라 아르달리오노비치가 자신의 운명과 실패를 한탄했대도 그건 당연한 일이었을 것이다. 바랴는 한동안 오빠에게 말을 붙일 용기가 나지 않았고, 오빠가 자기 곁을 뚜벅뚜벅 지나갈 때도 그쪽을 쳐다볼 수조차 없었다. 마침내 그는 창가로 다가가 그녀를 등지고 섰다. 바라는 '막대기에는 두 개의 끝이 있다'*라는 러시아 속담을 생각했다. 위층에서 또다시 떠들썩한 소리가 들려왔다.

"올라가보려고?" 누이가 자리에서 일어나는 소리를 듣고 가냐는 갑자기 그녀 쪽을 돌아보았다. "잠깐만, 이것 좀 봐."

그는 누이에게 다가가, 조그만 편지 모양으로 접힌 작은 종이쪽지를 그녀 앞 탁자 위에 던졌다.

"맙소사!" 바랴는 소리를 내지르며 손뼉을 탁 쳤다.

편지는 정확히 일곱 줄이었다.

'가브릴라 아르달리오노비치! 당신이 나에게 호의를 가지고 계신다는 사실을 확신하고 있는 까닭에, 나에게 중요한 어떤 문제를 두고 당신에게 조언을 청하고자 합니다. 내일 아침 일곱시 정각에 초록색 벤치에서 당신을 만나고 싶습니다. 우리 별장에서 그리 멀지 않은 곳에 있어요. 바르바라 아르달리오노브나도 꼭 함께 나와주셨으면 하고요. 그 장소가 어디인지는 누이동생분께서 아주 잘 알고 계실 겁니다. A. E.'

"세상에나! 이런 편지를 보내다니, 정말 알 수 없는 여자야!" 바르바라 아르달리오노브나는 두 팔을 벌려 보였다.

가냐는 이 순간 점잔을 빼고 싶은 마음이 굴뚝같았지만, 그래도 자신의 승리감을 도저히 감출 수 없었는데, 조금 전에 입폴리트가 그처럼

* 어떤 일이 좋게도 나쁘게도 끝날 수 있다는 뜻.

굴욕적인 예언을 내뱉고 가버린 직후여서 더욱 그러했다. 그의 얼굴엔 득의에 찬 미소가 노골적으로 빛나고 있었고, 바랴 역시 희색이 만면했다.

"더구나 약혼을 공식적으로 발표하는 바로 당일에 이런 편지를 쓰다니! 세상에나, 하여간 알 수 없는 여자야!"

"네 생각은 어때? 그 여자가 내일 무슨 말을 하려는 걸까?" 가냐가 물었다.

"그런 건 아무래도 상관없어, 중요한 건, 그 여자가 여섯 달 만에 처음으로 오빠를 다시 만나겠다고 한 거야. 내 말 잘 들어, 오빠. 거기서 무슨 일이 일어나건, 사정이 어떻게 달라지건 간에, 이건 오빠에게 중대한 사건이야! 너무나도 중대한 사건이라고! 전처럼 거드름을 피우다가 또다시 실패하지 마, 하지만 겁먹을 건 없어, 알겠지? 내가 무엇 때문에 반년 동안이나 그 집에 드나들었는지, 그 여자가 눈치 못 챘을 리 있겠어? 그런데도 생각해봐, 그 여잔 오늘 나한테 이 일에 대해 한마디 말도 없었고, 내색조차 하지 않았다고. 내가 그 집에 몰래 들러서, 노파는 내가 거기 앉아 있는지도 몰랐어. 알았더라면 당장 내쫓았겠지. 오빠 때문에 위험을 무릅쓰고 갔다 온 거야, 어떻게든 알아내야겠기에……"

또다시 위층에서 고함소리와 소음이 들려오더니, 몇 사람이 계단을 내려왔다.

"아무래도 이대로 놔두면 안 되겠어!" 바랴가 겁을 먹고서 다급히 소리쳤다. "조금이라도 추문을 일으키면 안 돼! 어서 가서 용서를 빌어!"

그러나 가장은 이미 한길에 나가 있었다. 콜랴가 배낭을 들고 뒤를 쫓아갔다. 니나 알렉산드로브나는 현관 바깥 계단에 서서 울고 있었다.

그녀는 남편을 쫓아가려 했으나, 프치츠인이 못 가게 붙든 것이다.

"그러시면 장인어른을 더 부추길 뿐입니다." 그가 장모에게 말했다. "어디 가실 데도 없으니, 반시간 뒤에 다시 집으로 모셔오면 됩니다. 콜랴하고도 이미 얘기가 됐고요. 조금만 바보짓을 더 하시게 그냥 두시죠."

"이게 무슨 추태예요, 어디로 가신다는 거예요!" 가냐가 창밖으로 소리를 내질렀다. "갈 데도 없으면서!"

"돌아오세요, 아빠!" 바랴도 소리쳤다. "이웃이 듣잖아요."

장군은 걸음을 멈추고 돌아보더니, 한 팔을 치켜들며 외쳤다.

"이 집에 내 저주가 내릴 줄 알아라!"

"꼭 저렇게 연극조로 나온다니까!" 가냐가 창문을 쾅 닫으며 중얼거렸다.

정말로 이웃 사람들이 듣고 있었다. 바랴는 방에서 달려나갔다.

바랴가 나가자, 가냐는 탁자에서 편지를 집어들고 입을 맞춘 다음, 더없이 만족스러운 마음에 혀를 가볍게 차고는 마치 발레라도 하듯 두 발꿈치를 맞부딪치며 위로 껑충 뛰어올랐다.

III

여느 때라면 장군의 망동은 아무것도 아닌 일로 끝날 수 있었다. 전에도 이런 식으로 느닷없이 고집을 부리는 때가 있긴 했으나, 그런 경우는 상당히 드물었는데, 대체로 말해 그는 매우 온순한데다 거의 선량하다 할 만한 성질을 지닌 사람이었기 때문이다. 그는 최근 몇 해 동안 자신을 장악해버린 무절제를 상대로, 아마도 백 번은 더 투쟁을 개시했을 것이다. 십사기 지기가 '한 집안의 가장'이라는 사실을 떠올리고, 진심으로 눈물을 흘리며 아내와 화해할 때도 있었다. 그는 니나 알렉산드로브나가 그토록 많은 것을 말없이 용서해줄 뿐만 아니라, 심지어 이제는 어릿광대 같은 존재로 타락해버린 자신을 여전히 사랑해주었으므로, 숭배에 가까운 존경을 그녀에게 바치고 있었다. 그러나 무절제와의 고결한 투쟁은 보통 그리 오래 지속되지 못했다. 장군 역시 비록 그 나름이긴 하나 지나치게 '돌발적인' 성향의 사람이었다. 그는 으레 자기 가정 안에서의 조용한 참회생활을 견디지 못하고 반란으로 종지부를 찍곤 했다. 격렬한 울분에 휩싸일 때면 그게 자기 탓이라며 곧바로 자신을 비난하는 듯했지만, 그러면서도 울분을 참아내지는 못했다. 아무한테나 시비를 걸고, 거창한 웅변을 늘어놓기 시작하고, 자신에게 무한하고 터무니없는 존경을 표하라며 요구하다가, 마침내 집에서 사라져버리곤 했는데, 어떤 땐 오랜 시간이 지나도 돌아오지 않았다. 최근 이 년 동안 그는 자기 집안의 일에 대해선 그저 대충 알거나 소문으로만 알 뿐, 더 세심하게 신경쓰려 하진 않았는데, 자기한테는 그런 소질이 전혀 없다고 느꼈기 때문이다.

하지만 이번만은 '장군의 난동'에 뭔가 심상찮은 것이 나타나 있었다. 모두가 뭔가를 알고 있으면서도 그것에 대해 말하길 두려워하는 눈치였다. 장군이 가족의 품에, 즉 니나 알렉산드로브나의 곁에 '형식적으로' 다시 모습을 드러낸 것은 불과 사흘 전이었으나, 여느 때 같으면 그렇게 '복귀'할 때 늘 온순하게 뉘우치는 빛을 띠고 있던 장군이 이번에는 어쩐 일인지 전혀 그렇지 않았고, 오히려 걸핏하면 역정만 내려

들었다. 그는 수다스러웠고 불안정해 보였으며, 아무나 그저 마주치는 대로 붙잡고는 마치 덤벼들기라도 할 듯이 열을 올리며 지껄여대기 시작했지만, 그 화제라는 게 너무나 잡다하고 엉뚱하기만 해서, 도대체 무엇 때문에 그가 지금 이토록 흥분하는 것인지 도무지 알아낼 수가 없었다. 잠깐씩 쾌활해질 때도 있었으나, 그보다는 생각에 잠겨 있을 때가 더 잦았고, 그러면서도 정작 무엇을 생각하고 있는지는 자신도 몰랐다. 갑자기 예판친 가족이나 공작이나 레베제프에 대해—무슨 얘기를 꺼내기도 했지만, 그러다가도 돌연 얘기를 중단한 채 아예 입을 다물고는, 상대방이 뭘 계속 물어봐도 그냥 흐릿한 미소로 답할 뿐, 심지어 자기한테 뭘 물어보고 있다는 사실조차 알아채지 못하고 그저 웃어 보이기만 했다. 간밤엔 밤새 땅이 꺼져라 한숨을 내쉬고 신음을 토해서 니나 알렉산드로브나를 죽도록 괴롭혔고, 그녀는 남편을 위해 밤새도록 찜질 용구를 데우면서도 그걸 어디다 써야 할지조차 잘 알지 못했다. 그는 새벽녘에야 갑자기 잠이 들어 네 시간을 자고는 기이하고도 극심한 우울증 발작과 함께 눈을 떴는데, 그게 결국 입폴리트와의 언쟁과 '이 집에 내 저주가 내릴 줄 알아라'로 끝난 것이다. 식구들은 또, 그가 이 사흘 동안 끊임없이 극도의 자존에 빠져들어 걸핏하면 모욕감을 느낀다는 사실을 알아챘다. 콜랴는 어머니를 설득하면서, 이 모든 게 술을 마시지 못해서거나 아니면 최근 들어 몹시 가까워진 레베제프를 만나지 못해서일 거라고 주장했다. 하지만 장군은 사흘 전에 바로 그 레베제프와 느닷없이 한바탕 다툰 끝에 헤어졌고, 심지어 공작에게까지 무슨 소동을 벌였다. 콜랴는 공작에게 어떻게 된 일인지 좀 설명해 달라고 부탁했으나, 결국 공작마저 자기에게 뭔가 숨기려 한다는 것을 어렴풋이 짐작하게 됐을 뿐이다. 가냐가 아주 그럴듯하게 추측한 바대로 입폴리트와 니나 알렉산드로브나 사이에 설령 무슨 특별한 대화가 오갔다 하더라도, 가냐가 그처럼 대놓고 중상가라 불렀던 그 짓궂은 사내가 콜랴에게도 똑같은 방식으로 그 일을 알려주는 만족감을 포기했다는 게 아무래도 이상하지 않은가. 정말 어쩌면 입폴리트는 가냐가 자기 누이와 얘기하면서 단정지은 것 같은 그런 심술궂은 '애송이'가 아니라, 심술궂기는 하나 종류가 다른 인간인지도 모른다. 게다가 자기가 관찰한 뭔가를 니나 알렉산드로브나에게 알려줬다 해도, 그저 '그녀의 가슴을 찢어놓기' 위해 그랬다고 보기는 힘들다. 우리는, 인간의 행동 동기가 우리가 늘 나중에 가서 설명하게 되는 것보다 대개는 훨씬 더 복잡하고 다양해서, 그것을 분명히 제시할 수 있는 경우가 드물다는 사실을 잊지 말아야 한다. 따라서 서술자는 그저 사건을 단순히 기술하는 데서 그치는 편이 가장 나을 때가 더러 있다. 그러니, 장군에게 들이닥친 지금의 파국을 설명할 때도 우리는 앞으로 이와 같은 태도로 임하고자 한다. 왜냐하면 우리의 저항에도 불구하고, 우리 이야기의 이 부차적인 인물에게 지금껏 예상해온 것보다 조금 더 많은 주의와 지면을 할애해야 할 결정적인 필요성이 생겨났기 때문이다.

이 사건들은 다음과 같은 순서로 잇달아 일어났다.

페르드이셴코를 찾으러 페테르부르크로 떠났던 레베제프는 장군과 함께 바로 당일로 돌아왔으나, 공작에게 별다른 말은 전혀 하지 않았다. 만약 그때 공작이 자신에게 중대한 의미를 갖는 다른 인상들에 사로잡혀 정신이 딴 곳에 지나치게 쏠려 있지만 않았어도, 레베제프가 그로부터 이틀 동안이나 자기에게 아무런 설명도 내놓지 않을뿐더러, 오히려 무엇 때문인지 자기와 대면하기조차 꺼린다는 걸 금세 알아챌 수 있었을 것이다. 마침내 이 사실에 주의를 돌리게 된 공작은, 레베제프가 요 이틀간 우연히 마주칠 때마다 무척이나 기분이 좋은데다 거의 언제나 장군과 함께 있었다는 점을 떠올리고 깜짝 놀랐다. 이들 두 친구는 이제 단 일 분도 서로 떨어지려 하지 않았다. 이따금 공작은 위층에서 흘러나오는 떠들썩하고 빠른 대화와 웃음 섞인 유쾌한 논쟁을 들을 수 있었다. 심지어 한번은 아주 밤늦게 뜻밖에도 군대풍의 술자리 노래가 갑자기 울려퍼졌고 그 소리가 공작의 귀에까지 들려왔는데, 공작은 그게 장군의 목쉰 저음이라는 것을 금방 알아챘다. 하지만 그렇게 울려퍼지던 노래는 끝까지 계속되지 않고 갑자기 잠잠해졌다. 그러고서도 한 시간가량이나 매우 활기 띤 대화가 이어졌는데, 모든 점으로 미루어보아 어지간히 취한 게 분명했다. 한껏 흥이 나 있던 위층 친구들이 서로 부둥켜안고 그 둘 중 누군가가 마침내 울음을 터뜨렸으리라는 건 쉽사리 짐작할 수 있었다. 뒤이어 갑자기 격렬한 논쟁이 벌어졌으나, 그 역시 이내 잠잠해졌다. 이 며칠 내내 콜랴는 뭔가 유난히 걱정스러운 기분이었다. 공작은 거의 언제나 집을 비웠고, 때로는 아주 늦게 귀가하곤 했다. 그럴 때마다 그는 콜랴가 온종일 그를 찾으면서 그가 있는지 물어보았다는 보고를 들었다. 하지만 정작 공작을 만나도, 콜랴는 장군과 장군의 지금 행동이 몹시 '못마땅하다'는 말밖에 딱히 아무 말도 할 수 없었다. "어슬렁어슬렁 가까운 술집이나 함께 찾아가서 술을 퍼마시고 한길에서 서로 부둥켜안기도 하고 욕지거리도 해대죠, 서로의 성질에 불을 지르면서도 절대로 떨어지지 못한다고요." 그런 일은 전에도 거의 매일 있지 않았느냐고 공작이 지적하자, 콜랴는 이 말에 어떻게 대답해야 할지, 자기가 지금 이렇게 불안한 이유를 어떻게 설명해야 좋을지, 도무지 알 수가 없었다.

술자리 노래와 논쟁이 있던 다음날 아침 열한시쯤 공작이 집을 막 나서려는 순간, 난데없이 장군이 그의 앞에 나타났는데, 무엇 때문인지 몹시 흥분하고 거의 충격까지 받은 듯한 모습이었다.

"존경해 마지않는 레프 니콜라예비치, 당신을 만날 수 있는 영광을 갖고자 오래전부터 기회를 찾고 있었소, 오래전, 아주 오래전부터." 그는 공작의 손을 아플 정도로 꽉 쥐며 이렇게 중얼거렸다. "아주, 아주 오래전부터요."

공작은 앉으라고 권했다.

"아니요, 앉지 않겠소, 더구나 지금은 당신을 붙잡는 것 같으니까, 나는—다음번에 다시 오지요. 그래도 이 기회에 축하는 할 수 있을 것 같구려…… 당신이 소원을…… 성취한 데 대해서……"

"소원이라뇨?"

공작은 당혹스러웠다. 이런 경우 아주 많은 사람이 그렇겠지만, 그 역시 아무도 자신의 속마음을 알아채거나 짐작하거나 이해하지 못하리라 여겼던 것이다.

"안심하시오, 안심해요! 그런 미묘한 감정을 건드리진 않겠소. 나 자신도 경험해봤고 잘 아니까, 청하지도 않았는데 다른 사람이…… 속담에서 말하듯…… 이른바…… 코를 쑥 들이밀면 어떤 기분이 되는지. 나도 매일 아침 그것을 경험하고 있거든. 하지만 내가 온 건 다른 일, 중요한 일 때문이오. 대단히 중요한 일이 있어서, 공작."

공작은 다시 한번 의자를 권하고, 자신도 앉았다.

"그럼 정말 일 초만…… 나는 조언을 구하러 들렀소. 나는 물론 현실적인 목적 없이 사는 인간이지만, 나 자신을 존경하고 또…… 일반적으로 러시아인들이 그토록 등한시하는 실무적 능력을 존중하기 때문에…… 나 자신과 내 처와 내 자식들을 그럴듯한 위치에 올려놓고 싶어서…… 한마디로, 공작, 당신의 조언을 구하고자 하는 거요."

공작은 그의 의도에 열심히 찬사를 보냈다.

"뭐, 그건 다 괜한 얘기요." 장군이 얼른 말을 가로챘다. "요는, 나는 그 얘길 하려는 게 아니오, 나는 다른 것, 중요한 것에 대해 말하려는 거요. 그리고 그걸 레프 니콜라예비치 당신에게 밝히기로 결심했소, 당신이 진실한 태도와 고결한 감정의 소유자라 믿고서 말이오, 그러니까 나는 당신을 마치…… 마치…… 내 말에 놀라지 않소, 공작?"

공작은 특별히 놀라진 않았으나, 비상한 주의와 호기심을 기울여 자신의 손님을 지켜보고 있었다. 노인은 얼굴빛이 약간 창백했으며 이따금 입술이 가볍게 떨렸고, 두 손은 잠시도 한 곳에 머무르지 못하는 듯했다. 그는 겨우 몇 분 앉아 있는 사이에 무엇 때문인지 벌써 두어 번이나 의자에서 벌떡 일어났다가 갑자기 다시 앉곤 했는데, 분명 자신의 그런 행동에 전혀 주의를 기울이지 못하는 모양이었다. 탁자 위에는 책이 몇 권 놓여 있었다. 그는 말을 계속하면서 그중 한 권을 집어들고 펼쳐진 페이지에 눈을 힐끗 주더니 곧바로 다시 덮어서 탁자 위에 놓고 다른 책을 집어들었지만, 이번엔 아예 펼치지도 않고 내내 오른손에 쥔 채 쉴새없이 허공에 휘휘 흔들어댔다.

"아니, 그만두겠소!" 그가 갑자기 소리쳤다. "내가 너무 귀찮게 한 것 같구려."

"천만의 말씀을, 제발 계속하세요. 나는 오히려 당신의 말뜻을 이해하려고 귀를 기울이고 있는데요……"

"공작! 나는 나 자신을 존경받을 만한 위치에 세워놓고 싶소…… 나 자신과…… 내 권리를 존중하고 싶은 거요."

"그러한 소망을 지닌 사람은 그 소망 하나만으로도 충분히 존경받을 가치가 있습니다."

공작이 습자 교본에 나오는 이 진부한 문구를 말한 것은 이 말이 훌륭한 효과를 낳을 게 틀림없다는 굳은 믿음이 있었기 때문이다. 그는 이런 종류의 공허하지만 듣기 좋은 어떤 문구를 적당한 순간에 말해주면, 장군과 같은 사람, 특히 그런 처지에 있는 사람의 마음을 한순간에 달래주고 풀어줄 수 있다는 사실을 어쩌다 본능적으로 알아챘던 것이다. 아무튼 그는 이런 손님이 가벼워진 마음으로 떠날 수 있게 해야 했고, 바로 그게 그의 과제였다.

과연 이 문구는 장군을 우쭐하게 하고, 감동시키고, 기쁘게 했다. 장군은 갑자기 다감해져서, 순식간에 달라진 어조로 감격에 차 장황한 설명을 늘어놓기 시작했다. 그러나 공작은 아무리 주의력을 집중하고 귀를 기울여봐도 무슨 얘기인지 정말 한마디도 알아들을 수가 없었다. 장군은 산더미처럼 머릿속에 밀려드는 생각을 다 말하기엔 시간이 너무나 부족하다는 듯이, 빠르고 열띤 어조로 십 분가량 지껄였다. 끝에 가선 두 눈에 눈물까지 반짝이기 시작했다. 하지만 그의 말은 밑도 끝도 없는 문구와 엉뚱한 단어와 엉뚱한 생각들이 빠르고 급작스럽게 튀어나오고 차례도 없이 마구 건너뛰는 것에 지나지 않았다.

"이제 됐소! 당신이 이해해주니 나도 안심이 되는구려." 그는 갑자기

의자에서 일어나며 이렇게 끝맺었다. "당신 같은 마음을 가진 분이 고뇌하는 사람의 심정을 이해하지 못할 리가 없지. 공작, 당신은 이상 그 자체만큼이나 고결한 분이오! 당신에 비하면 다른 사람들은 모두 무엇이겠소? 하지만 당신은 아직 젊으니, 내가 당신의 앞날을 축복해주리다. 그건 그렇고, 내가 이렇게 찾아온 건, 당신과 중요한 대화를 나눌 시간을 미리 좀 정해주실 수 있나 해서요. 이 대화에 나는 가장 큰 희망을 걸고 있소이다. 내가 찾는 건 오직 우정과 진실한 마음뿐이오, 공작. 나는 지금까지 한 번도 내 마음의 이 요구를 충족시켜본 적이 없소."

"하지만 지금은 왜 안 되는 거지요? 나는 기꺼이 들을 용의가 있습니다……"

"안 될 말이오, 공작, 절대 안 될 말이오!" 장군이 성급하게 말을 가로챘다. "지금은 안 되오! 지금 한다는 건 당치도 않아요! 이건 너무나도 너무나도 중대한 일, 정말 너무나 중대한 일이란 말이오! 그 대화를 나누는 시간은 내 최종적인 운명의 시간이 될 거요. 그건 나의 시간이 될 것이고, 나는 그처럼 신성한 순간에, 무슨 일에나 맨 먼저 끼어드는 훼방꾼이, 뻔뻔하기 그지없는 자가 들어와 우리의 대화를 중단시키는 게 싫소, 사실 그런 뻔뻔한 자가 드물지 않으니까." 그는 갑자기 공작 쪽으로 몸을 기울이며 무슨 비밀이라도 말하는 양 거의 겁마저 먹은 이상한 목소리로 속삭였다. "당신의…… 구두 뒤축만도 못한 그런 철면피 말이오, 친애하는 공작! 오, 나는 내 구두 뒤축이라고 말하지 않아요! 내가 내 구두 뒤축을 언급하지 않은 사실에 특히 주목해주구려. 아무렇지도 않게 그런 말을 입 밖에 내기엔 나는 나 자신을 너무나 존중하고 있소. 하지만 오직 당신만은 이해할 수 있을 거요, 이런 경우에 내 구두 뒤축을 끌어대지 않는 건 나의 존엄함에 대한 한없는 긍지를 보여주는 것인지도 모른다는 사실을 말이오. 당신 말고는 어느 누구도 그것을 이해하지 못할 거요, 특히 그놈이 어느 누구보다 더 그렇소. 그놈은 아무것도 이해하지 못해요, 공작. 이해할 능력이 전혀, 전혀 없단 말이오! 이해하기 위해선 가슴을 지녀야 하니까!"

결국 공작은 놀라다시피 해서, 바로 내일 이 시간에 장군과 면담하기로 했다. 장군은 무척이나 위안을 얻고 거의 안정을 되찾은 기분으로 기운차게 방에서 나갔다. 저녁 여섯시가 조금 지나, 공작은 레베제프에게 잠깐 와주면 좋겠다고 사람을 보냈다.

레베제프는 아주 황급히 나타났는데, 들어서면서부터 대뜸 '영광으로 여깁니다'라고 인사를 시작하면서, 지난 사흘간 아예 숨다시피 하며 공작과 마주치길 피해온 게 분명한데도 불구하고 그런 기색은 조금도 드러내려 하지 않았다. 그는 의자 귀퉁이에 걸터앉아 얼굴을 찡그리고 웃으면서 뭔가 몰래 살피듯 눈을 가늘게 뜨고 두 손을 비벼대며, 이미 오래전부터 모든 사람이 알아채고 기다려온 그 어떤 굉장한 소식과도 같은 것을 듣게 되길 아주 순진하게 기대하는 표정이었다. 공작은 또다시 불쾌감을 느꼈다. 갑자기 모든 사람이 그에게서 무언가를 기대하기 시작했고, 모든 사람이 뭔가 축하라도 하려는 듯이 어떤 암시가 깃든 미소를 띠고 눈을 깜박이며 그를 쳐다본다는 것을 그는 분명히 알아챘다. 켈레르만 해도 벌써 세 번이나 그에게 잠시 달려와 마찬가지로 무슨 축하라도 하려 드는 것 같았는데, 하지만 그럴 때마다 열광적인 어조로 뭔가 알아들을 수도 없는 말을 시작했다가는 말끝을 맺지도 못하고 재빨리 사라져버렸다. (그는 요즘 들어 어디선가 전에 없이 심하게 퍼마시기 시작했고, 어느 당구장에서 소동까지 피웠다.) 심지어 콜랴마저 자신의 울적한 기분에도 불구하고, 두어 번 공작에게 무슨 알쏭달쏭한 얘기를 꺼낸 적이 있었다.

공작은 조금 흥분한 모습으로 레베제프에게, 장군의 지금 상태에 대해 어떻게 생각하느냐, 무엇 때문에 장군이 저렇게 불안해하느냐고 단도직입적으로 물었다. 그리고 아까 벌어졌던 장면을 몇 마디로 얘기해 주었다.

"누구에게나 저마다의 불안이 있는 법이지요, 공작님, 특히…… 우리의 이 기이하고 불안한 시대에는 말입죠, 그러믄요." 레베제프는 다소 무뚝뚝하게 대꾸하고는, 기대가 몹시 어그러졌다는 표정을 하고서 마음이 상해서 입을 다물었다.

"그건 또 무슨 철학인가요!" 공작이 피식 웃었다.

"철학은 필요합죠, 특히 우리 시대에는 철학의 실제적 응용이 대단히 요망된다 하겠지만 다들 철학을 경시한다굽쇼, 암요. 저로 말하자면, 존경해 마지않는 공작님, 저는 당신도 알고 계신 그 어떤 점에서는 영광스럽게도 당신의 신임을 받곤 했습죠만, 그것도 그저 어느 정도까지이지, 바로 그 한 가지 점과 관련된 상황 이상의 것에 대해서는 절대로 그렇지 않았습니다…… 저는 그걸 잘 알고 있고, 불만을 늘어놓을 생각은 눈곱만큼도 없습니다요."

"레베제프, 무엇 때문인지 몰라도 화가 난 것 같군요?"

"천만에요, 절대로 그렇지 않습니다, 존경해 마지않는 공작 각하, 절대 그렇지 않아요!" 레베제프는 가슴에 손을 얹으며 비장하게 외쳤다. "오히려 그 반댑니다, 저는 바로 지금 깨달았습니다, 세상에서의 지위에 있어서나, 지성과 감성의 발달에 있어서나, 부의 축적에 있어서나, 저의 과거 행적에 있어서나, 하물며 지식에서까지—그 무엇에 있어서도 저는 당신의 영광스러운 신임을, 저의 희망 앞에 드높이 빛나고 있는 그 영광스러운 신임을 받을 자격이 없다는 사실을 말입죠. 제가 당신에게 무슨 도움이 될 수 있다고 해도, 그건 한낱 노예나 날품팔이꾼으로서일 뿐, 그 이상은 아니라는 것을 잘 알고말고요…… 이런 제가 어찌 감히 화를 내겠습니까요, 그저 슬퍼할 따름입죠."

"루키얀 치모페이치, 그게 무슨 말인가요!"

"그럴 수밖에 없지요! 지금도, 지금 이 경우도 마찬가집니다! 당신을 만나뵙고 주의깊게 세심히 당신을 지켜보면서도 저는 자신에게 이렇게 말했습니다. 내가 공작님과 친구처럼 얘기를 주고받을 자격은 없지만, 그래도 이 집 주인의 자격으로 아마도 적당한 때에, 예측 가능한 시기에, 눈앞에 와 있는 어떤 예상되는 변화와 관련해 이른바 지시나, 또는 하다못해 통지라도 받을 수는 있으리라, 라고요."

이렇게 말하면서 레베제프는, 어리둥절한 표정으로 자기를 바라보는 공작의 얼굴을 날카롭고 조그만 두 눈으로 뚫어져라 응시했다. 그는 아직도 자신의 호기심을 만족시킬 수 있을지 모른다고 희망을 품고 있었다.

"무슨 소린지 하나도 모르겠군." 공작은 화를 내다시피 하며 소리쳤다. "그런데…… 당신은 어처구니없는 책략가로군요!" 그는 갑자기 진정으로 참을 수 없다는 듯 폭소를 터뜨렸다.

그 순간 레베제프도 따라 웃기 시작했는데, 광채를 발하기 시작한 그의 시선은 그의 희망이 다시금 밝아졌고 심지어 갑절로 커졌음을 말해주었다.

"루키얀 치모페이치, 내가 당신한테 무슨 말을 하려는지 알고 있나요? 부디 화를 내진 말아요, 나는 당신의, 아니 비단 당신뿐만이 아니지만, 그 순진함이 놀랍네요! 당신은 바로 지금, 바로 이 순간, 그처럼 순진하게 나한테서 뭔가를 기대하고 있지만, 내겐 당신을 만족시켜줄 게 아무것도 없어서, 오히려 미안하고 면목 없을 지경이군요. 맹세하지만 정말 아무 일도 없어요, 당신은 이걸 받아들일 수 있겠어요?"

공작은 또다시 웃음을 터뜨렸다.

레베제프는 짐짓 거드름을 피웠다. 그가 이따금 놀랍도록 순진하고 집요하게 호기심을 드러내는 것은 사실이지만, 동시에 그는 상당히 교활하고 닳아빠진 인간인데다, 어떤 경우엔 아주 음흉하리만큼 말이 없었다. 그런데 공작은 그를 계속 자신의 곁에서 물리침으로써 그를 거의 적으로 만들고 말았다. 하지만 공작이 그를 마다한 이유는 그를 경멸해서가 아니라, 그가 호기심을 갖는 문제가 너무나 미묘한 것이기 때문이었다. 불과 며칠 전까지만 해도 공작은 자신이 품고 있는 어떤 꿈을 거의 범죄처럼 여길 정도였는데, 루키얀 치모페이치는 공작이 자기를 마다하는 이유가 오로지 자기에 대한 개인적인 혐오감과 불신 때문이라고 받아들여 늘 마음에 상처를 입은 채 물러갔을 뿐만 아니라, 공작과의 관계를 두고 콜랴와 켈레르는 물론이고 자기 딸 베라 루키야노브나에게까지 질투를 느꼈다. 심지어 바로 이 순간에도 그는 공작에게 대단히 흥미로울 만한 어떤 소식을 전해줄 수 있었고 또 그러길 진심으로 원했을 테지만, 침울하게 입을 꼭 다물고는 끝내 알려주지 않았다.

"그런데 대체 무슨 용무이십니까, 존경하는 공작님, 아무튼 지금……

저를 이리로 불러들이셨잖습니까?" 그는 한동안 침묵을 지키다가 드디어 입을 열었다.

"그게 실은, 장군에 대해 좀 물어보고 싶어서." 공작 역시 잠시 생각에 잠겨 있다가 퍼뜩 정신을 차렸다. "그리고…… 당신이 말해줬던 그 절도 사건에 관해서도……"

"무엇에 관해서라굽쇼?"

"아니, 왜 이래요, 마치 내 말을 못 알아듣는 것처럼! 아아, 맙소사, 대체 왜 그래요, 루키얀 치모페이치, 그렇게 끊임없이 연기를 해대니! 돈 말입니다, 돈, 당신이 그때 지갑째 잃어버렸다는 4백 루블요, 그날 아침, 페테르부르크로 떠나면서 여기 들러 얘기해줬잖아요, 이제 생각나나요?"

"아아, 그 4백 루블 말씀이군요!" 레베제프는 이제야 알아듣겠다는 듯 말끝을 길게 늘였다. "고맙습니다, 공작님, 진심으로 관심을 가져주셔서. 저로서는 분에 넘치는 영광이군요, 하지만…… 그 돈은 다시 찾았습니다요, 벌써 오래전에."

"다시 찾았다고요! 아아, 정말 다행이군요!"

"당신의 그 탄성은 지극히 고결한 것입니다—어미 없는 자식들을 잔뜩 거느리고 고된 노동으로 살아가는 가난뱅이에게 4백 루블이란 너무나 큰돈이니까요……"

"나는 그런 뜻으로 말하는 게 아니에요! 물론 찾았다니 나도 반갑지만." 공작은 얼른 말을 바로잡았다. "그런데…… 대체 어떻게 찾았나요?"

"아주 간단하게 찾았습죠, 프록코트를 걸쳐놓은 의자 밑에서 찾았는데, 필시 지갑이 주머니에서 빠져나와 바닥에 떨어졌던 모양입니다."

"어떻게 의자 밑에? 그럴 리가, 방안 구석구석을 다 찾아봤다고 그랬잖아요. 어떻게 제일 중요한 그곳을 그냥 지나쳤단 말이죠?"

"그야 물론 그곳도 찾아보았습죠! 찾아봤다는 걸 너무나, 너무나 똑똑히 기억하고 있다굽쇼! 의자를 옆으로 치워놓고, 네발로 기면서 두 손으로 더듬어보기까지 했죠. 자신의 눈을 믿을 수가 없었거든요. 아무것도 없고, 제 손바닥처럼 반질반질하기만 한, 텅 빈 방바닥밖에 없다는 걸 눈으로 보면서도, 그래도 미심쩍은 나머지 손으로 계속 더듬어보았단 말입니다요. 사람이 뭔가 중요한 것을 잃어버리고 애가 타서…… 그걸 꼭 찾고 싶을 땐, 그런 어리석은 짓까지도 곧잘 하게 마련입죠. 아무것도 없이 그곳이 텅 비어 있다는 걸 눈으로 보면서도, 열다섯 번씩이나 그곳을 들여다보게 되니까요."

"그야 그렇겠죠, 하지만 대체 어떻게 이런 일이?…… 도무지 이해를 못하겠군요." 공작은 뭐가 뭔지 모르겠다는 듯이 중얼거렸다. "처음엔 거기에 아무것도 없었고 당신이 거기서 찾아보기도 했다, 그런데 갑자기 그 자리에 나타났다, 이 말 아닌가요?"

"예, 그 자리에 갑자기 나타난 것입죠."

공작은 이상하다는 눈으로 레베제프를 쳐다보았다.

"그럼, 장군은?" 공작이 불쑥 물었다.

"무슨 말씀이시죠? 장군이 어떻게 됐다굽쇼?" 레베제프는 또다시 알아듣지 못하겠다는 얼굴을 했다.

"아아, 맙소사! 내 말은, 당신이 의자 밑에서 지갑을 찾아냈을 때, 장군이 뭐라고 말했느냐고요. 전에도 장군과 함께 찾아봤다고 그랬잖아요."

"전에는 암시 젖어봤습죠. 하지만 솔직히 말씀드려서, 이번엔 아직 입을 다물고 있습니다요, 나 혼자 이미 지갑을 찾아냈다는 말을 장군에게 하지 않는 편이 좋을 것 같아서요."

"어…… 어째서죠? 그래. 돈은 다 있던가요?"

"지갑을 열어보니, 단 1루블도 축나지 않고 고스란히 있었습니다요."

"그래도 나한테는 와서 말해줬어야지요." 공작은 생각에 잠긴 얼굴로 말했다.

"공작님께선 이른바 아주 특별한 개인적인 감명에 젖어 계신 듯해서, 그런 공작님께 제 문제로 심려를 끼쳐드리고 싶지 않았거든요. 게다가 저 자신도 아직 아무것도 발견하지 못한 척하고 있었으니깝쇼. 지갑을 열어 내용물을 살펴보고는 닫아서 다시 의자 밑에 놓아뒀습니다."

"아니, 왜요?"

"그-그냥-요. 앞으로 어떻게 될까 하는 호기심 때문입죠." 레베제프는 두 손을 비벼대며 갑자기 히히 웃었다.

"그럼 지갑이 아직도 거기 있단 말이군요, 그저께부터?"

"오, 아닙죠. 하루 밤낮 동안만 거기 놓여 있었습니다. 아십니까, 저는 장군도 그걸 찾아내주었으면 하고 어느 정도 원했다굽쇼. 왜냐하면, 저도 결국 찾아냈는데, 장군이라고 해서 그 물건을 왜 알아채지 못하겠습니까요, 아주 눈에 잘 띄게 의자 밑에 비죽 튀어나와 있는데 말입죠. 제가 몇 번이나 의자를 들어올려 이리저리 옮겨놨기 때문에 지갑은 이미 완전히 노출된 채 놓여 있는데, 그런데도 장군은 전혀 알아채지 못했고, 그런 식으로 하루 밤낮이 지나갔단 말입니다. 아무래도 장군은 요즘 정신이 몹시 산란해서, 무엇을 잘 알아보지 못하는 모양입니다. 말을 걸고 얘기를 늘어놓고 웃고 껄껄대다가도, 갑자기 저한테 무섭게 화를 내는데, 대체 영문을 모르겠다굽쇼. 그러다가 마침내 방에서 함께 나오게 됐을 때, 저는 일부러 방문을 열어둔 채 그대로 뒀습니다. 그러자 장군은 뭔가 말할 것처럼 잠시 머뭇거리더군요, 아마도 그런 큰돈이 든 지갑을 그렇게 두고 나가는 게 무척 걱정스러웠던 모양이지만, 갑자기 무섭게 화를 내더니 아무 말도 하지 않더라굽쇼. 그러더니 한길에 나서서 두 걸음도 채 가기 전에 저를 팽개치고는 다른 쪽으로 휑하니 가버렸습니다. 저녁때가 돼서야 술집에서 다시 만났지요."

"아무튼 결국은 당신이 지갑을 의자 밑에서 집어들었을 게 아닌가요?"

"아닙니다요. 바로 그날 밤에 지갑이 의자 밑에서 사라지고 말았으니깝쇼."

"그럼 그 지갑은 지금 어디 있죠?"

"여기 있습죠." 레베제프는 의자에서 일어나 몸을 쭉 펴고 서서, 유쾌하게 공작을 바라보며 갑자기 웃음을 터뜨렸다. "느닷없이 여기 제 프록코트 자락 안에 들어가 있더군요. 자, 직접 보시죠, 만져보시라굽쇼."

정말로 프록코트의 왼쪽 앞자락, 그러니까 가장 눈에 잘 띄는 바로 앞부분이 자루 모양으로 불룩했는데, 살짝 만져보기만 해도, 그게 밑이 터진 주머니에서 빠져 내려온 가죽지갑임을 대번에 짐작할 수 있었다.

"꺼내서 살펴봤습죠, 다 그대로 있더구먼요. 다시 그 자리에 쑤셔넣고 어제 아침부터 그냥 이렇게 돌아다니고 있는데, 옷자락 속에 넣고 다니다보니 제 다리를 치기까지 합니다."

"그래 어떻게 된 일인지는 모르고요?"

"모르겠는뎁쇼, 헤-헤! 그런데 상상해보십시오, 존경하는 공작님—하긴 특별히 당신의 주의를 끌 만한 건 못 됩니다만—제 주머니는 언제나 멀쩡했는데, 하룻밤 새에 갑자기 이렇게 큰 구멍이 나 있지 뭡니까요! 하도 이상해서 좀더 꼼꼼히 살펴봤더니—누가 펜 깎는 칼로 쫙 찢어놓은 것 같더군요. 거의 믿기 힘든 일 아닙니까요?"

"그런데…… 장군은?"

"어제도 오늘도 종일 화만 내더군요. 뭐가 몹시 못마땅한 모양입니다요. 기쁨에 들떠 흥겨워하며 제 환심까지 사려는가 하면, 눈물이라도 흘릴 듯이 감상적이 되기도 하고, 그런가 하면 또 느닷없이 화를 벌컥 내니, 저는 겁마저 날 지경입니다요, 정말이라굽쇼. 공작님, 어쨌거나 제가 군인은 아니잖습니까. 어제 둘이서 술집에 앉아 있을 때 어쩌다 보니 제 옷자락이 눈에 아주 잘 띄게 산처럼 불룩 튀어나와 있었거든요. 그랬더니 흘겨보면서 화를 내는 겁니다. 지금 장군은 오래전부터 제 눈을 똑바로 쳐다보는 일이 없습니다요, 물론 몹시 취했거나 아주 감상적인 기분이 됐을 때는 예외지만요. 하지만 어제는 두 번인가 저를 똑바로 쳐다보는데, 그야말로 등골이 오싹하더군요. 어쨌든 저도 내일은 지갑을 발견할 작정이지만, 내일까지 하룻저녁은 더 이대로 즐길 생각입니다."

"왜 그렇게 그 사람을 괴롭히는 거죠?" 공작이 소리쳤다.

"괴롭히는 게 아니에요, 공작님, 괴롭히는 게 아니고말고요." 레베제프는 열을 올리며 말을 받았다. "저는 진심으로 장군을 사랑하고 있고요, 또…… 존경합니다요. 그리고 지금은, 당신이 믿으시건 믿지 않으시건, 장군은 제게 전보다 더 소중한 사람이 됐습니다. 저는 장군을 더욱 높이 평가하게 됐다굽쇼!"

레베제프가 너무나 정색하고 진정어린 어조로 이 말을 하는 바람에, 공작은 오히려 격분하고 말았다.

"사랑한다면서 그렇게 괴롭히다뇨! 이거 봐요. 당신의 분실물을 그렇게 눈에 잘 보이는 의자 밑에 두거나 프록코트 속에 넣었다는 것만으로도, 그 사실 하나만으로도, 그 사람은 당신을 속일 생각이 없고 솔직하게 당신의 용서를 구한다는 뜻을 충분히 표하고 있는 거잖아요. 아시겠어요, 용서를 구하고 있단 말이에요! 그 사람은 그러니까 당신의 섬세한 마음에 기대를 걸고 있고, 다시 말해서, 당신의 우정을 믿고 있다고요. 그런데도 당신은 그처럼…… 정직하기 짝이 없는 사람에게 그렇게까지 모욕을 주다니!"

"정직하기 짝이 없는 사람이죠, 공작님, 정직하기 짝이 없는 사람이라고요!" 레베제프가 눈을 번쩍이며 말을 받았다. "그런 공정한 말씀을 할 수 있는 사람은 다름 아닌 당신 한 분, 그지없이 고결하신 공작님밖에 없습니다! 바로 그렇기 때문에, 갖가지 악덕으로 썩어 문드러진 나 같은 인간도 숭배에 가까울 만큼 당신을 믿고 복종하는 겁니다요! 좋습니다, 그렇게 하기로 하죠! 내일이 아니라, 지금, 지금 당장, 지갑을 발견하기로 하겠습니다. 자, 당신의 눈앞에서 지갑을 꺼내겠습니다요. 여기, 이겁니다. 이렇게 돈도 고스란히 들어 있지요. 자, 받아주십시오, 그지없이 고결하신 공작님, 받아서 내일까지 맡아주십시오. 내일이나 모레 찾아가기로 합죠. 그런데 공작님, 지갑이 없어지고 나서 첫날밤엔 우리집 뜰안 어딘가의 돌 밑에 숨겨져 있었던 것 같은뎁쇼, 어떻게 생각하십니까요?"

"소심해요, 지갑을 찾았다는 말은 그 사람 얼굴에 대고 바로 하면 안 됩니다. 옷자락에 이제 아무것도 없는 것을 보고 그 사람이 그냥 알아차리도록 하는 편이 좋아요."

"그럴깝쇼? 찾았다고 하면서, 여태껏 몰랐다는 식으로 하는 게 낫지 않을까요?"

"아-아니요." 공작은 잠시 생각에 잠겼다. "아-아니, 이젠 이미 늦었어요. 그건 오히려 더 위험해요. 맞아요, 말하지 않는 편이 나아요! 그리고 그 사람한테 상냥하게 대해주고요, 하지만…… 너무 드러나게 하진 말고, 그리고…… 그리고…… 알겠죠……"

"알고 있습니다, 공작님, 알고말고요, 다시 말해, 제가 아마도 그걸 실천하지 못하리라는 걸 알고 있습니다. 그러려면 공작님 같은 마음씨를 지녀야 하니까요. 게다가 저 자신도 성마르고 예민한데, 요즘 그 사람은 이따금 너무나 거만하게 저를 대하거든요. 흐느껴 울면서 부둥켜안다가도, 갑자기 저를 무시하고 업신여기고 조롱하기 시작할 테죠. 뭐, 그러면 저는 일부러 이 옷자락을 쳐들어 보여줄 겁니다요, 헤-헤! 그럼, 이만 물러가겠습니다, 공작님, 아무래도 제가 공작님을 붙들고서, 이른바 더없이 마음을 사로잡는 그 감정을 방해하는 듯싶으니까요……"

"하지만 제발 요전처럼 비밀을 지켜줘요!"

"살그머니 합죠, 살그머니 말입죠!"

사건은 이로써 일단락된 셈이었지만, 공작은 전보다 더 걱정스러운 듯했다. 그는 내일로 예정된 장군과의 면담을 초조히 기다렸다.

IV

약속된 시간은 열한시에서 열두시 사이였지만, 공작은 전혀 뜻하지 않은 사정 때문에 그만 늦고 말았다. 집에 돌아와 보니, 장군은 방에서 그를 기다리고 있었다. 그는 장군이 못마땅한 기분임을 첫눈에 알아챘는데, 아마도 기다려야 했던 것 때문인 듯했다. 공작은 장군에게 용서를 구하고 급히 자리에 앉았으나 이상하게도 왠지 겁이 났는데, 마치 자신의 손님이 사기그릇이라도 되는 양 혹시라도 깨뜨리진 않을까 싶어 자꾸만 불안해지는 느낌이었다. 지금껏 그는 한 번도 장군에게 겁을 먹은 일이 없을뿐더러, 그런 느낌이 든 적조차 없었다. 공작은 이내, 자기 앞에 앉아 있는 장군이 어제와는 전혀 다른 사람임을 깨달았다. 당혹감과 산만함 대신 어떤 심상찮은 자제력 같은 것이 엿보여서, 뭔가 단단히 결심을 한 사람처럼 여겨질 정도였다. 그렇긴 하나 그 침착성은 진정한 것이라기보다 외면적인 것에 가까웠다. 아무튼 손님이 보여주는 위엄에 비록 조심스러움이 섞여 있긴 해도 그 태도는 품위 있고 당당했다. 심지어 처음엔 너그럽게 봐준다는 식으로 공작을 대했는데—그것은 자부심이 강한 사람들이 부당하게 모욕을 당했을 때 이따금 보여주는 품위 있는 당당함과 같은 종류의 태도였다. 그의 음성에는 어딘가 침통한 빛이 없지 않았으나, 말투는 꽤 상냥했다.

"요전에 빌려갔던 책이 저기 있소이다." 그는 자못 거드름을 피우며, 자기가 가져와서 탁자 위에 놓은 책을 턱짓으로 가리켰다. "고맙게 잘 읽었소."

"아아, 네, 거기 실린 글을 읽어보셨습니까, 장군님? 마음에 드셨나

요? 정말 흥미로운 글이 아닌가요?" 공작은 별것 아닌 화제로 대화를 빨리 시작할 수 있게 돼서 기뻤다

"흥미로운지는 몰라도 조잡해요, 내용도 물론 황당하고. 어쩌면 한 줄 한 줄이 전부 거짓말인지도 모르지요."

장군은 허세를 섞어 말하면서, 단어 하나하나를 길게 늘여 발음하기까지 했다.

"아아, 여기 쓰인 건 정말 솔직한 얘깁니다. 프랑스 군대의 모스크바 주둔에 대해 쓴 어느 노병의 목격담*이니까요. 몇몇 대목은 대단히 훌륭하기까지 해요. 게다가 목격자들의 기록이란 모두가 소중하지요, 그 목격자가 누구든 간에 말입니다. 그렇지 않나요?"

"내가 편집자라면 그런 글은 싣지 않았을 거요. 무릇 목격자들의 기록이라 하면, 존경할 만하고 공적이 있는 사람보다 뻔뻔하지만 재미있는 거짓말쟁이의 말을 더 쉽게 믿는 법이올시다. 나도 12년**에 대한 기록을 다소 알고 있지만, 그것들은…… 그런데 공작, 나는 이 집을, 레베제프 씨의 집을 나가기로 결심했소."

장군은 의미심장한 눈으로 공작을 바라보았다.

"장군님은 파블롭스크에 집을 갖고 계시잖습니까, 그러니까…… 따님 댁에……" 공작은 무슨 말을 해야 좋을지 몰라 이렇게 대답했다. 그는 장군이 자신의 운명이 걸린 아주 중대한 일에 대해 조언을 구하러

---

* 러시아 사학자 바르체네프가 창간한 역사·문학잡지 『러시아 문헌집』 제4호에 실린 「1812년 모스크바 노보제비치 수도원. 정식 근무자 세묜 클리므이치의 목격담」으로 보인다.

** 1812년에 나폴레옹이 러시아를 침공한 사건을 가리킨다.

왔음을 상기했다.

"내 아내의 집이지요, 달리 말해서, 딸네 집 안에 있는 나 자신의 집 말이오."

"죄송합니다, 나는 그저……"

"내가 레베제프의 집에서 나가는 것은, 친애하는 공작, 이 인간과 절교했기 때문이오. 어제저녁에 절교했지만, 왜 좀더 일찍 그러지 못했는지 후회스럽군요. 나는 다른 사람들에게 존경을 요구해요, 공작, 이른바 나의 마음을 선물로 주고 있는 그런 사람들로부터도 존경을 받고 싶단 말이오. 공작, 나는 종종 내 마음을 선물로 바치곤 했지만, 거의 매번 기만당해왔소. 이 인간은 내 선물을 받을 자격이 없는 놈이오."

"그 사람은 혼란스러운 면이 많지요." 공작은 조심스럽게 한마디했다. "또 어떤 측면들은…… 하지만 더러 진정이 엿보이기도 하고, 교활한 기지를 지녔지만 때로는 익살스럽기도 한 사람입니다."

공작의 섬세한 표현과 공손한 말투에 장군은 흡족한 모양이었으나, 여전히 가끔은 갑작스러운 불신을 품고 공작을 바라보곤 했다. 하지만 공작의 말투가 너무나 자연스럽고 성실해서, 더는 의심을 품을 수 없었다.

"그 사람한테 좋은 면도 있다는 건" 하고 장군이 말을 받았다. "그 인간에게 내 우정을 선사하다시피 한 내가 누구보다 먼저 인정한 바요. 하지만 나는 나 자신의 가정이 있으니, 그 친구의 집이나 대접 같은 건 필요하지 않다오. 그렇다고 내 악덕을 변명하자는 건 아니오. 내가 절제를 모르는 인간이라 그 친구와 어울려 술을 마셔놓고, 지금 와서 후회의 눈물을 흘리는 건지도 모르겠소. 하지만 내가 그저 술이나 퍼마시

자고(공작, 흥분한 인간의 거칠고 노골적인 언사를 용서해주구려), 그저 술이나 퍼마시지고 그 친구와 사귄 건 아니잖겠소? 나는 다름 아니라, 방금 당신이 말한 그 성질에 끌렸던 거요. 하지만 모든 것엔 일정한 한계가 있고, 심지어 사람의 성질 역시 마찬가지지. 만약 그 친구가 갑자기 내 눈을 똑바로 쳐다보면서, 그 시기 아직 갓난애였던 어린 시절의 그가 12년에 왼쪽 다리를 잃고, 그것을 모스크바의 바간코보 묘지에 묻었다고 뻔뻔스럽게 우긴다면, 그건 이미 한계를 넘어서서 불경을 나타내고 파렴치함을 증언하는 게 아니고 뭐겠소……"

"그저 유쾌하게 웃자고 한 농담이었겠죠."

"잘 알아요. 유쾌하게 웃자고 하는 악의 없는 농담은 비록 좀 거칠다 해도 사람의 마음을 모욕하진 않는 법이오. 어떤 사람은 상대방에게 만족을 주기 위해 이른바 그저 우정의 뜻에서 거짓말을 하기도 하니까 말이오. 하지만 만약에 불경의 빛을 내비친다면, 만약에 상대방과 더이상 교제하고 싶지 않다는 뜻을 아마도 바로 그러한 불경의 빛을 통해 나타내려는 것이라면, 고결한 인간으로서야 그 무례한 모욕자에게 등을 돌리고, 그자와 교제를 끊고, 그자의 진짜 자리가 어디인지 가르쳐줄 수밖에 없지 않겠소."

장군은 이렇게 말하며 얼굴을 붉히기까지 했다.

"하지만 레베제프가 12년에 모스크바에 있었을 리가 없지요. 그러기엔 지금 나이가 너무 젊어요. 우스운 얘기죠."

"첫째가 그거요. 하지만 그 친구가 그때 이미 태어났다고 칩시다. 그렇다 해도, 프랑스 병사가 그저 심심풀이로 자기한테 대포를 겨누고는 한쪽 다리를 쏘아 떨어뜨렸다느니, 자기는 그 다리를 주워들고 집으로 가져갔고, 나중에 그걸 바간코보 묘지에 묻었다느니 하면서 내 눈을 똑바로 쳐다보고 우기다니, 어디 가당키나 하냔 말이오. 게다가 그 무덤 위에 묘비를 세웠는데, 한쪽 면에는 '여기 10등관 레베제프의 한쪽 다리가 묻히다', 다른 쪽 면에는 '사랑하는 나의 분신이여, 기쁨의 그 아침이 올 때까지 고이 잠들라'*라고 새겨놓았다면서, 마침내는, 그 다리를 위해 해마다 추도제를 지내고(이쯤 되면 이미 성물모독이오) 그것 때문에 매년 모스크바에 다녀온다는 헛소리까지 하는 거요. 그러면서 그 증거로 무덤을 보여줄 테니 나더러 모스크바로 함께 가자더군. 심지어 자기가 프랑스군한테서 노획한 대포도 크렘린에 있다면서, 정문에서 열한번째에 있는 프랑스 소구경포小口經砲가 바로 그거라고 우기질 않겠소."

"하지만 그 사람의 두 다리가 멀쩡하다는 건 누가 봐도 분명하잖습니까!" 공작은 웃음을 터뜨렸다. "악의 없는 농담인 게 분명하니, 그렇게 화내지 마십시오."

"하지만 내 얘기도 좀 들어보시구려. 두 다리가 멀쩡해 보이는 데 대해선, 그가 내세우는 소리가 뭐, 전적으로 황당하지만은 않다고 해둡시다. 한쪽 다리는 체르노스비토프**의 의족이라고 우기니까……"

"아아, 네, 체르노스비토프의 의족을 달면 춤도 출 수 있다더군요."

"그건 내가 아주 잘 알지. 체르노스비토프가 그 의족을 발명하자, 제

---

* 시인 카람진이 1792년 두 살배기 딸을 잃은 어느 어머니의 청으로 지어준 묘비명. 도스토옙스키 형제는 어머니의 묘석에 이 묘비명을 새겼다.

** 페트라솁스키 모임의 일원이던 체르노스비토프는 1831년 폴란드에서 부상당해 한쪽 다리를 잃었으며, 1854년 자신이 발명한 의족의 구조에 대한 원고를 상이군인 위원회에 보냈다. 그후 그의 저서 『의족 제작 지침서』가 모스크바에서 출간됐다.

일 먼저 나한테 달려와서 보여줬으니까. 하지만 체르노스비토프가 의족을 발명한 건 훨씬 뒤의 일이오…… 더구나 그 친구는 심지어 자기의 죽은 아내조차 결혼생활 내내 그 친구, 그러니까 자기 남편의 한쪽 다리가 나무다리라는 걸 몰랐다고 우긴단 말이오. 죄다 말도 안 되는 헛소리라고 내가 한마디해주자, 그 친구는 '만약 자네가' 하면서 이러지 않겠소, '자네가 12년에 나폴레옹의 시동 노릇을 했다면, 나라고 해서 한쪽 다리를 바간코보 묘지에 묻어선 안 될 게 뭐 있나'라고 말이오."

"설마 당신이……" 공작은 입을 열었으나 이내 당황하고 말았다.

장군은 더없이 거만하게 거의 냉소까지 머금고 공작을 쳐다보았다.

"끝까지 말하시구려, 공작." 그는 아주 유유히 말꼬리를 길게 늘이며 말했다. "끝까지 말해보시오. 나는 관대한 사람이니, 무슨 말이든 해요. 나처럼 이제 이렇게 영락하고…… 쓸모없게 된 인간을 눈앞에 두고 보면서, 그런 그가…… 위대한 사건의 직접적인 목격자였다는 말을 듣는다는 게 그저 우습게 생각될 뿐이라면, 그렇다고 솔직히 말씀하시오. 그놈이 당신한테 아직…… 아무것도 고해바치지 않던가요?"

"아뇨, 레베제프한테 아무 말도 듣지 못했습니다, 만약 레베제프를 두고 하시는 말씀이라면……"

"흠, 나는 그 반대인 줄 알았소. 실은, 어제 둘이서 얘길 나누다가 화제가 이 『문헌집』에 실린 그…… 괴이한 글로 넘어갔단 말이오. 나는 그 글이 엉터리라고 지적했소, 왜냐하면 나 자신이 직접적인 목격자였으니까…… 웃고 계시군요, 공작, 지금 내 얼굴을 살피는 거요?"

"아-아닙니다, 나는 그저……"

"내가 좀 젊게 보이지만," 장군은 말끝을 길게 늘였다. "실은 보기보다 나이가 제법 많소. 12년에는 열 살이나 열한 살쯤 됐지. 사실 정확한 나이는 나도 잘 모르오. 서류에는 나이를 좀 줄여서 기입했다오. 살아오는 동안 내게도, 자기 나이를 좀 줄이고 싶어하는 약점이 있었으니까."

"정말이지, 장군님, 나는 당신이 12년에 모스크바에 있었다는 사실을 조금도 이상하게 여기지 않습니다, 그러니까…… 당신은 물론…… 당시 그곳에 있었던 모든 사람과 마찬가지로 많은 것을 알려주실 수 있을 겁니다. 우리 러시아 사람 중 한 명은, 12년에 젖먹이였던 그를 프랑스 병사들이 빵을 먹여 키웠다는 얘기로 자신의 자서전을 시작하고 있잖습니까."*

"그거 보시오." 장군은 짐짓 봐준다는 식으로 동의했다. "내 경우는 물론 흔히 있을 수 있는 일은 아니지만, 그렇다고 허무맹랑한 구석은 한 군데도 없소. 진실이 오히려 믿을 수 없이 보이는 경우는 얼마든지 있으니까. 나폴레옹의 시동! 물론 이상하게 들리겠지요! 그렇지만 열 살배기 아이의 모험은 바로 그 나이를 통해 설명될 수 있을 거요. 열다섯 살 난 소년이었다면, 그런 일은 절대 없었겠지요. 만약 내가 열다섯 살이었다면, 나폴레옹이 모스크바에 입성하던 날, 미처 모스크바를 빠져나가지 못하고 두려움에 떠는 어머니 곁을 떠나, 스타라야 바스만나야 거리에 있는 우리의 목조 집을 뛰쳐나오는 짓은 하지 않았을 테니 말이오. 열다섯 살만 먹었어도 겁이 났겠지만, 열 살배기였던 나는 아무것도 두려운 게 없었고, 그래서 나폴레옹이 말에서 내리려 할 때, 군

* 러시아 사상가, 소설가 알렉산드르 게르첸의 자서전 『과거와 사색』 제1부 1장에 실린 내용.

중 사이를 비집고 궁전 정문 계단 쪽으로 뚫고 나갔던 거요."

"의심의 여지가 없습니다, 열 살배기 꼬마여서 두려운 줄 몰랐다는 건 아주 정확한 말씀이십니다……" 공작은 맞장구를 쳤지만, 금세 얼굴이 붉어지진 않을까 걱정하며 마음을 졸였다.

"의심의 여지가 없고말고요, 모든 일이 너무나 단순하고 자연스럽게 일어났는데, 이런 식으로 일이 일어나는 건 오직 실제 현실 속에서나 가능하단 말이오. 만약 이 사건을 소설가가 다루었다면, 있지도 않은 허무맹랑한 소릴 잔뜩 섞어 넣었을 거요."

"오, 맞는 말씀입니다!" 공작이 외쳤다. "나도 같은 생각을 하며 무척 놀란 적이 있는데, 그것도 바로 요 얼마 전에 말입니다. 나는 시계 때문에 실제로 살인이 벌어진 일을 알고 있습니다. 이젠 이미 신문에도 난 사건이죠. 만약 그 사건을 어느 작가가 지어냈다면—일반 사람들의 생활을 잘 아는 전문가들이나 비평가들은 그게 어디 있을 법한 얘기냐고 당장에 아우성을 쳤을 테지만, 그걸 신문에서 하나의 사실로서 접하면, 바로 그러한 사실들로부터 러시아의 현실을 배우게 된다고 느끼거든요. 정말 훌륭한 지적을 하셨습니다, 장군님!" 공작은 열띤 어조로 말을 맺으면서, 새빨개진 얼굴빛에 대한 핑계를 찾을 수 있게 되어 무척 기뻐했다.

"정말 그렇지 않소? 정말?" 장군은 만족한 나머지 눈을 번쩍이기까지 하며 소리쳤다. "위험이라는 것을 모르는 소년, 아니 어린아이는, 번쩍번쩍한 광채와 제복과 시종들, 그리고 드디어는, 귀가 닳도록 들어온 위인의 모습을 보기 위해, 군중을 헤치고 앞으로 나서지요. 왜냐하면 몇 년 전부터 계속 모든 사람이 이 위인에 대해서만 소리 높여 얘기해왔으니 말이오. 온 세계가 이 사람의 이름으로 가득차 있었고, 나는 이른바 어머니의 젖과 함께 이 사람의 이름을 먹고 자란 셈이라오. 나폴레옹은 바로 두 걸음 앞을 지나다가 문득 내 시선을 의식했는데, 나는 귀족 도련님답게 차려입었던데다, 보통 때도 늘 훌륭한 옷차림이었거든. 그 군중 속에 나 혼자만 그랬던 거요, 당신도 인정하실 테지만……"

"여부가 있습니까, 그건 분명 나폴레옹에게 강렬한 인상을 줬을 겁니다. 모든 사람이 달아난 건 아니다, 귀족 중에도 자녀들과 함께 남은 사람들이 있다는 것을 그에게 증명해준 셈이니까요."

"맞소, 바로 그거요! 그는 귀족들의 환심을 사고 싶었던 거요! 그가 나에게 그 독수리와 같은 시선을 던졌을 때, 내 눈도 그에 답하듯 번쩍였을 게 틀림없소. '*그 녀석 참 똘똘하군! 네 아버지는 누구냐?*' 나는 흥분한 나머지 숨을 헐떡이다시피 하며 대답했다오. '조국의 싸움터에서 전사한 장군입니다.' '*귀족의 아들에다 용감한 자의 아들이로구나! 나는 귀족을 좋아한다. 너는 내가 좋으냐, 꼬마야?*' 빠른 소리로 이렇게 묻기에 나도 역시 빠르게 대답했소. '러시아인의 가슴은 자기 조국의 적 속에서도 위인을 알아볼 수 있습니다!' 다시 말해서, 사실 꼭 그렇게 말했는지는 기억나지 않지만…… 아무래도 아직 어린아이였으니까…… 분명히 그런 뜻의 말이었소! 나폴레옹은 깜짝 놀라서 잠시 생각하더니 자기 시종들한테 그러더군요. '나는 이 아이의 자부심이 마음에 든다! 하지만 모든 러시아인이 이 아이처럼 생각하고 있다면……' 그러나 그는 말을 끝맺지 않고 궁전 안으로 들어가버렸소. 나는 곧바로 시종들 틈에 끼어들어 그의 뒤를 따라갔다오. 시종 중에는 벌써 내 앞에서 길을 터주면서, 마치 내가 무슨 총아라도 되는 양 바라보는 자들까지 있었소. 하지만 그런 것은 모두 그저 스치듯 느껴졌을 뿐이오…… 나빈 지금도 기억하고 있는 건, 첫번째 홀로 들어서자 황제가 갑자기 예카체리나 여제의 초상화 앞에 걸음을 멈추고 생각에 잠겨 오랫동안 그것을 바라보다가, 이윽고 '정말 대단한 여성이었지!'라고 말하고는 지나갔다는 사실이오. 이틀이 지나자 궁전에서나 크렘린에서나 모든 사람이 이미 나를 알게 됐고, 나를 '*꼬마 귀족*'이라고 불렀소. 집에는 그저 밤에 잠잘 때나 들어갔지요. 식구들은 거의 정신이 나가다시피 했다오. 다시 이틀이 지나, 나폴레옹의 시동인 드 바쟁쿠르 남작*이 힘든 원정을 견뎌내지 못하고 죽고 말았소. 그러자 나폴레옹이 나를 기억해낸 거요. 이유도 설명하지 않고 사람들이 나를 붙들고 끌고 가더니, 고인이 된 열두 살짜리 소년의 제복을 나한테 맞춰보고는 그 옷을 입혀 황제한테 데려갔는데, 황제가 나를 향해 고개를 끄덕여 보이자, 사람들이 내가 황제 폐하의 은총을 입어 시동에 임명됐다고 알려주더군요. 정말 기뻤소, 사실 나는 이미 오래전부터 나폴레옹에게 열렬한 호감을 느끼고 있었으니까…… 뭐, 그뿐만 아니라, 당신도 동의하실 거요, 화려한 제복이란 어린아이에게 많은 것을 의미하게 마련이니…… 나는 뒷자락이 길고 좁은, 짙은 초록색 연미복을 입고 다녔소. 금단추에, 금실 자수를 놓은 붉은 소맷단, 역시 금실로 수를 놓은데다 앞이 트인, 높고 빳빳하게 선 옷깃, 그리고 뒷자락에도 자수를 놓은 연미복이었다오. 거기에다, 다리에 꽉 끼는 흰 사슴가죽 바지, 흰 비단 조끼, 비단 양말, 죔쇠가 달린 구두…… 그리고 황제가 말을 타고 산책을 할 때

* 나폴레옹의 원정에 참가한 프랑스 장군 장바티스트 드 바쟁쿠르. 1830년 62세의 나이로 파리에서 사망했다.

나도 시종들과 함께 따라나서게 되면, 무릎까지 오는 긴 장화를 신었지. 전황이 그리 신통치 못했고 이미 대재앙이 예견되고 있었지만, 그래도 가능한 한 격식은 지켜졌는데, 그런 재앙이 강하게 예감되면 될수록 격식을 오히려 더 엄격하게 준수했다오."

"그야 물론 그랬겠죠……" 공작은 완전히 난감한 듯한 얼굴로 중얼거렸다. "당신이 회고록을 쓰시면…… 대단히 흥미로울 것 같군요."

물론 장군은 어제 레베제프한테 이미 얘기했던 것을 다시 늘어놓고 있었으므로, 조금도 막힘없이 얘기를 술술 풀고 있었으나, 그래도 이 대목에선 또다시 못 미더운지 공작을 힐끔힐끔 곁눈질했다.

"내 회고록을," 그는 갑절이나 거드름을 피우며 말했다. "내 회고록을 쓰란 말이오? 그건 마음이 내키지 않더군요, 공작! 그러나 원하신다면, 내 회고록은 이미 완성돼 있소…… 하지만 내 독서대 서랍 안에 숨겨 놓았다오. 내 눈에 흙이 덮이는 날엔 그 글이 세상에 나와도 좋소, 그러면 틀림없이 다른 나라 말로도 번역될 거요, 문학적 가치 때문이 아니라, 아뇨, 천만에, 내가 확실하게 목격했던 그 엄청난 사실들의 중요성 때문에 말이오. 당시 나는 아직 어린애였지만, 바로 그랬기 때문에 더욱더 도움이 됐거든. 어린애였기 때문에, 그 '위인'의 이른바 가장 내밀한 침실에까지 들어갈 수 있었으니까! 나는 '불행에 빠진 그 위인'의 신음소리를 밤마다 들었는데, 그도 나 같은 어린애 앞에선 신음하고 눈물 흘리는 것을 부끄러워할 필요가 없었을 테니 말이오, 물론 그의 고민의 원인이—알렉산드르 황제*의 침묵이라는 것쯤은 나도 이미 알고 있었

* 당시의 러시아 황제 알렉산드르 1세.

다오."

"그렇습니다, 그는 정말로 편지를 써 보냈지요…… 강화의 제의를 담아서……" 공작은 조심스럽게 맞장구를 쳤다.

"과연 어떤 제의를 써 보냈는지는 사실 잘 모르지만, 어쨌든 그는 매일, 아니 매시간 편지를 쓰고 또 썼어요! 그는 무섭게 흥분해 있었소. 어느 날 밤, 단둘이 있을 때, 나는 눈물을 흘리며 그에게 몸을 던지고 (오, 나는 그를 사랑하고 있었다오!), '알렉산드르 황제에게 용서를 비세요, 비세요!' 하고 외쳤다오. 그러니까 '알렉산드르 황제와 강화를 맺으십시오'라고 해야 옳았지만, 어린아이여서 내 생각을 그렇게 천진하게 말했던 거요. '오, 내 아이야!'라고 대답하며—그는 방안을 앞뒤로 거닐었소. '오, 내 아이야!' 그때 그는 내가 열 살배기라는 사실을 잊기라도 한 듯, 나와 얘기하길 좋아하기까지 했다오. '오, 내 아이야, 나는 알렉산드르 황제한테라면 발에 입을 맞출 용의까지 있단다. 하지만 프로이센 왕과 오스트리아 황제는 영원히 증오할 테다, 그리고…… 결국엔…… 아니, 너는 정치에 대해선 아무것도 몰라!' 그는 자신이 누구와 얘기하고 있는지 갑자기 상기한 듯 입을 다물고 말았으나, 두 눈은 아직도 한참 동안 섬광을 내뿜고 있었소. 뭐, 내가 이런 사실들을 모두 글로 적어서—나는 이 위대한 사실들의 목격자이니까 말이오—지금 그것을 출판한다면, 소위 그 온갖 비평들하며, 그 문학적 허영들하며, 그 질투들하며, 당파들하며, 그리고 또…… 아니올시다요, 차라리 사양하겠소!"

"당파들에 관해선 물론 올바로 지적하셨고, 나 역시 동감입니다." 공작은 잠시 침묵하다가 나직이 대답했다. "나도 바로 얼마 전에 워털루

전투에 대한 샤라스의 책을 읽어보았습니다.* 분명히 꽤 진지한 책이고, 전문가들도 사건에 대한 탁월한 지식을 바탕으로 쓰인 책이라고 보증하더군요. 하지만 페이지마다 나폴레옹의 몰락을 기뻐하는 게 엿보이고, 만약 다른 여러 전투에서도 나폴레옹의 재능을 그 징후마저 모조리 부정할 수 있었다면, 아마도 샤라스는 무척 기뻐했을 겁니다. 그토록 진지한 저서에서 이것은 좋지 못한 점입니다, 왜냐하면 그건 당파적인 사고방식이니까요. 당신은 그때 몹시 바쁘셨겠군요…… 황제를 모시느라 말이지요?"

장군의 마음은 환희에 넘쳤다. 공작의 진지하고 순박한 말이 그의 마음 한구석에 남아 있던 의혹의 마지막 찌꺼기를 말끔히 씻어주었기 때문이다.

"샤라스라고요! 오, 나 자신도 격분했었소! 그 당시 그 사람한테 편지를 보내기까지 했는데, 하지만…… 지금은 기억이 잘 나지 않는구려…… 황제를 모시는 일로 바쁘지 않았느냐고 묻는 거지요? 오, 천만에! 시동으로 불리긴 했으나, 나는 그 당시에도 그 일을 진지하게 여기지 않았소. 게다가 나폴레옹은 러시아인들을 자기편으로 끌어들이겠다는 희망을 이내 접었기 때문에, 지금이니 이처럼 대담하게 말할 수 있지만, 만약…… 만약 그가 나를 개인적으로 사랑하지 않았다면, 정략적인 고려에서 가까이했던 나 같은 건 틀림없이 잊고 말았을 거요. 나 역시 그에게 몹시 마음이 끌렸소. 시동이라 해도, 근무라고 할 만한 일을 요구받진 않았다오. 이따금 궁전에 나타나고, 그리고……

---

* 프랑스 정치가이자 전쟁역사학자인 장바티스트 아돌프 샤라스가 쓴 『1815년, 워털루 전투』. 반反나폴레옹적 시각에서 집필된 책이다.

황제가 말을 타고서 산책을 나갈 때 나도 말을 타고 배종陪從하는 게 전부였소. 나는 말을 제법 잘 탔거든. 그는 점심식사 전에 말을 타고 나가곤 했는데, 수행원으로는 보통 다부*와 나, 그리고 노예 출신 친위병인 루스탕**이……"

"콩스탕***이지요." 무슨 영문인지 공작의 입에서 엉뚱한 이름이 불쑥 튀어나왔다.

"아-아니요, 콩스탕은 그때 없었소. 그 사람은 그때…… 조제핀 황후에게 보내는 편지를 가지고 떠난 뒤였으니까. 하지만 그 사람 대신에 전령병 둘과 폴란드 창기병 몇이 있었는데…… 뭐, 그게 수행원의 전부였고, 그 밖에도 물론 장군이니 원수니 하는 사람들이 있었지만, 그들은 지형과 군대 배치 상황을 시찰하고 의논할 때 나폴레옹이 데리고 다니는 사람들이었소…… 나폴레옹이 제일 가까이 한 자는, 지금 내 기억으로는 다부였는데, 덩치가 크고, 뚱뚱하고, 안경을 쓰고, 눈초리가 기묘한 냉혈한이었지요. 황제는 이 사내와 가장 자주 의논을 했고, 그의 생각을 존중했소. 지금도 기억하지만, 두 사람은 며칠씩이나 의논을 계속하곤 했다오. 다부는 아침저녁으로 황제를 찾아와 자주 논쟁을 벌이기까지 했고, 마침내 나폴레옹도 그의 의견에 동의하려는 것 같았소. 두 사람은 집무실에 있었고, 제삼자인 나는 그들 눈에 거의 띄지 않는 곳에 있었지. 그런데 갑자기 나폴레옹의 시선이 우연히도 나한테 떨어지자, 이상한 상념이 그의 눈에서 번쩍 빛난 것 같았소. '얘야!' 하고 그

---

* 나폴레옹의 야전사령관이었던 루이 다부.

** 나폴레옹의 경호원이었던 루스탐 라자.

*** 루이 콩스탕 베리. 나폴레옹이 총애한 시종으로 회고록을 남겼다.

가 갑자기 나한테 말하는 거요. '네 생각은 어떠냐, 만약에 내가 러시아 정교를 받아들이고 너희 나라의 노예들을 해방시킨다면, 러시아인들이 나를 따를까, 따르지 않을까?' '절대로 따르지 않을 겁니다!' 나는 격분해서 소리쳤다오. 나폴레옹은 무척 충격을 받더군요. '애국심으로 번쩍이는 이 아이의 눈에서' 하고 그가 말했소. '나는 러시아 국민 전체의 생각을 읽었소. 그만 됐소, 다부! 그건 모두 환상일 뿐이오! 다른 계획을 얘기해보시오.'"

"아, 네, 하지만 그 계획은 대단한 발상이군요!" 공작은 적잖이 흥미를 느낀 듯이 말했다. "그러니까 다부가 그 계획을 생각해냈단 말씀이지요?"

"적어도 그 두 사람이 함께 의논했으니까요. 물론, 그건 나폴레옹 특유의 독수리와도 같은 발상이었소. 하지만 다른 계획 역시 그럴듯한 발상이었다오…… 바로 그 유명한 '*사자의 조언*'인데, 나폴레옹 자신이 다부의 조언을 두고 그렇게 불렀소. 이 계획의 골자는, 모든 군대를 크렘린 안에 집결시키고, 막사를 짓고, 호를 파고, 대포를 배치하고, 가능한 한 많은 말을 도살하여 그 고기를 소금에 절이고, 가능한 한 많은 곡물을 약탈하거나 다른 방식으로 구해서, 봄이 올 때까지 그곳에서 겨울을 나자는 거였소. 그리고 봄이 되면 러시아군의 방어선을 돌파하자고요. 나폴레옹은 이 계획에 마음이 몹시 끌렸소. 우리는 날마다 말을 타고 크렘린 성벽 주위를 순찰했는데, 나폴레옹은 어디를 허물고 어디를 쌓아올리며, 어디에 안경보眼鏡堡를, 어디에 반월보를, 어디에 작은 요새들을 만들 것인지 일일이 지시했소—아아, 그 통찰력과 기민함과 결단력이란! 마침내 모든 것이 확정되자, 다부는 최후의 결단을 재촉했지.

또다시 그들은 단둘이 마주앉았고, 이번에도 나는 제삼자였다오. 나폴레옹은 팔짱을 끼고 또다시 방안을 거닐었소. 나는 그의 얼굴에서 눈을 뗄 수가 없었고, 심장은 마구 방망이질 쳤지. '가보겠습니다.' 다부가 말했소. '어디로?' 나폴레옹이 묻더군요. '말고기를 절여야지요.' 다부가 대답했소. 나폴레옹은 몸을 부르르 떨었는데, 운명이 결정되려는 순간이었으니 말이오. '얘야!' 그가 갑자기 내게 말하는 거요. '네 생각엔 우리 계획이 어떠냐?' 물론 그가 나한테 그렇게 물어본 건, 비할 바 없이 위대한 지혜를 가진 사람이 마지막 순간에 이르러 때로는 독수리와 격자에 의지하는 것과도 같은 이치였소. 나폴레옹이 아니라 다부를 향해 나는 마치 영감이라도 받은 듯이 말했다오. '장군, 한시바삐 고국으로 돌아가십시오!' 그래서 계획은 취소되고 말았소. 다부는 어깨를 흠칫해 보이고는 밖으로 나가면서, 작은 소리로 말하더군요, '*쳇! 이제 그도 미신에 빠지고 있군!*' 바로 다음날 퇴각 명령이 떨어졌소."

"거참, 정말 흥미롭군요," 공작이 아주 나직이 입을 열었다. "만약 그게 모두 사실이라면 말이지요…… 그러니까, 내 말은……" 그는 황급히 자기가 한 말을 고치려 했다.

"오, 공작!" 하고 장군은 외쳤는데, 자신의 이야기에 완전히 도취된 나머지 이제 극단적으로 부주의한 발언마저 주저하지 않는 듯보였다. "당신은 '그게 모두'라고 말하지만, 실은 그 이상이었소, 분명히 말하지만, 나는 그보다 훨씬 더 많은 것을 경험했소! 지금까지 내가 말한 것은 죄다 보잘것없는 정치적 사실에 지나지 않으니까 말이오. 그러나 다시 한번 말하지만, 나는 이 위인이 밤에 눈물을 흘리며 신음하는 것을 직접 목격한 사람이오. 그건 나 이외에 아무도 본 사람이 없지! 그도 사실 나중에는 더이상 눈물을 흘리며 울지 않고, 그저 이따금 신음소리를 낼 뿐이었지만, 얼굴은 점점 더 먹구름 같은 그림자에 덮여갔소. 마치 영원의 어두운 날개가 그를 휘감고 있는 것만 같았다오. 밤이면 우리는 이따금 단둘이서 몇 시간씩 말없이 보내곤 했는데—친위기병인 루스탕은 옆방에서 코를 골고 있기 일쑤였소. 지독히도 잠이 많은 사내였다오. '그 대신 나와 내 왕조에 충성을 다하는 녀석이지' 하고 나폴레옹은 말하곤 했소. 한번은 내 마음이 너무 아파 견딜 수가 없었는데, 문득 그가 내 눈에 눈물이 고인 것을 알아채고는 감동해서 나를 보더니, '너는 나를 동정하고 있구나!' 하고 소리치는 거요. '애야, 너 말고도 다른 아이가 하나 날 동정해줄지 모른다, 내 아들인 *로마 왕**이지. 나머지 사람들은 모두, 모두 나를 증오한단다, 형제들은 불행에 빠진 나를 제일 먼저 팔아먹겠지!' 나는 흐느껴 울면서 그에게 몸을 던졌고, 그러자 그도 끝내 참지 못했소. 우리는 부둥켜안았고, 두 사람의 눈물이 한줄기가 되어 흘러내렸다오. '편지를, 조제핀 황후께 편지를 쓰세요!' 나는 울면서 그에게 말했소. 나폴레옹은 몸을 흠칫 떨고는 잠시 생각하더니, '너는 나를 사랑하는 세번째 사람을 상기시켜주었구나. 고맙다, 내 친구야!'라고 말하더군요. 그는 곧바로 자리에 앉아 조제핀에게 편지를 썼고, 이튿날 콩스탕이 그 편지를 가지고 출발했던 거요."

"정말 아름다운 일을 하셨습니다." 공작이 말했다. "나쁜 생각에 잠겨 있던 그에게 선한 감정을 불러일으켰으니까요."

"바로 그거요, 공작, 당신은 그걸 정말 아름답게 해석하시는구려, 당

* 나폴레옹은 1811년 아들 프랑수아 조제프 샤를이 태어나자 아들에게 '로마 왕'이라는 작위를 수여했다.

신 자신의 아름다운 마음씨와 딱 어울리게 말이오!" 장군은 환희에 들떠 외쳤는데, 그러자 이상하게도 그의 두 눈에 정말로 눈물이 반짝이기 시작했다. "그렇소, 공작, 그렇소, 그건 위대한 광경이었소! 아시오, 나는 그를 따라 파리로 갈 뻔했소, 그렇게 됐다면 물론 '찌는 듯한 그 유폐의 섬'에도 함께 갔겠지요, 하지만 슬프게도, 우리의 운명은 길이 서로 달랐소! 우리는 헤어졌소. 그는 그 찌는 듯한 섬으로 보내졌고, 그곳에서 그는, 모스크바에서 그를 끌어안고 용서해주었던 가련한 소년의 눈물을 한 번쯤은 떠올렸을 거요. 한편, 나는 가혹한 훈련과 동료들의 난폭한 언동 외엔 아무것도 찾아볼 수 없었던 육군유년학교로 보내졌소, 그리고…… 아아! 모든 것이 끝나고 말았다오! '나는 네 어머니에게서 너를 빼앗고 싶지 않다, 그래서 너를 데려갈 수가 없단다!' 퇴각하는 날 그는 나에게 이렇게 말했소. '하지만 너를 위해 뭐든 해주고 싶구나.' 그때 그는 이미 말에 오르는 중이었소. '제 누이동생의 앨범에 기념으로 무엇이든 써주십시오.' 그가 몹시 낙담하여 침울한 얼굴을 하고 있었으므로 나는 조심스레 이렇게 말했소. 그는 뒤를 돌아보며 펜을 가져오라고 하더니 앨범을 받아들었소. '누이동생이 몇 살이지?' 그가 어느새 펜을 손에 들고 묻는 거요. '세 살입니다' 하고 대답했소. '*아직 아주 어린 여자아이구나.*' 그러면서 그는 앨범에 이렇게 써주었다오.

'절대로 거짓말을 하지 마세요!
당신의 참된 벗 나폴레옹'

그런 순간에 이런 조언을 해주다니 정말 대단하잖소, 당신도 인정하실 거요, 공작!"

"네, 참으로 의미심장하군요."

"그 종이는 금칠을 한 액자에 넣고 유리를 씌워, 누이동생네 응접실에서 가장 눈에 잘 띄는 곳에 내내 걸어두었소. 누이가 죽는 날까지 평생…… 누이는 해산을 하다가 죽었다오. 지금은 그게 어디 있는지 모르지만…… 하지만…… 아아, 맙소사! 벌써 두시가 됐군! 당신을 이렇게 오래 붙들었다니, 공작! 내가 끔찍한 결례를 했소."

장군은 의자에서 일어났다.

"오, 정반댑니다!" 공작이 입속으로 우물거렸다. "덕분에 아주 즐거웠고…… 게다가…… 무척 재미있는 얘기였어요. 정말 고맙습니다!"

"공작!" 장군은 또다시 그의 손을 아프도록 꽉 움켜잡고, 무슨 느닷없는 상념에 깜짝 놀라 갑자기 정신이 퍼뜩 든 듯, 번쩍이는 눈으로 그를 뚫어져라 쳐다보았다. "공작! 당신은 너무나 선량하고 순진해서, 때로는 가여운 마음마저 들 지경이오. 당신을 보고 있으면 마음이 감동에 젖어요. 오, 하느님, 이 사람을 축복해주소서! 부디 당신의 삶이…… 사랑 속에서 시작되고 꽃피게 되길. 하지만 내 인생은 끝났소! 오, 용서해주시오, 용서해주시구려!"

그는 두 손으로 얼굴을 감싼 채 급히 밖으로 나갔다. 그의 흥분이 진실한 것임을 공작은 믿어 의심치 않았다. 동시에 노인이 자신의 성공에 도취해서 돌아갔다는 것도 공작은 잘 알고 있었다. 그러나 한편으로는, 그가 관능적 쾌락에 가까우리만큼, 심지어 자기망각에 이를 정도로 거짓말을 좋아하지만, 자신의 도취가 가장 절정에 달한 순간에조차 마음속으로는, 상대방이 자기 얘기를 믿지 않을 것이다, 아니, 믿을 리가 없다, 라는 의심을 떨쳐버리지 못하는 부류의 거짓말쟁이라는 예감이 들었다. 지금도 노인은 정신이 번뜩 들자 극도로 수치스러워져서, 공작이 자기에게 한없는 동정을 품고 있는 건 아닐까 의심하며 모욕을 느꼈는지도 모른다. '그가 그렇게까지 도취의 경지에 이르게 내버려둔 게 더 큰 잘못이 아니었을까?' 공작은 적이 불안한 마음이었으나, 다음 순간 도저히 참지 못하고 십 분가량 배를 그러안고 웃어댔다. 그는 그렇게 웃는 자신을 나무라려고 했으나, 그럴 이유가 전혀 없다는 것을 이내 깨달았는데, 왜냐하면 장군에게 한없는 연민을 품고 있었기 때문이다.

공작의 예감은 적중했다. 저녁에 그는 이상한 편지 한 장을 받았는데, 내용은 짧지만 단호했다. 장군은, 이제 그와도 영원히 결별하겠다, 자기는 그를 존경하고 고맙게 생각하지만, '그러잖아도 이미 불행에 빠져버린 인간으로서 자신의 품격을 더욱더 낮추는 동정의 표시'를 공작에게서까지 받을 수는 없다고 통보해왔다. 공작은 노인이 니나 알렉산드로브나에게 돌아가 두문불출하고 있다는 말을 듣고, 그를 위해 다행이다 싶었다. 그러나 우리가 이미 보았듯, 장군은 리자베타 프로코피예브나의 집에 나타나 무슨 난감한 일을 저지르고 말았다. 여기서 상세히 알려줄 수는 없지만, 간략히 말해 이 만남에서 핵심적인 문제는, 장군이 리자베타 프로코피예브나를 경악케 했고, 가냐에 대한 신랄한 암시로 그녀를 격분시켰다는 점이다. 그래서 장군은 수치스럽게도 그 집에서 쫓겨나고 말았다. 바로 이 일 때문에 장군은 앞에서 이미 말한 바 있는 그런 고약한 밤과 고약한 아침을 보내고 마침내 그런 소동까지 벌인 끝에, 거의 미친 사람처럼 한길로 뛰쳐나간 것이다.

콜랴는 아직도 사건을 제대로 이해하지 못했으므로, 오히려 엄격한 태도를 보이는 게 효과가 있으리라고 기대했다.

"아니, 지금 어딜 가시게요, 어쩔 셈인데요, 장군?" 하고 그가 말했다. "공작한테는 가기 싫어하시고, 레베제프와는 다투셨고, 돈도 없잖아요, 나야 늘 빈털터리이니, 이제 길 한복판에서 콩알 위에 앉은 신세*라고요."

"콩알 위에 앉느니 콩알을 품에 안고 앉는 편이 낫지."** 장군이 중얼거렸다. "바로 이…… 말장난으로 동료 장교들을…… 열광시킨 적이 있지…… 사십사 년이던가…… 천…… 팔백…… 사십사 년, 그래!…… 이젠 기억이 잘 나지 않는군…… 오, 기억을, 제발 기억을 떠올리게 하지 말아다오! 누군가가 외쳤듯이…… '내 청춘은 어디 있느뇨, 내 싱싱한 젊음은 어디 있느뇨!'*** 그런데 누가 그렇게 외쳤지, 콜랴?"

"그건 고골의 『죽은 혼』에 나오는 말이에요, 아빠." 콜랴는 이렇게 대답하며, 겁먹은 얼굴로 아버지의 눈치를 살폈다.

"죽은 혼! 오, 그래, 죽은 혼이야! 나를 묻을 때, 내 무덤에 '죽은 혼, 여기 누워 있노라!'라고 써다오.

치욕이 내 뒤를 따르는구나!

이건 누가 한 말이냐, 콜랴?"

---

* 콩은 값싸고 흔하게 여겨지는 식재료로, 돈과 해결책이 전혀 없는 상황을 가리킨다.

** '콩'을 뜻하는 러시아어 단어의 복수형 '보브이'와 '여자'의 복수형 '바브이'가 실제 발음이 거의 유사하다는 점을 이용한 언어 유희이다.

*** 고골의 『죽은 혼』 제1권 6장 도입부에 나오는 구절을 부정확하게 인용한 것.

"모르겠어요, 아빠."

"예로페고프가 없었다고! 예로쉬카 예로페고프가!……" 그는 한길에서 걸음을 멈추고 미친듯이 소리쳤다. "그것도 아들이란 놈이, 친아들이란 놈이 그따위 소릴 하다니! 예로페고프는 열한 달 동안이나 내 형제 노릇을 해준 사람이야, 그를 위해 나는 결투까지…… 우리 중대장이었던 브이고레츠키 공작이 술자리에서 그 친구한테, '이봐, 그리샤*, 자넨 그 안나**를 어디서 얻었나, 한번 말해보게'라고 하자, 그는 '우리 조국을 위한 싸움터에서 받은 것이오!'라고 대답했지. 나는 '브라보, 그리샤!'라고 외쳐줬어. 암, 그래서 결투까지 벌어졌고, 그뒤에 그는…… 마리야 페트로브나 수…… 수투기나와 혼인했지만, 전쟁터에서 죽고 말았지…… 내 가슴에 드리운 십자가에 총알이 맞고 튕겨나가, 바로 그의 이마에 명중한 거야. '영원히 잊지 않겠네!'라고 외치더니 그 자리에 쓰러지고 말았어. 나는…… 나는 성실히 근무해왔다, 콜랴. 나는 고결하게 근무해왔어, 하지만 치욕이—'치욕이 내 뒤를 따르는구나!' 너와 니나만은 내 무덤을 찾아주겠지…… '가엾은 니나!' 나는 전에도 네 어미를 그렇게 부르곤 했단다, 콜랴, 오래전 아직 신혼이던 시절에도, 그러면 니나는 그렇게 좋아했는데…… 니나, 니나! 내가 당신 신세를 망치고 말았구려! 오, 참을성 많은 영혼이여, 무엇 때문에 당신은 나를 사랑할 수 있는 게요! 네 어머니는 천사의 영혼을 지녔어, 콜랴, 듣고 있느냐, 정말 천사의 영혼을 지닌 분이야!"

---

* 그리고리의 애칭.

** 제정러시아 시기 무공을 세우거나 경제활동으로 나라에 공을 세운 사람들에게 수여했던 안나 십자훈장.

"그건 나도 알아요, 아빠. 그러니 아빠, 제발 집으로, 엄마한테로 돌아가요! 엄마가 아까 우리 뒤를 쫓아나왔단 말이에요! 그런데, 왜 그렇게 우뚝 서 계세요? 마치 못 알아들으시는 것처럼…… 아니, 왜 우시죠?"

콜랴도 따라 울면서 아버지의 두 손에 입을 맞췄다.

"너는 내 손에 입을 맞추는구나, 내 손에!"

"네, 아빠 손에, 아빠 손에요. 뭐, 그게 뭐 놀랄 일이죠? 아니, 어쩌자고 길 한복판에서 울부짖으시는 거예요, 그러고도 장군이라고, 군인이라고 할 수 있겠어요? 자, 이제 가요!"

"너에게 신의 가호가 있기를, 얘야, 치욕에 뒤덮인—그래! 치욕에 뒤덮인 이 늙은이를, 제 아비를 이렇게 공경해주는 너에게…… 그리고 네게도 그런 아이가…… *로마 왕* 같은 아이가 생기길…… 오, '이 집에 저주가, 저주가 내릴지어다!'"

"도대체 여기서 왜 이러시는 거예요!" 콜랴는 갑자기 성을 벌컥 냈다. "대체 무슨 일이 있었죠? 왜 지금 집에 안 돌아가시겠다는 건데요? 어쩌자고 그렇게 정신이 나가신 거예요?"

"설명하마, 네게 설명해주마…… 네게 죄다 얘기해주마, 소리는 지르지 마라, 사람들이 듣겠다…… *로마 왕*…… 오, 가슴이 답답하다, 슬프구나!

유모여, 너의 무덤은 어디이뇨!*

* 러시아 시인, 역사가 니콜라이 오가료프의 미완성 서사시 「유머」 제3부에 나오는 구절.

이건 누가 외친 말이지, 콜랴?"

"몰라요, 모른다고요, 누가 외쳤는지! 이제 집으로 가요, 어서요! 필요하다면, 간카를 두들겨패줄게요…… 아니, 또 어딜 가시는 거예요?"

그러나 장군은 가까이 있는 어느 집 현관 계단으로 그를 끌고 갔다.

"어딜 가시려고요? 여긴 남의 집 현관 계단이란 말예요!"

장군은 현관 계단에 걸터앉아서는 자꾸만 콜랴의 손을 잡아당겼다.

"몸을 숙여, 숙여봐!" 그가 중얼거렸다. "네게 죄다 얘기해줄 테니…… 그 치욕을…… 자, 몸을 숙이고…… 귀를, 귀를 좀 대봐라, 귓속말로 얘기해주마……"

"아니, 뭐하시는 거예요!" 콜랴는 소스라치게 놀랐으나, 그래도 귀를 갖다댔다.

"……*로마 왕*……" 장군은 온몸을 후들후들 떨다시피 하며 속삭였다.

"뭐라고요?…… 왜 자꾸 *로마 왕*을 찾으세요?…… 그게 뭐예요?"

"나는…… 나는……" 장군은 '자기 아이'의 어깨에 더욱더 꽉 매달리면서 또다시 속삭이기 시작했다. "나는…… 말이다…… 나는 너한테…… 죄다, 마리야, 마리야…… 페트로브나 수-수-수……"

콜랴는 장군의 손을 뿌리치고 자기 쪽에서 그의 어깨를 움켜잡으며, 마치 넋 나간 사람처럼 그를 쳐다보았다. 노인의 얼굴이 자줏빛으로 변하고 입술이 새파래지면서 미세한 경련이 얼굴을 스치고 지나갔다. 그러다가 갑자기 몸이 기우뚱하더니 콜랴의 팔 안으로 맥없이 쓰러지기 시작했다.

"아버지가 쓰러졌어!" 그제야 무슨 일인지 알아챈 콜랴는 온 거리가 떠나가도록 소리를 질렀다.

V

사실, 바르바라 아르달리오노브나는 오빠와 얘기를 나누면서 공작과 아글라야 예판치나의 혼담에 관한 정보를 약간 과장해서 전했다. 어쩌면 남달리 눈치 빠른 여자인 그녀가 가까운 장래에 일어날 일을 미리 짐작했을 수도 있고, 어쩌면 연기처럼 날아가버린 꿈이 애통한 나머지(실은 그녀 자신도 그 꿈을 믿진 않았지만), 그녀 또한 인간인지라 오빠의 가슴속에 더 많은 독을 들이부어 이 불행을 더 부풀려주는 데서 오는 만족감을 도저히 뿌리칠 수 없었는지도 모르지만, 그래도 그녀는 오빠를 진심으로 사랑하며 동정하고 있었다. 하지만 어찌됐건, 그녀가 자기 친구인 예판친가의 딸들한테서 그처럼 정확한 정보를 얻어낼 수는 없었으니, 그저 암시와 중간에 끊어버리는 말들, 침묵과 수수께끼 같은 것만이 있었기 때문이다. 그러나 어쩌면 아글라야의 언니들 쪽에서도 바르바라 아르달리오노브나에게서 뭔가를 캐내려고 일부러 무슨 소리를 지껄였는지도 모를 일이다. 끝으로, 그들 또한 비록 어릴 적 친구이긴 하나 그 친구를 좀 골탕먹이려는 여성 특유의 만족감을 마다하고 싶지 않았는지도 모른다. 그렇게 긴 시간 동안 그녀의 속셈을 조금도 눈치채지 못했을 리는 없으니 말이다.

다른 한편으로, 공작이 레베제프에게 자신에겐 별다른 일이 아무것도 일어나지 않았고 그래서 알려줄 일이 전혀 없다고 다짐한 말은 전적으로 옳았으나, 그래도 어쩌면 그가 잘못 생각했을 수도 있다. 사실, 모든 사람에게 뭔가 아주 기이한 일이 일어난 듯했다. 아무 일도 일어나지 않았지만, 그런데도 아주 많은 일이 일어난 것 같았기 때문이다. 이 징후를 바르바라 아르달리오노브나는 여성 특유의 정확한 직감으로 눈치챘던 것이다.

하지만 어떻게 예판친가의 사람들이, 아글라야에게 어떤 중대한 일이 일어났고 바야흐로 그녀의 운명이 결정되려고 한다는 똑같은 생각을 갑자기 너나없이 일시에 하게 됐을까—이것을 조리 있게 설명하기란 대단히 어렵다. 그러나 이런 생각이 모두에게 번쩍 떠오르기가 무섭게 그들은, 오래전부터 이미 모든 것을 주시해왔고 이 모든 것을 분명하게 예견하고 있었다, 모든 것은 '가난한 기사' 때부터, 아니 그 이전부터 이미 분명했지만, 그때는 아직 그런 우스꽝스러운 일을 믿고 싶지 않았던 것뿐이다, 라고 하나같이 주장하기 시작했다. 언니들 역시 그렇게 단언했다. 물론 리자베타 프로코피예브나도 누구보다 먼저 모든 것을 예견하고 알아채고는 벌써 오래전부터 '가슴앓이'를 해왔으나—오래전부터인지 아닌지는 몰라도—지금은 그저 공작을 생각하기만 하면 갑자기 기분이 몹시 언짢아졌는데, 무엇보다도 뭐가 뭔지 도무지 갈피를 잡을 수 없었기 때문이다. 지금 눈앞에는 시급히 해결해야 할 문제가 버티고 있었지만, 가엾은 리자베타 프로코피예브나는 그것을 해결하기는커녕, 아무리 애를 써도 그 문제 자체를 아주 분명하게 자기 앞에 제시할 수조차 없었다. 그것은 어려운 문제였다. '공작은 좋은 사람일까, 좋지 않은 사람일까? 이 모든 것은 좋은 일일까, 좋지 않은 일일까? 만약 좋지 않은 일이라면(틀림없이 그렇겠지만), 대체 정확히 무엇이 좋지 않다는 말인가? 만약 좋은 일인지도 모른다면(그럴 수도 있으니까), 이번엔 또 무엇이 좋단 말인가?' 가장인 이반 표도로비치로 말하면, 그도 물론 처음엔 무척 놀랐지만, 나중엔 불쑥 이런 말을 털어놨다. "나도 솔직히 그런 비슷한 생각이 머리에 줄곧 떠오르더군, 아니다-아니다 하면서도 왠지 갑자기 머릿속에 떠오르는 거요!" 아내가 무섭게 노려보자 그는 이내 입을 다물었지만, 아침에는 입을 다물었어도 저녁이 되어 아내와 단둘이 마주앉아 다시 무슨 말이든 해야 하는 상황이 되자, 특별히 용기를 낸 듯 갑자기 뜻밖의 의견을 몇 가지 피력했다. "정말로 어찌된 일인지는 모르잖소?……" (침묵) "만약 모든 게 사실이라면, 그야 물론 아주 해괴망측하지, 그건 나도 동감이오, 하지만……" (다시 침묵) "하지만 다른 면에서 이 문제를 직시하자면, 공작은 말이지, 정말로 보기 드문 청년이오, 그리고…… 그리고, 그리고—저기 말이오, 요는, 이름, 우리 가문의 이름 얘긴데, 이 일은 상류사회의 눈에는 낮아 보이는 우리 가문의 이름을, 말하자면, 높여줄 수 있을 거다, 이 말이오, 즉 이런 관점에서 보면, 다시 말해서 왜냐하면…… 어쨌든 상류사회니까, 상류사회는 상류사회거든. 어쨌거나 공작에겐 재산도 없는 게 아니고, 뭐, 얼마 되진 않겠지만 말이오. 더구나 그 친구한테는…… 또…… 또…… 또……" (그는 한동안 침묵하다가 아예 입을 닫아버렸다.) 남편의 말을 듣던 리자베타 프로코피예브나는 분통을 터뜨리고 말았다.

그녀의 의견에 따르면, 이 사건은 죄다 '용서할 수 없고 범죄적이기까지 한 헛소리이며, 멍청하고 돼먹잖은 망상이다!'라는 것이었다. 무엇보다, '이 공작이란 자는 병자에다 백치이고, 둘째로는 세상이 뭔지도 모를뿐더러 사회적 지위도 갖고 있지 않은 바보이니, 이런 자를 누구 앞에 내놓을 수 있으며, 어느 자리에 밀어넣을 수 있겠는가? 더구나 위험천만한 무슨 민주주의자에다 제일 하찮은 관등조차 없고, 그리고…… 그리고…… 벨로콘스카야 할머니가 뭐라고 하겠는가? 그래, 저런 남자에게 주려고, 저런 사위를 얻으려고, 지금껏 아글라야를 키웠단 말인가?' 물론 이 마지막 논거가 가장 중요한 것이었다. 이런 생각을 하면 어머니로서 심장이 떨리고 가슴속에 피눈물이 끓어올랐지만, 그러면서도 한편으로는 가슴속 깊은 곳에서 무언가가 꿈틀거리면서 그녀에게 갑자기 속삭이곤 했다. '어째서 공작이 너희가 원하는 그런 사윗감이 아니란 말인가?' 그렇다, 자기 마음속의 이러한 항변이야말로 리자베타 프로코피예브나에겐 무엇보다 난처한 것이었다.

아글라야의 언니들은 어째서인지 공작과의 혼담에 호감을 보였을 뿐만 아니라, 별로 이상하게 생각하지도 않았다. 한마디로, 언제든 그들은 완전히 그의 편이 될 수도 있었다는 얘기다. 하지만 두 사람은 잠자코 있기로 했다. 이들의 집에서 언제나 느껴지는 것은, 가족 전체와 관련해 논쟁이 되는 어떤 문제에서 리자베타 프로코피예브나가 완강하고 집요하게 반대하고 저항하면 할수록, 그녀가 내심으론 이 문제에 이미 동의하기 시작했다는 징후로 모두에게 간주될 수 있다는 점이었다. 그러나 알렉산드라 이바노브나만은 완전히 입을 닫고 있을 수가 없었다. 벌써 오래전부터 엄마는 그녀를 자신의 조언자로 삼아왔기 때문에, 이번에도 설새없이 그녀를 불러서 의견을 들으려고 했는데—주로 의견보다는 기억을 물어보았다. 즉, '어떻게 이 모든 일이 일어났느냐? 어째서 아무도 이 일을 알아채지 못했느냐? 어째서 당시에는 아무 말도 하지들 않았느냐? 그때 그 재수 없는 '가난한 기사'는 무엇을 뜻하는 것이었느냐? 왜 리자베타 프로코피예브나 그녀 혼자만 모두를 걱정하고 모든 것에 주의하고 모든 것을 추측해야 하고, 다른 사람들은—죄다 태평스럽게 하늘만 쳐다보고 있느냐?' 등등, 질문은 끝이 없었다. 알렉산드라 이바노브나는 처음엔 조심스럽게, 예판친가의 딸 중 하나를 위해 므이쉬킨 공작을 신랑감으로 택하는 것은 상류사회의 눈에 아마도 썩 괜찮은 선택으로 보이리라는 아빠의 생각이 상당히 정확한 것 같다고만 말했다. 그러나 점차 얘기에 열중하면서 그녀는, 공작은 절대로 '바보'가 아니며, 지금껏 한 번도 바보였던 적이 없다, 그리고 사회적 지위와 관련해 말하자면, 몇 년 뒤에 우리 러시아에서 훌륭한 사람의 사회적 지위가 과연 무엇으로 결정될지—예전처럼 반드시 관직에서의 성공으로 결정될지, 아니면 다른 무엇으로 결정될지, 그건 하느님밖에 모르는 일이잖은가, 라고 덧붙이기까지 했다. 이런 모든 말에 대해 엄마는 즉각, 알렉산드라는 '자유사상가이고, 그런 소릴 하는 건 그자들의 그 저주받을 여성 문제 때문이다'라고 잘라 말했다. 그러고서 반시간 뒤에 리자베타 프로코피예브나는 페테르부르크로 출발했고, 거기서 카멘느이섬*으로 갔는데, 때마침 페테르부르크에 와 있긴 하나 곧 떠날 예정인 벨로콘스카야를 만나기 위해서였다. 벨로콘스카야는 아글라야의 대모였다.

벨로콘스카야 '할머니'는 열병 환자와도 같은 리자베타 프로코피예브나의 절망적인 하소연을 끝까지 들어주었으나, 한 가정의 어머니가

* 네바강 삼각주에 있는 섬. 주로 고관대작들의 휴양지였다.

어찌할 바 몰라하며 흘리는 눈물에 눈곱만큼이라도 동정의 빛을 보이긴커녕 오히려 조소마저 머금고 쳐다보았다. 이 노파는 무서운 전제군주였다. 친구 사이에서도, 설령 아무리 오래된 친구일망정, 대등한 관계를 절대로 용인하지 않았고, 리자베타 프로코피예브나도 삼십오 년 전과 마찬가지로 오로지 자신의 *피보호자*로만 대했으므로 그녀의 단호하고 독립적인 성격을 도저히 그냥 봐주지 못했다. 노파는 특히 이런 말을 했다. "그 집 사람들은 늘 하던 버릇대로 뭐든 너무 앞서가면서 파리 새끼를 코끼리로 만드는 것 같구먼. 나는 아무리 귀담아들어봐도 자네 집에 실제로 무슨 심각한 일이 일어난 걸로 생각되진 않아. 무슨 일이 정말로 일어날 때까지 좀 기다리는 게 낫지 않겠나. 내 생각엔 공작도 번듯한 청년이야, 건강이 좋지 않은데다 성격이 기묘하고 사회적 지위가 너무 보잘것없어서 그렇지. 뭐, 제일 고약한 건, 공공연히 정부를 두고 있다는 점이네만." 리자베타 프로코피예브나는 벨로콘스카야가 예브게니 파블로비치의 실패에 약간 화가 났음을 충분히 눈치챘는데, 그를 신랑감으로 추천한 사람이 바로 벨로콘스카야였기 때문이다. 리자베타 프로코피예브나는 아까 떠날 때보다 더 초조한 마음으로 파블롭스크의 별장으로 돌아왔고, 오자마자 식구들에게 한바탕 퍼부었다. 무엇보다 '다들 정신이 돌아버렸고', 어느 집에서도 일을 절대 그런 식으로 처리하지 않는데, 유독 자기네 집만 그렇다는 이유였다. "뭐가 그리 급했는데? 대체 무슨 일이 일어났다는 거야? 내가 아무리 눈을 비비고 봐도, 실제로 무슨 일이 일어났다고는 할 수 없단 말이다! 무슨 일이 정말로 일어날 때까지 우선 좀 기다려봐! 이반 표도로비치야 예전부터 별의별 생각을 다 떠올리는 양반 아니냐? 파리 새끼를 코끼리로 만들

건 없잖냐" 등등, 등등.

그래서, 마음을 가라앉히고 냉정하게 지켜보며 기다리자는 결론이 내려졌지만, 애석하게도, 평온은 십 분도 계속되지 못했다. 냉정함에 첫번째 타격을 가한 것은, 엄마가 카멘느이섬에 다녀오느라 집을 비운 사이에 일어난 일에 대한 보고였다. (리자베타 프로코피예브나가 그곳에 간 것은, 공작이 밤중에 아직 열시가 안 된 줄 알고 자정이 지나서 찾아온 그 이튿날 아침이었다.) 큰딸들은 엄마의 조급한 심문에 우선 "엄마가 안 계신 동안 아무 일도 일어나지 않았다고 볼 수 있어요"라고 운을 뗀 뒤, 다음과 같이 아주 상세히 대답해주었다. 공작이 다녀갔고, 아글라야는 오랫동안, 그러니까 반시간가량이나 그를 보러 나오지 않다가 나중에야 나왔는데, 나오자마자 공작에게 장기를 두자고 했지만, 공작은 장기를 잘 두지 못해서 아글라야가 대번에 이겼고, 몹시 흥이 난 아글라야가 공작에게 장기 솜씨가 형편없다고 창피를 주면서 끔찍이도 놀리는 바람에 옆에서 보기 딱했다. 그런 다음 아글라야는 카드놀이, 그러니까 바보놀이*를 하자고 했다. 하지만 이번엔 정반대의 결과가 나왔다. 공작은 바보놀이에서 마치…… 마치 전공 교수와도 같은 실력을 발휘하면서 대단히 능란한 솜씨를 보여주었다. 아글라야는 속이기도 하고 카드를 바꿔치기도 하고 그의 눈앞에서 카드 패를 훔치기도 했으나, 그래도 공작은 매번 아글라야를 바보로 만들며 연거푸 다섯 번쯤 이겼다. 아글라야는 성을 펄펄 냈는데 아주 제정신이 아니다시피 했다. 공작에게 지독한 폭언과 독설을 퍼붓는 바람에 공작도

---

* 규칙이 간단해서 러시아에서 인기 있던 카드놀이. 모두 카드를 여섯 장씩 받은 후, 순서에 따라 카드를 한 장씩 내려놓고 그 카드로 다른 플레이어와 승패를 겨룬다.

그만 웃음을 멈추었고, 마침내 아글라야가 "당신이 여기 앉아 있는 한, 나는 이 방엔 발도 들여놓지 않겠어요, 게다가 그런 모든 일이 있은 마당에 그것도 한밤중에 자정이 지나서 우리집에 찾아오다니, 그렇게 염치없는 짓이 어딨어요"라고 말하자, 공작은 새파랗게 질리고 말았다. 그러고서 아글라야는 문을 쾅 닫으며 나가버렸다. 언니들이 공작을 위로해줬지만, 공작은 마치 장례식에서 돌아가는 사람처럼 자기 집으로 돌아갔다. 공작이 돌아간 지 십오 분이 지나 갑자기 아글라야가 위층에서 테라스로 달려내려왔는데, 어찌나 다급했는지 미처 눈물도 훔치지 못해서 두 눈에 눈물이 그득했다. 그렇게 급히 달려내려온 건, 콜랴가 고슴도치를 가지고 왔기 때문이다. 그들은 다 함께 고슴도치를 구경하기 시작했다. 그들이 물어대자 콜랴는, 고슴도치는 자기 것이 아니며, 지금 자기는 김나지움 학생인 친구와 함께 어디 가는 길인데, 그 친구 이름은 코스챠 레베제프로, 도끼를 들고 있어서 부끄러워 들어오지 못하고 한길에 서 있다, 고슴도치와 도끼는 방금 길에서 마주친 어느 농부한테서 샀다, 농부는 50코페이카를 받고 고슴도치를 자기들에게 팔았고, 그가 마침 아주 좋은 도끼도 가지고 있어서 자기들 쪽에서 그걸 팔라고 설득했다, 라고 설명했다. 그러자 아글라야는 갑자기, 고슴도치를 지금 당장 자기에게 팔라고 콜랴한테 마구 졸라대기 시작하더니, 급기야는 냉정을 잃고 '사랑스러운' 콜랴라고 부르기까지 했다. 콜랴는 좀처럼 응하려 들지 않았으나, 결국엔 견디지 못하고 코스챠 레베제프를 불렀는데, 그는 정말로 도끼를 들고 안으로 들어왔고 몹시도 거북하다는 얼굴을 하고 있었다. 그런데 알고 보니, 고슴도치의 주인은 뜻밖에도 그들이 아니라, 페트로프라고 하는 어떤 제3의 소년이었다. 어느 제

4의 소년이 돈이 궁해 슐로서의 『역사』*를 싼값에 팔려고 하자, 페트로프가 이들 두 소년에게 돈을 주면서 그 책을 사다달라고 했는데, 이들이 슐로서의 『역사』를 사러 가던 길에 그만 참지 못하고 고슴도치를 사버린 것이고, 따라서 고슴도치도 도끼도 그 제3의 소년 것이므로, 지금 슐로서의 『역사』 대신에 갖다주러 가는 길이었다. 하지만 아글라야가 하도 졸라대는 바람에 이들은 결국 고슴도치를 팔기로 했다. 아글라야는 고슴도치를 넘겨받자마자 콜랴의 도움을 받아 그 동물을 조그만 바구니에 넣고 그 위에 냅킨을 씌우더니, 콜랴에게 아무데도 들르지 말고 지금 바로 고슴도치를 그녀의 이름으로 공작에게 가지고 가서, 자기의 '깊디깊은 존경의 표시'로 받아주기 바란다고 전해달라 부탁했다. 콜랴는 기꺼이 동의하면서 틀림없이 전해주겠다고 약속했지만, "고슴도치를 이렇게 선물로 보내는 건 무슨 뜻이죠?"라며 이내 귀찮게 묻기 시작했다. 아글라야는 그건 네 알 바가 아니라고 대답했다. 그러자 그가 자기는 여기에 어떤 우의寓意가 담겨 있음을 확신한다고 대꾸했다. 아글라야는 발끈 성을 내면서, 너는 그저 멍청한 어린애일 뿐 그 이상 아무것도 아니다, 라고 잘라 말했다. 콜랴는 즉시, 만약 자기가 아글라야를 여성으로서 존중하지 않고 나아가 자신의 신념을 존중하지 않는다면, 그런 모욕에 대한 대답이 어떤 것인지 당장 증명해 보였을 거라고 결연히 말했다. 하지만 결국 콜랴는 여하간에 신이 나서 고슴도치를 가지고 그 집을 나섰고, 코스챠 레베제프도 그 뒤를 쫓아 달려갔다. 아글라야는 콜랴가 바구니를 심하게 흔들어대는 걸 보자 참지 못하고, 테라스

* 독일 역사학자 프리드리히 크리스토프 슐로서의 『독일 국민을 위한 세계사』는 1860년대에 러시아에서 '세계사'라는 제목으로 번역되었다.

에서 그의 등뒤에 대고 "제발, 콜랴, 떨어뜨리지 않도록 해요, 부탁해요, 귀여운 사람!" 하고, 방금 다퉜던 일은 까맣게 잊은 양 소리쳤다. 콜랴도 멈춰 서더니, 언제 다퉜느냐는 듯이 "물론이죠, 떨어뜨리지 않아요, 아글라야 이바노브나, 아무 염려 말아요!"라고 아주 흔쾌히 외치고는 다시 쏜살같이 달려갔다. 그러자 아글라야는 배를 잡고 깔깔 웃어대며 몹시 만족한 표정으로 자기 방으로 뛰어갔고, 그뒤로 온종일 무척 명랑한 모습이었다.

이러한 보고에 리자베타 프로코피예브나는 그야말로 아연실색했다. 하기야, 대체 무슨 일이 일어났다는 건데? 라고 생각할 수도 있을 것이다. 하지만 그녀는 분명 그런 기분에 빠지고 말았다. 그녀의 불안은 극도로 치솟았는데, 무엇보다 문제는—고슴도치였다. 고슴도치가 무엇을 뜻하는 걸까? 대체 무슨 암호일까? 무슨 암시가 숨어 있을까? 무슨 신호일까? 무슨 전보일까? 게다가 딸들을 심문하는 자리에 때마침 돌아온 불쌍한 이반 표도로비치가 대답이랍시고 한마디하는 바람에, 모든 일을 완전히 그르치고 말았다. 그가 보기엔 전보 따윈 전혀 있을 수 없다면서, 고슴도치는 "그냥 고슴도치일 뿐이야, 어쩌면 그 밖에도 우정의 표시이거나 모욕을 잊고 화해하자는 뜻인지도 모르고, 한마디로 이건 모두 장난이야, 하지만 어쨌든 악의 없고 용서해줄 만한 장난이지"라고 말한 것이다.

참고삼아 말해두자면, 그의 추측은 전적으로 옳았다. 아글라야한테 조롱당하고 쫓겨난 공작은 집으로 돌아와 너무나도 암울한 절망을 느끼며 이미 반시간가량이나 혼자 앉아 있었는데, 그때 갑자기 콜랴가 고슴도치를 가지고 나타났다. 그러자 대번에 하늘이 환하게 개었다. 공작은 마치 죽었다가 살아난 사람처럼 활기를 띠고는, 콜랴에게 이것저것 꼬치꼬치 캐물었다. 그는 콜랴의 말 한마디 한마디에 매달리는가 하면, 똑같은 질문을 열 번씩이나 되풀이했고, 환한 얼굴로 자기를 바라보며 연방 벙글거리는 두 소년의 손을 쉴새없이 꼭 쥐면서 어린아이처럼 웃었다. 그러니까 아글라야가 그를 용서한다는 뜻이고, 오늘 저녁에라도 당장 그녀에게 다시 갈 수 있다는 얘기이니, 이것이야말로 그에겐 가장 중요한 일일뿐더러 전부이기까지 했다.

"정말이지 우린 아직도 어린아이라네, 콜랴! 그리고…… 그리고…… 그리고 우리가 어린아이라는 건 참으로 좋은 일이야!" 마침내 그가 환희에 넘쳐 외쳤다.

"아주 간단하죠, 그 여자가 당신한테 반한 거예요, 공작님, 그것뿐이라고요!" 콜랴는 거드름을 피우면서 목소리에 힘을 주고 대답했다.

공작은 얼굴을 확 붉힐 뿐 이번에는 아무 말도 하지 않았지만, 콜랴는 손뼉을 치며 그저 깔깔 웃어댔다. 잠시 뒤엔 공작도 큰 소리로 웃음을 터뜨렸는데, 그러고 나선 저녁이 될 때까지 오 분이 멀다 하고 시계를 들여다보면서, 시간이 많이 지나갔는지, 저녁이 되려면 아직 많이 남았는지 계속 확인했다.

하지만 분위기는 위태로웠다. 리자베타 프로코피예브나가 마침내 더는 참지 못하고 히스테리 상태에 빠져들고 만 것이다. 그래서 남편과 큰딸들이 말리는데도 불구하고 당장 아글라야를 불러오게 했는데, 딸한테 최종적인 질문을 해서 아주 분명한 최종적인 답변을 듣기 위해서였다. "이런 일은 단번에 모두 결판짓고 어깨에서 내려놔야 해, 그래서 다시는 입 밖에 내지도 못하게 해야지! 안 그러면 나는 오늘 저녁까지도 살아 있지 못할 거야!"라고 그녀는 선언했다. 그제야 식구들은 이 일이 얼마나 어처구니없는 지경에까지 이르렀는지 깨달았다. 그러나 아글라야는 짐짓 놀라는 척하거나, 화를 내어 보이거나, 공작에 대해, 그리고 자신에게 그런 것을 캐묻는 모든 사람에 대해 조소를 던지며 웃어댈 뿐이어서—식구들은 아무것도 알아낼 수 없었다. 리자베타 프로코피예브나는 자리에 드러누워버렸고, 공작이 올 때쯤 돼서야 차를 마시러 나왔다. 몸을 떨면서 공작을 기다리던 그녀는 정작 그가 나타나자 거의 히스테리를 일으킬 지경이 되었다.

공작 역시 겁을 먹고는 이상한 미소를 띤 채 쭈뼛거리며 들어왔는데, 뭔가를 물어보고 싶은 듯 모두의 눈치를 힐끗힐끗 살피는 품이, 아글라야가 또다시 방안에 보이지 않자 이내 불안해진 모양이었다. 이날 저녁엔 가족들 이외에 다른 사람은 아무도 없었다. S공작은 예브게니 파블로비치의 백부와 관련된 일로 아직 페테르부르크에 가 있었다. '그 사람이라도 있으면 뭐든 얘길 해주련만.' 리자베타 프로코피예브나는 그가 없는 게 안타까웠다. 이반 표도로비치는 잔뜩 걱정스러운 표정을 하고 앉았고, 큰딸들은 심각한 모습으로 짐짓 침묵을 지키고 있었다. 리자베타 프로코피예브나는 무슨 말부터 꺼내야 할지 몰랐다. 끝내는 느닷없이 철도에 대해 맹렬히 욕을 퍼부으며, 결연한 도전이 담긴 시선을 공작에게 던졌다.

아아, 어쩐다! 아글라야가 좀처럼 나오지 않자, 공작은 낙담하고 말았다. 공작은 어찌할 바 몰라서 간신히 입을 달싹이며, 철도 보수는 대단히 유용한 일이라고 의견을 말하려 했으나, 아젤라이다가 갑자기 웃음을 터뜨리는 바람에 또다시 기가 꺾여버렸다. 바로 이 순간, 아글라야가 침착하고 근엄하게 들어와 공작에게 격식을 갖춰 인사를 하고는 원탁에서 가장 눈에 잘 띄는 자리에 오만한 모습으로 앉았다. 그녀는 묻는 듯한 눈으로 공작을 쳐다보았다. 다들 마침내 모든 의혹이 풀릴 때가 왔다고 생각했다.

"내가 보낸 고슴도치 받으셨죠?" 그녀는 딱딱한 어조로 거의 화를 내며 물었다.

"받았습니다." 공작은 얼굴을 붉히며, 기어들어가는 목소리로 대답했다.

"거기에 대해 어떻게 생각하시는지 지금 바로 밝혀주세요. 엄마와 우리 가족 모두를 안심시키기 위해 꼭 필요한 일이니까요."

"잠깐만, 아글라야……" 장군은 갑자기 불안해지기 시작했다.

"얘가, 얘가, 어쩜 이렇게 상식 없이 구니!" 리자베타 프로코피예브나는 소스라치게 놀란 듯했다.

"상식 없이 구는 게 절대 아녜요, *엄마*." 딸은 즉각 단호하게 대꾸했다. "나는 오늘 공작에게 고슴도치를 보냈고, 거기에 대한 의견을 듣고 싶은 거죠. 자, 어떻게 생각하시죠, 공작?"

"그러니까, 무엇에 대해서 말입니까, 아글라야 이바노브나?"

"고슴도치에 대해서요."

"그러니까…… 내 생각엔, 아글라야 이바노브나, 당신이 알고 싶은 건, 내가 고슴도치를…… 어떻게 받아들였는지…… 아니, 그보다, 내가 그 선물을…… 고슴도치를 어떻게 보았는지, 다시 말해서…… 이러한 경우에 내가 추측하기로는…… 한마디로……"

그는 숨이 막혀 입을 다물고 말았다.

"뭐, 별로 해주신 말씀이 없네요." 아글라야는 오 초가량 기다리다가 쏘아붙였다. "좋아요, 고슴도치 얘긴 관두기로 하죠, 하지만 쌓이고 쌓인 의혹을 마침내 다 해소할 수 있게 돼서 무척 기쁘군요. 실례지만, 마지막으로 당신에게 직접 듣고 싶어요, 나한테 청혼하시는 건가요, 아닌가요?"

"아이고, 맙소사!" 리자베타 프로코피예브나의 입에서 이런 소리가 터져나왔다.

공작은 움찔하며 몸을 뒤로 물렸다. 이반 표도로비치는 돌처럼 굳어버렸고, 언니들은 미간을 찌푸렸다.

"공작, 거짓말하지 마시고 사실대로 말해주세요. 당신 때문에 내가 해괴한 심문에 시달리고 있으니까요. 이 심문이 어떤 근거가 있는 건가요? 자, 말씀해보세요!"

"나는 당신에게 청혼하지 않았습니다, 아글라야 이바노브나." 공작은 갑자기 활기를 띠며 입을 열었다. "하지만…… 당신도 잘 알고 계시듯, 나는 당신을 한없이 사랑하고 당신을 신뢰합니다…… 심지어 지금도……"

"내가 물어본 건 이거예요, 나한테 청혼하시는 건가요, 아닌가요?"

"청혼합니다." 공작은 기어들어가는 듯한 소리로 대답했다.

방안에 심한 동요가 일었다.

"그건 그런 게 아냐, 여보게." 이반 표도로비치가 몹시 허둥대며 입을 열었다. "만약 그렇다면, 글라샤*, 그건…… 그건 거의 안 될 말이

* 아글라야의 애칭.

야…… 미안하네, 공작, 미안하네만, 여보게!…… 리자베타 프로코피예브나!" 그는 도움을 청하듯 부인을 쳐다보았다. "우선…… 깊이 생각해 볼 필요가 있어……"

"나는 아무 말도 하고 싶지 않아요, 아무 말도!" 리자베타 프로코피예브나는 두 손을 내저었다.

"나도 말 좀 하게 해주세요, *엄마*. 이런 일에선 나도 당사자로서 어떤 중요성을 가지잖아요. 내 운명이 결정되는 아주 중요한 순간이니까요(아글라야는 정확히 이렇게 말했다), 그리고 나도 직접 알아보고 싶고, 더구나 이렇게 모두가 있는 자리에서 그렇게 할 수 있어 기쁘네요…… 실례가 될지 모르지만 물어보겠어요, 공작, 만약 '그런 생각을 품고' 계신다면, 무엇으로 나를 행복하게 해주실 셈인가요?"

"어떻게 대답해야 할지 실은 나도 잘 모르겠습니다, 아글라야 이바노브나. 이런 경우…… 이런 경우에 뭐라고 대답하면 좋을까요? 그리고…… 꼭 대답을 해야 하나요?"

"너무 당황해서 숨이 가빠지신 모양이군요. 잠깐 진정하고 다시 기운을 좀 차리세요. 물이라도 한잔 드시고요, 하긴 곧 차가 나오겠지만."

"나는 당신을 사랑합니다, 아글라야 이바노브나, 아주 많이 사랑합니다. 당신 한 사람만을 사랑하고 있어요, 그리고…… 제발 놀리지는 말아주십시오, 나는 당신을 아주 많이 사랑합니다."

"그렇지만 이건 중대한 문제예요. 우리는 어린애가 아니니까, 이 문제를 철저히 들여다봐야 해요…… 난처하시겠지만, 지금 분명히 말씀해주세요, 당신의 재산은 얼마나 되죠?"

"아-아-아니, 아글라야. 그게 무슨 소리냐! 그렇게 하는 게 아냐, 그러는 게……" 이반 표도로비치가 기겁하며 중얼거렸다.

"원, 창피스러워서!" 리자베타 프로코피예브나는 커다란 소리로 투덜거렸다.

"쟤가 아주 돌았어!" 알렉산드라 역시 큰 소리로 투덜댔다.

"재산이라니…… 돈 말인가요?" 공작은 놀라서 물었다.

"그래요."

"나한텐…… 나한테는 지금 13만 5천이 있습니다." 공작은 얼굴이 빨개져서 대답했다.

"고작 그것뿐예요?" 아글라야는 얼굴빛 하나 붉히지 않고, 커다란 소리로 노골적인 놀라움을 나타냈다. "하지만, 뭐, 괜찮아요, 알뜰하게 꾸려나가기만 한다면…… 그럼, 관직에 들어설 생각인가요?"

"가정교사 자격시험을 볼 생각이었습니다만……"

"그것도 아주 좋겠죠, 물론 우리 수입이 늘어날 테니까요. 시종무관이 될 생각은 없나요?"

"시종무관요? 그런 생각은 한 번도 해보지 않았습니다만……"

하지만 여기서 두 언니는 더이상 참지 못하고 웃음을 터뜨렸다. 아까부터 아젤라이다는 아글라야의 얼굴이 움찔움찔거리는 것을 보고, 금세 터져나오려는 웃음을 참으려고 안간힘을 쓰고 있다는 사실을 이미 눈치채고 있었다. 아글라야는 깔깔거리는 언니들을 무섭게 쏘아봤으나, 그녀 역시 불과 몇 초도 견디지 못하고 거의 히스테리라도 일으킨 것처럼 미친듯 웃기 시작했다. 마침내 그녀는 벌떡 일어나, 방에서 달려나가버렸다.

"나는 이게 장난일 뿐이라는 걸 알고 있었어요!" 아젤라이다가 외쳤다. “맨 처음부터, 고슴도치 때부터 말예요!”

“아니다, 이런 짓은 절대 용인할 수 없어, 없고말고!” 리자베타 프로코피예브나는 갑자기 노기등등해서, 급히 아글라야의 뒤를 쫓아갔다. 어머니를 따라 큰딸들도 곧바로 달려나갔다. 방에는 공작과 이 집안의 가장만 남게 되었다.

“이건, 이건 정말…… 자넨 이런 일을 상상할 수나 있었나, 레프 니콜라이치?” 장군은 소리를 버럭 질렀으나, 무슨 말을 하려는 건지 자신도 모르는 눈치였다. “아니, 진심일세, 진심으로 하는 말이야!”

“아글라야 이바노브나는 저를 놀린 것뿐입니다. 그건 저도 잘 압니다.” 공작은 슬프게 대답했다.

“여보게, 잠깐만 기다려주게. 내 곧 돌아올 테니, 잠깐만 기다리게나…… 이따가…… 자네라도, 자네만이라도 나한테 설명해줘야 할 게 아닌가, 레프 니콜라이치, 어떻게 이 모든 일이 일어났고, 대체 이 모든 일이 무엇을 뜻하는지, 모두 다, 그러니까, 전부 다 말일세. 여보게, 자네도 이해하겠지만—나는 아버지야. 그런데도 아비가 돼가지고 아무것도 모른대서야, 말이 되겠나. 그러니 자네만이라도 설명해주게!”

“저는 아글라야 이바노브나를 사랑합니다. 그녀도 이 사실을 알고 있고, 아마…… 오래전부터 알고 있을 겁니다.”

장군은 어깨를 으쓱해 보였다.

“뜻밖이군, 뜻밖이야…… 그래, 아주 많이 사랑하나?”

“아주 많이 사랑합니다.”

“뜻밖이군, 나로선 모든 게 뜻밖이야. 내 말은, 너무나 뜻하지 않은 충격이어서…… 여보게, 자네 재산을 두고 하는 말은 아닐세(하긴 좀

더 많을 줄 알았네만), 하지만…… 나에겐 딸아이의 행복이…… 요는…… 자네가, 그러니까 그…… 행복을 보장해줄 능력이 있다고 생각하나? 그리고…… 그리고…… 그건 뭔가, 그애가 한 말은 농담인가, 진담인가? 자네가 아니라 그애 말일세?"

이때 방문 뒤에서 알렉산드라 이바노브나의 목소리가 들려왔다. 다들 아빠를 부르고 있었다.

"여보게, 잠깐만 기다리게, 잠깐만! 기다리는 동안 잘 생각해보게, 내 곧 돌아올 테니……" 그는 다급히 이렇게 말하고는 거의 겁먹은 모습으로, 알렉산드라가 부르는 쪽으로 허겁지겁 달려갔다.

가서 보니 아내와 딸은 부둥켜안고 서로의 뺨을 눈물로 적시고 있었다. 그것은 행복과 감동과 화해의 눈물이었다. 아글라야는 어머니의 손이며 뺨이며 입술에 연방 입을 맞춰댔고, 두 모녀는 뜨겁게 서로의 몸을 그러안았다.

"글쎄, 얘 좀 봐요, 이반 표도르이치, 얘가 지금 어떤지!" 리자베타 프로코피예브나가 말했다.

아글라야는 눈물에 젖은 행복한 얼굴을 엄마의 가슴에서 쳐들고 아빠를 쳐다보더니, 소리 높여 웃으며 그에게로 달려가 꼭 껴안고서 몇 번이나 키스를 퍼부었다. 그러고는 다시 엄마에게 몸을 던지고, 이번엔 아무도 보지 못하게 엄마의 가슴에 얼굴을 완전히 파묻고는 금세 또다시 울음을 터뜨렸다. 리자베타 프로코피예브나는 자신의 숄 끝으로 딸을 감싸주었다.

"그래, 대체 왜, 대체 왜 넌 우리한테 이러는 거냐, 몹쓸 것 같으니, 이러니 널 그렇게 부르는 거야!" 그녀는 이렇게 말했지만, 숨쉬기가 갑자기 훨씬 가뿐해진 듯 기쁨에 찬 어조였다.

"몹쓸 것이라고요! 그래요, 나는 몹쓸 것이에요!" 아글라야가 갑자기 말을 받았다. "쓸모없는 애예요! 버릇없는 애예요! 아빠한테도 그렇게 말해주세요. 아아, 아빠도 저기 와 계시군요. 아빠, 거기 계시죠? 지금 듣고 계신 거죠!" 그녀는 눈에 눈물이 그렁그렁한 채 웃음을 터뜨렸다.

"얘야, 넌 내 우상이야!" 장군은 행복에 환히 빛나는 얼굴로 그녀의 손에 입을 맞췄다. (아글라야는 손을 빼내지 않았다.) "그러니까 너는 그…… 청년을 사랑하고 있단 말이지?……"

"아뇨, 아뇨, 아뇨! 꼴도 보기 싫어요…… 아빠의 그 청년은 꼴도 보기 싫다고요!" 갑자기 아글라야는 성을 발끈 내면서 고개를 번쩍 들었다. "만약 아빠가 한 번만 더 그런 말씀을 하시면…… 나는 아주 진지하게 말하는 거예요, 아시겠죠, 농담이 아니라고요!"

정말로 그녀는 진지하게 말하고 있었는데, 얼굴까지 새빨개져서 두 눈을 번쩍였다. 아빠는 놀라서 어리둥절한 채 입을 다물었으나, 아글라야의 등뒤에서 리자베타 프로코피예브나가 눈짓을 해 보이자 '더이상 캐묻지 말라'는 뜻임을 알아챘다.

"그럼 내 천사야, 원하는 대로 하려무나, 네 뜻에 맡기마. 그 사람은 저기서 혼자 기다리고 있어, 그만 돌아가보라고 넌지시 일러줘야 하지 않을까?"

이번엔 장군이 리자베타 프로코피예브나에게 눈짓을 했다.

"아녜요, 아녜요, 그럴 필요는 전혀 없어요. 게다가 '넌지시'라뇨. 아빠가 그 사람한테 먼저 나가보세요. 나도 곧 뒤따라 나가겠어요. 그…… 청년한테 용서를 구하고 싶어요, 내가 모욕을 줬으니까요."

"더구나 그게 어디 보통 모욕이냐." 이반 표도로비치는 정색을 하고 맞장구쳤다.

"음, 그럼…… 다들 그냥 여기 계세요, 나 혼자 먼저 갈 테니, 이내 따라 나오세요, 금방 오셔야 해요. 그게 좋겠어요."

그녀는 이미 방문 앞에까지 갔다가 갑자기 되돌아왔다.

"웃음이 터질 것만 같아요! 웃음이 나와서 죽겠어요!" 그녀가 호소하듯 말했다.

하지만 그녀는 이내 몸을 홱 돌려 공작에게로 달려갔다.

"아니, 이게 대체 어찌된 일이지? 당신 생각은 어떻소?" 이반 표도로비치가 급히 물었다.

"입 밖에 내기조차 두려워요." 리자베타 프로코피예브나도 황급히 대답했다. "하지만 내가 보기엔 뻔한 일이에요."

"내가 보기에도 뻔한 것 같군. 불을 보듯 뻔해. 사랑하는 거야."

"사랑 정도가 아녜요, 아주 홀딱 반했다니까요!" 알렉산드라 이바노브나가 거들고 나섰다. "하필이면 왜 그런 사람한테?"

"이게 그애의 운명이라면, 하느님, 그애를 축복해주시옵소서!" 리자베타 프로코피예브나는 경건하게 성호를 그었다.

"요컨대 운명이지." 장군은 아내의 말을 확인해주듯 중얼거렸다. "운명은 피할 수 없어!"

그들은 다 함께 응접실로 들어갔는데, 거기서도 뜻밖의 상황이 그들을 기다리고 있었다.

아글라야는 자기가 걱정했던 것과 달리, 공작에게 다가가며 웃음을 터뜨리지 않았을 뿐만 아니라, 오히려 수줍다는 듯이 그에게 말을 건네고 있었던 것이다.

"어리석고 짓궂은 말괄량이를 용서해주세요. (그러면서 그녀는 공작의 손을 잡았다.) 그리고 우리 모두가 당신을 한없이 존경한다는 걸 믿어주세요. 하지만 내가 감히 당신의 그 아름답고…… 선량하고 순박한 마음을 조롱했다면, 그저 어린애 같은 장난이라 여기고 용서해주세요. 내가 그런 어리석은 짓을 고집스레 계속했던 것을 용서해주세요, 어차피 아무 소용도 없는 어리석은 짓이었어요……"

아글라야는 마지막 말에 특히 힘을 주었다.

아버지와 어머니, 언니들은 함께 응접실로 막 들어서면서 이 모든 것을 보고 들을 수 있었는데, 다들 '아무 소용도 없는 어리석은 짓'이란 말에 깜짝 놀랐지만, 그들을 더 놀라게 한 것은 아글라야가 이 어리석은 짓에 대해 말할 때의 심각한 목소리와 표정이었다. 그들 모두는 묻는 듯한 눈빛으로 서로를 쳐다보았다. 하지만 공작은 이 말의 뜻을 이해하지 못했는지 행복의 절정에 이르러 있었다.

"왜 당신이 그런 말씀을 하십니까," 그가 중얼거렸다. "왜 당신이…… 나한테…… 용서를…… 구하신단 말입니까……"

그는 자기는 용서를 구한다는 말을 들을 자격이 없다고까지 말하려고 했다. 누가 알겠는가, 그는 어쩌면 '아무 소용도 없는 어리석은 짓'이라는 말이 무슨 뜻인지 알아차렸을 수도 있지만, 워낙 기이한 사람이니 오히려 그 말에 기뻐했는지도 모른다. 한 가지 확실한 점은, 아무런 방해도 받지 않고 아글라야한테 다시 올 수 있다는 사실, 그녀와 함께 얘기를 나누고, 그녀와 함께 앉고, 그녀와 함께 산책할 수 있다는 사실만으로도 그는 이미 한없이 행복했다는 것이며, 그리고 또 누가 알랴,

어쩌면 그는 평생 그 한 가지만으로 만족할지도 모른다! (바로 이 만족감을 리자베타 프로코피예브나는 두려워하는 듯 보였다. 그녀는 그가 만족하리라 짐작하고 있었다. 그녀가 혼자서만 속으로 걱정하는 게 한두 가지가 아니었으나, 그녀 자신도 그것들이 뭔지 분명하게 말할 수는 없었다.)

이날 저녁 공작이 얼마나 활기차고 쾌활했는지는 상상하기조차 어렵다. 그는 너무나 유쾌해서, 나중에 아글라야의 언니들도 말했다시피—옆에서 보기만 해도 기분이 좋아질 정도였다. 그는 신나게 얘기를 늘어놓았는데, 이는 반년 전에 처음으로 예판친가와 교제를 텄던 그날 아침 이래 한 번도 없었던 일이었다. 페테르부르크에 다시 돌아온 뒤부터 그는 눈에 띄게 말수가 줄었고 의식적으로 말을 삼갔는데, 요 얼마 전엔 모두가 있는 자리에서 S공작에게, 자기는 아무래도 자신을 억제하고 침묵을 지킬 필요가 있다, 자기 입으로 사상을 늘어놓음으로써 그 사상을 욕되게 할 권리가 자신에겐 없기 때문이다, 라고 털어놓은 적도 있었다. 그런데 이날 저녁엔 거의 혼자서 쉴새없이 말하고 여러 가지 얘기를 했을 뿐만 아니라, 사람들의 질문에도 분명하고 상세하고 기쁘게 대답했다. 하지만 구애의 말을 연상시킬 만한 것은 한마디도 찾아볼 수 없었다. 모든 얘기가 너무나 진지하고 때로는 너무 어렵기까지 한 사상을 담고 있었다. 공작은 자신의 몇 가지 견해와 가슴속에 숨겨뒀던 관찰까지도 피력했는데, 그 얘기를 들었던 사람들이 나중에 모두 이구동성으로 한 말이지만, 만약 공작이 그것들을 그렇게 '훌륭하게 설명'하지 않았더라면 모든 게 오히려 우스꽝스럽게 들렸을지도 모른다. 장군은 진지한 화제를 좋아하는 편이었으나, 그도 리자베타 프로코피예브나도 속으로 이건 너무 강의 같은 대화라고 여겨, 저녁이 끝나갈 즈음엔 심지어 우울해질 정도였다. 그렇지만 공작은 너무도 신이 나서 드디어는 아주 우스운 일화까지 몇 가지 얘기하고는 자기가 먼저 한바탕 웃어댔는데, 다른 사람들은 일화 자체보다도 그가 기쁘게 웃어대는 모습에 더 웃음을 터뜨렸다. 아글라야로 말하자면, 그녀는 저녁 내내 거의 한마디도 하지 않았다. 그 대신 레프 니콜라예비치한테서 한시도 눈을 떼지 않고 그의 말을 듣고 있었으나, 그의 말을 듣는다기보다 오히려 그를 보고 있었다고 하는 편이 옳을 지경이었다.

"눈도 떼지 않고 그렇게 보고 있는 꼴이라니, 그 사람이 말하는 한마디 한마디에 매달리면서, 아주 눈으로 삼켜요, 눈으로 삼켜!" 나중에 리자베타 프로코피예브나는 남편에게 이렇게 말했다. "그러면서도 그 사람을 사랑하는 거라는 말만 하면, 펄쩍 뛰며 난리라니까요!"

"어쩌겠소—운명인데!" 그러면서 장군은 어깨를 으쓱해 보였는데, 그뒤에도 그는 자기가 좋아하게 된 이 말을 두고두고 되풀이했다. 여기서 덧붙여두지만, 원래가 사무적인 인간인 장군은 이 모든 것의 현 상황이 여러모로 몹시 못마땅했으며—무엇보다 불만인 것은 이 일이 불분명하다는 점이었다. 그러나 그는 당분간은 침묵을 지키면서…… 리자베타 프로코피예브나의 눈치를 살피자고 결심했다.

집안의 명랑한 분위기는 오래가지 않았다. 바로 이튿날 아글라야는 또다시 공작과 다퉜고, 그뒤로도 그런 상태는 며칠이고 끊임없이 계속됐다. 그녀는 몇 시간씩이나 공작을 희롱하며 어릿광대로 만들다시피 했다. 하긴, 이따금 그들은 한두 시간씩 집 정원의 정자에 앉아 있기도 했는데, 그럴 때면 거의 언제나 공작이 아글라야에게 신문이나 무슨 책을 읽어주는 모습을 볼 수 있었다.

"아세요?" 한번은 아글라야가 신문 낭독을 중단시키며 공작에게 말했다. "나는 당신이 지독히 무식하다는 걸 깨달았어요. 그게 누구였는지, 어느 해였는지, 무슨 조약에 따른 것이었는지 물어봐도, 당신은 무엇 하나 제대로 아는 게 없으니 말예요, 참으로 딱한 분이에요."

"나는 학식이 많지 않은 사람이라고 이미 말했을 텐데요." 공작이 대답했다.

"그럼 당신한텐 대체 뭐가 있죠? 이러니 내가 어찌 당신을 존경할 수 있겠어요? 계속 읽으시죠. 아니, 됐어요, 그만 읽으세요."

그런데 그날 저녁, 모두에게 아주 수수께끼 같은 어떤 것이 그녀의 언동에 또다시 나타났다. S공작이 돌아왔으므로, 아글라야는 그에게 몹시 상냥하게 굴면서 예브게니 파블로비치에 대해 여러 가지를 물어보는 중이었다. (레프 니콜라예비치 공작은 아직 와 있지 않았다.) 이때 리자베타 프로코피예브나가 두 딸의 혼례를 동시에 치르기 위해 아젤라이다의 혼례를 또 연기하게 될지 모른다고 무심코 몇 마디 흘리자, S공작이 얼른 말을 받아 '머지 않아 이 집안에 있게 될 새로운 변화'에 대해 무슨 암시 같은 말을 해버린 것이다. '죄다 멍청하기 짝이 없는 이따위 억측'에 아글라야가 얼마나 발끈했는지는 상상하기조차 힘들 정도였다. 그리고 그 와중에, '아직은 그 누구의 정부 노릇도 대신할 생각이 없다'라는 말이 그녀의 입에서 튀어나왔다.

이 말은 모두를, 하지만 특히 부모를 놀라게 했다. 리자베타 프로코피예브나는 남편과 몰래 의논하는 자리에서, 나스타시야 필립포브나에 대해 공작에게 철저한 해명을 요구하자고 주장했다.

이반 표도로비치는 그건 전부 아글라야의 '수줍음'에서 나온 '돌발적인 허세'에 지나지 않는다고 장담했다. 그런 모든 얘기는 불량한 사람들의 중상에 불과하다는 사실을 아글라야 자신도 확실히 알고 있으므로, 만약 S공작이 혼례 얘기만 꺼내지 않았다면 그런 돌발적인 허세도 나오지 않았을 것이며, 더구나 나스타시야 필립포브나는 로고진에게 시집가게 돼 있다, 그리고 공작은 그 여자와 내연관계는 물론이려니와 그 어떤 관계도 없고, 사실을 있는 그대로 전부 말하자면 과거에도 무슨 관계를 맺은 적이 단 한 번도 없었다는 것이다.

한편 공작은 어떤 불안도 느끼지 않고, 여전히 더없는 행복을 즐기고 있었다. 오, 물론 아글라야의 눈길에서 이따금 어둡고 초조한 무엇이 스치는 듯한 느낌을 받긴 했다. 하지만 그는 다른 무언가를 더 깊이 믿고 있었으므로, 어둠도 저절로 사라져갔다. 그는 한번 확신하고 나면, 더이상 무엇에도 흔들리지 않는 사람이었다. 어쩌면 그가 지나치게 무사태평이었는지도 모른다. 적어도 언젠가 공원에서 우연히 마주친 입폴리트의 눈에는 그렇게 보인 모양이었다.

"거봐요, 그때 내가 당신이 사랑에 빠졌다고 했는데, 그 말이 맞았죠?" 그는 공작에게 다가와 그를 멈춰 세우며 입을 열었다. 공작은 악수를 청하며, '좋아 보인다'라고 축하해줬다. 폐병 환자들에게서 흔히 볼 수 있듯, 입폴리트 자신도 전보다 더 희망을 갖게 된 것 같았다.

그는 공작의 행복한 표정에 대해 뭔가 가시 돋친 말을 해주려고 다가왔지만, 금세 옆길로 새서는 자기 얘기를 하기 시작했다. 그는 갖가지 하소연을 늘어놓았는데, 길기도 하거니와 꽤나 두서없는 넋두리였다.

"곧이듣지 않으시겠지만" 하고 그는 결론적으로 말했다. "그 집 사람들이 하나같이 얼마나 성마르고 옹졸하고 이기적이고 허영덩어리이고 속물인지 아십니까. 믿으실지 모르지만, 그 사람들이 나를 데려간 건 내가 금방 죽어버릴 거라는 조건하에서였거든요. 그런데 죽기는커녕 오히려 건강이 더 좋아지는 걸 보자 다들 화가 나서 미쳐 날뛴다고요. 진짜 희극이죠! 그야 물론 당신은 내 말을 믿지 않겠지만요!"

공작은 아무런 대꾸도 하고 싶지 않았다.

"나는 이따금 당신 집으로 다시 옮길까 하는 생각까지 해요"라고 입폴리트는 입에서 나오는 대로 덧붙였다. "그럼 당신은 그 사람들이, 틀림없이 금방 죽을 거라는 조건부로 사람을 자기 집에 받아들일 인간들이 아니라는 겁니까?"

"나는 그들이 당신을 데려간 건 어떤 다른 의도가 있어서라고 생각했어요."

"오호! 그러고 보니 당신은 사람들이 주장하듯 그렇게 단순한 분이 결코 아니군요! 지금은 때가 아니에요, 그렇지 않다면 그 가네치카와 그자의 꿍꿍이속에 대해 당신에게 뭔가 귀띔해줄 텐데. 공작, 당신의 발밑에 함정을 파고 있어요, 무자비한 함정을…… 당신이 그렇게 태평스러운 걸 보니, 가엾을 지경이군요. 안타깝지만 도리 없죠—당신은 본성상 다른 태도를 취할 수 없는 분이니까!"

"무슨 그런 걱정까지!" 공작은 웃음을 터뜨렸다. "그럼 뭔가요, 당신 생각엔 내가 좀더 불안해하면 더 행복해질 거란 말인가요?"

"불행하더라도 알 건 아는 게 낫죠, 행복하지만…… 바보로 사느니. 당신은 자신에게 경쟁자가, 더구나…… 그 방면의 경쟁자가 있다는 걸 전혀 믿지 않는 모양이죠?"

"경쟁자 운운하는 말은 좀 냉소적으로 들리는군요, 입폴리트, 유감스럽지만 나는 당신에게 대답할 권리가 없어요. 가브릴라 아르달리오노비치로 말하자면, 그만한 것을 잃었으니 어찌 태평하게 있을 수가 있겠어요, 만약 당신이 그 사람 사정을 조금이라도 안다면 말이지요? 내 생각엔 이런 관점에서 바라보는 게 낫다고 봐요. 그 사람은 아직도 변화할 여지가 있어요. 앞날이 창창하고 인생은 풍요로우니까…… 하지만…… 하지만," 공작은 갑자기 말을 더듬었다. "함정이라니…… 무슨 얘긴지 알아듣지도 못하겠군요. 이 얘긴 차라리 그만두죠, 입폴리트."

"때가 될 때까지 관두기로 하죠. 더구나 당신으로선 고결한 태도를 취할 수밖에 없을 테니까요. 정말이지, 공작, 당신 같은 사람은 손가락을 갖다대고 직접 만져봐야만 의심을 품을 걸요, 하-하! 그런데 당신은 지금 나를 몹시 경멸하고 있죠, 안 그런가요?"

"무엇 때문에요? 당신이 우리보다 더 많은 고통을 겪었고 지금도 겪고 있어서요?"

"아뇨, 내가 그런 고통을 겪을 만한 가치가 없는 인간이어서겠죠."

"남보다 많은 고통을 겪을 수 있었던 사람은, 당연히, 남보다 많은 고통을 겪을 가치가 있는 사람입니다. 아글라야 이바노브나도 당신의 고백을 읽고, 당신을 만나보고 싶어하더군요, 하지만……"

"미루고 있겠죠…… 그 여자로선 만날 수 없을 거예요, 이해해요, 이해하고말고요……" 입폴리트가 말을 가로챘는데, 얼른 화제를 돌리려고 애쓰는 눈치였다. "참, 당신이 그 정신 나간 글을 처음부터 끝까지 그 여자에게 직접 읽어주셨다더군요. 사실, 제정신이 아닐 때 쓰고……

만들어낸 것에 불과해요. 그리고 나는 이해가 안 가요, 대체 얼마나 유치한 허영심과 복수심에 차 있길래, 그 고백을 가지고 나를 비난하고 나에 대한 무기로 사용하려 드는지—뭐, 잔인하다는 말은 쓰지 않겠어요(그 말은 나에게 너무 모욕적이니까요)! 걱정 마세요, 당신을 두고 하는 말은 아니니까……"

"하지만 당신이 그 원고의 가치를 부정하다니 유감이군요, 입폴리트, 그건 대단히 진지한 글입니다. 그리고 말이지요, 그 글의 가장 우스꽝스러운 대목들까지도, 그런 대목이 여럿 있긴 하거든요(입폴리트는 미간을 잔뜩 찌푸렸다), 그런 대목들까지도 고통이라는 대가를 치르고 얻은 것들이에요, 왜냐하면 그것들을 고백하는 일 역시 고통이었고…… 아마도 커다란 용기였을 테니까요. 그 고백의 동기가 됐던 생각은 겉으로는 어떻게 보이든 간에 틀림없이 고결한 근거를 가지고 있었을 겁니다. 시간이 지날수록 내겐 그게 더 명백해져요, 이건 정말입니다. 나는 당신을 비판하는 게 아니에요. 나는 내 진심을 솔직하게 털어놓는 것뿐이니까. 그리고 내가 그때 침묵을 지켰던 게 유감스럽군요……"

입폴리트의 얼굴이 확 붉어졌다. 공작이 입에 발린 소리로 자기를 낚으려 한다는 생각이 뇌리를 스쳤다. 그러나 상대방의 얼굴을 들여다보니 공작의 진실한 마음을 믿지 않을 수 없었다. 그의 얼굴이 환하게 밝아졌다.

"하지만 그래도 죽어야겠죠!" 그는 이렇게 말하고는, '나 같은 인간은!'이라고 덧붙이려다 말았다. "그런데 당신의 그 가네치카가 나를 얼마나 괴롭히는지 아십니까. 그 친구는 그때 내 원고의 낭독을 들은 사람 중 서너 명은 아마도 나보다 먼저 죽을 거라는 말을 반박이랍시고 생각해냈단 말입니다! 어떻습니까! 그 친구는 그게 무슨 위로라도 되는 줄 아는 모양이죠, 하-하! 하지만 첫째, 아직 아무도 죽지 않았고, 또 설령 그 사람들이 무더기로 죽는다 해도, 그게 나한테 무슨 위로가 되냐고요, 그렇잖습니까! 그자는 자기 방식으로 판단하거든요. 하지만 요새는 한술 더 떠서 대놓고 욕을 퍼붓고 있어요, 제대로 된 인간이라면 그런 경우 잠자코 죽는 법이다, 네가 하는 짓은 죄다 이기주의일 뿐이다, 라면서요! 어떻습니까! 아니, 자기야말로 얼마나 이기적입니까! 그자들의 이기주의가 얼마나 교묘한지, 아니 더 정확히 말해, 교묘하면서도 또한 얼마나 황소처럼 야만적인지 아십니까, 그런데도 그자들은 자신의 그 이기주의를 전혀 깨닫지 못한단 말입니다!…… 공작, 18세기에 있었던 스체판 글레보프*라는 사람의 죽음에 대해 읽어보셨나요? 나는 어제 우연히 읽었어요……"

"스체판 글레보프라뇨?"

"표트르 시대에 말뚝형에 처해진 사람 말입니다."

"아아, 그럼요, 알지요! 엄동설한에 외투 한 장만 걸치고 열다섯 시간 동안 말뚝에 박혀서 무척 담대하게 죽어간 사람이지요. 물론 읽었어요…… 그런데 그건 왜 묻죠?"

"신은 어떤 사람들에겐 그런 죽음을 주면서, 우리한텐 그러지 않는단 말입니다! 당신은 아마 나 같은 놈은 글레보프처럼 죽진 못할 거라 생각하시겠죠?"

---

* 표트르 1세의 첫째 부인인 예브도키야 로푸히나의 정부. 반란을 꾀한 혐의로 체포돼 사형을 선고받고, 붉은 광장에서 말뚝에 박혀 열네 시간 동안 고통받으며 죽었다.

"오, 천만에요!" 공작은 당황했다. "나는 다만, 당신이…… 그러니까 당신이 글레보프 같진 않을 거라는 게 아니라…… 당신은…… 당신은 그럴 경우 오히려……"

"알 만합니다. 글레보프가 아니라 오스체르만* 같을 것이다, 이 말을 하려는 거죠?"

"오스체르만은 또 누구인가요?" 공작은 놀라서 물었다.

"오스체르만, 외교관 오스체르만, 표트르 시대의 오스체르만 말입니다." 입폴리트는 갑자기 좀 당황한 기색으로 중얼거렸다. 적잖이 어색한 분위기가 이어졌다.

"오, 아-아-아닙니다! 내가 말하려던 건 그게 아닙니다." 얼마 동안 침묵을 지키던 공작이 말끝을 길게 늘이며 불쑥 입을 열었다. "내가 볼 때…… 당신은 결코 오스체르만이 될 순 없을 겁니다……"

입폴리트는 미간을 찌푸렸다.

"내가 이렇게 단언하는 것은 다름 아니라," 공작은 변명이라도 하려는 듯 곧바로 말을 이었다. "그 당시의 사람들은 (정말이지 나는 전부터 늘 이 사실에 놀라곤 했어요) 지금의 우리와는 절대로 같지 않은 인간이었고, 지금 우리 시대의 사람들과는 다른 종족, 그래요, 완전히 다른 인종이나 마찬가지였어요…… 그 시대의 사람들은 예를 들어 단 한 가지 이념으로 충만했지만, 요즘 사람들은 훨씬 신경질적이고 예민하고 문명화된데다, 어째선지 두세 가지 이념을 동시에 품고 있단 말입니

* 독일 출신의 러시아 외교관. 표트르 1세를 시작으로 여러 황제를 섬겼다. 옐리자베타 페트로브나 여제 즉위 후 사형을 선고받았으나, 처형 직전 종신유형으로 감형되었고, 유배지인 시베리아에서 사망했다.

다…… 요즘 사람은 훨씬 폭이 넓어요—정말로, 바로 이것이 그 시대 사람들처럼 단일성분으로 이루어진 단면적인 인간이 되는 것을 방해하는 거지요…… 내가…… 내가 그런 말을 한 건 이런 뜻에서였지, 결코……"

"알겠어요. 당신은 아까 내 의견에 순진하게 이의를 제기했던 데 대해 지금 나를 위로하려 드는군요, 하-하! 공작, 당신은 완전히 어린애예요. 아무튼 나는 당신네들이 모두 나를 마치…… 마치 무슨 사기잔처럼 다룬다는 걸 눈치채고 있어요. 뭐, 상관없어요, 상관없다고요, 나는 화내지 않으니까. 어쨌거나 우리 얘기가 아주 우습게 돼버렸군요. 공작, 당신은 어떤 땐 완전히 어린애예요. 그런데 나는 오스체르만보다는 좀더 나은 뭔가가 되고 싶었는지도 몰라요. 오스체르만이 되려고, 죽었다가 다시 태어날 필요는 없겠죠…… 어쨌든 나 같은 건 하루빨리 죽어야 해요, 그렇지 않으면 나 스스로…… 아니, 나를 내버려두세요. 그럼, 안녕히! 뭐, 좋아요, 그럼 뭐 나한테 직접 말해주시죠, 그래요, 당신 생각으로는, 어떻게, 내가 어떻게 해야 가장 잘 죽을 수 있을까요?…… 그러니까, 어떻게 해야 가장 선한 죽음이 될까요? 자, 말해주시죠!"

"우리 옆을 그냥 지나가세요, 그리고 우리의 행복을 용서해주시고요!" 공작이 낮은 소리로 말했다.

"하-하-하! 그러실 줄 알았어요! 틀림없이 그런 말을 들을 줄 알았다고요! 하지만 당신은…… 당신은 정말…… 뭐, 그래요! 늘 번드레한 말을 준비해두는 사람들이니까! 그럼 또 봅시다, 안녕히!"

VI

예판친가의 별장에서 열리는 야회에 벨로콘스카야가 초대받았다고 바르바라 아르달리오노브나가 오빠에게 전한 것 역시 완전히 정확한 소식이었다. 다름 아니라 이날 저녁에 몇 사람의 손님이 오기로 돼 있었던 것이다. 그러나 이번에도 그녀는 이에 대해 실제보다 약간 과장해서 말했다. 사실, 이 일은 전적으로 불필요하다 싶은 흥분까지 더해지며 너무 급하게 준비됐는데, 그도 그럴 것이, 이 집에서는 '여느 집들과는 전혀 다르게 모든 일이 진행'됐기 때문이다. 이 모든 것은 '불확실한 상태를 더이상 원치 않는' 리자베타 프로코피예브나의 초조함과, 사랑하는 딸의 행복을 생각하는 부모의 성급한 조바심 때문이라 할 수 있었다. 게다가 벨로콘스카야도 실은 곧 떠날 예정이었다. 그런데 그녀의 비호는 사교계에서 실제로 큰 의미를 가진데다, 예판친 부부로서는 그녀가 공작에게 호감을 갖게 되리라 기대했으므로, '사교계'가 아글라야의 신랑감을 이 위세당당한 '할머니'의 손에서 직접 받아들인다면, 설사 이 혼사에 좀 이상한 점이 있다 해도 할머니의 그 같은 비호 아래 훨씬 덜 이상해 보일 거라는 속셈이었다. 사실 모든 문제는, '이 혼사 전체에 무슨 이상한 점이 있을까, 있다면 어느 정도일까? 아니면 이상한 점이 전혀 없는 것일까?' 하는 물음에 대한 확실한 답을 부모 스스로는 도저히 얻을 수 없다는 데 있었다. 아글라야 탓에 아직 무엇 하나 최종적으로 결정되지 않은 현시점에서 권위 있고 믿을 만한 사람들의 솔직하고 우정어린 의견은 그야말로 도움이 될 터였다. 여하튼 조만간에 공작을 그로서는 아는 게 전혀 없는 사교계에 내보내야만 했다. 한

마디로, 그를 사람들에게 '선보일' 생각이었던 것이다. 하지만 계획한 야회는 간소해서 그저 '집안 친구들'만 몇 사람 초대됐을 뿐이었다. 벨로콘스카야 이외에 대단히 유력한 귀족 고관의 아내인 어느 귀부인이 올 예정이었고, 젊은 사람으로는 예브게니 파블로비치 한 명 정도만 생각하고 있었는데, 그는 벨로콘스카야를 모시고 올 예정이었다.

공작은 벨로콘스카야가 온다는 말을 야회가 있기 거의 사흘 전에 이미 들었으나, 야회가 열린다는 사실은 그 전날에야 알게 됐다. 물론 그는 예판친 가족의 분주한 분위기를 알아차렸고, 더구나 자신을 대하는 뭔가 암시적이고 걱정스러운 말투로 미루어, 자기가 손님들에게 어떤 인상을 주게 될지 걱정하고 있다는 것을 눈치챘다. 하지만 예판친 가족은 모두 하나같이, 공작은 너무 단순한 사람이어서, 남들이 자기 때문에 그처럼 걱정한다는 사실을 절대로 알아채지 못할 거라고 생각했다. 그래서 그런 그를 보면서 다들 속을 태웠다. 하기야 실제로도 공작은 눈앞에 다가온 사건에 거의 아무런 의미도 두지 않았다. 그는 전혀 다른 것에 마음을 쓰고 있었다. 아글라야는 시간이 갈수록 더 변덕스럽고 더 침울해졌는데—이것이 그를 몹시 힘들게 했다. 공작은 예브게니 파블로비치도 초대됐다는 말을 듣자 무척 기뻐하며, 오래전부터 그를 만나보고 싶었다고 말했다. 그런데 무엇 때문인지 아무도 이 말에 반가워하지 않았다. 아글라야는 화를 내며 방에서 나가버리더니, 밤늦게, 열한시가 넘어 공작이 이미 돌아갈 채비를 하기 시작하자 배웅하러 나왔고, 단둘이 있는 자리에서 그에게 몇 마디 말할 수 있는 기회를 잡았다.

"내일 낮에는 오지 마시고, 저녁에 그…… 손님들이 이미 다 모였을 때 오셨으면 좋겠어요. 손님들이 온다는 건 알고 계시죠?"

그녀는 몹시 준엄한 표정을 하고서 초조한 어조로 말했다. 그녀가 그 '야회' 얘기를 꺼낸 건 이번이 처음이었다. 그녀 역시 손님들 생각을 하면 거의 참을 수가 없었다. 식구들은 그 사실을 눈치채고 있었다. 어쩌면 그녀는 이 일로 부모들과 한바탕 언쟁을 벌이고 싶었겠지만, 자존심과 부끄러움이 입을 여는 것을 방해했다. 공작은 곧바로 그녀 역시 자기를 걱정하고 있다는 것을 (그러면서도 걱정스럽다고 고백하길 원치 않는다는 것을) 알아챘고, 스스로도 갑자기 불안해졌다.

"네, 나도 초대받았습니다." 그가 대답했다.

그녀는 말을 잇기 곤란한 모양이었다.

"당신과 무슨 말을 진지하게 할 수 있겠어요? 일생에 한 번만이라도 말이죠?" 그녀는 무엇 때문에 화를 내는 건지도 모르면서, 자신을 억누르지 못하고 느닷없이 화를 발끈 냈다.

"할 수 있고말고요, 당신의 말을 귀담아듣겠습니다. 나는 아주 기쁜걸요." 공작이 중얼거렸다.

아글라야는 또다시 일 분가량 말이 없다가, 아주 넌더리가 난다는 듯 입을 열었다.

"나는 식구들과 이 문제로 다투고 싶진 않았어요. 어떤 경우엔 아무리 말해봐야 알아듣지 못하니까요. *엄마*가 이따금 내세우곤 하는 그 규칙들에 나는 전부터 아주 진절머리가 났거든요. 아빠 얘기는 아예 관두죠, 아빠한텐 기대할 게 아무것도 없으니까. *엄마*는 물론 고결한 분이에요. 어디 한번 무슨 비열한 짓을 제안해보시죠, 그럼 바로 알게 될 테니. 글쎄, 그런데 그…… 너절한 사람 앞에선—그저 굽실거린다고요! 벨로콘스카야만 두고 하는 얘기가 아네요. 너절한 노파에다 성격도 너절하지만, 워낙 영리한 덕에 우리 식구들을 죄다 손아귀에 넣고 휘두를 줄 알거든요—그것만 해도 대단하죠. 하지만, 오, 정말 얼마나 비열한 일이에요! 게다가 가소롭기까지 하죠. 우리는 언제나 중류층, 그것도 모든 중류층 가운데 가장 중류층인 사람들이었는데, 대체 뭣 때문에 그 상류사회에 끼어들려고 야단인 거죠? 언니들도 그러고 싶어해요. 모두 S공작이 정신을 흐려놓은 거예요. 당신은 예브게니 파블르이치가 오는 걸 왜 그리 반가워하죠?"

"저기, 아글라야," 공작이 말했다. "당신은 내일 내가…… 그 야회에서 물먹게 될까봐 몹시 걱정스러운 모양이군요?"

"내가 걱정을 해요? 당신 때문에?" 아글라야는 얼굴을 확 붉혔다. "당신이…… 당신이 자기 얼굴에 완전히 먹칠을 하든 말든, 내가 왜 당신 때문에 걱정을 하죠? 나하고 무슨 상관인데요? 그리고 어떻게 그런 말을 사용하실 수 있죠? '물먹다'니, 그게 대체 무슨 말인가요? 그건 저질스럽고 천박한 말이에요."

"그건…… 학생들이 쓰는 말입니다."

"그래요, 맞아요, 학생들이 쓰는 말이죠! 저질스러운 말이라고요! 당신은 내일도 그런 말만 쓸 작정인가 보군요. 집에 돌아가시면 사전을 펼쳐놓고 그런 말을 더 많이 찾아보시죠. 효과가 대단할 테니까! 유감스럽게도, 점잖게 응접실에 들어오는 법은 알고 계신 모양이군요. 그건 어디서 배우셨죠? 사람들이 모두 일부러 당신을 쳐다보고 있을 때, 예의바르게 찻잔을 들고 차를 마시는 법은 아시나요?"

"알고 있다고 생각합니다."

"유감이군요, 웃어주려 했더니. 적어도 응접실에 있는 중국 화병 정도는 깨뜨려버리세요! 아주 값비싼 거니까, 제발 깨뜨려주세요. 선물받은 건데, 그걸 깨뜨리면 엄마는 정신이 나가서는 사람들이 다 있는 자리에서 엉엉 울 거예요—그 정도로 애지중지하시니까요. 늘 그러시듯 무슨 이상한 몸짓을 해서 그걸 탁 쳐서 깨뜨리세요. 일부러 그 옆에 앉으시라고요."

"반대로, 되도록 멀리 떨어져 앉도록 하겠습니다. 미리 주의를 주셔서 고맙습니다."

"그럼 팔을 빙빙 휘두르지나 않을까 벌써 걱정되는 모양이군요. 장담하지만, 당신은 무슨 '주제'에 대해, 뭔가 심각하고 학구적이고 고상한 것에 대해 얘길 늘어놓기 시작하겠죠? 그건 엄청나게…… 예의바른 일이 될 거예요!"

"내 생각에도 바보스러울 겁니다…… 부적절한 때에 그런다면."

"똑똑히 들어두세요, 이게 마지막이니까." 아글라야는 이제 더는 참을 수가 없었다. "만약 당신이 사형이니, 러시아의 경제 상황이니, '아름다움이 세상을 구할 것이다'라느니, 하는 말 따위를 늘어놓는다면, 나는 물론 재밌어하며 한바탕 웃어주겠지만…… 미리 경고해두는데, 앞으로 다신 내 눈앞에 나타나지 마세요! 아시겠죠, 이건 진지하게 하는 말이에요! 이번엔 정말 진지하게 말씀드리는 거라고요!"

이렇게 으름장을 놓는 그녀의 어조는 실제로 너무나 진지해서, 그 말과 시선에서 들리고 엿보이는 심상찮은 그 무엇은 공작이 지금껏 한 번도 느껴보지 못한 것인데다, 농담 비슷한 면을 털끝만큼도 찾아볼 수 없었다.

"아아, 당신은 내가 이제 틀림없이 '말을 늘어놓고', 또…… 어쩌면…… 화병까지 깨뜨리게 만들었습니다. 방금 전까지만 해도 나는 조금도 두려운 마음이 없었는데, 이젠 모든 게 두렵군요. 나는 틀림없이 물먹을 겁니다……"

"그럼 입을 다물고 계세요. 입을 다물고 앉아 계세요."

"그럴 수 없을 겁니다. 두려운 나머지 지껄이기 시작하고, 두려운 나머지 화병을 깨뜨릴 게 틀림없습니다. 아마도 반들반들한 바닥에 미끄러져 넘어지거나, 뭔가 그런 비슷한 일이 일어나겠지요. 전에도 그런 일을 일으키곤 했으니까요. 오늘밤 내내 그런 꿈만 꿀 겁니다. 왜 당신은 내게 그런 말을 했나요!"

아글라야는 침울하게 그를 바라보았다.

"저기 말이지요, 차라리 내일 아예 오지 않겠습니다! 아프다며 결석계나 한 장 내면 그만입니다!" 마침내 그는 이렇게 결정했다.

아글라야는 쾅 하고 발을 구르더니, 화가 나서 얼굴마저 새파래졌다.

"맙소사! 세상에 그런 일이 어딨어요! 일부러 자기를 위해서 여는 야회에 정작 본인이 오지 않겠다니…… 오, 하느님! 당신처럼 이렇게…… 말귀가 무딘 사람을 상대하고 있다니, 정말로 즐거워 죽겠네요!"

"좋아요, 오겠습니다, 오겠어요!" 공작은 얼른 아글라야의 말을 가로막았다. "약속합니다, 저녁 내내 한마디도 하지 않고 앉아 있겠습니다. 반드시 그렇게 하겠습니다."

"그러시는 게 좋을 거예요. 그런데 방금 '아프다며 결석계나 한 장 내면'이라고 했는데, 그따위 말은 대체 어디서 배워오신 거죠? 어떻게 나한테 그런 말을 사용하려 드시냐고요? 나를 약올리시는 건가요?"

"미안합니다. 그것 역시 학생들이 쓰는 말입니다. 앞으로는 쓰지 않겠습니다. 당신이…… 나를 걱정해준다는 걸(제발 화내지 마세요!) 나도 잘 알고 있고, 그래서 무척 기쁩니다. 당신은 믿지 못할 거예요, 지금 내가 당신이 한 말에 얼마나 두려워하고 또—얼마나 기뻐하고 있는지. 하지만 이 두려움은, 맹세코 말씀드리지만, 이건 모두 하찮고 아무런 의미도 없어요. 정말입니다, 아글라야! 하지만 기쁨은 남을 겁니다. 나는 당신이 그런 어린아이라는 게, 그렇게 훌륭하고 착한 마음을 가진 아이라는 게 너무 좋습니다! 아, 당신은 너무나도 아름다운 사람이 될 거예요, 아글라야!"

아글라야는 당연히 화를 내야 했고, 또 이미 화를 내려고 했으나, 갑자기 그녀 자신에게도 뜻밖인 어떤 감정이 한순간에 그녀의 마음을 온통 사로잡고 말았다.

"당신은 나의 지금 이 거친 언사를 책망하게 되지 않을까요…… 언젠가…… 훗날에라도?" 그녀가 갑자기 물었다.

"아니, 그게 무슨 말입니까, 무슨 말! 왜 또 그렇게 얼굴을 붉히시나요? 또다시 침울한 눈으로 바라보는군요! 당신은 이따금 너무나 침울해 보여요, 아글라야, 전에는 그렇지 않았는데. 나는 그 이유를 알고 있습니다……"

"그만두세요, 제발 그만두세요!"

"아니, 말하는 게 낫습니다. 오래전부터 말하고 싶었습니다. 전에도 말한 적은 있지만…… 그것만으론 부족해요, 당신이 내 말을 믿어주지 않았으니까요. 우리 사이에는 여전히 다른 한 인물이 개재돼 있는 겁니다……"

"그만두세요, 그만요, 제발 그만두세요, 그만두시라고요!" 아글라야는 갑자기 그의 손을 꽉 움켜쥐고 두려운 듯 그를 바라보며 말을 가로막았다. 바로 이때 그녀를 부르는 소리가 들렸다. 그녀는 마침 잘됐다는 양, 그를 버려두고 달려갔다.

공작은 밤새 고열에 시달렸다. 이상하게도 이미 며칠째 밤마다 계속 고열이 났다. 그런데 이번엔 반半섬망 상태에서, 내일 모두가 있는 자리에서 발작이 일어나면 어쩌나 하는 생각이 떠올랐다. 실제로 전에도 발작을 일으키곤 하지 않았던가? 이렇게 생각하자 등골이 오싹해졌다. 밤새 그는 자기가 여태 들어본 적도 없는 어떤 기묘한 모임에서 이상한 사람들 사이에 끼어 있는 광경을 눈앞에 보았다. 무엇보다 중요한 것은, 그가 '말을 늘어놓기 시작했다'는 사실이다. 그는 말을 해선 안 된다는 것을 잘 알면서도, 쉴새없이 입을 놀리며 그들에게 무엇인가를 설득하고 있었다. 손님 중에는 예브게니 파블로비치와 입폴리트도 있었는데, 몹시 다정한 사이인 듯 보였다.

공작은 여덟시가 좀 지나 눈을 떴으나, 머리가 쑤셔오고 생각이 뒤죽박죽인데다 꿈속에서 받은 이상한 인상들이 여전히 사라지지 않았다. 그는 왠지 로고진을 몹시 만나고 싶었다. 만나서 여러 얘기를 하고 싶었지만—무슨 얘기를 하려는 건지는 자신도 알지 못했다. 그다음엔 무엇 때문인지 입폴리트를 찾아가고 싶어져 이미 밖으로 나설 마음을 먹기까지 했다. 뭔가 흐릿한 것이 마음속에 꽉 차 있었고, 그런 까닭에 이날 아침에 그가 겪은 사건들마저 매우 강렬하긴 하나 어딘지 불완전한 인상을 주었다. 이 사건 중 하나가 레베제프의 방문이었다.

레베제프는 꽤 일찍, 아홉시가 조금 넘어, 거의 만취한 모습으로 나타났다. 최근 들어 공작은 주변을 그리 주의깊게 살피지는 않았지만,

그래도 이볼긴 장군이 벌써 사흘 전에 그들의 집을 나간 뒤로 레베제프의 몸가짐이 매우 나빠졌다는 점은 왠지 눈에 띄었다. 레베제프는 왜 그런지 갑자기 행색이 몹시 꾀죄죄하고 지저분해졌는데, 넥타이는 한쪽으로 비뚤어지고, 프록코트의 깃은 실밥이 터져 있었다. 집에서는 행패까지 부리는 통에, 그 소리가 마당 너머 공작의 귀에까지 들려왔다. 한번은 베라가 눈물을 흘리며 찾아와서 뭐라고 하소연을 하고 간 적도 있었다. 지금 그가 공작 앞에 나타나서, 왠지 아주 이상한 소리를 늘어놓기 시작하더니, 주먹으로 가슴을 치면서 뭐라고 자기 자신을 비난하는 것이었다……

"드디어 받았습니다…… 저의 배신과 비열한 행위에 대한 보복을 받았어요…… 따귀를 맞았단 말입니다!" 그는 마침내 비극적인 어조로 말을 맺었다.

"따귀라니! 누구한테요?…… 더구나 이렇게 이른 아침부터?"

"이른 아침부터라고요?" 레베제프는 빈정대며 웃었다. "이 문제에서 시간은 아무 상관 없습니다…… 설사 육체적인 보복이라 해도 말이지요…… 하지만 제가 받은 것은 정신적…… 정신적인 따귀이지, 육체적인 것이 아닙니다!"

갑자기 그는 거리낌없이 자리에 털썩 앉더니 얘기를 늘어놓기 시작했다. 이야기는 하도 두서가 없어서, 공작은 미간을 찌푸리며 밖으로 나가버리려 했으나, 별안간 충격적인 몇 마디 말이 그의 귀청을 때렸다. 그는 놀란 나머지 온몸이 뻣뻣해졌다…… 레베제프 씨가 괴상한 얘기를 한 것이다.

처음에는 무슨 편지 얘기를 하는 듯했고, 아글라야 이바노브나의 이름도 나왔다. 그러더니 레베제프는 갑자기 비통한 어조로 공작을 탓하기 시작했다. 아마도 공작에게 모욕당했다고 느끼는 모양이었다. 그러니까, 처음에 공작은 그 어떤 '인물'(나스타시야 필립포브나)과의 일에서 자기에게 신뢰를 표하더니, 그후엔 자기와 완전히 관계를 끊고 치욕스럽게 내쳤을 뿐만 아니라, 나중에는 '가까운 장래에 이 집에 일어날 변화를 묻는 악의 없는 질문'마저 거칠게 묵살해버릴 정도로 자기를 모욕적으로 대했다는 것이다. 레베제프는 술에 취해 눈물까지 흘리면서, 다음과 같이 고백했다. "이렇게 되자 저도 더이상 참을 수가 없었습니다, 더구나 저는 많은 것을 알고 있었거든요…… 대단히 많은 것을요…… 로고진에게서도, 나스타시야 필립포브나에게서도, 나스타시야 필립포브나의 친구 되는 여자에게서도, 바르바라 아르달리오노브나에게서도…… 또 바로 그분 말입죠…… 그러니까…… 아글라야 이바노브나 본인에게서도 들은 게 많다고요, 당신은 상상도 못하시겠죠만, 베라를 이용해서 말입죠, 제가 애지중지하는 딸 베라, 제 외동딸…… 옙, 그렇습죠…… 하지만, 아니, 외동딸은 아니군요, 제겐 딸아이가 셋이나 있으니까. 여하튼 누가 리자베타 프로코피예브나에게 편지로 알려줬겠습니까, 가장 은밀한 비밀까지 말입죠, 헤-헤! 누가 부인에게 모든 사정과 그리고…… 나스타시야 필립포브나라는 여자의 모든 동정을 세세히 적어 보냈겠습니까요, 헤-헤-헤! 그 익명의 인물이 누굴까요, 누구일까요, 어디 한번 물어볼까요?"

"그럼, 당신이?" 공작이 소리쳤다.

"맞습니다," 술에 취한 사내는 거드름을 피우며 대답했다. "오늘도 여덟시 반에, 그러니까 고작 반시간 전에…… 아닙죠, 벌써 사십오 분 전이군요, 어떤…… 중대한 사건에 대해 말씀드릴 게 있다고 그 고귀한 어머니에게 알려줬죠. 뒷문으로 가서 하녀를 통해 쪽지로 알렸다굽쇼. 그러자 친히 맞아주더군요."

"방금 리자베타 프로코피예브나를 만났다고요?" 공작은 자신의 귀를 못 믿겠다는 듯 물었다.

"방금 만나서 따귀를 얻어맞았습니다…… 정신적인 따귀 말이죠. 편지를 돌려주더군요, 봉투도 뜯지 않고 그냥 내던지면서…… 제 목덜미를 잡고 내쫓았습니다…… 하지만 그저 정신적으로 그랬다는 거지, 육체적으로 그랬다는 게 아닙니다…… 하기야, 육체적으로 그랬던 거나 마찬가지이지만요!"

"대체 어떤 편지를 내던졌단 말인가요, 봉투도 뜯지 않고?"

"그럼…… 헤-헤-헤! 그러고 보니 당신한테 아직 그 말씀을 안 드렸군요! 이미 얘기한 줄 알았는데…… 저는 편지를 한 통 전해달라는 부탁을 받았습죠……"

"누구한테서요? 누구에게 보내는 건데요?"

하지만 레베제프의 여러 '해명'은 너무나 요령부득이어서, 무슨 소리인지 알아듣기가 몹시 어려웠다. 그래도 공작은, 그 편지가 아침 일찍 하녀를 통해, 어떤 사람에게 전해달라는 부탁과 함께 베라 레베제바에게 건네졌다는 것 정도는 추측할 수 있었다…… "저번과 같이…… 저번과 똑같이, 저번과 같은 그분이 어떤 인물에게 보내는 것이었습죠…… (저는 그들 중 한 명은 '그분'이라 부르고 다른 한 명은 그저 '인물'이라 부르는데, 후자를 낮춰 부름으로써 존비를 분명히 구별짓자는 겁니다. 순결하고 고결한 장군 댁 따님과…… 그런 동백꽃 사이에는 크나큰 차이가 있으니깝쇼.) 아무튼 그 편지는 이름이 A자로 시작되는 '그분'이 보낸 것이었습니다요……"

"설마 그럴 리가? 나스타시야 필립포브나에게? 말도 안 되는 일이에요!" 공작이 소리쳤다.

"정말입니다, 정말이라고요, 하긴 그 여자가 아니라 로고진에게 보내는 것입죠, 하지만 로고진에게 보내는 거라 해도 매한가지라굽쇼…… 한번은 체렌치예프 씨에게 보내기도 했죠, 어떤 사람에게 전해달라면서 말입죠, A자로 시작되는 이름을 가진 그분께서 그랬단 말입니다." 레베제프는 눈을 찡긋해 보이면서 웃었다.

그는 이 얘기에서 저 얘기로 마구 건너뛰면서 애당초 무슨 얘기로 시작했는지조차 곧잘 잊어버렸으므로, 공작은 그가 하는 얘기를 그냥 끝까지 들어볼 양으로 잠자코 앉아 있었다. 하지만 그 편지들이 그를 거쳐서 갔는지, 아니면 베라를 통해 갔는지는 아무래도 분명치 않았다. '로고진에게 보내나 나스타시야 필립포브나에게 보내나 매한가지'라고 자기 입으로 단언했으니, 만약 그 편지들이 실제로 존재했다 해도 그의 손을 거치지는 않았다고 보는 편이 옳을 것이다. 그렇긴 하나 지금 그 편지가 어떻게 그의 손에 들어갔는지, 그 점만은 도저히 설명되지 않았다. 어떤 식으로든 그가 베라한테서 그걸 슬쩍했고…… 그걸 몰래 훔쳐서는 무슨 속셈이 있어 리자베타 프로코피예브나에게 가지고 갔다고 추측하는 게 가장 정확할 터였다. 공작은 마침내 그런 식으로 생각을 정리하고 이해했다.

"당신은 정신이 나갔군!" 공작은 몹시 분개해서 소리쳤다.

"꼭 그렇지도 않습니다요, 존경하는 공작님." 레베제프는 꽤나 심술

굿게 대꾸했다. "실은, 당신한테 갖다바칠까 하는 생각도 했습니다, 당신을 섬기는 뜻에서 당신한테, 당신 손에 직접 쥐여주려고 말이죠…… 하지만 그곳에 봉사하는 편이 낫겠다 싶어 그 고결한 어머니에게 모든 것을 알려드리기로 생각을 바꿨습니다…… 왜냐하면 전에도 한번 익명의 편지로 알려드린 일이 있으니까요. 그래서 아까 여덟시 이십분에 면담을 허락해달라고 쓴 종이쪽지에도 '당신의 비밀 통신원'이라고 미리 서명했더니, 곧바로 들여보내더군요, 몹시 서두르기까지 하며 당장 뒷문으로 해서…… 고결하신 어머니 방으로 말입죠."

"그래서요?……"

"그다음은 이미 알고 계신 바대롭니다요, 얻어맞을 뻔했다굽쇼. 뭐, 겨우 한끗 차이니까, 거의 얻어맞은 거라고도 할 수 있습죠. 부인이 편지를 내던지지 뭡니까요. 실은 받아두고 싶은 눈치였지만—저도 쓱 보고 눈치챘죠—생각을 바꾸고는 내팽개치는 겁니다요. '너 같은 자를 믿고 전해달라고 맡겼다면, 전해주면 될 거 아냐……' 그러면서 화까지 내더란 말입니다. 저 같은 놈 앞에서 부끄러운 줄 모르고 그렇게 말한 걸 보면, 화가 무섭게 난 거죠. 성미가 불같더군요!"

"지금 그 편지는 어딨나요?"

"아직 저한테 있습죠, 자, 여기."

그러면서 그는 아글라야가 가브릴라 아르달리오노비치에게 보내는 편지를 공작에게 건넸는데, 바로 같은 날 아침, 두 시간 뒤에, 가브릴라 아르달리오노비치가 자기 누이에게 의기양양하게 보여준 그 편지였다.

"이 편지를 당신이 이대로 가지고 있으면 안 돼요."

"당신께 드리지요, 당신께! 당신께 바치겠습니다요!" 레베제프는 열띤 표정으로 말을 받았다. "이제 저는 다시금 당신의 종입니다, 잠시 배신을 했습죠만, 머리부터 심장까지 이제 다시 완전히 당신의 종이고말고요! 제 심장을 벌하시되 수염만은 용서해주시옵소서, 영국의, 대영제국의 토마스 모루스*가 했던 말처럼 말입죠…… 로마 여교황이 말하듯, *내 탓이오, 내 탓이로소이다*…… 그러니까 물론 로마 교황이라고 해야겠지만, 저는 '로마 여교황'이라 부르거든요."**

"이 편지는 지금 당장 건네줘야 합니다." 공작이 서둘렀다. "내가 전하겠어요."

"고매하신 공작님, 차라리, 차라리, 차라리 말입죠…… 그보다는요!"

레베제프는 애원하는 것 같은 야릇한 표정을 지었다. 그는 갑자기 가시방석에라도 앉은 양 정신없이 몸을 들썩이면서, 교활하게 두 눈을 깜박이며 두 손으로 무슨 시늉을 해 보였다.

"대체 뭡니까?" 공작이 엄하게 물었다.

"우선 뜯어보는 게 어떨깝쇼!" 그가 은밀한 어조로 알랑거리며 속삭였다.

공작이 무섭게 화를 내며 벌떡 일어서자, 레베제프는 한걸음에 달아

---

* 영국의 사상가이자, 정치가, 신학자인 토마스 모어. 모루스는 그의 라틴어식 성이다. 헨리 8세의 명으로 반역죄로 처형됐는데, 단두대에서 형리에게 '네 임무를 성실히 수행할 때 내 수염만은 그대로 둬달라, 내 수염은 한 점 죄가 없으며, 반역하지도 않았다'라고 말했다는 얘기가 전해진다.

** 교황을 가리키는 러시아어 '파파(папа)'는 남성 명사이지만 모음 'a'로 끝나는 여성 명사의 형태를 하고 있다. 레베제프는 그 앞에 오는 단어 '로마'의 형용사를 여성형으로 변화시켜 단어 전체를 여성 명사로 바꿔버렸다.

나려 했다. 하지만 그는 문 앞까지 달아났다가 어쩌면 용서를 받을지도 모른다고 기대하며 우뚝 멈춰 섰나.

“아니, 레베제프! 어찌 감히 그따위 비열한 생각을 할 수 있어요, 어찌 감히?” 공작은 씁쓸하게 소리쳤다. 레베제프의 표정이 밝아졌다.

“비열합니다, 비열합죠!” 그는 이내 자기 가슴을 치면서 눈물까지 글썽거리며 다가왔다.

“그건 정말로 추잡한 생각이에요!”

“추잡하고말굽쇼. 옳은 말씀입니다요!”

“무슨 그런 나쁜 버릇이 다 있나요…… 그렇게 이상한 짓만 하다니? 당신은 한마디로…… 첩자군요! 어째서 익명 편지를 써서…… 그처럼 고결하고 선량한 부인을 괴롭힌 건가요? 그래, 아글라야 이바노브나에겐 누구한테든 편지 쓸 권리도 없단 말인가요? 오늘 거긴 왜 간 건가요, 중상하러 갔어요? 대체 무슨 대가를 기대했는데? 무엇 때문에 그런 고자질을 할 생각을 했냔 말입니다?”

“그저 악의 없는 호기심에서, 그리고…… 고결한 충성심에서 나온 생각이었습죠, 정말입니다요!” 레베제프가 중얼거렸다. “하지만 이젠 완전히 당신의 종입니다, 다시 그전처럼 오로지 당신의 종입니다! 제 목을 매다셔도 좋습니다!”

“지금 같은 꼴로 리자베타 프로코피예브나를 찾아갔던 건가요?” 공작은 혐오감을 느끼면서 물어보았다.

“아닙죠…… 좀더 말쑥하고…… 좀더 반듯하기까지 했습죠. 거기서 망신을 당한 뒤에…… 이런 꼴이 된 겁니다요.”

“뭐, 좋아요, 이젠 나 혼자 있게 해줘요.”

하지만 이런 부탁이 몇 번이나 되풀이된 뒤에야, 손님은 겨우 나갈 생각을 했다. 그는 방문을 완전히 열기까지 했다가 다시 몸을 돌리고는 까치발을 하고 방 한가운데로 되돌아와, 두 손으로 또다시 편지 뜯는 시늉을 해 보이기 시작했다. 하지만 자신의 조언을 감히 입 밖에 내어 말하지는 못했다. 마침내 그는 상냥하고 조용한 웃음을 띠고 밖으로 나갔다.

이런 얘기를 모두 듣는다는 건 참으로 괴로운 노릇이었다. 그러나 이 모든 것으로부터 한 가지 중대하고 심상찮은 사실이 드러났다. 아글라야가 무엇 때문인지('질투 때문이다'라고 공작은 입속으로 중얼거렸지만) 극심한 불안과 극심한 동요와 극심한 고통에 사로잡혀 있다는 것이었다. 나아가, 좋지 못한 사람들이 그녀의 마음을 혼란스럽게 한다는 것 역시 드러났는데, 너무나 이상한 일은, 그녀가 그런 사람들의 말을 그처럼 믿고 있다는 사실이었다. 분명, 세상 경험이라고는 없는 열렬하고도 오만한 그녀의 머릿속에서 지금 어떤 특별한 계획이, 어쩌면 파멸을 초래할지도 모르는…… 더없이 엉뚱한 계획이 무르익어가고 있을 터였다. 공작은 너무나 경악하고 너무나 당황해서, 어떤 행동을 결심해야 할지조차 알 수 없었다. 그저 어떻게 해서든 그 무엇인가를 예방해야 한다고 느꼈을 뿐이다. 그는 봉인된 편지 겉봉의 주소를 다시 한번 들여다보았다. 오, 그는 아글라야를 믿는 까닭에, 어떤 의심이나 불안도 없었다. 그가 이 편지에서 불안을 느낀 것은 다른 이유에서였다. 그는 가브릴라 아르달리오노비치를 믿을 수 없었다. 어쨌거나 그는 자기가 직접 편지를 전해주기로 결심하고 이미 집을 나섰으나, 도중에 생각을 바꾸었다. 때마침 프치츠인의 집 거의 바로 앞에서 콜랴를 만났기 때문에, 공작은, 이 편지를 아글라야 이바노브나한테서 직접 받은 것처럼 잉에게 전해주라고 부탁했다. 콜랴는 아무것도 캐묻지 않고 편지를 전했으므로, 가냐는 이 편지가 얼마나 많은 중간역을 거친 것인지 짐작조차 하지 못했다. 집으로 돌아오자 공작은 베라 루키야노브나를 불러, 꼭 필요한 얘기만 알려주면서 안심시켰는데, 그녀는 이제껏 내내 편지를 찾으며 울고 있었기 때문이다. 베라는 편지를 가져간 게 아버지라는 사실을 알자, 소스라치게 놀랐다. (공작이 나중에 가서야 그녀에게 들은 얘기이지만, 그녀는 그동안 로고진과 아글라야 이바노브나를 위해 몇 차례 비밀전령 노릇을 해줬다는 것이다. 물론 그녀는 그 일이 공작에게 무슨 해를 끼치리라고는 꿈에도 생각지 못했다……)

공작은 결국 머릿속이 너무나 혼란해져서, 그로부터 두 시간쯤 뒤에 콜랴가 보낸 사람이 달려와 장군이 아프다는 소식을 전했을 때도, 뭐가 어떻게 된 건지 처음엔 거의 이해할 수 없었다. 하지만 이 사건은 공작의 주의력을 강하게 환기시켜 다시 제정신으로 돌아오게 해주었다. 그는 얼추 저녁이 될 때까지 니나 알렉산드로브나의 집에 내내 앉아 있었다(물론 환자는 그 집으로 옮겨진 상태였다). 그는 거의 아무런 도움이 되지 못했지만, 그러나 힘든 순간에 곁에 있는 것만으로도 왠지 위안을 줄 수 있는 사람들이 있는 법이다. 콜랴는 무섭게 충격을 받고 히스테리를 일으킨 듯 울고 있었으나, 그래도 여기저기 뛰어다녀야 하는 심부름을 줄곧 도맡아 했다. 그는 의사를 부르러 달려가서 세 명씩이나 모셔오는가 하면, 약국으로도 이발소*로도 달려갔다. 장군은 숨을 돌렸

* 당시 러시아에서는 이발사가 외과의사 일도 보았다.

지만, 의식이 돌아오지는 못했다. 의사들은 '어쨌든 환자는 중태'라는 소견을 밝혔다. 바랴와 니나 알렉산드로브나는 환자 곁을 떠나지 않았다. 가냐는 몹시 충격을 받고 어찌할 바 몰라 허둥댔으나, 위층으로는 올라가려 하지 않을뿐더러 환자를 보는 것마저 두려워했다. 그는 두 손을 비벼대며 공작과 두서없는 얘기를 나누다가, "이런 불행이 닥치다뇨, 그것도 하필 이런 때에!"라며 그만 속내를 드러내고 말았다. 공작은 그가 말하는 이런 때가 뭔지 알 수 있을 것 같았다. 프치츠인의 집에서 입폴리트의 모습은 이미 찾아볼 수 없었다. 저녁녘에야 레베제프가 달려왔는데, 아침의 그 '해명'이 끝난 뒤 중간에 한 번도 깨지 않고 지금껏 내처 잤던 것이다. 그는 이제는 술이 거의 깼고, 마치 친형이 앓아눕기라도 한 듯 거짓 없는 눈물을 흘리면서 울었다. 그는 이유를 밝히지는 않고 무턱대고 큰 소리로 자신을 탓하면서 니나 알렉산드로브나에게 달라붙어, "이건 내 탓입니다, 바로 내 탓이에요, 나 말고 어느 누구도 잘못한 게 없습니다…… 모든 게 그저 악의 없는 내 호기심 때문입니다…… '고인'은 (그는 아직 살아 있는 장군을 무엇 때문인지 끝까지 그렇게 불렀다) 참으로 천재적인 사람이었습니다!"라고 쉴새없이 다짐했다. 그는 천재라는 말을 특히 힘주어 강조했는데, 마치 그러는 게 이 순간에 어떤 대단한 도움이 될 수 있을 거라 여기는 듯했다. 마침내 니나 알렉산드로브나도 그의 거짓 없는 눈물을 보고는 조금도 탓하는 기색 없이, 오히려 상냥하기까지 한 표정으로, "됐어요, 하느님께서 당신과 함께하시길, 자, 울지 마세요, 자, 하느님께서 당신을 용서해주실 거예요!"라고 말했다. 레베제프는 이 말과 그 어조에 너무나 감동해서, 이날 저녁 내내 니나 알렉산드로브나의 곁을 떠나려고 하지 않았다(그리고 다음날, 또 다음다음날에도 계속, 장군이 죽을 때까지, 그는 거의 아침부터 밤까지 그 집에 내내 붙어 있었다). 이날 하루 동안 리자베타 프로코피예브나는 니나 알렉산드로브나의 집으로 두 번이나 사람을 보내 환자의 건강에 대해 물어보았다. 저녁 아홉시에 공작이 이미 손님들로 가득한 예판친가의 응접실에 나타나자, 리자베타 프로코피예브나는 이내 커다란 관심을 가지고 환자의 용태를 상세히 묻기 시작했고, "환자라는 건 대체 누구고, 니나 알렉산드로브나는 또 누구냐?"라는 벨로콘스카야의 물음에 점잖고 진중하게 대답했다. 공작은 그게 몹시 마음에 들었다. 그 자신도 리자베타 프로코피예브나와 대화를 나누면서, 나중에 아글라야의 언니들이 평한 대로 '아주 훌륭하게' 말했는데, '겸손하고 침착한데다, 쓸데없는 말이나 괴상한 몸짓은 전혀 없이 아주 품위가 있었으며, 안으로 들어올 때의 태도도 훌륭했고, 옷차림도 매우 고상했다'. 전날 걱정했던 것처럼 '반들반들한 바닥에 미끄러져 넘어지긴'커녕, 오히려 모두에게 좋은 인상을 준 모양이었다.

한편 공작도 자리를 잡고 앉아 주위를 둘러본 순간, 여기 모인 사람들이 모두 어제 아글라야가 그를 겁먹게 했던 환영들이나 밤새 시달렸던 악몽과는 전혀 비슷하지도 않다는 것을 이내 알아차렸다. 난생처음으로 그는 '사교계'*라는 무서운 이름으로 불리는 것의 한 귀퉁이를 본 셈이었다. 그는 자신의 어떤 특별한 계획과 상상, 그리고 끌림 때문에 이미 오래전부터 이 마법의 원과도 같은 사람들의 사회 속으로 들어오길 갈망해왔고, 그래서 이 모임에서 받게 될 첫인상에 강한 흥미를 느

* 상류사회, 사교계를 뜻하는 러시아어 단어 '스베트'에는 빛, 세계라는 뜻도 있다.

끼고 있었다. 그가 받은 첫인상은 매혹적이기까지 했다. 어째선지, 이 사람들은 모두가 이렇게 함께 있기 위해 태어난 것 같다는 생각이 문득 그의 뇌리에 떠올랐다. 이날 저녁 예판친가에서는 어떤 '야회'도 없고 초대받고 온 손님도 전혀 없이 모두가 '한집안 식구'이며, 그 자신도 마치 오래전부터 그들의 절친한 친구이자 생각을 같이해온 동지로서, 그저 잠시 헤어졌다가 지금 다시 그들에게 돌아온 것만 같은 느낌이 들었다. 우아한 언동과 소박함, 그리고 겉으로 드러나는 솔직함은 거의 황홀할 정도로 매혹적이었다. 그는 이 솔직함과 고결함, 기지와 고상한 품위가 어쩌면 그저 멋진 예술적 모조품에 불과할지 모른다고는 꿈에도 생각지 못했다. 손님들은 대부분 번드레한 외관에도 불구하고 상당히 공허한 사람들이었는데, 자기만족에 빠진 나머지 그들이 가진 여러 좋은 점들이 그저 모조품에 불과하다는 사실조차 알지 못했지만—이 모조품을 그들 탓으로 볼 수도 없으니, 그것은 유전을 통해 무의식중에 그들의 것이 되었기 때문이다. 공작은 첫인상의 아름다움에 매혹돼 이런 점은 생각해보려고도 하지 않았다. 예를 들어 그는, 노인, 나이로 보면 그의 할아버지뻘인 이 유력한 고관이 아직 경험이라곤 없는 애송이인 그의 말을 듣기 위해, 자기가 하던 말을 중단하기까지 하고, 더구나 그저 듣고만 있는 게 아니라 그의 의견을 존중해주면서 너무나 상냥하고 진심으로 친절하게 대하는 모습을 보았는데, 더욱이 그들은 전혀 모르는 사이이고 난생처음 보는 사람들이 아닌가. 어쩌면 이처럼 세련되고 정중한 태도가 공작의 예민한 감수성에 무엇보다 강하게 작용했는지도 모른다. 또 어쩌면 그의 기분이, 행복한 인상 쪽에 처음부터 쏠려 있었고, 심지어 사로잡혀 있었는지도 모르겠다.

그런데 사실—이 사람들은 물론 모두가 '집안 친구들'이고 자기네끼리도 친구이긴 했으나—이 집과는 물론이고 자기들끼리도, 공작이 소개를 받고 인사를 나누자마자 생각했던 것처럼 그렇게 친한 친구 사이는 결코 아니었다. 그들 중에는 예판친 집안을 무슨 일이 있어도 절대로 자기들과 대등하다고 인정하지 않을 사람들이 있었다. 심지어 자기네끼리 너무나 미워하는 사람들도 있었다. 벨로콘스카야 할머니는 '고관 영감'의 부인을 평생토록 '경멸'했고, 또 그 부인은 리자베타 프로코피예브나를 전혀 좋아하지 않았다. 그 남편인 이 '고관'은 무슨 이유에서인지 예판친 부부가 아주 젊었을 때부터 그들의 후견인이었으므로 지금 이 모임에서 가장 중요한 위치를 차지하고 있었는데, 이반 표도로비치는 그를 너무나 엄청난 인물로 보고 있었기 때문에 그의 앞에서는 공경과 공포 이외엔 아무것도 느낄 수가 없었으며, 만약에 자신이 단 일 분이라도 그를 올림포스의 유피테르 신으로 여기지 않고 자신과 대등한 인간으로 여기는 일이 있다면, 오히려 자기 자신을 진심으로 경멸했을 것이다. 개중엔 또 몇 년간 만난 적도 없고 서로에 대해 혐오감은 아니라 해도 무관심 이외에는 어떤 감정도 느끼지 않는 사이이면서도, 지금 이렇게 보게 되자, 마치 바로 어제 너무나도 다정하고 유쾌한 모임에서 만났던 것처럼 구는 사람들도 있었다. 하지만 이 모임에 온 사람의 수는 많지 않았다. 벨로콘스카야와 실제로 가장 중요한 인물인 '고관 영감', 그리고 그의 부인 이외에 제일 먼저 꼽을 수 있는 인물로는, 남작인지 백작인지는 모르지만 독일식 이름을 가진 무척 중후해 보이는 장군이 있었는데, 그는 대단히 말수가 적지만 행정 업무에 관해 놀랄 만한 지식을 가지고 있어서 거의 학자나 마찬가지라는 평판을 얻은 사람으로, '러시아 자체에 관한 것 이외에는' 뭐든지 다 아는, 이른바 올림포스의 신과도 같은 행정관 중 한 명이었고, 그가 오 년에 한 번씩 '놀랍도록 깊이 있는' 금언을 말하면, 그 말은 어김없이 격언처럼 유행하면서 심지어 최고위층에까지 알려지곤 했다. 그는 보통 굉장히 오랜 기간 (심지어 이상할 정도로 오랫동안) 근무한 뒤에 높은 관등과 훌륭한 지위를 얻어 막대한 재산을 모아놓고 죽는 고관들 가운데 하나였지만, 그런데도 이런 자들은 대단한 공적도 없거니와 공적에 대해 일종의 적개심마저 품기 일쑤이다. 이 장군은 이반 표도로비치의 직속상관이어서, 이반 표도로비치는 뜨거운 감사의 정과 심지어는 유별난 자부심에서 이 장군 역시 자신의 은인으로 여겼으나, 상대방은 자기가 이반 표도로비치의 은인이라고는 전혀 생각하지 않았기 때문에 그에게 그저 덤덤히 대하는 한편, 그가 제공하는 여러 가지 호의만큼은 기꺼이 누리면서도, 만약에 어떤 이유만 생긴다면 비록 그게 전혀 대단찮은 이유라 해도 곧바로 그를 다른 관리로 갈아치울 위인이었다. 손님 중에는 나이가 지긋하고 위엄 있어 보이는 귀족 양반도 하나 있었는데, 그가 리자베타 프로코피예브나의 친척이라는 얘기까지 있었으나 그건 전혀 근거 없는 말이었다. 그는 관등과 지위도 높고, 재산도 있고, 가문도 좋고, 몸집도 좋고, 건강도 아주 좋은데다 대단한 다변가였고, 심지어 불평객에다(하지만 허용될 수 있을 만한 의미로 불평객이었다) 성질이 급하다는 평까지 있는 인물로(그의 이런 점 또한 유쾌하게 받아들여졌다), 무엇이든 영국 귀족들을 따라 하는 습관과 영국식 취향을 지니고 있었다(이를테면, 피가 흐를 듯한 로스트비프, 영국식 마구, 영국식 하인 등등이 그랬다). 그는 '고관'의 절친한 친구여서 늘 그의 기분을 맞춰주었으며, 그 밖에도 리자베타 프로코피예브나는 무엇 때문인지 그에 대해 한 가지 이상한 생각을 품고 있었는데, 이 나이 지긋한 신사가(그는 조금 경솔한데다 어느 정도 여성애호가였다) 느닷없이 알렉산드라에게 청혼해서 그애에게 행복을 안겨주려 할지도 모른다는 것이었다. 이 중후한 최상류 계층 다음으로는, 역시 대단히 우아한 자질로 빛나고 있으나 좀더 젊은 사람들의 계층이 자리했다. S공작과 예브게니 파블로비치 이외에도 유명한 매력남인 N공작이 이 계층에 속했는데, 한때 온 유럽의 여심을 유혹하고 정복하기도 했던 이 사나이는 지금은 이미 나이가 마흔다섯가량 됐지만 여전히 수려한 외모와 놀라운 말솜씨를 자랑하는데다, 재정상태가 좀 신통찮긴 하나 재산도 있는 사람으로 습관상 주로 외국에서 살고 있었다. 마지막으로, 심지어 제3의 특별계층을 이룬다 할 사람들도 있었는데, 이들은 원래 '선택된 계층'에 속하진 않았으나, 무엇 때문인지 예판친 가족처럼 이따금 이 '선택된' 계층에서 만날 수 있는 사람들이었다. 예판친 부부는 자기들이 규칙으로 삼고 있는 어떤 처세술에 따라, 자기 집에서 간혹 열리는 야회에 상류계급의 사람들에다 그보다 좀더 낮은 '중류층'의 대표격인 사람들을 몇 명 섞어 초대하길 좋아했다. 이 때문에 세간에선 예판친 부부를 칭찬하기까지 하며, 자기 위치를 알고 처세 감각이 있는 사람들이라고 얘기했고, 예판친 부부는 이러한 의견을 자랑스럽게 여겼다. 이날 저녁, 이 중류층의 대표자 중 한 명으로는 성품이 진지한 어떤 공병 대령이 있었으며, S공작의 아주 가까운 친구여서 그의 소개로 예판친가에 드나들게 된 이 사람은 좌중에서 과묵한 편으로, 커다란 오른손 검지에는 필시 하사품인 듯싶은, 눈에 잘 띄는 큼직한 보석

반지를 끼고 있었다. 마지막으로 또, 문인이자 시인인 사람이 하나 있었는데, 독일인이긴 하지만 러시아어로 시를 쓰는 그는 무엇보다 워낙 예의가 발라서 어떤 상류사회의 모임에도 걱정 없이 내놓을 수 있는 인물이었다. 그는 왠지 좀 메스꺼운 데가 있긴 하나 외모가 미끈했고, 서른여덟쯤 된 나이에 옷차림도 흠잡을 데 없을 뿐만 아니라, 전형적인 부르주아 계급에 속하지만 그래도 매우 존경할 만한 독일 가정 출신으로, 높은 사람들의 후원과 총애를 받기 위해 여러 기회를 이용할 줄 알았다. 언젠가 어느 중요한 독일 시인이 독일어로 쓴 어느 중요한 작품을 번역했을 때엔, 헌시를 붙여 자신의 번역을 높은 사람에게 헌정했고, 저명하지만 이미 작고한 어느 러시아 시인과 나눈 우정을 자랑할 줄도 알았는데(위대하지만 이미 작고한 문호와의 우정을 출판물을 통해 내세우길 무척 좋아하는 작가들이 허다하다), 예판친가에 드나들게 된 건 최근으로 '고관 영감' 부인의 소개를 통해서였다. 이 마님은 문인들과 학자들의 후원자로 통했고, 실제로 그녀 쪽에서 영향력을 행사할 수 있는 고위 인사들의 협조를 얻어 한두 명의 작가에게 장려금까지 지급해주었다. 그녀는 나름대로 명망도 누리고 있었다. 나이는 마흔다섯 정도로(그러니까 그녀의 남편처럼 늙은 영감한테는 아주 젊은 부인인 셈이다) 한때는 미인이었으며, 지금도, 마흔다섯 살 먹은 귀부인들에게서 흔히 볼 수 있듯, 지나치게 화려한 옷차림을 광적으로 좋아했다. 부인은 지성도 내세울 만한 정도가 아닌데다, 문학적 지식이란 것도 몹시 의심스러웠다. 하지만 그녀는 화려한 옷차림에 대해서와 마찬가지로 문인들을 위한 후견활동에 광적인 집착을 보였다. 많은 작품과 번역이 그녀에게 바쳐졌다. 두세 작가는 그녀의 허락을 받아,

대단히 중대한 문제에 관해 그녀에게 쓴 편지를 공개서한 형식으로 발표하기도 했다…… 그리고 이러한 사람들 모두를 공작은 진짜 금화로, 불순물이 하나도 섞이지 않은 순금으로 여긴 것이다. 물론 이 사람들도 이날 저녁, 미리 약속이나 한 듯이 모두가 아주 즐거운 기분이었고, 자기 자신에게 대단히 만족하고 있었다. 그들 모두는 하나같이, 자신들의 방문이 예판친가에 크나큰 영광을 베풀어주는 일임을 알고 있었다. 그러나 아아, 안타깝게도, 공작은 그런 미묘한 점까지는 짐작조차 하지 못했다. 그는 이를테면, 예판친 부부가 딸의 운명을 결정짓는 중대한 일을 하려는 마당에, 그들 가족의 보호자로 인정받는 고관 영감에게 레프 니콜라예비치 공작 그를 감히 보여주지도 않고 지나갈 수는 절대로 없다는 사실을 꿈에도 생각지 못했던 것이다. 고관 영감으로 말하자면, 예판친가에 끔찍하기 그지없는 불행이 일어났다는 소식을 들어도 눈 하나 깜짝하지 않을 위인이었으나—만일 예판친 부부가 그의 조언도 구하지 않고, 다시 말해서, 그에게 물어보지도 않고 딸을 약혼시킨다면, 자기를 모욕했다고 노여워할 게 뻔했다. 그리고 N공작, 이 사랑스럽고, 누가 봐도 기치가 넘치고, 솔직하기 그지없는 이 사람은—자기가 그날 밤 예판친가의 응접실에 떠오른 태양 같은 존재라고 철석같이 믿고 있었다. 그는 이 집 사람들이 자기보다 한없이 비천하다 여겼고, 이처럼 순박하고 고결한 생각이야말로 그가 이 예판친가의 사람들을 놀랄 만큼 친절하고 허물없고 다정하게 대할 수 있게 해주었다. 그는 이날 저녁에 좌중을 매혹시킬 어떤 이야기를 반드시 해야 한다는 걸 잘 알고 있었으므로, 일종의 영감까지 느끼면서 준비를 했다. 레프 니콜라예비치 공작은 조금 뒤에 그의 얘기를 듣고 나서, 이처럼 빛나는 유머며 이처럼 놀라운 명랑함과 천진난만함은 지금껏 들어본 적이 없을뿐더러, 이런 명랑함과 천진함을 N공작과 같은 돈 후안의 입에서 듣다니 감동적이기까지 하다고 인정하지 않을 수 없었다. 그러나 만일 그가, 바로 이 얘기가 진부하고 낡아빠졌고 달달 외운 것이며, 이미 하도 많이 우려먹은 탓에 뉘 집 응접실에서나 넌더리를 내고 있지만, 그저 순진한 예판친가에서만은 여전히 새로운 얘기로 통하고, 기지가 빛나는 아름다운 사람의 뇌리에 갑자기 떠오른 솔직하고 화려한 추억담으로 통한다는 사실을 알기만 했더라면! 끝으로, 그 시시한 독일인 시인조차 비록 유난히 상냥하고 겸손한 태도이긴 했으나, 그 역시 자기가 온 게 이 집에 명예라도 되는 듯이 여기는 눈치였다. 그렇지만 공작은 이러한 이면을 알아차리지 못했고, 속사정을 전혀 알지 못했다. 이 불행은 아글라야조차 예견하지 못한 것이었다. 그러나 그녀 자신은 이날 저녁 놀랄 만큼 아름다웠다. 세 아가씨 모두 아주 화려하진 않아도 우아한 차림이었고, 머리도 여느 때와 다른 모양으로 특별하게 빗어올린 것 같았다. 아글라야는 예브게니 파블로비치와 함께 앉아 유난히 다정하게 얘기를 나누며 농담을 하기도 했다. 예브게니 파블로비치도 고관들에게 경의를 표하기 위해서인지 다른 때보다 좀더 점잖아 보이는 태도를 취하고 있었다. 하지만 그는 이미 오래전부터 사교계에 잘 알려진 존재였고, 나이는 젊지만 그곳에선 이미 자기네 사람이었다. 이날 저녁 그는 모자에 상장喪章을 달고 예판친가에 나타났는데, 벨로콘스카야는 이 점을 칭찬했다. 사교계에 드나드는 다른 조카 같으면 이런 경우 그런 백부 때문에 상장을 달지는 않을 거라는 얘기였다. 리자베타 프로코피예브나도 그의 처신에 만족했으나, 대체로 뭔가 아주 걱정스러워 보이는 얼굴이었다. 공작은 아글라야가 자기 쪽을 두어 번 유심히 바라보는 것을 알아챘는데, 그녀도 공작에게 만족해하는 눈치였다. 그는 점차 황홀한 행복감에 휩싸여갔다. 아까 (레베제프와 얘기를 나눈 뒤) 그가 품었던 '망상적'인 생각과 위구심이 여전히 불쑥불쑥 자주 떠올랐지만, 이미 그것은 도저히 있을 수 없는 터무니없고 우스꽝스럽기까지 한 꿈으로 여겨졌다! (그러잖아도 그는 아까부터 온종일, 비록 무의식적이긴 하나 어떻게든 이 꿈을 믿지 않게 되길 무엇보다 간절히 원하면서 애쓰고 있었다!) 그는 거의 말을 하지 않았으며 질문에 답하는 게 고작이었고, 나중엔 아예 입을 다물고 앉아 줄곧 듣기만 했으나, 보아하니 희열에 잠겨 있는 듯했다. 하지만 그의 내면에선 어떤 감흥과도 같은 무언가가 서서히 준비를 갖추고서 기회만 오면 분출할 참이었다…… 그는 우연히 입을 열었는데 역시 질문에 대한 답이었고, 별다른 의도는 전혀 없어 보였다……

VII

그가 희열에 취한 얼굴로, 아글라야가 N공작, 예브게니 파블로비치와 더불어 유쾌하게 담소를 나누는 모습을 지켜보는 동안, 다른 한쪽 구석에서 '고관'을 상대해주며 열심히 무슨 얘기를 하던 나이 지긋한 그 영국광 신사가 갑자기 니콜라이 안드레예비치 파블리셰프의 이름을 입에 올렸다. 공작은 얼른 그쪽으로 고개를 돌리고 귀를 기울이기 시작했다.

화제는—어느 현의 지주 소유 영지에 관한 현행 규정과 어떤 난맥상에 관한 것이었다. 영국광의 얘기엔 분명히 뭔가 재미난 점이 있었던 듯, 마침내 노老고관은 상대방이 흥분해서 열을 올리는 걸 보며 웃음을 터뜨렸다. 영국광은 유창하게 말하면서도 모음에다 부드럽게 강세를 주며 뭔가 불만스러운 듯 말끝을 길게 끌고 있었는데, 다름 아니라 현행 규정 때문에—어느 현에 있는 자신의 훌륭한 영지를 특별히 돈이 필요하지 않은데도 반값에 처분하고, 반대로 황폐해서 손해만 나는 데다 소송까지 걸려 있는 영지는 계속 소유하면서 돈까지 추가로 지불해야 했기 때문이다. "게다가 파블리셰프가의 땅과도 무슨 소송 문제가 벌어지면 큰일이다 싶어 도망치고 말았습니다. 그런 유산이 한두 가지만 더 있다면, 나는 아주 파산하고 말 겁니다. 하긴 이번에 거기다 아주 좋은 땅을 3천 제샤치나* 확보해뒀지만요!"

"바로 저…… 저 이반 페트로비치는 작고한 니콜라이 안드레예비치 파블리셰프의 친척일세…… 자넨 그 사람의 친척들을 찾고 있었던 것 같은데." 이반 표도로비치는 공작이 두 사람의 대화에 비상한 관심을 기울이는 것을 알아채고, 불쑥 곁에 다가와 작은 소리로 말했다. 지금껏 그는 자신의 상관인 장군을 상대해줬으나, 레프 니콜라예비치가 이 자리에서 완전히 외톨이라는 사실을 아까부터 눈치채고 조바심이 나던 차였다. 그는 공작을 어느 정도까지는 대화에 끌어들임으로써 '상류층 명사들'에게 다시 한번 소개하고 싶었다.

"레프 니콜라이치는 양친을 여읜 뒤, 니콜라이 안드레이치** 파블리셰

---

* 1제샤치나는 1.092헥타르에 해당한다.

** 일상어에서 부칭 안드레예비치 대신에 자주 사용된다.

프의 손에서 양육된 사람입니다." 그는 이반 페트로비치와 시선이 마주치자 이렇게 말하면서 끼어들었다

"무-척 반갑-습니다." 이반 페트로비치가 말했다. "잘 기억하고말고요. 아까 이반 표도로비치가 소개할 때 금방 당신을 알아봤습니다, 얼굴까지 생각이 나는걸요. 당신은 정말 그리 변하지 않았군요, 당신이 열 살이나 열한 살쯤 된 아이였을 때 봤을 뿐이지만 말이지요. 그때의 모습을 떠올리게 하는 뭔가가 얼굴에 그대로……"

"어렸을 때 저를 보셨단 말씀인가요?" 공작은 몹시 놀란 듯한 얼굴로 물었다.

"오, 벌써 아주 옛날 일이죠." 이반 페트로비치가 말을 이었다. "즐라토베르호보에서였는데, 당신은 그때 우리 사촌누이들 집에서 살고 있었어요. 예전에 나는 즐라토베르호보를 꽤나 자주 찾았는데—나를 기억하지 못하시나요? 그-야 기억하지 못할 만도 하죠…… 당신은 그때…… 그때 무슨 병을 앓고 있었고, 한번은 그런 당신을 보고 내가 깜짝 놀라기도 했으니까요……"

"아무것도 기억나지 않습니다!" 공작은 열띤 어조로 확실하게 대답했다.

이반 페트로비치 쪽에서는 지극히 침착하게, 그리고 공작은 놀랄 만큼 흥분해서 몇 마디 설명을 더 주고받은 결과, 고故 파블리셰프의 친척으로 그의 즐라토베르호보 영지에 살면서 공작의 양육을 위임받았던 두 귀부인, 그러니까 두 노처녀가 이반 페트로비치의 사촌누이들이었음이 밝혀졌다. 하지만 이반 페트로비치 역시 다른 사람들과 다 마찬가지로, 파블리셰프가 자신의 피양육자인 나이 어린 공작을 왜 그처럼

정성껏 돌봐주었는지, 그 이유는 거의 설명하지 못했다. "더구나 그 당시엔 거기에 관심을 두지 못했으니까요"라고 말했으나, 어쨌든 그는 기억력이 아주 뛰어나서, 사촌누이 중 언니인 마르파 니키치쉬나가 어린 피양육자에게 매우 엄격했다는 것까지 기억하고 있었다. "그래서 한번은 당신을 양육하는 방법을 두고 나와 다툰 적까지 있었는데, 아픈 아이한테 걸핏하면 그저 매질이니—그건 아무래도 그렇잖습니까…… 당신도 동의하시겠지요……" 하지만 반대로 그 동생인 나탈리야 니키치쉬나는 가여운 소년에게 너무나 다정했다는 것이다…… "지금은 둘 다" 하고 그는 계속 설명했다. "이미 다른 어느 현에 살고 있는데(사실 아직도 살아 있는지 잘 모르겠군요), 파블리셰프가 남겨준 작지만 썩 괜찮은 영지가 그곳에 있거든요. 마르파 니키치쉬나는 수녀원에 들어가고 싶었던 것 같은데, 하지만 확실하다고 말은 못하겠군요. 다른 어떤 사람의 얘기일 수도 있으니까…… 맞아요, 그건 요 얼마 전에 들은 어느 의사 부인 이야기입니다……"

공작은 기쁨과 감동에 눈을 빛내면서 이 이야기를 듣고 있었다. 그는, 지난 여섯 달 동안 중부 지방의 여러 현을 여행했으면서도 자신을 키워준 분들을 찾아보고 방문할 기회를 만들지 못하다니 자신을 절대 용서할 수 없노라고, 몹시 열띤 어조로 선언했다. "찾아가보겠다고 매일같이 생각하면서도 여러 사정 때문에 늘 미루기만 했습니다…… 하지만 이제 저 자신에게 맹세하건대…… 무슨 일이 있어도 다녀오겠습니다…… 그…… 현까지라도 꼭…… 그러니까 당신은 나탈리야 니키치쉬나를 아시는군요? 참으로 아름답고 거룩한 분이시죠! 그렇지만 마르파 니키치쉬나도…… 죄송합니다만 당신은 마르파 니키치쉬나를 잘못 보신 것 같군요! 그분은 엄했지요…… 하지만 참을성을 잃을 수밖에 없었을 겁니다…… 그 당시의 저 같은 백치한텐 말입니다. (히-히!) 저는 그때 완전히 백치였으니까요, 믿지 못하실 겁니다. (하-하!) 하지만…… 하지만 당신은 그때 저를 보셨단 말씀이지요, 그런데…… 어째서 저는 당신을 기억하지 못할까요, 제발 좀 말씀해주십시오. 그러니까 당신은…… 아아, 맙소사, 그러니까 당신은 정말로 니콜라이 안드레이치 파블리셰프의 친척이란 말씀이지요?"

"확-실-합니다." 이반 페트로비치는 공작을 훑어보며 빙그레 웃었다.

"오, 결코…… 의심스러워서 한 말이 아닙니다…… 그리고 또 그 사실을 어떻게 의심할 수 있겠습니까(헤-헤!)?…… 털끝만큼이라도…… 그러니까 아주 털끝만큼이라도 말이죠!! (헤-헤!) 아니, 제가 그 말을 한 건, 돌아가신 니콜라이 안드레이치 파블리셰프가 너무나도 훌륭한 분이었기 때문입니다! 한없이 관대한 분이셨죠, 그럼요, 그렇고말고요!"

공작은 숨이 가빠왔다기보다는, 이튿날 아침 아젤라이다가 자기 약혼자인 S공작과 대화하며 말했다시피, 이른바 '아름다운 감정이 북받쳐올라' 목이 메었다.

"아이고, 이런!" 이반 페트로비치는 웃음을 터뜨렸다. "왜, 그러니까 나는 관-대-한 사람의 친척도 될 수 없단 말인가요?"

"아아, 천만에요!" 공작은 당황한 바람에 허둥대며 더욱더 흥분해서 소리쳤다. "제가…… 제가 또 멍청한 말을 했군요, 하지만…… 그럴 수밖에 없었습니다, 왜냐하면 저는…… 저는…… 저는, 하지만 또다시 엉뚱한 데로 빠졌군요! 게다가 지금 제 얘기가 뭐가 중요하겠습니까, 그렇잖습니까, 이런 관심사 앞에서…… 이토록 중대한 관심사 앞에서 말입니다! 그리고 그처럼 관대하신 분과 비교하면—왜냐하면 그분은, 정말이지, 관대하기 그지없는 분이었으니까요, 그렇잖습니까? 그렇잖아요?”

공작은 온몸을 후들후들 떨기까지 했다. 어째서 그가 갑자기 그토록 흥분했고, 어째서 전혀 밑도 끝도 없이, 더구나 대화의 주제와는 도저히 어울리지 않아 보이는 그 같은 감동과 감격에 빠져들었는지—그 이유를 꼬집어 말하긴 힘들 듯싶다. 어쨌든 그는 아까부터 그런 감흥에 젖어 있었고, 이 순간, 그 무언가에 대해 누군가에게 뜨겁고 진실하기 그지없는 감사의 정마저 느끼다시피 했는데—어쩌면 이반 페트로비치에게마저, 나아가 이 자리에 모인 손님들 모두에게 그러한 고마움을 느끼는 것도 같았다. 그는 이미 너무나도 ‘행복에 취해 있었다’. 이반 페트로비치는 마침내 훨씬 더 찬찬히 그를 바라보기 시작했다. ‘고관’ 역시 그를 뚫어져라 살펴보고 있었다. 벨로콘스카야는 분노에 찬 시선을 공작에게 쏟으며 입술을 꽉 다물었다. N공작, 예브게니 파블로비치, S공작, 그리고 아가씨들까지—모두가 대화를 중단하고 귀를 기울였다. 아글라야는 소스라치게 놀란 듯했고, 리자베타 프로코피예브나는 그야말로 겁에 질려 있었다. 엄마나 딸들이나 이상한 사람들이었다. 그들은 공작이 저녁 내내 입을 다물고 앉아 있는 편이 나을 거라 여겨 자기들 마음대로 그렇게 결정해놓고선, 공작이 한쪽 구석에서 정말로 외톨이가 된 채 자신의 운명에 완전히 만족하는 모습을 보자, 대번에 조바심을 내기 시작했다. 그래서 알렉산드라는 공작에게 다가가 그를 데리고 방을 가로질러가서, 그들 일행, 즉 벨로콘스카야 옆자리에 앉아 있는 N 공작 일행에게 조심스레 끼워주려던 참이었다. 그런데 지금 공작이 스스로 입을 열자마자, 그들은 더욱더 안절부절못하는 것이었다.

"너무나 훌륭한 사람이라는 건 옳은 말입니다." 이반 페트로비치는 위엄 있게 말했는데, 이미 미소는 짓고 있지 않았다. "그래요, 예…… 아주 훌륭한 사람이었지요! 아주 훌륭하고, 그리고 가치 있는 사람이었습니다." 그는 잠시 침묵하다가 덧붙였다. "온갖 존경을 받을 만한 사람이었다고 해도 좋을 겁니다." 그는 세번째로 말을 잠시 끊었다가 한층 더 위엄 있게 덧붙였다. "그리고…… 그리고 나로서도 보기가 아주 유쾌하기까지 하군요, 당신이 그처럼……"

"그 파블리셰프가 언젠가 가톨릭 수도원장하고…… 관련된 무슨…… 이상한…… 얘기가 있었던 사람 아닌가…… 가톨릭 수도원장하고…… 어떤 수도원장인지는 잊었네만, 모두 그때 뭐라고들 말이 많았지." '고관'이 기억을 더듬듯 말했다.

"예수회원인 수도원장 구로라는 사람이지요." 이반 페트로비치가 상기시켜주었다. "그렇습니다요, 바로 우리 러시아의 가장 훌륭하고 가장 가치 있다는 사람들이 그렇단 말이지요! 어쨌든 그 사람은 가문도 좋고 재산도 있는데다 시종관이었고, 그리고 만일…… 계속 관직에 있었더라면…… 그런데 느닷없이 관직이고 뭐고 다 팽개치고 가톨릭교로 개종해서 예수회원이 됐는데, 그것도 거의 공공연하게, 더구나 아주 열광해서 그랬잖습니까. 사실, 그때 잘 죽은 거지요…… 그럼요, 그때 다들 그렇게 말했어요……"

공작은 얼이 빠진 상태였다.

"파블리셰프…… 파블리셰프가 가톨릭교로 개종했다고요? 그럴 리가 없습니다!" 그는 펄쩍 뛰며 소리쳤다.

"아니, '그럴 리가 없다'라뇨!" 이반 페트로비치가 나지막한 소리로 위엄 있게 말했다. "말이 좀 지나치군요, 친애하는 공작, 그건 당신도 인정해야 할 겁니다…… 아무튼 당신은 고인을 대단히 존경하는 모양인데…… 사실, 무척 선량한 사람이었지요, 구로라는 교활한 녀석한테 속아넘어간 것도 실은 그래서였다고 봅니다. 하지만 그 일로 내가 나중에 얼마나 골머리를 앓고 애를 먹었는지 아십니까…… 바로 그 구로 놈 때문에 말이지요! 글쎄, 생각해보십시오." 그는 갑자기 노인 쪽으로 고개를 돌렸다. "그놈들이 유언장에까지 이의를 제기하려 들어서, 부득이 가장 강력한 조치를 취할 수밖에 없었답니다…… 단단히 혼을 내줘야 했으니까요…… 그놈들은 그런 일엔 아주 도사거든요! 놀-랄- 정도지요! 하지만 다행히 그 사건이 모스크바에서 일어났기 때문에, 나는 즉시 친분이 있는 백작한테 달려가서, 놈들에게…… 제정신이 번쩍 들게 해줬다니까요……"

"곧이듣지 않으시겠지만, 당신은 제 마음을 너무도 아프게 했습니다, 너무도 큰 충격을 주었습니다." 공작은 또다시 소리쳤다.

"유감이군요. 하지만 엄밀히 말해서, 이 모든 일은 실상 아무것도 아니고, 또 아무것도 아니게 끝났다고 해야겠죠, 늘 그렇듯 말입니다. 나는 그렇게 확신합니다. 지난여름에" 하고 그는 다시 노인 쪽을 보며 말했다. "K백작 부인 역시 외국의 어느 가톨릭 수녀원에 들어갔다더군요. 우리 러시아인들은 이런…… 사기꾼들한테 한번 걸려들면 어째선지 이겨내지 못하는 것 같습니다…… 특히 외국에 있는 러시아인들은 더

심하지요."

"그건 다 우리 러시아인의 피로 때문이라 생각하오." 노인은 거드름을 부리며 느릿느릿 말을 뱉었다. "음, 게다가 그자들의 전도 방법이…… 교묘하고 독특하단 말이오…… 옴짝달싹 못하게 겁을 줄 줄 안다니까. 나한테도 32년에 빈에서 겁을 주더군, 하지만 나는 굴복하지 않고 그자들한테서 도망쳤지, 하-하!"

"이봐요, 영감님, 내가 듣기로, 당신은 그때 예수회원들한테서 도망친 게 아니라, 레비츠카야 백작 부인이라는 미인과 함께 빈에서 파리로 도망쳤다고 하던데요." 벨로콘스카야가 불쑥 끼어들었다.

"뭐, 어쨌거나 예수회원들한테서 도망친 거잖소, 결과적으로 그자들한테서 벗어난 거니까!" 노인은 기분좋은 추억이 떠올라, 껄껄 웃어대며 말을 받아넘겼다. "당신은 요즘 젊은이치곤 아주 보기 드물게 신앙심이 깊은 것 같구려." 그는 여태 충격에서 헤어나지 못하고 입을 벌린 채 이야기를 듣고 있는 레프 니콜라예비치 공작에게 상냥하게 말을 걸었다. 노인은 공작에 대해 좀더 자세히 알고 싶은 눈치였는데, 몇 가지 이유로 공작에게 몹시 흥미를 느꼈기 때문이다.

"파블리셰프는 빛나는 지혜를 지닌 그리스도교 신자, 진정한 그리스도교 신자였습니다" 하고 공작이 불쑥 말했다. "그런 분이 어떻게…… 비그리스도교적인 신앙에 굴복할 수 있었을까요? 가톨릭교는—비그리스도교적인 신앙이나 마찬가지입니다!" 갑자기 그는 두 눈을 번쩍이며 이렇게 덧붙이고는, 자기 앞쪽을 바라보며 모두를 한꺼번에 둘러보는 듯했다.

"흠, 이건 좀 지나치군." 노인은 이렇게 중얼거리며 놀란 눈으로 이반 표도로비치를 쳐다보았다.

"가톨릭교가 비그리스도교적인 신앙이라니, 어째서 그렇지요?" 이반 페트로비치가 의자에 앉은 채 몸을 돌리며 물었다. "그럼 가톨릭교는 대체 어떤 신앙입니까?"

"첫째로 비그리스도교적인 신앙입니다!" 공작은 또다시 몹시 흥분해서 필요 이상으로 언성을 높이며 말하기 시작했다. "그게 첫째입니다, 둘째로, 로마 가톨릭교는 심지어 무신론 자체보다도 더 나쁩니다, 그게 제 의견입니다! 네! 제 의견은 그렇습니다! 무신론은 그저 무無를 전도할 따름이지만, 가톨릭교는 한술 더 떠서, 그리스도를 비방하고 모욕할 뿐만 아니라 그렇게 해서 왜곡된 그리스도를, 즉 정반대되는 그리스도를 전도한단 말입니다! 가톨릭교는 적敵그리스도를 전도합니다, 단언컨대, 맹세코 그렇습니다! 이것은 이미 오래전부터 저의 개인적인 신념이며, 저 자신에게 많은 고통을 안겨주기도 했습니다…… 로마 가톨릭교는 전 세계적인 국가 권력 없이는 지상에 교회가 존립할 수 없다고 믿으면서, *우리는 그럴 수 없노라!**라고 외칩니다. 제 의견으로는, 로마 가톨릭교는 심지어 신앙도 아니고 어디까지나 서로마 제국의 계속일 뿐으로, 로마 가톨릭교에서는 신앙을 비롯해 모든 것이 이 사상에 지배되고 있습니다. 교황은 지상 영토와 지상 왕좌를 점취占取하고 검을 거머쥐었습니다. 그때부터 모든 것이 그런 식으로 계속돼왔고, 다만

* 「사도행전」 4:19~20, 예루살렘에서 열린 공회에서 관리, 장로, 서기관 들이 베드로와 요한에게 예수의 이름으로 가르치지 말라고 명하자 사도들이 한 대답. 교황들의 서한에서 세속 권력의 요구에 응하지 않겠다는 의지를 드러내는 전통적 문구로 쓰였다. 본문에서는 전 세계적 국가 권력에 대한 교황의 절대적 권리를 주장하는 말로 사용됐다.

검 이외에 허위와 음모와 기만과 광신과 미신과 악행을 덧붙였을 따름이며, 그리하여 그들은 민중의 가장 성스럽고 진실하고 소박하고 열렬한 감정을 희롱하면서, 모든 것, 모든 것을 돈과 바꾸고 더러운 지상 권력과 바꾸었습니다. 그런데도 이게 적그리스도의 교리가 아니란 말입니까?! 이러니 어떻게 그들로부터 무신론이 나오지 않을 수 있었겠습니까? 무신론은 그들로부터, 바로 로마 가톨릭교로부터 나온 것입니다! 무신론은 무엇보다 그들 자신에게서 시작됐습니다. 그들이 과연 자기 자신을 믿을 수나 있었을까요? 그런 다음 무신론은 그들에 대한 혐오로부터 더욱 힘을 얻었습니다. 무신론은 그들의 허위와 정신적 무력함의 산물입니다! 아아, 무신론! 우리 러시아에서는 아직은 그저 예외적인 특정 계층만이, 예브게니 파블로비치가 일전에 아주 훌륭하게 표현했다시피, 뿌리를 잃은 계층들만이 신을 믿지 않습니다만, 저기 유럽에서는 민중 가운데도 이미 무시무시한 수의 사람들이 신앙을 잃어 가고 있는데—예전에는 그게 무지와 거짓 때문이었지만, 지금은 이미 광신 때문이며, 교회와 기독교에 대한 증오 때문입니다!"

공작은 숨을 돌리려고 말을 멈췄다. 지나치게 빠른 어조로 열변을 토했던 것이다. 그는 얼굴이 창백해져서 숨을 헐떡였다. 일동은 서로 눈빛을 교환하기만 했다. 하지만 마침내 노인이 거리낌없이 웃음을 터뜨렸다. N공작은 손잡이 달린 안경을 꺼내들고는, 눈도 떼지 않고 공작을 살폈다. 독일 태생 시인은 구석 자리에서 기어나와, 음흉한 웃음을 머금은 채 탁자 쪽으로 다가갔다.

"당신은 너무 과-장-하-고 있어요." 이반 페트로비치는 좀 따분하고 뭔가 불편하기까지 하다는 표정으로, 한 음절 한 음절 띄엄띄엄 발음했다. "그곳 교회에도 무척 존경받을 만하고 덕-망-높-은 대표자들이 있으니까……"

"결코 교회 대표자들 개개인을 두고 한 말이 아닙니다. 저는 로마 가톨릭교의 본질에 대해 말한 것이고, 로마에 대해 말하고 있습니다. 과연 교회가 완전히 사라질 수 있을까요? 저는 결코 그런 말을 한 적이 없습니다!"

"동감입니다, 하지만 그건 다 아는 사실이니 새삼—얘기할 필요도 없고, 더구나…… 그건 신학에 속하는 문제요……"

"오, 아닙니다, 오, 아니에요! 신학에만 속하는 문제가 아닙니다, 분명히 말씀드리지만, 아닙니다! 이것은 당신이 생각하시는 것보다 우리와 훨씬 더 밀접하게 관련된 문젭니다. 이것이 오로지 신학적 문제만은 결코 아니라는 점을 아직도 깨닫지 못한다는 데에 우리의 모든 오류가 있는 겁니다! 사회주의만 해도—가톨릭교와 가톨릭적인 본질의 산물이잖습니까! 사회주의 역시 자신의 형제인 무신론과 마찬가지로 절망으로부터 나온 것이고, 종교가 상실해버린 도덕적 권력을 자신이 대체함으로써, 목마른 인류의 정신적 갈증을 해소해주기 위해 도덕적 의미에서 가톨릭교에 대한 반대로서 생겨났을 따름으로, 이것 역시 그리스도가 아닌 폭력을 통해 인류를 구원하고자 합니다. 이것 역시 폭력을 통한 자유이며, 이것 역시 검과 피를 통한 단결입니다! '감히 신을 믿지 마라, 감히 사유재산을 가지지 마라, 감히 개성을 가지지 마라, 2백만 민중이여, *동지애가 아니면 죽음을!**' 그들은 이렇게 외칩니다. 그들의

---

* 프랑스혁명의 구호.

행실을 보면 그들을 알 수 있다고, 성서에서도 말하지 않습니까!* 그러니 이건 우리에게 아무런 해가 되지 않고 위협도 되지 않는다고 생각해선 안 됩니다. 오, 우리는 반격을 감행해야 합니다, 지체 없이, 어서! 서구에 맞서 싸우기 위해, 우리가 지켜온 우리의 그리스도를, 그들은 알지도 못했던 러시아의 그리스도를 빛내지 않으면 안 됩니다! 노예처럼 무력하게 예수회원들의 갈고리에 걸려들 게 아니라, 이제 우리 러시아의 문명을 그들에게 가져다주면서 그들 앞에 나서야 할 때이지, 방금 어느 분이 말씀하신 것처럼 그들의 전도 방법이 교묘하다는 말을 우리 러시아인이 해서는 안 됩니다……"

"아니, 실례지만, 실례지만……" 이반 페트로비치는 몹시 불안해진 나머지 겁마저 먹기 시작하며 주위를 둘러보았다. "당신의 견해는 물론 칭송할 만하고 애국심에 충만해 있지만, 모든 게 너무 과장됐고…… 이 얘기는 이제 그만하는 게 좋겠군요……"

"아뇨, 과장되긴커녕 오히려 축소돼 있습니다. 그렇습니다, 제 말솜씨가 부족한 탓에 너무 약하게 표현된 거죠, 하지만……"

"잠-깐-만!"

공작은 입을 다물었다. 그는 의자에 등을 꼿꼿이 펴고 앉아 꼼짝도 않고, 이글거리는 눈으로 이반 페트로비치를 응시했다.

"당신은 자신의 은인에게 일어난 일로 몹시 충격을 받은 것 같구려." 아직도 침착함을 잃지 않은 노인이 나서서 상냥하게 말했다. "당신은 쉽게 흥분하는 듯한데…… 아마도 고독한 생활을 하다보니 그렇게 됐

* 「마태복음」 7:16. "그들의 열매로 그들을 알지니 가시나무에서 포도를, 또는 엉겅퀴에서 무화과를 따겠느냐."

을 거요. 사람들과 더 많이 어울려 살게 되고, 그래서 내 기대대로 점잖은 사회에서 아주 훌륭한 젊은이로 환영받게 되면, 쉬이 흥분하는 성격도 물론 누그러질 테고, 이 모든 문제가 생각보다 훨씬 단순하다는 것을 알게 될 거요…… 더구나 그런 보기 드문 사건들은…… 내 견해로는, 어느 정도는 우리의 포만에서, 어느 정도는…… 권태에서 발생하는 거니까."

"맞아요, 바로 그겁니다" 하고 공작이 외쳤다. "참으로 훌륭한 생각이십니다! 그건 바로 '권태, 우리의 권태 때문'이죠, 하지만 포만 때문은 아닙니다. 오히려 그 반대로 갈증에서 비롯되는 것이지…… 포만 때문은 아닙니다, 그 점은 잘못 보셨습니다! 그것도 단순한 갈증이 아니라, 오히려 타는 듯한 갈증, 열병 같은 갈증 때문입니다! 그리고…… 이것이 그냥 웃어넘겨도 괜찮은 사소한 양상에 불과하다고는 생각하지 마십시오. 죄송한 말씀입니다만, 사람은 예감할 줄 알아야 합니다! 우리 러시아인들은 해안까지 도달해 이것이 뭍이라고 믿기만 하면, 너무나도 기쁨에 도취한 나머지 마지막 극단까지 그냥 내닫고야 맙니다. 대체 왜 그럴까요? 여러분은 파블리셰프에게 깜짝 놀라며 모든 것을 그의 정신착란이나 선량함 탓으로 돌리지만, 그건 그렇지 않습니다! 이런 경우에 우리 러시아인의 열정은 우리뿐만 아니라 유럽 전체를 놀라게 합니다. 러시아 사람이 일단 가톨릭교로 개종하면, 그 사람은 반드시 예수회원이 되고, 그것도 가장 지독한 예수회원이 됩니다. 러시아 사람이 무신론자가 되면, 그는 반드시 폭력을 통해, 그러니까 다시 말하면, 칼을 통해 신에 대한 신앙을 근절하려 듭니다! 이것은 무엇 때문일까요, 무엇 때문에 그렇게 한순간에 미치광이가 될까요? 정말 모르십니까? 그건 그가 이곳에서 찾지 못했던 고국을 거기서 발견했기 때문이며, 해안을 발견했다, 뭍을 발견했다고 기뻐하며 미친듯이 달려들어 거기다 입을 맞춰대기 때문입니다! 러시아의 무신론자와 러시아의 예수회원은 그저 허영에서, 그저 더러운 허영심에서 생겨나는 게 아니라, 정신적 고통에서, 정신적인 갈증에서, 보다 숭고한 일과 견고한 육지에 대한 동경에서, 한 번도 본 적 없는 탓에 믿지 않게 된 고향땅에 대한 동경에서 생겨나는 것입니다. 러시아 사람은 세계 어느 나라의 국민보다 무신론자가 되기 쉽습니다! 그리고 우리 러시아인들은 그저 무신론자가 되는 데 그치지 않고, 마치 새로운 종교라도 믿듯이 반드시 무신론을 신앙하면서, 자기가 무를 신앙하고 있다는 사실을 전혀 깨닫지 못합니다. 우리의 갈증이 이 지경에까지 이른 것입니다! '자신의 발 아래에 단단한 지반을 갖지 못한 자는 신도 갖지 못한다.' 이건 제 말이 아닙니다. 언젠가 여행길에서 만난 어느 구교도 상인이 한 말입니다. 실은 그렇게 말한 게 아니라, '고향땅을 저버린 자는 자신의 신도 저버린 자다'라고 말했지요. 그저, 우리 러시아에서 가장 훌륭한 교육을 받았다는 사람들이 심지어 채찍파교도가 돼버린 사실을 한번 상기해 보십시오…… 하지만 이러한 경우에 채찍파*가 니힐리즘이나 예수회나 무신론보다 대체 어떤 점에서 더 나쁘다는 걸까요? 오히려 더 깊이가 있을지도 모릅니다! 아무튼 러시아인들의 동경은 이 정도에까지 이르렀습니다!…… 타는 듯한 갈증에 허덕이는 콜롬보의 동반자들에게

* 17세기에 나타난 러시아 기독교의 한 종파. 채찍질을 통해 인간의 몸을 악한 힘으로부터 정화하고 인간 속에 신성을 구현할 수 있다고 믿어서, 사람들이 보는 앞에서 자신의 몸을 매질하곤 했다.

'신세계'의 해안을 보여주십시오, 러시아인에게 진정한 러시아의 '세계'를 보여주십시오, 그에게 지금껏 그의 눈길을 피해 땅속에 묻혀 있던 이 황금을, 이 보물을 발견하게 하십시오! 미래에 아마도 러시아의 사상과 러시아의 신과 러시아의 그리스도에 의해서만 성취될 전 인류의 갱생과 부활의 모습을 그에게 제시해주십시오, 그러면 여러분은 강력하고 의롭고 지혜롭고 온화한 거인이 깜짝 놀란 세계의 눈앞에 홀연히 그 위대한 모습을 드러내는 것을 보게 될 겁니다. 세계는 경악과 공포에 휩싸이겠지요, 그들이 우리에게 기대하는 것은 오직 검, 검과 폭력뿐이며, 그들은 늘 자기 방식으로 판단하는 까닭에 야만적이지 않은 러시아를 상상할 수 없기 때문입니다. 이런 경향은 지금까지도 그랬고, 날이 갈수록 더 심해질 것입니다! 그리고……"

하지만 이때 갑자기 한 가지 사건이 발생해서, 이 웅변가의 연설은 아주 뜻하지 않게 중단되고 말았다.

이 열띤 장광설, 혼란스럽게 뒤엉켜 서로 밀치며 서로 먼저 튀어나오려 하는 열정적이고 흥분한 말들과 환희에 찬 사상의 세찬 분류奔流, 이 모든 것은, 겉보기에 이렇다 할 아무런 이유도 없이 정말 느닷없이 흥분해버린 이 청년의 내면에서 뭔가 위험하고 뭔가 유별난 어떤 일이 일어나고 있음을 예감케 했다. 응접실에 있던 사람들 가운데 공작을 잘 아는 모든 이는, 평소의 그가 보여준 오히려 소심하다고까지 해야 할 신중함이나, 보기 드물 만큼 유난히 깍듯한 여느 때의 태도, 그리고 고상한 예의범절에 대한 본능적인 감각과는 너무나 어울리지 않는 돌발적인 언동에 깜짝 놀라, 걱정스러운 마음으로 (하지만 어떤 이는 수치를 느끼기도 하며) 그를 바라보았다. 어째서 이런 일이 일어났는지, 그들은 도무지 이해가 가지 않았다. 파블리셰프에 대한 소식이 원인일 리야 없지 않은가. 부인네들은 마치 미치광이를 보는 듯한 눈으로 공작을 바라봤고, 나중에 벨로콘스카야는 '일 분만 더 계속됐더라면 아예 달아나버리려 했다'고 털어놨다. '노인들'은 처음부터 놀라서 거의 넋이 나간 상태였다. 직속상관인 장군은 자기 자리에서 못마땅한 표정을 하고 계속 엄한 시선으로 바라보았다. 공병 대령은 꼼짝달싹 않고 앉아 있었다. 독일인은 얼굴빛마저 하얗게 질렸으나 그래도 여전히 가식적인 미소를 띤 채, 다른 사람들이 어떻게 나오는지 주위를 둘러보고 있었다. 하지만 이 모든 일, 이 '모든 스캔들'은 가장 흔히 사용하는 아주 자연스러운 방법으로, 심지어 일 분만에 해결될 수 있었을지도 모른다. 이반 표도로비치는 몹시 놀랐지만 누구보다 먼저 정신을 가다듬고 벌써 몇 번이나 공작의 말을 중단시키려 했다. 그러나 아무런 효과가 없자, 이제 그는 확고하고도 단호한 목적을 가지고 공작에게 슬그머니 다가갔다. 일 분만 더 기다려보고 그래도 안 되면 공작의 병을 구실삼아 다정한 태도로 데리고 나갈 셈이었는데, 병 때문이라는 건 실제로 맞는 얘기였는지도 모르며, 이반 표도로비치는 그게 틀림없다고 속으로 믿고 있었다…… 하지만 사태는 전혀 다르게 전개되고 말았다.

처음에 공작은 응접실로 들어오자마자, 아글라야가 그토록 겁을 주며 말했던 중국 화병에서 되도록 멀리 떨어져 앉았다. 아글라야가 어제 그런 말을 한 뒤부터, 그가 아무리 그 화병을 멀리하고 아무리 재앙을 피하려고 해도 내일 반드시 화병을 깨뜨리고 말 거라는 어떤 지워버릴 수 없는 확신이, 어떤 기이하고도 황당한 예감이 그의 마음속에 자리잡았다고 말한다면, 과연 그 말을 믿을 수 있을까? 하지만 사실 그랬다. 그런데 야회가 계속되면서 그것과는 다른 강력한, 그러나 밝디밝은 인상들이 그의 영혼 속으로 밀려들기 시작했고, 이에 대해서는 이미 앞에서 말한 바 있다. 그래서 그는 자신의 예감을 잊고 말았다. 파블리셰프의 이름이 나오는 것을 듣고서 이반 표도로비치가 그를 데리고 이반 페트로비치에게 다가가 다시 한번 그를 소개했을 때, 그는 탁자에 좀더 가까운 쪽으로 자리를 옮겨 마침 그곳에 있던 안락의자에 앉았는데, 의자 옆 받침대에는 그의 팔꿈치 바로 뒤, 팔꿈치와 거의 같은 높이에 커다랗고 아름다운 중국 화병이 놓여 있었다.

공작은 열변의 마지막 대목에서 갑자기 자리에서 벌떡 일어나, 어째선지 어깨를 으쓱해 보이며 무심코 한 팔을 휘둘렀는데—순간…… 모두의 입에서 비명이 터져나왔다! 화병은 처음엔 노인 중 누군가의 머리 위로 넘어져야 하지 않을까 망설이기라도 하듯이 잠시 흔들리다가, 갑자기 반대쪽으로, 기겁을 하며 간신히 옆으로 몸을 피한 독일인 쪽으로 휘청하더니 그대로 바닥에 떨어졌다. 화병이 박살나는 요란한 소리, 사람들의 비명, 양탄자 위에 흩어진 값비싼 화병의 파편들, 공포, 경악—오, 이 순간 공작의 심정이 어떠했는가는 말로 표현하기 어렵고, 또 그럴 필요도 거의 없을 것이다! 하지만 바로 이 순간 그의 마음을 강타한 한 가지 기이한 감각, 다른 모든 흐릿하고 기이한 감각들의 틈바구니로부터 갑자기 선명하게 모습을 드러낸 이 감각을 언급하지 않을 수는 없다. 그것은 수치도, 스캔들도, 공포도, 사건의 돌발성도 아니었으니, 그의 마음에 무엇보다 큰 충격을 준 것은, 예언이 적중했다는 생각이었다! 과연 이 생각 속의 무엇이 그를 그토록 사로잡았는지는 그 자신도 설명할 수 없었으리라. 그는 그저 충격 때문에 심장이 멎는 것을 느끼며, 거의 신비적인 공포에 사로잡혀 서 있었다. 그러한 한순간이 지나자, 그의 눈앞에 있는 모든 것이 갑자기 환히 트이는 듯했고, 공포 대신에—광명과 기쁨과 환희가 솟구쳐올랐다. 숨이 막혀오기 시작했다. 그리고…… 그러나 그 한순간도 지나갔다. 다행히, 그것은 아니었구나! 그는 숨을 돌리며 주위를 둘러보았다.

그는 자기 주위에서 들끓고 있는 소동을 오래도록 이해하지 못한 것 같았다. 아니, 다시 말해서, 모든 것을 보고 모든 것을 완전히 이해하긴 하지만 이 일과는 아무 상관도 없는 제삼자인 양 서 있었는데, 마치 옛날이야기에 나오는 보이지 않는 사람처럼 슬그머니 남의 방에 들어와 자기와는 아무 관계도 없는, 하지만 매우 흥미로운 사람들을 관찰하는 듯한 모습이었다. 그는 깨진 화병 조각들을 치우는 광경을 보았고, 부산스러운 대화를 들었고, 창백한 얼굴을 하고 이상한, 매우 이상한 시선으로 그를 바라보고 있는 아글라야를 보았다. 그녀의 눈에는 그 어떤 증오도 분노도 없었다. 그녀는 몹시 놀란, 그러나 연민어린 눈으로 그를 바라보면서도, 다른 사람들에겐 이상하게 번득이는 시선을 보내고 있어서…… 그는 갑자기 가슴이 달콤하게 아려왔다. 마침내 그는 모두가 다시 자리에 앉아 마치 아무 일도 없었다는 양 웃기까지 하는 것을 보고 매우 의아해하며 놀랐다! 일 분 뒤에는 웃음소리가 더욱 커졌다. 사람들은 온몸이 마비된 듯 뻣뻣하게 서 있는 그를 보며 웃었으나, 그 웃음은 다정하고 유쾌했다. 많은 사람이 그에게 말을 건네고 아주 상냥한 말을 해주었는데, 특히 리자베타 프로코피예브나가 그랬다. 그녀는 웃으면서 뭔가 아주 아주 친절한 말을 해주었다. 갑자기 그는 이반 표도로비치가 다정하게 자기 어깨를 툭 치는 것을 느꼈다. 이반 페트로비치 역시 웃고 있었다. 하지만 그보다 더 훌륭하고 더 매혹적이고 더 호의적인 태도를 보여준 사람은 노인이었다. 그는 공작의 손을 살며시 잡아 쥐고 다른 한쪽 손바닥으로 가볍게 톡톡 치면서, 마치 놀란 어린애한테 그러듯이 정신을 차리라며 달래줬는데, 이 동작은 공작을 무척 기쁘게 했다. 마침내 노인은 그를 자기 바로 옆에다 앉혔다. 공작은 행복에 겨워 노인의 얼굴을 바라보기만 했는데, 어째선지 여전히 말을 할 수가 없었고, 숨만 막혀왔다. 노인의 얼굴이 그토록 마음에 들었던 것이다.

"그럼?" 마침내 그가 중얼거렸다. "저를 정말 용서해주시나요? 그리고…… 리자베타 프로코피예브나, 당신도요?"

웃음소리가 더 커졌다. 공작의 눈에 눈물이 맺혔다. 그는 자신의 눈과 귀를 믿을 수가 없었고, 뭔가에 홀린 기분이었다.

"하긴 아주 멋진 화병이지요. 나는 벌써 십오 년 정도, 그렇죠…… 십오 년 전부터 그 화병을 보아온 걸로 기억해요……" 이반 페트로비치가 말을 꺼냈다.

"아휴, 그게 무슨 큰일이라고! 사람도 영원히 사는 게 아닌데, 점토 항아리 하나 때문에 법석을 떨 건 없어요!" 리자베타 프로코피예브나가 큰 소리로 말했다. "정말로 그렇게까지 놀랐나요, 레프 니콜라이치?" 그녀는 오히려 그가 걱정스럽다는 어조로 덧붙였다. "됐어요, 정말 괜찮아요, 나는 사실 당신이 더 걱정돼요."

"그럼 모든 것을 용서해주시나요? 화병 말고도 모든 것을?" 공작은 자리에서 벌떡 일어서려 했지만, 노인이 얼른 공작의 손을 잡고 다시 아래로 끌어당겼다. 그는 공작을 놔주려고 하지 않았다.

"*이건 아주 흥미롭고 아주 중대한 일일세!*" 노인은 탁자 너머로 이반 페트로비치에게 속삭였는데, 하지만 꽤나 큰 소리여서 공작의 귀에도 들렸는지 모른다.

"그럼 제가 여러분 누구에게도 모욕을 주지 않았다는 거죠? 그렇게 생각하니 제가 얼마나 행복한지, 여러분은 믿지 못하실 겁니다. 하지만 그건 당연한 일입니다! 과연 제가 이 자리에서 어느 누구를 모욕할 수 있었겠습니까? 만일 그런 생각을 한다면 다시 한번 여러분을 모욕하는 셈이지요."

"진정해요, 친구, 그건—지나친 말입니다. 그리고 당신은 그렇게 고마워할 필요가 전혀 없어요. 그건 매우 아름다운 감정이지만 지나친 겁니다."

"저는 여러분에게 고마움을 표하는 게 아닙니다. 저는 다만…… 여러분을 찬탄할 뿐이고, 여러분을 보며 행복을 느낄 뿐입니다. 멍청한 말을 하는지도 모르겠습니다만, 그래도—저는 말해야겠고, 설명해야겠습니다…… 그저 저 자신에 대한 존경을 표하기 위해서라도 말이지요."

그의 언행은 하나같이 돌발적이고 혼란스럽고 열에 들떠 있었다. 그의 입 밖으로 나오는 말들은 대부분 그가 하려던 말이 아니었는지도 모른다. 그의 눈길은 말을 해도 괜찮을지 묻고 있는 듯했다. 그의 시선이 벨로콘스카야에게서 멈추었다.

"괜찮아, 여보게, 계속하게, 계속하게나, 다만 숨을 헐떡이진 말고." 그녀가 말했다. "아까도 숨이 차게 말하다가 결국 그렇게 됐잖나, 하지만 말하는 걸 꺼릴 건 없네. 이 양반들은 자네보다 더 기묘한 사람을 많이 봐와서 놀라지도 않을 거야. 게다가 자넨 아직 괴짜 축에도 못 들어, 그저 화병 하나를 깨서 좀 놀라게 한 것뿐이니까."

공작은 미소를 띠고서 귀를 기울였다.

"그런데 그게 당신이셨죠," 그가 갑자기 노인을 보며 말했다. "석 달 전에 포드쿠모프라는 대학생과 쉬바브린이라는 관리를 유형에서 구해 준 분이 바로 당신이시죠?"

노인은 얼굴을 약간 붉히기까지 하며, 좀더 진정하는 게 좋겠다고 중얼거렸다.

"어느 현에서 당신 얘기도 들었습니다." 그는 이내 이반 페트로비치에게 얼굴을 돌렸다. "당신의 농노였던 농부들이 농노해방 뒤에 당신에게 온갖 못된 짓을 일삼았는데도, 그들이 화재 피해를 입자 집을 새로 지으라고 공짜로 숲의 벌채를 허용해주셨죠?"

"아니, 그건 과-장-입니다." 이반 페트로비치는 이렇게 중얼거리면서도 속으론 흐뭇한 듯 점잔을 피웠다. 하지만 '그건 과장'이라는 그의 말은 이번엔 전적으로 옳았다. 그저 잘못된 소문이 공작의 귀에 들어갔을 뿐이었다.

"그리고 공작 부인, 부인께선," 공작은 환히 웃는 얼굴로 갑자기 벨로콘스카야를 돌아다보았다. "부인께선 반년 전에 리자베타 프로코피예브나의 편지 한 통으로 모스크바에서 저를 친아들처럼 맞아주셨고, 정말로 친아들에게 하듯이 평생 잊지 못할 조언도 한마디해주셨지요. 기억하십니까?"

"왜 그리 법석인가?" 벨로콘스카야가 못마땅한 말투로 말했다. "자넨 착하지만 우스꽝스러운 사람이야. 동전 두 닢만 던져주면 목숨이라도 구해준 양 고마워할 사람이라고. 자넨 그게 칭찬받을 일이라 생각하지만, 실은 거슬린단 말일세."

그녀는 몹시 화를 낼 것처럼 보였지만 갑자기 웃음을 터뜨렸는데, 이번엔 선량하기 그지없는 웃음이었다. 리자베타 프로코피예브나의 얼굴이 환히 빛났다. 이반 표도로비치의 표정도 밝아졌다.

"나도 그렇게 말했지요, 레프 니콜라이치는 사람됨이…… 사람됨이…… 한마디로, 그저 숨이 차게 얘기해대지만 않으면, 방금 공작 부인께서도 말씀하셨듯이 말입니다……" 장군은 자신을 깜짝 놀라게 한 벨로콘스카야의 말을 되풀이하면서 기쁨에 겨워 중얼거렸다.

단 한 사람 아글라야만이 어쩐지 우울해 보였다. 하지만 그녀의 얼굴은 여전히 붉게 타오르고 있었는데, 아마도 분노 때문인 듯했다.

"저 친구는 정말로 무척 귀엽군." 노인이 또다시 이반 페트로비치에게 소곤거렸다.

"저는 가슴에 고민을 안고 이 방에 들어왔습니다." 공작은 왠지 갈수록 더 혼란스럽게, 점점 더 빠르고 빠르게, 점점 더 이상해지고 점점 더 흥분하며 말을 이어갔다. "저는…… 저는 여러분이 염려됐고, 저 자신이 염려됐습니다. 무엇보다 저 자신이 염려됐죠. 이곳 페테르부르크로 돌아오면서, 저는 어떻게든 우리 러시아에서 첫째가는 사람들, 오랜 전통을 지닌 유서 깊은 집안의 사람들을 꼭 만나보리라 다짐했는데, 실은 저 자신도 그런 사람 중 하나이고, 가문으로 보자면 첫째에 속한다 할 수 있겠지요. 저는 지금 자신과 같은 공작들과 함께 앉아 있지 않나요, 그렇지 않습니까? 저는 여러분을 알고 싶었고, 그것은 반드시 필요한 일이었습니다. 대단히 대단히 필요한 일이었습니다!…… 저는 항상 여러분에 대해 좋은 말보다 좋지 못한 말을 너무나 많이 들어왔습니다. 사소하고 특정한 것에만 관심을 둔다느니, 시대에 뒤처졌다느니, 교양이 얄팍하다느니, 습관이 우스꽝스럽다느니—오, 여러분에 대해 이런 식으로 얼마나 많이들 쓰고 말합니까! 저는 오늘 호기심과 혼란을 느끼며 여기 왔습니다. 과연 러시아의 이 상류계층 사람들은 죄다 아무 쓸모 없고, 자기 수명을 다했고, 오랜 생명의 원천이 고갈돼 이젠 그저 죽을 수밖에 없는데도 자기가 죽어간다는 사실을 깨닫지 못한 채, 미래를 담당할 사람들에 대한 질투 때문에 그들을 상대로 여전히 저열한 싸움을 벌이면서…… 그들을 방해하고 있다는 게 사실일까? 이 문제를 저는 제 눈으로 직접 보고 확인해야만 했던 겁니다. 저는 전에도 이러한 견해를 전적으로 믿지는 않았는데, 왜냐하면 우리 나라에는 상류계급이라는 게 존재한 적이 없기 때문입니다. 물론 자신의 제복이나 혹은…… 우연한 계기를 통해 궁정에 속하게 된 사람들은 제외하고 드리는 말씀이지만, 지금은 그런 궁신宮臣 계급마저 완전히 사라져버렸죠, 그렇잖습니까, 그렇지 않나요?"

"아니, 전혀 그렇지 않아요." 이반 페트로비치가 차갑게 코웃음을 쳤다.

"맙소사, 또 시작이군!" 벨로콘스카야는 참지 못하고 이렇게 말했다.

"*말하게 두시오*, 온몸을 후들후들 떨고 있잖소." 노인이 경고하듯 또 다시 소곤대며 말했다.

공작은 이미 자제할 수 없을 정도로 흥분해 있었다.

"그런데 어떻습니까? 저는 여기서 우아하고 순박하고 현명한 사람들을 보았습니다. 저 같은 애송이의 말을 상냥하게 귀담아들어주는 노인장을 보았습니다. 이해하고 용서할 줄 아는 사람들을, 제가 그곳에서 만났던 사람들과 거의 똑같이 선량하고 진정을 지닌, 그보다 거의 뒤지지 않는 선량한 러시아인들을 보았습니다. 제가 얼마나 놀라며 기뻐했겠는지, 한번 생각해보십시오! 오, 이 말만은 하게 해주십시오! 저는 사교계에서는 모든 것이 격식이고, 모든 것이 낡아빠진 형식이고, 본질은 이미 고갈돼버렸다는 얘길 많이 들었으며, 저 자신도 그렇게 굳게 믿어왔습니다. 하지만 지금 저는, 그 얘긴 우리에게 해당할 수 없다는 것을 제 눈으로 직접 보고 있습니다. 그건 어디 다른 곳의 얘기이지, 우리에게서만큼은 그렇지 않습니다. 과연 여러분이 지금 모두 예수회원이고 사기꾼들입니까? 아까 N공작이 하는 얘길 들었습니다만, 정녕 그것이야말로 순박하고 영감 넘치는 유머가 아닙니까, 그것이야말로 진정한 선량함이 아닙니까? 과연 그러한 말이 심장도 재능도 메말라버린…… 죽은 사람의 입에서 나올 수 있겠습니까? 과연 죽은 자들이 지금 여러분이 저를 대해준 것처럼 그렇게 저를 대해줄 수 있을까요? 과연 이것이…… 미래를 위한, 희망을 위한 소재가 아니란 말입니까? 과연 이러한 사람들이 이해 능력을 상실하고 퇴보할 수 있단 말입니까?"

"다시 한번 부탁하지만, 진정하시구려, 젊은 양반, 그 얘기는 모두 다음 기회에 하기로 합시다, 그때는 나도 기꺼이……" '고관'이 웃으며 말했다.

이반 페트로비치는 헛기침을 하더니 자기 의자에 앉은 채 몸을 돌려버렸다. 이반 표도로비치는 초조하게 몸을 꼼지락거리기 시작했다. 그의 직속상관인 장군은 공작에겐 이미 눈길조차 주지 않고 고관 부인하고만 얘기하고 있었다. 하지만 고관 부인은 공작 쪽을 자주 힐끗거리며 귀를 기울였다.

"아니, 지금 말해버리는 편이 낫겠습니다!" 공작은 새로운 열정이 솟구치는 것을 느끼며, 왠지 유난히 신뢰에 차고 은밀하기조차 한 어조로 노인을 향해 말을 계속했다. "어제 아글라야 이바노브나는 저한테 말을 하지 말라고 하면서, 말해선 안 될 주제까지도 일러주었습니다. 그런 주제를 꺼내면 제가 우스꽝스러워진다는 것을 그녀는 알고 있으니까요! 저는 스물일곱 살이지만 아직도 어린애 같다는 사실을 저 자신도 잘 압니다. 저는 제 사상을 표현할 권리가 없으며, 이건 오래전부터 제가 해온 말입니다. 다만 모스크바에서 로고진과 마음을 털어놓고 얘기한 적이 있을 뿐이지요…… 우리는 함께 푸쉬킨을 읽었습니다, 푸쉬킨 작품을 전부 다 읽었습니다. 그 친구는 아무것도 몰랐고, 푸쉬킨의 이름조차 몰랐어요…… 저는 저의 우스꽝스러운 태도 때문에 제 사상과 주된 이념을 욕되게 하지나 않을까 늘 두려운 마음입니다. 저한텐 제대로 된 제스처가 없습니다. 늘 그것에 반대되는 제스처를 할 뿐이어서, 사람들의 웃음거리가 되고 저 자신의 이념을 깎아내리고 말거든요. 또, 적당한 정도에 대한 감각도 없는데, 이게 문제입니다, 심지어 이게 제일 큰 문제죠…… 저 같은 인간은 차라리 아무 말 않고 가만히 앉아 있는 게 낫다는 걸 잘 압니다. 그렇게 입다물고 앉아 있으면 오히려 아주 분별 있어 보이는데다, 속으로 이것저것 생각도 해볼 수 있으니까요. 하지만 지금은 말을 하는 편이 낫겠군요. 제가 이렇게 입을 연 까닭은, 당신이 그처럼 아름다운 눈으로 저를 바라보고 계시기 때문입니다. 당신은 참으로 아름다운 얼굴을 가지셨습니다! 어제 저는 아글라야 이바노브나에게 저녁 내내 잠자코 있겠다고 약속했습니다."

"*그게 정말이오?*" 노인이 빙긋이 웃었다.

"하지만 이따금 그런 제 생각이 틀린 게 아닌가 싶을 때도 있어요. 진실성이라는 건 제스처만큼이나 가치가 있잖습니까, 그렇지요? 그렇죠?"

"때로는요."

"저는 모든 걸 설명드리고 싶습니다, 모든 것, 모든 것, 모든 것을 말입니다! 오, 그렇습니다. 여러분은 저를 유토피아주의자라고 생각하시지요? 이념가라고 생각하시지요? 오, 아닙니다, 맹세코 아닙니다, 제 생각은 모두 지극히 단순한 것들입니다…… 믿지 않으십니까? 웃으시나요? 아십니까, 저는 때로는 비열하기도 한 인간입니다, 믿음을 잃어버리니까요. 아까도 이리로 오면서 이런 생각을 했습니다. '음, 그 사람들과 어떻게 말을 시작할까? 그들이 조금이나마 이해하게 하려면 무슨 말부터 시작해야 할까?' 얼마나 염려가 되던지요, 하지만 무엇보다 여러분이 염려됐습니다, 끔찍이, 끔찍이도 말입니다! 하지만 대체 제가 어떻게 염려할 수가 있었을까요, 제가 염려를 하다니 저 스스로 부끄러워해야 하지 않았을까요? 한 명의 선구자에 대해 무수히 많은 뒤처진 자들, 적의를 품은 못난이들이 있다고 해서, 그게 대체 어쨌단 말입니까? 그리고 제가 지금 이처럼 기뻐하는 이유는, 이들이 결코 생명을 다한 거대한 무리가 아니라, 모두가 삶으로 충만한 살아 있는 소재들임을 확신하기 때문입니다! 우리가 우스꽝스러운 존재들이라고 해서 당황할 필요는 조금도 없습니다, 그렇잖습니까? 사실 그렇죠, 우리는 우스꽝스럽고, 경솔하고, 나쁜 습관에 젖어 있고, 권태로워할 뿐만 아니라, 무엇을 제대로 볼 줄도 모르고 이해할 줄도 모릅니다, 우리는 모두가 그런 사람들입니다, 여러분이나, 저나, 그들이나, 모두가 그렇습니다! 그런데 여러분은, 제가 맞대놓고, 여러분이 우스꽝스러운 사람들이라고 말해도 조금도 모욕을 느끼지 않으시잖습니까? 그러니 여러분은 그야말로 삶으로 충만한 소재가 아니겠습니까? 아십니까, 제 생각으론, 우스꽝스럽다는 것은 때에 따라선 오히려 좋은 일이며, 그편이 오히려 낫습니다. 서로를 더 빨리 용서하고 더 빨리 화해할 수 있으니까요. 한꺼번에 모든 것을 이해할 순 없고, 완전한 상태로부터 바로 시작할 수는 없는 노릇 아닙니까! 완전함에 도달하기 위해서는, 그전에 많은 것을 이해하지 못한 채 있어야 합니다! 그리고 너무 빨리 이해하면, 제대로 이해하지 못할 수가 있습니다. 제가 여러분에게 이런 말을 하는 까닭은, 여러분이 이미 그토록 많은 것을 이해했고 또…… 이해하지 못했기 때문입니다. 저는 지금 그저 여러분을 염려하는 게 아닙니다. 저 같은 애송이가 여러분에게 이런 말을 한다 해서 화를 내진 않으시겠지요? 웃으시는군요, 이반 페트로비치. 당신은 제가 그 사람들을 염려하고 있었다고 생각하십니까, 제가 그들의 대변자이고, 민주주의자이고, 평등을 부르짖는 웅변가라고 생각하십니까?" 그는 경련 같은 웃음을 터뜨렸다. (그는 끊임없이 환희에 찬 짧은 웃음소리를 냈다.) "저는 여러분을, 여러분 모두를, 그리고 우리 모두를 함께 염려하고 있습니다. 저 자신도 유서 깊은 가문의 공작이고, 저와 같은 공작들과 함께 자리하고 있으니까요. 제가 이런 말을 하는 까닭은 우리 모두를 구하기 위해서이며, 우리 계급이 아무것도 깨닫지 못한 채 모든 것을 두고 서로 말다툼만 하다가 모든 것을 잃고 헛되이 어둠 속으로 사라지지 않도록 하기 위해서입니다. 선구자와 지도자로 남을 수 있는데, 무엇 때문에 다른 계급들에게 자리를 내주고 사라져야 하겠습니까? 선구자가 됩시다, 그러면 지도자도 될 수 있습니다. 기도자가 되기 위해서, 우선 하인이 됩시다."*

그는 의자에서 벌떡벌떡 일어서려고 했으나 그때마다 노인이 꽉 붙들었는데, 하지만 노인 역시 점점 더 불안해하며 그를 바라보았다.

"들어보십시오! 말만 하는 것은 좋지 않다는 걸 잘 압니다. 곧바로 본보기를 보여주는 게, 곧바로 시작하는 게 더 낫지요…… 그래서 저는 이미 시작했습니다…… 그리고—그리고 과연 정말로 불행할 수가 있을까요? 오, 제게 행복을 누릴 힘이 있다면, 저의 괴로움이며 저의 불행이 대체 무엇이겠습니까? 아십니까, 저는 정말 이해할 수가 없어요, 한 그루의 나무 옆을 지나갈 때, 그 나무를 보고 있다는 것에 행복감을 느끼지 않고 대체 어떻게 그냥 지나갈 수가 있을까요? 어떤 사람과 얘기할 때, 그 사람을 사랑한다는 사실만으로도 어떻게 행복을 느끼지 않겠습니까! 오, 저는 그저 제대로 표현할 줄 모릅니다만…… 가장 타락한 사람의 눈에조차 아름답게 여겨질 그런 아름다운 것들이 이 세상 곳곳에 얼마나 많은지요? 어린아이를 보십시오, 신의 선물인 노을을 보십시오, 자라나는 한 포기 풀을 보십시오, 여러분을 바라보며 여러분을 사랑하는 눈들을 보십시오……"

그는 이렇게 말하면서 이미 한참 전에 자리에서 일어나 있었다. 노인은 이제 겁먹은 눈으로 그를 바라보았다. 리자베타 프로코피예브나가 제일 먼저 눈치채고는, "아아, 하느님!" 하고 소리치며 손뼉을 탁 쳤

---

* 「마가복음」 9:35. "누구든지 첫째가 되고자 하면 뭇 사람의 끝이 되며 뭇 사람을 섬기는 자가 되어야 하리라."

다. 아글라야는 황급히 공작에게 달려가 그나마 제때에 그를 두 팔로 그러안을 수 있었다. 그녀는 고통에 일그러진 얼굴로 공포에 사로잡힌 채, 이 불행한 청년을 '뒤흔들고 거꾸러뜨린 영'의 거친 외침을 들었다. 환자는 양탄자 위에 누워 있었다. 누군가가 재빨리 그의 머리 밑에 베개를 받쳐주었다.

이것은 누구도 예기치 못한 일이었다. 십오 분 뒤에 N공작과 예브게니 파블로비치, 그리고 노인이 다시금 야회의 분위기를 되살리려 애썼지만, 그러고서 반시간이 지나자 손님들은 이미 모두 돌아가기 시작했다. 여러 가지 동정어린 말과 한탄하는 말이 나왔고, 몇 가지 견해도 토로되었다. 그중에서도 특히 이반 페트로비치는, "이 젊은이는 슬라-브주의자이거나 또는 그런 부류의 사람이지만, 뭐, 위험하진 않습니다"라고 말했다. 노인은 아무 말도 하지 않았다. 실은 그뒤에, 그러니까 벌써 다음날과 다음다음날엔 다들 약간 화를 냈다. 이반 페트로비치는 모욕감마저 느꼈지만, 그리 심하게는 아니었다. 직속상관인 장군은 이반 표도로비치에게 한동안 좀 냉담하게 대했다. 이 집안의 '보호자'인 고관 쪽에서도 이 집 가장에게 훈계삼아 뭐라고 웅얼거렸으나, 그래도 아글라야의 운명에는 아주 깊은 관심을 가지고 있노라며 비위를 맞춰주었다. 실제로 그는 꽤나 호인이었다. 하지만 그가 야회에서 공작에게 호기심을 보인 이유 중 하나는, 예전에 공작과 나스타시야 필립포브나 사이에 있었던 사건 때문이었다. 이 사건에 대해 뭔가 들은 게 있었고, 직접 이것저것 캐물어보고 싶을 만큼 대단한 흥미마저 느꼈던 것이다.

벨로콘스카야는 야회에서 돌아가면서 리자베타 프로코피예브나에게 이렇게 말했다.

"글쎄, 좋은 점도 있고 나쁜 점도 있군. 하지만 굳이 내 생각을 알고 싶다면, 나쁜 점이 너무 많아. 어떤 사람인지는 자네도 잘 알잖나, 그 사람은 병자야!"

리자베타 프로코피예브나는 사윗감으론 '도저히 안 되겠다'고 속으로 최종적인 결론을 내리고, '내가 살아 있는 한, 공작은 내 딸 아글라야의 남편이 될 수 없다'라고 밤새 다짐했다. 그런 결심을 하고서 아침에도 눈을 떴다. 하지만 정오가 조금 지나 식사를 하는 자리에서 그녀는 기이한 자가당착에 빠지고 말았다.

언니들의 질문에, 그것도 아주 조심스럽게 물어본 질문에, 아글라야가 대뜸, 마치 잘라버리기라도 하듯이 차갑고도 거만하게 이렇게 대답한 것이다.

"나는 그 사람에게 어떤 언약도 한 적이 없고, 평생 단 한 번도 그 사람을 내 미래의 남편으로 생각해본 적이 없어. 그 사람은 여느 누구와 마찬가지로 나한테 아무 상관도 없는 사람이야."

리자베타 프로코피예브나는 갑자기 성을 벌컥 냈다.

"네가 이럴 줄은 몰랐다." 그녀는 몹시 마음이 상해서 말했다. "신랑감으론 도저히 안 된다는 건 나도 알아, 그리고 일이 이렇게 된 게 오히려 다행이다만, 바로 네 입에서 그런 말을 들을 줄은 정말 몰랐구나! 너는 다르리라고 생각했지. 나는 어제 그 사람들을 죄다 쫓아버려도, 그 사람만큼은 붙들어두고 싶은 심정이다, 그 사람은 그런 분이야!……"

여기서 그녀는 자기가 내뱉은 말에 스스로도 깜짝 놀라 멈칫 입을 다물었다. 하지만 만약 그녀가 이때 자신이 딸에게 얼마나 부당한 말을 했는지 알았더라면? 아글라야의 머릿속에서는 이미 모든 것이 결정돼 있었다. 그녀 역시 모든 일을 해결해줄 자신의 시간만을 기다리고 있었으며, 따라서 아무리 사소한 암시라도, 무심코 던진 가벼운 말 한마디라도 그녀의 가슴에 깊은 상처를 입힐 수밖에 없었다.

VIII

공작에게도 이날 아침은 가슴을 무겁게 짓누르는 예감과 함께 시작됐다. 그 예감은 그의 병적인 상태로도 설명될 수 있었지만, 그러나 그는 너무나도 막연한 우수에 사로잡혀 있었고, 그래서 무엇보다 고통스러웠다. 사실, 그의 앞에는 더없이 명백하고 힘들고 독기를 품은 사실들이 놓여 있었으나, 그의 우수는 그가 상기하고 생각해볼 수 있는 모든 것을 멀찌감치 넘어섰다. 그는 혼자만의 힘으로는 마음을 진정시킬 수 없음을 깨달았다. 오늘 중으로 뭔가 특별하고 결정적인 일이 일어나리라는 예감이 그의 마음속에 점차 뿌리내리기 시작했다. 전날 일으킨 발작은 가벼운 편이었다. 우울감과 약간의 두통, 팔다리의 통증 말고는 별다른 이상이 전혀 느껴지지 않았다. 마음이 괴롭고 아팠으나, 머릿속은 상당히 잘 돌아가고 있었다. 그는 꽤 느지막이 자리에서 일어나자마자, 어제저녁의 일을 선명히 떠올렸다. 물론 완전히 또렷하게는 아니지만, 발작을 일으킨 뒤 반시간가량 지나 사람들이 자기를 집으로 데려온 것까지 기억해냈다. 이미 예판친가에서 사람을 보내 자신의 건강을 물어보고 갔다는 것도 알았다. 열한시 반에는 두번째로 사람이 왔다. 그것이 그는 반가웠다. 베라 레베제바도 문병하고 시중을 들어주러 제일 먼저 온 사람 중의 하나였다. 그녀는 공작을 보자마자 이내 울음을 터뜨렸지만, 공작이 곧바로 안심시켜주자—명랑하게 웃기 시작했다. 그는 이 처녀가 보여준 뜨거운 동정에 갑자기 감동한 듯, 그녀의 손을 잡고 입을 맞췄다. 베라는 얼굴을 확 붉혔다.

"어머나, 뭐하세요, 뭐하시는 거예요!" 그녀는 깜짝 놀라 소리치면서 얼른 손을 빼냈다.

그녀는 왠지 이상하게 당황스러워하며 급히 방을 나갔다. 하지만 그러는 중에도 그녀는, 자기 아버지가 '고인'이라고 부르는 장군이 밤새 죽지나 않았는지 알아보겠다며 날이 밝기도 전에 그 집으로 달려갔다는 얘기와 장군이 아무래도 곧 죽을 것 같다는 말이 나돈다는 얘기를 해주었다. 열두시가 조금 못 됐을 때는 레베제프 본인이 집에 돌아와 공작에게 나타났는데, '실은 존체의 건강이 어떠신지 알아보기 위해' 들른 것이다 운운하면서, 그 밖에도 '찬장 안'을 살펴보기 위해 '일 분만 있을 예정으로' 들렀을 뿐이라고 했다. 그가 그저 아아, 오오 하며 한숨만 내쉬어대기에 공작은 이내 내쫓아버렸는데, 그는 어제의 발작에 대해 이것저것 묻고 싶은 눈치긴 했으나, 보아하니 이미 상세히 알고 있는 듯했다. 그가 나가자, 콜랴가 역시 일 분만 빌리겠다며 달려들어왔다. 콜랴는 실제로 몹시 서둘렀는데, 침울하고 강한 불안에 휩싸여 있었다. 그는 사람들이 자기에게 숨겨온 모든 것을 죄다 말해달라고 공작에게 막무가내로 대놓고 애원하기 시작하면서, 어제서야 모든 사정을 대충 알게 됐노라고 덧붙였다. 그는 극심한 충격을 받은 상태였다.

공작은 자신이 표할 수 있는 최대한의 동정심을 보이면서, 사실을 하나하나 정확히 열거하며 사건의 전모를 얘기해주었는데, 가엾은 소년에겐 마치 청천벽력과도 같았다. 콜랴는 뭐라고 입을 열지도 못하고 말없이 울기 시작했다. 공작은 이 일이 소년의 가슴속에 언제까지나 지워지지 않고 남아 영원히 인생의 전환점을 이룰 인상의 하나가 되리라고 느꼈다. 그는 사건에 대한 자신의 의견을 서둘러 말해주고, 자기 생각으로는, 어쩌면 다가온 노인의 죽음도 무엇보다 그런 과오를 저지른 뒤 마음속에 남게 된 공포에 기인하는 것인지도 모르며, 그러한 감정은 누구나 경험할 수 있는 게 아니라고 덧붙였다. 공작의 얘기를 다 듣고 나자, 콜랴의 눈이 번쩍이기 시작했다.

"간카도 바랴도 프치츠인도 다 돼먹잖았어요! 나는 그들과 싸울 생각은 없지만, 지금 이 순간부터는 서로 다른 길을 갈 거예요! 아아, 공작님, 나는 어제부터 새로운 것을 정말 많이 느꼈어요. 나한텐 좋은 교훈이었죠! 이제는 어머니도 내가 직접 모셔야 한다고 생각해요. 바랴가 부양하고 있다지만, 그건 옳지 않아요……"

그는 사람들이 집에서 기다리고 있다는 사실을 기억하고는 벌떡 일어나 황급히 공작의 건강 상태를 묻더니, 대답을 듣자마자 갑자기 빠른 소리로 덧붙였다.

"뭐 다른 일은 없나요? 듣기로는, 어제…… (하지만 내가 물을 얘긴 아니죠.) 하지만 언제든 무슨 일로 충실한 하인이 필요하시다면, 지금 당신 앞에 서 있는 나를 불러주세요. 보아하니, 우리 둘 다 그리 행복한 처지는 못 되는군요, 그렇잖나요? 하지만…… 쓸데없이 캐묻진 않겠어요, 묻지 않을 거예요……"

콜랴는 돌아갔지만, 공작은 더욱더 깊은 생각에 잠겼다. 모든 사람이 불행을 예고하고 있고, 모든 사람이 이미 결론까지 내렸다, 모두가 뭔가를, 내가 모르는 뭔가를 아는 듯한 눈으로 나를 보고 있다, 레베제프는 뭔가를 캐내려 하고, 콜랴는 대놓고 암시를 하고, 베라는 눈물을 흘린다. 마침내 그는 자신에게 역정을 내며 한 손을 내저었다. '저주스러운 병적인 의심이야' 하고 그는 생각했다. 한시가 조금 지나, '딱 일 분 동안'만 그를 문병하려고 들어오는 예판친가의 일행을 보고 그의 얼굴이 환해졌다. 이들은 실제로 일 분 예정으로 들른 것이었다. 리자베타 프로코피예브나는 아침식사를 마치고 일어서면서, 지금 곧 다 함께 산책하러 나간다고 선언했다. 아무런 설명도 없이, 건조하게 딱딱 끊어지는 명령처럼 통고된 말이었다. 모두 다, 즉 엄마와 딸들, 그리고 S공작은 집을 나섰다. 리자베타 프로코피예브나는 날마다 걷는 산책길과는 정반대 방향으로 곧장 걷기 시작했다. 다들 그녀의 의중을 알아챘으나 엄마의 심기를 건드릴 게 두려워 입을 다물고 있었는데, 그러나 그녀는 비난과 항의를 피하려는 듯이 뒤도 한번 돌아보지 않고 앞장서서 걸었다. 아젤라이다가 참다못해, 산책하러 나와서 그렇게 달음박질칠 게 뭐냐, 도저히 엄마를 쫓아갈 수가 없다며 한소리했다.

"여길 봐," 리자베타 프로코피예브나가 갑자기 고개를 돌리며 말했다. "마침 그 사람 집 앞을 지나고 있구나. 아글라야가 어떻게 생각하든, 나중에 무슨 일이 일어나든, 그 사람은 우리에게 남이 아니야, 더구나 지금은 불행에 처한데다 앓고 있으니까, 나라도 잠시 들여다봐야겠다. 나하고 같이 들어가고 싶은 사람은 따라오고, 싫은 사람은—그냥 지나가거라. 길에 장벽이 쳐 있진 않을 테니."

물론 모두가 안으로 들어갔다. 공작은 당연히 어제의 그 화병과…… 추태에 대해 다시 한번 서둘러 용서를 빌었다.

“뭐, 그건 괜찮아요.” 리자베타 프로코피예브나가 대답했다. “화병은 아깝지 않아요, 그보다 당신이 안됐네요. 그러니까 당신도 이제 그게 추태였다고 생각하는 모양이죠. ‘이튿날 아침에 보니……’라는 말은 이런 걸 두고 한 말인가보네요. 하지만 정말 괜찮아요. 당신한테 책임을 물을 일이 아니라는 건 이제 누구나 다 아니까. 하지만 우린 이제 가봐야겠어요. 기운이 나면 산책이라도 좀 하고 다시 잠자리에 들도록 해요—그게 내 충고예요. 마음이 내키면 전처럼 우리집에 들르고요. 그리고 영원히 믿어도 좋아요, 앞으로 무슨 일이 일어나든, 무슨 일이 어떻게 되든, 당신은 여전히 우리 집안의 친구라는 것을요. 적어도 나한텐 그래요. 적어도 나 자신에 대해서는 보증할 수 있어요……”

이 도전적인 말에 다들 엄마와 같은 마음이라고 확실하게 대답했다. 그러고서 일행은 돌아갔으나, 뭔가 상냥하고 격려가 될 말을 해주려던 이 순박하고 성급한 말 속에는 리자베타 프로코피예브나도 전혀 알아차리지 못한 어떤 잔인함이 다분히 숨어 있었다. ‘전처럼’ 찾아오라거나 ‘적어도 나한텐 그렇다’느니 하는 말에서는—또다시 뭔가 예언과도 같은 것이 울리고 있었다. 공작은 아글라야를 생각하기 시작했다. 사실, 그녀는 들어올 때와 작별할 때에 놀랍도록 아름다운 미소를 보여주긴 했으나, 모두가 우정을 다짐했을 때도 그저 두어 번 그를 뚫어져라 바라보았을 뿐 아무 말도 하지 않았다. 그녀의 얼굴은 간밤에 잠을 잘 이루지 못한 듯 평소보다 창백했다. 공작은 오늘 저녁이라도 ‘전처럼’ 꼭 그들을 찾아가기로 하고, 조급한 마음으로 시계를 들여다보았다. 예판친가의 사람들이 돌아가고 정확히 삼 분이 지나서 베라가 들어왔다.

“레프 니콜라예비치, 방금 아글라야 이바노브나가 몰래 말씀 좀 전해달라고 하셨어요."

공작은 갑자기 몸을 부르르 떨었다.

"편지를 주던가요?"

"아뇨, 그냥 구두로요, 그것도 간신히 말씀하신걸요. 오늘 온종일 단 일 분도 집밖으로 나가지 마시라고 간곡히 부탁하셨어요, 저녁 일곱시까지 계속, 아니면 아홉시까지도요. 아주 똑똑히 듣진 못했지만요."

"그러지요…… 그런데 대체 무엇 때문일까? 대체 무슨 뜻일까?"

"그건 저도 모르겠어요, 단단히 전해달라고만 하셨으니까요."

"그렇게 말하던가요, '단단히'라고?"

"아뇨, 꼭 그렇게 말씀하신 건 아녜요. 잠깐 몸을 돌려 겨우 말씀하신 건데, 제가 곧바로 그쪽으로 달려간 게 다행이었죠. 하지만 표정만으로도, 단단히라고 지시하는 건지 아닌지 알 수 있었어요. 제 심장이 멎을 것 같은 눈빛으로 저를 쳐다봤거든요……"

이것저것 좀더 물어보았지만, 공작은 더이상 아무것도 알아내지 못하고 오히려 마음만 더 불안해졌다. 혼자 남게 되자 그는 소파에 누워 다시금 생각에 잠겼다. '아마 아홉시까지 그 집에 누가 와 있나보지, 그녀는 내가 손님들 앞에서 무슨 짓을 저지를까봐 또다시 걱정하는 거야.' 그는 마침내 이렇게 생각하고는, 저녁이 되기를 다시금 초조히 기다리며 시계를 보기 시작했다. 그러나 수수께끼의 해답은 저녁이 되기 훨씬 전에, 역시 새로운 방문의 형식으로 주어졌는데, 하지만 그 해답은 또하나의 고통스러운 수수께끼에 불과했다. 예판친가의 사람들이 가고 꼭 반시간이 지났을 때, 입폴리트가 지칠 대로 지쳐서 기진맥진한 모습으로 들어와 아무 말도 못하고 마치 의식을 잃은 사람처럼 글자 그대로 의자에 털썩 쓰러지더니, 이내 발작적으로 기침을 쏟아내기 시작했다. 그는 무섭게 쿨럭대다가 피까지 토했다. 두 눈은 번득이고, 볼에는 붉은 반점이 활활 타올랐다. 공작이 그에게 뭐라고 중얼거렸으나 그는 대답조차 하지 못했고, 그러고도 한참 동안 아무 대답 없이, 그저 잠시 그냥 내버려두라는 듯 한쪽 손을 내젓기만 했다. 이윽고 그는 정신을 차렸다.

"나는 가겠습니다!" 마침내 그가 목쉰 소리를 쥐어짜며 간신히 이렇게 말했다.

"원한다면, 내가 바래다주겠어요." 공작은 자리에서 몸을 일으키며 이렇게 말했으나, 집밖으로 나가지 말라던 조금 전의 부탁이 떠올라 그만 입을 다물었다.

입폴리트가 소리내어 웃었다.

"당신 집에서 돌아가겠다는 게 아닙니다." 그는 쉴새없이 콜록대고 숨을 헐떡이며 말을 이었다. "반대로, 당신한테 꼭 찾아와야겠다고 생각했단 말입니다, 중요한 일이 있어서…… 그렇지 않다면 뭣하러 이렇게 불편을 끼치겠습니까. 나는 저세상으로 갑니다, 이번엔 정말인 것 같군요. 끝장났습니다! 동정을 바라고 하는 소리가 아녜요, 믿어주십시오…… 바로 그 시간이 올 때까지 아예 일어나지 않을 작정으로 오늘 아침 열시부터 자리에 드러누워 있었지만, 생각을 바꿔 다시 한번 일어난 겁니다, 당신한테 오려고 말이죠…… 즉, 그래야만 했단 말입니다."

"당신을 보고 있자니 안타깝군요. 힘들여 직접 오느니, 사람을 시켜 나를 불렀으면 좋았을 텐데."

"뭐, 됐어요. 나한테 동정을 표했고, 그것으로 사교적인 예의는 충분히 차린 셈이니까요…… 아, 참, 잊고 있었군요. 건강은 어떠신지요?"

"건강해요. 어제는…… 좀 그랬지만……"

"들었습니다, 나도 들었어요. 중국 화병만 벌을 받았다죠. 내가 그 자리에 없었던 게 유감이군요! 그건 그렇고, 내가 온 건 용건이 있어섭니다. 첫째로, 기쁘게도 나는 오늘 초록색 벤치에서 가브릴라 아르달리오노비치가 아글라야 이바노브나와 밀회하는 장면을 목격했습니다. 인간이 그렇게까지 얼빠진 모습을 할 수 있다는 데 깜짝 놀랐어요. 가브릴라 아르달리오노비치가 가고 난 뒤에 아글라야 이바노브나한테도 직접 그렇게 말해줬죠…… 그런데 공작, 당신은 무슨 얘길 해도 놀라지 않는 것 같군요." 그는 믿어지지 않는다는 듯 공작의 침착한 얼굴을 바라보며 덧붙였다. "무엇에도 놀라지 않는다는 건 커다란 지혜를 지닌 증거라고들 하지만, 내 생각으론 그만큼 아둔하다는 증거가 될 수도 있어요…… 하지만 당신을 두고 하는 말은 아닙니다, 죄송합니다…… 오늘은 자꾸만 말이 빗나가는군요."

"나는 이미 어제부터 알고 있었어요, 가브릴라 아르달리오노비치가……" 그가 왜 놀라지 않는지 입폴리트가 불쾌해하는데도, 공작은 눈에 띄게 당황하며 입을 다물었다.

"알고 있었다고요! 이거야말로 새로운 소식이군요! 하지만, 뭐, 자세히 얘기하실 필요는 없습니다…… 그럼, 오늘 밀회 현장을 목격하시진 않았나요?"

"당신이 그 자리에 있었다면, 내가 거기 없다는 걸 확인했을 거 아닌가요."

"뭐, 관목 덤불 뒤 어디에라도 앉아 있었을지 모르니까요. 하지만 어쨌든 기뻐요, 물론 당신을 위해서죠. 당신을 제치고 가브릴라 아르달리오노비치가—선택된 줄 알았거든요!"

"부탁인데, 나한테 그 얘긴 하지 않았으면 좋겠어요, 입폴리트, 더구나 그런 표현으로는 말이지요."

"게다가 이미 다 알고 계신다는 말씀이겠죠."

"그건 오해입니다. 나는 거의 아는 바가 없고, 아글라야 이바노브나도 내가 아무것도 모른다는 걸 분명히 알고 있을 거예요. 나는 그 밀회에 대해서조차 전혀 모르고 있었으니까…… 당신은 밀회가 있었다고 얘기하는 거죠? 아니, 좋아요, 이제 그 얘긴 관둡시다……"

"아니, 그게 무슨 말씀입니까, 금방 알고 계신다고 했다가, 금방 또 모르신다뇨? '좋아요, 이제 그 얘긴 관둡시다'라고요? 아니, 안 되죠, 그렇게 남을 쉽게 믿어선 안 됩니다! 특히 아무것도 모르고 있다면 말이죠. 당신은 아무것도 모르니까 쉽게 믿는 겁니다. 하지만 그 두 사람, 그 오빠와 누이가 어떤 속셈을 가졌는지 아십니까? 아마 그 정도는 눈치채고 계시겠죠?…… 좋습니다, 좋아요, 관두기로 하죠……" 그는 공작이 참을 수 없다는 듯 손짓하는 것을 보자 이렇게 덧붙였다. "하지만 내가 여기 온 건 나 자신의 용무 때문이니, 그걸…… 설명드리고 싶습니다. 빌어먹을, 그 설명을 하지 않고선 절대로 죽을 수 없어요. 얼마나 설명드릴 게 많은지, 정말 끔찍하군요. 들어주시겠습니까?"

"어서 말해봐요, 듣고 있으니까."

"하지만 다시 생각을 바꾸어서, 어쨌든 가네치카 얘기부터 시작하기로 하죠. 상상되십니까, 나도 오늘 그 초록색 벤치에 가기로 약속돼 있었거든요. 뭐, 거짓말은 하고 싶지 않군요. 실은 내 쪽에서 만나달라고 졸라대며 애원했죠, 비밀을 알려주겠다고 약속하면서 말입니다. 내가 그곳에 너무 일찍 간 건지도 모르지만(정말로 너무 일찍 간 것 같긴 해요), 아글라야 이바노브나 곁에 자리를 잡고 앉자마자, 가브릴라 아르달리오노비치와 바르바라 아르달리오노브나가 팔짱을 끼고서 마치 산책이라도 하는 모습으로 나타나지 뭡니까. 두 사람은 나를 보자 깜짝 놀라는 것 같더군요. 전혀 뜻밖이었는지 어쩔 줄 몰라했어요. 아글라야 이바노브나는 얼굴이 빨개져선, 곧이들으시든 말든, 약간 당황하기까지 했는데, 내가 그 자리에 있었기 때문인지, 아니면 그저 가브릴라 아르달리오노비치를 보고서 그랬던 건지는 잘 모르겠어요, 그 사람은 뭐, 아주 미남이니까요. 하지만 아글라야 이바노브나는 얼굴만 새빨개졌지, 불과 일 초 만에, 그것도 아주 우습게 일을 끝내버리더군요. 몸을 약간 일으켜, 가브릴라 아르달리오노비치의 정중한 인사와 바르바라 아르달리오노브나의 알랑대는 미소에 답하고는, 갑자기 자르듯이 이렇게 말하는 겁니다. '나는 다만 당신들의 진실한 우정에 내가 만족하고 있다는 걸 직접 말씀드리고 싶었을 뿐예요, 그리고 앞으로도 당신들의 우정을 필요로 하게 되면, 꼭……' 그러면서 그녀는 고개를 숙이며 작별인사를 했고, 두 남매는 그냥 돌아갔어요—바보 취급을 당했다고 생각했는지, 의기양양한 기분이었는지, 그건 잘 모르겠지만 말이지요. 물론 가네치카는 바보 취급을 당했다고 생각했겠죠. 그는 영문을 몰라 하며 얼굴이 가재처럼 시뻘게지더군요(그 친구는 이따금 아주 희한한 표정을 보여주거든요!). 하지만 바르바라 아르달리오노브나는 한시바삐 그 자리를 떠나는 게 상책이고, 아글라야 이바노브나한테선 더 이상 기대할 게 없다는 걸 알아차렸는지 오빠를 끌고 가버렸어요. 그 여잔 자기 오빠보다 똑똑해요, 지금쯤은 분명히 의기양양해 있겠죠. 내가 아글라야 이바노브나를 만나러 거기 갔던 건, 그녀와 나스타시야 필립포브나의 만남에 관해 미리 약속해둘 것을 상의하기 위해서였어요."

"나스타시야 필립포브나라고요!" 공작이 소리쳤다.

"아하! 이제야 냉정을 잃고 놀라기 시작하시나보죠? 당신이 사람다워지려 하니 무척 반갑군요. 칭찬하는 뜻에서 좀 위로해드리죠. 젊고 오만한 아가씨들의 시중을 들기가 얼마나 힘든지 아십니까, 나는 오늘 그 아가씨한테 빰을 얻어맞았어요!"

"정-정신적인 것이겠죠?" 공작은 왠지 내키지 않는 듯이 물었다.

"물론, 육체적인 것은 아니죠. 나 같은 놈한테는 아무도 손찌검을 하지 않을 테니까요, 여자라도 이젠 때리지 않을 거예요. 심지어 가네치카조차 때리지 않을걸요! 하긴 어제, 그 친구가 나한테 달려들진 않을까 하는 생각이 잠시 들긴 했지만요…… 나는 당신이 지금 무슨 생각을 하는지 알아요, 내기라도 걸죠. '저 녀석을 때리진 못해도, 자는 동안에 방석이나 젖은 걸레로 질식시켜버릴 수는 있겠지, 아니 그렇게 해버려야 해……' 이렇게 생각하시죠. 당신 얼굴에 다 쓰여 있어요, 지금 이 순간 그렇게 생각한다고 말이죠."

"그런 생각은 한 번도 하지 않았어요!" 공작은 혐오감에 차서 말했다.

"그야 알 수 없죠, 나는 간밤에, 누가…… 젖은 걸레로…… 나를 질식시켜 죽이는 꿈을 꿨어요, 뭐, 그게 누구였는지도 말할까요, 누구였을까요—바로 로고진이었죠! 어떻게 생각하시나요, 젖은 걸레로 사람을 질식시킬 수 있을까요?"

"모르겠군요."

"그럴 수 있다더군요. 좋아요, 이 얘긴 관두죠. 아니, 그런데 왜 내가 중상가라는 거죠? 뭐 땜에 그 아가씨는 오늘 나한테 중상가라고 욕했을까요? 그것도 내가 하는 얘길 마지막 한마디까지 다 듣고 심지어 되묻기까지 하고 나서, 그런 소릴 했단 말입니다…… 하지만 여자들이 다 그렇죠! 그 아가씨를 위해 나는 로고진, 그 흥미로운 사내와 교섭을 했고, 나스타시야 필립포브나와 직접 만나도록 주선한 것도 다 그 아가씨의 이익을 위해서였다고요. 어쩌면 내가, 아가씨는 나스타시야 필립포브나가 '먹다 남긴 찌꺼기'에 감지덕지하고 있다고 슬쩍 비꼬면서 자존심을 건드렸기 때문이 아닐까요? 나는 그 아가씨의 이익을 위해서 줄곧 그 점을 분명히 해주려 했어요, 부인하지 않겠어요, 그런 내용으로 편지도 두 통이나 써 보냈고, 바로 오늘이 세번째였죠, 그래서 직접 만난 거예요…… 나는 아까도 그건 아가씨 쪽에 굴욕적인 일이라는 말부터 꺼냈어요…… 더구나 그 '먹다 남긴 찌꺼기'란 말도 실은 내가 한 게 아니라 다른 사람이 한 말이에요. 적어도 가네치카 집에서는 다들 그렇게 말하니까. 게다가 아가씨 자신도 그 말을 입에 올렸다고요. 아니, 그런데도 내가 왜 그 아가씨한테 중상가라는 소릴 들어야 하죠? 압니다, 알아요, 당신 눈엔 내가 지금 지독히도 가소롭게 보이겠죠, 내기라도 걸겠어요, 당신은 그 멍청한 시구를 나한테 맞춰보고 계실걸요.

또 어쩌면, 내 서글픈 석양길에
사랑이 작별의 미소로 빛나리니.*

---

* 푸쉬킨의 시 「비가」(「어리석은 날들의 기쁨은 사라지고……」)의 마지막 두 행.

하-하-하!" 그는 갑자기 히스테리라도 일으킨 듯 웃음을 쏟아내더니 또다시 기침을 토하기 시작했다. "주의하십시오." 그는 기침 사이로 쉰 목소리를 냈다. "가네치카가 어떤 놈인지 아십니까. '먹다 남긴 찌꺼기' 운운하면서, 정작 자기가 지금 그걸 못 먹어 안달이란 말입니다!"

공작은 오랫동안 말이 없었다. 공포에 질려 있었던 것이다.

"그녀가 나스타시야 필립포브나와 만날 거라고요?" 그가 간신히 이렇게 중얼거렸다.

"아니, 그럼 정말로 모르셨나요, 오늘 아글라야 이바노브나가 나스타시야 필립포브나와 만나기로 했고, 그 때문에 로고진을 통해 편지를 보내서 나스타시야 필립포브나를 페테르부르크에서 일부러 불러냈다는 걸 말입니다. 물론 그건 아글라야 이바노브나의 초대와 나의 노력에 따른 것이죠. 그래서 그 여자는 지금 로고진과 함께 당신 집에서 전혀 멀지 않은 예전의 그 집, 그러니까 그 부인, 다리야 알렉세예브나의 집에 있어요…… 평판이 아주 모호한 부인인 자기 친구네 집에 말이죠. 오늘 아글라야 이바노브나는 바로 그 집, 그 수상쩍은 집으로 가서 나스타시야 필립포브나와 친구로서 대화를 나누고 여러 가지 문제를 해결하려 한단 말입니다. 산수문제를 풀겠다는 거죠. 모르셨나요? 정말요?"

"설마 그럴 리가!"

"뭐, 못 믿으시겠다면 할 수 없죠. 하긴 당신이 어디서 그걸 알 수 있었겠어요? 하지만 이곳은 파리 새끼 한 마리만 날아다녀도—금세 다 알려진다고요. 여긴 그런 곳이란 말입니다! 어쨌든 나는 당신한테 경고해줬으니까, 나한테 고마워하셔야 할걸요. 자, 그럼 또 뵙죠—필시 저세상에서가 되겠지만. 아, 한 가지만 더요. 제발 말씀 좀 해보시죠, 내가 당신 앞에서 비열한 짓을 하긴 했지만, 그렇다고…… 내가 왜 나 자신의 기회를 잃어야만 하죠? 당신 좋으라고, 그런가요? 사실 나는 그녀에게 나의 고백을 바쳤어요(이건 모르셨겠죠?). 그런데 그녀가 그걸 어떻게 받아들였는지 아십니까! 헤-헤! 하지만 나는 그녀에게 절대로 비열한 짓을 하지 않았고, 그녀에게 어떤 잘못도 하지 않았다고요. 그런데도 그녀는 내게 모욕을 주고 조롱했어요…… 아무튼 나는 당신한테도 죄지은 게 없습니다. 설사 '먹다 남긴 찌꺼기'니 뭐니 하는 말을 그녀한테 했다 해도, 그 대신 그 여자들이 만나는 날이며 시각이며 장소를 당신한테 지금 알려주고, 이 게임의 모든 것을 얘기해주고 있으니까요…… 물론 관대한 마음에서가 아니라, 분이 치밀어서 그러는 거지만. 그럼 안녕히 계십시오, 말더듬이나 폐병쟁이처럼 너무 많이 지껄였군요. 유의하셔서 어서 빨리 조치를 취하세요, 만약 당신이 인간이라 불릴 자격이 있다면 말이죠. 만남은 오늘 저녁입니다, 확실해요."

입폴리트는 방문 쪽으로 걸어갔으나, 공작이 부르는 바람에 문간에서 멈춰 섰다.

"그러니까 당신 생각으론 아글라야 이바노브나가 오늘 직접 나스타시야 필립포브나에게 갈 거란 말이죠?" 공작이 물었다. 붉은 반점이 그의 볼과 이마에 나타났다.

"정확히는 모르지만 아마 그럴 겁니다." 입폴리트가 몸을 반쯤 돌리며 대답했다. "어쨌든 다른 방법은 없으니까요. 나스타시야 필립포브나가 그 아가씨 집으로 찾아갈 순 없잖습니까? 그렇다고 가네치카 집에서 만날 수도 없고, 그 집은 언제 초상이 날지 모르니까요. 그런데 장군은 좀 어떤가요?"

"한 가지 이유 때문에라도 그건 불가능해요!" 공작이 말을 받았다. "설사 그녀가 그러고 싶어한다 해도, 대체 어떻게 나가겠어요? 당신은…… 그 집 관습을 몰라서 그러는데, 그녀가 혼자 집을 빠져나가 나스타시야 필립포브나를 찾아갈 순 없어요, 터무니없는 얘기지!"

"이거 보세요, 공작, 보통 땐 아무도 창문에서 뛰어내리지 않지만, 불이라도 나봐요, 제아무리 첫째가는 신사, 첫째가는 숙녀라도 아마 창문에서 뛰어내릴 수밖에 없을걸요. 그럴 필요가 생기면 어쩔 도리 없다고요, 그러니 우리의 그 아가씨도 나스타시야 필립포브나한테 갈 겁니다. 그런데 정말로 그 집에선 그들을, 당신의 그 아가씨들을 밖에 내보내지 않나요?"

"아니, 내 말은 그게 아니라……"

"뭐, 그게 아니라면, 그 아가씨는 현관 밖 계단을 내려와서 곧장 가면 그만입니다, 부득이하면 집으로 돌아가지 않더라도 말이죠. 때로는 배수진을 치고 집으로 돌아가지 않을 수도 있으니까요. 인생이란 게 아침식사와 정찬, 그리고 S공작 같은 사내들로 이루어져 있진 않단 말입니다. 당신은 아글라야 이바노브나를 양갓집의 보통 아가씨나 무슨 기숙학교 여학생 정도로 여기시나보군요. 그 아가씨한테도 이 얘길 했더니, 동감하는 눈치이던데요. 일곱시나 여덟시 정도로 생각하고 기다려보시죠…… 내가 당신이라면 망을 볼 사람을 그쪽으로 보내서, 그 아가씨가 현관 밖 계단을 내려오는 순간을 아주 정확히 잡아낼 겁니다. 뭐, 콜랴라도 보내시죠, 안심하셔도 좋아요, 녀석은 기꺼이 첩자 노릇을 해줄 테니까요, 물론 당신을 위해서죠…… 이게 다 당신과 관계된 일이니…… 하-하!"

입폴리트는 밖으로 나갔다. 공작은, 설령 그럴 수 있다 해도 누구한테 첩자 노릇을 해달라고 부탁할 필요가 없었다. 집에 가만히 앉아 있으라던 아글라야의 명령도 이제 그 이유가 거의 밝혀진 셈이었다. 아마도 그녀는 그와 함께 가려고 데리러 올 생각이었을 것이다. 물론 또 어쩌면 그가 우연히 그 자리에 나타날까봐 그걸 피하려고 집에 가만히 앉아 있으라고 명령한 건지도 모른다…… 그랬을 수도 있었다. 현기증이 일었다. 방 전체가 빙글빙글 돌았다. 그는 소파에 드러누워 눈을 감았다.

어쨌든 이 일은 모든 것을 결정지을 최종적인 단계로 들어서고 있었다. 공작은 아글라야를 보통 아가씨나 기숙학교 여학생으로 여긴 적이 없었다, 결코 없었다. 그는 지금, 자신이 이미 오래전부터 바로 이런 종류의 어떤 것을 두려워해왔음을 깨달았다. 하지만 무엇 때문에 그녀는 그 여자를 만나겠다는 걸까? 오한이 온몸을 스치고 지나갔다. 그는 또다시 열병 상태에 빠져들었다.

그렇다, 그는 그녀를 어린애로 여긴 적이 없었다! 최근 들어 그는 이따금 그녀의 시선과 말에 섬찟 놀랄 때가 있었다. 어떤 때는 그녀가 지나치게 그녀 자신을 억누르고 삼가는 듯이 여겨져서 무척 두려웠던 기억도 떠올랐다. 사실, 이 며칠 내내 그는 이런 것을 생각지 않으려고 애쓰면서 괴로운 상념을 몰아내곤 했지만, 도대체 그녀의 영혼 속에는 무엇이 숨겨져 있었을까? 그녀의 영혼을 믿으면서도, 이 의문은 오래전부터 그를 괴롭혔다. 그런데 오늘 이 모든 의문이 풀리고 밝혀지는 것이다. 생각만 해도 무서웠다! 그리고 또다시—'그 여자'! 어째서 그는 바로 맨 마지막 순간에 그 여자가 나타나서 그의 운명 전부를 마치 삭아버린 실오라기처럼 끊어놓을 거라고 늘 생각해왔을까? 지금 비록 거의 반半섬망 상태이긴 했으나, 그는 자신이 언제나 그렇게 생각해왔다는 사실을 맹세라도 할 수 있었다. 최근 들어 그가 그 여자를 잊으려고 애썼다면, 그건 오로지 그 여자가 두려워서였다. 대체 어찌된 것일까, 그는 그 여자를 사랑한 것일까, 증오한 것일까? 그는 오늘 이 질문을 자신에게 한 번도 던지지 않았다. 이 문제에서 그의 마음은 깨끗했다. 그는 자신이 누구를 사랑하는지 알고 있었다…… 그가 가장 두려워하는 것은 두 여인의 만남 자체도, 그 만남의 기이함도, 자기로서는 알 수 없는 그 만남의 이유도, 어떤 식으로든 거기서 내려지게 될 결정도 아니었다—그는 무엇보다 나스타시야 필립포브나 자체를 두려워하고 있었다. 신열과 우울감에 몇 시간 시달리고 나서 그의 기억에 남은 것은 별로 없었지만, 열병에 걸린 것 같던 이 몇 시간 동안 거의 쉴 새없이 자신의 눈앞에 그녀의 눈과 시선이 어른거리고, 그녀의 말이, 어떤 이상한 말이 귓가에 울리던 것을—그는 며칠이 지난 뒤에야 떠올렸다. 하지만 그 밖의 것은 기억이 거의 없어서, 이를테면 베라가 식사를 내온 것도, 자신이 식사한 것도 거의 기억하지 못했고, 식사하고 나서 잠을 잤는지 안 잤는지도 기억나지 않았다. 그는 그저 이날 저녁 자기가 모든 것을 분명히 식별하기 시작한 건, 아글라야가 느닷없이 테라스로 들어와서 그가 소파에서 벌떡 일어나 그녀를 맞으러 방 한가운데로 걸어나갔던 순간부터라는 것만 알고 있었다. 그때가 일곱시 십오분이었다. 아글라야는 혼자였고, 급히 서둘러 나온 듯 간편한 옷차림에 두건이 달린 가벼운 외투를 걸쳤다. 얼굴은 아까처럼 창백했지만, 눈에선 선명하고 날카로운 빛이 번쩍였다. 그녀가 이런 눈빛을 한 것을 그는 지금껏 한 번도 본 적이 없었다. 그녀는 주의깊게 그를 훑어보았다.

"만반의 준비를 하고 계시군요." 침착한 듯이 들리는 목소리로 그녀가 나직이 말했다. "옷도 다 입었고 모자를 손에 들고 계신 걸 보니, 누가 미리 알려준 모양인데, 누군지 알아요. 입폴리트죠?"

"네, 그 사람이 말해주더군요……" 공작은 반쯤 사색이 돼서 중얼거렸다.

"그럼 가요. 반드시 함께 가야 한다는 걸 아실 테니까. 외출할 만한 기력은 있겠죠?"

"기력은 있지만…… 정말 이래도 될까요?"

그는 한순간에 말문을 닫고 더이상 아무 말도 하지 못했다. 그 한마디가 이성을 잃은 이 아가씨를 저지해보려는 유일한 시도였고, 그런 다음엔 그저 노예처럼 그녀의 뒤를 따라나섰다. 머릿속이 온통 흐릿했지만, 자기가 없어도 그녀는 그곳에 갈 테니까 어차피 그녀 뒤를 따라갈 수밖에 없다는 사실을 그도 이해하고 있었다. 그녀의 결심이 얼마나 단호한지 짐작했던 것이다. 이 맹렬한 충동을 저지할 힘이 그에겐 없었다. 그들은 묵묵히 걸었고, 길을 가는 내내 거의 한마디도 하지 않았다. 그는 다만 그녀가 길을 잘 안다는 사실을 알아챘을 뿐이었다. 여기는 길이 더 황량하니 조금 멀지만 어떤 골목길로 돌아가자고 그가 제안하자, 그녀는 주의를 기울이는 척하며 끝까지 다 듣고 나서, '매한가지예요!'라고 자르듯이 대답했기 때문이다. 그들이 이미 다리야 알렉세예브나의 집(크고 오래된 목조건물이었다) 바로 앞에 거의 다다랐을 때, 화려하게 차려입은 어느 귀부인이 젊은 처녀를 데리고 현관 앞 바깥계단을 내려왔다. 두 사람은 커다란 소리로 웃고 떠들면서 계단 옆에서 대기하던 호화로운 마차에 올라탔는데, 가까이 다가오는 사람들을 보지도 못했는지 눈길 한번 주지 않았다. 마차가 떠나자마자 또다시 문이 열리더니, 그들을 기다리던 로고진이 공작과 아글라야를 집안으로 들인 뒤 문을 잠갔다.

"지금 이 집엔 우리 네 사람 말고는 아무도 없네." 로고진은 커다란 소리로 이렇게 말하고서, 묘한 눈으로 공작을 쳐다보았다.

첫번째 방에서 나스타시야 필립포브나가 기다리고 있었는데, 그녀 역시 위아래가 온통 검은, 무척 간편한 옷차림이었다. 그녀는 손님을 맞으러 일어서긴 했으나 미소도 짓지 않았고, 공작에게 손조차 내밀지 않았다.

불안이 어린, 꿰뚫을 것 같은 그녀의 시선이 초조한 듯 아글라야에게 쏠렸다. 두 여인은 서로 조금 거리를 두고 앉았다. 아글라야는 방 한쪽 구석에 놓인 긴 소파에, 나스타시야 필립포브나는 창가에 자리를 잡았다. 공작과 로고진은 앉지 않고 서 있었지만, 누구도 그들에게 앉으라고 권하지 않았다. 공작은 어쩔 줄 몰라서 고통스러운 듯한 눈빛으로 또다시 로고진을 바라보았으나, 로고진은 여전히 아까와 똑같은 미소를 지을 뿐이었다. 몇 초간 침묵이 더 계속됐다.

마침내 어떤 불길한 기색이 나스타시야 필립포브나의 얼굴을 스쳤다. 그녀의 시선은 집요하고 확고하고 거의 증오에 찬 빛을 띤 채 한순간도 여자 손님의 얼굴에서 떨어지려 하지 않았다. 아글라야는 당황한 게 분명했으나, 그렇다고 겁을 먹은 건 아니었다. 그녀는 방에 들어서며 자기 경쟁자를 그저 힐끗 쳐다보았을 뿐, 그러고는 줄곧 무슨 생각에라도 잠긴 듯 눈을 내리깔고 앉아 있었다. 어쩌다 두어 번 눈을 들어 방안을 둘러보았는데, 여기 있다가는 자기도 불결해질까봐 두렵다는 듯한 혐오감이 얼굴에 역력히 드러났다. 그녀는 기계적으로 옷매무새를 바로잡으며, 심지어 한번은 불안한 표정으로 소파의 한쪽 귀퉁이로 옮겨 앉기까지 했다. 게다가 그녀 자신도 이런 동작을 거의 의식하지 못했는데, 오히려 그런 무의식적인 행동이 그들의 모욕감을 더욱 부추겼다. 마침내 그녀는 꼿꼿한 시선으로 나스타시야 필립포브나의 눈을 똑바로 바라보았다. 순간 그녀는 자기 경쟁자의 독기 품은 눈 속에 번쩍이고 있는 것 전부를 아주 분명하게 읽었다. 여자가 여자를 간파한 것이다. 아글라야는 흠칫 몸을 떨었다.

"물론, 알고 계시겠죠, 내가 왜 당신과 만나자고 했는지." 드디어 그녀는 이렇게 입을 열었으나 아주 작은 목소리였고, 이 짧은 한마디를 하면서 두어 번이나 말을 멈췄다.

"아뇨, 아무것도 몰라요." 나스타시야 필립포브나는 말을 딱딱 끊으면서 건조하게 대답했다.

아글라야는 얼굴을 붉혔다. 어쩌면 지금 자기가 '이 여자'와, 그것도 '이 여자'의 집에서 마주앉아, 상대방의 답변을 구하고 있다는 사실이 갑자기 너무나도 이상하고 도저히 있을 수 없는 일로 여겨졌는지 모른다. 나스타시야 필립포브나의 첫마디가 울리자, 전율과도 같은 것이 그녀의 온몸을 스쳤다. 이 모든 것을 '이 여자'는 물론 아주 정확히 알아챘다.

"당신은 모든 걸 다 알면서…… 일부러 모르는 척하는군요." 아글라야는 침울하게 방바닥을 내려다보며 거의 입속말처럼 중얼거렸다.

"내가 그럴 이유가 뭐 있죠?" 나스타스야 필립포브나가 보일락 말락 하게 웃었다.

"당신은 내 상황을 이용하려는 거예요…… 내가 당신 집에 와 있으니까." 아글라야는 우스꽝스러울 만큼 서투르게 말을 이어갔다.

"이 상황은 당신 탓이지, 내 탓이 아녜요!" 나스타시야 필립포브나가 갑자기 발끈했다. "내가 당신을 부른 게 아니라, 당신이 나를 부른 거니까요. 게다가 왜 부른 건지 나는 아직도 모른다고요."

아글라야는 오만하게 고개를 번쩍 들었다.

"말조심해요. 나는 당신의 그 무기를 가지고 당신과 싸우러 온 게 아니니까……"

"아하! 그러니까 어쨌든 '싸우러' 온 거로군요? 저런, 나는 그래도 당신이…… 좀더 똑똑한 분인 줄 알았는데……"

두 여인은 이제 증오를 숨기려고도 하지 않고 서로를 노려보았다. 이들 중 한 여인은 바로 며칠 전까지도 다른 한 여인에게 그와 같은 편지를 써 보낸 장본인이었다. 그런데 첫 만남에서, 그것도 첫마디와 함께 그 모든 것이 연기처럼 사라지고 말았다. 대체 어찌된 영문일까? 지금 이 순간 이 방에 있는 네 사람 중 어느 누구도 이것을 이상하게 여기지 않는 눈치였다. 어제까지만 해도 이런 일이 일어나리라고는 꿈에도 생각지 못했던 공작도 지금은 마치 이 모든 것을 벌써 오래전부터 예감해온 듯이, 그저 멍하니 선 채 바라보며 듣고 있었다. 너무나도 환상적인 꿈이 갑자기 더없이 선명하고 날카로운 형태를 띠고서 현실로 탈바꿈한 것이다. 이 순간 이 여인 중 한 명은 다른 한 명을 이미 극도로 경멸할뿐더러 그것을 상대방에게 모조리 말해주려고 잔뜩 벼르고 있었기 때문에(이튿날 로고진이 말했듯이, 어쩌면 오직 이 목적을 위해 온 건지도 몰랐다), 그 다른 여인이 제아무리 기발한 상상력을 지녔다곤 하나 머릿속이 헝클어지고 마음이 병든 상태에서는 설사 모든 것을 미리 각오하고 있었다 하더라도, 자기 경쟁자의 독기 품은, 순전히 여성적인 그 모멸을 결코 버텨내지 못했을 것이다. 공작은 나스타시야 필립포브나 쪽에서 먼저 그 편지 얘기를 꺼내진 않으리라 확신하고 있었다. 그녀의 번쩍이는 눈빛만 봐도, 이제 그 편지가 그녀에게 어떤 대가를 치르게 할 수 있는 것인지 족히 짐작이 갔다. 하지만 그는, 지금 아글라야 쪽에서도 그 얘길 꺼내지 않는다면, 자기 삶의 절반이라도 내놓을 수 있을 것 같았다.

그러나 아글라야는 갑자기 정신을 가다듬고 한순간에 자신을 통제하는 듯했다.

"그건 당신이 잘못 생각했어요." 그녀가 말했다. "나는 당신과…… 싸우러 온 게 아녜요, 그렇다고 뭐 당신을 좋아하는 건 아니지만요. 내가…… 내가 당신에게 온 건…… 인간적인 얘길 하고 싶어서예요. 당신에게 만나자고 했을 때, 나는 이미 당신에게 무슨 말을 할지 결심한 상태였고, 설사 당신이 나를 전혀 이해하지 못한다 해도, 그 결심에서 물러설 생각은 전혀 없어요. 나를 이해하지 못해서 더 불리해지는 건 내가 아니라 당신이니까요. 나는 당신이 보낸 편지에 대답하고 싶었어요, 그것도 구두로 직접, 왜냐하면 그러는 편이 더 좋겠다고 생각했거든요. 그럼 당신의 편지에 대한 내 대답을 잘 들어주세요. 나는 레프 니콜라예비치 공작과 처음 인사를 나눈 바로 그날, 그리고 당신의 야회에서 벌어진 모든 일을 나중에 알게 된 그때부터, 공작을 가엾게 여기게 됐어요. 왜 가엾게 여기게 됐느냐 하면, 그건 공작이 너무나 선량하고 순박한 분이어서…… 그런 성격의 여자와…… 행복할 수 있을 거라고 믿어버렸기 때문이에요. 그런데 내가 저분에 대해 염려하던 바가 사실이 되어 나타났어요. 당신은 저분을 사랑하지 못하고 실컷 괴롭히다가 차버렸어요. 당신이 저분을 사랑할 수 없었던 건, 당신이 너무 교만하기 때문이에요…… 아니, 교만하기 때문이 아녜요, 내가 잘못 말했군요, 교만함 때문이 아니라 당신의 그 허영심 때문이죠…… 아니, 이것도 아녜요. 당신은 이기적이에요…… 그것도 제정신이라고 볼 수 없을 정도로. 당신이 내게 보낸 편지가 바로 그 증거예요. 당신은 그토록 순박한 분을 사랑할 수 없었을뿐더러 내심으론 오히려 경멸하고 비웃었을지도 몰라요. 당신은 자신의 오욕밖엔 사랑할 줄 몰랐고, 자기는 오욕을 당했다, 더럽혀졌다, 라고 끊임없이 생각하며 그 생각만을 사랑한 거예요. 당신의 오욕이 조금 덜하거나 전혀 없다면, 당신은 아마 더 불행해질 테죠…… (아글라야는 너무나도 성급하게 쏟아져나오는, 하지만 이미 오래전부터, 지금의 이 만남을 꿈에도 상상하지 못했던 때부터 준비하고 생각해두었던 이 말들을 마구 내뱉으며 쾌감을 느꼈다. 그녀는 흥분 때문에 일그러진 나스타시야 필립포브나의 얼굴을 독기어린 눈으로 살펴보면서, 자기가 한 말의 효과를 관찰하고 있었다.) 기억하실 테죠" 하고 그녀는 말을 계속했다. "그때 저분은 내게 편지를 보내셨어요. 저분한테 들으니, 당신도 그 편지에 대해 알고 있고 읽어보기까지 했다던데요? 그 편지로 나는 모든 걸 깨달았어요, 정확히 깨달았죠. 저분은 얼마 전에 그걸 직접 확인해주셨어요, 내가 지금 당신에게 말하는 모든 것을, 심지어 한마디 한마디 전부 다요. 그 편지를 읽고 나서 나는 기다리기 시작했어요. 당신이 틀림없이 이곳으로 올 거라 생각했던 거죠, 당신은 페테르부르크가 아니면 살아갈 수 없는 사람이니까요. 당신은 시골에 파묻혀 있기엔 아직 너무나 젊고 아름답거든요…… 하지만 이것 역시 내 말이 아녜요." 그녀는 이렇게 덧붙이면서 얼굴을 몹시 붉혔는데, 이 순간부터 마지막 말이 끝날 때까지 그녀의 얼굴에선 붉은빛이 잠시도 떠나지 않았다. "내가 다시 공작을 만나봤을 때는, 공작을 위해 너무나 마음이 아프고 화가 났어요. 웃지 마세요. 만일 당신이 웃는다면, 그건 당신이 이런 심정을 이해할 자격이 없다는 증거예요……"

"보시다시피 나는 웃고 있지 않아요." 나스타시야 필립포브나가 서글프고도 엄격한 어조로 말했다.

"하긴 나하곤 상관없는 일이죠, 웃고 싶으면 웃으세요. 여하튼 내가 저분한테 직접 물어보자, 그러시더군요, 이미 오래전부터 당신을 사랑하고 있지 않다, 당신에 대한 기억만으로도 괴롭다, 하지만 당신이 가엾고, 당신을 떠올리면 심장이 '영원히 꿰뚫리는' 듯한 기분이다, 라고요. 당신에게 한마디 더 해둬야겠군요. 나는 공작만큼 고결하고 순박한 마음과 타인에 대한 무한한 신뢰를 지닌 사람을 평생 한 번도 본 적이 없어요. 공작의 말을 듣고 나는 깨달았어요, 누구든 마음만 먹으면 저분을 속일 수 있고, 저분을 속인 자가 누구든 간에 저분은 나중에 모두 용서해줄 거라고 말이죠. 바로 그 때문에 나는 저분을 사랑하게 된 거예요……"

아글라야는 깜짝 놀란 표정으로 잠시 말을 멈췄는데, 자기가 이런 말을 할 수 있었다는 게 스스로도 믿어지지 않는 모양이었다. 그러나 동시에 그녀의 시선에선 거의 한량없는 자부심이 번쩍이기 시작했다. 이렇게 된 이상, 자신의 입에서 튀어나온 고백에 대해 이제 '이 여자'가 비웃기 시작해도 상관없다는 태도였다.

"나는 당신에게 모든 걸 말했어요, 그러니 내가 당신한테 원하는 게 뭔지, 이제 물론 아셨겠죠?"

"알 것 같군요, 하지만 직접 말해보시죠." 나스타시야 필립포브나가 조용히 말했다.

분노의 불꽃이 아글라야의 얼굴에 확 타올랐다.

"나는 당신한테서 직접 듣고 싶었어요." 그녀는 한마디 한마디 끊으며 확고한 어조로 말했다. "대체 무슨 권리로 당신은 나에 대한 저분의 감정에 간섭하는 거죠? 무슨 권리로 감히 나한테 그따위 편지를 보냈죠? 대체 무슨 권리로, 당신은 저분을 사랑하고 있다고 저분이나 나한테 쉴새없이 내세우느냐고요, 당신 스스로 저분을 버리고 그처럼 모욕적이고…… 치욕스럽게 저분한테서 달아난 주제에?"

"나는 저분한테도 당신한테도, 저분을 사랑한다고 내세운 적이 없어요." 나스타시야 필립포브나가 간신히 입을 열었다. "그리고…… 그 말은 맞아요, 나는 저분을 버리고 달아났어요……" 그녀는 들릴락 말락 하게 덧붙였다.

"'저분한테도 나한테도' 내세운 적이 없다고요?" 아글라야가 소리쳤다. "그럼 그 편지는 뭐죠? 누가 당신더러 우리 중매를 서달라고, 나를 설득해서 저분한테 시집가게 해달라고 부탁했나요? 그래, 그게 내세우는 게 아니라고요? 뭣 때문에 당신이 우리 사이에 끼어들어 이래라저래라 하는 거죠? 나는 처음엔 반대로 생각했어요, 당신이 우리 사이에 끼어드는 건 저분에 대한 혐오감을 내 마음에 일깨워서 저분을 포기하게 하려는 의도라고 말예요. 나중에야 신상을 캐냈죠. 당신은 그저 이런 주제넘은 수작을 가지고 무슨 대단한 영웅적인 일이라도 하는 양 생각한 거예요…… 뭐, 그렇게 자신의 허영심을 사랑하니, 어떻게 저분을 사랑할 수 있었겠어요? 나한테 그런 가소로운 편지를 쓰는 대신, 왜 그냥 여기서 깨끗이 떠나버리지 않았죠? 당신을 너무나 사랑해서 청혼까지 했던, 당신을 그처럼 영예롭게 해준 고결한 사람과는 왜 지금 혼인하지 않는 거죠? 이유는 너무나도 뻔하죠. 로고진과 혼인하면, 당신한테 무슨 오욕이 남겠어요? 오히려 너무나도 많은 영예를 얻게 될 텐데요! 당신을 두고 예브게니 파블르이치도 그러더군요, 당신은 시를 너무 많이 읽었고, '당신의…… 처지에 비해서는 너무 교육을 많이 받았다고요'. 당신은 문학적인 여자이고, 놀고먹는 여자라고 말이죠. 거기다 당신의 그 허영까지 더하면, 이유야 죄다 설명돼요……"

"그럼, 당신은 놀고먹는 여자가 아닌가요?"

사태는 너무나도 급격히, 너무나도 노골적으로 치달아 이처럼 예상치 못한 지점에 도달하고 말았는데, 예상치 못했다고 할 만한 것이, 나스타시야 필립포브나는 파블롭스크로 출발하면서 물론 좋은 것보다는 오히려 나쁜 것을 예견했지만, 그래도 아직 그 무언가를 꿈꾸고 있었기 때문이다. 아글라야는 가파른 산에서 굴러떨어지듯 순식간에 분노의 폭발에 완전히 휩쓸려, 복수의 무서운 쾌감 앞에서 자신을 제어할 수가 없었다. 나스타시야 필립포브나로선 그런 아글라야의 모습을 보는 게 오히려 이상할 지경이었다. 그녀는 자기 눈을 믿을 수 없다는 듯 상대방의 얼굴을 응시하고 있었는데, 처음 순간엔 몹시 당황스럽기까지 했다. 그녀가 예브게니 파블로비치의 추측대로 시를 많이 읽은 여자이든, 아니면 공작이 믿는 대로 그저 머리가 돈 여자이든 간에—어쨌거나 그녀는 이따금 아주 냉소적이고 뻔뻔한 태도를 보이긴 해도—실제로는 남들이 판단하는 것보다 훨씬 더 수줍음이 많고 상냥하고 사람을 잘 믿는 여자였다. 물론 그녀에겐 문학적이고 몽상적이고 자폐적이고 공상적인 면이 많았지만, 그 대신 굳세고 깊이 있는 면도 적지 않았다…… 공작은 이 점을 이해하고 있었다. 고통의 빛이 그의 얼굴에 떠올랐다. 아글라야는 그것을 알아채고, 증오에 몸을 부르르 떨었다.

"당신이 어떻게 감히 나한테 그런 식으로 말할 수 있죠?" 그녀는 말할 수 없이 거만한 태도로 나스타시야 필립포브나에게 반문하며 소리쳤다.

"내 말을 잘못 들은 모양이군요." 나스타시야 필립포브나가 놀라서 말했다. "내가 당신한테 어떻게 얘기했기에요?"

"당신이 떳떳한 여자가 되고 싶었다면, 왜 그때 자신의 유혹자인 토츠키를 깨끗이…… 그따위 연극 흉내 같은 짓을 하지 않고, 깨끗이 버리지 못했죠?" 갑자기 아글라야는 뜬금없이 이렇게 쏘아붙였다.

"당신이 내 처지를 얼마나 안다고 감히 나를 심판하는 거죠?" 나스타시야 필립포브나는 얼굴이 새파랗게 질린 채 몸을 부들부들 떨었다.

"당신이 일하러 갈 생각은 않고, 타락한 천사 흉내를 내겠다고 돈 많은 로고진과 함께 달아났다는 걸 나는 알아요. 그 타락한 천사 때문에 토츠키가 권총 자살을 하려 했다는 것도 놀랄 일이 아니죠!"

"그만둬요!" 나스타시야 필립포브나는 혐오감에 차서 가까스로 고통을 억누르며 말했다. "당신은 마치…… 요전에 약혼자와 함께 치안

관시 앞에서 재판을 받았던 다리야 알렉세예브나의 하녀와 같은 눈으로 나를 보고 있군요. 차라리 그 하녀가 당신보다는 더 잘 이해하겠어요……"

"분명 그 하녀는 자신의 노동으로 살아가는 떳떳한 처녀일 텐데, 당신은 왜 하녀를 그처럼 경멸하는 거죠?"

"나는 노동을 경멸하는 게 아니라, 노동이란 말을 함부로 입에 올리는 당신을 경멸하는 거예요."

"당신이 떳떳하게 살고 싶었다면, 세탁부가 됐겠죠."

두 여자는 자리에서 벌떡 일어나, 하얗게 질린 얼굴로 서로를 노려보았다.

"아글라야, 그만두세요! 그건 부당하잖습니까." 공작은 어찌할 바 모르겠다는 듯 이렇게 소리쳤다. 로고진도 이미 웃음을 거두고 입술을 꽉 깨문 채 팔짱을 끼고서 듣고 있었다.

"세상에, 이 여자 좀 봐요," 나스타시야 필립포브나가 분노에 온몸을 떨며 말했다. "이 아가씨 좀 보세요! 나는 이런 여자를 천사로 여겼어요! 가정교사도 없이 어인 일로 내게 납셨나요, 아글라야 이바노브나?…… 원한다면…… 원하신다면, 당신이 왜 나한테 납셨는지 지금 당장 사실대로 솔직히 말해볼까요? 당신은 겁이 난 거예요, 그래서 이렇게 납신 거죠."

"내가 당신을 겁낸다고요?" 아글라야는, 이 여자가 나한테 감히 이따위 소릴 해, 하는 순진하고도 오만한 놀라움 때문에 거의 넋이 나가서 되물었다.

"물론 나를 겁내는 거죠! 나를 찾아오기로 결심했다는 건 나를 두려워한다는 증거예요. 자기가 두려워하는 사람을 경멸할 순 없죠. 정말, 내가 당신을 존경하고 있었다는 걸 생각하면, 심지어 바로 지금까지도! 그런데 당신이 왜 나를 두려워하는지, 지금 당신의 주된 목적이 어디에 있는지 알고 있나요? 당신은, 저분이 당신보다 나를 더 사랑하는지 어떤지, 그걸 자기 눈으로 직접 확인하고 싶었던 거예요, 당신은 지독히도 질투심이 강한 여자니까……"

"저분은 나한테 이미 말했어요, 당신을 증오한다고……" 아글라야는 간신히 이렇게 중얼거렸다.

"그럴지도 몰라요, 그럴지도, 나는 저분의 사랑을 받을 가치가 없는 여자니까, 다만…… 다만 당신이 한 말은 거짓말이에요, 그럼요! 저분은 나를 증오할 수 없어요, 저분이 그런 말을 했을 리가 없어요! 하지만 나는 당신을 용서해줄 용의가 있어요…… 당신 입장을 고려해서…… 다만 나는 그래도 당신을 더 좋게 생각해왔어요. 당신이 좀더 현명하고 좀더 아름답기까지 한 아가씨인 줄 알았죠, 맹세코!…… 자, 어서 당신의 보물을 가져가요…… 저기 저분, 당신을 바라보며 정신을 못 차리고 있군요, 어서 당신이 가져요, 하지만 조건이 있어요. 당장 여기서 나가줘요! 지금 당장!……"

그녀는 의자에 털썩 쓰러져서 눈물을 펑펑 쏟았다. 그러나 갑자기 뭔가 새로운 것이 그녀의 눈에서 번쩍이기 시작했다. 그녀는 아글라야에게서 눈을 떼지 않고 뚫어져라 쏘아보다가 자리에서 일어섰다.

"하지만 네가 정 원한다면, 지금 당장…… 명-령-하-겠-어, 알아들어? 내가 저이에게 명-령-하-기-만 하면, 저이는 너 따윈 당장 걷어차버리고 영원히 내 곁에 남을 거야, 그리고 나와 혼인할 거라고, 그러면 넌 혼자서 집으로 달아나야겠지? 그러고 싶니, 그래볼래?" 그녀는 미친 여자처럼 마구 소리를 질렀는데, 아마 그녀 자신도 자기가 그런 말을 할 수 있다고는 거의 믿지 않았을 것이다.

아글라야는 소스라치게 놀라 문 쪽으로 달려갔다가, 못이라도 박힌 듯 문간에 우뚝 멈춰 서서 그녀의 말을 들었다.

"네가 원한다면, 로고진을 내쫓아버릴까? 너는 내가 너 좋으라고 로고진과 혼인할 줄 알았지? 그럼 지금 네 앞에서 외쳐주지, '당장 꺼져버려, 로고진!' 그리고 공작에겐 '내게 한 약속을 잊지 않았죠?'라고 말할 거야. 오, 하느님! 무엇 때문에 내가 이런 사람들 앞에서 나 자신을 그처럼 낮춰왔을까? 그리고 공작, 그건 당신이 아니었나요? 당신이 당신 입으로 다짐했잖아요, 나한테 무슨 일이 일어나도 나를 따르겠다고, 절대로 나를 버리지 않겠다고, 나를 사랑한다고, 나의 모든 것을 용서한다고, 그리고 나를 존…… 존경한다고…… 그래요, 당신은 그렇게 말했어요! 그런데도 나는 오직 당신을 자유롭게 해주려고 당신에게서 달아났던 거예요, 하지만 이젠 그러지 않겠어요! 어째서 저 아가씬 나를 방탕한 계집으로 취급할까요? 내가 방탕한 계집인지 아닌지, 로고진한테 물어봐요, 그 사람이 당신에게 얘기해줄 테니! 저 아가씨가 지금, 그것도 당신 눈앞에서, 나한테 온갖 모욕을 다 줬으니, 이제 당신도 내게서 등을 돌리고는 저 아가씨의 팔짱을 끼고서 데리고 나가겠죠? 만약에 그렇게 하면 당신은 저주받을 거예요, 내가 당신 한 사람만을 믿어왔다는 것만으로도 당신은 저주받아 마땅해요. 로고진, 너는 썩 꺼져버려, 너 같은 건 필요 없어!" 그녀는 얼굴을 일그러뜨리고는 바싹 마른 입술로 안간힘을 다해 가슴에서 말을 쥐어짜면서 실성한 사람처럼 고함을 질러댔는데, 분명 자신의 이런 호언장담을 털끝만큼도 믿지 않는 눈치였지만, 한편으로는 단 일 초라도 이 순간을 늘이면서 자기 자신을 속이고 싶어하는 게 분명했다. 그녀의 흥분이 너무나도 격렬해서 저러다 죽어버리는 게 아닐까 걱정될 지경이었다. 적어도 공작에겐 그렇게 여겨졌다. "저기에 그이가 서 있어, 잘 봐!" 마침내 그녀는 손으로 공작을 가리키며 아글라야에게 소리쳤다. "저이가 지금 너를 버리고 내게 다가와 나를 잡아주지 않는다면, 그땐 네가 저이를 갖는 거야, 내가 양보하겠어, 그런 사람은 필요 없으니까!……"

그녀도 아글라야도 무언가를 기다리는 표정으로 제자리에 멈춰 서서, 둘 다 미친 사람처럼 공작을 바라보았다. 하지만 그는 이 도전적인 말이 갖는 의미를 온전히 이해하지 못하는 듯했다, 아니, 분명히 그렇다고 말할 수 있었다. 그는 다만 자기 눈앞에서, 미치광이와도 같은 절망적인 얼굴을 볼 뿐이었다. 그것은 언젠가 그가 아글라야에게 말한 것처럼 그의 '심장을 영원히 꿰뚫어버린' 얼굴이었다. 그는 더이상 견딜 수가 없어서, 나스타시야 필립포브나를 가리키며 애원과 책망이 뒤섞인 어조로 아글라야에게 말했다.

"어떻게 이럴 수가! 이 여자는…… 너무나 불행한 사람 아닙니까!"

하지만 그는 겨우 이렇게 말했을 뿐, 아글라야의 무서운 시선을 받고는 그대로 벙어리가 돼버렸다. 그녀의 시선 속에는 너무나도 극심한 고통과 동시에 한없는 증오가 서려 있어서, 그는 두 손바닥을 탁 치고 소리를 지르며 그녀에게 달려갔다. 그러나 이미 때늦은 일이었다! 그녀는 그가 한순간이나마 동요하는 모습을 참을 수 없던 나머지, 두 손으로 얼굴을 감싸며 "아아, 하느님!" 하고 외치고는 그대로 방에서 뛰쳐나갔다. 로고진이 집 현관문의 빗장을 열어주려고 그 뒤를 쫓아나갔다.

공작도 쫓아나갔으나, 문지방에서 누군가의 두 팔이 그를 부둥켜안았다. 절망에 일그러진 나스타시야 필립포브나의 얼굴이 그를 빤히 쳐다보고 있었고, 새파래진 입술이 달싹거리며 이렇게 물었다.

"그 여자를 쫓아갈 건가요? 그 여자를?……"

그녀는 의식을 잃고 그의 팔 안에 쓰러졌다. 그는 그녀를 안고 방으로 데려가 안락의자에 앉히고는 희미한 기대를 품은 채 그녀를 내려다보며 서 있었다. 탁자 위에는 물이 든 컵이 놓여 있었다. 방에 돌아온 로고진이 그것을 집더니, 그녀의 얼굴에 물을 끼얹었다. 그녀는 눈을 떴으나, 일 분가량은 뭐가 뭔지 전혀 알아채지 못했다. 그러다가 갑자기 주위를 둘러보고 몸을 부르르 떨더니 소리를 내지르며 공작에게 몸을 던졌다.

"당신은 내 거야! 내 거!" 그녀가 외쳤다. "그 거만한 아가씨는 가버렸나? 하-하-하!" 그녀는 발작적으로 웃어댔다. "하-하-하! 하마터면 이 사람을 그 아가씨한테 내줄 뻔했어! 하지만 왜? 뭐 땜에? 내가 미쳤던 거지! 미쳤던 거야!…… 넌 썩 꺼져버려, 로고진, 하-하-하!"

로고진은 그들을 뚫어지게 바라보다가 아무 말 없이 모자를 집어들고 밖으로 나가버렸다. 십 분 뒤 공작은 나스타시야 필립포브나 곁에 앉아 한시도 눈을 떼지 않고 그녀를 바라보며, 마치 어린아이한테 하듯이 두 손으로 그녀의 머리와 얼굴을 어루만져주고 있었다. 그녀가 웃으면 그도 웃고, 그녀가 울면 그도 따라 울먹였다. 그는 아무 말도 하지 않고 묵묵히, 그녀의 발작적이고 환희에 들뜨고 두서없는 웅얼거림에 열심히 귀를 기울였는데, 무슨 말인지 거의 이해하지 못하면서도 그저 조용히 미소를 지으면서, 그녀가 또다시 슬퍼하거나 울거나 비난하거나 푸념을 늘어놓기 시작할 듯싶으면, 얼른 다시 그녀의 머리를 쓰다듬기도 하고 두 손으로 볼을 부드럽게 어루만지기도 하며 마치 어린애에게 하듯 그녀를 위로하고 달래주는 것이었다.

IX

앞 장章에서 얘기한 사건이 있은 지 두 주일이 지났고, 우리 이야기 속 등장인물들의 처지에도 아주 많은 변화가 일어나서, 별도의 설명 없이 다음 얘기를 계속하기가 대단히 곤란해졌다. 그러나 가능한 한 특별한 설명 없이 사실을 단순히 기술하는 데 그쳐야 한다고 느끼는 바, 그 이유는 매우 단순하다. 우리 서술자들 자신도 사건을 설명하는 데 곤란을 느끼는 경우가 많기 때문이다. 서술자 측의 이러한 예고가 독자에겐 대단히 이상하고 석연찮게 여겨질 게 틀림없다. 사건에 대한 명확한 이해도 독자적인 의견도 없다면서 어떻게 그 사건을 얘기할 수 있단 말인가? 그러니 나 자신에 대한 더 심한 불신을 초래하지 않기 위해, 차라리 실례를 들어 설명하도록 노력하겠는데, 아마도 호의적인 독자라면, 서술자가 왜 이토록 곤란을 느끼는지 이해할 것이며, 더구나 이 실례는 이야기의 본류로부터 벗어난다기보다 오히려 본 이야기의 직접적이고 자연스러운 계속이 될 테니 말이다.

두 주일 뒤, 그러니까 이미 7월 초에 접어든 때에, 아니, 이 두 주일 동안에도, 우리 주인공들의 이야기, 특히 이 이야기의 마지막 사건은 기이하면서도 너무나 흥미롭고, 거의 믿을 수 없으면서도 동시에 눈에 보일 듯 생생하고 명료한 일화로 변하여, 레베세프, 프치흐인, 다리야 알렉세예브나, 예판친 등의 별장과 이웃한 모든 거리로, 간단히 말해서, 도시 전체와 그 근방에까지 점차 퍼져나갔다. 거의 모든 사람—그러니까 원래 이 지역에서 사는 사람들이나, 별장 사람들이나, 악단의 음악을 들으러 다른 곳에서 오는 사람들이나—모두가 너 나 할 것 없이, 동일한 한 가지 이야기를 수천 가지로 변형하며 얘기하기 시작했는데, 어느 공작이 명망 있는 점잖은 집에서 소동을 벌인 끝에 이미 자기와 약혼까지 한 그 집 아가씨를 차버렸고, 유명한 매춘부에게 미친 나머지, 그때까지 유지해온 모든 친교관계를 끊고는, 온갖 위협과 세상 사람들의 하나같은 분노에도 불구하고 그 어떤 것에도 개의치 않으면서, 며칠 안으로 바로 여기 이 파블롭스크에서 나 보란 듯이 고개를 빳빳이 치켜들고 세상 사람들의 눈을 똑바로 쳐다보며 그 추잡한 여자와 공개적으로 혼례를 올릴 거라는 얘기였다. 이 일화에는 갖가지 스캔들이 덧붙여지고 저명한 유력인사들의 이름도 무척이나 많이 얽힌데다 여러 종류의 환상적이고 수수께끼 같은 음영마저 짙게 드리워져 있었는데, 이에 더해 다른 한편으로는 부정할 수 없는 명확한 사실들이 이 일화를 뒷받침하다보니, 세상 사람들의 호기심과 입방아는, 물론, 충분히 용서해줄 만했다. 그중에서도 가장 섬세하고 교묘하며 동시에 가장 신빙성이 있는 해석은 몇몇 진지한 뒷담화꾼들의 입에서 나온 말이었는데, 제법 양식 있는 계층에 속하는 그들은 어느 사회에서나 제일 먼저 나서서 이런저런 사건을 다른 사람들에게 설명해주려고 서두르는 자들로, 그런 일을 자신의 소명으로 여길 뿐만 아니라 거기서 위안을 찾는 경우 또한 드물지 않다. 그들의 해석에 따르면, 이 젊은이는 좋은 집안 출신의 제법 돈깨나 있는 공작으로, 바보이긴 하지만 민주주의자이고, 투르게네프 씨가 적나라하게 폭로한 현대적 니힐리즘*에 미쳐 있는 자인데, 러시아말도 거의 할 줄 모르는 이 사나이가 예판친 장군의 딸한테 반해서 마침내 약혼자로서 그 집에 드나들게 됐다는 얘기였다. 하지만 그다음은 바로 얼마 전 신문에 소개된 프랑스 신학생의 일화와 비슷했다. 이 신학생은 어떤 특별한 의도를 가지고 사제 서품을 받기로 결심한 자로, 자신을 사제로 서품해주십사고 스스로 의도적으로 탄원하여 무릎을 꿇고 입을 맞추고 서약을 하는 등등의 모든 의식을 다 치르고 나서, 바로 다음날 주교에게, 자신은 신을 믿지도 않으면서 민중을 기만하여 공짜로 민중한테 얻어먹고 사는 것을 파렴치한 짓이라 생각한다, 그러므로 자신은 어제 받은 사제직을 내려놓는다고 공개서한을 통해 밝히고는, 그 편지를 여러 자유주의 신문에 게재했는데—이 무신론자와 유사하게 공작 역시 자기 방식으로 거짓 연극을 했다는 것이다. 그들의 얘기로는, 공작은 자기 약혼녀의 집에서 열리는, 특별한 손님들만 초대되고 대단히 많은 저명인사에게 자신이 소개될 그 성대한 야회를 일부러 기다렸는데, 그 이유는, 모든 사람 앞에서 자신의 사상을 소리 높여 천명하고, 덕망 높은 고관들에게 욕설을 퍼붓고, 자기 약혼녀를 모욕하고 공개적으로 차버리겠다는 목적에서였고, 결국 자

* 투르게네프의 소설 『아버지와 아들』에서 젊은 아들 세대인 아르카지와 바자로프는 스스로를 '니힐리스트'로 칭한다. 소설이 발표된 후 '니힐리즘'은 당시 잡계급 출신 청년층의 민주주의적인 사상 경향을 규정하는 단어로 자리잡았다. 도스토옙스키는 니힐리즘에는 부정적이었으나, 투르게네프의 인물 묘사는 탁월하다고 높이 평가했다.

신을 밖으로 끌어내려는 하인들에게 저항하다가 매우 아름다운 중국 화병을 깨뜨렸다고 했다. 여기에다 그들은 현대적 기질의 특징이라며 다음과 같이 덧붙였는데, 이 어리석은 젊은이는 자기 약혼녀인 장군의 딸을 실제로 사랑하고 있었으나, 그런데도 그녀를 차버린 것은 오로지 니힐리즘에서 나온 소행이자 떠들썩한 스캔들을 기대하고 한 짓으로, 그는 세상 사람들이 다 보는 앞에서 타락한 여자와 혼인한다는 만족감을 포기하기 싫었고, 또 그러한 혼인을 통해 자신의 신념 속에는 타락한 여자도 정숙한 여자도 없고 오직 자유로운 여자만이 있을 뿐이며, 자신은 낡아빠진 세속적인 구분을 믿지 않고 오직 '여성 문제'만을 믿을 따름임을 증명하고 싶어했다는 얘기였다. 끝으로, 그의 눈으로 보면 타락한 여자가 타락하지 않은 여자보다 오히려 좀더 높다고 했다. 이런 설명은 대단히 그럴듯해 보여서 대부분의 별장생활자들에게도 받아들여졌거니와, 매일매일 새로이 일어나는 일들이 그것을 증명해주었다. 물론, 해명되지 않은 채 남아 있는 일들도 많았다. 예를 들어, 어떤 사람들 얘기로는, 그 가엾은 처녀가 자기 약혼자, 그러니까 어떤 사람들은—'유혹자'라 부르는 그 남자를 너무나 사랑한 나머지, 파혼당한 바로 그 이튿날 그를 만나러 달려갔는데, 그는 그때 자기 정부의 집에 앉아 있었다, 라는 것이고, 또 어떤 사람들은 반대되는 주장을 펴면서, 그녀가 그 집에 갔던 건 그가 오로지 니힐리즘에서, 다시 말해 그녀에게 오욕과 모멸을 주고자 일부러 자기 정부의 집으로 유인했기 때문이라고 단언했다. 어찌됐건 사건에 대한 관심은 날이 갈수록 더해갔으니, 그도 그럴 것이, 그 파렴치한 혼례가 실제로 거행될 것이라는 사실에는 털끝만큼도 의심의 여지가 없었기 때문이다.

그런데 만일 여기서 누가 우리에게 설명을 요청하면서—이 사건의 니힐리즘적 색채에 관해서가 아니라, 다만 이미 예정된 이 혼례가 공작의 진정한 소망을 어느 정도까지 만족시키며, 지금 이 순간 그 소망은 무엇인가, 현재 우리 주인공의 정신적인 상태는 어떻다고 말할 수 있는가, 하는 문제를 비롯해 그 밖에도 이런 종류의 여러 점에 대해 물어온다면—솔직히 말해서, 우리는 대답하기가 대단히 곤란할 것이다. 우리가 알고 있는 내용은 그저 혼례식 날짜가 정말로 잡혔고, 공작이 혼례와 관련해서 교회 쪽 일이나 재정적인 일 같은 모든 것을 레베제프와 켈레르, 그리고 이번 일을 위해 레베제프로부터 소개받은 그의 어느 지인에게 위임했다는 것, 돈은 아끼지 말라는 지시가 내려졌다는 것, 혼례식을 주장하며 서두른 쪽은 나스타시야 필립포브나였다는 것, 공작의 들러리는 켈레르가 열렬히 간청해서 그로 정해졌다는 것, 나스타시야 필립포브나의 들러리는—부르돕스키가 감격해 마지않으며 수락했다는 것, 혼례식 날짜는 7월 초로 잡혔다는 것, 이 정도가 전부다. 그러나 이상과 같은 대단히 정확한 세부 상황 이외에도, 우리는 몇 가지 사실을 더 알고 있지만, 그것들은 앞서 얘기한 것들과는 모순되는 내용이어서 우리를 완전히 혼란스럽게 한다. 예를 들어, 레베제프 등등에게 모든 일을 위임해놓고 바로 그날로 공작은 자기에게 혼례 의식을 책임진 사람이 있다는 것도, 들러리가 있다는 것도, 자신의 혼례식이 있다는 것도 거의 잊다시피 한 게 아닐까, 그가 그처럼 서둘러 다른 사람들에게 모든 일을 위임한 건 다만 자신이 그 일에 대해 생각하지 않으려고, 어쩌면 심지어 한시바삐 그 일을 잊고 싶어서 그런 게 아닐까, 하는 강한 의구심을 떨쳐버릴 수 없기 때문이다. 그렇다면 공작 자신은 대체 무엇을 생각하고 있었을까, 무엇을 상기하려 했던 것일까, 무엇을 위해 애쓰고 있었을까? 이 일에서 그에게 그 어떤 (이를테면 나스타시야 필립포브나 쪽의) 강요도 없었다는 점은 의심할 여지조차 없으며, 실제로 나스타시야 필립포브나 쪽에서 서둘러 혼례를 올리고 싶어한 것이 틀림없고, 혼례를 올리자는 생각 자체도 결코 공작이 아니라 그녀에게서 나온 게 분명하지만, 어쨌든 공작은 자신의 자유의사에 따라 거기에 동의했고, 심지어 아주 대수롭잖은 어떤 일을 부탁받은 것처럼 별생각 없이 그냥 승낙했다. 이처럼 이상한 사실들이 우리 앞에 대단히 많이 놓여 있지만, 그것들을 아무리 열거해봐야 사건의 진상을 해명해주긴커녕 오히려 더 어둡게만 하리라는 게 우리의 생각이다. 그렇긴 하나 여기서 한 가지 예를 더 들기로 하자.

그러니까 우리는, 이 두 주일 동안 공작이 밤낮으로 줄곧 나스타시야 필립포브나와 함께 시간을 보냈다는 사실을 아주 잘 알고 있다. 그녀는 산책이나 연주회에 그를 동반했고, 그는 매일 그녀와 함께 마차를 타고 여기저기 돌아다녔다. 단 한 시간이라도 그녀를 보지 못하면, 그는 대번에 걱정하기 시작했다(그러니 모든 징후로 보아 공작은 그녀를 진심으로 사랑하고 있었다). 그녀가 무슨 얘기를 하든, 그는 자신은 거의 한마디도 하지 않고 그저 조용하고 온화한 미소를 머금은 채 몇 시간씩이나 그녀의 얘기에 귀를 기울였다. 하지만 우리는 또한 다음과 같은 사실도 알고 있는데, 공작은 이 두 주일 동안 몇 차례, 아니 심지어 번번히 예판친가를 불쑥 찾아갔고, 그 사실을 나스타시야 필립포브나에게 숨기려고도 하지 않았기 때문에 그녀는 거의 절망 상태에 빠지곤 했다. 우리는 예판친 가족이 파블롭스크에 머무르는 동안 단 한 번도 공작을 받아들이지 않았고, 아글라야 이바노브나를 만나게 해달라는 청을 끝까지 거절했다는 사실도 알고 있다. 그는 늘 아무 말 없이 돌아갔으나, 이튿날이면 어제 거절당한 일은 까맣게 잊은 양 또다시 찾아왔고, 물론 또다시 거절당하곤 했다. 우리는 또한, 아글라야 이바노브나가 나스타시야 필립포브나의 집에서 달려나온 지 한 시간 뒤에, 아니 어쩌면 그보다도 더 빨리, 공작이 이미 예판친가에 가 있었다는 것도 알고 있는데, 물론 그는 그곳에서 아글라야를 만나게 되리라고 확신했지만, 그의 출현은 그때 예판친가에 엄청난 당혹감과 공포를 불러일으켰으니, 왜냐하면 아글라야는 아직 집에 돌아오지도 않았을뿐더러, 이 집 사람들은 그녀가 공작과 함께 나스타시야 필립포브나에게 갔었다는 것을 그에게서 처음 들었기 때문이다. 사람들의 얘기로는, 리자베타 프로코피예브나도, 딸들도, 심지어 S공작도 그때 공작에게 적의를 품고서 몹시 심하게 대했고, 특히 바르바라 아르달리오노브나가 갑자기 리자베타 프로코피예브나 앞에 나타나서는, 아글라야 이바노브나가 벌써 한 시간 전에 자기 집에 와서 지금 무서운 상태에 빠져 있는데 집으로 가고 싶어하지 않는 것 같다고 전하자, 그들은 곧바로 아주 격한 말로 그에게 절교를 선언했다는 것이다. 리자베타 프로코피예브나를 무엇보다 놀라게 한 건 바르바라 아르달리오노브나가 전한 이 마지막 소식이었는데, 이 소식은 어디까지나 사실이었다. 실제로 아글라야는 나스타시야 필립포브나의 집에서 나왔을 때, 지금 이 모양으로 가족들 눈앞에 나타나느니 차라리 죽어버리는 편이 낫겠다 생각하고, 그대로 니나 알렉산드로브나에게 달려갔다. 하지만 바르바라 아르달리오노브나는 이 모든 것을 지체 없이 리자베타 프로코피예브나에게 보고해야 한

나고 즉각 판단한 것이다. 어머니도 딸들도 모두 곧바로 니나 알렉산드로브나에게 달려갔고, 지금 막 집에 돌아온 이반 표도로비치, 즉 이 집안의 가장도 몸소 가족의 뒤를 따랐다. 레프 니콜라예비치 공작 역시 방금 그토록 무자비한 말을 들으며 그 집에서 추방당했음에도 불구하고, 그들의 뒤를 가만가만 따라갔다. 하지만 바르바라 아르달리오노브나가 손을 써둔 바람에 공작은 거기서도 아글라야를 만날 수가 없었다. 아글라야는 어머니와 언니들이 자신을 조금이라도 나무라긴커녕 오히려 동정을 표하며 눈물을 흘리는 것을 보자 그들의 품속으로 와락 뛰어들어, 그들과 함께 곧바로 집으로 돌아갔고, 사건은 일단 이것으로 끝났다. 그리 정확한 소문은 아니지만, 가브릴라 아르달리오노비치가 여기서도 아주 호되게 골탕을 먹었다는 얘기가 들렸다. 바르바라 아르달리오노브나가 리자베타 프로코피예브나에게 달려가고 없는 사이에 그는 아글라야와 단둘이 있게 된 기회를 노려 자기의 사랑을 고백하려 했다. 하지만 그의 얘기를 듣던 아글라야는 자신의 슬픔과 눈물마저 잠시 잊고 느닷없이 깔깔 웃어대며 요상한 질문을 불쑥 던졌는데, 그 사랑을 증명하기 위해 지금 당장 촛불에 손가락을 지질 수 있느냐는 것이었다. 가브릴라 아르달리오노비치가 이 제안에 아연실색해서 얼빠진 표정으로 쩔쩔매는 꼴을 보자, 아글라야는 히스테리라도 일으킨 듯 그를 향해 깔깔 웃어주고는 그 자리를 피해 니나 알렉산드로브나가 있는 위층으로 달아났고, 그곳에서 자신의 부모를 만났다. 이 일화는 이튿날 입폴리트를 통해 공작에게 전해졌다. 이미 침대에서 일어날 수 없게 된 입폴리트는 이 소식을 공작에게 전해주려고 일부러 사람을 보내 그를 자기 집에 불렀다. 이 소문이 어떻게 입폴리트의 귀에 들어갔는지 알 수 없으나, 공작은 촛불과 손가락 이야기를 듣자 입폴리트마저 깜짝 놀랄 정도로 커다란 소리로 웃음을 터뜨렸는데, 하지만 곧바로 온몸을 후들후들 떨기 시작하더니 눈물을 줄줄 쏟았다…… 대체로 그는 요며칠 동안 몹시 불안해하며, 뭔가 막연하면서도 참을 수 없이 고통스러운 극도의 심적 혼란을 겪고 있었다. 입폴리트는 대놓고 공작이 제정신이 아니라고 주장했으나, 아직까지는 결코 그렇게 단언할 단계가 아니었다.

우리는 이런 모든 사실을 그저 제시만 할 뿐 어떤 설명도 덧붙이길 거부했지만, 그렇다고 해서 독자들의 눈앞에서 우리 이야기의 주인공을 옹호할 생각은 추호도 없다. 나아가 우리는 우리의 주인공이 자기 친구들에게까지 불러일으킨 분노의 감정을 기꺼이 함께 나눌 용의가 있다. 사실 베라 레베제바조차 한동안 그에게 분노했고, 심지어 콜랴도 분개했다. 켈레르마저 들러리로 선정되기 전에는 분개한 상태였고, 레베제프야 새삼 말할 필요도 없어서, 그는 공작에 대해 어떤 계략까지 꾸미기 시작했는데, 물론 이것 역시 그야말로 진심에서 우러나왔다 해도 좋을 분노 때문이었다. 그러나 이에 대해선 나중에 말하기로 하자. 대체로 우리는 예브게니 파블로비치가 했던 말, 매우 설득력 있고 심지어 심리학적으로도 깊이 있는 그 말에 어디까지나 전적으로 동감하는 바인데, 그것은 나스타시야 필립포브나의 집에서 그 사건이 일어난 지 엿새째 아니면 이레째 되던 날에 그가 공작과 친구로서 허물없는 대화를 나누다가 솔직히 토로한 말이었다. 이참에 한 가지 언급해둘 것은, 예판친 가족 자신들뿐만이 아니라 예판친가에 직간접적으로 속하는 모든 사람이 공작과의 관계를 완전히 끊어야 한다고 생각했다는 사실이다. 예컨대 S공작은 공작과 마주치면 그의 인사에 답하지도 않고 아예 외면해버렸다. 하지만 예브게니 파블로비치는 자신의 평판이 손상을 입을 것도 개의치 않고, 더구나 다시 예판친가에 매일같이 드나들게 되어 예전보다 눈에 띄게 환대를 받게 됐음에도 불구하고 일부러 공작을 찾아온 것이다. 그는 예판친 가족 모두가 파블롭스크를 떠난 바로 다음날 공작을 찾아왔다. 그는 공작의 방에 들어올 때, 이미 항간에 퍼진 소문을 다 알고 있었는데, 심지어 그 자신도 소문이 퍼지는 데 어느 정도 기여했는지 모른다. 공작은 그를 매우 반갑게 맞으면서 즉시 예판친가 얘기를 꺼냈다. 이처럼 순박하고 솔직한 태도에 예브게니 파블로비치도 완전히 허심탄회한 기분이 되어, 빙 둘러 말하지 않고 곧바로 본론으로 들어갔다.

공작은 예판친 가족이 떠났다는 사실을 아직 모르고 있었다. 그는 충격을 받아 얼굴이 창백해졌다. 하지만 잠시 뒤엔 당황한 표정으로 생각에 잠긴 채 고개를 끄덕이며, "그럴 수밖에 없었겠지요"라고 인정했다. 그러고는 얼른, "그래, 어디로 떠났나요?" 하고 급히 물었다.

그러는 동안 예브게니 파블로비치는 공작을 찬찬히 살펴보았는데, 모든 점이, 즉 성급한 질문과 그 질문의 단순함, 당황해서 안절부절못하면서도 동시에 어딘가 이상하리만큼 솔직한 태도, 불안과 흥분—이 모든 점이 그를 적잖이 놀라게 했다. 그러나 그는 상냥하고 상세하게 모든 것을 공작에게 알려주었다. 공작은 아직 많은 것을 모르고 있었고, 예브게니 파블로비치가 그 집에서 온 최초의 소식통이었다. 예브게니 파블로비치는 아글라야가 정말로 병에 걸려 거의 사흘간이나 밤에도 잠을 못 자고 고열에 시달렸다는 사실을 확인해주었다. 이제는 많이 나아서 위험한 단계는 완전히 벗어났으나, 아직 신경과민과 히스테리 상태라고 했다…… "집안이 아주 평온해진 것만도 다행이죠! 지난 일에 대해선 아글라야 앞에서뿐만 아니라 자기들끼리도 일절 입 밖에 내지 않으려고 애씁니다. 부모들끼리는 가을에 아젤라이다가 혼례를 올리는 대로 즉시 외국 여행을 떠나자는 얘기를 이미 나눴어요. 아글라야는 처음 이 얘기가 나왔을 때 말없이 받아들이더군요." 예브게니 파블로비치 자신도 아마 외국으로 떠날지 모른다. 아마 S공작도 사정이 허락하면 아젤라이다와 함께 두어 달 예정으로 여행을 가려는 것 같다. 하지만 장군 본인은 그대로 남아 있을 것이다. 이번에 그들 가족은 페테르부르크에서 20베르스타 정도 떨어진 콜미노로 모두 옮겨갔는데, 그곳에는 그들의 영지와 널찍한 지주 저택이 있다. 벨로콘스카야는 아직 모스크바로 떠나지 않았지만, 아무래도 일부러 남아 있는 듯하다. 리자베타 프로코피예브나는 그런 일이 있은 마당에 파블롭스크에는 더이상 머무를 수 없다고 강경하게 주장했는데, 예브게니 파블로비치 자신이 시내에 떠도는 소문을 매일같이 그녀에게 전해주었기 때문이다. 그렇다고 옐라긴섬에 있는 별장으로 옮기는 것 역시 안 될 말이라고 예판친 가족은 생각했다.

"하긴 사실 그렇죠, 공작," 예브게니 파블로비치는 이런 얘기 끝에 덧붙였다. "당신도 동의하시겠지만, 어디 견뎌낼 수가 있겠습니까…… 특히 여기 당신 집에서 시시각각 일어나는 일들이 죄다 귀에 들어올 뿐더러, 매번 거절하는데도 당신이 매일같이 그곳을 방문하니 말입니다……"

"그래요, 그래요, 그래요, 당신 말이 옳아요, 나는 그저 아글라야 이바노브나를 만나고 싶어서……" 공작은 또다시 고개를 끄덕였다.

"아아, 공작," 예브게니 파블로비치는 갑자기 흥분과 서글픔이 섞인 목소리로 외쳤다. "어떻게 당신은 그때 그런 일이 일어나도록…… 그냥 내버려뒀습니까? 물론, 물론, 당신에게도 그 모든 게 너무나 뜻밖이었겠지요…… 나도 당신이 제정신을 차릴 수 없었을 거라고 인정해요, 게다가…… 그 이성을 잃은 아가씨를 제지할 수도 없었을 겁니다, 당신 능력 밖의 일이었으니까! 하지만 그 아가씨가 얼마나 진지하고 강한 감정을 가지고…… 당신을 대하고 있었는지, 당신은 그걸 마땅히 이해해야 했단 말입니다. 그녀는 자신의 사랑을 다른 여자와 나누고 싶지 않았던 거예요, 그런데도 당신은…… 당신은 그런 보배를 내동댕이쳐 박살내버렸단 말입니다!"

"맞습니다, 맞습니다, 당신 말이 옳아요. 맞습니다, 내가 죄인입니다." 공작은 다시 깊은 슬픔에 잠겨 말했다. "그리고 아십니까, 오직 그녀만이, 아글라야 혼자만이 나스타시야 필립포브나를 그런 관점으로 봤습니다…… 다른 사람들은 아무도 그렇게 보지 않았어요."

"그래요, 이 사건 전체에서 너무도 화가 치미는 건, 거기에 진지한 면이 조금도 없었기 때문입니다!" 예브게니 파블로비치는 완전히 격앙해서 소리쳤다. "죄송합니다, 공작, 하지만…… 나는…… 나는 이 문제에 대해 생각해봤어요, 공작, 여러모로 많이 생각해봤습니다. 나는 그전에 벌어졌던 모든 일을 알고 있어요, 반년 전에 있었던 일을 전부 알고 있다고요, 전부. 그리고—그 모든 것은 진지한 것이 못 됐어요! 그 모든 것은 그저 머리에서 나온 열정이었고, 그림이었고, 환상이었고, 연기煙氣였단 말입니다. 그걸 진지한 무언가로 여길 수 있었던 건 인생 경험이라곤 전혀 없는 아가씨의 놀란 질투심뿐이었죠!"

이제 예브게니 파블로비치는 완전히 거리낌없이 자신의 분노를 모조리 쏟아내기 시작했다. 그는 합리적이고도 명확하게, 그리고 거듭 말하지만 대단한 심리학적 통찰력까지 보이면서 공작과 나스타시야 필립포브나의 지난 관계를 공작 앞에 전부 펼쳐 보였다. 예브게니 파블로비치는 전에도 늘 말재주가 뛰어났지만, 지금은 그야말로 웅변의 경지에 도달해 있었다. "애초부터" 하고 그는 선언했다. "당신들의 관계는 허위로 시작된 겁니다. 허위로 시작된 것은 결국 허위로 끝나게 마련이죠, 그게 자연법칙이니까요. 나는 사람들이—뭐, 그게 누구든 간에—당신을 백치라고 부르는 데 동의하지 않거니와, 오히려 그런 사람들에게 분노해요. 당신은 그렇게 불리기엔 너무 현명하니까요. 하지만 당신은 모든 사람과 다르다 할 만큼 아주 색다른 분이에요, 이건 당신도 인정해야 할 겁니다. 내가 내린 결론으로는, 지금까지 발생한 이 모든 사건의 기초는, 첫째로 당신의 이른바 선천적인 무경험과('선천적'이라는 이 말에 유의해주십시오, 공작), 다음으로는 당신이 지닌 보기 드문 순박함, 또 더 나아가 (당신도 이미 여러 차례 시인한 바 있는) 적정선에 대한 감각의 극단적인 결여—그리고 끝으로, 머릿속에서 만들어낸 신념의 거대하고도 혼란스러운 누적으로 이루어져 있어요, 하지만 당신은 당신의 그 비할 바 없는 성실함 때문에 지금까지도 그 신념들을 진실하고 자연적이고 본유적인 것이라 여긴단 말입니다! 공작, 이건 당신도 인정해야 하는데, 나스타시야 필립포브나에 대한 당신의 태도에는 애초부터 그저 가정假定된 민주주의에 해당하는(간결한 표현을 위해 이렇게 말씀드립니다만) 그 무엇이 놓여 있었고, (더욱 간결하게 표현하자면) 수위 '여성 문제'의 마력魔力이 놓여 있었습니다. 나는 로고진이 돈을 가져왔을 때 나스타시야 필립포브나의 응접실에서 벌어진 그 해괴망측한 소동을 처음부터 끝까지 아주 정확히 알고 있어요. 원하신다면, 손가락을 훑듯이 당신 자신을 당신 눈앞에서 해부해드리죠, 마치 거울을 들이대듯 당신 자신을 보여드릴 수 있어요, 그만큼 정확하게 나는 이 사건의 본질이 무엇이고 어떻게 해서 이런 꼴이 돼버렸는지 알고 있단 말입니다! 젊디젊은 당신은 스위스에서 조국을 애타게 그리워했고, 마치 약속받은 미지의 나라라도 되는 양 러시아를 갈망하면서, 러시아에 관한 많은 책을 읽었는데, 그것들은 아마도 아주 좋은 책들이었겠지만 당신에겐 해로운 것들이었어요. 그후 당신은 실천에 대한 첫 열망으로 불타며 이곳에 와서, 이른바 실천을 향해 바로 돌격했던 겁니다! 자, 보십시오, 이곳에 도착한 바로 그날, 사람들은 가슴을 사로잡는 얘기를, 능욕당한 여자의 슬픈 얘기를 당신에게 들려줍니다, 당신에게, 즉 아직 동정을 잃지 않은 순결한 기사인 당신에게—어느 여자 얘기를 해준단 말입니다! 바로 그날 당신은 그 여자를 만납니다. 그리고 그녀의 아름다움에, 환상적이고 악마적인 아름다움에 매혹됩니다(나도 그 여자가 미인이라는 점은 인정해요). 여기에다 당신의 약한 신경을 더해보시죠, 당신의 뇌전증을 더해보시죠, 신경을 온통 휘저어놓는, 질척질척 눈이 녹는 때의 우리 페테르부르크 날씨를 더해보시죠. 당신에겐 거의 환상적으로 여겨졌을 이 미지의 도시에서 보낸 그 하루를, 여러 해후와 극적인 소동, 생각도 못한 여러 사람과의 사귐, 예상조차 못한 현실, 예판친가의 세 미인, 그중에서도 아글라야, 이 모든 것으로 한꺼번에 채워진 그 하루를 더해보십시오. 거기에다 피로와 현기증을 더

하고, 나스타시야 필립포브나의 응접실과 그 응접실의 분위기를 더해 보시라고요, 자…… 이런 순간 당신은 대체 어떻게 됐을까요, 어떻게 생각하십니까?"

"네, 맞아요, 네, 맞습니다." 공작은 낯을 붉히기 시작하며 고개를 끄덕였다. "맞습니다, 거의 당신 말씀 그대로입니다. 게다가 나는 그 전날 밤 내내 기차간에서 정말 거의 한잠도 못 잤고, 그 전전날 밤도 그랬기 때문에, 머릿속이 몹시 혼란스러웠습니다……"

"뭐, 당연히 그랬겠죠, 나도 바로 그 점을 강조하려던 참입니다." 예브게니 파블로비치는 열띤 어조로 계속했다. "뻔하죠, 당신은 이른바 환희에 도취해서, 자신의 관대한 사상을 사람들 앞에서 밝힐 수 있는 기회를 향해 달려들었어요, 다시 말해, 유서 깊은 가문의 공작이자 결백한 인간인 당신은, 자신의 죄가 아닌 혐오스러운 상류층 호색한의 죄 때문에 더렵혀진 여자를 결코 타락한 인간으로 여기지 않는다고 선언하고 싶었던 겁니다. 오, 하느님, 이건 물론 이해가 갑니다. 하지만 문제는 그게 아닙니다, 친애하는 공작, 문제는 당신의 그 감정이 진실하고 진정하고 자연스러운 것이었느냐, 아니면 그저 머릿속에서 만들어낸 감격에 불과했는가 하는 데 있어요. 당신은 어떻게 생각하시죠? 예전에 어떤 여자가, 바로 그런 부류의 여자가 사원에서 용서받은 적은 있지만, 그렇다고 그 여자의 행동을 두고 훌륭하며 온갖 공경과 존경을 받을 만한 여자라고들 말한 건 절대 아니잖습니까? 과연 석 달이 지난 뒤에도, 건전한 상식이 당신에게 사건의 본질을 귀띔해주지 않던가요? 뭐, 그 여자가 지금 결백하다 해두죠—꼭 우기지는 않겠어요, 그러고 싶지 않으니까—하지만 과연 그 여자에게 있었던 모든 일이 그 여자의 그 참을 수 없는 악마적인 교만함과 그토록 뻔뻔하고 그토록 탐욕스러운 그 이기주의를 정당화해줄 수 있을까요? 죄송합니다, 공작, 내가 너무 열중하다보니, 하지만……"

"그래요, 모든 게 그럴지 몰라요, 당신 말이 옳을지도 몰라요……" 공작은 또다시 중얼거리듯 말했다. "사실 그 여자는 무척 예민하고 화를 잘 냅니다, 물론 당신 말이 옳을 겁니다, 하지만……"

"동정을 받을 만하다고요? 그 말씀을 하시려는 거죠, 친애하는 공작? 하지만 동정심 때문에, 그리고 그 여자의 만족 때문에, 고귀하고 순결한 다른 아가씨를 모욕해도 괜찮았고, 그 교만하고도 증오에 불타는 눈앞에서 그녀에게 굴욕을 안겨줘도 괜찮았단 말입니까? 아니, 그러다간 그 동정이란 게 대체 어디까지 나가게 될까요? 그야말로 도저히 있을 수 없는 과장이잖습니까! 아니, 자기가 사랑하는 아가씨를 어떻게 그녀의 면전 앞에서 그처럼 모욕할 수 있으며, 다른 여자를 위해, 바로 그 다른 여자의 눈앞에서 그 아가씨를 차버릴 수 있느냔 말입니다, 더구나 이미 그 아가씨한테 정중하게 청혼까지 해놓고…… 당신은 그녀에게 청혼하지 않았습니까, 그녀의 부모와 언니들이 보는 앞에서 그렇게 하지 않았습니까! 실례지만 물어보겠습니다, 공작, 이래도 당신은 정직한 인간이라 자부할 수 있을까요? 그리고 당신은…… 그녀에게 사랑한다 맹세해놓고 그 훌륭한 아가씨를 기만한 게 아니란 말인가요?"

"그래요, 그렇습니다, 당신 말이 옳습니다, 아아, 내 잘못이라는 걸 느끼고 있습니다!" 공작은 형언할 수 없는 회한에 잠겨 말했다.

"아니, 그걸로 다 됐다는 겁니까?" 예브게니 파블로비치는 격분해서 외쳤다. "'아아, 내 잘못이오!'라고 외치면 그걸로 정말 그만이냐 이 말입니다. 당신 탓인데도, 당신의 완강한 태도는 여전하지 않습니까! 대체 그때 당신의 가슴은, 당신의 그 '그리스도교적인' 가슴은 어디에 있었죠? 당신도 그 순간에 그녀의 얼굴을 보지 않았습니까, 그녀가 그 여자보다, 당신의 다른 여자보다, 당신을 그녀에게서 떼어놓은 그 여자보다 덜 괴로웠을 거라 생각하십니까? 어떻게 빤히 쳐다보기만 하면서 그냥 내버려뒀습니까? 어떻게?"

"하지만…… 그냥 내버려둔 건 아닙니다……" 불행한 공작은 중얼거렸다.

"그냥 내버려둔 게 아니라뇨?"

"절대로 그냥 내버려둔 건 아닙니다. 어째서 모든 일이 이렇게 돼버렸는지, 아직도 이해하지 못하겠습니다…… 나는—나는 그때 아글라야 이바노브나를 뒤쫓아 달려나가려 했는데, 나스타시야 필립포브나가 그만 졸도해버린 겁니다. 그뒤로 그 집에선 지금까지도 아글라야 이바노브나를 만나게 해주지 않아요."

"어쨌든 마찬가지예요! 설사 다른 여자가 졸도했다 하더라도, 당신은 아글라야를 뒤쫓아가야 했던 겁니다!"

"맞아요…… 맞습니다, 그래야만 했습니다…… 하지만 그랬다면 그 여자는 죽었겠죠! 그 여자는 자살했을 겁니다, 당신은 그 여자를 잘 모릅니다, 그리고…… 아니, 매한가집니다, 나는 나중에 아글라야 이바노브나에게 모든 걸 얘기할 생각이었어요, 그리고…… 그런데 예브게니 파블로비치, 내가 보기에, 당신도 모든 걸 알고 계시진 못한 모양이군요. 제발 말씀해주십시오, 대체 무엇 때문에 아글라야 이바노브나를 만나지 못하게 하는 걸까요? 나는 그녀에게 모든 걸 설명하고 싶습니다.

정말이지, 그때 그들 두 사람은 터무니없는 말만 했습니다, 아주 터무니없는 말만 했어요, 그래서 일이 그렇게 돼버린 겁니다…… 당신한텐 도저히 그걸 설명할 도리가 없지만, 아글라야한테는 설명할 수 있을 것 같군요…… 아아, 하느님, 하느님! 당신은 그녀가 그때 밖으로 달려나가던 순간의 얼굴에 대해 말했지만…… 오, 하느님, 나는 그 얼굴을 기억합니다! 자, 갑시다, 함께 가요!" 그는 황급히 자리에서 일어나며 갑자기 예브게니 파블로비치의 소매를 잡아끌었다.

"어디로요?"

"아글라야 이바노브나한테 가야지요, 지금 당장 갑시다!……"

"하지만 지금 파블롭스크에 없다고 말했잖습니까, 그리고 뭣하러 가겠다는 건가요?"

"그녀는 이해할 겁니다, 그녀는 이해해줄 겁니다!" 공작은 기도하듯 두 손을 모으며 중얼거렸다. "이 모든 게 그렇지 않다는 걸, 완전히, 완전히 다르다는 걸 이해해줄 겁니다!"

"완전히 다르다뇨? 당신은 여전히 그 여자와 혼인하려는 거 아닙니까? 그러니까 당신의 태도는 완강하단 말입니다…… 그 혼인을 하는 겁니까, 하지 않는 겁니까?"

"뭐, 물론…… 해야죠, 네, 혼인합니다!"

"그런데도 다르단 말입니까?"

"오, 그럼요, 다르죠, 다릅니다! 내가 혼인하는 건, 그건, 그건 아무래도 좋아요, 그건 아무것도 아닙니다!"

"아무래도 좋고 아무것도 아니라뇨? 이건 하찮은 일이 아니잖습니까? 당신은 사랑하는 여자와 혼인해서 그 여자에게 행복을 안겨주려

하고, 아글라야 이바노브나는 그 사실을 자기 눈으로 보고 있으며 잘 알고 있는데, 그런데도 어떻게 아무래도 좋단 말이죠?"

"행복이라고요? 오, 천만에요! 나는 정말 그냥 혼인하는 겁니다, 그 여자가 원하니까. 더구나 내가 혼인하는 게 무슨 의미가 있겠습니까. 나는…… 아니, 그것 역시 아무래도 좋아요! 다만 그렇게 하지 않으면 그 여자는 죽고 말 겁니다. 나는 이제 확실히 알아요, 로고진과 혼인하려 한 건 미친 생각이었어요! 전에는 몰랐던 것을 나는 이제 죄다 깨닫게 됐습니다. 그리고 말이지요, 그때, 두 여자가 얼굴을 맞대고 서 있었을 때, 나는 나스타시야 필립포브나의 얼굴을 도저히 견뎌낼 수가 없었어요…… 당신은 모르겠지만, 예브게니 파블로비치(그는 무슨 비밀이라도 속삭이듯 목소리를 낮추었다), 이건 아무한테도, 아글라야한테조차 말한 적이 없는데, 나는 나스타시야 필립포브나의 얼굴을 차마 견뎌낼 수가 없습니다…… 나스타시야 필립포브나의 집에서 열렸던 그때 그 야회에 대해 당신이 조금 전에 한 말은 정말 옳아요. 하지만 여기서도 한 가지 빠뜨린 게 있는데, 당신은 내가 그녀의 얼굴을 보고 있었다는 걸 모르니까요! 이미 그날 아침에 그녀의 사진을 봤을 때도, 나는 그 얼굴을 견뎌낼 수 없었습니다…… 이를테면 베라 레베제바는 전혀 다른 눈을 가지고 있거든요. 나는…… 나는 그녀의 얼굴이 무섭습니다!" 그는 극도의 공포에 휩싸여 덧붙였다.

"무섭다고요?"

"네, 그녀는 미쳤어요!" 그는 얼굴이 창백해지며 속삭였다.

"확실히 알고 있습니까?" 예브게니 파블로비치는 몹시 호기심을 느끼며 물었다.

"네, 확실히, 이젠 확실히 압니다. 지금 이 며칠 동안 완전히 확실하게 알게 됐습니다!"

"아니, 당신은 자신에게 무슨 짓을 하려는 거죠?" 예브게니 파블로비치는 경악해서 소리쳤다. "그럼 당신은 무서워서 혼인한단 말인가요? 도무지 이해가 안 가는군요…… 설마 사랑하지도 않으면서 그러는 건가요?"

"오, 아닙니다, 나는 그녀를 진심으로 사랑합니다! 그 여자는…… 어린애니까요. 지금 그녀는 어린애예요, 완전히 어린애! 오, 당신은 아무것도 모릅니다!"

"그런데도 아글라야한테 사랑을 맹세했단 말이죠?"

"오, 그래요, 그렇습니다!"

"뭐라고요? 그럼 두 여자를 다 사랑하겠단 말인가요?"

"오, 맞아요, 그렇습니다!"

"제발, 공작, 지금 무슨 소릴 하는 겁니까, 정신 좀 차리세요!"

"나는 아글라야 없이는…… 나는 그녀를 꼭 만나야만 합니다! 나는…… 나는 곧, 잠을 자는 중에 죽어버릴 겁니다. 오늘밤에라도 자다가 그냥 죽어버릴 거라는 생각이 들었어요. 오, 아글라야가 알아준다면, 모든 것을…… 다시 말해 정말로 모든 것을 알아준다면. 왜냐하면 가장 먼저 모든 것을 알아야만 하니까요! 다른 사람이 잘못을 저질렀을 때 그 다른 사람에 대해 모든 것을 알아야 할 필요가 있는데도, 왜 우리는 그 모든 것을 결코 알 수 없는 걸까요?…… 하지만 내가 무슨 말을 지껄이고 있는지 나도 모르겠군요, 갈피를 잃어버렸어요. 당신의 말에 너무 큰 충격을 받아서…… 그런데 지금도 그녀는 그때 거기서 달려나가던 때와 같은 얼굴인가요? 오, 그래요, 내 잘못입니다! 모든 것이 내 잘못인 게 틀림없습니다! 내가 과연 무엇을 잘못했는지는 아직 모르겠지만, 어쨌든 내 잘못입니다…… 이 사건엔 당신한테 설명할 수 없고 뭐라고 적당한 말을 찾을 수도 없는 그런 무엇이 있어요, 예브게니 파블로비치, 하지만…… 아글라야 이바노브나는 이해해줄 겁니다! 오, 나는 언제나 믿고 있었습니다, 그녀라면 이해해주리라고."

"아니요, 공작, 이해하지 못할 겁니다! 아글라야 이바노브나는 여자로서, 인간으로서 사랑한 것이지, 결코…… 추상적인 정신으로 사랑한 게 아니니까요. 아십니까, 불쌍한 공작, 당신은 둘 중 어느 여자도 결코 사랑하지 않았다는 게 가장 정확할 겁니다."

"모르겠습니다…… 그럴지도 모르죠, 그럴지도. 당신은 많은 점에서 옳으니까요, 예브게니 파블로비치. 당신은 매우 현명한 분입니다. 아아, 머리가 다시 아파오는군요, 그녀에게 갑시다! 제발, 제발!"

"그녀는 파블롭스크에 없다고 하잖습니까, 그녀는 콜미노에 있어요."

"그럼 콜미노로 갑시다, 어서 함께 갑시다!"

"그건 불-가-능해요!" 예브게니 파블로비치는 말끝을 길게 늘이며 자리에서 일어섰다.

"그럼 내가 편지를 쓸 테니, 그걸 전해주십시오!"

"안 돼요, 공작, 안 돼요! 그런 부탁은 사양하겠습니다, 그렇게는 못해요!"

그들은 헤어졌다. 예브게니 파블로비치는 이상한 확신을 품고 돌아갔다. 그가 보기에 공작은 머리가 약간 돈 것 같았다. 그리고, 그 친구가 그렇게 무서워하면서도 그처럼 사랑하는 그 얼굴이란 대체 무엇을 의미하는 것일까! 그건 그렇고, 그 친구는 아글라야가 없으면 정말 죽어버릴지도 모르지, 그렇게 되면 아글라야는 그가 자기를 그토록 사랑한다는 것을 평생 알 수 없을지도 모르겠군! 하-하! 그리고 어떻게 두 여자를 동시에 사랑한다는 거지? 서로 다른 어떤 두 가지 사랑으로? 재밌군…… 불쌍한 백치! 이제 그 친구는 어떻게 될까?

X

그러나 공작은 혼례식날까지, 깨어 있는 중에도, 또 예브게니 파블로비치에게 예언한 것처럼, '잠을 자는 중'에도 죽지 않았다. 어쩌면 정말로 잠을 잘 이루지 못하고 악몽에 시달렸는지도 모르지만, 낮에 사람들을 대할 때는 친절할뿐더러 만족스럽기까지 한 기분인 듯 보였고, 다만 이따금 무슨 생각에 깊이 잠기곤 했으나 혼자 있을 때만 그랬다. 혼례식 준비는 서둘러 진행되어서, 예브게니 파블로비치가 방문한 날로부터 약 일주일 뒤로 날짜가 잡혔다. 그렇게 서두르는 모습을 보며 공작의 가장 좋은 친구들조차, 만약 그런 친구들이 있었다고 한다면 하는 말이지만, 이 불행한 미치광이를 '구하려는' 자신들의 노력에서 실망을 느낄 수밖에 없었을 것이다. 예브게니 파블로비치의 방문도 어느 정도는 이반 표도로비치 장군과 그의 부인인 리자베타 프로코피예브나의 부탁에 따른 것이라는 소문이 돌았다. 하지만 이 두 사람이 한없이 선량한 마음에서 그 불쌍한 미치광이를 파멸의 수렁으로부터 구해내고 싶었다 하더라도, 결국 그와 같은 미약한 시도밖엔 취할 수 없었을 게 분명하다. 그들의 처지, 어쩌면 그들의 심정조차 (당연한 일이지만) 그 이상의 진지한 노력은 허용할 수 없었을 테니 말이다. 이미 언급했다시피, 공작의 주변 인물들마저도 부분적으로는 그에게 반기를 들고 나섰다. 그렇지만 베라 레베제바는 그저 혼자서 눈물을 흘리거나 전보다 더 자주 자기 방에 틀어박혀서는 공작의 방을 자주 들여다보지 않는데 그쳤다. 콜랴는 이 시기에 아버지의 초상을 당했다. 노인은 첫 발작 후 여드레 정도 만에 두번째 발작이 일어나 죽었다. 공작은 그들 가족의 슬픔을 진심으로 함께 나누며, 처음 며칠 동안은 몇 시간씩이나 니나 알렉산드로브나의 곁을 떠나지 않았다. 그는 묘지에서의 장례식에도 참석했고 교회의 장례미사에도 갔다. 공작이 교회에 나타나고 떠날 때 그곳에 있던 사람들이 무심결에 서로 수군대는 모습이 많은 이들의 눈에 띄었다. 거리와 공원에서도 마찬가지였다. 공작이 걸어가거나 마차를 타고 지날 때면 쑥덕거리는 소리가 일면서 그의 이름을 부르거나 손가락질을 했고, 나스타시야 필립포브나의 이름이 들려오기도 했다. 사람들은 장례식이 진행되는 묘지에서도 그녀를 찾았으나, 그녀는 장례식에 참석하지 않았다. 대위 부인 역시 장례식에 오지 않았는데, 레베제프가 제때에 그녀를 말려서 나타나지 못하게 했기 때문이다. 장례미사는 공작에게 강렬하고도 가슴 저미는 인상을 주었다. 그는 교회에서 레베제프가 뭐라고 묻자, 러시아 정교의 장례미사에 참석하는 것은 이번이 처음이고, 다만 어렸을 때 시골 어느 교회에서 있었던 다른 장례미사를 기억할 뿐이라고 대답했다.

"있잖습니까, 정말이지 우리가 바로 얼마 전에 의장으로 앉혔던, 기억하시지요, 바로 그 사람이 저 관 속에 누워 있다고는 생각되지 않는

구먼요." 레베제프가 공작에게 속삭였다. "누굴 찾으십니까요?"

"그냥, 아무것도 아니에요. 그저 내 느낌에……"

"로고진 아닌가요?"

"정말 그 사람이 여기 와 있단 말인가요?"

"교회 안에 있습니다요."

"그래서 그의 눈이 얼핏 보였던 것 같군." 공작은 당황해서 중얼거렸다. "하지만 대체 왜…… 어째서 그가 여기 왔을까? 부고라도 받았나요?"

"그럴 리가 없습죠. 전혀 친분도 없는 사이인뎁쇼. 하지만 여긴 온갖 사람이 다 있다고요, 그냥 구경꾼들입죠. 그런데 뭣 때문에 그렇게 놀라시나요? 저는 요즘 그 사람을 자주 봅니다. 지난주만 해도 이곳 파블롭스크에서 네 번 정도 봤으니까요."

"나는 여태 한 번도 못 봤어요…… 그때 이후로는." 공작이 중얼거렸다.

나스타시야 필립포브나 역시 '그때 이후로' 로고진을 만났다는 얘기를 그에게 한 번도 한 일이 없었으므로, 공작도 이제, 로고진이 무슨 까닭에서인지 일부러 눈앞에 나타나지 않는 거라고 단정하고 있었다. 공작은 이날 온종일 깊은 생각에 잠겼고, 나스타시야 필립포브나는 낮부터 저녁까지 전에 없이 명랑했다.

아버지가 죽기 전에 이미 공작과 화해한 콜랴는 들러리를 (이건 미룰 수 없는 시급한 일이므로) 켈레르와 부르돕스키에게 부탁하라고 권했다. 그는 켈레르가 품위 있게 행동할 것이며 아마도 '쓸모가 있을' 거라고 보증했고, 부르돕스키야 원래 조용하고 겸손한 사람이니 말할 나위도 없었다. 니나 알렉산드로브나와 레베제프는 공작에게, 설사 혼례가 이미 결정됐다고는 해도 구태여 파블롭스크에서, 더구나 사람들이 떼를 지어 몰려드는 피서철에 그렇게까지 떠벌릴 게 뭐 있겠느냐고 조언했다. 페테르부르크에서, 그것도 그냥 집에서 혼례를 올리는 게 낫지 않겠느냐는 얘기였다. 이런 모든 걱정이 무엇을 의미하는지는 공작에게도 너무나 분명했다. 하지만 그는 그렇게 하는 게 나스타시야 필립포브나의 간절한 소원이라며 짤막하고 간단하게 대답했다.

다음날, 자신이 들러리라는 연락을 받고 켈레르가 공작에게 나타났다. 안으로 들어오기 전에 그는 문간에서 걸음을 멈추고는, 공작을 보자마자 검지를 세운 오른손을 높이 치켜들고 서약이라도 하듯 외쳤다.

"술을 마시지 않겠습니다!"

그런 다음 그는 공작에게 다가와 공작의 두 손을 꽉 잡고 힘차게 흔들면서, 자기도 이 혼사 얘기를 들었을 때 처음엔 물론 적대적인 입장이었고, 당구장에서도 그렇게 공언한 바 있다, 그건 다름 아니라 공작의 배필로 적어도 드 로앙* 공주 같은 분을 보게 되길 기대했고, 친구로서 공작을 위해 그렇게 되길 매일같이 학수고대했기 때문이다, 하지만 이제 자신은 공작이 자기 같은 사람들을 '다 합친 것'보다 최소한 열두 배는 더 고결한 생각을 한다는 사실을 알고 있다! 하고 선언했다. 왜냐하면 공작은 부귀도 영화도, 심지어 명예마저도 원치 않고, 오직—진리만을 추구하기 때문이며, 고상한 사람들이 동정심이 많다는 건 너무

* 러시아통보에 게재된 『백치』 판본에는 '드 샤보'로 적혀 있다. '드 로앙'과 '드 샤보'는 프랑스의 유서 깊고 유명한 가문이며, 도스토옙스키의 『미성년』에서도 '드 로앙'은 '좋은 가문 출신'을 상징하는 단어로 사용된다.

나도 잘 알려진 바이지만, 공작은 너무나도 교양이 높은 까닭에, 일반적으로 말해서, 그야말로 고상한 분이라 하지 않을 수 없다는 것이다! "하지만 무뢰배들과 온갖 불량배들은 다르게 판단하고 있습니다. 시내에서나, 집에서나, 모임에서나, 별장에서나, 음악회에서나, 선술집에서나, 당구장에서나, 그저 곧 일어날 사건 얘기만 지껄이며 온통 떠들어대요. 심지어 창문 밑에서, 그것도 이른바 혼인 첫날밤에 한바탕 소동을 피우려 한다는 얘기까지 들리더군요! 공작, 만약에 성실한 사람의 권총이 필요하다면, 당신이 이튿날 아침 달콤한 초야의 침상에서 일어나기도 전에 고결함의 탄환 반 타打 정도는 그쪽을 향해 쏘아줄 각오가 돼 있습니다." 그는 또한, 교회에서 식을 마치고 돌아왔을 때 호기심에 불타는 군중이 벌떼처럼 몰려들 것을 염려해서 집 마당에 소화전을 준비해두자고 조언했지만, 레베제프가 반대했다고 했다. "만약 소화전을 사용하면 그들이 집을 박살내버릴 걸세"라고 말했다는 것이다.

"그 레베제프는 당신을 상대로 계략을 꾸미고 있습니다, 공작, 틀림없습니다! 그자들은 당신을 금치산자로 만들려는 거예요, 대체 말이 되는 소립니까, 모든 것을, 당신의 자유의지도 재산도, 다시 말해, 우리들 각자를 네발 달린 짐승과 구별해주는 두 가지 요소를 전부 빼앗겠다는 거지요! 내 귀로 들었습니다, 확실히 들었습니다! 이건 틀림없는 사실입니다!"

공작 자신도 이미 이와 비슷한 얘기를 들은 기억이 있었으나, 그때는 물론 전혀 신경쓰지 않았다. 지금도 그는 한바탕 웃기만 하고 금세 또 잊어버렸다. 사실 레베제프는 그 일로 한동안 분주했다. 이 인간의 속셈은 늘 영감과 같은 것에서 생겨나곤 했지만, 과도한 열의 때문에 복잡해지고 사방으로 어지럽게 가지를 뻗어 애초의 출발점에서 멀어져버리기 일쑤였다. 그가 인생에서 별로 성공을 거두지 못하는 것도 바로 이 때문이었다. 그는 나중에, 거의 혼렛날 당일에야 공작에게 참회하러 찾아와서는(그는 특히 계략이 실패했을 때엔 늘 계략의 대상자를 찾아가 꼭 참회하는 버릇이 있었다), 자기는 탈레랑*으로 태어난 몸이지만 어째서인지 한낱 레베제프로 남게 됐노라고 밝혔다. 그러면서 그는 자기가 꾸민 계략의 전모를 털어놨는데, 거기에 공작은 비상한 흥미를 느꼈다. 레베제프의 말에 따르면, 그는 우선, 필요한 경우에 자신이 의지할 수 있는 고위 인사들의 비호를 구하기로 하고, 이반 표도로비치 장군을 찾아갔다. 이반 표도로비치 장군은 난처해하면서, 자기는 '그 젊은이'가 잘되길 간절히 바라는 바이지만, '구해주고 싶은 마음이 아무리 굴뚝같아도 이 일에 자기가 끼어드는 건 점잖지 못하다'라고 선언했다. 리자베타 프로코피예브나는 아예 그를 보려고도, 그의 말을 들으려고도 하지 않았다. 예브게니 파블로비치와 S공작은 두 손을 내저을 뿐이었다. 하지만 레베제프 그는 낙담하지 않고 어느 노련한 법률가와 상의했는데, 이 법률가는 존경받을 만한 노인으로 그의 절친한 친구이자 은인이나 다름없는 사람이었다. 법률가의 결론에 따르면, 이 일은 전적으로 가능하나, 다만 공작의 지적 장애와 완전한 정신착란을 증명해줄 사람들이 있어야 하고, 무엇보다 후견인이 되어줄 고위 인사들이 필요하다는 것이었다. 레베제프는 이 말에도 의기소침해지지 않았고

* 프랑스의 정치가, 외교가 샤를모리스 드 탈레랑페리고르. 프랑스혁명 시기부터 왕정복고기까지 활약한 정치가로, 나폴레옹의 황제 즉위와 몰락을 모두 주도한 인물이기도 하다. 책략을 통해 여러 정권을 갈아타며 자신의 입지를 다졌다.

한번은 공작에게 어떤 의사를 데려온 일까지 있었는데, 역시 존경할 만한 노인인 이 의사는 안나 훈장을 목에 걸고 다니며 별장에서 생활하는 사람으로, 방문 목적은 말하자면 그 지역을 둘러보고, 공작과 인사를 나누고, 우선은 비공식적으로, 즉 친구로서 레베제프에게 자신이 공작에 대해 내린 결론을 알려준다는 데 있었다. 공작은 이 의사가 방문했던 일을 잘 기억하고 있었다. 그가 기억하기로, 레베제프는 벌써 그 전날부터 그의 건강 상태가 좋지 않다며 귀찮게 굴어대다가, 자신이 약을 단호히 거부하자 느닷없이 의사를 데리고 나타났는데, 방금 둘이서 병세가 매우 나빠진 체렌치예프 씨를 방문하고 오는 길이어서, 의사가 그 환자에 대해 공작에게 뭔가 알려줄 게 있다는 구실이었다. 공작은 레베제프를 칭찬해주고 의사를 아주 반갑게 맞았다. 그들은 곧바로, 아픈 입폴리트에 대해 얘기를 나누기 시작했다. 의사는 그때의 자살 소동을 좀더 자세히 얘기해달라고 부탁했고, 공작은 그 사건 이야기와 설명으로 의사를 완전히 매료시켰다. 화제는 페테르부르크의 날씨, 공작 자신의 병, 스위스, 슈나이더로 옮겨갔다. 의사는 슈나이더의 치료체계에 대한 설명과 그 밖의 이야기에 너무나 흥미를 느껴 두 시간이나 퍼질러 앉아 있었다. 그러면서 공작이 권하는 최고급 여송연을 여러 대 피웠고, 레베제프 쪽에서도 베라를 시켜 아주 맛있는 과실주를 내왔는데, 이미 결혼해서 가정이 있는 의사가 이때 베라에게 야릇한 인사말을 건네는 바람에 베라의 심한 분노를 샀다. 그들은 친구로서 헤어졌다. 공작의 방에서 나온 의사는 레베제프에게, 저런 사람들을 죄다 금치산자로 만들려고 한다면, 대체 누구를 후견인으로 정할 수 있겠느냐고 말했다. 레베제프가 곧 닥칠 사건을 비극적으로 설명하자, 의사는 능청스럽고 교활하게 고개를 끄덕이다가 마침내, '누가 어떤 여자와 혼인하든, 그게 뭐 별일이냐'라는 건 차치하고서라도, "적어도 내가 듣기로, 그 매혹적인 여자는 절세미인이어서 그것 하나만으로도 돈 많은 남자를 유혹하기에 충분한데다, 그것 말고도 토츠키와 로고진한테서 받은 진주며, 다이아몬드며, 숄이며, 가구 같은 재산을 가지고 있네, 그러니 이번 혼인은 친애하는 공작 쪽의, 말하자면, 특별히 눈에 띄는 우매함을 나타내긴커녕, 오히려 세상 물정에 밝은 영리하고 빈틈없는 머리와 타산능력을 증명해준다네, 따라서 공작에게 완전히 유리한 정반대의 결론을 내릴 수 있지……"라고 말했다. 이 생각은 레베제프에게도 큰 타격을 주었다. 그래서 그도 단념하고 말았고, 결국 공작에게 모든 것을 고백한 뒤에, "이제 제게서 오직 당신을 위해 피를 흘리며 충성하는 모습 이외엔 아무것도 볼 수 없으실 겁니다요. 이 말씀을 드리려고 찾아왔습니다"라고 덧붙였다.

최근 이 며칠 동안 입폴리트도 공작이 관심을 다른 데로 돌릴 수 있게 해주었다. 입폴리트는 그를 부르러 지나치리만큼 자주 사람을 보내왔다. 입폴리트는 멀지 않은 곳에 있는 자그마한 집에서 가족과 함께 살고 있었다. 어린애들, 즉 입폴리트의 남동생과 여동생은 환자 곁을 벗어나 정원으로 나갈 수 있다는 것만으로도 별장생활을 좋아했다. 하지만 불쌍한 대위 부인은 무조건 입폴리트가 시키는 대로 해야 했고, 완전히 그의 제물이 되어 잠시도 그 곁을 떠나지 못했다. 공작은 매일같이 그들의 싸움을 뜯어말리고 화해시켜야 했는데, 환자는 여전히 공작을 자기 '유모'라고 불렀지만, 그러면서도 한편으로는 그의 중재자 역할을 경멸하지 않을 수 없는 모양이었다. 환자는 콜랴에게 무척 불만

이 많았는데, 그것은 콜랴가 처음엔 죽어가는 아버지 곁에, 나중엔 홀몸이 된 어머니 곁에 머무르느라 그를 거의 찾아오지 않았기 때문이다. 마침내 그는 눈앞에 다가온 공작과 나스타시야 필립포브나의 혼인을 조롱의 표적으로 삼아, 공작에게 심한 모욕을 주고 끝내 그를 격분시키고 말았으므로, 공작은 아예 발길을 끊어버렸다. 하지만 이틀 뒤, 이른 아침에 대위 부인이 어렵사리 공작을 찾아와, 자기 집에 제발 좀 와달라고 눈물을 흘리며 애원했는데, 그렇지 않으면 그애가 자기를 갉아먹어 죽일 거라고 했다. 그러면서 자기 아들이 굉장한 비밀을 털어놓고 싶어한다고 덧붙였다. 공작은 입폴리트에게 갔다. 입폴리트는 화해하길 원하며 울기 시작했으나 눈물을 흘린 뒤엔 물론 전보다 더 원한을 품었는데, 다만 그 원한을 드러내길 두려워했다. 그는 상태가 몹시 악화돼서, 이제 곧 죽을 거라는 사실이 어느 모로 보나 분명했다. 비밀 따윈 있지도 않았고, 그저 흥분해서(어쩌면 그런 척하는지도 모르지만) 이를테면 숨을 헐떡이며 '로고진을 조심하라'고 간절히 당부했을 뿐이다. "그자는 절대로 자기 것을 양보하는 사내가 아녜요. 그자는, 공작, 당신이나 나하고는 아주 달라요. 일단 마음을 먹으면 겁내는 게 없는 인간이라고요……" 등등, 등등. 공작은 무슨 사실이라도 알아낼까 싶어서 좀더 상세히 캐묻기 시작했으나, 입폴리트의 개인적인 느낌과 인상만 있을 뿐, 어떤 사실도 없었다. 하지만 결국 입폴리트는 공작을 지독히도 놀라게 하는 데 성공했고, 그것에 몹시 만족스러워했다. 처음에 공작은 그가 던지는 몇몇 특별한 질문에 대꾸하고 싶지 않아서, "차라리 외국으로라도 달아나십시오. 러시아 사제들이야 어디에나 있으니까 그곳에서도 혼례를 올릴 수 있어요"라는 충고에 대해서도 그저 미소만 지어 보였다. 하지만 마지막에 입폴리트는 다음과 같은 생각을 밝혔다. "나는 다만 아글라야 이바노브나가 걱정될 뿐입니다. 로고진은 당신이 그녀를 얼마나 사랑하는지 알고 있으니까, 사랑에는 사랑으로, 이거라고요. 당신이 그에게서 나스타시야 필립포브나를 빼앗았으니, 그는 아글라야 이바노브나를 죽일 겁니다. 그녀가 이제 당신 여자가 아니라 해도, 어쨌든 당신 마음이 괴로울걸요, 안 그런가요?" 입폴리트는 목적을 달성했다. 공작은 제정신이 아닌 상태로 그의 집을 떠났다.

로고진에 대한 이 같은 경고를 들은 것은 이미 혼례식 바로 전날이었다. 바로 이날 저녁, 공작은 혼례를 앞두고 마지막으로 나스타시야 필립포브나와 만났다. 하지만 나스타시야 필립포브나는 그를 안심시켜주긴커녕, 요즘 들어서는 그의 불안을 점점 더하고 있었다. 전에는, 그러니까 며칠 전만 해도, 그녀는 공작과 만날 때면 그의 침울한 얼굴을 보기 몹시 두려워하며 어떻게든 기분을 풀어주려고 갖은 애를 썼다. 심지어 그에게 노래를 불러주려고도 했으나, 대개는 기억나는 대로 뭐든 우스운 얘기를 들려주었다. 공작은 언제나 아주 재미있다는 표정을 지어 보였지만, 때로는 그녀가 열중해서 얘기할 때의 그 빛나는 기지와 밝은 기분에 이끌려 이따금 진심으로 웃음을 터뜨렸는데, 사실 그녀는 곧잘 얘기에 열중하곤 했다. 공작의 웃는 얼굴과 자신의 얘기가 그에게 불러일으킨 인상을 볼 때면, 그녀는 기뻐서 어쩔 줄 몰라하며 스스로 자랑스럽게 여겼다. 하지만 요즘 들어 그녀의 우수는 거의 시시각각 더 커져만 갔고, 깊은 생각에 잠기는 일이 늘어갔다. 나스타시야 필립포브나에 대한 공작의 견해는 이미 확고했는데, 그렇지 않았다면 그녀의 모든 것이 지금 그에게는 당연히 수수께끼처럼 불가해하게 여겨졌으리라. 그러나 그는 그녀가 아직 갱생할 수 있다고 진심으로 믿었다. 그가 예브게니 파블로비치에게 그녀를 진정으로 온 마음을 다해 사랑한다고 한 말은 어디까지나 사실이었으며, 실제로 그녀를 향한 그의 사랑에는 그냥 혼자 내버려두기 곤란할뿐더러 도저히 그럴 수도 없는 애처롭고 병든 어떤 아이에게 끌리는 마음과 같은 요소가 들어 있었다. 그는 그녀에 대한 자신의 감정을 누구에게도 설명한 바 없고, 설사 그런 대화를 피할 수 없을 때조차 그것에 대해 말하기를 꺼렸다. 당사자인 나스타시야 필립포브나와 함께 앉아 있을 때도, 두 사람은 약속이나 한 듯이 자신들의 '감정'에 대해서는 절대 얘기하지 않았다. 그들이 보통 나누는 명랑하고 활기 있는 대화에는 누구나 끼어들 수 있었다. 훗날 다리야 알렉세예브나는, 그럴 때면 이 두 사람을 보고 있는 것만으로도 내내 흐뭇하고 기쁜 마음이었다고 얘기했다.

어쨌거나 나스타시야 필립포브나의 심적이고 정신적인 상태에 대한 공작의 이러한 견해는 그를 다른 많은 의혹으로부터 어느 정도 해방시켜주었다. 지금의 그녀는 약 석 달 전에 그가 알고 있던 것과는 완전히 다른 여자였다. 이제 그는 이를테면, 그녀가 그때는 자기와의 혼인을 앞두고 눈물을 흘리고 저주와 비난을 퍼부으며 달아났으면서, 왜 지금은 오히려 그녀 쪽에서 혼인을 더 서두를까 하는 생각 따윈 더이상 하지 않았다. '그러니까 이젠 그때처럼 이 결혼이 내게 불행을 가져다줄 거라고 두려워하진 않는 거야'라고 공작은 생각했다. 그가 볼 때, 이처럼 급작스럽게 되살아난 그녀의 자신감이 아무래도 자연스럽지는 못했다. 그렇다고 이 자신감이 그저 아글라야에 대한 증오심에서 생겼을 리는 없었다. 나스타시야 필립포브나는 좀더 깊이 느낄 줄 아는 사람이었다. 그렇다면 로고진과 혼인할 경우 그녀를 기다리는 운명이 두려워서 그런 건 아닐까? 한마디로, 여기에는 이런 모든 원인이 여러 다른 원인과 함께 작용하고 있었는지도 모른다. 하지만 공작에게 무엇보다 분명한 사실은, 여기에는 그가 이미 오래전부터 예감해온 그것, 그리고 이 가엾고 병든 영혼이 더이상 견뎌낼 수 없었던 바로 그것이 개재돼 있다는 점이었다. 이런 모든 추론은 나름대로 그를 여러 의혹에서 벗어나게 해주었으나, 이 기간 내내 그에게 어떤 안정이나 휴식도 가져다주지는 못했다. 이따금 그는 아무것도 생각하지 않으려고 애쓰는 듯했다. 사실 그는 이 혼인을 마치 중요하지 않은 어떤 형식적인 일처럼 바라보는 것 같았다. 자신의 운명을 너무나 하찮게 여겼던 것이다. 예브게니 파블로비치와 나눈 것 같은 대화나 여러 항의에 대해서는 아무런 대답도 할 수 없었고, 또 자신은 아예 그럴 자격조차 없다고 느꼈으므로, 그런 종류의 모든 대화를 피하고 있었다.

그러나 그는 아글라야가 자신에게 어떤 의미를 지니는가를 나스타시야 필립포브나가 너무나 잘 알고 있고 이해하고 있다는 사실을 눈치챘다. 그녀는 그저 아무 말도 하지 않았으나, 그는 자기가 처음 며칠 동안 예판친가에 찾아갈 채비를 하는 모습을 이따금 보게 된 그녀의 '얼굴'에서 그것을 짐작할 수 있었기 때문이다. 예판친 가족이 떠나버리자, 그녀의 얼굴은 환히 빛나는 듯했다. 아무리 눈치가 없고 둔할망정, 그래도 그는, 나스타시야 필립포브나가 아글라야를 파블롭스크에서 쫓아버리려고 일부러 무슨 소동을 피울 거다 싶어 은근히 겁을 먹고 있었다. 별장촌 전체를 떠들썩하게 한 이번 혼인에 대한 소문과 잡음은 물론 어느 정도는 나스타시야 필립포브나가 연적의 신경을 긁어놓기 위해 부추긴 것이었다. 나스타시야 필립포브나는 예판친 가족을 만나기가 어렵자, 한번은 자기 마차에 공작을 태우고, 마부에게 예판친가의 별장 창문 바로 옆을 지나도록 지시했다. 공작으로선 기겁할 정도로 놀라운 사건이었다. 그는 언제나 그렇듯이, 이젠 이미 일을 바로잡을 수 없게 됐을 때, 마차가 이미 그 창문 옆을 이미 통과할 때에야 퍼뜩 정신을 차렸다. 그는 아무 말도 하지 않았으나, 그후 이틀 동안 계속 아팠다. 나스타시야 필립포브나는 다시는 그런 시도를 되풀이하지 않았다. 혼례식 바로 며칠 전부터 그녀는 몹시 생각에 잠기게 되었다. 그래도 언제나 마지막엔 슬픈 마음을 떨쳐버리고 다시 명랑해지곤 했지만, 요 얼마 전처럼 그렇게 흥겹고 행복한 명랑함이 아니라, 어쩐지 한결 차분해 보이는 명랑함이었다. 공작은 더욱더 주의를 기울이기 시작했다. 그녀가 절대로 로고진 얘기를 꺼내지 않는 것도 이상하게 여겨졌다. 그저 꼭 한 번, 혼례식 닷새 전쯤에, 갑자기 다리야 알렉세예브나가 그에게 사람을 보내, 나스타시야 필립포브나의 상태가 아주 나쁘니 지체 말고 와달라고 했다. 그가 가보니, 그녀는 그야말로 미친 사람처럼 되어 있었다. 그녀는 비명을 지르고 후들후들 떨면서, 로고진이 바로 이 집 정원에 숨어 있다, 방금 자기 눈으로 직접 보았다, 밤중에 자기를 죽일 거다…… 칼로 찔러 죽일 거다! 라고 외쳐댔다. 그녀는 온종일 마음을 진정시키지 못했다. 하지만 바로 그날 저녁 공작이 입폴리트에게 잠시 들렀을 때, 무슨 일을 보러 페테르부르크에 갔다가 방금 막 돌아온 대위 부인이, 오늘 로고진이 페테르부르크의 자기 집에 들러 파블롭스크에 대해 이것저것 물어보았다고 얘기했다. 로고진이 들른 게 정확히 언제였느냐고 공작이 물어보자, 대위 부인은 나스타시야 필립포브나가 오늘 자기 집 정원에서 그를 보았다는 때와 거의 같은 시각을 댔다. 그래서 이 일은 단순한 착각이었음이 밝혀졌다. 나스타시야 필립포브나도 직접 대위 부인을 찾아가 좀더 자세히 물어보고는 무척 마음을 놓았다.

혼례식 전날 공작과 헤어질 때 나스타시야 필립포브나는 전에 없이 활기를 띠고 있었다. 페테르부르크의 의상실에서 내일 입을 의상이며, 혼례복이며, 머리 장식 등등을 보내온 것이다. 공작은 그녀가 그렇게까지 의상에 흥분하리라곤 예상치 못했다. 그 자신도 모든 것을 칭찬해주었고, 그의 칭찬에 그녀는 더욱 행복해했다. 하지만 그녀는 쓸데없는 소리까지 하고 말았다. 항간에서 다들 이 혼인에 분개하고 있고, 실제로 어떤 불량배들은 일부러 만든 풍자시에 곡조까지 붙여놓고 한바탕 소란을 피울 준비를 하고 있는데다, 다른 사람들도 죄다 그걸 응원하다시피 한다는 얘기를 이미 들었다는 것이다. 그러니 이제 그들 앞에서 고개를 더욱더 치켜들고 자신의 멋지고 호화로운 의상으로 모두의 기를 꺾어놓을 작정이었다. '소리를 지르든 휘파람을 불든, 어디 감히 그럴 수 있나 한번 보자고!' 이런 생각만으로도 그녀의 눈은 번쩍거렸다. 그녀는 또 한 가지 은밀한 상상을 했으나, 그걸 입 밖에 내진 않았다. 그 상상이란, 아글라야도, 아니면 최소한 아글라야가 보낸 사람 중 누군가도 몰래 교회의 군중 속에 끼어 혼례식을 지켜보리라는 것으로, 그녀는 마음속으로 거기에 대비하고 있었다. 그녀는 이런 생각에 몰두한 채 밤 열한시쯤 공작과 헤어졌다. 그러나 자정도 되기 전에 다리야 알렉세예브나가 공작에게 사람을 보내, '상태가 매우 나쁘니 속히 와달라'고 했다. 공작이 급히 가보니, 신부는 침실의 문을 잠그고 틀어박히 절망과 히스테리에 빠져 울고 있었다. 오랫동안 그녀는 잠긴 문틈으로 사람들이 하는 말을 전혀 들으려 하지 않았으나, 마침내 문을 열고 공작 한 사람만 들어오게 한 뒤 다시 문을 잠그고 그의 앞에 무릎을 꿇었다. (적어도 다리야 알렉세예브나는 나중에 이렇게 전했는데, 그녀는 그래도 뭔가 엿볼 수 있었던 것이다.)

"내가 무슨 짓을 하는 거죠! 무슨 짓을! 대체 당신한테 어쩌자는 걸까요!" 그녀는 경련을 일으키며 그의 다리를 부둥켜안고 이렇게 소리쳤다.

공작은 꼬박 한 시간을 그녀와 함께 앉아 있었다. 그들이 무슨 얘기를 했는지는 알 도리가 없다. 아무튼 다리야 알렉세예브나의 말에 의하면, 그들은 한 시간 뒤에 평온하고 행복한 표정으로 헤어졌다. 공작은 그날 밤 다시 한번 사람을 보내 나스타시야 필립포브나의 상태를 알아보았지만, 그녀는 이미 잠들어 있었다. 다음날 아침 일찍, 그녀가 일어나기도 전에 공작은 다리야 알렉세예브나의 집에 두 번씩이나 사람을 보냈고, 세번째로 보낸 사람이 비로소 다음과 같은 소식을 가지고 왔는데, '지금 나스타시야 필립포브나 주위엔 페테르부르크에서 온 재봉사와 미용사가 벌떼처럼 모여 있고, 어제의 흔적은 찾아볼 수도 없다, 그만한 미인의 혼렛날 아침이 아니고선 볼 수 없을 정도로 정성 들여 신부 단장을 하고 있다, 지금 바로 이 순간엔, 어떤 보석을 어떻게 달까 하는 문제로 특별 회의가 진행중이다'라는 내용이었다. 공작은 마음을 푹 놓았다.

이 혼례식에 대한 그 이후의 모든 일화는 사정을 잘 아는 사람들을 통해 다음과 같이 전해졌는데, 믿을 만한 이야기인 듯싶다.

혼례식은 오후 여덟시로 정해져 있었다. 나스타시야 필립포브나는 이미 일곱시에 준비를 다 마쳤다. 벌써 여섯시부터 구경꾼들이 레베제프의 별장과 특히 다리야 알렉세예브나의 집 주위에 점차 모여들었다. 일곱시부터는 교회도 사람들로 넘쳐나기 시작했다. 베라 레베제바와 콜랴는 공작에게 무슨 일이 일어나진 않을까 싶어 몹시 염려하고 있었다. 그러나 그들은 공작의 집에서 손님을 맞고 접대하는 일을 맡았으므로 정신없이 바빴다. 하긴, 식이 끝난 뒤에 무슨 연회라 할 만한 것이 예정돼 있지도 않아서, 혼례를 올리는 자리에 꼭 있어야 하는 사람들을 제외하면, 프치츠인 부부, 가냐, 안나 훈장을 목에 건 의사, 그리고 다리야 알렉세예브나가 레베제프한테 초대받았을 뿐이었다. 어째서 '생면부지나 다름없는' 의사를 초대할 생각을 했는지 공작이 궁금해하자, 레베제프는 거드름을 피우면서, '목에 훈장을 건 점잖은 사람이니깝쇼, 모양새를 위해 필요합죠'라고 대답해서 공작을 웃겼다. 연미복 차림에 장갑을 낀 켈레르와 부르돕스키도 매우 의젓해 보였다. 다만 켈레르는 집 주위에 몰려드는 구경꾼들을 아주 사납게 노려보며, 여차하면 주먹을 휘두르겠다는 용의를 노골적으로 드러내서, 여전히 공작과 자기 의뢰인들을 적잖이 당황케 했다. 드디어 일곱시 반에 공작은 사륜마차를 타고 교회로 출발했다. 이 기회에 말해두자면, 그는 일부러 일반적인 관습과 관례를 하나도 생략하지 않기로 했기 때문에, 모든 일은 숨김없이, 명명백백하고 공개적으로, '격식에 따라' 버젓하게 진행되었다. 교회에 들어선 공작은 구경꾼들의 끊임없는 수군거림과 외침이 들려오는 가운데 간신히 군중 사이를 뚫고서, 좌우로 위협적인 시선을 던지는 켈레르의 인도에 따라 잠시 제단 뒤로 자취를 감추었고, 켈레르는 신부를 데리러 출발했는데, 가서 보니, 다리야 알렉세예브나의 집 현관 계단 앞에는 군중이 공작의 집 앞보다 두세 배나 더 빽빽이 모여 있었을 뿐만 아니라, 심지어 세 배는 더 무례한 것 같았다. 그는 계단을 올라가다가 도저히 참을 수 없는 소리가 귀에 들리자, 단단히 한마디해주려고 군중 쪽으로 이미 완전히 몸을 돌렸으나, 다행히 부르돕스키와 계단을 달려내려온 다리야 알렉세예브나 본인에게 제지당했다. 그들은 그를 붙잡고 억지로 방안으로 끌고 들어갔다. 켈레르는 초조해하며 허둥댔다. 나스타시야 필립포브나는 자리에서 일어나 다시 한번 거울을 들여다보더니, 나중에 켈레르가 전했듯 '일그러진' 미소를 지으며 "죽은 사람처럼 창백하군" 하고 말하고는, 성상을 향해 경건하게 절을 한 뒤 현관으로 나왔다. 와아 하는 함성이 그녀를 맞았다. 사실, 처음엔 웃음소리, 박수 소리에 더러는 휘파람소리까지 들리는 듯했다. 하지만 잠시 뒤엔 다른 소리들도 울려퍼졌다.

"야아, 굉장한 미인이다!" 군중 속에서 외쳐댔다.

"세상에 뭐 저런 여자가 하나뿐인 줄 아나!"

"혼례만 올리면 모든 게 가려지는 거야, 이 멍청이들아!"

"아니, 무슨 재주로 저런 절세미인을 찾겠어, 만세!" 제일 가까이 있던 패거리가 소리쳤다.

"공작 부인이시다! 저런 공작 부인을 위해서라면 내 영혼이라도 팔겠다!" 어떤 관청 서기가 외쳤다. "목숨을 내놓고 나와의 하룻밤을!……"*

나스타시야 필립포브나는 정말로 백지장처럼 창백한 얼굴을 하고

---

* 푸쉬킨의 단편소설 「이집트의 밤」에 있는 시의 한 구절. "말해보라, 너희 중 누가/ 목숨을 내놓고 나와의 하룻밤을 사겠는가?"

나왔다. 그러나 커다랗고 검은 그녀의 두 눈은 활활 타는 석탄처럼 군중을 향해 이글거렸다. 이것만은 군중도 이겨낼 수가 없었다. 분노는 열광적인 함성으로 변했다. 이미 마차의 문이 열리고, 이미 켈레르가 신부에게 손을 내밀었을 때, 갑자기 그녀는 비명을 내지르며 계단에서 군중 속으로 곧장 몸을 던졌다. 그녀를 수행하던 사람들은 모두 너무 놀란 나머지 뻿뻿하게 몸이 굳어버렸고, 군중은 그녀 앞에서 양옆으로 쫙 갈라졌는데, 계단에서 대여섯 걸음 떨어진 곳에 갑자기 로고진이 나타났다. 바로 그의 시선을 나스타시야 필립포브나는 군중 속에서 발견했던 것이다. 그녀는 미치광이처럼 그에게 달려가 두 손을 덥석 움켜쥐었다.

"날 구해줘! 날 좀 데려가! 어디로든 좋아, 어서!"

로고진은 두 팔로 그녀를 번쩍 들어올리다시피 해서 마차에 집어넣었다. 그러고는 재빨리 지갑에서 백 루블짜리 지폐를 꺼내 마부에게 내밀었다.

"기차역으로, 기차 시간 전에 대면 백 루블을 더 주지!"

그러면서 자기도 나스타시야 필립포브나의 뒤를 따라 마차에 뛰어오르더니 문을 쾅 닫았다. 마부는 단 한순간도 생각할 것 없이 말 등에 채찍을 휘갈겼다. 나중에 켈레르는 워낙 불시에 일어난 일이었다며 핑계를 댔다. '일 초만 여유가 있었다면, 나도 정신을 차리고 그냥 내버려두진 않았을 텐데!' 그는 이 해괴한 사건을 얘기하며 이렇게 변명했다. 그는 부르돕스키와 함께 때마침 그곳에 있던 다른 마차를 집어타고 급히 뒤쫓아갔으나, 도중에 생각을 바꿨다. '아무래도 늦었어! 강제로 도로 데려올 순 없으니까!'

"더구나 공작도 그건 원치 않을 거야!" 충격을 받은 부르돕스키가 단언했다.

한편 로고진과 나스타시야 필립포브나는 제때에 역에 닿을 수 있었다. 마차에서 내린 로고진은 막 기차에 오르려다 말고, 지나가는 어떤 처녀를 붙들어 세웠는데, 처녀는 허름하긴 해도 꽤 괜찮은 짙은색 망토를 걸치고 얇은 명주 수건을 머리에 쓰고 있었다.

"그 망토, 50루블이면 되겠지!" 그는 느닷없이 처녀에게 돈을 내밀었다. 처녀가 놀라서 아직 어리둥절한 사이에 그는 벌써 50루블을 손에 쥐여주고, 망토와 수건을 벗겨 나스타시야 필립포브나의 어깨와 머리에 씌워버렸다. 지나치게 화려한 그녀의 의상이 너무 눈에 띄어 기차간에서 이목을 끌게 될 걸 염려했기 때문인데, 처녀는 어째서 그들이 자기에겐 횡재나 다름없는 그런 큰돈을 주고 한푼의 가치도 없는 누더기 옷을 샀는지, 그 이유를 나중에 가서야 알게 됐다.

이 뜻밖의 사건에 대한 소문은 엄청난 속도로 교회에까지 다다랐다. 켈레르가 공작에게 가는 도중에 일면식조차 없는 수많은 사람이 그에게 덤벼들어 이것저것 귀찮게 캐물었다. 왁자지껄한 얘기 소리가 교회 안에 꽉 찼고, 연신 머리를 흔드는 사람, 심지어 큰 소리로 웃는 사람들도 있었다. 누구 하나 교회 밖으로 나가려 하지 않고, 다들 신랑이 이 소식을 어떻게 받아들일지 기다렸다. 공작은 얼굴이 창백해졌으나 담담하게 이 소식을 받아들이면서, 들릴 듯 말 듯 한 소리로, "나도 염려는 했지만, 그래도 이렇게 되리라곤 생각지 못했어요……"라고 말했다. 그러고는 잠시 침묵하다가 이렇게 덧붙였다. "하긴…… 그녀의 처지로는…… 지극히 당연한 일이지요." 나중에 켈레르는 공작의 이런 반응을 가리켜 '비할 데 없이 철학적'이라고 불렀다. 공작은 겉으로 보기엔 침착하고 원기 있는 모습으로 교회를 나섰다. 적어도 많은 사람이 그렇게 보았고, 나중에도 그렇게 얘기했다. 공작은 어서 집에 돌아가 한시바삐 혼자 있고 싶은 생각이 간절한 듯했다. 하지만 사람들은 그를 가만히 내버려두지 않았다. 그의 뒤를 따라 몇몇 초청객이 방안까지 들어왔고, 그들 중에는 프치츠인, 가브릴라 아르달리오노비치, 그리고 그 의사도 끼어 있었는데, 의사 역시 돌아갈 생각은 전혀 없었다. 이뿐만이 아니라 집 전체가 한가한 구경꾼들에게 말 그대로 완전히 포위된 상태였다. 공작이 아직 테라스에 있었을 때, 켈레르와 레베제프가 전혀 알지도 못하는 몇몇 사람과 격렬하게 언쟁을 벌이는 소리가 들려왔는데, 관리 계급으로 보이는 이 사람들은 어떻게든 테라스로 들어오고 싶어했다. 공작은 다투는 사람들에게 다가가 왜 그러는지 물어보고, 레베제프와 켈레르를 정중히 옆으로 비켜서게 한 뒤, 다른 희망자 몇 명을 이끌고 현관 계단에 서 있는, 이미 머리가 허옇게 세고 몸집이 뚱뚱한 어느 신사를 향해 겸손한 태도로, 이렇게 방문해주시니 영광스럽다며 어서 들어오시라고 청했다. 신사는 당황한 표정이었지만, 그래도 안으로 들어왔고, 그를 따라 두번째, 세번째 사람이 들어왔다. 전체 무리 중 방문 희망자가 일고여덟 명 더 나타나 역시 안으로 들어왔는데, 그들은 최대한 거리낌 없는 태도를 취하려고 애썼다. 하지만 더이상의 지원자는 없었고, 곧 군중 속에서는 주제넘은 불청객들을 비난하는 소리가 일었다. 안으로 들어온 자들은 안내에 따라 자리를 잡고 앉았다. 대화가 시작되고 차도 나왔는데—이 모든 대접이 너무나 점잖고도 겸손해서 그들은 몹시 놀랐다. 물론 대화를 더 재미있는 쪽으로 이끌어서 '응당

제격인' 화제로 넘어가려는 시도가 몇 차례 있긴 했다. 몇몇 무례한 질문도 나왔고, 몇몇 '대담한' 발언도 있었다. 그러나 공작은 모두에게 너무도 솔직하고 친절하고 동시에 너무나 품위 있게, 그리고 손님들의 양식良識에 대해 지극히 신뢰를 표하며 대답했으므로, 무례한 질문은 저절로 잠잠해지고 말았다. 대화는 점차 진지한 빛을 띠기 시작했다. 말꼬리를 붙잡고 늘어진 어떤 신사는 갑자기 몹시 격분해서, 자기는 무슨 일이 있어도 영지를 팔지 않겠다, 오히려 기다리겠다, 끝까지 기다리겠다, '사업이 돈보다 낫다'고 맹세하면서, "바로 이것이 내 경영 방식입니다요, 귀하께도 말씀드려둡죠"라고 말했다. 이 말은 공작에게 한 것이었으므로, 공작은 레베제프가 그의 귀에 대고, 저 신사는 말뚝도 마당도 없는 주제에 언제 무슨 영지를 가져봤겠느냐고 속삭였음에도 불구하고, 신사에게 열심히 찬사의 말을 건넸다. 이럭저럭 거의 한 시간이 지났고, 찻잔도 비었고, 차를 다 마시고 나니 마침내 손님들도 더이상 눌러앉아 있기 무안해졌다. 의사와 백발의 신사는 공작과 뜨거운 작별인사를 나누었다. 나머지 손님들도 모두 떠들썩하게 열띤 작별인사를 했다. '상심할 것 없습니다, 이게 다 전화위복이 될 테니까요' 같은 의견과 덕담을 말하기도 했다. 하기는, 샴페인을 청하려는 시도도 있긴 했으나, 나이 지긋한 손님들이 젊은 패거리를 만류했다. 손님들이 모두 돌아가자, 켈레르는 레베제프에게 몸을 숙이고 이렇게 말했다. "자네나 나 같으면 고함을 지르고 주먹질을 하고 추태를 부려서 경찰을 끌어들이고 말았겠지. 그런데 공작은 저렇게 새 친구들을 만들었잖나, 게다가 어떤 자들인가, 나는 저들의 생리를 잘 알거든!" 꽤나 '술이 돼 있던' 레베제프는 한숨을 후유 쉬더니 말했다. "지혜롭고 슬기 있는 자들에겐 숨기시고 어린아이들에게는 나타내시는도다.* 나는 전에도 공작에 대해 이렇게 말했지만, 이젠 이렇게 덧붙이겠네, 하느님께선 바로 그 어린아이를 지켜주시어 나락에서 구하셨도다, 하느님과 하느님의 모든 성자가!"

열시 반쯤 되어서야 공작은 비로소 혼자 남게 됐는데, 머리가 지끈지끈 아팠다. 제일 늦게 돌아간 사람은 공작이 혼례복을 평상복으로 갈아입게 도와준 콜랴였다. 그들은 뜨거운 작별인사를 나눴다. 콜랴는 이번 사건에 대해 여러 말 하지 않고, 내일은 일찌감치 오겠다고 약속했다. 그는 후에, 공작은 마지막으로 헤어질 때 아무런 말도 내비치지 않았고, 따라서 그에게도 자신의 의도를 숨긴 게 분명하다고 증언했다. 곧 집안 전체에는 거의 아무도 남지 않았다. 부르돕스키는 입폴리트에게 갔고, 켈레르와 레베제프도 어디론지 나가버렸다. 베라 레베제바 혼자만 얼마 동안 더 남아서, 잔치 분위기로 꾸며놓은 방들을 평상시의 모습으로 재빨리 되돌려놓았다. 그녀는 돌아가면서 잠시 공작의 방을 들여다보았다. 그는 탁자 앞에 앉아 팔을 괴고서 두 손으로 머리를 감싸고 있었다. 그녀는 가만히 공작에게 다가가 그의 어깨를 건드려보았다. 공작은 멍한 표정으로 그녀를 바라보며 거의 일 분가량 기억을 떠올리려는 듯했다. 그러나 기억이 돌아와 모든 일을 상기하자, 그는 갑자기 몹시 흥분하기 시작했다. 하지만 결국, 내일 아침 첫 기차를 탈 수 있도록 일곱시에 자기 방문을 두들겨달라고 베라에게 신신당부한 게 전부였다. 베라는 그러마고 약속했다. 공작은 이 얘기를 아무에게도 알

---

* 「마태복음」 11:25, 「누가복음」 10:21.

리지 막아달라며 간곡히 부탁하기 시작했다. 베라가 그것 역시 약속하고서 마침내 돌아가려고 이미 방문을 완전히 열었을 때, 공작은 벌써 세번째로 그녀를 불러 세우고는 두 손을 잡고 그 손에 입을 맞추더니, 이번에는 이마에까지 입을 맞추며 어딘가 '심상찮은' 표정으로, "그럼 내일 봅시다!"라고 말했다. 나중에 베라는 적어도 그렇게 전했다. 그녀는 공작을 몹시 염려하며 돌아갔다. 이튿날 아침 약속대로 일곱시가 조금 지나 그의 방문을 두드리고, 페테르부르크로 가는 기차가 십오 분 뒤에 떠난다고 알렸을 때, 그녀는 다소 마음이 놓였다. 그가 완전히 원기를 회복하고 미소까지 지으며 문을 열어준 것 같았기 때문이다. 그는 엊저녁에 입었던 옷을 간밤에도 거의 벗지 않았으나, 잠을 자기는 잤다. 그는 오늘 중으로 돌아올 수 있으리라고 여겼다. 그러니까 그는 자기가 페테르부르크에 간다는 사실을 그녀에게만은 지금 알려줘도 되고 또 그럴 필요가 있다고 생각한 것이다.

XI

한 시간 뒤 그는 이미 페테르부르크에 있었고, 아홉시가 조금 지난 시각엔 로고진 집의 초인종을 울리고 있었다. 그는 건물의 정면 입구를 통해 들어갔는데, 한참 동안 아무도 문을 열어주지 않았다. 드디어 로고진의 늙은 어머니가 거주하는 쪽의 문이 열리더니, 조금 나이가 든 단정한 모습의 하녀가 나타났다.

"파르퐨 세묘노비치는 집에 안 계십니다." 그녀가 문 안쪽에서 알려주었다. “누굴 찾으시나요?”

“파르푠 세묘노비치를 만났으면 하는데요.”

“그분은 집에 안 계시는데요.”

하녀는 노골적으로 호기심을 드러내며 공작을 살펴보았다.

“그럼 간밤엔 집에서 보냈는지, 그거라도 얘기해주겠소? 그리고…… 어제 혼자 돌아오셨나요?”

하녀는 계속 쳐다보기만 할 뿐, 아무런 대답도 하지 않았다.

“혹시 그 사람하고 함께 어제저녁 무렵에…… 여기…… 나스타시야 필립포브나가 있지 않았소?”

“실례지만 댁은 누구신지요?”

“레프 니콜라예비치 므이쉬킨 공작이오, 우린 아주 잘 아는 사이요.”

“그분은 집에 안 계십니다.”

하녀는 눈을 내리깔았다.

“그럼 나스타시야 필립포브나는요?”

“저는 그런 건 전혀 모릅니다.”

“잠깐, 잠깐만! 그럼 언제 돌아오시지요?”

“저희는 그것도 모르겠는데요.”

문이 닫혔다.

공작은 한 시간 뒤에 다시 들르기로 했다. 그는 마당을 들여다보다가, 우연히 문지기와 마주쳤다.

“파르푠 세묘노비치는 집에 계신가?”

“댁에 계십니다요.”

“그럼 어째서 방금 나한텐 안 계신다고 했을까?”

"그분 댁 하녀가 그러던가요?"

"아니, 그분 어머님 댁의 하녀가 그랬네. 파르폰 세묘노비치 댁의 초인종을 울렸지만, 아무도 문을 열어주지 않더군."

"어쩌면 외출하셨는지도 모르겠군요." 문지기가 결론지었다. "아무 말씀도 없이 외출하시곤 하니까요. 어떤 땐 열쇠까지 가지고 나가시기 때문에, 사흘씩이나 그 댁 문이 잠겨 있기도 합니다."

"어제 집에 계셨다는 건 확실한가?"

"계셨습니다. 정면 출입구로 들어오셔서 제가 보지 못하는 경우도 더러 있지만요."

"혹시 나스타시야 필립포브나가 어제 그 사람하고 같이 있지 않았나?"

"그건 모르겠습니다요. 자주 찾아오시진 않습죠. 만약 오셨다면 제가 알았을 텐데요."

공작은 밖으로 나와, 생각에 잠긴 채 얼마 동안 보도를 거닐었다. 로고진이 쓰는 방들의 창문은 모두 닫혀 있었다. 그의 어머니가 거처하는 다른 쪽 절반의 창들은 거의 다 열려 있었다. 맑고 더운 날이었다. 공작은 길을 건너 맞은편 보도로 가서 걸음을 멈추고 다시 한번 창문을 쳐다보았다. 창문은 닫혀 있을뿐더러 거의 모두 흰 커튼이 드리워져 있었다.

그는 일 분가량 서 있었다. 그런데—이상하게도—갑자기 한쪽 창문의 커튼 귀퉁이가 살짝 들리면서 로고진의 얼굴이 언뜻 나타나는가 싶더니, 언뜻 보이자마자 곧바로 사라진 것처럼 여겨졌다. 좀더 기다리던 그는 다시 올라가서 초인종을 누르기로 이미 마음먹었으나, 곧 생각을

바꿔 한 시간 뒤에 올라가보기로 했다. '뭐, 어쩌면 그냥 그렇게 느껴진 건지도 모르지……'

무엇보다 그는 지금, 이즈마일롭스키 연대에 있는, 얼마 전까지 나스타시야 필립포브나가 살았던 집으로 급히 가보고 싶어졌다. 그는 그녀가 자신의 부탁을 받아들여 삼 주 전에 파블롭스크를 떠날 때, 그녀의 좋은 옛 지인이자 가족도 있고 여러모로 존경할 만한 어느 부인의 집으로 옮겼다는 사실을 알고 있었는데, 이즈마일롭스키 연대에 사는 이 부인은 교사였던 남편을 여읜 뒤, 가구가 딸린 좋은 방을 세놓고 거의 그것으로 생계를 꾸려나가고 있었다. 틀림없이 나스타시야 필립포브나는 이번에 파블롭스크로 다시 거처를 옮기면서 자기가 쓰던 방을 그대로 놔두었을 것이다. 적어도 로고진이 어제 그녀를 다름 아닌 그 집으로 데려갔고, 거기서 그녀가 밤을 보냈으리라는 것은 충분히 있음직한 일이었다. 공작은 마차를 잡아탔다. 어젯밤에 그녀가 곧장 로고진의 집으로 갔으리라고는 믿을 수 없으니, 여기서부터 탐색을 시작했어야 옳았다고 그는 마차 안에서 생각했다. 그러자, 나스타시야 필립포브나가 자주 찾아오진 않는다던 문지기의 말도 떠올랐다. 만약 평소에도 자주 들르지 않는다면, 지금 상황에서 무엇 때문에 로고진의 집에 와 있겠는가? 이런 위안으로 자신을 애써 격려하며 마침내 공작은 거의 반쯤 죽은 상태로 이즈마일롭스키 연대에 도착했다.

하지만 너무나 놀랍게도, 교사 부인의 집에서는 나스타시야 필립포브나에 대해 어제고 오늘이고 무슨 얘기를 들어보지 못했다며, 마치 무슨 기적이나 되는 듯이 공작을 보려고 좇아나왔다. 교사 부인의 대가족—죄다 여자애들인데다 열다섯 살부터 일곱 살까지 모두 연년

생인—아이들이 어머니 뒤를 따라 모조리 쏟아져나와, 입을 헤 벌리고 그를 에워쌌다. 그들 뒤를 따라 아이들의 이모라는, 깡마르고 얼굴이 누렇게 뜬 여자가 검은색 머릿수건을 두르고 나왔고, 맨 뒤에 이 집의 할머니인, 안경을 쓴 고령의 노파가 나타났다. 교사 부인이 공작에게 안으로 들어와 좀 앉으라고 하도 권하는 바람에, 공작도 그 말에 따랐다. 그는 이들이 자기가 누구인지 훤히 알고, 어제가 혼렛날이었다는 것도 아주 잘 알고 있으므로, 혼례식에 대해, 그리고 지금 바로 그와 함께 파블롭스크에 있어야 할 여자의 행방을 오히려 공작 쪽에서 이들에게 물어보는 이 불가사의한 상황에 대해 이것저것 캐묻고 싶어 죽을 지경이지만, 예의상 꾹 참고 있음을 이내 알아챘다. 그는 짤막한 설명으로 혼례식에 대한 이들의 호기심을 만족시켜주었다. 경악과 탄식, 비명이 터져나와, 결국 그는 나머지 것들도, 물론 중요한 점들에 국한해서이지만, 거의 모두 얘기해줄 수밖에 없었다. 마침내, 이 흥분한 부인들이 현명한 의논 끝에 내린 결론은, 무엇보다 반드시 로고진을 다시 찾아가 집안에 들여놔줄 때까지 문을 두들겨서 그로부터 모든 것을 확실하게 알아내야 한다는 것이었다. 만일 그가 집에 없거나(이것도 분명히 확인해야 한다) 입을 열지 않으려 하면, 그땐 세묘놉스키 연대*에서 어머니와 함께 살고 있는 나스타시야 필립포브나의 지인인 귀부인, 그 독일 여자를 찾아가야 하는데, 어쩌면 나스타시야 필립포브나가 흥분한 나머지 몸을 숨기려고 그 집에서 밤을 보냈는지도 모른다는 것이다. 공작은 완전히 절망한 상태로 의자에서 일어났다. 나중에 이 집 사

* 페테르부르크에서 세묘놉스키 연대의 병영이 자리잡고 있던 구역은 흔히 연대 이름으로만 부르곤 했다.

람들은, 그가 '무서우리만큼 창백한 얼굴이었다'라고 말했다. 사실 그는 다리가 휘청거려 서 있기조차 힘들었다. 마침내 공작은 무섭게 웅웅거리는 목소리들 속에서, 이들도 함께 협력하겠다면서 그의 페테르부르크 주소를 물어보는 말을 겨우 알아들었다. 하지만 그에겐 이곳 주소가 없었다. 그들은 어디 여관에라도 거처를 정하라고 조언했다. 공작은 잠시 생각한 끝에 자기가 지난번에 묵었던 여관, 오 주 전쯤에 발작을 일으켰던 바로 그 여관의 주소를 알려주었다. 그런 다음 다시 로고진의 집으로 갔다. 이번에는 로고진의 집 문이 열리지 않았을 뿐만 아니라, 늙은 어머니가 거처하는 쪽의 문도 열어주지 않았다. 공작은 문지기를 만나러 가서 마당에서 겨우 그를 찾아냈다. 문지기는 뭐가 그리 바쁜지 대답은 고사하고 거의 눈조차 주지 않았지만, 그래도 파르폰 세묘노비치는 "꼭두새벽부터 나가셨고, 파블롭스크로 떠나셨는데, 오늘은 집에 안 돌아오실 겁니다"라고 확실하게 말했다.

"그럼 기다리겠네. 아마 저녁녘엔 돌아오시겠지?"

"하지만 일주일 뒤에도 돌아오시지 않을지 몰라요, 그분 일이니, 아무도 알 수 없죠."

"그러니까, 간밤에 여기서 주무신 것만은 확실하지?"

"주무시기야 주무셨죠……"

이 모든 것이 미심쩍고 석연치 않았다. 아무래도 문지기는 그새 새로운 지시를 받은 모양이었다. 아까는 수다스럽기까지 하더니, 지금은 그저 피하고만 있지 않은가. 하지만 공작은 두어 시간 뒤에 다시 한번 들러서 만약 필요하다면 집 근처에서 망이라도 보기로 마음먹고, 지금은 아직 독일 여자의 집에 희망을 걸 수 있다 싶어 세묘놉스키 연대를 향해 마차를 재촉했다.

그러나 독일 여자 집에서는 공작의 말을 알아듣지조차 못했다. 간간이 내뱉는 몇 마디 말에서 공작은 심지어, 이 독일 미녀가 두 주일 전쯤 나스타시야 필립포브나와 다툰 뒤 절교를 했으며, 그래서 요 며칠 내내 그녀에 대해 아무것도 들은 바가 없고, '설사 그 여자가 이 세상의 공작들을 죄다 남편으로 맞는다 해도' 자기는 그 여자 소식에 아무런 흥미도 없다는 점을 알리는 데 지금 전력을 기울이고 있음을 알아차릴 수 있었다. 공작은 서둘러 밖으로 나왔다. 그런데 문득, 그녀는 그때처럼 모스크바로 떠났을 수도 있다, 로고진도 물론 그녀 뒤를 쫓아갔을 거다, 아니 어쩌면 둘이 함께 갔을지도 모른다, 라는 생각이 떠올랐다. '최소한 무슨 흔적이라도 찾아낼 수 있다면!' 하지만 그는 여관방부터 잡아야 한다는 사실을 상기하고, 급히 리체이나야 거리로 갔다. 여관에서는 곧바로 방을 내주었다. 급사가 뭘 좀 드시겠느냐고 묻자, 그는 무심코 그러겠다고 대답했다. 그러다 곧이어 정신이 들자, 식사 때문에 공연히 반시간이나 지체하게 됐다 싶어 자신에게 무섭게 화가 치밀었으나, 다음 순간, 내어온 음식을 먹지 않고 그대로 둔다 해서 안 될 건 뭐 있나, 하는 생각이 들었다. 이 어두컴컴하고 후텁지근한 복도에 있으려니 기묘한 느낌이 그를 덮쳤는데, 그 느낌은 어떤 상념으로 변하려고 고통스럽게 몸부림치고 있었다. 하지만 끈질기게 맴도는 이 새로운 상념이 대체 무엇인지, 그는 도무지 짐작할 수가 없었다. 마침내 그는 정신없이 여관을 나섰다. 머리가 빙빙 돌았다. 그러나—대체 어디로 간단 말인가? 그는 로고진의 집으로 내달았다.

로고진은 돌아와 있지 않았다. 초인종을 울려봐도 문은 열리지 않았다. 그는 로고진의 어머니가 사는 쪽의 초인종을 울렸다. 문이 열리더니, 이번에도, 파르푠 세묘노비치는 집에 없고, 아마 사흘 정도는 돌아오지 않을 거라고 했다. 아까와 다름없이 노골적인 호기심을 품고 살펴보는 시선에 공작은 당혹스러웠다. 이번에는 문지기도 아예 보이지 않았다. 그는 그 집을 나와 아까처럼 다시 맞은편 보도로 건너가서 창문을 쳐다보며 반시간가량, 아니 어쩌면 더 오랫동안, 고통스러운 폭염 속에서 서성거렸다. 이번에는 아무것도 움직이지 않았다. 창문은 굳게 닫힌 채였고, 흰 커튼은 꼼짝도 하지 않았다. 마침내 그의 머릿속에, 아까 본 것도 필시 착각에 지나지 않고, 창문조차 어느 옛날에 닦았는지 아무리 봐도 저렇듯 부옇게 흐리니, 설사 누군가가 실제로 유리창을 통해 밖을 내다본다 해도 분간하기 힘들 것이라는 생각이 떠올랐다. 이런 생각에 안도하며, 그는 다시 이즈마일롭스키 연대에 있는 교사 부인의 집으로 갔다.

그 집에선 이미 그를 기다리고 있었다. 교사 부인은 벌써 서너 군데를 찾아가보았고, 로고진의 집에까지 들렀으나, 아무 소식도 들을 수 없었다는 것이다. 공작은 말없이 듣고 나서 방으로 들어가 소파에 앉더니, 무슨 말인지 못 알아듣겠다는 얼굴로 모두를 바라보기 시작했다. 이상하게도, 그는 어떤 땐 비상한 주의력을 보이다가도 어떤 땐 믿을 수 없을 만큼 갑자기 산만해지곤 했다. 후에 이 집 사람들은 모두, 그가 이날 '놀랄 정도로' 사람이 이상해졌다면서, 그러니까 '그때 이미 모든 징후가 나타났는지도 모른다'라고 단언했다. 마침내 그는 자리에서 일어나, 나스타시야 필립포브나의 방을 좀 보여달라고 부탁했다. 그녀가 쓰던 방은 크고 환하고 천장이 높은데다 가구도 아주 번듯하게 갖춰진,

반세가 싸지 않은 방 둘이었다. 나중에 이 집 부인들이 입을 모아 얘기하길, 공작은 방안에 있는 물건들을 하나하니 살펴보다가 문득 조그만 탁자 위에 도서관에서 빌려온 책이 펼쳐져 있는 것을 발견하고, 그게 프랑스 소설 『마담 보바리』라는 걸 알아채자 펼쳐진 페이지를 접더니, 그 책을 좀 가져가고 싶다고 부탁했고, 도서관에서 빌린 책이라 그럴 수 없다고 말했는데도, 들은 체도 않고 주머니에 그냥 넣었다는 것이다.* 공작은 열려 있는 창가에 가 앉더니, 분필로 뭐가 빽빽이 적힌 카드놀이용 탁자를 보고서, 누가 카드놀이를 했느냐고 물었다. 부인들은, 나스타시야 필립포브나가 저녁마다 로고진을 상대로 바보놀이며, 프레페랑스며, 멜니키며, 휘스트며, 으뜸패 내놓기 놀이 같은—온갖 카드놀이를 했다, 카드놀이는 파블롭스크에서 페테르부르크로 옮겨온 뒤 아주 최근에야 시작했는데, 나스타시야 필립포브나가 따분하다며 늘 하소연을 했고, 로고진이 저녁 내내 입을 다물고 앉아서는 도대체가 무슨 얘기도 할 줄 모른다고 끊임없이 한탄하며 종종 울기까지 했기 때문이다, 그러다 어느 날 저녁 로고진이 갑자기 주머니에서 카드를 꺼내놓은 거다, 그러자 나스타시야 필립포브나는 깔깔 소리내어 웃었고, 두 사람은 카드놀이를 시작했다, 라고 설명했다. 공작은 그들이 쓰던 카드가 어디 있는지 물었다. 하지만 카드는 없었다. 카드는 로고진이 언제나 주머니에 넣고 왔는데, 매일 새 카드를 가져왔다가 다시 가지고 가버렸다는 것이다.

* 도스토옙스키는 투르게네프의 추천으로 『마담 보바리』를 읽었다. 투르게네프는 『마담 보바리』를 '최근 십 년 동안의 세계문학에서 최고의 작품'이라 말했고, 도스토옙스키 역시 이 소설을 높이 평가했다.

이 집 부인들은 공작에게, 다시 한번 로고진을 찾아가 이번엔 더 세차게 문을 두들기라고 조언하면서, 하지만 지금 당장은 아니고, 저녁엔 '와 있을지도 모르니까' 그때 가보라고 권했다. 한편 교사 부인은, 저녁이 되기 전에 자기가 직접 파블롭스크로 다리야 알렉세예브나를 찾아가보겠다고 자진해서 나섰는데, 그 집에선 뭘 알고 있지 않겠느냐는 얘기였다. 공작에게는 내일 일에 대해 함께 의논해야 하니까, 어쩌되든 저녁 열시쯤에는 꼭 와달라고 당부했다. 이 집 부인들이 건네는 모든 위로와 격려에도 불구하고, 공작의 마음은 극도의 절망감에 사로잡혔다. 형언할 수 없는 우수에 잠긴 채 그는 여관까지 터덜터덜 걸었다. 먼지투성이에 숨이 막힐 듯 후텁지근한 한여름의 페테르부르크가 압착기처럼 그를 옥죄었다. 그는 험상궂은 사람들, 술에 취한 사람들 사이를 헤치고 걸으면서 아무런 목적도 없이 사람들의 얼굴을 들여다보곤 했는데, 아마도 필요 이상으로 너무 먼 길을 돌아서 간 것 같았다. 여관방에 들어섰을 때는 벌써 저녁이 거의 다 돼 있었다. 그는 좀 쉬고 난 다음에 부인들이 조언한 대로 다시 로고진에게 가기로 하고, 소파에 앉아 탁자에 두 팔꿈치를 괴고 생각에 잠겼다.

얼마나 시간이 지났는지, 무엇을 생각하고 있었는지는 아무도 모른다. 그는 많은 것이 두려웠고, 자신이 몹시 두려워하고 있음을 고통스러우리만큼 절실히 느꼈다. 베라 레베제바의 얼굴이 머리에 떠올랐다. 그러자, 레베제프가 이 사건에 대해 뭔가 알지도 모르며, 설사 아는 게 없다 해도 자기보다는 더 빨리, 더 쉽게 알아낼 수 있으리라는 생각이 들었다. 그다음엔 입폴리트가 생각났고, 로고진이 입폴리트한테 찾아갔다는 것도 생각났다. 그리고 이어 장본인인 로고진이 생각났다. 얼마 전 장례미사 때 본 얼굴, 그리고 공원에서 만났을 때의 모습, 그리고 또—그때 여기 이 복도 구석에 숨어 길을 듣고 자신을 기다리던 얼굴이 갑자기 기억났다. 그의 눈이, 그때 어둠 속에서 자신을 노려보던 두 눈이 지금 막 기억난 것이다. 공작은 몸을 흠칫 떨었다. 아까부터 머릿속을 맴돌기만 하던 그 상념이 이제 갑자기 선명한 형태로 뇌리에 떠올랐다.

그 상념은 대체로 이러했는데, 만약 로고진이 페테르부르크에 있다면 비록 당분간 몸을 숨겼다 하더라도 결국엔 공작 그를 찾아올 것이며, 좋은 의도에서든 나쁜 의도에서든, 어쩌면 설사 그때와 같은 의도에서라 하더라도 반드시 찾아오리라는 것이었다. 최소한 로고진이 무슨 이유에서든 그를 찾아와야 할 필요를 느낀다면, 이곳으로, 또다시 이 복도로 올 수밖에 없으리라. 그는 로고진에게 자신의 주소를 남기지 않았다. 따라서 로고진은 그가 저번 그 여관에 투숙했으리라고 생각할 게 틀림없다. 적어도 이곳에서 그를 찾으려 들겠지…… 물론 꼭 만나야만 할 때 얘기지만. 그러나 어찌 알겠는가, 어쩌면 꼭 만나야 할 필요를 느끼고 있을지?

공작은 이렇게 생각했고, 왜 그런지 이 상념이 너무나 그럴듯하게 여겨졌다. 하지만 설사 그가 이 상념 속으로 깊이 파고들었다 하더라도, '이를테면 왜 갑자기 그가 로고진에게 그토록 필요한 존재가 된단 말인가, 그리고 왜, 그들이 결국 만나지 못하리라는 가능성은 아예 배제된단 말인가?'라는 질문에 결코 명쾌히 대답할 수는 없었을 것이다. 아무튼 고통스러운 상념이었다. '만약 행복하다면, 찾아오지 않겠지,' 공작은 계속 생각했다. '행복하지 못하다면, 곧 찾아올 거야. 하지만 행

복하지 못할 게 분명해……'

이렇게 확신하는 이상, 그는 물론 자신의 여관방에서 로고진을 기다려야만 옳았으리라. 그러나 그는 이 새로운 상념을 더이상 견딜 수 없다는 듯, 벌떡 일어나 모자를 움켜쥐고 뛰어나갔다. 이미 복도는 거의 칠흑같이 캄캄했다. '어쩌지, 만약 그 친구가 지금 느닷없이 저 구석에서 튀어나와 나를 계단 옆에 멈춰 세운다면?' 눈에 익은 장소로 다가가는 동안, 퍼뜩 이런 생각이 뇌리를 스쳤다. 하지만 아무도 튀어나오지 않았다. 계단을 내려가 정문을 통해 보도로 나갔을 때, 그는 일몰과 함께 거리로 쏟아져나온 빽빽한 인파에 놀라면서(땡볕이 내리쬐는 휴가철의 페테르부르크에선 늘 볼 수 있는 광경이었다) 고로호바야 거리 쪽으로 걸음을 옮겼다. 여관에서 오십 보가량 떨어진 첫번째 네거리까지 왔을 때, 갑자기 누군가가 인파 속에서 그의 팔꿈치를 건드리며 귀에 바싹 대고 낮은 소리로 말했다.

"여보게, 레프 니콜라예비치, 날 따라오게, 그럴 일이 있어."

로고진이었다.

이상하게도, 공작은 갑작스러운 기쁨에 혀가 꼬인 나머지 단어를 끝까지 말하지도 못하면서, 방금 여관 복도에서 그를 기다렸다는 얘길 늘어놓기 시작했다

"나도 거기 있었네." 뜻밖에도 로고진은 이렇게 대답했다. "자, 가세."

공작은 이 대답에 깜짝 놀랐으나, 그건 적어도 이미 이 분이 지나 생각을 가다듬은 뒤의 일이었다. 그는 이 대답의 의미를 헤아려보고는 소스라치게 놀라, 로고진을 주의깊게 바라보기 시작했다. 로고진은 이미 반걸음쯤 앞장서서 똑바로 앞만 보며 걷고 있었는데, 마주치는 행인들

이 얼굴을 전혀 쳐다보지 않고 기계적으로 경계하며 모두에게 길을 내주었다.

"여관에 갔다면…… 왜 나를 불러달라고 하지 않았나?" 공작이 불쑥 물었다.

로고진은 걸음을 멈추고 잠시 그를 보며 생각하더니, 묻는 말을 전혀 알아듣지 못하기라도 한 양 이렇게 말했다.

"이봐, 레프 니콜라예비치, 자넨 이 길로 해서 곧장 우리집까지 쭉 가게, 알겠나? 나는 저쪽 길로 해서 갈 테니. 하지만 주의하게, 나와 보조를 맞춰야 하니까……"

이렇게 말하고 그는 한길을 건너 맞은편 보도로 가서는, 공작이 제대로 가는지 잠시 쳐다보더니, 공작이 그 자리에 서서 눈을 휘둥그레 뜬 채 자기를 바라보는 것을 보자 고로호바야 방향으로 손을 저어 보이고는 걸음을 옮기기 시작했는데, 그러면서 연신 공작 쪽을 돌아보며 자기를 따라오라고 신호를 보냈다. 그는 공작이 자신의 뜻을 알아채고 맞은편 보도에서 자기 쪽으로 건너오지 않는 것을 보고는 마음이 놓인 듯했다. 문득, 로고진이 누군가를 지켜봐야 해서 행여 그 사람을 길에서 놓칠까봐 맞은편 보도로 건너갔을 거라는 생각이 공작의 뇌리를 스쳤다. '하지만 누구를 지켜봐야 하는지 왜 말하지 않았을까?' 그들이 그렇게 오백 보가량 걸었을 때, 공작은 왠지 갑자기 몸이 떨려왔다. 로고진은 처음보다는 좀 뜸하지만, 여전히 주위를 돌아보고 있었다. 공작은 더이상 참지 못하고 그에게 손짓을 했다. 그는 곧 한길을 건너 공작에게 왔다.

"나스타시야 필립포브나가 정말 자네 집에 있나?"

"우리집에 있네."

"그럼 아까 커튼 뒤에서 창문으로 나를 보던 게 자네였나?"

"나야……"

"그렇다면 어째서 자넨……"

하지만 공작은 계속 무엇을 물어야 할지, 어떻게 질문을 끝내야 할지 알 수 없었다. 게다가 심장이 하도 쿵쿵거려서 말하기조차 힘겨웠다. 로고진 역시 아무 말 않고 여전히 생각에 잠긴 듯한 표정으로 그를 바라볼 따름이었다.

"그럼, 난 가겠네." 로고진은 갑자기 이렇게 말하며, 다시 길을 건너가려고 했다. "자네는 이쪽 길로 혼자 가게나. 따로따로 가자고…… 그게 나아…… 서로 다른 쪽 길로 가는 게…… 곧 알게 될 걸세."

마침내 그들이 각각 다른 쪽 보도로 해서 고로호바야 거리로 접어들어 로고진의 집으로 다가가기 시작했을 때, 공작은 또다시 다리가 휘청거려 더이상 걷기조차 힘들 지경이 되었다. 벌써 저녁 열시경이었다. 늙은 어머니가 사는 쪽 창문들은 아까처럼 열려 있었으나, 로고진의 방들은 창이 모두 닫혀 있었고, 창문에 드리워진 흰 커튼이 어스름한 저녁 빛 속에서 더욱 두드러져 보였다. 공작은 맞은편 보도로부터 집 쪽으로 다가갔고, 로고진은 자기 쪽 보도에서 현관 계단으로 올라가 공작에게 손짓했다. 공작은 그에게로 건너가 그 계단을 올라갔다.

"내가 집에 돌아온 건 문지기도 지금 모르네. 아까 파블롭스크로 간다고 말해뒀고, 어머니한테도 그렇게 말했거든." 그는 교활하고 거의 만족스러운 듯한 미소를 지으며 소곤거렸다. "우리가 들어가도 아무도 못 알아챌 걸세."

그의 손에는 이미 열쇠가 들려 있었다. 집안의 층계를 올라가며, 그는 뒤를 돌아보고 좀더 조용히 걸으라는 시늉을 해 보이곤, 자기 방들로 들어가는 문을 가만히 열고서 공작을 먼저 들여보낸 다음, 자신도 조심스레 뒤따라 들어와 문을 잠그고 열쇠를 주머니에 넣었다.

"자, 들어가세." 그가 소곤거리며 말했다.

그는 이미 리체이나야 거리의 보도에서부터 소곤대며 말하고 있었다. 겉으로는 아주 침착했으나, 속으로는 뭔가 몹시 불안했던 것이다. 서재로 통하는 홀에 들어서자, 그는 서재 바로 앞의 창문으로 다가가 자못 비밀스러운 손짓으로 공작을 불렀다.

"자네가 아까 초인종을 울렸을 때, 나는 그게 자네라는 걸 여기서 금방 알아챘지. 발꿈치를 들고 문으로 다가가 들어보니, 자네가 파프누치예브나와 얘기하고 있더군. 하지만 나는 벌써 새벽녘에 하녀한테 단단히 일러뒀거든, 만일 자네나 자네가 보낸 누구, 아니면 그게 누가 됐건 간에, 내 방문을 두드리기 시작하면, 절대로 내가 집에 있다고 말하면 안 되고, 특히 자네가 직접 찾아와서 나를 찾을 땐 더더욱 안 된다고 못박아두면서 자네 이름까지 알려줬어. 그런데 자네가 밖으로 나간 뒤, 이런 생각이 퍼뜩 드는 거야. 그 친구가 지금 저기 밖에 서서 몰래 살피고 있거나 한길에서 망을 보고 있으면 어쩌나 하고 말이지. 그래서 바로 이 창문으로 다가와 커튼을 살짝 들치고 내다보니, 자네가 거기 서서 내 쪽을 똑바로 바라보고 있더군…… 바로 그렇게 된 걸세."

"그런데 어디 있나…… 나스타시야 필립포브나는?" 공작은 힘겹게 숨을 몰아쉬며 말했다.

"그 여잔…… 여기 있어." 로고진은 잠시 대답을 주저하는 듯하다가

느릿느릿 말을 뱉었다.

"대체 어디?"

로고진은 눈을 들어 공작을 뚫어지게 바라보았다.

"자, 가보세……"

그는 아까와 마찬가지로 왠지 이상하리만치 생각에 잠겨, 서두르는 기색 없이 줄곧 속삭이는 소리로 느릿느릿 말하고 있었다. 심지어 방금 커튼 얘기를 할 때도, 아주 솔직하게 털어놓는 얘기였음에도 불구하고 뭔가 다른 말을 하고 싶은 듯한 어조였다.

그들은 서재로 들어갔다. 공작이 지난번에 왔을 적에 비해 방에는 약간의 변화가 보였다. 방 전체를 가로질러 초록색의 두꺼운 비단 휘장을 쳤고, 이것이 로고진의 침대가 놓인 안쪽의 움푹 들어간 공간을 서재에서 갈라놓고 있었는데, 휘장의 양쪽 끝을 통해 안으로 드나들 수 있었다. 하지만 그 양쪽 어귀마저 묵직하게 드리워진 휘장으로 막혀 있었다. 방안은 몹시 어두웠다. 여름 페테르부르크의 '하얀' 밤도 이미 어두워지기 시작해서, 보름달이 떠 있지 않았더라면 커튼이 드리워진 로고진의 어두운 방에선 무엇을 분간하기조차 힘들었을 것이다. 하지만 지금은 아주 불분명하긴 하나 그래도 얼굴 정도는 구별할 수 있었다. 로고진의 얼굴은 여느 때처럼 창백했다. 공작을 뚫어질 듯 응시하는 두 눈은 강하게 번득였으나, 왠지 아무런 움직임이 없었다.

"초를 좀 켜면 어떤가?" 공작이 말했다.

"아니, 필요 없네." 로고진은 이렇게 대답한 뒤 공작의 손을 잡고 그를 의자에다 눌러 앉히더니, 자기도 공작과 무릎이 거의 맞닿을 정도로 의자를 바싹 끌어당겨 놓고 마주앉았다. 두 사람 사이엔 자그마한 원탁이 약간 옆으로 비껴 놓여 있었다. "앉게, 잠시 앉자고!" 잠시 앉자며 설득이라도 하듯 그가 말했다. 두 사람은 일 분가량 말이 없었다. "자네가 그 여관에 들 줄 알았어." 이따금 본격적인 대화에 들어갈 때 본론과는 직접 관계 없는 여러 시시콜콜한 말로 시작하듯이, 로고진 역시 그런 식으로 말을 꺼냈다. "그 복도에 들어서자, 어쩌면 자네도 거기 앉아서 나처럼, 지금 바로 이 순간 나를 기다리고 있을지 모른다는 생각이 불쑥 들더군. 그 교사 부인 집에는 갔었나?"

"갔었네." 공작은 심장이 마구 방방이질 쳐서 간신히 입을 열었다.

"그것도 짐작했네. 또 이런저런 얘기가 돌겠군, 하고 생각했지…… 그러고는 또 이런 생각을 했네, 자네를 이리로 데려와, 오늘밤은 함께 지내자고……"

"로고진! 나스타시야 필립포브나는 어디 있나?" 공작은 갑자기 이렇게 속삭이고는 사지를 후들거리며 의자에서 일어났다. 로고진도 몸을 일으켰다.

"저기." 그는 고갯짓으로 휘장을 가리키며 속삭였다.

"자고 있나?" 공작도 속삭이며 말했다.

로고진은 아까처럼 또다시 공작을 뚫어지게 바라보았다.

"그럼 이제 가볼까!…… 다만 자넨…… 아니, 됐네, 어서 가보세!"

그는 휘장을 조금 들어올리고 멈춰 서서, 또다시 공작을 돌아보았다.

"들어가게!" 그는 먼저 들어가라며 고갯짓으로 휘장 쪽을 가리켰다. 공작은 안으로 들어갔다.

"여긴 캄캄하군." 공작이 말했다.

"그래도 보일 거네!" 로고진이 중얼거렸다.

“거의 안 보여…… 침대가 있군.”

“좀더 가까이 가보게.” 로고진이 나직이 말했다.

공작은 한 걸음, 또 한 걸음 좀더 가까이 다가가선 멈춰 섰다. 그는 우뚝 선 채, 일이 분 동안 눈을 모으고 앞을 바라보았다. 두 사람은 침대 옆에 서 있는 내내 아무 말이 없었다. 공작의 심장이 무섭게 쿵쾅거려서, 죽음과도 같은 방안의 적막 속에 그 소리가 들리는 듯했다. 하지만 그의 눈은 이미 어둠에 익숙해져서, 침대 전체를 식별할 수 있었다. 침대 위에는 누군가가 꼼짝달싹 않고 잠들어 있었다. 아주 작은 바스락 소리 하나, 가냘픈 숨소리 하나 들리지 않았다. 잠자는 사람은 하얀 시트를 머리끝까지 덮어썼는데, 사지를 그저 어렴풋이 분간할 수 있을 뿐으로, 실루엣의 높이로 보아 사람이 몸을 쭉 뻗고 누워 있다는 것만 알 수 있었다. 주위에는 침대 위에도, 발치에도, 침대 바로 옆에 놓인 팔걸이의자에도, 심지어 방바닥에도, 벗어던진 옷가지들과 흰색의 화려한 비단드레스, 꽃이며 리본 등이 어지럽게 흩어져 있었다. 머리맡 작은 탁자 위에서는 벗어던진 보석들이 반짝였다. 발치에는 무슨 레이스 뭉치가 구겨진 채 내던져져 있고, 희끗거리는 레이스 위에는 시트 자락에서 비죽 나온 맨발 끝이 보였다. 그것은 마치 대리석으로 깎아놓은 듯이 보였고, 무서우리만치 꼼짝도 하지 않았다. 공작은 눈을 부릅뜨고 바라보았는데, 바라보면 볼수록 죽음과도 같은 정적이 방안에 더욱더 무겁게 내려앉는 것을 느꼈다. 갑자기 잠에서 깬 파리 한 마리가 윙윙거리며 침대 위를 날다가 머리맡에 가서 잠잠해졌다. 공작은 몸을 부르르 떨었다.

“나가세.” 로고진이 그의 손을 건드렸다.

그들은 밖으로 나와 다시 그 의자에 또다시 마주앉았다. 공작은 점점 더 심하게 몸을 떨면서, 뭔가 묻고 싶어하는 시선을 로고진의 얼굴에서 떼지 않았다.

“가만 보니, 자네 떨고 있군, 레프 니콜라예비치.” 이윽고 로고진이 입을 열었다. “자네 건강이 몹시 망가졌을 때와 거의 똑같군그래, 기억하나, 그게 모스크바에서였지? 아니면 예전의 그 발작 직전 같기도 하고. 지금 그렇게 되면 자넬 어떡해야 할지 모르겠군……”

공작은 그의 말뜻을 이해하려고 모든 주의력을 집중해 귀를 기울이면서, 여전히 눈으로 묻고 있었다.

“자네가 그랬나?” 마침내 공작은 고갯짓으로 휘장 쪽을 가리키며 말했다.

“응…… 내가……” 로고진은 속삭이듯 말하고는 눈을 내리깔았다.

둘은 오 분가량 말이 없었다.

“그러니까,” 로고진은 말을 중단하지도 않았던 것처럼 불쑥 이렇게 계속했다. “만약에 자네가 지금 발병하거나 발작을 일으키거나 비명을 지른다면, 아마도 마당이나 길에서 누가 듣고, 이 방에 사람들이 있다는 걸 알아챌지 몰라. 그럼 문을 두드리고 들어와보겠지…… 다들 내가 집에 없다고 믿고 있으니까. 촛불을 켜지 않은 것도 길이나 마당에서 누가 알아채지 못하게 하기 위해서야. 나는 어디 갈 때 열쇠를 가지고 나가니까, 내가 없는 동안엔 사나흘씩 내 방에 청소하러 들어오는 사람조차 없거든, 그게 내 습관일세. 그래서 우리가 밤새 여기 있다는 걸 아무도 눈치채지 못하게 하려고……”

“잠깐,” 공작이 말했다. “나는 아까 문지기와 늙은 하녀한테 나스타시야 필립포브나가 여기서 자지 않았느냐고 물어봤네. 그럼 그들도 이미 알고 있겠군."

"자네가 물어봤다는 건 나도 알아. 나는 파프누치예브나에게, 어제 나스타시야 필립포브나가 들르긴 했지만 곧바로 파블롭스크로 떠났고, 나한테서는 십 분밖에 앉아 있지 않았다고 말해뒀거든. 그러니까 그녀가 간밤에 여기서 잤다는 건 모르네—아무도 몰라. 어제 우리는 아주 몰래 들어왔어, 오늘 자네와 들어올 때처럼 말이야. 여기 오는 도중만 해도 나는 속으로, 저 여자가 몰래 숨어들어오길 싫어할 거라 생각했는데—웬걸! 작은 소리로 소곤대면서 까치발을 하고, 행여 사그락거리는 소리라도 날까봐 옷자락을 높이 걷어올려 손으로 감싸쥐고서, 층계에선 나더러 조심하라고 손가락까지 들어올리더군—자네가 쫓아올까봐 내내 두려웠던 거야. 기차 안에선 완전히 미치광이나 다름없었다네, 순전히 공포심 때문이었지. 그러면서 자기 쪽에서 먼저, 여기 내 방에 와서 밤을 보냈으면, 했던 거야. 처음에 나는 교사 부인 집에 데려갈 생각이었지만—무슨 소리! '거기 가 있다간, 날도 새기 전에 공작이 날 찾아내고 말 거야, 그러니 네가 날 숨겨줘, 그리고 내일 날이 밝는 대로 모스크바로 떠나'라고 말하더니 그다음엔 오룔 어디로 가고 싶다더군. 잠자리에 누워서도 자꾸 오룔로 가자고 그랬으니까……"

"잠깐, 자넨 이제 어떡할 건가, 파르폰, 대체 어쩔 작정인가?"

"이봐, 자네 때문에 정말 걱정스럽군, 계속 그렇게 후들후들 떨고 있으니. 오늘밤은 여기서 함께 보내세. 침대는 저기 저것밖에 없어, 그래서 생각해뒀지, 양쪽 소파에서 쿠션을 떼어낸 다음 여기 휘장 옆에다 나란히 깔아서 자네와 내가 함께 누울 잠자리를 만들자는 거야. 사람들이 들어와서 방안을 둘러보거나 뭘 찾아보게 되면, 곧바로 시신을 발견하고 밖으로 내어갈 것 아닌가. 너를 붙들고 물어볼 거고, 내가 그랬다고 말하면, 나를 즉시 연행하겠지. 그러니 지금은 여기다 그냥 두기로 하세, 우리 곁에, 나와 자네 곁에……"

"그래, 그러세!" 공작은 열렬히 찬성했다.

"그러니까, 자수도 하지 않고 내주지도 않는 거야."

"그럼, 절대로!" 공작은 결연히 말했다. "절-대-로!"

"이봐, 내 결심도 그래, 누구한테도 절대 내주지 않겠어! 그럼 여기서 조용히 밤을 보내세. 나는 오늘 아침에 한 시간쯤 집을 비운 게 다야, 그 밖엔 종일 저 여자 곁에서 보냈네. 그리고 저녁때 자넬 데리러 갔지. 그런데 걱정스러운 건, 날이 더워서 냄새가 나지 않을까 하는 거야. 냄새가 나는 것 같지 않나?"

"나는 것 같기도 한데, 잘 모르겠어. 내일 아침엔 틀림없이 날 거야."

"유포로, 질 좋은 미국산 유포로 덮고, 그 위에 시트를 씌워놨네. 쥬다노프 용액 네 병도 마개를 뽑아서 세워뒀지, 지금도 저기 그대로 있어."

"그러니까 거기…… 모스크바에서 있었던 사건 때처럼?"

"이 친구야, 냄새 때문에 그러는 거지. 그런데 그녀가 저기 어떻게 누워 있는지…… 아침에 좀 밝아지면 잘 들여다보게나. 아니, 자네 왜 그러나, 일어서지도 못하겠나?" 로고진은 공작이 일어서지도 못할 만큼 무섭게 떠는 것을 보자, 놀라고 불안해하며 물었다.

"다리가 말을 듣지 않아." 공작이 중얼거렸다. "공포감 때문이야, 내가 알아…… 공포감이 사라지면 일어설 수 있겠지……"

"잠깐만 기다리게, 내가 잠자리를 준비할 테니. 자넨 눕는 게 좋겠어…… 나도 자네 곁에 누울 테니…… 서로 얘기나 들어보세…… 여보게, 난 여전히 모르겠어…… 여보게, 난 아직 다 몰라, 미리 말해두는 거야, 자네가 이걸 죄다 미리 알았으면 해서……"

로고진은 이렇게 아리송한 말을 중얼거리면서 잠자리를 펴기 시작했다. 아마 아침부터 이 잠자리를 생각해둔 모양이었다. 어젯밤에 그는 소파에서 잤다. 하지만 소파에 두 사람이 나란히 누울 수는 없는 일이어서, 그는 오늘밤 공작과 꼭 나란히 눕고 싶은 마음에, 지금 소파 두 개에서 모양과 크기가 제각각인 쿠션들을 모두 떼어내 무진 애를 써가며 방 전체를 가로질러 휘장 바로 옆에 끌어다놓았다. 그럭저럭 잠자리가 마련됐다. 그는 공작에게 다가가 감동어린 표정으로 상냥하게 손을 잡고 일으켜세워 잠자리 쪽으로 데려갔다. 그러나 공작은 혼자서도 걸을 수 있었다. '공포감이 사라진' 것이다. 하지만 몸은 여전히 떨렸다.

"그런데, 이봐," 로고진은 좀 나은 왼쪽 쿠션에 공작을 누이고, 자기는 겉옷도 벗지 않은 채 오른쪽에 드러누워 머리 뒤로 두 손을 깍지 끼면서 불쑥 입을 열었다. "오늘은 날이 더워서 분명 냄새가 날 거야…… 창문을 열자니 겁이 나고, 어머니한테 화분이 여럿 있는데, 꽃이 많이 피어서 향기가 아주 좋거든. 그래서 가져올까도 했지만, 파프누치예브나가 눈치챌 것 같아서…… 그 여잔 호기심이 강하거든."

"호기심이 강하더군." 공작이 맞장구쳤다.

"그럼 꽃다발과 꽃을 사와서, 그녀의 몸을 온통 덮어줄까? 하지만 여보게, 꽃 속에 묻힌 걸 보면, 가여울 것 같아!"

"저기……" 공작은 너무나 혼란스러운 나머지, 자기가 정작 물어봐야 하는 것을 금세 잊어버리고는 또다시 떠올리려고 하는 듯이 더듬거리며 물었다. "저기, 말해보게, 자넨 무엇으로 그녀를 저렇게 했나? 칼? 바로 그 칼?"

"바로 그 칼."

"잠깐만! 파르폰, 자네한테 묻고 싶은 게 더 있어…… 나는 자네한테 물어볼 게 많아, 모든 것에 대해…… 하지만 내가 알 수 있게 차라리 자네가 처음부터 얘기해주게. 자네는 혼례식 직전에, 식을 올리기 직전에 교회 문 앞에서 그 칼로 그녀를 죽일 생각이었지? 그런가, 안 그런가?"

"모르겠어, 그럴 생각이었는지 아닌지……" 로고진은 이 질문에 약간 놀라기까지 한 듯, 이해가 안 간다는 식으로 퉁명스럽게 대답했다.

"파블롭스크에 그 칼을 지니고 온 적은 한 번도 없었나?"

"한 번도 없어. 그 칼에 대해 자네한테 말해줄 수 있는 건 이것뿐이야, 레프 니콜라예비치." 그는 잠시 입을 다물었다가 덧붙였다. "잠겨 있던 서랍에서 그 칼을 꺼낸 건 오늘 새벽이야, 모든 일이 일어난 건 새벽 세시가 조금 지나서였으니까. 칼은 줄곧 내 책 속에 끼워져 있었지…… 그런데…… 그런데 아무래도 이상한 건, 칼이 1.5…… 아니면 2베르쇼크나 깊숙이 꽂혔는데…… 그것도 바로 왼쪽 가슴 아래로…… 그런데 피라곤 고작 반 숟갈 정도가 루바쉬카*에 흘러나왔을 뿐이야. 그게 다였어……"

"그건, 그건, 그건," 갑자기 공작이 무섭게 흥분하며 몸을 일으켰다.

---

* 러시아 전통 의상 중 하나로, 가벼운 직물로 길고 폭 넓게 만든 상의. 평민들은 겉옷으로 입었으나, 상류층에겐 속옷에 가까웠다.

"그건, 그건, 내가 알아, 그런 걸 읽은 적이 있어…… 그건 내출혈이라는 거야…… 한 방울도 나오지 않는 경우도 있다더군. 만약 심장을 정확하게 찌른다면……"

"가만, 들리나?" 갑자기 로고진이 재빨리 말을 중단시키며, 겁에 질려서는 자리에 일어나 앉았다. "저 소리 들려?"

"아니!" 공작 역시 로고진을 바라보며 겁에 질린 채 빠른 소리로 말했다.

"걸어다니고 있어! 들리지? 홀에서……"

두 사람은 귀를 바싹 기울였다.

"들려." 공작이 확실한 어조로 속삭였다.

"걸어다니지?"

"걸어다녀."

"문을 닫을까, 어떡할까?"

"닫아……"

문을 닫고 두 사람은 다시 누웠다. 그러고는 한참 동안 말이 없었다.

"아, 참!" 공작은 또다시 퍼뜩 떠오른 생각을 이번에도 놓쳐버리면 정말 큰일이라는 듯 자리에서 벌떡 일어나 앉기까지 하며, 갑자기 아까처럼 흥분해서 다급히 속삭였다. "맞아…… 그걸 물어보려 했지…… 그 카드! 카드…… 자넨 그녀와 카드놀이를 했다며?"

"했지." 로고진은 잠시 침묵하다가 말했다.

"어딨나…… 그 카드는?"

"여기 있어……" 로고진은 조금 더 오래 침묵하다가 입을 열었다. "여기……"

그는 게임을 하고 나서 종이에 싸둔 카드 한 벌을 주머니에서 꺼내 공작에게 내밀었다. 공작은 그걸 받아들었으나, 몹시 당혹스러운 듯했다. 달랠 길 없이 서글픈 어떤 새로운 감정이 그의 가슴을 짓눌렀다. 갑자기 그는, 이 순간뿐만이 아니라 이미 오래전부터 줄곧, 마땅히 해야 할 말을 하지 않고 마땅히 해야 할 일을 하지 않고 있었음을, 그가 손에 쥔 이 카드, 그가 그토록 반가워했던 이 카드도 이제 아무 소용이, 전혀 아무 소용이 없게 됐음을 깨달았다. 그는 일어서서 손뼉을 탁 쳤다. 로고진은 상대방의 동작을 듣지도 보지도 못하는 양, 죽은듯이 누워 있었다. 그러나 크게 부릅뜬 두 눈은 꼼짝도 하지 않고 어둠 속에서 날카롭게 번뜩였다. 공작은 의자에 걸터앉아 공포를 느끼며 그를 바라보기 시작했다. 반시간가량이 지났다. 갑자기 로고진이 속삭이듯 작은 소리로 말해야 한다는 것을 잊은 듯이, 커다란 소리로 드문드문 끊어가며 고함을 지르고 웃어대기 시작했다.

"그 장교, 그 장교…… 기억나나, 연주회장에서 그녀가 그 장교의 면상을 갈겨줬잖나, 기억나나, 하-하-하! 그러자 사관생도…… 사관생도…… 사관생도 녀석이 후다닥 튀어나왔지……"

공작은 또다시 겁에 질려 의자에서 벌떡 일어났다. 로고진이 잠잠해지자(그는 갑자기 잠잠해졌다), 공작은 가만히 그에게로 몸을 수그리고 옆에 나란히 앉아, 심장이 무섭게 두근거리는데다 숨조차 제대로 쉬지 못하면서 그를 찬찬히 살펴보기 시작했다. 로고진은 공작의 존재마저 잊은 듯, 그쪽으로 고개를 돌리려 하지도 않았다. 공작은 그를 지켜보며 기다렸다. 시간이 지나고, 날이 밝아오기 시작했다. 이따금 로고진은 갑자기 크고 날카로운 소리로 두서없는 말을 뇌까리곤 했다. 고함을 지르는가 하면 소리내어 웃기도 했다. 그러면 공작은 떨리는 손을 뻗어 그의 머리와 머리칼을 가만히 건드리며 쓰다듬고 볼을 쓰다듬어 줄 뿐…… 달리 아무것도 할 수가 없었다! 공작 자신도 다시 몸이 떨려왔고, 두 다리가 갑자기 다시 마비된 느낌이었다. 전혀 새로운 어떤 감각이 한없는 우수로 그의 가슴을 짓눌러왔다. 그러는 사이에 날이 완전히 밝았다. 마침내 그는 이미 완전히 기진맥진하고 절망에 빠진 듯 쿠션 위에 드러눕더니, 창백하고 미동도 없는 로고진의 얼굴에 자기 얼굴을 갖다댔다. 눈물이 그의 눈에서 로고진의 뺨으로 흘러내렸으나, 어쩌면 그는 그때 이미 자신의 눈물을 느끼지 못했고, 자신의 눈물에 대해 아무것도 알지 못하는 상태였을지도 모른다……

적어도, 이미 몇 시간이 지나 문이 열리고 사람들이 들어왔을 때, 살인자는 완전히 의식을 잃고 열병 상태에 빠져 있었다. 공작은 자리 위에서 꼼짝도 않고 그의 곁에 앉아, 환자가 소리를 내지르거나 헛소리를 할 때마다 황급히 떨리는 손을 뻗어, 마치 아이를 어르고 달래듯이 머리와 얼굴을 가만히 쓰다듬어주었다. 그러나 이미 공작은 사람들이 묻는 말을 전혀 알아듣지 못했고, 방안에 들어와 그를 에워싼 사람들도 알아보지 못했다. 만약 슈나이더가 지금 스위스로부터 직접 나타나 자신의 옛 제자이자 환자였던 공작을 보았다면, 공작이 스위스에서 치료받던 첫해에 이따금 보여주었던 상태를 떠올리고, 이번에도 그때처럼 손을 내저으며 이렇게 말했을 것이다. "백치!"

XII
결말

교사 부인은 부랴부랴 파블롭스크로 와서는 곧장 다리야 알렉세예브나를 찾아가 자기가 알고 있는 모든 것을 말해주었고, 어제부터 혼란 상태에 빠져 있던 다리야 알렉세예브나는 이 말을 듣고서 까무러칠 정도로 놀랐다. 두 부인은 즉각 레베제프와 연락을 취하기로 했는데, 그 역시 자기 하숙인의 친구이자 집주인으로서 몹시 불안해하고 있었다. 베라 레베제바는 자기가 아는 모든 것을 얘기해주었다. 레베제프의 제안에 따라, 그들은 '아무래도 벌어질 것 같은' 사건을 한시라도 빨리 방지하기 위해 셋이 함께 페테르부르크로 출발하기로 결정했다. 그렇게 해서 이미 다음날 아침 열한시경에 로고진의 집 방문은 경찰, 레베제프와 부인들, 그리고 곁채에 살고 있는 로고진의 동생 세묜 세묘노비치 로고진이 지켜보는 가운데 열렸다. 일의 성사를 도운 것은 무엇보다도, 엊저녁에 파르폰 세묘노비치가 손님과 함께 바깥 현관을 통해 남의 눈을 피하듯 안으로 몰래 들어가는 것을 보았다는 문지기의 증언이었다. 이 증언을 듣자 사람들은 초인종을 울려도 열리지 않는 방문을 아무런 의심도 없이 부수었다.

로고진은 두 달 동안 뇌염을 앓았고, 병이 완쾌하자—예심과 공판이 시작됐다. 그는 모든 것에 대해 명쾌하고 정확하고 완전히 믿을 만한 진술을 했고, 덕분에 공작은 처음부터 불기소처분을 받았다. 로고진은 재판을 받는 동안 거의 말이 없었다. 노련하고 언변이 뛰어난 자기 변호인이, 이 범죄는 피고가 겪어야 했던 상심 때문에 범행이 있기 훨씬 전부터 앓기 시작한 뇌염의 결과라는 것을 논리정연하게 입증하려 드는 데 대해, 그는 아무런 반박을 하지 않았다. 하지만 그는 자기 쪽에서 변호인의 이런 견해를 뒷받침해주는 어떤 말을 덧붙이지도 않았고, 그저 전처럼 이 사건의 모든 상황을 아주 세세한 점까지 분명하고 정확하게 상기해서 확인해주기만 할 따름이었다. 정상참작의 사유가 인정돼 십오 년의 시베리아 유형이 그에게 선고됐고, 그는 이 판결을 침통한 표정으로 말없이 '생각에 잠긴' 채 들었다. 그의 막대한 재산은 처음 한때 술놀음하며 써버린 비교적 아주 적은 부분을 제외하곤 몽땅 그의 동생 세묜 세묘노비치에게 넘어갔는데, 세묜 세묘노비치가 뛸듯이 기뻐했음은 물론이다. 로고진의 노모는 여전히 이 세상에 살아남아, 이따금 사랑하는 아들 파르폰을 떠올리는 모양이지만, 기억은 이미 어렴풋하다. 신은 그녀의 음울한 집을 덮친 무서운 공포에 대한 의식으로부터 이 가엾은 노파의 정신과 마음을 구해준 것이다.

레베제프, 켈레르, 가냐, 프치츠인, 그리고 우리 이야기에 등장하는 그 밖의 많은 인물은 별다른 변화 없이 전처럼 살고 있으므로, 그들에 대해 전할 얘기는 거의 없다. 입폴리트는 예상보다 조금 빨리, 무서운 흥분 속에서 숨을 거두었는데, 나스타시야 필립포브나가 죽고 나서 두 주일 정도 지난 뒤였다. 콜랴는 이번 사건으로 깊은 충격을 받았고, 어머니와 결정적으로 가까워졌다. 니나 알렉산드로브나는 그가 나이에 어울리지 않게 깊은 생각에 잠기곤 한다며 걱정인데, 어쩌면 그는 훌륭한 사람이 될지도 모른다. 말이 나왔으니 말이지, 공작의 이후 운명이 안정될 수 있었던 것도 어느 정도는 그가 애쓴 덕분이었다. 이미 오래전부터 그는 근래에 알게 된 모든 사람 중 예브게니 파블로비치 라돔스키를 특히 높이 평가했다. 콜랴는 제일 먼저 그를 찾아가, 이 사건에 대해 자기가 알고 있는 모든 세세한 사정과 공작의 현재 상황을 전했다. 콜랴의 눈은 틀리지 않았다. 예브게니 파블로비치는 불행한 '백치'의 운명에 더없이 뜨거운 동정을 나타냈고, 그의 노력과 후원 덕분에 공작은 다시금 외국, 즉 스위스에 있는 슈나이더의 병원에 들어갈 수 있었다. 예브게니 파블로비치 자신도 외국으로 떠났고, 공공연히 자신을 '러시아에서는 완전히 쓸모없는 인간'이라 부르는 그는 유럽에 아주 오래 머물 예정인데—그래도 상당히 자주, 적어도 몇 달에 한 번씩은 슈나이더의 병원으로 병든 친구를 찾아간다. 그러나 슈나이더는 점점 더 미간을 찌푸리며 고개를 저어대는 형편이다. 그는 환자의 지능 조직이 완전히 손상됐음을 넌지시 알려주면서, 비록 아직은 치유불능이라 단언하지 않지만 어쨌든 가장 비관적인 암시를 마다하지 않는다. 그런 말을 들을 때마다 예브게니 파블로비치는 무척이나 가슴 아파하는데, 사실 그는 진정을 지닌 사람으로, 이 점은 그가 콜랴에게서 편지를 받고 있고 이따금 이 편지에 답장을 보내기까지 한다는 사실만으로도 이미 증명된다. 하지만 이 밖에도 그의 성격에 또 한 가지 기묘한 일면이 있다는 게 알려졌다. 이 일면이 훌륭한 것이므로, 여기서 서둘러 전해주고자 한다. 예브게니 파블로비치는 슈나이더의 병원을 방문하고 돌아올 때마다 콜랴 외에 또 한 사람에게도 편지를 써서 페테르부르크로 보내며, 그 편지에 공작의 현재 병세를 더없이 호감을 주는 필치로 아주 상세히 적는다. 매우 정중한 신뢰의 표명 외에도 이따금 이 편지들에는 자신의 시각과 생각과 느낌 같은 것이 (갈수록 더 자주) 솔직히 드러나기 시작하는데—한마디로 말해, 우정이나 친밀감과 비슷한 무엇이 나타나기 시작한 것이다. 예브게니 파블로비치와 (비록 꽤 드문 편이긴 하나) 서신 왕래를 하면서 그렇게까지 그의 관심과 존경을 산 인물은 다름 아닌 베라 레베제바이다. 어떻게 해서 그러한 관계가 싹틀 수 있었는지 우리로선 정확히 알아낼 길이 없었다. 물론 그 관계가 공작에게 일어난 바로 그 사건에서 비롯됐고, 상심과 충격으로 베라 레베제바가 앓아눕게까지 됐을 때 시작됐다는 건 틀림없으나, 두 사람의 친분과 우정이 어떻게 생겨났는지 그 세세한 사정은 우리도 알지 못한다. 이 편지 얘기를 꺼낸 가장 중요한 이유는, 거기엔 이따금 예판친 가족, 그중에서도 특히 아글라야 이바노브나 예판치나에 대한 소식이 담기기 때문이다. 예브게니 파블로비치는 파리에서 보낸 상당히 두서없는 한 통의 편지에서 그녀에 대해 알려왔는데, 그녀가 폴란드 망명객인 어느 백작을 열렬히 애모하던 끝에 부모의 반대를 무릅쓰고 그 백작과 덜컥 혼인해버렸고, 결국 부모들도 그 혼인을 승낙하긴 했지만, 그저 그 일이 무서운 추문으로 번질까봐 겁이 나서 그랬다는 것이다. 그뒤 예브게니 파블로비치는 반년 정도 침묵하다가 다시금 베라에게 장문의 편지를 보내, 최근에 스위스로 슈나이더 교수를 방문했을 때 그곳에서 예판친 가족 모두와(물론 이반 표도로비치는 일 때문에 페테르부르크에 남았다) S공작을 만났다는 얘기를 상세히 전해주었다. 기묘한 해후였다. 그들 모두는 예브게니 파블로비치를 거의 열광적으로 환영했다. 심지어 아젤라이다와 알렉산드라는 그가 '불행한 공작을 천사처럼 돌봐준다' 하여 왠지 자신들에게도 무슨 은인이나 되는 것처럼 대했다. 리자베타 프로코피예브나는 병든 공작의 비참한 상태를 보자 진심으로 슬퍼하며 눈물을 흘렸다. 보아하니, 공작은 이미 모든 것을 용서받은 모양이었다. S공작은 이런 경우에 딱 들어맞는 올바르고 분별 있는 의견을 몇 가지 피력했다. 예브게니 파블로비치로서, S공작과 아젤라이다가 아직 서로 완전히 결합되지 못한 것처럼 느껴졌으나, 가까운 장래에, 열정적인 아젤라이다가 S공작의 지혜와 경험에 아주 기꺼이, 온 마음으로 복종하게 될 게 틀림없다고 생각했다. 게다가 그들 가족이 얻게 된 쓰라린 교훈도 그녀에게 아주 강한 영향을 주었는데, 특히 아글라야와 망명객 백작 사이에 일어난 최근의 사건이 그랬다. 이 백작에게 아글라야를 내주면서 가족들이 걱정했던 바는 반년도 못 가서 전부 현실이 되어 나타났고, 전혀 생각지도 못한 놀라운 사실들까지 드러났다. 이 백작은 백작도 뭐도 전혀 아닌데다, 설사 망명객이라는 게 정말이라 하더라도, 뭔가 컴컴하고 수상쩍은 과거를 지닌 자였다. 그는 조국에 대한 슬픔으로 가슴이 찢어질 듯 괴로워하는 지극한 고결함을 내세워 아글라야를 사로잡았는데, 완전히 그의 포로가 된 아글라야는 혼인도 하기 전에, 외국에 있는 무슨 폴란드 부흥 위원회의 회원이 됐을 뿐더러, 그녀의 이성을 사로잡아 광신적인 추종자로 만들어버린 어느 저명한 가톨릭 신부의 고해실까지 드나들게 됐다. 백작이 리자베타 프로코피예브나와 S공작에게 거의 의심의 여지가 없을 만큼 확실한 증거를 제시했던 어마어마한 재산은 알고 보니 완전한 허구였다. 그뿐만이 아니라, 혼인하고 반년도 지나기 전에 백작과 그의 친구인 저명한 고해 신부는 아글라야를 부추겨 가족들과 완전히 척을 지게 하는 데 성공해서, 가족들은 벌써 몇 달째 그녀를 보지도 못했다는 것이다…… 요컨대, 할 얘기야 많았을 테지만, 리자베타 프로코피예브나와 딸들뿐만 아니라 S공작까지도 이 모든 '테러'에 어찌나 충격을 받았던지, 예브게니 파블로비치와 대화를 나누면서도 어떤 일에 대해서는 입을 떼기조차 두려워했는데, 하긴 아글라야 이바노브나가 열광해 있는 최근의 일에 대해서는 굳이 자기들이 말하지 않더라도 그가 잘 알고 있다는 사실을 그들도 눈치채고 있었다. 가여운 리자베타 프로코피예브나는 러시아로 돌아가고 싶어하면서, 예브게니 파블로비치의 증언에 따르면, 외국 것이라면 뭐든지 짜증을 내며 편파적으로 비판하더라는 것이다. "빵 하나 제대로 굽는 데가 없어요, 겨울엔 지하실의 쥐새끼들처럼 추워서 덜덜 떨고만 있죠." 그녀는 이렇게 말하고는, 자기를 전혀 알아보지도 못하는 공작을 몹시 흥분해서 가리키며, "그나마 여기서 이 불쌍한 사람을 보고 러시아식으로 울기라도 했으니 다행이랄까"라고 덧붙였다. "한눈파는 짓은 이제 충분해요, 이젠 정신을 차릴 때도 됐죠. 그리고 이런 건 죄다, 이 외국이란 건 죄다, 당신네들이 좋아하는 이 유럽이라는 건 죄다, 이런 건 죄다 환상에 불과해요, 외국에 나와 있는 우리 모두도 그저 환상일 뿐이에요…… 내 말을 잘 기억해둬요, 당신 자신도 깨닫게 될 테니!" 그녀는 예브게니 파블로비치와 작별하면서 거의 분개한 어조로 이렇게 말을 맺었다.

해설

아름다움이 세상을 구할 것인가

1. 작가의 의도—'진실로 아름다운 인간'의 묘사

도스토옙스키가 국사범으로 팔 년간의 시베리아 유형생활을 마치고 1859년 페테르부르크로 돌아왔을 때, 그는 러시아정교의 열렬한 신봉자가 되어 있었다. 『죄와 벌』은 이러한 변화의 결과물이며, 라스콜니코프의 모습에서 자기 목적이 되어버린 권력의지가 불러올 수밖에 없는 무서운 결과를 보여줌과 함께, 선의 길과 악의 길을 구별할 수 있는 척도를 제시했다. 이제 도스토옙스키는 지상에서 가능한 최고의 자기실현으로 인간을 이끌어줄 긍정적 주인공을 창조하고자 한다. 『백치』는 이 힘겨운 도전의 기록이다.

1868년 1월부터 1869년 2월까지 『러시아통보』에 연재된 『백치』의 집필과정은 고난의 연속이었다. 도스토옙스키는 빚과 생활고와 뇌전증과 시간적 압박에 시달리면서 1867년 9월 제네바에서 이 소설을 쓰기 시작했고, 1969년 피렌체에서 소설을 완성했다. 이 기간에 그는 갓 태어난 딸을 잃었다.

도스토옙스키는 1868년 1월 친구 마이코프와 질녀 소피야 이바노바에게 보낸 편지에서 이 소설의 주된 의도가 '완전히 아름다운 인간' '진실로 아름다운 인간'을 묘사하는 데 있다고 밝혔다. 물론 도스토옙스키에게 '아름다움'이란 미학적 픽션이 아니라 최고의 도덕적 힘을 지닌 것이기에, 그에게 완전히 아름다운 존재는 오직 한 사람, 그리스도였다. 이와 함께 도스토옙스키는, 러시아 민중의 정교 신앙이 지닌 특징은 무엇보다 그리스도를 진실로 살아 있는 인간으로, 살아 있는 정신적 힘으로 지각하는 데 있다고 여겼다. 그렇다면 민중과의 유대를 이미 상실했거나 상실할 위기에 처한 계층들은 어떤가? 그들도 민중이 그리스도를 체험하듯 그처럼 진실하게 종교적일 수 있을까? 만약 그렇지 않다면, 그리스도로부터 점점 멀어져가는 그들에게 그리스도가 왔을 때 무슨 일이 일어날까?

이 문제를 다루기 위해 도스토옙스키는 그리스도처럼 선한 의지로 충만한 므이쉬킨 공작을 주인공으로 택한다. 『백치』는 러시아 민중에게 본능적으로 받아들여지는 그리스도적 이상에 가까운 인간, 그런 까닭에 소설 초안에서 '그리스도 공작'이라 불리기도 했던 인간, 사소한 일상사에 영리하지 못하나 본질적 가치와 힘을 파악하는 직관적 시선을 지닌 순박한 인간을 우리 눈앞에 제시한다. 그의 이름 레프(Лев, 사자) 므이쉬킨(Мышкин, 작은 쥐)은 그가 비록 겉으로는 겁 많고 하찮아 보이지만, 정신적으로는 왕과도 같은 드높은 존재임을 암시한다.

2. 인물 내면의 분열상

『백치』의 예술성은 무엇보다 등장인물에 대한 탁월한 심리묘사, 그리고 심리학적 해석만으로는 불충분한 초월적인 층위와 현실 층위의 만남, 한 강물이 어디서 다른 강물과 합류하는지 알 수 없게 하면서 리얼리즘과 초월성이 서로 섞여 흘러가게 하는 독특한 구성에 있다.

『백치』에서 모든 사건은 므이쉬킨과 직간접적으로 연관돼 있으며, 대부분 그가 있는 데서 일어난다. 이렇게 그가 중심적인 위치를 차지하는 것은 그가 지닌 특별한 자질, 즉 사람들이 하는 말을 신뢰하며 듣고, 그들의 말에 진지하고 솔직하게 대답하는 태도 때문이다. 모든 등장인물 가운데 므이쉬킨만이 전적으로 솔직하며, 오직 그만이 인간을 자신의 목적을 위한 수단이나 장애물로 보지 않고, 한 사람의 인간으로 본다. 다른 인물들은 누구도 정말로 솔직하려고 하지 않고 대개는 그럴 수조차 없을뿐더러 타인을 (때로는 자기 자신마저도) 진지하게 여기지 않는다. 그러나 그런 사람들 역시 자신의 문제와 고민을 안고 므이쉬킨을 찾아온다. 그는 누구에게나 내적 연대에 대한 갈망을 불러일으키기 때문이다.

므이쉬킨의 이러한 능력은 소설 첫 장면에서부터 드러난다. 기차 안에서 우연히 마주앉게 된 초면의 사나이 로고진의 짓궂은 질문에 므이쉬킨은 자신이 뇌전증 치료를 위해 사 년 넘게 스위스에 있었노라고 아무렇지도 않게 얘기해준다. 로고진은 그의 솔직함에 호감을 느껴, 다른 사람에게라면 결코 털어놓지 않을 이야기—나스타시야 필립포브나를 향한 열정과 응답받지 못한 사랑의 고통을 토로한다. 그리고 이 대화 덕분에 독자들은 여주인공의 이름을 처음으로 듣게 된다.

므이쉬킨의 탁월한 공감 능력은 다른 사람의 필체를 재현해내는 솜씨에서도 나타난다. 므이쉬킨은 그 자신도 아름다운 필체를 지녔을 뿐만 아니라, 다른 사람의 화신이 되어 그 사람의 필체를 재현하면서 그 필체 뒤에 서 있는 사람의 '참얼굴'을 표현해내고, 그 필체가 속하는 시대와 국민의 특성까지도 읽어낸다. 므이쉬킨에게 필체는 그래픽으로 표현된 인간의 독특한 자화상이다. 므이쉬킨 자신의 아름다운 필체 역시 그의 아름다움을 가리켜 보이는 시각적 메타포이며, 뛰어난 필체재현 능력은 그의 영혼이 지닌 특성, 즉 자기집착 없이 모든 사람과 소통하고 화해할 줄 아는 능력을 증명한다.

그러나 므이쉬킨은 솔직성과 공감 능력에도 불구하고, 또는 어쩌면 바로 그런 점들 때문에, 내적 균열과 혼돈으로 나아간다. '완전히 아름다운 인간'으로 구상된 므이쉬킨 역시 내적 모순을 지닌 인간이며, 다른 인물들에 대한 관계도 종종 상반된 감정 간의 갈등에 의해 결정된다. 므이쉬킨은 나스타시야 필립포브나의 사진을 처음 본 순간부터 그녀에게 매혹되지만, 그 사랑은 '연민'에서 비롯된 것으로, 그녀의 아름다움 때문에 사랑하는 것이 아니라 그녀가 불행하기 때문에 사랑한다. 적어도 므이쉬킨 자신은 이 사랑을 그렇게 생각한다. 그러나 므이쉬킨은 또다른 여인 아글라야를 연정으로 사랑하게 됨으로써 그의 사랑은 모순된 것이 되고 만다. 그리고 자신의 모순된 사랑으로 두 여인과 자신의 운명, 그리고 로고진의 운명까지 파국으로 몰아간다.

므이쉬킨은 로고진과의 관계에서도 내적 균열을 보인다. 므이쉬킨은 로고진에게 호감과 우정을 느끼고 그의 고통에 동정한다. 그러나 그의 증오를 감지하고는 그를 두려워하며 의심하는 '저주받을 이중적인 생각'에 사로잡힌다. 므이쉬킨은 입폴리트에게도 마치 자신의 옛 분신을 대하듯 공감하고 동정하지만, 시간이 가면서 그에 대한 혐오감을 떨치지 못한다.

므이쉬킨은 자기 내면에 존재하는 숙명적인 분열상을 뇌전증의 발작을 통해 또다른 차원에서 경험한다. 본격적인 발작이 시작되기 직전에 찰나적으로 느끼는 '최고의 조화와 아름다움', 그리고 그 한순간이 지난 다음 곧바로 그를 덮치는 '끝없는 혼돈과 무질서와 암흑'—극단적으로 대비되는 이 두 상태가 자신의 내면에 공존함을 그는 의식한다.

다른 주인공들 역시 분열된 내면을 지니며, 자신에 대해 교란된 관계에 있다. 그들은 대부분 조소를 당할까봐 두려워하며, 그 때문에 가면을 쓰거나 연극적인 행동을 하면서 자신을 실제와 다르게 나타내고 싶어한다.

나스타시야 필립포브나는 자신이 가망 없이 타락한 여자이며 경멸당해 마땅한 인간이라 여긴다. 동시에, 자신은 악하고 타락한 인간들의 희생양일 뿐이라고 자신의 죄를 모두 부정하면서 다른 사람들을 경멸하고, 자신을 그들보다 고귀한 존재로 생각한다.

아글라야 또한 모순적인 성격을 지녔다. 그녀는 오만하고 자존심이 강하지만, 동시에 선량하고 진실한 마음으로 가득하다. 그러나 누가 자기 마음속을 들여다보는 게 두려워서, 자기 마음과는 반대되는 말을 한다. 그러면서도 그녀는 모든 것에 대해 솔직하게 털어놓고 이야기할 수 있는 사람을 원하며, 그런 사람으로 므이쉬킨을 선택한다. 그녀는 므이쉬킨을 사랑하지만, 바로 그 이유로 그를 괴롭히고 자신의 사랑을 부끄러워하며, 그를 자기가 아는 가장 고결한 인간으로 여기면서도 그가 모든 사람에게 보여주는 동정과 존경 때문에 그를 증오한다.

나스타시야 필립포브나를 완전히 소유하고 싶어하는 로고진 역시 모순적인 내면의 소유자이다. 이는 그저 로고진이, 응답받지 못한 사랑이 증오와 뒤얽힌 탓에 므이쉬킨의 고결함을 인정하고 호감마저 느끼면서도 그를 무섭게 질투하고 증오하는 인물이라는 사실만을 의미하지는 않는다. 혼돈과 암흑, 열정으로 가득찬 영혼을 지닌 로고진은 지극히 단순하고 난폭한 인간이며, 다른 식으로는 판단하고 행동할 줄 모른다. 그는 본능과 충동에 지배되고 그저 자신의 사랑으로 반쯤이나마 제어되는 야수 같은 인간이지만, 그럼에도 불구하고 어떤 초감각적이고 초지상적인 원칙이 존재함을 예감하고 그것을 갈구한다. 그는 맹목적으로 나스타시야 필립포브나를 욕망하면서도 마음 깊은 곳에선 자신의 욕망을 저주한다. 그는 방탕하고 탐욕스러운 주정뱅이들에 에워싸여 있으나, 그가 등장하는 장면에서 우리는 얼굴 없는 비애가 모든 것 위에 드리워져 있음을 느낀다. 그가 므이쉬킨과 십자가를 교환하는 것도 오직 믿음만이 자기가 므이쉬킨을 죽이는 것을 저지할 수 있으리라는 생각에서 자기 자신에 맞서 치르는 절망적인 싸움이다. 그의 내면에 존재하는 모순은 얼굴에서 이미 암시된다. 검은 곱슬머리, 평퍼짐한 납작코, 강한 턱과 불거져 나온 광대뼈, 불처럼 이글거리는 작은 눈, 그리고 이 얼굴 하반부와 대비되는 높고 잘생긴 이마는 그의 내면의 모순적인 생김새를 그대로 재현한다. 양면성은 그의 이름에서도 드러난다. 그리스어의 '파르테노스'(parthenos, 처녀)에서 파생한 이름 파르폰은 순수와 순결함에 대한 그의 동경을, 남근의 상징이기도 한 러시아어 명사 '로그'(рог, 뿔)에서 나온 성姓 로고진은 억제할 수 없는 욕망을 암시한다.

그 밖의 인물들도 내적 모순에 시달리기는 마찬가지다. 가난과 자신의 사회적 지위 때문에 고통스러워하는 가냐는 혼인을 통해 부를 얻고 부를 통해 권력과 독립을 획득하고자 한다. 이 목적을 위해 그는 어떤 도덕적 가책도 인정하려 들지 않지만, 마지막 결단 앞에서는 항상 겁을 먹고 뒤로 물러선다. 입폴리트 역시 병과 가난 때문에 고통받으며, 신의 불공정함에 분개한다. 그는 건강하고 행복한 모든 사람을 증오하면서 외부로부터 자신을 차단하고, 동정에 대한 경멸과 분노로써 자신의 고립과 폐쇄를 합리화한다. 동시에 그는 사랑하고 사랑받고 싶어하며, 자신에 대한 동정과 경탄을 바라고, 행복을 동경한다. 그는 자신의 절대 자유를 과시하며 사람들 앞에서 권총 자살로 삶을 멋지게 끝내고자 하나, 권총에 뇌관을 꽂는 것을 깜박한 실수 때문에 자살은 실패한다. 이 실패는 인간의 의식이 오로지 의지만을 따르지 않음을 보여준다. 레베제프와 이볼긴 장군도 우스꽝스러움과 진지함을 동시에 지닌다. 약삭빠르고 비굴한 레베제프는 신비주의에 가까운 이념을 품고 있으며, 주정뱅이에다 거짓말쟁이이고 비열한 짓마저 저지르는 이볼긴 장군은 정직하고 고결한 인간성을 지닌 비극적인 인물이다. 이렇듯 『백치』 속의 모든 인물은 내적 모순을 지니며, 그들의 행동과 그들간의 관계는 서로 모순되는 심리적 동기에 근거한다.

3. 사랑의 종말극

도스토옙스키는 자신이 그려낼 '진실로 아름다운 인간'의 문학적 선조로 『돈키호테』(세르반테스)와 「가난한 기사」(푸쉬킨)의 주인공을 나란히 제시했다. 둘시네아의 사랑을 얻고자 기사의 숭고한 이상을 실현해줄 모험을 찾아 세상을 편력하는 돈키호테와, 성모 마리아를 알아보고 이 이상을 위해 자신을 바치는 가난한 기사에게서 아름다운 인간의 형상이 가장 훌륭하게 구현되었다는 것이다.

그러나 도스토옙스키는 이 두 본보기에 머무르지 않는다. 그는 앞의 두 작품과는 다른 무엇, 즉 '근원적 기억'이라는 모티프를 가져온다. 므이쉬킨이 나스타시야 필립포브나의 사진을 처음 보았을 때 뭔가 폐부를 찌르는 듯한 느낌을 받았던 것과는 별개로, 가냐의 집에서 그녀를 직접 본 순간, 그의 가슴속에는 어떤 기억이 일깨워진다. "……나도 당신을 어디선가 본 것 같은 생각이 듭니다…… 당신의 눈을 어디서 꼭 본 것 같군요…… 하지만 그럴 리는 없을 거예요! 그저 내가 그렇게…… 나는 한 번도 여기 온 적이 없으니까요, 어쩌면 꿈속에서……" 나스타시야 필립포브나도 "사실 나도 이분을 어디서 본 듯한 기분이 드는데, 왜 그럴까요?"라고 말한다.

이 기억은 분명 이 지상과는 다른 어떤 세계와 관련돼 있으며, 두 사람이 이 지상세계에서 서로 본 적이 없이 어디서 본 듯한 기억으로 서로를 알아본다는 것은, 그들이 서로에게 속하도록 이미 예정된 존재일 수 있음을 암시한다. 물론 현실 차원에서도 두 사람을 이어주는 공통점은 존재한다. 이들은 둘 다 오랜 귀족 가문의 마지막 후손이며, 고아이고, 둘 다 어린아이를 좋아하고, 둘 다 격리된 공간, 즉 스위스 산촌의 요양원과 러시아 시골의 외딴 마을에서 생활했다. 이렇듯 도스토옙스키는 동시대 리얼리즘 소설에서 허용되는 정도보다 더 멀리 나아가는 것을 경계하면서 결코 리얼리즘의 지표면을 떠나지는 않는다. 그럼에도 불구하고 '다른 세계'와 연관된 요소들은 곳곳에 스며들어 있다. 뇌전증 발작 직전에 므이쉬킨이 경험하는 눈부신 아름다움 역시 '근원적 기억'과 연결된다. 이 짧은 한순간 동안 그의 내면에서는 근원적 기억이 솟구쳐올라, '다른 세계'로부터 '이 세계'를 갈라놓고 있는 휘장을 찢어버리고 그의 영혼을 뒤흔들고 눈부시게 하면서, 형언할 수 없는 행복감과 해방감을 남기고 사라진다.

그렇다면 므이쉬킨과 나스타시야 필립포브나가 이 기억을 매개로 실제로 결합할 수 있을까? 므이쉬킨은 나스타시야 필립포브나의 본질을 이해하는 유일한 사람이다. 그는 그녀가 많이 고통받았고, 세상을 극복하고 싶어함을 알아본다. 사진으로 그녀의 얼굴을 처음 보았을 때부터 그는 그녀의 기이한 아름다움을 (자신은 아직 알지 못하는) 그녀의 과거와 연관지어 고통의 결과로 이해했다. 그리고 그녀가 처한 상황을 더 정확히 알게 되자, 그는 자신이 병 때문에 누구와도 혼인할 수 없는 몸이라고 말한 바 있으면서도 그녀에게 청혼한다. 어린 소녀였을 때 이미 토츠키의 정부가 되었고 그후로도 남자들 사이에서 계속 흥정의 대상이 되는 이 상황을 종결짓기 위해 그녀에게는 잠재적 남편으로서 그의 젠더적 특성이 필요하다고 짐작하기 때문이다.

그러나 나스타시야 필립포브나는 사회가 그녀에게 지정해주려는 자리, 즉 가냐의 부인 자리를 거부할 뿐만 아니라, 므이쉬킨의 청혼도 거절한다. 자신의 명예가 한 남자에 의해 박탈당했다가 다른 한 남자와의 혼인을 통해 되돌려 주어질 수 있다는 식의 해결 방식을 거부하는 것이다. 그녀는 명예의 원상복구를 위해 남자 쪽에서 제공하는 돈도 거부하며, 자신의 가치를 금액으로 환산하는 짓 자체를 거부한다는 태도를 과시하지만, 이를 위해 다른 남자의 돈을 불구덩이에 던져넣음으로써 결국 그 남자를 따라가야 할 의무를 지게 된다. 그리하여 그녀는 로고진을 따라나서며, 이때부터 상황은 급변하여 그녀에 관해 들려오는 소문은 난잡하고 방종한 행동에 관한 것들뿐이다.

사태가 이처럼 비극적으로 급변하는 것은 무엇보다 므이쉬킨의 개입 때문이다. 그의 청혼을 전후로, 나스타시야 필립포브나의 태도, 특히 그녀 자신에 대한 말과 태도는 극단적으로 대비된다. 소설 1부에서 그녀는 매우 정숙하고 고상하고 지적인 여성으로 처신한다. 가냐의 집을 불쑥 방문해서 벌이는 소동도 그녀 쪽에서 의도적으로 상대방을 선동해서 일으키는 것으로, 그녀의 태도는 매우 당당하고 태연자약하다. 나스타시야 필립포브나가 가냐의 어머니에게 "나는 정말로 그런 사람이 아니에요, 저분이 잘 맞혔어요"라고 말할 수 있는 것 역시 무엇보다 자기 자신에 대한 당당함 때문이다.

그러나 므이쉬킨이 청혼한 순간부터 상황은 급변하며, 그녀는 자기 입으로 자신을 끊임없이 비하한다. 그녀는 토츠키의 노리개로 시골에서 살던 때부터 꿈꾸어왔던 '아름다운 왕자의 출현'이 자신을 마법에서 구해낼 수 없다는 것을 깨닫는다. '어디선가 본 듯한 기억'은 리얼리즘 층위에서 지난날 그녀가 빠져들곤 했던 공상과 겹친다. 지금 그녀의 눈앞에 서 있는 '므이쉬킨 왕자'가 아이처럼 서툴고 이런 일에 어울리지 않는다는 사실은 자신이 꾸어온 꿈이 그저 환상이었음을 깨닫게 해준다.

이에 더해 그녀에겐 경쟁자 아글라야가 있다. 활짝 핀 꽃처럼 싱싱한 아글라야의 아름다움은 므이쉬킨에게 행복에 대한 욕구를 일깨우며, 지구 중력처럼 그를 끌어당긴다. 어릴 적부터 그를 손짓하며 유혹하던, 그러나 그에겐 허용되지 않았던 지상의 삶의 축제에 함께하고 싶은 욕구가 그를 자꾸만 아글라야에게로 끌고 가는 것이다. 모스크바에서 므이쉬킨을 다시 만난 나스타시야 필립포브나는 그가 아글라야를 사랑하고 있음을 알아차린다. 이때부터 그녀가 보여주는 도발적이고 뻔뻔한 행동은 '사랑 대신 제공되는 연민'이라는 희사품에 대한 오만한 여자의 거절이나, 순결을 잃은 데서 오는 자신에 대한 복수의 쾌감, 또는 고통에서 생겨난 히스테리적인 이기주의 때문이 아니다. 그녀의 파멸은 므이쉬킨의 영혼에 존재하는 숙명적인 균열 때문이며, 벗어날 수 없는 중력으로 그에게 작용하는 다른 감정 때문이다. 그녀의 꾸며낸 오만함, 치밀하게 계산된 파렴치하고 도발적인 행동은 구원의 희망을 잃은 데서 오는 절망을 숨기려는 가면에 불과하다.

자신을 구원해줄 왕자를 꿈꾸던 나스타시야 필립포브나는 무너져버린 이 동화 대신에 이제 새로운 동화를 꿈꾼다. 그녀 자신이 착한 마법사가 되어, 왕자가 정말로 아름다운 공주와 혼인하도록 돕겠다는 것이다. 그러나 이 동화 역시 허물어질 수밖에 없다. 그녀는 아글라야를 숭배하며 이상 앞에 몸을 숙이지만, 이 이상은 현실을 견뎌내지 못한다. 그녀는 아글라야가 사람들을 높은 곳으로 끌어올리는 천사라고 믿었으나, 아글라야는 그저 선악을 같은 정도로 지닌 한 여자일 뿐이다. 나스타시야 필립포브나의 몽상가적 기질은 여기서도 드러난다.

오만하고 질투심이 강한 아글라야는 나스타시야 필립포브나의 또다른 자아, 분신 노릇을 하기를 단연코 거부한다. 나스타시야 필립포브나는 아글라야를 순결하고 고결한 본래의 자기 모습, 자신의 원상原象으로 여겨왔으나, 아글라야는 이상적인 나스타시야 필립포브나가 되기를 거부한다. 아글라야는 자신의 고유한 존재성을 방어하기 위해서라도, 나스타시야 필립포브나가 자신의 운명에 개입하려 드는 것을 단호히 거부할 수밖에 없다. 이에 더해 아글라야는 연적의 아름다움을 자기 눈으로 확인하게 되자 질투심과 증오심에 사로잡혀 그녀에게 끔찍한 모욕을 퍼부으며, 이런 아글라야에게서 나스타시야 필립포브나는 자신의 이상적 원상이 아닌 일그러진 거울상을 볼 따름이다. 이렇게 되자 나스타시야 필립포브나는 원상으로서의 지위를 모두 되찾고자 한다. 그녀는 예전에 므이쉬킨이 자신에게 했던 모든 약속을 전부 다 지키라고 요구한다. 그녀는 로고진 따위는 셈에 넣지도 않는다. 그에 대해 믿는 건 단지, 그가 그녀를 죽일 용기를 가졌으리라는 점 하나이다. 두 여자는 므이쉬킨의 선택을 두고 모든 것을 건다. 이들의 적대관계에는 어떤 타협도 계약도 불가능하다. '나인가, 저 여자인가.' 므이쉬킨은 '불행한' 여자 곁에 남는다.

예브게니 파블로비치는 이 일로 므이쉬킨을 비난한다. 아글라야는 이미 므이쉬킨의 약혼녀로 간주되고 있었으니, 나스타시야 필립포브나를 로고진에게 맡기고 그녀를 뒤쫓아가야 마땅했다는 것이다. 그러나 그의 비난은 므이쉬킨에게 유효하지 않은 사회적 규범에 의거한다. 반면 므이쉬킨의 선택은 더 높은 진리의 힘없고 보호받지 못하는 이념을 대변한다. 그의 선택은 순수한 인간성의 관점에서 이루어졌으며, 비록 그것이 세상에 대한 무지를 보여준다 할지라도, 더 나은 결정이었다. 더 훌륭한 '다른' 선택은 없다.

그러나 나스타시야 필립포브나는 자신의 타락에 대한 회오가 깊은 만큼이나 자신의 구원자 앞에서 공포를 느끼며, 그녀로 인해 파멸하게 될 나약한 구원자에게 연민을 느낀다. 그런 까닭에 그녀는 감히 그를 건드리고자 하지 않고 희생의 길을 택하며, 저주의 낙인이 찍힌 음침한 로고진의 집으로, 그녀에게 오히려 구원이 될 로고진의 칼날 밑으로 간다. 나약한 구원자인 므이쉬킨과 구원의 해방 행위를 실행하는 살인자 로고진—이 두 사람은 자석과도 같은 사슬로 결합된 친구이자 적이다. 죽은 나스타시야 필립포브나 곁에 나란히 누운 그들에겐 이 세상에서 중요하게 여겨지는 모든 것이 이미 필요 없다. 로고진은 십오 년의 시베리아 유형을 선고받고, 므이쉬킨은 완전히 백치가 되어 스위스의 요양원으로 되돌려보내진다.

4. 존재의 자리를 갖지 못한 사람들

나스타시야 필립포브나는 자신이 '존재의 자리'를 잃어버렸다고 믿는 여자다. 므이쉬킨은 거기서 그녀의 불행을 보았고, 그녀에게 청혼함으로써 그녀를 세계와 그녀 자신으로부터 구하고 싶어했으나 실패한다. 다른 인물들 역시 그녀와 같은 의식에 시달린다. 인정되고 인용될 수 있는 현실의 경계가 매우 좁게 확정된 세계에서 그 경계는 언제나 불화와 불일치를 야기한다. 『백치』에 괴짜, 기인, 머리가 돌아버린 사람이 많이 등장하는 것도 이 때문이다. 세계는 이런 사람들을 배제하고 배척하고 고립시키고 격리하며, 많은 인물들이 자신도 그렇게 될지 모른다는 불안과 위험을 느끼며 살아간다.

자기 존재의 자리를 박탈당했다는 의식에 가장 깊이 젖어 있는 인물은 입폴리트다. 그의 경우, 이 의식은 무엇보다도 그의 병 때문이다. 열여덟 살의 나이에 죽어야만 하는 입폴리트에게 병은 세계를 모욕하고 증오할 근거가 되며, 그의 행동의 주된 동기가 된다. 그는 삶의 향연이 끝없이 이어지는 자연 앞에서 자신을 '내팽개쳐진 자', 자연의 낙태아라 부르면서, 자신을 배제하는 삶과 자연에 절망한다. 이 절망은 분노와 오만을 낳고, 분노와 오만은 감옥의 담처럼 외부 전망을 전부 차단하며, 이 좁은 경계 안에서 그의 생각과 감정은 암울하게 원을 그리면서 오직 부정적인 성격만을 갖게 된다. 그의 사층 방 창밖으로 마주보는 메이예르 집의 외벽은 그와 바깥 삶 사이에 서 있는 무서운 상징적 차단벽이며, 그는 이 차단벽을 뽐내기까지 한다. 그리고 이 벽을 보며 지내던 시기에, '특별히 아름다운 죽음'을 죽고자 하는 생각이 그의 머릿속에서 자라난다.

입폴리트는 이 생각의 논리적 근거를 이번에도 자연에서 찾는다. 그러나 이 근거는 자신의 개인적인 불행을 넘어서서, 생명을 부여받은 모든 존재, 심지어 그리스도에게도 해당하는 것이어야 하며, 입폴리트는 홀바인의 그림 「십자가에서 내려진 그리스도」에 그 최종적인 근거가 제시돼 있다고 확신한다. 이 그림에는 부활의 희망을 암시하는 그 무엇도 찾아볼 수 없을 만큼 삶에 대한 죽음의 명백한 승리가 나타나 있다.

모든 생명을 박살내고 그리스도마저 굴복시키는 어둡고 의미 없이 영원한 자연의 권력을 어찌 인정하지 않을 수 있겠는가! 이 무심하고 무시무시하고 무자비한 자연의 권력 앞에 존재는 그저 무의미하며, 세계의 고통은 세계의 무의미함에 대한 증거가 아닌가?

그러나 입폴리트는 이 맹목적인 권력에 순응하지 않고, 도전하고자 한다. 자신의 의지로 자연의 법정에서 벗어나겠다는 것이며, 이 자기 의지는 자신의 종말에 대한 독자적인 결정권의 행사, 즉 자살로 표현된다. 그러나 자신의 죽음에 적어도 연극적 영웅주의의 광륜을 씌워주려 한 그의 시도는 우스꽝스러운 실패로 끝난다.

그 자리에 있던 사람들은 노골적으로 그의 인간경멸에 분개하고 그의 실패를 비웃는다. 하지만 단 한 사람, 므이쉬킨만은 그를 비웃지 않고 동정한다. 대지와 그 대지 위의 모든 존재가 현실적인 실존을 부여받았는데, 오직 나 혼자만 배제됐다는 느낌, '나는 혼자일 뿐인데, 그들은 모두가 한통속이다'*라는 느낌은 므이쉬킨에게도 익숙하며, 므이쉬킨 역시 고립된 존재, 단독자로서의 불안을 경험했기 때문이다. 므이쉬킨은 자신이 스위스에서 치료받던 첫해에 마을 근처의 산에 올라 눈앞에 펼쳐진 눈부시게 아름다운 풍경을 보면서, 입폴리트와 거의 똑같은 것을 느꼈고, 거의 똑같은 말을 마음속으로 했던 기억을 떠올린다. 므이쉬킨 역시 입폴리트와 마찬가지로, 삶의 향연과 합창에 그 혼자만 초대받지 못했다는 고립감에 괴로워했고, 모든 것에 대해 자신은 완전히 타인이고 이방인이라는 사실에 괴로워했다. 러시아에 돌아온 뒤, 자신

* 도스토옙스키, 『미성년』.

이 이곳에서 이방인이 아닐지도 모른다는 생각에 환희가 가슴에 차오르던 순간도 있긴 하나, 므이쉬킨은 끝내 '영원한 이방인'으로 머무르고, 완전한 격리의 공간인 광기의 공간으로 되돌려보내진다.

삶에서 배제되고 격리되는 므이쉬킨의 운명은 소설의 제목 '백치(идиот, idiot)'를 다시 생각해보게 한다. 고대 그리스에서 idiotes는 '공적 세상에 속하지 못하는 자, 공적이지 못한 인간, 사인私人'을 의미했다. 즉, 정치적인 공적 세상에 참여하지 못하는 자, 공적인 삶, 세상의 삶에 참여하기엔 부적격하다고 선언되고 배제되는 자를 가리키는 말이었다. 백치 므이쉬킨은 바로 그러한 인간이다.

5. 파멸의 숙명성과 희망의 징후

오 년 전 므이쉬킨이 처음으로 스위스 땅에 들어섰을 때, 그를 흐릿한 의식에서 깨어나게 한 것은 당나귀 울음소리였다. 끝없이 인내하며 사람들을 위해 일하는 당나귀는, 어떻게 사람들을 사랑하고 어떻게 세상과 관계 맺을 것인지를 그에게 가르쳐주었다. 그후 그는 당나귀처럼 사람들의 무거운 짐을 짊어지며, 사람들 사이에 사랑과 선을 구현하고자 했다. 그는 '함께 고통을 당하는 것сострадание', 즉 동정과 연민이야말로 인류의 가장 중요한—그리고 아마도 유일한—존재법칙이라고 확신했으며, 자신이 얽혀든 고통스러운 문제들을 결코 회피하려 들지 않았고, 자신에겐 그 문제들을 회피할 권리조차 없다고 여겼다. 그렇게 그는 연민을 실천하며 러시아에서 팔 개월가량 생활했다. 그러나

이 이상적인 인간이 러시아에서 끝내 실존의 자리를 찾지 못하고 치유불능의 백치가 되어 스위스의 요양원으로 되돌아가는 서사의 원환구조는 '진실로 아름다운 인간'이라는 이상에서나 소설의 이념에서나 좌절이라는 암담한 인상을 우리에게 남긴다.

사람들은 므이쉬킨과의 접촉을 통해 자기 안에 숨어 있던 선이 피어나는 것을 느끼지만, 그 변화는 누구에게서도 지속적이지 못하다. 므이쉬킨의 연민은 종종 반감과 증오를 불러일으키기까지 하나, 그는 연민을 버릴 수도 없다. 연민은 그의 본성이기 때문이다. 그는 사건의 진행을 바꿔놓을 수 없으며, 인간의 운명에서 그 무엇도 바꿀 수 없다. 그는 행동함으로써 운명에 굴복하며, 그가 행동한다는 데에 그의 연대책임이 있다. 예컨대 입폴리트는 니힐리즘의 값싼 구호를 외쳐대는 소년이긴 해도, 수치심과 명예심이 없지는 않았다. 그러나 그는 모든 것을 변명해주고 정당화해주는 므이쉬킨 덕분에 저급한 모사가와 중상가에 지나지 않는 인물로 변하며, 주인공들이 비참한 결말을 맞게 되는 데에도 한몫 거든다.

이볼긴 장군의 죽음에도 므이쉬킨은 일말의 책임이 있다. 그의 거짓말을 저지하지 않고 끝까지 진실인 양 들어줌으로써, 이 불행한 인간이 자신의 거짓말에 갇혀 꼼짝달싹 못하도록 방치했기 때문이다.

므이쉬킨의 선한 의지와 그 결과 간의 괴리를 가장 비극적으로 보여주는 것은 나스타시야 필립포브나와 로고진의 운명이다. 그는 이 두 사람의 고통을 덜어주려 애쓰지만, 그가 행하는 선은 양가성을 갖는다. 그가 자신을 향한 나스타시야 필립포브나의 본성을 북돋을수록, 그녀는 로고진에게 속하는 자신의 반쪽을 또다시 강화해야 한다는 강박감에 휩싸이며, 자신의 모든 고통의 종말을 원할 때 로고진에게로 달아나 그의 칼에 몸을 맡긴다. 결국 므이쉬킨은 자신의 개입을 통해 이 두 비범한 인간의 파멸에 기여하나, 반면 평범한 인간들에겐 운명적인 중대성을 갖는 어떤 사건도 일어나지 않는다. 아글라야 역시 이 범주에 속한다. 어떤 방식으로든 남과 다르고 특별한 사람에게 끌리는 그녀는 폴란드 백작이라는 망명객에게 속아 혼인한다. 이 혼인은 유럽의 거짓 광채에 현혹된 잘못된 선택이었으나, 그녀는 여전히 자신의 이상에 열광하며 살아간다. 입폴리트도 예상보다 조금 이르긴 하나, 자연사로 생을 마감한다. 이렇듯, 비범한 사람들의 파멸과 평범한 사람들의 존속—이것이 '진실로 아름다운 인간'의 선한 의지가 가져온 결과이다.

『백치』에서 므이쉬킨이 처한 상황은 『죄와 벌』의 라스콜니코프보다 훨씬 더 비극적이고 숙명적이다. 세상 사람들을 자신의 잣대로 심판하고 벌하겠다는 라스콜니코프의 이념은 그의 머리와 이성에서 나온 것인 만큼, 바로 그 머리와 이성에 의해 취소될 수 있다. 반면 므이쉬킨에겐 그러한 변화의 가능성이 존재하지 않는다. 연민을 버린다는 것은 자기 자신에 대한 거부이기 때문이다. 연민은 그의 인격의 본질이자 결코 손댈 수 없는 핵심이다. 그러므로 므이쉬킨은 참회를 통해 새로 태어날 수도 없다. 그는 그 어떤 분명한 죄에도 직접적인 책임이 없으며, 소설 결말부에서 그가 느끼는 어렴풋하고 불명료한 죄의식은 그가 행한 모든 것이 원칙적으로 옳다는 그의 확신을 흔들지는 못한다. 므이쉬킨의 파멸이 지닌 이 숙명성은 도스토옙스키가 '진실로 아름다운 인간' 형상을 구상할 때부터, '긍정적' 주인공이 묘사되는 이 소설의 제목으로 'идиот(idiot)'를 생각했을 때부터 예정돼 있었다고 보아야 할 것이다.

정신적 암흑 속에 격리되는 므이쉬킨의 운명은 그리스도처럼 십자가에 오르는 것이 아니며 부활과도 관련이 없다. 『백치』에서 굳이 부활 모티프와 연결될 수 있는 인물을 찾자면, 그건 나스타시야 필립포브나이다. 그녀의 이름 나스타시야Настасья와 성姓 바라쉬코바Барашкова가 각각 '부활'과 '어린 양'을 뜻하는 만큼, 그녀는 부활할 수 있을지도 모른다. 그러나 이는 『백치』에 내포된 부수적인 생각에 불과하다. 홀바인의 그림이 죽음의 극복을 직접 제시하지 않고 그것을 인간의 신앙 행위 속으로 완전히 넘겨놓았듯, 나스타시야 필립포브나의 죽음이 과연 '위를 향한' 것인지에 대해서도 서로 다른 해석이 가능할 것이다. 어찌 됐건, 나스타시야 필립포브나의 경우에도 죽음의 자명함과 부활의 자명함 간의 거리는 아직 뛰어넘을 수 없다.

그렇다면 『백치』 속의 세계에 희망의 징후는 없는가?

『백치』에 묘사된 세계는 어둡고 부패했으나, 치유불능은 아니다. 불협화와 분열이 페테르부르크를 지배하지만, 그래도 잠깐씩 사랑과 연대가 나타나며, 어떤 인물도 오로지 악하지는 않다. 모든 인물의 가슴속엔 선이 깃들어 있고, 드물지만 때로는 악의 영향을 이겨낸다.

도스토옙스키는 러시아가 언젠가는 구원되리라는 희망의 근거로 『백치』에서 네 가지를 제시한다. 첫째는 민중의 믿음, 둘째는 민족의 이상을 힘닿는 데까지 실현해 보이는 사회적 모범, 셋째는 이상에 대한 러시아인의 동경, 넷째는 아이들이다.

첫번째 근거인 러시아 민중의 믿음은 므이쉬킨이 로고진에게 들려주는 농부 이야기의 핵심이다. 은시계가 탐나서 친구를 죽이는 농부는 칼을 꽂는 순간에도 기도를 올리며 신에게 용서를 구한다. 러시아 민중에겐 인텔리겐치야와 달리 선악 개념의 혼돈이 없다. 러시아 민중은 선악을 직관적으로 구별한다.

희망의 두번째 근거인 사회의 모범은 므이쉬킨과 같은 사람들이다. 므이쉬킨은 비록 그 자신도 파멸하지만, 러시아의 이상이 계속 이어지면서 결코 죽지 않게 하는 데 기여한다. 러시아는 자신의 이상을 새롭게 일깨워줄 므이쉬킨과 같은 도덕적 본보기를 언제나 필요로 한다.

세번째 근거인 이상에 대한 동경은, 러시아인들이 그들의 추악한 행동과 몸서리쳐지는 열정에도 불구하고 언제나 마음속에 품고 있는 드높은 이상에 대한 강렬한 욕구이다. 로고진은 이 두 개의 극단을 내면에 지니고 있다. 그러나 로고진은 그가 동경하는 이상이 자신이 지금껏 살아온 것과는 전혀 다른 차원에 존재하며, 자신에겐 그 이상으로 통하는 길이 차단돼 있음을 안다. 절망한 그는 어두운 힘에 자신을 완전히 맡긴다. 나스타시야 필립포브나도 그와 비슷하다. 그녀 역시 구원의 진리를 절망적으로 구하지만, 광명한 이상과 어두운 충동 간의 싸움에서 패배한다. 도스토옙스키에게 나스타시야 필립포브나와 로고진은 채워지지 않는 동경을 품고 있고 그로 인해 고통받는다는 점에서 진정한 러시아인이다. 이상을 동경하며 아무런 희망 없이 분투하는 그들은 둘 다 이상 없이는 살 수 없는 사람들이다.

희망의 네번째 근거는 아이들이다. 어린아이에 관한 사랑은 므이쉬킨과 나스타시야 필립포브나 둘 모두에게서 볼 수 있지만, 두 사람에게 어린아이가 갖는 의미는 사뭇 다르다. 나스타시야 필립포브나가 머릿속에 그리는 그리스도 그림에 등장하는 어린아이는 그녀의 잃어버린 순수함에 대한 동경과 그리스도에게 용서받고 싶은 마음을 나타낸다. 이에 비해 므이쉬킨에게 어린아이는 인간이 낙원에서 지니고 있었던 원래의 아름다움을 가리킨다. 그는 모든 인간에게서 어린아이를 보고자 하며, 이 점에서 그와 로고진이 나스타시야 필립포브나의 시신 곁에 나란히 누워 있는 장면은 대단히 시사적이다. 므이쉬킨은 나스타시야 필립포브나를 죽인 로고진에게 어떤 비난도 하지 않고, 마치 자신도 공범인 양 그와 모든 행동을 함께하면서, 이미 열병 상태에 빠진 로고진의 얼굴과 머리를, 마치 어린아이에게 하듯이, 가만히 쓰다듬어준다. 이미 그 자신도 판단력과 분별력을 완전히 상실했고, 그의 인격을 이루는 다른 모든 특성이 그를 떠난 때에 므이쉬킨에게 보존된 유일한 특성은 모든 사람을 잠재적인 어린아이로 보는 태도이다. 마찬가지로, 나스타시야 필립포브나가 아글라야에게 극심한 모욕을 당하고 광란 상태에 빠졌을 때도, 므이쉬킨은 어린아이에게 그러듯이 머리와 볼을 어루만지며 위로하고 달래준다. 이 두 장면은 므이쉬킨이 모든 사람에게서 잠재적인 어린아이, 즉 죄 없는 인간을 보며, 불행한 사람을 어린아이처럼 대한다는 것을 말해준다.

므이쉬킨이 사람들에게서 큰 기쁨을 느끼는 것 역시 어린아이 같은 모습을 발견할 때이며, 자신이 아직 어린아이라는 사실에도 진심으로 기뻐한다. 그리고 므이쉬킨이 스위스에서 보낸 사 년이 그의 삶에서 가장 행복한 시간이었던 것도 바로 아이들 때문이다. 그때 그는 존재하는 모든 것이 행복이고, 매 순간이 삶의 봄날이고, 매 순간이 불멸인 지상낙원의 느낌을 아이들을 통해 경험했다. 그는 아이들과 더불어 아이였고, 아이의 영혼을 가진 어른이었다. 그곳에서 아이들과 만남으로써 그의 의식적인 삶이 시작됐으며, 그가 지상에서 완성할 수 있었던 유일한 행위는 마리의 어린 박해자들을 변화시켜 그들과 함께 마리를 고립과 불행에서 구해낸 일이었다.

다시 백치로 돌아간 므이쉬킨이 남긴 희망의 징후도 어린아이 같은 존재들이다. 열다섯 살인 콜랴는 언제나 므이쉬킨을 위해 애쓰는 그의 진정한 친구이며, 진리에 대해 어린아이 같은 감정을 지녔다. 장차 '훌륭한' 사람이 될 콜랴와 함께, 레베제프의 딸 베라도 므이쉬킨의 충실한 친구이다. 스무 살인 베라는 친절하고 선량하고 성실하고 현명해서, 므이쉬킨이 몹시 소중히 여기고 신뢰하며 높이 평가했다. 이 두 진실한 젊은이들에게서 므이쉬킨의 아름다움은 계속 살아 있을 것이며, 므이쉬킨과 이들의 우정은 훗날 『카라마조프가의 형제들』에서 알료샤와 소년들의 아름다운 연대로 새롭게 피어나게 될 것이다.

김희숙

표도르 도스토옙스키 연보

1821년 구력 10월 30일(현재의 그레고리우스력으로는 11월 11일), 모스크바의 마린스키 빈민병원 사택에서 의사 미하일 안드레예비치 도스토옙스키(1789~1839)와 신앙심 깊은 마리야 표도로브나(1800~1837)의 둘째 아이로 태어남. 아버지는 영락한 시골 귀족의 후손이고, 어머니는 상인계급 출신이며, 한 살 위인 형 미하일이 있었음. 11월 4일, 러시아정교 의식에 따라 세례를 받음.

1831년 아버지 미하일 도스토옙스키가 툴라현의 자그마한 다로보예 마을을 사들임.

1832년 아버지가 다로보예의 이웃 마을인 체르마쉬냐 마을을 사들임. 4월, 도스토옙스키는 처음으로 다로보예 마을에서 여름을 보내며 러시아 농민의 삶을 알게 됨.

1834~1837년 명문인 모스크바 체르마크 기숙학교에서 형 미하일과 함께 수학.

1837년 어머니가 폐병으로 사망.

1838년 도스토옙스키와 형 미하일은 문학을 공부하려 했으나, 아버지의 뜻에 따라 페테르부르크 군사 아카데미의 공병학교에 입학. 하지만 글쓰기를 계속하면서 푸쉬킨, 레르몬토프, 고골, 셰익스피어, 바이런, 디킨스, 발자크, 코르네유, 조르주 상드, 위고, 호프만, 괴테, 쉴러의 작품을 읽음.

1839년 아버지가 다로보예 영지의 농노들에게 원한을 사서 살해당함.

1840~1842년 미완으로 남은 드라마 「마리야 스튜아르트Мария Стюарт」 「보리스 고두노프Борис Годунов」를 씀.

1842년 소위로 임관.

1843년 공병학교 졸업 후 공병 소위로 페테르부르크 공병단 제도국에 배치됨. 발자크, 조르주 상드의 작품 번역을 계속함.

1844년 전역 후 본격적으로 창작에 몰두해 중편소설 『가난한 사람들Бедные люди』을 쓰기 시작함.

1844~1845년 네크라소프, 투르게네프와 교류.

1845년 『가난한 사람들』 탈고. 네크라소프와 벨린스키의 격찬을 받고, 벨린스키 서클에 참여. 여름에 중편소설 『분신Двойник』을 쓰기 시작. 11월, 『아홉 통의 편지로 된 소설Роман в девяти письмах』을 하룻밤 만에 씀.

1846년 네크라소프가 발행하던 『페테르부르크 문집Петербургский сборник』에 『가난한 사람들』 발표. 대성공을 거두면서 '새로운 고골'이라는 문명을 떨침. 『조국의 기록Отечественные записки』 2호에 『분신』 게재. 벨린스키의 혹평. 마이코프와 우정을 나눔. 혁명적 성향의 귀족 청년 페트라솁스키를 알게 됨. 『조국의 기록』 10호에 단편 「프로하르친 씨Господин Прохарчин」 발표. 10월, 장편소설 『네토치카 네즈바노바Неточка Незванова』, 중편소설 『여주인Хозяйка』을 쓰기 시작함.

1847년 『현대인Современник』 1호에 『아홉 통의 편지로 된 소설』 발표. 벨린스키의 혹평. 벨린스키와 절교. 1월 말부터 페트라솁스키의 '금요회'에 나가기 시작. 7월에 최초의 뇌전증 발작. 『조국의 기록』 10~11호에 『여주인』 게재.

1848년 『조국의 기록』 1호에 「남의 아내Чужая жена」, 2호에 「약한 마음Слабое сердце」, 4호에 「세상 물정에 밝은 사나이.

I. 퇴역 군인 II. 정직한 도둑Рассказы бывалого человека I. Отставной II. Честный вор」, 9호에 「크리스마스 트리와 혼례식Елка и свадьба」, 11호에 「질투심 많은 남편Ревнивый муж」, 12호에 『백야Белые ночи』 게재. (「남의 아내」 「질투심 많은 남편」은 이후 한 편으로 개작되어 '남의 아내와 침대 밑의 남편Чужая жена и муж под кроватью'이라는 제목으로 1860년 『도스토옙스키 작품집(전 2권)』에 실림. 「세상 물정에 밝은 사나이」도 개작을 거쳐 「정직한 도둑」이라는 제명의 단편으로 같은 전집에 수록.) 12월, 단편소설 「폴준코프Ползунков」를 파나예프와 네크라소프가 발행한 『삽화 문집Иллюстрированный альманмх』에 발표.

1849년 『네토치카 네즈바노바』의 일부를 『조국의 기록』 1~2, 5호에 게재. '금요회'에서 금서를 읽고, 자유주의적 발언을 하고, 고골이 『벗들과의 왕복서한선Выбранные места из переписки с друзьями』(1847)에서 절대왕정을 옹호한 데 대해 벨린스키가 고골에게 쓴 1847년 7월 15일자 편지를 낭독했다는 죄목으로 4월 23일 체포, 국사범 감옥으로 사용되던 베드로-바오로(페트로파블롭스카야) 요새에 구금됨. 『네토치카 네즈바노바』 집필 중단. 감옥에서 「어린 영웅Маленький герой」 집필. 11월 16일 사형선고를 받음. 12월 22일(그레고리우스력 1850년 1월 3일) 세묘놉스키 광장에서 처형되기 직전 황제의 특사로 유형지 시베리아에서의 징역 사 년과 병역 의무형 사 년으로 감형됨. 24일 밤, 유형지인 옴스크로 출발.

1850~1854년 1월 옴스크로 가는 도중 토볼스크에 도착, 그곳에서 12월 당원(제카브리스트) 아내들과 만나 복음서를 건네받음. 이 복음서를 평생토록 성물로 간직함. 1월 23일 옴스크에 도착,

수형생활 사 년 동안 여러 차례 심각한 뇌전증 발작을 겪음.

1854년 2월 중순 출옥, 3월에 세미팔라친스크의 국경 수비 연대에 사병으로 편입. 세무관 이사예프의 부인인 마리야 드미트리예브나 이사예바를 사랑하게 됨.

1855년 2월 18일, 니콜라이 1세 사망. 『죽음의 집의 기록Записки из Мертвого дома』을 구성하게 될 글들을 쓰기 시작. 8월, 이사예프 사망.

1856년 하사관으로 진급.

1857년 이사예바와 결혼. 귀족 신분을 되찾음. 『조국의 기록』 8호에 「어린 영웅」을 익명으로 발표.

1858년 형 미하일이 월간 정치·문학잡지 『시대Время』의 출판 허가를 신청. 9월 말, 발행 허가가 나옴.

1859년 소위 임관 후 면직. 거주지는 트베리로 제한됨. 『아저씨의 꿈Дядюшкин сон』을 『러시아 말Русское слово』 3호에, 『스체판치코보 마을과 그 주민들Село Степанчиково и его обитатели』을 『조국의 기록』 11~12호에 게재. 페테르부르크 거주 허가를 얻어 12월, 십 년 만에 페테르부르크로 돌아옴.

1860년 9월부터 『러시아 세계Русский мир』에 『죽음의 집의 기록』 연재 시작. 그동안의 작품들이 두 권의 선집으로 출간됨.

1861년 형 미하일과 함께 잡지 『시대』 창간. 『시대』 1~7호에 『학대받은 사람들Униженные и оскорбленные』 연재, 수정본을 두 권짜리 단행본으로 출간. 『러시아 세계』에 연재하던 『죽음의 집의 기록』을 4월부터는 『시대』에 연재. 오스트롭스키, 곤차로프, 살트이코프 셰드린, 그리고리예프와 친교. 1860년대 여성해방의 전형적 대표자였던 아폴리나리야 수슬로바를 알게 됨.

1862년 『죽음의 집의 기록』 단행본 출간. 『시대』 11호에 「추악한 이야기Скверный анекдот」 발표. 6월 첫 유럽 여행을 떠남(베를린, 드레스덴, 프랑크푸르트, 쾰른, 파리, 런던, 제네바, 이탈리아). 런던에서 게르첸을 만나고, 세계박람회를 관람.

1863년 『시대』 2~3호에 「여름 인상의 겨울 메모Зимние заметки о летних впечатлениях」 게재. 5월, 폴란드 국민의 무장봉기 실패에 대해 폴란드측에 유리하게 쓴 스트라호프의 기고문 때문에 『시대』가 폐간당함. 두번째 유럽 여행(비스바덴, 파리, 이탈리아, 바덴바덴). 부분적으로는 아폴리나리야 수슬로바와 동행. 바덴바덴과 바트홈부르크의 도박장에서 많은 돈을 잃음. 수슬로바와 헤어져 함부르크로 감. 소설 『도박자Игрок』를 구상하고 『지하로부터의 수기Записки из подполья』를 쓰기 시작. 10월 말, 러시아로 돌아감.

1864년 형 미하일과 함께 새로운 잡지 『세기Эпоха』 창간. 『지하로부터의 수기』를 『세기』 1~2호(제1부), 4호(제2부)에 게재. 4월 15일, 아내 마리야 드미트리예브나가 폐병으로 사망. 7월 10일 형 미하일 사망.

1865년 후일 수학자로서 페테르부르크 과학 아카데미 최초의 여성 회원이 된 소피야 코발렙스카야의 언니인 안나 바실리예브나 코르빈 크루콥스카야에게 청혼하나 거절당함. 소피야와의 변함없는 우정이 시작됨. 『세기』 2호에 「악어Крокодил」 게재. 4월, 재정난으로 『세기』 발행이 중단됨. 아폴리나리야 수슬로바를 다시 만나기 위해 세번째 유럽 여행을 준비함. 재정난 때문에 출판업자 스첼롭스키와 굴욕적인 계약을 체결. 지금까지 발표한 모든 작품의 출판권을 양도함과 아울러 1866년 11월 1일까지 일정 페이지의 새 장편소설을 탈고하겠다고 약속하고, 이를 이행하지 못할 시, 이후 모든 작품의 저작권을 무상으로 넘기기로 함. 8월 중순 비스바덴으로 가서 룰렛 게임에 빠져 돈을 다 잃음. 수슬로바는 서둘러 파리로 돌아가버림. 10월 15일, 지인의 도움으로 간신히 페테르부르크로 돌아옴. 『죄와 벌』 집필 시작. 스첼롭스키 출판사에서 작가의 검토와 보완을 거친 『도스토옙스키 전집』이 두 권으로 발간됨.

1866년 『죄와 벌』을 『러시아통보Русский вестник』 1~2, 4, 6~8, 11~12호에 연재. 스첼롭스키에게 약속한 소설을 제때에 끝내기 위해 속기사 안나 그리고리예브나 스니트키나를 고용, 26일 동안 소설을 구술함. 11월 1일 탈고한 『도박자』를 스첼롭스키에게 넘김. 스첼롭스키 출판사에서 발간된 『전집』 제3권에 『도박자』 수록.

1867년 2월, 안나 그리고리예브나와 결혼. 채무자에 시달려 아내와 함께 도피성 외국 여행을 떠남. 사 년 넘게 베를린, 드레스덴, 바트홈부르크, 바덴바덴, 바젤, 제네바, 피렌체 등지에 체류. 드레스덴 미술관에서 라파엘로의 「시스티나의 성모」, 바젤 미술관에서 한스 홀바인의 「무덤 속의 그리스도 주검」을 보고 감명과 충격을 받음. 『백치Идиот』 집필 시작. 『죄와 벌』 수정판이 페테르부르크의 바주노프 출판사에서 나옴.

1868년 『백치』를 『러시아통보』 1~2, 4~12호에 연재. 딸 소피야가 출생 석 달 만에 폐렴으로 사망.

1869년 9월, 딸 류보피 태어남. 11월, 네차예프와 그의 일당이 혁명단체에서 탈퇴하려는 대학생 이바노프를 살해한 '네차예프 사건' 발생, 『악령Бесы』의 소재가 됨. 중편소설 『영원한 남편Вечный муж』 집필.

1870년 스트라호프가 창간한 잡지 『여명Заря』 1~2호에 『영원한 남편』 발표. 2월, 『악령』을 구상, 쓰기 시작함.

1871년 『악령』을 『러시아통보』 1~2, 4, 7, 9~11호에 제2부까지 연재. 4월, 비스바덴으로 가서 룰렛 게임으로 돈을 잃음. 7월, 네차예프 재판이 열렸고 페테르부르크로 돌아온 도스토옙스키는 이 재판을 『악령』의 소재로 씀. 아들 표도르 태어남. 바주노프 출판사에서 『영원한 남편』 단행본으로 출간.

1872년 『악령』 제3부를 『러시아통보』 11~12호에 발표, 연재 완결. 12월, 메셰르스키가 발행하는 보수 성향의 주간지 『시민Гражданин』의 편집장이 됨.

1873년 블라지미르 솔로비요프와 우정을 나눔. 『시민』에 「작가 일기」라는 지면을 마련하여 1호에서 50호까지 일 년에 걸쳐 시사평론, 에세이, 단편소설 등을 발표. 제6호에는 단편 「콩알Бобок」이 실림. 『악령』 단행본 출간.

1874년 1월 『백치』 단행본 출간. 2월 『미성년Подросток』 집필 시작. 3월 『시민』에 기고한 글로 잡지는 1차 경고를 받고 도스토옙스키는 체포됨. 4월 말, 건강상의 이유로 『시민』 편집장직을 사임. 6월, 폐기종 치료를 위해 독일의 바트엠스로 떠남. 제네바를 거쳐 8월, 러시아로 돌아옴.

1875년 『조국의 기록』 1~2, 4~5, 9, 11~12호에 『미성년』 연재. 5월 말에 다시 바트엠스로 떠났다가 7월 초에 돌아옴. 8월, 둘째 아들 알렉세이 출생. 개정판 『죽음의 집의 기록』 1, 2부가 단행본으로 출간됨. 12월 31일, 개인 월간 잡지 『작가 일기』의 발행 허가가 나옴.

1876년 1월부터 『작가 일기』 매월 발행. 1호에는 단편 「그리스도의 크리스마스 트리에 초대받은 아이Мальчик у Христа на елке」, 2호에는 「농부 마레이Мужик Марей」, 3호에는 「백 살의 노파Столетняя」, 11호에는 「온순한 여자Кроткая」가 게재됨. 『미성년』 단행본 출간.

1877년 『작가 일기』 4호에 「우스운 인간의 꿈Сон смешного человека」 게재. 다로보예로 여행.

1878년 과학 아카데미 어문학 문과의 객원 회원이 됨. 『카라마조프가의 형제들Братья Карамазовы』 구상에 몰두. 5월, 아들 알렉세이가 뇌전증 발작으로 사망. 6월 하순, 블라지미르 솔로비요프와 함께 옵치나 수도원 방문, 암브로시 장로와 두 차례 대화. 이 여행은 이레 동안 계속되었고, 『카라마조프가의 형제들』 집필에 큰 영향을 미침. 7월 초, 소설의 첫 부분을 쓰기 시작.

1879년 『러시아통보』 1~2, 4~6, 8~11호에 『카라마조프가의 형제들』 연재. 1876년의 『작가 일기』 제2판, 『학대받은 사람들』 제5판이 나옴. 바트엠스에서 요양.

1880년 『러시아통보』 1, 4, 7~11호에 『카라마조프가의 형제들』 계속 연재. 6월 8일, 모스크바의 푸쉬킨 동상 제막식에서 연설, 푸쉬킨을 러시아 민족의 보편주의적 추구에 대한 진정한 상징으로 선언함. 『작가 일기』 8월호에 이 연설을 수록. 이듬해부터 다시 『작가 일기』를 발행하기로 계획. 12월 초 『카라마조프가의 형제들』 단행본 출간(표지에는 출간 연도가 1881년으로 되어 있음), 며칠 만에 초판이 모두 소진됨.

1881년 『작가 일기』 1월호 발행 작업(작가 사후 발매). 1월 25일, 폐동맥 파열을 겪음. 각혈이 계속되고 의식을 잃음. 1월 28일(그레고리우스력 2월 9일), 저녁 8시 38분 사망. 1월 31일, 추도식에서 5~6만 명에 달하는 조문객이 그의 죽음을 애도함. 2월 1일, 페테르부르크의 알렉산드르 넵스키 대수도원 묘지에 묻힘. 알렉산드르 팔름, 마이코프, 솔로비요프가 조사를 낭독함.

문학동네 세계문학전집 발간에 부쳐

세계문학은 국민문학 혹은 지역문학을 떠나 존재하는 문학이 아니지만 그것들의 총합도 아니다. 세계문학이라는 용어에는 그 나름의 언어와 전통을 갖고 있는 국민문학이나 지역문학의 존재를 인정하면서 그것을 넘어서는 문학의 보편적 질서에 대한 관념이 새겨져 있다. 그 용어를 처음 고안한 19세기 유럽인들은 유럽문학을 중심으로 그 질서를 구축했지만 풍부한 국민문학의 전통을 가지고 있는 현대의 문학 강국들은 나름의 방식으로 세계문학을 이해하면서 정전(正典)의 목록을 작성하고 또 수정한다.

한국에서도 세계문학 관념은 우리 사회와 문화의 변화 속에서 거듭 수정돼왔다. 어느 시기에는 제국 일본의 교양주의를 반영한 세계문학 관념이, 어느 시기에는 제3세계 민족주의에 동조한 세계문학 관념이 출현했고, 그러한 관념을 실천한 전집물이 출판됐다. 21세기 한국에 새로운 세계문학전집이 필요하다는 것은 명백하다. 우리의 지성과 감성의 기준에 부합하는 세계문학을 다시 구상할 때가 되었다.

문학동네 세계문학전집은 범세계적으로 통용되는 고전에 대한 상식을 존중하면서도 지난 반세기 동안 해외 주요 언어권에서 창작과 연구의 진전에 따라 일어난 정전의 변동을 고려하여 편성되었다. 그래서 불멸의 명작은 물론 동시대 세계의 중요한 정치·문화적 실천에 영감을 준 새로운 작품들을 두루 포함시켰다.

창립 이후 지금까지 한국문학 및 번역문학 출판에서 가장 전문적이고 생산적인 그룹을 대표해온 문학동네가 그간 축적한 문학 출판 경험을 바탕으로 새로운 세계문학전집을 펴낸다. 인류가 무지와 몽매의 어둠 속을 방황하면서도 끝내 길을 잃지 않은 것은 세계문학사의 하늘에 떠 있는 빛나는 별들이 길잡이가 되어주었기 때문이다. 우리가 자부심과 사명감 속에서 그리게 될 이 새로운 별자리가 독자들의 관심과 애정에 힘입어 우리 모두의 뿌듯한 자산이 되기를 소망한다.

문학동네 세계문학전집 편집위원

민은경, 박유하, 변현태, 송병선, 이재룡, 홍길표, 남진우, 황종연

세계문학전집 206

백치 2

1판 1쇄 2021년 11월 25일
1판 3쇄 2024년 9월 20일

지은이 표도르 도스토옙스키 | 옮긴이 김희숙

책임편집 박신양
디자인 김마리 최미영 | 저작권 박지영 형소진 최은진 오서영
마케팅 정민호 서지화 한민아 이민경 왕지경 정경주 김수인 김혜원 김하연 김예진
브랜딩 함유지 함근아 박민재 김희숙 이송이 박다솔 조다현 정승민 배진성
제작 강신은 김동욱 이순호 | 제작처 영신사

펴낸곳 (주)문학동네 | 펴낸이 김소영
출판등록 1993년 10월 22일 제2003-000045호
주소 10881 경기도 파주시 회동길 210
전자우편 editor@munhak.com | 대표전화 031)955-8888 | 팩스 031)955-8855
문의전화 031)955-1927(마케팅), 031)955-3560(편집)
문학동네카페 http://cafe.naver.com/mhdn
인스타그램 @munhakdongne | 트위터 @munhakdongne
북클럽문학동네 http://bookclubmunhak.com

ISBN 978-89-546-8344-9 04890
978-89-546-0901-2 (세트)

잘못된 책은 구입하신 서점에서 교환해드립니다.
기타 교환 문의 031) 955-2661, 3580

www.munhak.com

1, 2, 3 안나 카레니나 레프 톨스토이 | 박형규 옮김
4 판탈레온과 특별봉사대 마리오 바르가스 요사 | 송병선 옮김
5 황금 물고기 J. M. G. 르 클레지오 | 최수철 옮김
6 템페스트 윌리엄 셰익스피어 | 이경식 옮김
7 위대한 개츠비 F. 스콧 피츠제럴드 | 김영하 옮김
8 아름다운 애너벨 리 싸늘하게 죽다 오에 겐자부로 | 박유하 옮김
9, 10 파우스트 요한 볼프강 폰 괴테 | 이인웅 옮김
11 가면의 고백 미시마 유키오 | 양윤옥 옮김
12 킴 러디어드 키플링 | 하창수 옮김
13 나귀 가죽 오노레 드 발자크 | 이철의 옮김
14 피아노 치는 여자 엘프리데 옐리네크 | 이병애 옮김
15 1984 조지 오웰 | 김기혁 옮김
16 벤야멘타 하인학교 - 야콥 폰 군텐 이야기 로베르트 발저 | 홍길표 옮김
17, 18 적과 흑 스탕달 | 이규식 옮김
19, 20 휴먼 스테인 필립 로스 | 박범수 옮김
21 체스 이야기 · 낯선 여인의 편지 슈테판 츠바이크 | 김연수 옮김
22 왼손잡이 니콜라이 레스코프 | 이상훈 옮김
23 소송 프란츠 카프카 | 권혁준 옮김
24 마크롤 가비에로의 모험 알바로 무티스 | 송병선 옮김
25 파계 시마자키 도손 | 노영희 옮김
26 내 생명 앗아가주오 앙헬레스 마스트레타 | 강성식 옮김
27 여명 시도니가브리엘 콜레트 | 송기정 옮김
28 한때 흑인이었던 남자의 자서전 제임스 웰든 존슨 | 천승걸 옮김
29 슬픈 짐승 모니카 마론 | 김미선 옮김
30 피로 물든 방 앤절라 카터 | 이귀우 옮김
31 숨그네 헤르타 뮐러 | 박경희 옮김
32 우리 시대의 영웅 미하일 레르몬토프 | 김연경 옮김
33, 34 실낙원 존 밀턴 | 조신권 옮김
35 복낙원 존 밀턴 | 조신권 옮김
36 포로기 오오카 쇼헤이 | 허호 옮김
37 동물농장 · 파리와 런던의 따라지 인생 조지 오웰 | 김기혁 옮김
38 루이 랑베르 오노레 드 발자크 | 송기정 옮김
39 코틀로반 안드레이 플라토노프 | 김철균 옮김
40 어두운 상점들의 거리 파트릭 모디아노 | 김화영 옮김
41 순교자 김은국 | 도정일 옮김
42 젊은 베르테르의 슬픔 요한 볼프강 폰 괴테 | 안장혁 옮김
43 더블린 사람들 제임스 조이스 | 진선주 옮김
44 설득 제인 오스틴 | 원영선, 전신화 옮김
45 인공호흡 리카르도 피글리아 | 엄지영 옮김
46 정글북 러디어드 키플링 | 손향숙 옮김
47 외로운 남자 외젠 이오네스코 | 이재룡 옮김
48 에피 브리스트 테오도어 폰타네 | 한미희 옮김
49 둔황 이노우에 야스시 | 임용택 옮김
50 미크로메가스 · 캉디드 혹은 낙관주의 볼테르 | 이병애 옮김

51, 52 염소의 축제 마리오 바르가스 요사 | 송병선 옮김
53 고야산 스님·초롱불 노래 이즈미 교카 | 임태균 옮김
54 다니엘서 E. L. 닥터로 | 정상준 옮김
55 이날을 위한 우산 빌헬름 게나치노 | 박교진 옮김
56 톰 소여의 모험 마크 트웨인 | 강미경 옮김
57 카사노바의 귀향·꿈의 노벨레 아르투어 슈니츨러 | 모명숙 옮김
58 바보들을 위한 학교 사샤 소콜로프 | 권정임 옮김
59 어느 어릿광대의 견해 하인리히 뵐 | 신동도 옮김
60 웃는 늑대 쓰시마 유코 | 김훈아 옮김
61 팔코너 존 치버 | 박영원 옮김
62 한눈팔기 나쓰메 소세키 | 조영석 옮김
63, 64 톰 아저씨의 오두막 해리엇 비처 스토 | 이종인 옮김
65 아버지와 아들 이반 투르게네프 | 이항재 옮김
66 베니스의 상인 윌리엄 셰익스피어 | 이경식 옮김
67 해부학자 페데리코 안다아시 | 조구호 옮김
68 긴 이별을 위한 짧은 편지 페터 한트케 | 안장혁 옮김
69 호텔 뒤락 애니타 브루크너 | 김정 옮김
70 잔해 쥘리앵 그린 | 김종우 옮김
71 절망 블라디미르 나보코프 | 최종술 옮김
72 더버빌가의 테스 토머스 하디 | 유명숙 옮김
73 감상소설 미하일 조셴코 | 백용식 옮김
74 빙하와 어둠의 공포 크리스토프 란스마이어 | 진일상 옮김
75 쓰가루·석별·옛날이야기 다자이 오사무 | 서재곤 옮김
76 이인 알베르 카뮈 | 이기언 옮김
77 달려라, 토끼 존 업다이크 | 정영목 옮김
78 몰락하는 자 토마스 베른하르트 | 박인원 옮김
79, 80 한밤의 아이들 살만 루슈디 | 김진준 옮김
81 죽은 군대의 장군 이스마일 카다레 | 이창실 옮김
82 페레이라가 주장하다 안토니오 타부키 | 이승수 옮김
83, 84 목로주점 에밀 졸라 | 박명숙 옮김
85 아베 일족 모리 오가이 | 권태민 옮김
86 폭풍의 언덕 에밀리 브론테 | 김정아 옮김
87, 88 늦여름 아달베르트 슈티프터 | 박종대 옮김
89 클레브 공작부인 라파예트 부인 | 류재화 옮김
90 P세대 빅토르 펠레빈 | 박혜경 옮김
91 노인과 바다 어니스트 헤밍웨이 | 이인규 옮김
92 물방울 메도루마 슌 | 유은경 옮김
93 도깨비불 피에르 드리외라로셸 | 이재룡 옮김
94 프랑켄슈타인 메리 셸리 | 김선형 옮김
95 래그타임 E. L. 닥터로 | 최용준 옮김
96 캔터빌의 유령 오스카 와일드 | 김미나 옮김
97 만(卍)·시게모토 소장의 어머니 다니자키 준이치로 | 김춘미, 이호철 옮김
98 맨해튼 트랜스퍼 존 더스패서스 | 박경희 옮김
99 단순한 열정 아니 에르노 | 최정수 옮김

100 열세 걸음 모옌 | 임홍빈 옮김

101 데미안 헤르만 헤세 | 안인희 옮김

102 수레바퀴 아래서 헤르만 헤세 | 한미희 옮김

103 소리와 분노 윌리엄 포크너 | 공진호 옮김

104 곰 윌리엄 포크너 | 민은영 옮김

105 롤리타 블라디미르 나보코프 | 김진준 옮김

106, 107 부활 레프 톨스토이 | 박형규 옮김

108, 109 모래그릇 마쓰모토 세이초 | 이병진 옮김

110 은둔자 막심 고리키 | 이강은 옮김

111 불타버린 지도 아베 고보 | 이영미 옮김

112 말라볼리아가의 사람들 조반니 베르가 | 김운찬 옮김

113 디어 라이프 앨리스 먼로 | 정연희 옮김

114 돈 카를로스 프리드리히 실러 | 안인희 옮김

115 인간 짐승 에밀 졸라 | 이철의 옮김

116 빌러비드 토니 모리슨 | 최인자 옮김

117, 118 미국의 목가 필립 로스 | 정영목 옮김

119 대성당 레이먼드 카버 | 김연수 옮김

120 나나 에밀 졸라 | 김치수 옮김

121, 122 제르미날 에밀 졸라 | 박명숙 옮김

123 현기증. 감정들 W. G. 제발트 | 배수아 옮김

124 강 동쪽의 기담 나가이 가후 | 정병호 옮김

125 붉은 밤의 도시들 윌리엄 버로스 | 박인찬 옮김

126 수고양이 무어의 인생관 E. T. A. 호프만 | 박은경 옮김

127 맘브루 R. H. 모레노 두란 | 송병선 옮김

128 익사 오에 겐자부로 | 박유하 옮김

129 땅의 혜택 크누트 함순 | 안미란 옮김

130 불안의 책 페르난두 페소아 | 오진영 옮김

131, 132 사랑과 어둠의 이야기 아모스 오즈 | 최창모 옮김

133 페스트 알베르 카뮈 | 유호식 옮김

134 다마세누 몬테이루의 잃어버린 머리 안토니오 타부키 | 이현경 옮김

135 작은 것들의 신 아룬다티 로이 | 박찬원 옮김

136 시스터 캐리 시어도어 드라이저 | 송은주 옮김

137 고독한 산책자의 몽상 장자크 루소 | 문경자 옮김

138 용의자의 야간열차 다와다 요코 | 이영미 옮김

139 세기아의 고백 알프레드 드 뮈세 | 김미성 옮김

140 햄릿 윌리엄 셰익스피어 | 이경식 옮김

141 카산드라 크리스타 볼프 | 한미희 옮김

142 이 글을 읽는 사람에게 영원한 저주를 마누엘 푸익 | 송병선 옮김

143 마음 나쓰메 소세키 | 유은경 옮김

144 바다 존 밴빌 | 정영목 옮김

145, 146, 147, 148 전쟁과 평화 레프 톨스토이 | 박형규 옮김

149 세 가지 이야기 귀스타브 플로베르 | 고봉만 옮김

150 제5도살장 커트 보니것 | 정영목 옮김

151 알렉시 · 은총의 일격 마르그리트 유르스나르 | 윤진 옮김

152 말라 온다 알베르토 푸겟 | 엄지영 옮김
153 아르세니예프의 인생 이반 부닌 | 이항재 옮김
154 오만과 편견 제인 오스틴 | 류경희 옮김
155 돈 에밀 졸라 | 유기환 옮김
156 젊은 예술가의 초상 제임스 조이스 | 진선주 옮김
157, 158, 159 카라마조프가의 형제들 표도르 도스토옙스키 | 김희숙 옮김
160 진 브로디 선생의 전성기 뮤리얼 스파크 | 서정은 옮김
161 13인당 이야기 오노레 드 발자크 | 송기정 옮김
162 하지 무라트 레프 톨스토이 | 박형규 옮김
163 희망 앙드레 말로 | 김웅권 옮김
164 임멘 호수 · 백마의 기사 · 프시케 테오도어 슈토름 | 배정희 옮김
165 밤은 부드러워라 F. 스콧 피츠제럴드 | 정영목 옮김
166 야간비행 앙투안 드 생텍쥐페리 | 용경식 옮김
167 나이트우드 주나 반스 | 이예원 옮김
168 소년들 앙리 드 몽테를랑 | 유정애 옮김
169, 170 독립기념일 리처드 포드 | 박영원 옮김
171, 172 닥터 지바고 보리스 파스테르나크 | 박형규 옮김
173 싯다르타 헤르만 헤세 | 권혁준 옮김
174 야만인을 기다리며 J. M. 쿳시 | 왕은철 옮김
175 철학편지 볼테르 | 이봉지 옮김
176 거지 소녀 앨리스 먼로 | 민은영 옮김
177 창백한 불꽃 블라디미르 나보코프 | 김윤하 옮김
178 슈틸러 막스 프리슈 | 김인순 옮김
179 시핑 뉴스 애니 프루 | 민승남 옮김
180 이 세상의 왕국 알레호 카르펜티에르 | 조구호 옮김
181 철의 시대 J. M. 쿳시 | 왕은철 옮김
182 카시지 조이스 캐럴 오츠 | 공경희 옮김
183, 184 모비 딕 허먼 멜빌 | 황유원 옮김
185 솔로몬의 노래 토니 모리슨 | 김선형 옮김
186 무기여 잘 있거라 어니스트 헤밍웨이 | 권진아 옮김
187 컬러 퍼플 앨리스 워커 | 고정아 옮김
188, 189 죄와 벌 표도르 도스토옙스키 | 이문영 옮김
190 사랑 광기 그리고 죽음의 이야기 오라시오 키로가 | 엄지영 옮김
191 빅 슬립 레이먼드 챈들러 | 김진준 옮김
192 시간은 밤 류드밀라 페트루셉스카야 | 김혜란 옮김
193 타타르인의 사막 디노 부차티 | 한리나 옮김
194 고양이와 쥐 귄터 그라스 | 박경희 옮김
195 펠리시아의 여정 윌리엄 트레버 | 박찬원 옮김
196 마이클 K의 삶과 시대 J. M. 쿳시 | 왕은철 옮김
197, 198 오스카와 루신다 피터 케리 | 김시현 옮김
199 패싱 넬라 라슨 | 박경희 옮김
200 마담 보바리 귀스타브 플로베르 | 김남주 옮김
201 패주 에밀 졸라 | 유기환 옮김
202 도시와 개들 마리오 바르가스 요사 | 송병선 옮김

203 루시 저메이카 킨케이드 | 정소영 옮김

204 대지 에밀 졸라 | 조성애 옮김

205, 206 백치 표도르 도스토옙스키 | 김희숙 옮김

207 백야 표도르 도스토옙스키 | 박은정 옮김

208 순수의 시대 이디스 워턴 | 손영미 옮김

209 단순한 이야기 엘리자베스 인치볼드 | 이혜수 옮김

210 바닷가에서 압둘라자크 구르나 | 황유원 옮김

211 낙원 압둘라자크 구르나 | 왕은철 옮김

212 피라미드 이스마일 카다레 | 이창실 옮김

213 애니 존 저메이카 킨케이드 | 정소영 옮김

214 지고 말 것을 가와바타 야스나리 | 박혜성 옮김

215 부서진 사월 이스마일 카다레 | 유정희 옮김

216 사람은 무엇으로 사는가 레프 톨스토이 | 이항재 옮김

217, 218 악마의 시 살만 루슈디 | 김진준 옮김

219 오늘을 잡아라 솔 벨로 | 김진준 옮김

220 배반 압둘라자크 구르나 | 황가한 옮김

221 어두운 밤 나는 적막한 집을 나섰다 페터 한트케 | 윤시향 옮김

222 무어의 마지막 한숨 살만 루슈디 | 김진준 옮김

223 속죄 이언 매큐언 | 한정아 옮김

224 암스테르담 이언 매큐언 | 박경희 옮김

225, 226, 227 특성 없는 남자 로베르트 무질 | 박종대 옮김

228 앨프리드와 에밀리 도리스 레싱 | 민은영 옮김

229 북과 남 엘리자베스 개스켈 | 민승남 옮김

230 마지막 이야기들 윌리엄 트레버 | 민승남 옮김

231 벤저민 프랭클린 자서전 벤저민 프랭클린 | 이종인 옮김

232 만년양식집 오에 겐자부로 | 박유하 옮김

233 이상한 나라의 앨리스 루이스 캐럴 | 존 테니얼 그림 | 김희진 옮김

234 소네치카 · 스페이드의 여왕 류드밀라 울리츠카야 | 박종소 옮김

235 메데야와 그녀의 아이들 류드밀라 울리츠카야 | 최종술 옮김

236 실종자 프란츠 카프카 | 이재황 옮김

237 진 알랭 로브그리예 | 성귀수 옮김

238 말테의 수기 라이너 마리아 릴케 | 홍사현 옮김

239, 240 율리시스 제임스 조이스 | 이종일 옮김

241 지도와 영토 미셸 우엘벡 | 장소미 옮김

242 사막 J. M. G. 르 클레지오 | 홍상희 옮김

243 사냥꾼의 수기 이반 투르게네프 | 이종현 옮김

244 험볼트의 선물 솔 벨로 | 전수용 옮김

245 바베트의 만찬 이자크 디네센 | 추미옥 옮김

246 나르치스와 골드문트 헤르만 헤세 | 안인희 옮김

247 변신 · 단식 광대 프란츠 카프카 | 이재황 옮김

248 상자 속의 사나이 안톤 체호프 | 박현섭 옮김

249 가장 파란 눈 토니 모리슨 | 정소영 옮김

250 꽃피는 노트르담 장 주네 | 성귀수 옮김

● 문학동네 세계문학전집은 계속 출간됩니다